THE DRAGON GUARDIAN: EAST

龍的守護者

東土篇

此書獻給

那些在暴力、迫害的威脅下

被壓抑的聲音

那些堅信真實及透明

和平、公正與發掘新事物的人

以兼容並蓄的態度

追求純淨、自由及完整

為我們的子子孫孫

由現在直到永遠

感謝以下創作者作品的啟迪

富樫義博

井上雄彥

鳥山 明

三浦健太郎

村上紀香

森田まさのり

前川たけし

鈴木 裕

板垣伴信

及

SNK

另外要向我的妹妹陳玉純，我的父母陳正平及陳霓致謝。最後還有我在德國的老朋友 Marcel。因為你們的支持，讓我渡過了黑暗的時刻。

陳尚志

生命是一場歡樂的冒險
本著不屈不撓的精神
與好奇心
在一個雅緻的世界
川流不息著新事物

那就讓我們來說個故事
那些如烈火般的戰鬥，艱難與正義
還有友情，在較勁中淬煉
那個悠悠的天地，有魔力，有神奇
以及希望，在我們最暗黑的絕望中

我們一起笑，一起驚訝，一起哭
剎那間，熱情便在我們眼前栩栩如生

——陳尚志

譯者序

陳尚志《龍的守護者：東土篇》五、六年前便已成書。但因一場事故，他好幾年不能執筆。待他痊癒後，他體恤我的眼力，將書的草稿一章一章印給我看。我那時的心情，如同小時候看漫畫等待「下集分曉」那般迫不及待。如此我便有了將此書翻譯出來與大家分享的念頭。而尚志也在半猜半讀〔他曾返台上過兩年小學〕我翻譯的第一章後，默許了我的這份翻譯工作。

我曾任日文翻譯，翻譯社論及專題報導，也接了兩本文藝小說。當時完全用手寫，電腦時代進步為蒙恬手寫輸入法。尚志的書是四十九萬字的英文書，內容多元又新穎，包括我不熟悉的佛教、格鬥等，對我是全新的挑戰。好不容易翻完，我又動念想將此書加強為中英對照模式，讓讀者有一個學習外語的選擇，故又從頭一個一個字的對。雖然勉強算是達到譯事三難〔信〕的要求，但有時被英文原文拘泥，〔達〕的方面未免不足，至於〔雅〕就更不敢說，希望專業的文字工作者們高抬貴手的同時，不吝指正。

《龍的守護者：東土篇》中文版得以問世，我的小女兒陳玉純功不可沒。對一個不太會用電腦的 LKK，她總會適時地出現，幫我按幾個鍵。還有艱澀的英文雙關語，經她一點我就茅塞頓開。在此特向她致謝，一切盡在不言中。

尚志的書即將出版。希望讀者們像當初的我一樣，等不及地要看下一章。

陳霓

作者聲明

此書純屬虛構。書中所參照之歷史人物、事件、風俗及組織的資訊與圖像，均已被大量修改，絕非詳實史料。

作者選擇全書將韋氏音標及拼音系統混合著用，採用任何一種看起來更容易發音或更有特色的，把漢字羅馬化。

至元與南宋

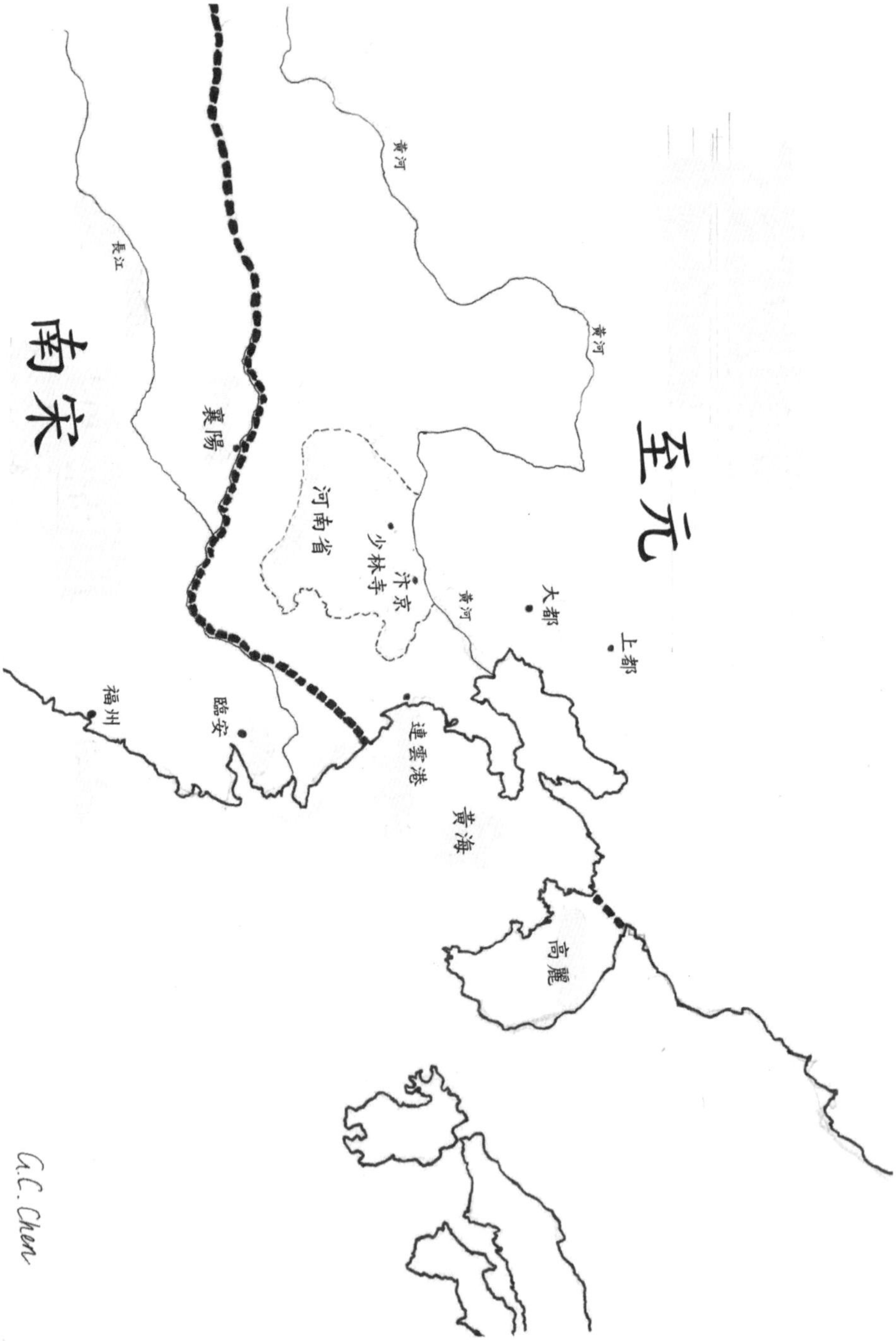

至元
南宋
黃河
長江
襄陽
河南省
少林寺
汴京
大都
上都
福州
臨安
連雲港
黃海
高麗

A.C. Chen

至元／元朝時代的河南省

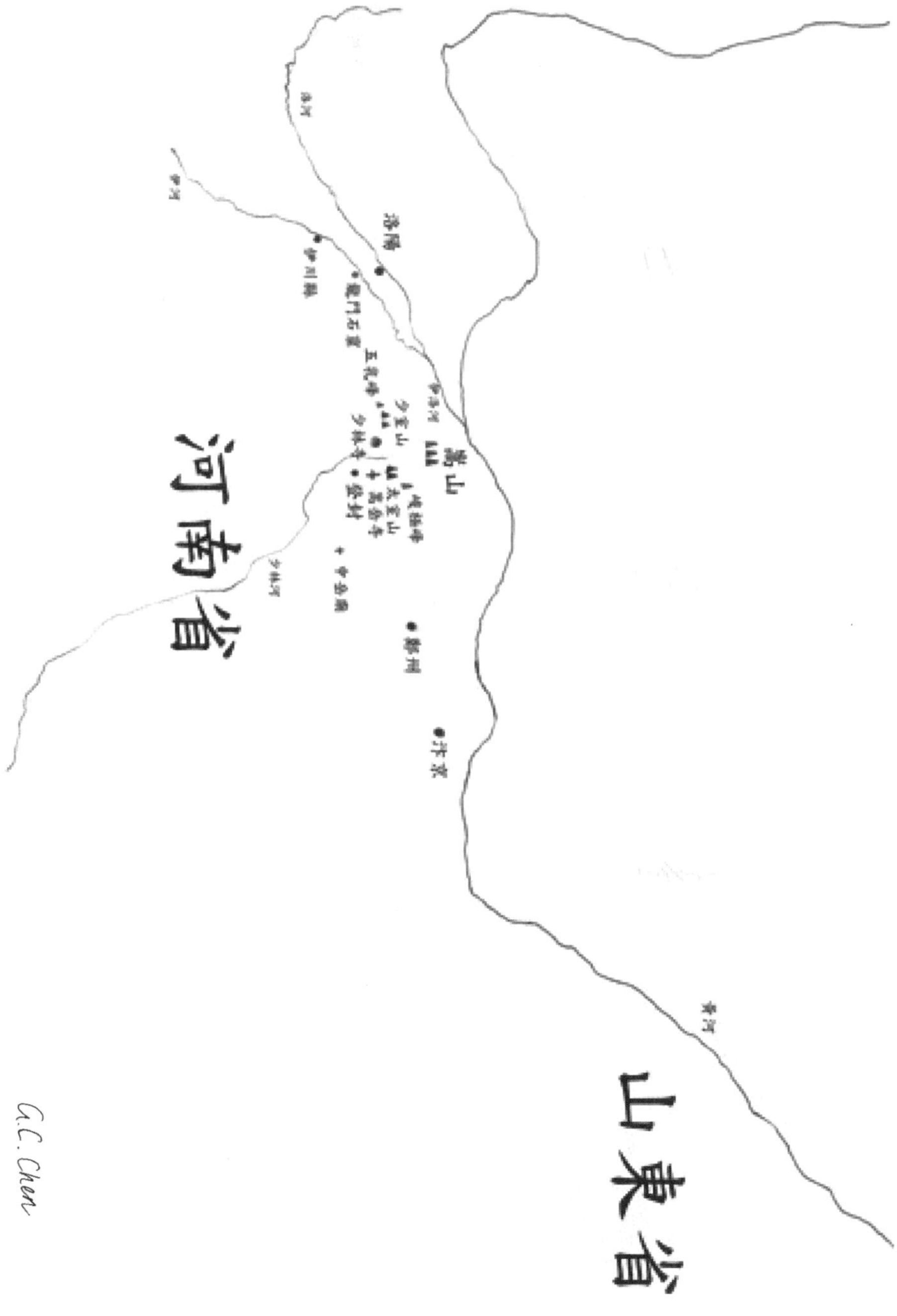

河南省

山東省

洛陽

伊川縣

龍門石窟

五乳峰

少室山

少林寺

嵩山

太室山

嵩岳寺

峻極峰

登封

中岳廟

鄭州

汴京

G.C. Chen

太室山與少室山

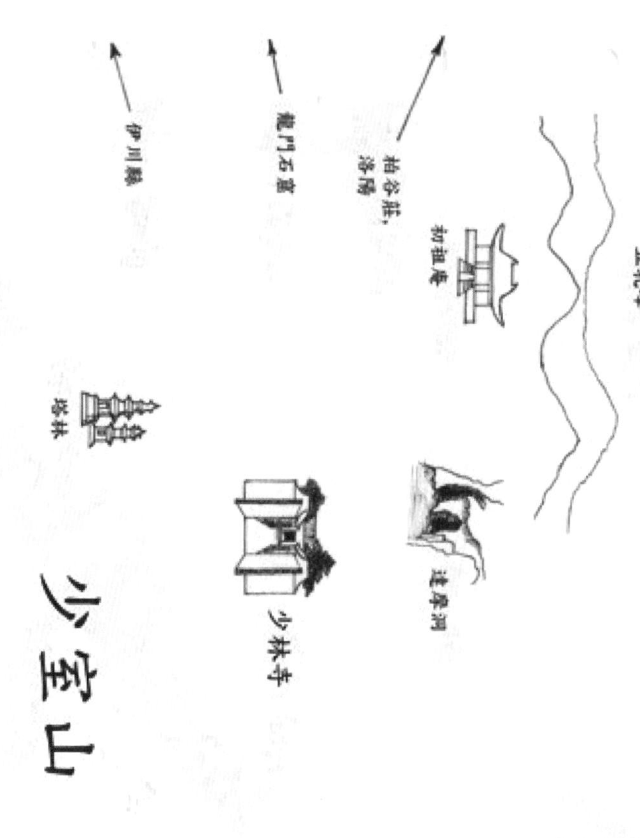

五乳峰
初祖庵
柏谷莊，
洛陽
龍門石窟
伊川縣
塔林
達摩洞
少林寺
少室山

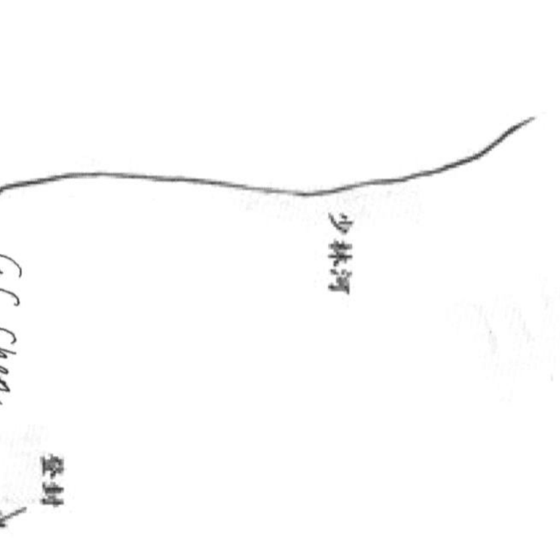

太室山
少林河
鄭州，汴京
峻極峰
北
西
東
南
登封
G.C. Chen

少林寺

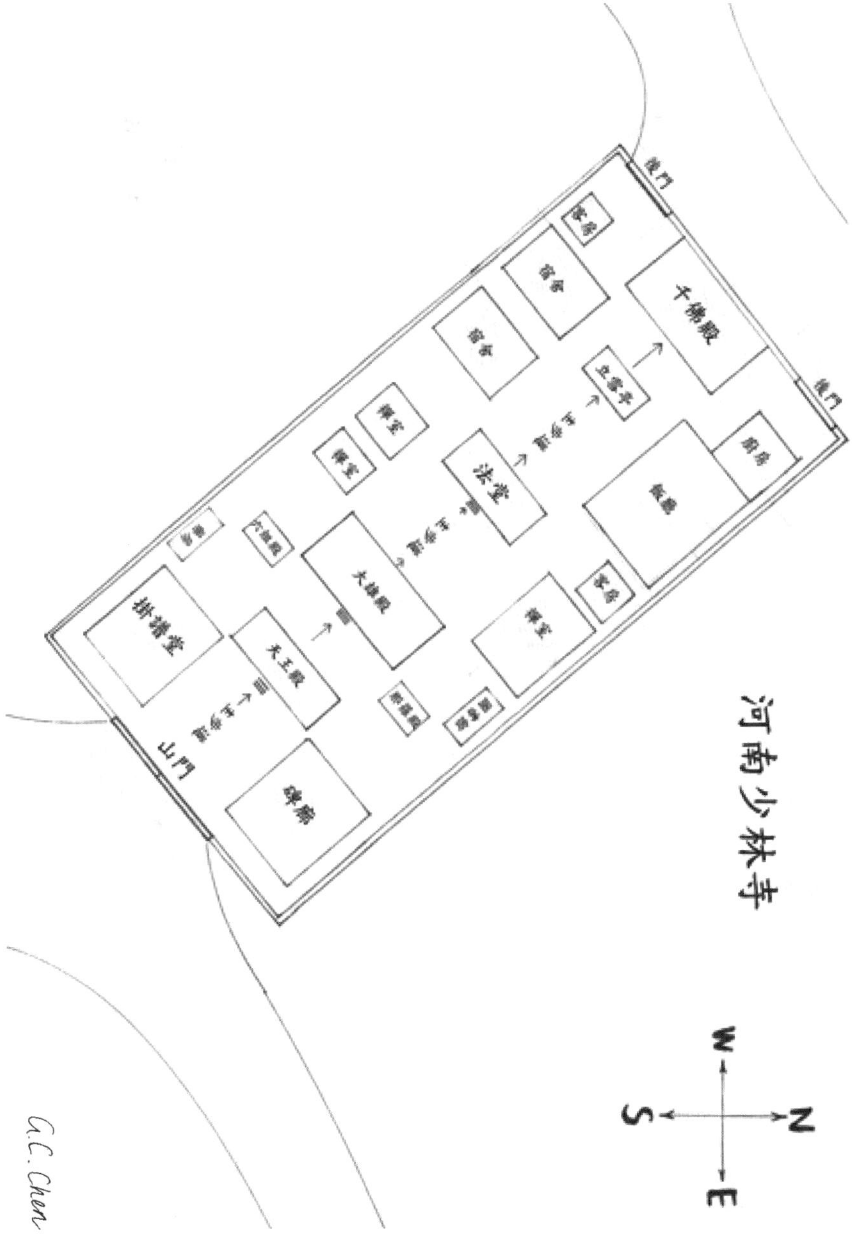

河南少林寺

山門
天王殿
大雄殿
法堂
千佛殿
後門
宿舍
禪室

W
N
S
E

G.C. Chen

目次

序幕

溫暖的春風在正午的太陽下徐徐地吹，把華北平原滿地的野草吹得隨風款擺。在知了的高歌中，草蜢旁邊的一塊地被撥開了，嚇得牠們急急竄逃。

一名龐大的訪客正重重地踏過草叢，吵得像放鞭炮一樣。

他是一名黑髮男子，穿著一件綠色寬袖寬鬆長袍配同色褲子，在這種悶熱的天跋涉乾燥的叢林，讓他顯得油光滿面。他來到前面一塊長滿了野草的地，便拿起他的斧頭揮斧開路。他吸了一大口氣，晃了一下，汗珠由他臉上滴下來，沾濕了扒在他皮膚上袍子的滾邊。手拿羅盤，他向遠處望，並再調整路線，將方向微微向左偏。

這個人吐了一口氣，極力遠望——幾哩路上看不到一座路標。在這種荒郊野外翻山越嶺讓他越來越不安，但還好，他擁有絕佳的方向感，對這種旅途，還常派得上用場。

他拿一條毛巾擦著脖子，擔憂地回頭，望向落後數步、坐在一頭騾子拉著的板車內的妻子。

女人彆扭地坐在裡面，抵著一面牆。即使坐在一個枕頭及一些薄薄鋪著的稻草上，她的腿部循環已經惡化到不容忽視的程度。在她上面，所謂的車頂不過是頂上罩著的一張舊毯子，低得抵到女人的頭，但它擋了陽光，讓車廂內比較涼，雖然空氣仍然悶得很。女人憂心忡忡地注視著躺在她滿是汗的臂彎上的東西。

那兒，懷抱了一個昨天剛滿四歲的小女孩。

小女孩迷迷糊糊地躺著，偶而皺一下脫皮的鼻頭。她呼吸得很喘，龜裂的乾嘴唇動了一下，掉下一些嘴角邊結塊的乾屑。孩子一對童稚的眼睛往內陷，娃娃臉是浮腫的；女人的手壓了一塊濕毛巾在小孩發燙的額頭上。那女人挪一下身，去拿一隻小竹筒。她揭開蓋子，倒了一些水在孩子嘴裡。小女孩靜靜咽下了水，隨即輕咳起來。

母親輕輕地把留在女兒臉上的水擦乾，在一個小木桶裡搓毛巾。

「娘！」女孩說，「我們幹嘛在這兒？日頭熱死了，我想待在家吃*八寶飯*[1]。」女孩的母親用空著的手兜著毛巾，把多餘的水擠在地板上。

「好，一看過醫生我們就回去。我說真箇。」她把濕毛巾放在她女兒頭上後，開始想在小車內搧出一些涼風來。擦著她自己的額頭，女人握著女孩的手，擔心地望進那一對渙散的病眼。

「在那之前，妳得好好睡一覺。從昨天妳發高燒以來，妳睡不到幾小時。」小女孩皺著她小巧的鼻子，微微表示不耐煩。

「但我睡不著，娘，車板上下顛個不停，我們可不可以停在樹蔭下休息一會兒？」

「現在不行，」她母親說，「我們不能在這兒待久。妳夠好命了，不必像妳可憐的爹爹在外面辛苦的走。」聽到妻子的話，男人用綠袍的袖子擦了一下額頭，笑了。妻子的肯定觸動了他的心；那倒是，他甘願為他的家小赴湯蹈火。他再轉身面向平原。

他愣住了。

從乾燥的地底下傳來某種東西的震動，由他腳掌往上敲到他心口。聽起來像遠處有一群馬縱橫馳騁。他側著耳朵聽，感覺腳下的震動愈來愈強。前此在風中輕輕搖曳的野草也漸漸地被這種新的聲勢淹沒。不知下一步該怎麼辦，他把騾子停下來。

他的妻子感覺到情況有異，也擔心起來。

「怎麼了？」她壓低聲音問。男人有點兒擔心，指示她留在車內。他心頭轉過無數的可能。可能只是騎兵出操演習？如果是的話，是什麼樣的騎兵？

---

[1] 八寶飯：一種甜點。

這個時候敵友難分——中國自個兒鬧內亂，與北方部落的戰爭也已持續數百年。一隊軍隊保不準翻臉便是惡棍，此外朝廷也動不動因暴動、叛變、篡位而動盪，最終往往以改朝換代收場。

隨著震動加劇，男人無意間注意到地平面上有一小點，與時漸大。他伸長脖子看去，想弄清楚來的黑點是什麼。結果令他不寒而慄。

「馬賊！快轉回去！」他驚喊。他急急忙忙拉著騾子的韁繩，發狂地四望，想找一塊大石或濃密的林子藏身，但最近的樹林遠在後面幾公里外，而馬賊已迅速逼近。騾子絕對跑不過馬賊的馬，下車逃跑更不智，那等於讓他的家人被一覽無遺且無法偷偷脫身。驚慌失措中，男人再次回頭望向這群馬賊一眼，看到他們飛快地越過平原，比先前更高大。他們拽著武器且發聲吶喊，在雷鳴般的馬蹄聲中，似妖婦泣訴。男人急忙蹲下來，對著車廂裡面說話。

「他們人多。」他的妻子說，發著抖，「我聽得到他們。」

「躺到車子後，別動，看在老天爺份上也別出聲。」男人說，他自己也抖個不停。

「你拿那個要幹嘛？」她說，指著他的斧頭，「他們會殺了你。他們有刀！有劍！」

「我盡量不惹怒他們，但如果真走到那一步，我不會不戰而屈。」男人的手冰涼，滿是汗。小女孩感覺到了她父母的恐懼。

「娘？」

「別出聲。我們遇到了麻煩。」女人早就放棄欺騙孩子了。這孩子有看穿敷衍話的本事。母親和孩子把自己擠到板車最裡面的角落；女人確保女兒躺在車的後牆和她之間。小女孩開口說話，呼著暖暖的熱氣。

「是老虎嗎？」她低聲問，非常輕。

噓！

除了躲著母親與女兒的最裡邊外，車廂內大半空間原本就堆放了一疊疊的陶缽、陶碗。男人急忙把它們挪到板車前面，使它看起來好像滿載著陶器的樣子後，這才瞥一眼肩後，看到那些惡棍由兩百米遠朝他們衝來。

把車頂的毯子邊拉下，覆蓋過陶器隔成的屏障及板車其餘部份，他轉身回去面對臨頭的大禍。

在粘膩的黑暗中，小女孩蜷縮在她母親的臂彎裡，耳朵豎起聽著，心砰砰砰地跳上了喉嚨、跳進了嘴巴。馬賊的馬蹄聲鋪天蓋地；吶喊聲響徹雲霄。馬賊們繞著馬車飛馳，男人無處可逃。孩子試著望過她母親的身子，從陶碗隙縫費力地向外偷窺，但只能認出她父親的背影，正拿著斧頭、向上瞪著在他們面前停住的一匹棕色大馬。孩子喘著氣，感覺她母親的手抓得更緊。她們倆人就在這圍起來的小空間裡發抖。

● — — — — — — ●

馬賊的首領是一個名叫唐老大的短小精悍男子。他膚色黝黑，一頭古銅色亂髮，捲起的衣袖下是龜裂的皮膚，給人一種飽經風霜的感覺。他們這夥馬賊最近才由鄰省大肆洗劫歸來，在那兒他們度過了一星期的搶劫與冷血殺人的日子。現在，在花了兩天翻山越嶺後，他們發現了他們的下一個目標。這個獵物就那麼不經意地曝露在無情的大地上。唐老大下了他的坐騎，一手隨意地按在他大刀的刀鞘上，就著羊皮水囊喝了一口荔枝汁。其他的馬賊也立刻舉著矛與戟對著他們最新的獵物。

「要錢？要命？」其中一人說。唐老大舉起一隻手，眼中兇光乍現。

「住口！」他厲聲說。唐老大走近這名形單影隻的可憐人，好心地伸出他手中的水囊。

「朋友，天氣蠻熱的，要喝一口嗎？」

唐老大對這個抓著斧頭，只謹慎地望著水囊的人微笑。馬賊首領可能只是在說挖苦話，但同時，拒絕也非明智，因最終可能會得罪這個混蛋。另一名馬賊用他的戟背拍了一下這名困惑的男子。

「嘿！聾子！人家給你東西吶。」

唐老大扔下水囊，大刀出鞘，刀刃抵着這名膽敢插嘴、莽撞的笨蛋的喉嚨。

「誰讓你說話的？」他大吼。被質疑的渾蛋馬賊喏喏幾句聽不清楚的話，躬身道歉。唐老大再次轉向這個非常不情願地注視著這一切的男人。

「先生，請接受我的道歉，剛才我的一名嘍囉表現得像個*烏龜王八蛋* [2]。我們馬賊知道我們的名聲是——我該怎麼說呢？一群沒教養的人。但正如

[2] 照字面解釋，烏龜王八蛋：罵人的話。

你所見，我們是一群新品種的馬賊。我們希望能比其他馬賊高一等。」他舉起了手，大聲問：

「我們有教養對吧，兄弟？」

「有，唐大哥！」他們呼喊起來。

「很好。」唐老大拍了拍這可憐人的背，「所以我想對你做點兒補償，你瞧。」唐老大抓住方才那名插嘴的倒霉馬賊的戰戟，死勁一拽，將他摔到地上。

倒霉的馬賊急忙爬起來，四肢跪在地上，嚇住了。

「唐大哥！我已經道歉了。」

「我沒聽到。」唐老大說，把戰戟插在地上。其他馬賊不舒服地挪動著。唐老大把他的大刀翻了一翻，刀柄向上，遞給這名不知該怎麼辦、猶如雙腳長了根的男人。

「欸，朋友，拿著。」唐老大催他，「魯莽的人不能不受點教訓。」

聽到這話，即將被罰的馬賊倒吸了一口氣但不敢逃，知道他如此做的話會有什麼後果。唐老大逼得更近，在男人的鼻尖下晃動大刀，但此人除了一張木然的臉上滿是汗珠子外，毫無反應。

馬賊首領揮舞著武器，這次更加堅決。

「我說拿著，那把小柴刀能有什麼用，試著耍一次真正的刀吧！給他們示範些紀律……適合馬賊的紀律。」幾乎是立刻，其他馬賊也跟著起哄，先是幾個人，後來全員附和。

「耶！做啊！」

「別扭扭捏捏啦！」

「剁了他！」

「讓他掛點彩！」

男人小心翼翼地舉起他的手，群賊一陣鼓噪。但他不但沒去接刀，反而用他汗濕的手掌把武器推開。

「謝謝你，馬賊先生，不必了。我不相信暴力。」

唐老大靠得更近，皺起眉頭，氣氛陡然下降。

這個人才意識到，不領情可能讓自己顯得高人一等。

「我確信你是不支持暴力的，趕馬車的先生，但為何不罰罰他呢？只有沒有家規的人才會那樣。難道你們這些旅行者家裡都沒有規矩嗎？」

男人稍微動了一下，張開他乾澀的嘴。

「我，嗯，的確是相信紀律的，但不必嚴到殺人的地步。」

唐老大笑了，將大刀插回鞘中並鞠了一躬。

「好！我們認同一樣的道德，只是程度不同罷了。家教好的人我們永遠歡迎。既然你不喜歡血腥，我們就罰我這個……莽撞的奴才逃過這次，讓他再多做一天強盜吧。」他對這名摔在地上的馬賊做了一個手勢，馬賊深深鞠躬後才爬回他的馬。唐老大喊了一聲口令，圍成圈的馬賊們紛紛走到一邊。

「在我們離開前還有一件事，你是做什麼的？好伙伴。」

「我是一名陶匠，燒窯場的陶匠。」男人說。其實他平日務農，捏陶是興趣也是副業，但他決定最好別全盤交代他真正的職業。

「太棒了！」唐老大轉回來，「我想你不介意我看看你的貨。」

一陣沈默。男人覺得他的胃悶悶地抽了一下。

「我……我很樂意讓你看我的缽，讓我拿一個給你。」

「不必了。」唐老大說，邊擦身走過邊隨意地掀開一角舊毛毯。他研究了一下面前陳列的陶器並挑出了一個瓷碗，頓時就空出一個通往車廂凹進去的黑暗處的小洞，幾乎讓躲著一聲不響的女人及她的孩子無所遁形。

男人想吐。

可唐老大把碗翻來翻去，像小市場上挑貨的買家。

「嗯，這個不好，我想找一個更……像樣的貨。」

趁唐老大摸著瓷碗的邊時，男人乘機覷一眼那個空間。從距離一尺的外面，陰暗的內裡似乎讓任何事物都模糊不清。唐老大把手裡的東西捧到臉前，挑起了一邊眉毛。

男人嚥了一口口水，抬起綠色袍子的手解釋：

「這個碗是我自家裝酒用的，你可能喜歡那邊那個……。」

「酒？怎麼？你說錯了，糊塗的朋友。這是一個秤重的碗，是為了分藥用的。」唐老大若有所思地說。男人拼命搖頭。

「那兒，嗯，酒裡面也可能有些許藥草，你知道……」

「或許，」唐老大說，「這個碗是裝藥的。」

一陣沉默。

「聞聞看，伙伴。有什麼樣的味道，不像我喝過的任何酒。可能是乾樹皮？」唐老大帶著詢問的眼光瞄著這個仍默不作聲的男人。聳聳肩，馬賊老大放下了碗，躬身行禮。

「不管怎樣，謝謝你，守紀律的陶匠，我們談得很愉快。如果我們再次見面，希望你能帶一些值幾個錢的瓷器。現在的市場如……割喉般激烈。」他跨上馬，作勢要大夥離開。

男人頓時全身乏力，握斧頭的手也鬆懈下來，慶幸能逃過一劫；他覺得應該不會再有危險，便轉身回去他的馬車。

然而就在唐老大縱馬馳騁前，他偏著頭，似乎想起甚麼重要的事。

「喲！我的老祖宗！我竟忘記離別的基本禮儀。陶匠先生，代我向你的妻子、孩子致最誠摯的敬意吧！」

一陣天旋地轉，男人感覺臉上一記重擊，把他往後像個球般丟入草叢中。

在地平線的另一端，有三個人整齊劃一地走。他們穿著灰袍及與之搭配的褲子，無所顧慮地走在蒼茫的平原上。一條米色腰帶把袍子的前襟牢牢綁在外衣一邊，他們每人還都背著一個方型黑色背包，用繩子牢牢綁住。他們的脖子上戴著的長串佛珠，一步一甩地發出聲響。他們身著寬大的褲子，膝蓋以下被紮進交叉綑綁的白色綁腿中，蜿蜒到腳踝。他們腳上的軟鞋因過度使用外表多所磨損，而且他們三人手中都拿著一根六尺長的木頭棍子，粗可擊石。他們一起默默地行進。

發覺前面不遠處好像有狀況，三人中身高最高的那位，舉起他的棍子極目遠眺。

他向他的同伴們比了個手勢。

那一擊把男人打得頭昏眼花，呈大字形躺在地上。他掙扎著想站起來，血和斷牙由嘴旁滲下來。這一記懦夫般的偷襲，是唐老大撿起了地上的戰戟，用戰戟鈍的那頭，朝男人臉上狠狠一戳的結果。此時，馬賊們也折了回來，扯開了喉嚨鬼叫。一半人下馬執械在手，另一半人繞著馬車跑，踢起一堆堆塵土。

一聲大喊，蓋在車頂的毯子被挑開了，露出了母親與小孩驚恐地緊緊相擁，無所遁形又無力抵抗。

「她是我的！」

「不，前次你已拔得頭籌，這次該我！」

「操你娘！你叫什麼叫！」

「抓住她們！」

男人滿臉恐怖地望著馬賊爭先恐後地去抓他的妻子。她尖叫著想逃，衣服在他們拉扯下撕開。男人勃然大怒，掙扎著爬起來，衝向這些暴徒，憤怒讓他失去了理智。看到男子試著趕過他們，讓忙著去搶女人的馬賊們覺得意外，但誰也不擔心；有的人退後一步看有什麼好戲，但大部份的已色慾薰心。直到一名這樣的馬賊被男人絆倒在地上，騷動才嘎然而止。有點兒搞不清楚狀況，其他馬賊們讓出了一個圈，看到他們被絆倒的弟兄在地上扭動，而男人死抱著他的腰不放。旁觀者們賤賤地笑。

「劉弟，這就是你貪心的下場！」其中一人取笑道。摔在地上的馬賊恰是方才挨罵的那個人，可他不願一天表演兩次狗吃屎。劉弟肘擊男人的頭，打得他頭昏；這一招沒什麼用，因為男人還是死不放手。

「放手，你這人渣！我就要在你面前操她！」他吼著，一再用手肘撞這個男人也沒效果。

最後，劉弟抓起一塊石頭朝男人的頭上砸過去；男人暈了一下暫時放了手。現在暈頭轉向又流著血，男人不知怎的又重返戰場，再次抱住劉弟。馬賊們站在旁邊，笑得像一群鬣狗。

「已經兩次了。你真沒用，劉弟，一個鄉下的陶匠都比你能打。」

「小劉，你倆真是寶一對！」

「我們該拉他入夥來替換你。你們誰贊成？」

劉弟氣呼呼地對著他的夥伴，覺得丟臉又被小看。唯有一途能扳回他的自尊。抽出他的劍，這名丟人現眼的馬賊拉着受傷的男人站起來。

「你敢害我丟臉，嗯？現在你得付出代價。」劉弟厲聲說，把劍指向這男人。男人只是凶狠狠地瞪著，他先前的恐懼已完全為憤怒取代。

「結束得太快。」一個馬賊嘆氣。

劉弟突然有了一個主意，一把抓過小女孩，嚇得孩子尖叫大哭。

男人和他妻子都拼命想掙脫去救女兒，但怎麼也無法脫身。馬賊們竊竊地笑，靜待好戲。

「不要！」孩子的母親大叫。劉弟把孩子拖到父母面前，提起孩子的手。

「我要砍掉這小兔崽子的手！」他喊著，舉起劍。

「停！」

一直冷眼旁觀的唐老大開口了。

「娛樂效果不錯，劉弟。」他皮笑肉不笑的，「但你仍然是一個膽小鬼，而且連那都做不好。」唐老大面向其他嘍囉，「雖然如此，如果我們隊伍中沒幾個膽小鬼那有什麼好玩？」

「唐大哥…」

「我不能讓你殺那一個。」唐老大說，指著小孩，「她雖然小，但我們可多個奴才。何況，想想看，等她再長大點，她能做什麼。」唐老大大踏步走進來，把女孩抓走。

女人再也受不了了。

「你們會下地獄燒死！」她吐著口水。

「混蛋！你這不要臉的畜生。我要殺了你們所有人！」她丈夫也悲喊，恨死了馬賊們的下流。但他們倆都知道，這都只是徒然。眾馬賊轟然大笑，唐老大對女孩的雙親說：

「現在是現在，離燒死在什麼想像的陰間還遠得很。」他抓了一把乾草搓在他們臉上，「看看你們，剛才說什麼來著？多可悲啊。殺死我們？怎麼殺？」

他調頭對其他馬賊：

「小子們，女人是你們的，但孩子歸我。」

馬賊們歡呼叫好。

然後，他們聽到了一個聲音。

一個反覆的唸誦。鋼鐵般的聲音，有力卻和緩，輕柔卻清晰。滲入他們的感官，透進了每一個人的心。

南無阿彌陀佛……南無阿彌陀佛……南無阿彌陀佛…… [3]

三個人從容自若地向馬賊與他們的獵物走來。雖然他們撫慰人的唸誦，不時被風中野草的唏嗦聲騷擾，但他們三人散發出一種整體的祥和。他們的步履輕盈得好似行走在雲端；他們的佛號彷彿風中的鐘鳴。他們的身體像刀削的石頭。他們的頭剃得精光。他們身上裹著一襲僧袍，蓋住了他們矯健的身子上掛著的那身像花崗岩般的肌肉，沒丁點兒肥肉。

他們向吃驚的眾人走近，每人都一手抬起呈唸佛姿勢。

這奇怪的景像讓馬賊們不知如何是好，因為這是他們第一次遇到旅客在他們面前若無其事。當這三人愈走愈近時，馬賊們不安地嘀咕。

「搞什麼鬼？」一個馬賊感到納悶，「這三個光頭怎麼不逃？」

「我咋知道？乾脆連他們也搶吧！」

唐老大皺著眉。

「他們是佛教徒。那個經是佛教徒唸的。」他喃喃地說。

男人和他妻子也被這個聲音和景況吸引。男人尤其不解，這三名和尚向誰借了膽，竟敢不顧一切現身在一群嗜血的馬賊面前。*佛門僧侶！他們在幹嘛？他們該不是來救我們的吧！按理說和尚不是避世不爭的嗎？那為何他們筆直朝我們走來？他們應該就躲起來，抑或是逃跑。可憐的傻瓜們！*

他瞠目結舌。*這沒道理啊。*

---

[3] 南無阿彌陀佛：華語版的佛號"NamoAmitabhaya"，原本為梵文。

三人之中，身形最為挺拔的那位，氣定神閒地作勢，令另外兩人止步。做為三人中身材最高且最為瘦削的人，他渾身散發出一股不言自明的威嚴。兩名年輕和尚恭敬地行了一禮，他們的木棍子敲得他們的背包鏗鏗響。唐老大把口水吐在草裡。

「滾吧！和尚，就我記憶所及，我們不是拜佛的。」

高個兒和尚對唐老大的見面招呼只是平靜地一笑。

「朋友，偉大的釋迦牟尼佛曾經教導，凡夫俗子皆畏懼暴行。若置身於彼此之位，豈能不思量便如此待人？請停止此等暴行，放掉這些可憐人吧！」他說。

唐老大的跟班們暴笑開來，對這三個和尚起哄，並發出像野獸般的叫聲。

「這是什麼鬼話？」唐老大說著挖苦話。他打量著老和尚，注意到其腰帶中半露出的一小袋錢。

手一揮，唐老大便將其摸出，把內容物抖在一個張開的手掌中，自個兒獨吞了它。高個兒和尚與兩名年輕和尚還是站著一動不動。

「這錢來得容易。你還有嗎？」唐老大得意洋洋地笑著。

「這是我們所有的。既然你已拿了我們的銀兩，就請放他們走吧！阿彌陀佛。」高瘦的老和尚躬身說，他剃光的頭在耀眼的陽光下發亮。這時唐老大才注意到他頭頂上的四個燒燙疤。該不是新傷，因為黝黑的頭皮上，僅顯露出四抹淺淡的痕跡。

「你是一個少林和尚！」唐老大說。高個兒和尚微微一笑，做了一個手勢。馬賊們開始譁然，但唐老大倒曾耳聞來自少林寺武僧的英勇事跡。少林寺，是座落於中國中部河南省的一間佛寺，傳言他們自己鑽研出的徒手格鬥之厲害，連一隊武裝士兵都無法拿下他們一人。這些傳聞是真的嗎？言過其實吧！如果不是的話，那為什麼這個和尚如此大喇喇地走入馬賊中，一點都不怕？

唐老大把大刀架在肩膀上，若無其事地摳著下巴。

「我一直想唸幾聲佛。」馬賊首領戲謔道，「我該怎麼做？像這樣？」唐老大似笑非笑地抬起手做一個單手禮佛姿勢。高個兒和尚默不作聲。

「唐大哥！幹嘛不給他一點兒教訓？」一名馬賊插嘴。

「接下來該怎麼做？」唐老大問，不去理會，「一鞠躬嗎？」

「阿彌陀佛。」高個兒和尚躬身說。唐老大笑了，回禮。

「阿彌……」

讓唐老大自己大吃一驚的是，他根本沒唸完這聲佛。本來該是一個詭計多端的偷襲，誰料連動手的機會都未曾有，局面已然破解。因為即便是低著頭行禮，那高大的老僧已感覺到唐老大的意圖，便立刻反擊。接下來的情形就讓唐老大痛不欲生，因這個馬賊感覺到中指上傳來灼熱的痛。他原本搭在刀柄上的中指現在異常地突出來，而且彎到一個令人不忍目睹的樣子。原來，和尚木棒子鈍頭的那端，在電光石火的瞬間，往前歪了一下。一個那麼細微的動作，看似僥倖，卻正好擋到馬賊進擊的刀，並把這個惡棍的手指打歪、打爛。和尚對時間、空間、和力道的掌握必須百分百，如稍有差池，今天被砍的就是他了。大敵當前，他毫不退縮，而且處理這整件事像置身事外，當機立斷，連想都不必想。

唐老大痛得哀號，跪倒在地，正好及時看到高個兒和尚向後面兩個矮些的年輕和尚使了一個寬心的眼色。高個子老和尚把他的棍子丟開——今日無需借助它了。

平地上陡然爆起一團灰影，高個兒和尚保持單手禮佛姿勢，有條不紊地出拳。他只一擊，整排的馬賊應聲而倒。三個馬賊歪在地上，或不省人事，或一拐一拐，他們的戰鬥意志已消失殆盡到一個卑微的地步。高個子和尚皺一下眉，感覺背後一股惡氣；他低下身，及時躲過另一個馬賊的飛刀。高個子和尚立刻反擊，一個前踢，就把那個鼠輩踢飛起來，接著他又俐落地用一記重拳收拾了另一個挺身而上的馬賊。剩下的馬賊不再嘻皮笑臉，他們抓緊武器小心翼翼地往後退。

「你們幹麼乾瞪眼？去抓他啊！傻瓜！」劉弟揮刀大喊。勉為其難地，馬賊們由四方包抄，但高個子和尚紋風不動。

灰影由他耳旁掠過，另兩名年輕和尚執棍跳到前面。

其中一名和尚身材矮壯肌肉發達，腰帶上插一把扇子。他把棍子舞得飛快，眾馬賊一時不知如何出手。棍子所到之處，群賊紛紛退避。一名馬賊不管三七二十一冒然出手——錯誤的代價極為慘痛，這個笨蛋血淋淋地被判出局。矮壯和尚再轉動棍子掃向另一名馬賊的膝蓋，由底下將其鏟起，接著將他拋向遠處的草地。當地面迅速地迎向馬賊的頭顱時，世界像是翻了一個跟斗。

就要撞上時，地面突然不動了。矮壯的年輕和尚棍子已掃了過來，接住了這個發著抖的馬賊的肩膀，就差幾吋，馬賊的臉就會撞個狗吃屎。和尚用力一撥，優雅地把馬賊推得站住了腳，然後把棍子對準這個還昏頭昏腦的混蛋的喉嚨。

「這次我已手下留情。走吧！你是打不過的啦。」

馬賊像個玩偶般直點頭，拔腳就跑。但事情的發展出人意料，就在他逃跑時，他的身子打了一個轉，感覺側腦遭到死命一擊，打得他幾個轉身後摔在地上不省人事。

原來是兩個門徒中另外那名年紀稍長的年輕和尚，正桀驁不馴地站在那兒。他是一名較瘦的年輕人，胳臂肌肉發達，手腕上戴著佛珠。外表看起來，他不似他的同伴那般孔武有力，然而這一拳的力道更有過之。矮壯帶把扇子的和尚皺著眉頭說：

「師兄！何必呢！他已經退去了。」

「知道，知道。」精瘦的和尚說，「讓他逃回去取他的馬，他可能有支號角，抑或是隱藏在某處的包裹中的一把弓。師弟！對這些野蠻之徒，切莫過於仁慈。你放一人走，等同於給他們再次來害我們的機會。」

他們兩人對望一眼，然後背靠背站立，再次迎戰，又用棍子撂倒了四名馬賊。馬賊們拿著刀矛劍戟，卻始終無法觸及這三名和尚的分毫。馬賊那拙劣且卑鄙的戰術，怎比得上和尚們那一身流暢、精準的擊打及麻利的對抗。

一聲馬鳴，和尚們陡然面對著一隻奔馳的馬。

「納命來！」劉弟喊，策馬向他們直衝過來。不管你武功多棒，你擋得了一匹橫衝直撞的馬嗎？他暗忖。兩名年輕和尚不躲不閃，並瞄了正忙著收拾三名馬賊的高個兒老和尚一眼。就在劉弟衝上來的剎那，矮壯帶把扇子的和尚撐著他的棍子，將自己翻騰至空中，飛出一腳。這個馬賊眼睜睜地看著它來，卻沒料到它來得那麼快。它踢到馬賊大刀刀柄的圓頭，武器便應聲而飛。劉弟還來不及應變，另一個重擊掃過他的前胸，把他打下坐騎。他躺在草地上，又痛又不解，意識到自己斷了幾根肋骨。怎麼會這樣？矮壯和尚先是彈了起來，並踢走了大刀，然後哩？劉弟定是被一根樹幹打到，或被騎著另外馬匹逃跑的其他同夥撞倒。*不對，情況並非如此*。

他是吃了另外那位精瘦和尚的一腳。不知怎的，這個瘦條條的人居然旱地拔蔥般躍起一米高，一個旋轉迴旋踢，像閃電般踢中了他。劉弟閉上眼，昏過去。

男人驚駭萬分。自從和尚們現身以來，一連串的發展嚇得他不能動彈。他的妻子、孩子現在緊緊抓著他。前此的綁匪棄他們於不顧，只忙著應付和尚們，而和尚們則如處理尋常差事般把這些渾蛋打得稀爛。男人不知哪個更不尋常——是他們被三名佛教和尚救了，還是和尚他們自己似乎對馬賊手下留了情，還是——

他感到一個強烈的拉扯，才發現惡劣的馬賊首領唐老大正由他身邊跑開，旋即是小女孩被捉時那撕心裂肺地大哭。一瞬間，馬賊、小女孩都已上了馬背，正飛馳而去。小女孩掙扎著想脫身，短短的手腳亂揮，用盡吃奶的力氣，但唐老大一手抓緊她，另一手執韁策馬。

「糟了！」小孩的母親指著遠去的馬尖叫。男人立刻撿起馬賊掉在地上的一根矛，瞄準。他緊咬牙關，試圖預判飛逃的綁匪往哪兒去。他的手臂顫抖，沉重無比。他從來沒幹過這種事，但他不能眼睜睜看著自己的女兒被擄而什麼都不做。

突然，長矛好似不見了。

精瘦的年輕和尚由男人手中搶過武器，瞇著眼，對準幾乎已在射程之外的唐老大。女人伸出手，眼睛嚇得圓睜。

「住手！你可能也會傷了我女兒！」她喊道。喊聲也引起帶扇子矮壯和尚的注意，他立即察覺到自己那位精瘦師兄的意圖。

「不行，師兄！」他喊著，同時伸手去抓。

把矮壯和尚的手拍開，精瘦的和尚揚臂一擲，武器咻咻地破空而去。

長矛像一隻巨大的箭飛向天空，再猛地往下掉，不偏不倚命中唐老大的肩膀。馬賊首領痛聲呼號，從馬背上跌落，把小孩拋入軟綿綿的草裡。男人、他的妻子和三名和尚馬上衝過去。所幸孩子除了驚嚇過度，大眼睛盈滿淚水外毫髮無傷，而唐老大痛得呻吟，垂頭喪氣地坐在那兒，抱著一個血肉模糊的肩膀和一隻已腫得像杏子般大的中指。馬賊首領精疲力盡地瞪著和尚們，被擊垮了。精瘦的和尚插進來，棍子指著他。

「哼！這次算你們贏。」唐老大憤恨地說。精瘦的和尚不發一言，而矮胖帶把扇子的和尚嘆了一口氣，放鬆下來。咯咯地笑得像隻母雞，精瘦的和尚抓棍子的手用力，目光冷厲地看著這個混蛋。此時高個兒的老和尚也走了過來。

精瘦的和尚立刻向大師躬身行禮。

「師父，原諒我使用暴力，但我們對付的是馬賊。他們是一群強盜、殺手和強暴犯。如果我們讓他們離去，他們定會繼續禍害別人。」

老和尚舉起了他的手。

「我們不得已讓自己倒退到用最原始的方法解決問題。訴諸暴力，我們把自己降低到他們的層次，那對我們是一種恥辱。我們只能向佛祖祈求，希望指引我們找到另一種更加和平的解決方法。」他指示兩位弟子退下，他們照著做了。

「但是，師父，」精瘦的和尚問，「我們不是夠寬容到讓他們保留一條命嗎？」一隻手搭上他的肩——正是他那持扇的同道伙伴。

「師兄，師父所言即是，這個馬賊已經得了教訓，況且我們把他的肩膀弄成這樣子，他再也不能恐嚇旅者了。」他說。精瘦的和尚翻了個白眼走開。高個子的老和尚微微地笑，蹲在唐老大身邊，一把抓住馬賊的領巾。

「我們馬上就會通知官府。等大汗的軍隊來時，你會希望你生來就是一只蟲子。現在，離開吧！」

馬賊抱著他滴血的肩膀，歪歪斜斜地爬上他的馬，急馳而去。

● — — — — — — ●

「千言万語也道不盡我們的感激。你們的大恩大德我們將銘記在心。」

「哪裡，些微小事何足掛齒。」

打完架後，少林寺的和尚便展現他們的慈悲之心，照料男人和他的家人，幫他們裹傷，並盡量幫小女孩退燒。又為了安全起見，和尚們提議送他們一程直到有官兵巡邏的地區。這對男人和他的家人不啻天降福音。男人自是對他們的佛教恩人千恩萬謝。當他們到達目的地後，和尚們提著他們的行囊向這一家人道別。

高個子的老和尚微微笑並摸着小女孩的頭。她對不久前把她的世界攪得天翻地覆的恐怖事件仍餘悸猶存。

「趕快好起來，小女孩，阿彌陀佛。」兩名弟子和尚也雙手合什，躬身念佛。男人和他的家人也向和尚們躬身行禮，然後示意那個女兒謝謝她的救命恩人。她揮着小手說：

「謝謝你，老和尚先生。」高個子的老和尚笑了，對無聊到有點兒不耐煩的精瘦和尚比一下。

「該去謝的是我這名弟子，是他迅速的反應救了你。」小女孩走向這個年輕和尚，一手捂着她額頭上的濕毛巾，另一手去拉他的衣擺。

「謝謝你，兇臉和尚先生。」她說。精瘦的和尚蹲下來，緊盯著小女孩的眼睛。

「小妹妹！真實的世界就是這樣，並非如我們所願的光明美好，但現況就是如此。」他的扇子同伴皺了一下眉。*師兄有時還真負面*。精瘦的和尚由手腕上退下他的佛珠手環。

「來，拿著它。」他說，把手環遞給小女孩，「如果妳再遇到其他馬賊，只要把這個給他們看，他們一定嚇得尿褲子，嗯？還是妳也可以來少林寺學武術，那時就換成是妳把他們好打一頓了。」

「沒錯。」高個兒的老和尚若有所思，「我們少林寺一向培養頂尖的武術高手。」

「變得像我一樣強壯。」精瘦的和尚說，展露他的臂肌。

小女孩向她的雙親說：「爹、娘，我也要做一名少林和尚。」

「謝謝妳，小女孩。雖然我師兄這麼說，但要進入少林寺可不那麼容易。」矮壯的和尚說，抱歉地望著小女孩的父母，繼續解釋。

「我們的寺院對弟子的挑選很嚴格。請別誤會，其他任何事我們都樂意幫忙。是不是，師兄？師父？」

矮壯的和尚望向他的伙伴，老師父嚴正地點了一個頭，而另一名弟子、那個精瘦的和尚，也緩緩地點頭，狀甚不樂。

高個兒的老和尚向小女孩及她的家人躬身行禮。

「確實。但力量有許多形式，有形的力量反倒是最弱的。儘管今天受驚，我希望你們別往壞處想，因其中也有正面的啟示。願你們一生得福佑，阿彌陀佛。」

南無阿彌陀佛。

幾百公里外，一個穿著同樣少林僧衣的年輕人孤獨地走著。他的表情空洞，面如死灰。兩臂上到處是傷口；他的拳頭沾著血跡；他破爛的僧袍掛在身上，黏著污垢。要不是他幾周未剃的滿頭頭髮，他活脫脫就是一名少林和尚。雖然臉上淤青淌血，他仍慢慢地搖晃著前進，他的神情底下隱藏著最深邃的痛苦。

到了他的目的地，他兩眼直視，覺得自己不必再撐了。他舉起那前臂內側有一處嚴重燒燙傷的手，探向他的僧袍內，想摸一下他最寶貴的東西。

東西不在那兒。他把它留下來了——他怎麼就忘了呢？

但現在那已經不重要了，即使有的話。

他往他眼前的峽谷深深望下去，這兒離底下的地面怕不有九百米高。他閉上眼，去感覺微風輕拂他的額頭。他合掌禱告，喃喃地唸著鎮定他自己脆弱靈魂的詞，在微不可聞的低語中重複它們。

然後，他就跨下了懸崖。

第 1 章

少林

位於中國大陸中原腹地、黃河正南，聳立著一脈山峰，統稱為嵩山。按照道家的說法，這片山脈自古便被認為是神州五嶽之一，且世人皆信其對華夏文明的孕育有著不可磨滅的功勞。至今，嵩山仍在其莊嚴寧靜中，如詩如畫地綻放著它的魅力。每一座山巒與幽谷，皆成為野生動物的棲息之所。牠們遍佈於嵩山兩大主峰綿延的林海與巍峨岩壁間，和睦相處了幾千年。那兩座主峰組成了嵩山；太室山在東邊，少室山在左邊。

後者便是著名的中國武僧或「武術和尚」的家。

有人說少林寺之所以取名少林，源之於這個地區最初遍植著大量的樹苗——沒錯，其字面意思為「幼林之寺」。亦有人說，這個名字象徵著和尚們的韌性和力量，他們在外在的壓力下，身段依然能柔韌不屈。少林寺本是一片佛教建築群落，為數十名至數百名和尚的居處。他們就住在一連串像木屋一樣的庵堂裡，所有的建築物外面再被一道圍牆所環繞。這些建築依山勢而建，一幢接一幢，在傾斜的山地上逐漸墊高。當人行進時，往往大路盡頭就是幾階臺階，不費力地把你帶往另一個墊高的小徑。而寺院群落雖全處於圍牆之內，但若干鄰近的山丘、谷地，只要有一處好的、堅固又沒遮蓋的空地，都可兼做練功場。它們之間全部以天然或人工開鑿的小徑與台階相連。

穿過寺院左邊，向著西南方行去，矗立著少林寺的塔林。它是一連串高聳的塔狀建築，存放了幾世紀以來和尚的骨灰。整體來說，整座寺院與群山相輔相成，像是每一個泥磚瓦片，均和諧地安置在地上的植物中。由此所產生的結果，讓少林寺不但沒被周遭的野生植被所覆蓋，反而被它們襯托得更加靈秀。

晨曦初破，和煦的陽光從群山之間緩緩穿透，逐漸點亮了山嵐間的一切。原先被深黑的樹木和墨藍的陰暗隱匿的寺院在慢吞吞地亮相。最早的幾縷陽光，在環繞著主殿牆頭上若干裝飾用的綠色弧形*琉璃*[4]瓦上閃爍生輝。終於，整個僧院都照亮在漸漸到來的晨曦中。少林寺的深處傳來模糊的掃地聲，表示擔任清潔工作的見習僧已經起早，正執行著每天最早的若干工作。他們的掃把掃過院子、課室、大廳、亭台和數不清的神壇。平地響起一聲鑼。

各個宿舍中，其他和尚紛紛由沉睡中醒來。惺忪的眼睛，是他們唯一能透露出疲憊的跡象。即使訓練艱苦，他們已經被訓練到對任何苦楚都已視若無睹。他們迅速地披上灰色的僧袍，穿上鬆垮的練功褲。綁腿一直綁到膝下；腰旁或腰前則用一條腰帶或布條綁一個結，將僧衣牢牢束緊。當下，少林寺大約有一百五十名武僧，而在寺院人數最盛時，曾容納過數百位習武和尚，再加上還有數百名選擇不習武的和尚。雖然這些不習武的和尚致力於勤讀佛經並學習坐禪，但他們有時還是得加入他們同門的一些操練以鍛鍊身體。在這擴散的晨光中，一名不習武的和尚刻意地跑到他尚武兄弟的宿舍，敲著一面小鑼喚醒那些未及時醒來的同伴。他是一名僅十四歲的男孩，充滿著少年人的活力。他連跑帶跳地穿過法堂，向著後方的寢室奔去。

「起床了！早上好！」

他像瘋子似地敲著鑼，把一個個震耳欲聾的鑼聲往睡夢中人轟去。現在一半的和尚都已起床，正要離開寢室。他們垮著一張臉，無精打采地跑下樓；所有的人，也就是說，除了兩名和尚以外。他們已經醒了，但決定再多賴一會兒床。

打鑼的小和尚透過窗戶望向這兩個睡覺的人，抽著鼻子。深吸一口氣，小和尚又一陣緊鑼密鼓。

「喂！該起床做事了，懶骨頭！」他快活地叫喊著。一個和尚動了一下，把頭埋在床單下。

---

[4] 琉璃：中國的一種玻璃水晶。

「師弟，你可以去打斷他的手嗎？」他睡意仍濃地對另一名把他的頭深埋入被窩中繼續沉睡的和尚說。男孩把門踢開，走到兩名仍在夢鄉中的僧人前面，小心翼翼地、無聲無息地將鑼懸掛在他們的禿頂之上。他臉上掛著得意的笑容。從這個角度，他們不過是兩個該被敲破的蛋。他看著被窩上兩個貪睡者鼓起來的頭顱，它們就是在等待一頓懲罰的降臨。男孩慢慢把手縮回來，準備將他們的耳膜震碎。

其中一個睡著的和尚突然「叭！」的喊一聲，跳起來，兩手平伸做僵屍狀。小和尚嚇得一屁股坐倒。摸著自己摔痛的尾骨，他擠出一絲無力的笑容。

「太棒了，師兄！下次得教教我這一招。」孩子說，儘量表現得若無其事。和尚跳下床，笑了笑並躬身行禮。這這位身材中等、年約二十歲出頭的僧人，他的娃娃臉上帶著一抹平和的表情。

「沒問題，小師弟！」他笑了笑，「重點是時間的把握。只要時間拿捏得宜，即便是最死硬的和尚也會上當……噢！」他的聲音被他現在剛清醒的同伴丟來打到臉上的枕頭打斷。

「你還能多大聲吶？止聾師弟。你簡直比那個小瘋子的鑼還吵。」另外那個和尚說，他此刻已完全甦醒，非常不高興。

「來來，別那麼嚴肅啦，君寶師兄，你的幽默哪兒去了？它是生活中的調味品！」擁有娃娃臉的止聾回答，順手將枕頭丟了回去，以此作為回禮。君寶氣沖沖地把它掃開並打了一個哈欠，一邊搖頭。在他的生命中，亮眼睛的止聾從沒失去他兒時的光芒，儘管他也曾是一個憂鬱自戀的青少年。立意聚焦於生命的光明面，止聾總在旁邊適時地把歡樂與理解灑向附近非常需要它們的和尚，而和尚們也莫不欣然接受。君寶的臉色由不悅轉為苦笑，點頭認輸，向他師弟有感染力的好心情投降。敲鑼的小和尚此時站起身來。

「羅大師父特別交代，要我盯著你們兩人的晨跑不能遲到。嗯，我現在得去頌經了……待會兒見。」男孩走了，一邊揉著他的屁股。打著哈欠，止聾搔搔頭，擔心地望著他的師兄。

「師兄，你聽到了嗎？大師父羅湖今天當值，我還以為我們今天是德敬師父的課呢。就這樣；我們得趕快點了。」他說，退下睡衣並套上僧袍。

「止聾師弟，無論是大師父羅湖還是師父德敬，對我們而言並無不同，他只是比較嚴格罷了。」君寶說，也換起衣服。但他的習武師弟可不同意。

「我們遲到會拖累別人的。走！」他招呼他的師兄。他們綁緊他們的綁腿，跑出門。跑步時，止聾指著屋頂。

「師兄，我們抄小路吧！」止聾連跑帶跳地跳上一堵石牆，彈上附近的一棵樹後，再抓住一根粗樹枝。那兒，他像貓一樣地平衡在離地約三尺高處，又再跳到少林寺眾多大殿之一的法堂屋頂，並確信他的師兄尾隨在後。他們兩人一起，敏捷地走過屋頂，惹來許多正在修早禪的和尚不悅的目光。做為一個武僧，止聾和君寶受了多年各式各樣的體能訓練。這些訓練讓他們能如履平地般地行過滑溜又崎嶇的屋脊。他們利用樹枝盪到更遠的屋頂，由大雄殿跳到了六祖殿，最後到天王殿。他們兩人小跑步地跑在通往山門的圍牆上。一棵細長又光滑的柱狀樹擋住了他們的去路。一刻不停地，兩名和尚縱身一躍，抱著樹幹，順著它往下溜至地面。隨著樹葉的沙沙作響，樹幹又彈回原來的樣子。

兩名和尚由樹林中冒出來，接上一隊晨跑武僧的尾巴。清晨的陽光灑在一列快速跳動的人頭頭頂，照亮他們頭上剛冒出的汗珠。幾位跑步者回頭瞥了一眼新插隊的人，但未多加理會。

大師父羅湖輕快地跑在前面，一邊催大家快跑。他一手舉一根約三十公斤重帶著鐵鐶的錫杖，汗水未染地遠遠超過跑在最前面的人。他特意放慢腳步，開始用他錫杖的另一頭戳他習武弟子們的胸膛，給予他們壓力。

「不像樣！當我像你們這麼大，一天不管什麼時候都能跑個三十*里* [5]。沈柏，你那姿勢比我祖父還不如。」他大罵，「正魯，眼睛看著該死的路。還有你們三個，趕上來！至於你們其他落後的人，在我們跑完之前，你們最好趕到前面來。」大師父邊說邊拿他的錫杖抽幾名和尚的背。他們無一反駁。他是一個嚴格的老師，不講寬容與同情，從他的體魄上便可見一斑：他是一個身高六尺的大塊頭，是所有師父中最令人刮目相看的，再配上豬腿般的手臂及柱子一樣粗的雙腿，難怪大師父羅湖不僅是最嚴格、也是眾多師父中最具武功造詣的一位。當他快跑時，他頸子掛的佛珠項圈喀啷喀啷地打在他的肩膀，不久，他就指揮大家停下。許多和尚都站不住了，他們因精疲力盡而滿臉通紅。

[5] 里：中國的長度單位。約三分之一英里或半公里。

「甭說我有多失望了。上週是誰指導的你們？月底之前，我一定要把你們糾正回來。明天，誰若敢比我落後哪怕只有幾步，一樣會挨耳光並被推下山去！」羅湖咆哮，盯著全體僧侶。當他的眼光凶巴巴地掃到兩名遲到者時，他的眼睛就停住了。

「我的忍耐對放水和慢吞吞是不一樣的。」他說，瞇著眼指著後面的兩名和尚。他把他的錫杖插在地上。

「止聾！君寶！」他吼著。

兩名和尚遲疑地站出來，以一手合十作佛教禮。

「君寶師兄，我們被逮到了。大師父從來沒有真正喜歡過我。」止聾喃喃地說。

「止聾師弟，他除了揍一拳或搧個耳光，其他能幹嘛。」君寶低聲說，像是毫不擔心。他們走到怒氣沖天的羅大師父面前，嚴格的老大師二話不說便朝君寶捶過去。一個長滿老繭的大手打到這個不知悔改的和尚的左頰，打裂了他的嘴唇，害他幾乎摔倒。君寶對這一擊不甚在意，且躬身感謝。止聾挺身而出了。

「羅大師父，之所以君寶會遲到，全因是為了要叫醒我。」

君寶瞄了止聾一眼。他知道他們是好朋友，但真有必要為這點小事撒謊嗎？大師父羅湖目光如炬，突然把他的錫杖往止聾的下巴一戳，把年輕和尚的頭打得猛地往後甩，臉上立刻浮現一片紅腫。

「我何時讓你替他開脫了？我要的是你們的道歉，而不是藉口。你們兩人都是師兄，要有師兄的樣子！」他大聲咆哮。兩名被打的和尚躬身行禮，唸著阿彌陀佛。

「預備！走！」大師父羅湖拉開嗓子喊。和尚們立刻繼續往彎彎曲曲的山路跑下去，要一直跑到少林河。止聾與君寶跑到隊伍中間，這個位置相對於落在後面來說或許更安全一些。

「你的嘴巴還好嗎？」止聾喘著氣問。君寶點點頭嘆了口氣，把血擦在衣袖上。

「期望能靠*東方藥師佛*[6]的佛經治療身心之傷囉。真的，我沒事。還有止聾，我很感激你不惜扯謊來維護我，但不必這樣好嗎？我告訴你很多次了，我自個兒的事自個兒能管。讓我更擔心的是你的下巴，你的牙齒都還在嗎？」

「什麼都在，羅湖只打到我下巴旁邊，不過那可不表示不疼。」止聾揉著他下巴的傷，那兒現在已經變得有點兒發紫。君寶把一隻令人寬心的手搭在止聾肩膀上。打從君寶還是一個小孩初次踏入少林寺起，他就和止聾結下了不解之緣。他們兩人年齡相仿，雖然君寶是一名高明得多的格鬥好手。事實上，論及徒手武藝，君寶在少林寺被公認並被稱許是一個難得的天才，因為他比大多數師父的反應都來得快，再加上他有能「洞察」對手的獨特能力。私底下，他聰明好學，什麼都一學就會，唯獨對人類情感的理解似乎始終難以掌握；當他得閒時，他喜歡鑽研他自己的防身術，讓他頗有少林寺承先啟後先鋒的樣子。

而止聾，論起武功，完全搆不上君寶的層級。他比君寶小一歲，是一個愛做夢且把精力放在結交朋友的人。止聾的武功實力被排在平均以下，是一個不起眼的學生，學習能力較差。

儘管在許多方面，兩個和尚迥然不同，卻不知怎的變成了最好的朋友。君寶個子高，身材及臉龐細細長長，不太顯得天真，對武術、中醫的研討及道家經典有狂熱的興趣。有時他表現得嚴厲又有點兒現實，但實際上卻擁有一顆悲憫世人的心。

難怪在少林寺他只有一位值得信任的朋友，明白的人不難猜到他是誰。

比起來，止聾是一個正面思考、易於信人又非常敏感的人。雖然遠遠沒像君寶那麼熱衷武藝，但他對練功也不敢怠惰。做為一名武僧，他偏愛使用少林棍法、一些徒手招式、和另外兩套特殊武功，當然跟君寶比起來如小巫見大巫，因君寶可說是弟子中最強的一位。雖然如此，寺中多數和尚更願意與止聾相伴，因為他擅長另外一種稍微不同的藝術，就是如何做一個真誠的朋友。止聾的孩子氣、溫和的表情、和對生命的熱誠，使他顯得甚至比見習僧們更年輕、開朗又可親；而且雖說君寶自幼就來到少林寺，止聾可是打自出生不久就被寺院撫養，對其他的事完全不復記憶。當君寶埋頭費力於研究戰爭策略和哲學等嚴肅課題時，止聾則偏愛文學創作，如說

---

[6] 東方藥師佛：藥師佛陀。

故事和練習書法。君寶也是一個死硬的熱血青年，沮喪立刻形於色，止聾卻是一名樂觀主義者，當災難發生時，他絕不會無動於衷或抽身撤手。面對壞消息時，止聾總能誠實地審視任何結果正面的一面，盡量表現諒解與接納，同時把他的體貼像陽光般幅射出去。難怪論到說謊的技巧時，止聾就無藥可救。

「我們來比比看。誰最後到達摩祠誰是臭蛋。這一次讓我們卯盡全力吧！」君寶說，隨即加快腳步，輕鬆地超過了其他和尚。

「我以為我們已經卯盡全力了！」止聾說，也衝著趕上去。他們與其他和尚的距離逐漸拉大，現在是他們遙遙領先，更接近已經在前頭遠處衝刺的大師父羅湖。達摩祠是為了紀念印度僧侶菩提達摩幾世紀前將禪宗初學以及部分武藝從印度傳入中國而建立的。抵達達摩祠的石階下，君寶與止聾立即停止奔跑，改以背手蹲馬步的蛙跳方式往階梯上跳。他們到達山頂時，已經汗流浹背。兩個和尚向石碑致敬後，再手腳並用，用爬的方式下山。這些活動都非常吃力卻可強壯體魄，為練功做準備。

跑了更多路、繞完附近的太室山和某個叫達摩洞的山洞後，和尚們便往少室山回去。他們費力地穿過塔林，再經過一條小徑，最終來到少林寺後面。大師父羅湖已坐在那兒打坐。

「觀音哪！他怎能那麼快就跑到這兒？」止聾低聲說，君寶聳聳肩。幾分鐘後，其他和尚也到了，大口喘著氣。等大家到齊後，他們先伸展筋骨再開始一種稱為*氣功*[7]的呼吸訓練，以恢復他們失去的元氣。隨後，他們返回寺院，各自回到宿舍，處理日常雜務，包括洗衣、撢灰、製藥、修繕住屋。整個寺院忽然變得忙碌起來，但其中卻有著一種井然有序的美感，因為每個和尚都分配有特定的任務。抱著整捆洗衣的和尚與拿著鎚子和工具箱的和尚笨手笨腳地擦身而過；更多和尚在寺裡上下跑腿。有幾個和尚在廳堂和宿舍用籠子抓老鼠及害蟲並小心地把牠們帶到山裡放生，因為佛教教義禁止殺生。有的和尚到塔林拔草；更有人去少林河挑水。那些挑水的用一根扁擔兩端掛兩個大桶，肩挑六十公斤的水，用最少的時間，把水一滴不灑地挑回寺裡。一群群見習僧們擦拭佛像、石碑、石塔，而其他一群人負責倒垃圾或在師兄的監督下把糧食堆到儲藏室。

---

[7] 氣功：經由協調一致的動作、姿勢、打坐、呼吸以培養內在之氣的方法。

止聾與君寶那天被派到少林寺藥房值藥草差。他們的工作是檢視一袋袋新鮮或曬乾的藥材，挑出其中的雜質如小石頭或潮損的藥材。君寶特別覺得這種工作無聊到會腦殘；他抱怨在瞪著十五打芍藥根後，他便無法辨別哪一株長霉，因為在該死的三分鐘後，它們開始看起來都一樣。止聾卻完全相反，他非常謹慎地處理他那一堆，往往用他的手指去感覺藥草是否有異，而君寶只是拿起它們卻又似乎在瞪著另一空間。又一聲鑼響，君寶一下子回到現實。

「是早飯鑼。我們走，我快餓死了。」他捧著一握藥草放在秤上，再加一點後就把它們倒入一個特別標誌的抽屜裡。止聾也做同樣的事，但多花了一些時間，夠讓他的習武兄弟不耐煩，但最後總算做完了，兩人遂一同向位於寺院一旁的食堂走去。這間大廳非常大，它另外還包括一個大廚房及一個裝滿了各式素食食材的儲藏室。

兩名和尚拿了碗加入排隊的行列。由於資深，大多數長老和師父已開始用膳。止聾和君寶各被給了一大碗白粥——就是那種淡而無味、加太多水煮的米粥。為了讓它有點味道，和尚們便拿起夾菜的夾子，幫他們自己夾些不同的小菜，如醬菜、老豆腐伴芝麻、鹹豆芽和煮海帶。他們又停下來拿了一個饅頭並在食堂成列的桌子中找到一張桌子。君寶拿一雙木筷夾起他的醃蓮藕。

「嘿！我們今天有蒜頭吔！我以為我們不該吃這種東西的。」

「想得美，就這麼一次。廚子說我們需要它對抗最近這兒流行的重感冒。」坐在對桌的一個和尚哼了一聲說。君寶與止聾都為這個小菜感到感激；少林寺最初的飲食不但是去肉的素食主義，連同味道和氣味特別強的植物都在禁忌之內。每個和尚都十分懷念蔥、薑、辣椒和蒜頭，對它們的想念不亞於肉類。特別喜愛辛辣食物的止聾把那塊蒜頭推到碗的一邊，他要留它到最後吃。他們狼吞虎嚥地吃了飯後就各自回宿舍，在第一節課開始前，能再休息片刻。

君寶在研讀眼前的一本書，他的兩眼發直。

對許多和尚來說，君寶是一個異類，因為他既是少林寺武術最棒的弟子，卻也能瞬間跑得無影無蹤。他是一個明星弟子也是一個最懶的人。當他沉迷於一本道家指南，躺在宿舍屋頂上時，他注意到一個影子，瞥一眼，便看到幾尺外止聾的臉。年輕點的和尚正歇在一棵最近大樹的樹腰上。

「師兄，你醒著嗎？快，早休時間已過，我們現在得去上課了。」他說。君寶咕噥了一個幾乎聽不清楚的回答。止聾皺著眉，不解地看著這個師兄。每當他的習武兄弟一看書，他的臉上就是這種眼神空洞，魂遊天外的表情。止聾抓起一根樹枝朝君寶揮去，希望它起碼能把年長一點的和尚打醒。

「嘿，住手。」君寶拍過來。止聾閃過並欺身上前，同時給君寶一拳，在離君寶臉前寸許停住。

「虧你讀了那麼多的書，連我這一拳都躲不過，是吧，師兄？」止聾說。剎那間，君寶抓住了止聾的手，像是與它一起捲，仿佛將其吸引過來，把年輕的和尚拉得失去了平衡。君寶的另一隻手瞬間又至，平掌向止聾的面頰打去。君寶沒用多少力，僅僅觸碰到止聾的耳朵上方，卻足以讓年輕和尚站不住腳，摔下屋頂，半失了魂。

等他回過神來，他已懸掛在屋簷邊，吊在他師兄手上。

「止聾師弟，對不起！你還好嗎？」君寶問，滿臉通紅。

「我想大師父羅湖跟你切磋可能更合適。」止聾說，暈乎乎地。

「我不知道我出手那麼重，我最近研究了一些自己的招式。」君寶說，邊低頭道歉邊把止聾拉上來。止聾拍拍身上的灰，朝年長和尚的肩膀敲了幾拳，並瞥了一眼掀開的書。

「原來那不是僥倖？而且你為什麼還唸這些東西呢？道家的理論和醫術並不教我們如何格鬥。我的意思是說，搞懂道家思想能讓我們的拳頭更有力嗎？」

「道家？我猜是因為它讓我著迷。我喜歡它的理論。」君寶喃喃地說，陷入深思，「為什麼當我們的對手費那麼大的勁來傷害我們時，我們要用自己的力氣去硬碰硬？如果我們能借他的力來打他不是更省事？」君寶說，像在動腦筋。止聾點點頭。

「嗯……嗯，聽起來不錯，君寶師兄。」止聾說，「雖然我不記得哪一位道家醫生曾向我們挑過戰。我們該走了吧？」

「我說正經的。」君寶說，有點兒不高興，「欸，從我們目前的觀點來看，軟功沒啥用，我懂。但你知道嗎？它能更有效地吸收敵人的力量，讓他們失去平衡，出現完美的破口，讓我們能用最少的力氣，一舉突破他們的攻擊與防守。」

止聾知道君寶想說什麼，也知道一定會有許多反對聲浪。這時大多數的少林和尚對武術的認知還停留在基礎階段，就是以激烈的體能鍛練來達到更強又更快的攻擊。

格鬥時一個軟趴趴的身體聽起來好蠢。

「聽起來好得難以置信，但你知道，師兄，對他人來說，許多新發現起初聽起來都像天馬行空，所以我怎能知道？現在，我們在惹麻煩之前還是快走吧！要說教等會兒。走！」止聾眨眨眼。君寶乾笑兩聲，收起書本，跳下去與他的習武兄弟一道走。他們朝位於塔林旁的一塊平地、基本功練習場趕去。

*為什麼師兄要嘗試新的招式？*止聾暗道。*難道我們在少林寺學的還不夠好？希望那些老和尚不知道此事。他們一向是非常捍衛傳統的。*

早飯和晨休結束後，少林寺的武僧們按照他們的武功實力分組。止聾和君寶站在幾位實力相當的師兄旁，有幾位年齡老得多，但大多是同年齡層。他們在那兒等待任課的師父到來。

著重武術的招式和運用的基本功，是早上第一堂最扎實的課。它教授少林寺獨家的一系列徒手打擊技巧，統稱為拳法或「拳之律」。在這個定義上，少林寺現在的幾套拳法，都特別著重於打、踢、手肘、膝蓋方面的工夫。而其常用的核心拳法，各個也多少不盡相同。

和尚們首先練習羅漢十八手。它是少林寺最古老的功夫之一，主要是由一連串的動作和姿勢組成，以增強練武的底子，包括著名的「蹲馬步」。它是一種兩腿張開半蹲的姿勢，並伴隨兩手收在腰際且交互出拳的動作。

當止聾和君寶練習他們的功法、心平氣和地等待他們的師父時，寺院內其他的武僧們也正忙著練另外的拳法，整個少林寺生氣勃勃。

他們附近另一班和尚正在練習通臂拳，這種拳法著重於特殊的出拳，被認為是一種直搗敵人的功夫。

另一個被練習的徒手拳是穩紮穩打的洪拳，是一種防守型、拳擊式的拳法。此拳法將地氣由腳底吸上來，再送到拳頭中，打擊敵人如急流洪水，故又稱為「洪水般的拳頭」。

另外尚有砲拳及長拳。前者由一連串像活塞抽送般的拳頭進擊與反制，後者則利用長踢與長拳，不必近身就能分出勝負。

以上僅介紹了幾種拳法；少林寺還有許多武功像是鐵臂拳、擒拿、羅漢拳，若干使兵器的功夫如棍子功、訓練內力的氣功。這些僅是早期訓練的一部分；還有更多武功，在少林寺動盪起伏的歷史中，不斷地被創新並演練。

一名少林師父走到場子上，止聾與其他弟子躬身行禮。

「今天我們走三套洪拳後，再繼續我們昨天所學的，如何應用砲拳在實際的格鬥中。」師父說，捲起袖子。弟子們行單手佛教禮，齊聲答，「是，師父！」

一「套」拳指的是一系列包括特別的打、踢、躲、肘戳、迴避等一個接一個不間斷的動作。看起來像排練有素的表演，幾乎有些優雅，但有時又十足的殘暴。和尚們的動作充滿了詩意的美感，然而在舉手投足間，又隱含煞氣。他們的動作整齊劃一，伸拳、收拳、踢腿、低頭、跳起，精力無窮。

堅硬的地表磨起了灰，樹木也隨之震動。

止聾走完了演練，旋轉，收緊核心，一手舉起護著臉側，另一手內彎護住下盤，最後以傳統的防守姿勢收尾，

止聾擦掉眉頭的汗水，抽空瞄一眼緊鄰練功場旁邊的一個大班、非常年幼的小和尚們。他們正在練童子功。這是一種把小孩的柔軟度推到極限，像特技一樣的訓練。他們一半的人排成一列，一個接一個的練習翻跟斗，而其餘的人練習看似痛苦不堪的後空翻。那個動作需要孩子往後彎，須臾平衡在頭頂而非兩手，然後才整個翻過去。一群師父們盯著這些孩子，拿藤條抽他們，直到他們的動作無懈可擊。

另一半孩子純屬剛入門。他們臉上涕泗縱橫，痛得齜牙裂嘴地在練習劈腿，而他們的師父毫不留情地把他們往下壓，直到他們的腿平攤在地上。在這樣一個佛教寺院中，武僧的訓練不像他們對信仰的學習，對外行人來說簡直就是地獄。止聾不由地記起來當他還是一個小童時，在少林寺受的肉體折磨。雖然大多數有些殘忍，但他畢竟挺過來了，還造就他一身本事，能在盜匪橫行的土地上自衛。值得感謝的是，不是每位老師都像大師父羅湖那般軍人作風。在一整天的訓練後，多數師父都會儘量展現他們柔軟的一面，像是送點藥草去受傷學生的宿舍，還是中、晚飯時，分一半他們的飯菜給年輕學子。

之後，和尚們的下一節課是打坐。

止聾坐著，手肘朝外，兩手輕鬆合攏，掌心朝上。他的兩腳各盤在另一腿膝蓋上的姿勢，看起來好痛。當他持續放鬆時，下巴上那一抹淤青隱隱作痛，令他不由得想起大師父羅湖。年輕的和尚吐了一口氣，儘量把這件事拋諸腦後。經歷了清晨如同煉獄般的奔跑和隨後一個時辰的拳法課，止聾已精疲力盡。他深深地呼吸，企圖將心神凝聚於虛無之境，或盡可能接近那個境界。當他感覺他那飄忽不定的心逐漸靜止時，他覺得自己好像回到他舒服的床上。

一根藤條打在他肩膀。

張開眼睛，他揉了揉被鞭打的痛處，向如意師父頷首致歉。如意師父近視又滿臉皺紋，手拿一根長籐，繞著大雄殿四壁渡步，在離午餐還有半個時辰的時刻，虎視眈眈地望着止聾與同樣坐在墊子上的其他三打學生僧。有如意師父盯著，任誰也難以偷得片刻懈怠。這對於那天早晨參與禪修的所有僧人而言，無一例外。他們在少林寺的各個地方禪坐，像是立雪亭、天王殿、千佛殿、六祖殿、禪堂、和碑廊。

止聾再次閉上眼，聆聽遠處傳來的聲音，但最重要的，他提醒自己不能再次墜入夢鄉了。

午餐後，止聾拿著洗衣板和臉盆往山門外走，那兒其他和尚也正忙著洗衣。和尚們通常利用這個時間休息，但許多和尚則趁機料理雜事，只要他們能在下午第一節課上課前辦完即可。

當他洗完最後一件衣服，止聾瞥見君寶正沿著上山的小徑揮手呼喚。

「止聾師弟！」

但止聾沒理他。

搖著頭，君寶小跑上前，鞠著躬。

「師弟。」他伸手要拿止聾握著的肥皂。

「不，師兄……」

「為什麼？」

止聾四下一望，注意到近處和尚們的目光。他把肥皂水潑到旁邊的草叢，把肥皂放到他的口袋，示意君寶往山門內走。

「師兄，我不能只為了讓你逍遙法外一直借你肥皂。」

年長的和尚臉色一沉。

「得了，止聾師弟，事情並非你所想的那般糟糕！」

「君寶！這是你第九次溜出去吃肉了。」止聾說，指著君寶油膩膩的嘴唇，「你不能一直這樣，那不對，那是欺騙。」

兩個朋友尷尬地彼此瞪了一眼。佛教徒是不准吃肉的，這個戒律對武僧來說更難忍受，因為寺裡的體能訓練，通常讓他們比平常人更易飢餓難耐。

更糟糕的是，君寶看到叉燒肉就無法抵抗。

「你看！」君寶點著頭，「我又沒殺生，我是去商家買的。早在我去之前，那些豬早已宰殺並烹煮完成。此外這也是為了我自己好，不是嗎？」

「不是，」年齡小的和尚說，儘量不去理會充滿蒜味的烤肉香，「不，我不懂，吃下那些被宰殺的無辜生靈如何對你有益？」

「茂興師父不是告訴過我們嗎？唐朝的和尚跑得比我們快，又有力氣得多，因為他們可以吃肉。而且我鄭重聲明，我確實有點兒罪惡感，可我的肌肉似乎被注入了活力，像是我現在可以對付一百個山賊。」年長一點的和尚微微笑，希望他的功夫兄弟起碼給他一點認同。止聾卻是滿臉嚴肅，搖了搖頭。

「食用生靈是殘忍且非必要之舉。」

「若此舉能讓我們戰鬥得更勇猛，那便不然。別這樣啦，止聾。」君寶去摸止聾的口袋，急著找那塊肥皂。

「好啦，這可是最後一次。沒得討價還價。」止聾邊說邊往後退，滿臉認真。

「止聾師弟，你知道我碰到這種事就很爛。」

「那不是藉口……」

「吔，」君寶說，「就借用它一下啦。」君寶揮舞著止聾的肥皂，像似有點兒抱歉。

年紀小的和尚拍著自己的口袋，瞠目結舌起來，記起他師兄方才不起眼的動作。

「你如何拿去的？」

「對不住。」君寶喃喃地說，把肥皂抹在他的嘴和下巴，「還記得上次高師父如何抓到我嗎？他把這事告訴了每一位師父。現在他們沒事就來檢查我臉上是否有油光和肉汁。」他打開一小竹筒水，把臉上的肥皂泡沖掉。止聾嘆了一口氣。

「君寶師兄，做為你的朋友，我當然不會檢舉你，但終有一日，有人會發現真相的。」

「那麼在那之前我會戒掉。」君寶眨眨眼。一聲鑼聲響起。

「我們也最好離開這兒，如果我們還想能活到吃晚飯。」

他們倆人拔腳就跑——再惹火下午的師父就太不聰明了，尤其他們早上的暖身課已遲到過。兩名和尚到達立雪亭前的廣場，那兒已經聚集了兩打和尚，師弟與師兄都有。他們或是在進行伸展運動，或是在練習氣功，為下堂課做準備。馬上要開始的下午課，對武僧來說，是一天中體力最煎熬的時段。

不像早上的課，下午沒禪坐、沒風景優美的跑步、也沒許多時間練習拳法與應用——下午的課程是要把每名武僧的體能推到極致。為達到這種爆炸性的成果，就必須強化核心肌群及筋腱，使他們能動得更快，打得更重又耐揍。和尚們站著聊天，等待當天指導的師父到來。

他確實不慌不忙，上課時間五分鐘後，才悠悠閒閒地走來。

「是浩平。」君寶小聲地說，向止聾露齒一笑，「可以開始做白日夢了。」在少林寺不被特別喜愛或討厭，浩平是一位年輕的師父，可眾所皆知，只要浩平在場，就有點兒無聊。那也不足為奇啦；因為對大多數人來說，他的相貌平平且毫無表情，同時他又懶得管事，讓他的學生常常猜不透他的喜怒哀樂。更有甚者，他一向惜語如金，且在精神和心理上，好像總是跟他的武僧同儕在不一樣的地方。

「噓！他會聽到你的，君寶師兄。」止聾看到師父走近，噓著君寶。果然，浩平師父一會兒就大搖大擺地出現在拐角，一件鬆垮垮的少林僧袍隨著他的步伐擺動。他向弟子們輕歪頭部，示意開始上課，哼都不哼一聲。在場所有的弟子爭先恐後地排成整齊的兩列，一手握拳抵住另一手手掌心，阿彌陀佛，鞠躬，行少林拳法禮。

浩平師父的臉，活像是一個上下顛倒的果凍，他的雙下巴輕輕扯了一下，彷彿這就是對弟子們行禮的回應。他懶懶地站在那兒，垂肩突肚，兩眼無神到像根本沒張開。他由僧袍中伸出一隻手挖耳朵，一邊抖著他肥厚的耳垂，讓止聾不禁想起蠟燭融下的一坨蠟油。

「阿彌陀佛，阿彌陀佛。今天我們先做半個時辰的低馬步，嗯……再……讓我想想……一百……不，一百五十下蛇形術，最後重複兩百下臥虎功。不必趕，孩子們，誰搞砸了誰就必須從頭來。」師父說，仍然忙著他的耳朵。

「兩百？太多了，浩平師父！何況今天早上的基本功我們已經蹲了馬步！」一位弟子喊。其他的和尚不敢說一個字。

「那就做兩百五十下吧。嘿，嘿。」浩平微笑著喃喃地說。和尚們蹲下身，拳頭收在腰際，膝蓋彎，做低馬步樁。這一次他們的姿勢比早上的低，十分鐘過去，對弟子來說有如十天之久。在下午的陽光下，他們的腿開始發抖，堅忍的臉上也透露出些許腿上逐漸開始的折磨。這段時間中，浩平師父在弟子中穿梭，哼著他自己才懂的歌，有時停下來觀察舖在石頭地上的一粒砂，像是墜入他自己的世界。又過了七分鐘，止聾已經分不清他的大腿到底是肉還是死木做的。稍後，弟子們可休息片刻，然後開始練習吃力的蛇形術與臥虎功。

蛇形術伏地挺身必須分別在手掌、拳頭、和三隻手指上完成。接下來的臥虎功伏地挺身，得先把臀部蹶起來，伏下時整個身子必須滑過地上。這兩種運動都非常吃力，但最終卻能增強肌肉的強度、靈巧及耐力。每個和尚都喘著氣、呻吟、死撐，汗珠由脖子往下滴。止聾也免不了臉紅氣促。他瞥了一眼君寶，他的每個動作皆無懈可擊又分秒不差。然而其他各處都是拼死命的和尚們強忍著肌肉酸痛、地上滴了一灘汗的景像。

整個過程中，浩平師父還是繼續走來晃去，像一位下了崗的捕快，一邊望著遠方的樹木，或暗笑他自己才知道的笑話。當弟子們數到最後一個臥虎功後，他們癱在地上，大口吸氣。

「為何他要這麼折磨我們？我敢說他只想打混。」一個弟子說，確信浩平師父在聽程範圍外——或看似如此。

懶眼症的師父清了一下喉嚨。

「我聽到了。大家再多做五十下。」他漫不經心地說。弟子們的酸痛破了表。

「師父，求你了。我們的手臂快斷了！我們今晚恐怕連飯碗都端不起來吶。」

「我們不能開始練我們的個別功嗎？」

「你只想自己偷懶，卻讓我們練到半死！」

浩平師父懶洋洋地轉過頭，面對最後說話的那名剛滿十八歲的少年。浩平緩步走近，將他那副愚蠢的臉龐靠過去，直至與那名驚恐萬狀之青年僅一寸之隔。剎那間，這位師父低身欺近，小和尚無路可逃。

一眨眼，小伙子就被拋到半空中。

張開他那青少年的眼，孩子往下看，發覺自己兩腳懸空，已然離地，而且很藝術性地撐在一棵樹上，兩臂下各架著一根樹枝。他看起來相當驚嚇，過了一會兒才意識到其他弟子們的目光。

慢慢地，年輕弟子向班上其他人揮起手，現在臉上掛著像浩平一樣蠢的傻笑。

「我沒事。」他聲音顫抖地說。

浩平師父收起了招，轉身面對他的弟子們，他那像果凍的臉還是那麼若無其事。每個人已經拼命在做另外五十下伏地挺身，不敢拖拖拉拉了。

「哎喲！我的肚子都麻了。」止聾說，扯開僧袍的衣襟，用它們拍著他緊實的六塊肌，同時有趣地看著一旁啜著一杯水的君寶。比較起來，止聾像大多數的武僧一樣，剛剛才灌了一壺半的水還滿頭大汗地覺得渴；君寶沒流多少汗，故比別人喝的少得多。當他們由他們下午的第一節課脫身後，兩人就得分道揚鑣，因為下一節課他們將各自前往不同的班級。年輕的和尚往君寶的肩膀捶了一拳。

「欸呀，告訴我！」

「告訴你什麼？」君寶丟來一句，裝傻。

「這兩個月來你在練什麼功？從實招來，你這頭木雞！」止聾說。

「你應該心裡有數，不是嗎？畢竟我借了你的扇子。」君寶從他的腰帶裡抽出了一把扇子。

「那你告訴我，你打算用它來做什麼？而且我得告訴你，你一直都知道我練的是什麼特別功，我卻對你練什麼一無所知。這不太公平吧，師兄。」年紀小的和尚抗議。他們走到了樹林邊，撥開矮樹叢，有一條小徑直通塔林附近，那兒已有許多和尚正在練功。

下午的第二節課，無疑是最有趣的一課——「七十二絕技」。

弟子根據他們各自的身體特質或生理特徵分組。少林寺七十二絕技顧名思義就是少林寺的七十二種不同的武功。每一種武功旨在增強又或教導特別的一套武藝，以將各個武僧已顯現的特殊天賦發揮到極致。分組大部分由少林寺的師父們決定。經過仔細判斷，每一位學生武僧就被按照他們日後可能更進一步發展的某些稟賦評估。譬如天生的短跑高手會被編到一組，而那些頸部肌肉格外發達的則分到另一組等等，以此類推。

止聾和君寶停下腳步，觀望著自己和少林寺周遭的場景，看得到上上下下都在練不同的武藝。金和尚體格強健，小腿又長，所以正在練習龜甲功，這種功夫需要他背上背著一副超重的烏龜殼練習跳遠。態度溫和的師兄孔榮的手指比大多數人有力，已在賣力地為「鷹爪功」做預備，它是一種將手指訓練得堅硬如石的技巧。碰！牆外面傳來孔榮和他那群弟子們正在擊打一棵樹的聲音，他們把一根僵硬的手指戳入樹幹，留下深淺不同的洞。還有鐵臂功的大師如盧和尚，正帶著一組弟子在山路旁的林地，一起對著樹幹拚命甩胳臂，以硬化手臂的肌肉和皮膚。他們其中最高段的，甚至在用豎立在地上的石柱練習。

然而並不是每一種絕技都是訓練大肌肉的。立雪亭外有一撮人在練輕功。輕功看似易學，實則難精。練輕功的人必須背負砂袋，在幾個大花瓶口上行走，絕不能失足。假以時日，練輕功的人便能輕盈地跑過草地、泥地、甚至雪地，大多數時留下的痕跡，唯特別留神方可查之一二。除了上述所舉，那天下午還有其他武藝也或多或少被練習著：像分水功、鐵掌功、梅花樁、鐵頭功等等。

就拿止聾來說，他之被選入「鐵掃帚功」，乃因他除了有一雙肌肉相當發達的長腿之外，別無特長，而且「鐵掃帚功」本身也被認為是一種普通的特別功。他同時還在修練另一種特殊的絕技，儘管君寶已經在練他的第九種功了。不像其他和尚，君寶還獲得了少有的特權，就是讓他挑選他自己的武功。因為他身體的結構，咸認為是最全面的，在格鬥的所有層面都是上上之選。至於其他人，特殊絕技的選擇仍需經過嚴格的評估，如同止聾及其他學生的過程一樣。

年輕點的和尚還在問七問八。

「快說，君寶。告訴我，你到底在搞什麼？神神秘秘的。」

君寶做了一個鬼臉。

「我現在練的絕技是一個祕密，你就不能等到園遊會那天嗎？」他說。年輕的和尚搖搖頭。

「師兄，快告訴我。我可從沒告訴人家你吃肉的事。」止聾說，捏一把年長和尚的手臂。

「喲，看。元興師父在找你了。」君寶說，指著止聾耳後。果然，那個師父正大聲喊著止聾歸隊，與其他集結在那羅殿外的鐵掃帚功弟子一起訓練。

「好啦，你這個豬頭。不說就不說。我總有辦法查出來的。」止聾說，小跑步去加入鐵掃帚班，「希望與你過招的伙伴能活得下來。你總該有個對手吧？」

「或許有，或許沒。」君寶微微笑，含糊其詞，「待會兒見，止聾師弟。」

上完特別絕技課後，止聾端著兩盤晚餐與其他和尚擦身而過，向食堂裡他慣常的座位走去。肢體上的酸痛可以不理，但疲乏和小腿脛上經年累月磨硬的老繭可不一樣。經過一天的辛苦訓練，他們終於能享受到這頓既是獎賞又多樣化的晚餐，以及從晚餐後一直到就寢前的大量休息時間。晚餐的菜色比早、午餐都多，而且大家可以盡量地吃。晚餐的菜有竹筍炒木耳、醃蓮藕上點綴了枸杞、清蒸芥藍、包了紅蘿蔔與香菇的腐皮卷、一疊疊的滷豆腐、山一般高的白飯，水果是梨子。黃豆等豆類食物特別受和尚們歡迎，因為它們可提供額外的蛋白質。止聾輕輕地揉著腳踝上的筋，等他的師兄到來。

「嗨！止聾，可以遞給我一雙筷子嗎？」一位坐在附近的和尚喊。

止聾拿起一雙筷子，估量了一下距離，注意到那人手中咬了一半的梨子。瞄準，止聾手一揮，筷子凌空飛過幾位和尚的頭，不偏不倚地把它自已啾地插在水果正中央。梨汁四濺，噴到幾個見習僧臉上。接到的人大聲叫好。

「哇！你射得可真棒。」他說，「我以為你只用細針。」

「哦！細針只是嘩眾取寵，它主要是為了練腕力。」止聾答，「它看起來確實蠻驚人的，不是嗎？庫海師父一個下午就能教你同樣的功夫，只要你練習得夠，你還可能做得比我好。當然我與人打鬥時是不用它的。細針造成不了什麼傷害，只會使對方更加憤怒。」

「如果我們擲針都能有這麼大的力道，那若是握有箭矢又當如何？我們或許連弓弩都無需借助。」另一個和尚邊說邊感慨，「少林寺之威，無物可擋。我們的功夫是世上最棒的。阿彌陀佛。」

「沒錯，我們可是遠近聞名的。其他所有的武術家不是想打敗少林寺就是想成為少林寺的一份子。」一名負責清潔的和尚走過時插了一句嘴，手上還拿著裝滿空碗的托盤。他對著一桌桌的和尚比了個手勢，「我說得對嗎？兄弟們。」

嘢！當然的回答，還有一些手伸向空中表示贊同，有些手中仍握著筷子。

止聾正要舉起拳頭，但它被另一隻手輕輕地推了下去。

「自以為了不起對我們的武術毫無助益。你忘了德敬師父常說的話嗎？」

是君寶。他看起來不那麼狂熱，也不沾沾自喜。他坐到桌子前，伸手拿了一雙筷子。

「當然，君寶師兄。」止聾想起德敬的話，「*真正的驕傲並非出自自吹自擂或爭強好勝者的口*。」

一位見習僧指著君寶。

「我們以為你一定站在我們的武術這邊，君寶。畢竟你是打得最好的弟子。」那個孩子說。君寶把筷子在桌上點了一下，聳聳肩，扒了一大口白飯。

「我可不那麼認為。」君寶慢慢嚼著飯，「我們已經好久沒舉辦全寺的比賽了，而且說實話我最近疏於訓練，你們之中哪個年輕人遲早會超越我的。」他向剛才那個見習僧指回去，「甚至可能是你！至於我們這種拳法嘛，我並不確定它是否是最好，我的意思是說，它是好……」

「了不得的好。」這個小伙子說。

「我的意思是，它可以更上一層樓。」君寶接著說，一副深思的樣子，「它太著重於速度和力道，像是只侷限在一個層面上。嗯，以硬碰硬，會變得，該怎麼說呢，精疲力盡起來。」

「別蠢了，君寶。我們必須打得快又狠。」坐在桌子對面的迺誠和尚說，「如果我們太慢，對手就閃了，如果我們不用力攻擊，抵抗又有什麼意義？對手只會一直上，更生氣。」

桌上響起一片贊同的聲音。

君寶靜靜地吞嚥著他的飯，以空洞的神情掩飾他的無奈，大概也察覺到，其他和尚是無法對問題有不同的看法的。

「君寶，你對少林寺有什麼意見嗎？」

每一個和尚都轉過頭去，看到高師父正嚴厲地瞪過來。高師父，一位固守傳統的師父，正坐在前面幾排。君寶放下碗，躬身致歉。

「高師父，我並無意詆毀我們輝煌寺院的武術…」

「少林寺的武功給予我們能在這堵牆外生存的本領，你知道多少世代的人為了我們的武術犧牲了性命，而你現在竟公然表示不敬？」高師父說。君寶點了點頭。止聾站起身，向高師父靦腆地鞠躬。

「高師父，我不認為君寶有意對我們寺院的傳承不敬。事實上，君寶已開始研發他自己的拳法，就我所知，非常高招……唉呀！」止聾屁股上被揪了一下。

「高師父，我明白了。我不該那麼說，請原諒我，我沒有深思熟慮。」君寶說，目光如同要穿透桌子一般。老師父點點頭，再次審視這個弟子一眼，才回去繼續吃飯。其他的弟子也一樣，一時陷入尷尬的氣氛中不知所措。但不久後，大家就都忘了君寶那未經考慮的評論，除了兩個人外。止聾揉著被他師兄揪痛的地方，另一隻手拿筷子敲君寶的碗。

「為什麼不告訴大家？如果他們知道你的新招多棒，他們一定不會那麼快就抨擊你的。」

「不能讓他們知道，止聾。」君寶壓低聲音說，「現在不是時候，可能永遠也不會是。」

「為什麼不？你是我們中最棒的。如果他們知道你發明了新招，大家一定會全神貫注地聽。這也是為我們爭光。別讓你的創意白白浪費了。」年紀小點兒的和尚說。

「他們不會接受的，止聾。我新招的靈感不是很正統，而且跟我們所練的完全不同。我用軟推對抗硬功，更多的是巧妙迂迴，鮮少直接對抗。這與這裡的傳統大相逕庭。」

止聾皺著眉，「那又怎樣？」

「師弟，那與我們……不，少林寺的格鬥哲學背道而馳。看看高師父，他現在視我為旁門左道，認為我將威脅到少林寺千年的傳統。更何況，我的靈感來自於這個。」君寶由他的衣襟中抽出一角他正在讀的書，亮了一下，「這是一本道教的入門書籍，如果讓方丈知道，他不殺了我才怪。你知道他是多麼的堅守己道，所以別聲張。」

年紀小一點的和尚咬著他的下唇。

「不是這裡的每一個人都這樣吧！那德敬師父怎樣？他比別人開明得多，他會聽的。」

「德敬？或許吧。可惜他只是少數。像他那樣的師父太稀有了。」君寶說，滿臉失望，「人們不喜歡不一樣的事物，止聾，那會嚇壞他們。」他扒了更多飯在嘴裡，同時又塞了一些醃蓮藕進去。止聾不知道該怎麼答。他，像其他的和尚一樣，身為一名少林寺弟子給他一種心照不宣的榮耀，尤其在兵荒馬亂的年代，這個頭銜也給了他一種歸屬感。

「師兄，你永遠是我的兄弟，不管你犯了多少規。」他拍著君寶的肩膀說。年長的和尚沒得再同意的了，於是笑嘻嘻地撥了一些食物到年紀小一點的和尚的碗裡。

「吃完它，你不是喜歡豆腐嗎？你還年幼，比我需要。」

「欸，師兄你只比我大一歲……」止聾抗議。

「這不算什麼，何況我現在並不那麼餓，所以我要去樹林走走。」

君寶收起了他的空碗盤就走了，順手拿了一個梨子放到袖子裡等下吃。

第 2 章

好一條龍

「注意招式，雙腿用力。」止聾點著頭，面帶微笑，正練習一套由少林寺最早的武功——羅漢拳所演繹出的防身術。不願令老師失望，這位年輕僧人用力出拳，全神貫注地注視老師。

「是，師父！」

這是少林武僧的另一堂功夫課，但這次氣氛截然不同；訓練中每個弟子都滿臉笑容，這種不尋常的表情在有師父督導的課堂上可不多見。少林寺常用的表達方式是「嚴師出高徒」，但此時可不適用，因為這位下著指令、面容和煦的老師是既嚴格又充滿慈悲。他不費吹灰之力便成為了眾人心中最敬愛的師父，他看起來並無不同，也並不比其他任何老師年輕，然而弟子們從不覺得他難以接近或高高在上。他之所以贏得大家的愛戴，乃因他總是竭盡全力去理解每一個僧人，不論弟子的年齡及能力，且完全出自真心。更何況，他的講解被公認為最通透、精準，是少林寺課教得最好的師父。

對止聾來說，德敬師父是一位真正的導師，同時也是一位真菩薩。

眾人皆知，德敬做為一位和尚，既對少林拳法有無盡的熱愛，卻也對它不以為然。他的這種立場誠令人不解。有些時候，在傳授一套特別招式的應用前，他必先批判它太過於暴力。比福裕方丈更甚，德敬認為在佛教的理念下，佛教徒竟被允許以肢體動作還擊侵凌，簡直與他們高尚的情操相左。他指出，佛教徒尤其應展現他們的惻隱之心。然而，他又那麼的熱愛少林武術，更以習練它為榮。一天結束後，他常常漫步於夜風中，思索靈修者

與武術家之間的一線之隔，希望某日能找到答案。不僅如此，他也正巧與止聾有相同的習慣，能立時覺察一個人的行為及他們對其他人的影響，雖然德敬通常比較知所節制，不過份為之。

所以說，當德敬偶而展現他嚴格的一面時，不免讓大家大吃一驚。

雖然他不馬上訴諸體罰，但如果他認為該罰，也絕不猶豫。對調皮搗蛋或功練不好的人，他通常先以口頭警告，如若一犯再犯，嚴厲的體罰便接踵而至。事後，他必溫和地說明採取如此行動的原因。

最讓他的弟子難以忘懷的是，他確實真心誠意地關懷他們每一人，也不遺餘力地努力行之；一時興起，他也能細數每一名弟子的家鄉和他們的嗜好，讓他更受弟子愛戴。難怪他是止聾最喜愛的老師，同樣的，德敬也為止聾對生命的狂熱及止聾與他人交心的能力為傲。簡單說，止聾對武術和人道主義的熱忱，反映出德敬的信念，反之亦然。

五十分鐘的訓練課已近尾聲。看到他的弟子在過激的操練下四肢開始發抖，德敬示意暫停。

「我們停五分鐘，各位，休息一下。」弟子聽命，坐在少林寺白衣殿下的陰涼之處擦汗。一位弟子開口了。

「師父，聊聊您雲遊四方的趣事吧！」所有的眼光都轉向德敬大師，希望他再說一個滿是打鬥的故事，因為德敬也是一位說故事高手，甚少令他的聽眾失望。但這位老好人今天只是點點頭，雙臂交叉若有所思。

「今天不行，孩子們。羅大師父告訴我，今早有一些人睡過了頭，所以故事改天吧。」

「德敬師父，那就挑個短的旅行講吧！長的下次再說。」另一個弟子提議。

「吔！」一名弟子加了一句，「止聾和尚告訴我，去年有一次，您二人由土匪手中救了幾個旅人。」

「事實上，那是兩年前的事了。君寶師兄也在場。」止聾笑著說。另一名弟子插嘴。

「德敬師父和君寶都在？那些土匪一定嚇得把屎拉在褲子裡了。」

止聾早就習慣自己在同儕間的評價不過爾爾，向面對四方讚美不知所措的君寶咧嘴一笑。

「哦，」德敬說，「如果你說的是上次我們行腳到西霞湖的事，那倒沒什麼特別，我可以略說一二。我跟君寶、止聾回程時遇到一夥強盜。」師父點著頭，微微笑，「事情就那麼簡單。你們許多人也出公差，而你們也有許多人把強盜打得落荒而逃。」

一個方滿十歲的小和尚舉手問：「那您有踢他們的屁股嗎？」

「一點點。」德敬眨著眼閃避，他不是喜歡吹牛的人。

「師父，可能可以不用暴力嗎？」又一個弟子問。

「難矣。不幸的是，那個情況，必須動用一點點拳頭。」大師看起來有些慚愧，「但別太多。它很容易過頭。一旦過頭，不必要的痛苦便接踵而至。」

老師父垂下頭，舉單手做祈佛手勢。

「我們沒殺死那些強盜是做對了事。所有生命都是寶貴的；不殺生，我們中止了暴力的輪轉。」他轉身面對他的弟子，「我知道在某些情況下不容易，但我懇求你們永遠別用我們的功夫去殺人，因為我們一旦殺了人，我們的拳頭就被弄髒了。」

大家鴉雀無聲。

「我曾經看過這樣的例子。」德敬接著說，「當一個人取了另外一個人的性命，他一部分的靈魂也死了。他們變麻痺了，再也回不了原來的自己，再殺人就容易得多。佛的慈悲、禪的和平便敵不過那折磨人的*羅剎*[8]。所以儘量憐憫你們拳頭下的強盜吧！不管他們的意圖為何。千萬別讓那一刻把你們變成一個伺機殺人的兇手。」

「德敬師父，你曾經殺過人嗎？」一個弟子問。師父遲疑了一下才作答。

「是，我差點殺了一個人。」

止聾不敢相信他自己的耳朵。

「那太不可思議了，怎麼可能是你？師父。」他問。老人羞愧地嘆氣。

「阿彌陀佛，那是我一生中最令我懊悔的時候——我的生命被忿怒與仇恨消磨殆盡。但這個故事留待下次再說吧！」

---

[8] 羅剎：佛教中的餓鬼。

突然，一條細物打在肉上的聲音，吸引了每個人的注意。他們轉頭看到附近另外一個對弟子動不動就體罰的高師父帶的小組。這種情況倒不常見，畢竟大多數弟子都明事理，不在少林寺惹事生非。

「嘿！是宜和，這次他做了什麼？」一名弟子指著，看到那個不幸的和尚像一隻難駕馭的牲口般被鞭打著，「天哪！他真的被修理得很慘。」鞭聲愈來愈快，德敬班上的弟子們看到竹條高高舉起再重重地抽到宜和背上。那根竹條的一端已打爛了，分叉為五片，所以一打起來就咻咻作響；它打在身上很疼，通常犯了大錯才會用到。止聾皺了一下眉頭，勾起了他年少時被抽鞭子的記憶。宜和到寺裡來得較晚，他高大的身材和熱忱，著實令同儕印象深刻，但仍無法彌補他的不足之處。對少林寺所有的弟子來說，宜和是個平易近人卻笨手笨腳的大塊頭，做事有點兒慢半拍；他通常須要重複地教導才能學會一項簡單的技巧，著實惹惱許多師父。即便如此，宜和對師父們的指點泰然接受，而且總是以不屈不撓的幹勁表示他永不放棄。

就是這種毫不動搖的決心使宜和能堅持不懈，也令許多師父不在意他的學習遲緩——但這次似乎踢到了鐵板。

「我看不下去了，失陪。」德敬邊說邊站起身。好心的老師父小跑到操場的另一端，來到施暴之地——地藏殿前，客氣地穿過一群不敢干預以免惹禍上身的弟子們。此時其他的弟子們也小跑過來，聚攏。德敬馬上走上前調停。

「高師父，冷靜一點！」德敬抓住竹條的頭。

「德敬？放開我的教鞭！」高師父又怒又惱，「在我班上，我不能容忍任何藉口偷懶。」德敬瞥一眼在地上呻吟的宜和，他的背上滿是竹條鞭痕，有些被打的地方還皮開肉綻。

「這太過份了，高師父。你為何說宜和懶呢？他只不過是慢了點。」

「他整個星期都不聽話，連拳都不練，只是站在那兒像個傻瓜。」高師父搖著頭說，「我叫他握拳，叫了五、五次，而他只是點點頭動也不動！我完全糊塗了。他曾是個多好的學生。他說他傷了手臂，我也檢查了啊，看不出什麼毛病來。」這個師父沉著臉，非常氣餒。德敬點點頭，蹲下去，把這個挨打的學生扶起來。

高師父咳了一聲。

「德敬師父，你在幹嘛？」

「我想你說的不錯，高師父，但請你先放一下手，因為這對你們兩人都沒好處。這周剩下的日子我可以把他轉到我班上嗎？我會向方丈解釋。」德敬說。高師父嘆一口氣，已經累得不想再跟另一個師父吵了。

「很好，但下周他還是得回到我的班上。我們待會兒再談，德敬。阿彌陀佛。」

「阿彌陀佛。」

兩位師父互相行禮後便各帶著班級離開。德敬想問明究竟卻不願太過張揚，遂宣佈提早十五分鐘下課，引起弟子們一陣歡呼。他們一哄而散，留下宜和及德敬；後者四處張望，像在找什麼。

「止聾？」

「我在這兒，德敬師父。」止聾說。即使其他弟子都跑光了，止聾選擇留下，他想或許此處須要幫手。老師向他的弟子微笑。

「請你去那兒拿一些消腫油膏好嗎？還有水和一些繃帶。」德敬說，指著附近千佛殿的方向。止聾點點頭，儘速把所需之物拿來。他們一起由寺院後門出去，向左轉，走上通往塔林的路，把宜和帶到蔭涼處，扶他靠在這裡到處都是的一個石塔底座上。止聾和師父一起用水洗淨宜和流血的背，抹上油膏、用清潔紗布蓋上。在整個過程中，宜和不發一言。他幾乎不願開口，除非被問話。

「好了。」德敬蹲在宜和身邊，「你能告訴我到底發生什麼事了嗎？」弟子看著這位老大師，然後又看看止聾。

「德敬師父，難道您也以為我是在偷懶嗎？」宜和面無表情地說。他大約與止聾一般年紀，而且也跟止聾同樣，沒理由不尊敬任何一位師父。德敬注意到宜和的眼光甚至不敢與人直視；老師父曾見過這種表情，當一個人有羞於啟齒的問題時，就是這樣。

「我向你保證，宜和，我在此不是來指責或評判的。你們都像是我的兒子，每一人都是。止聾和我不會對其他和尚吐露一個字，我們可以發誓。」德敬說，指著止聾。他們倆人低頭行禮；宜和點點頭，深吸一口氣。

「高師父說的沒錯，我只是太笨了。」他說，「我沒辦法在最快的時間把事情做好，我是一個恥辱，如此而已。」

「宜和，那不是事實。」

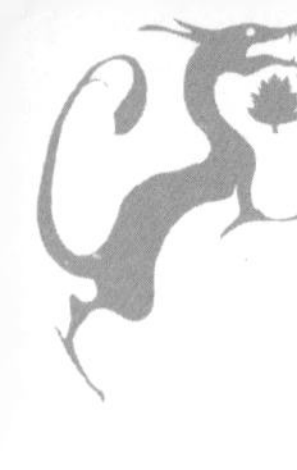

「是真的。」宜和繼續說，「德敬師父，兩年以來我拼命想跟上大家的腳步，但這最後一個月簡直像是地獄。每位師父都開始失去耐心，其他和尚內心深處對我也只有鄙視，是我拖累了少林寺。」他羞愧地咬緊牙關，「我聽到其他人怎麼說我，『一隻手背在背後的老太太都能打敗宜和』。羅大師父連指導我都懶得，他當我根本不存在。甚至連見習僧們也都在閒言閒語，想想我居然是他們一些人的小組長。」淚水開始湧上他的眼睛，「從沒人把我當他們自己人。」止聾替他感到難過；宜和也許是一個慢手慢腳的人，但他盡他所能，而且跟別人一樣，也是有感情的。

德敬諒解地點點頭，坐下來，給宜和喝了點水。

「我能看看你的肩膀嗎？」德敬問。宜和頓了一下。

「肩膀？」

「是，就是你不能打拳的那一邊。」

宜和簡直不敢相信，「師父，您怎麼知道？」德敬點點頭。

「我聽到其他師父抱怨，所以我觀察你的臂膀好幾天了。像是你瞞著受傷不說，是不是？你該等它痊癒才練功。」

「我以為沒人知道。」宜和說。

「是差點沒人知道，現在讓我們看看它。」德敬說，他不解為何宜和會因為一個看似普通的傷勢而保持沉默。一褪下宜和僧服的衣襟，止聾和德敬可以看到宜和的肩膀昨天敷過藥的痕跡，但除了那樣，那裡只有輕微的繃緊，幾乎看不出有什麼問題。宜和吐出一口氣。

「我曾經讓其他師父看過。」他解釋，「高師父不相信有什麼問題，因為他看不到任何淤青，但裡面的骨頭痛得我夜不能寐。」

「你總該告訴過別的師父吧！」止聾問。

「我試過，沒用，沒人信我。肩膀沒腫，所以他們都以為我亂說，像是找個理由偷懶之類。我愈講他們愈氣，所以我乾脆閉嘴。不是這樣才對嗎？」宜和嘆了一口氣。他指的是在儒家思想下，弟子尊師重道、服從長輩的倫理。這是一種由上而下的關係，老師對弟子的理由通常不予理會。宜和雖然謙恭有禮，但該說明時卻不敢據理力爭，這種溝通不良正是導致情況惡化的部份原因。宜和搖搖頭。

「總之，沒師父願意聽。」

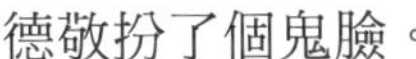

德敬扮了個鬼臉。

「嗯，宜和，讓我們把師生倫理暫放一旁。在這兒你可對我說任何你想說的，起碼現在我也算是你的師父。」德敬說。宜和看一眼這位大師，感覺壓力減少了些許。與此同時，止聾觀察到許多弟子不曾注意到的德敬的細節；在整個對話過程中，慈祥的老師父從未把手臂交叉在胸前或抬高下巴，或是有任何跡象表示他為師的高高在上。

相反的，老大師蹲在宜和身旁，或與他同站立，既不高也不低，全神貫注，以開明的態度面對眼前的問題。師父給宜和喝一點皮囊的水，接下來幾分鐘，他們就討論如何處理那個受傷的肩膀。略略診斷後，德敬推斷宜和的肩膀可能是因為運動過度引發的肩關節僵硬，算是一種關節炎，在和尚們間偶而也發生，只是嚴重程度不同罷了。這種傷表面上看不出來，所以初期難免引起諸多誤解，再加上沒休息，只使得傷勢更加惡化。要治療它唯有靠針灸、休息、冷敷、蛋白質豐富的飲食、而且接下來幾周絕對不能練功。

「休息？但我還想練功。」宜和說，「我不能再落後了，德敬師父，我求求您，讓我練功吧！」

「這是為你好，宜和。你的肩膀應該是我們的第一考慮。」德敬說。

「我知道，但我必須得練。照目前的情況，我已落後夠多了。」宜和無力地哀求。德敬皺著眉。

「如果你套一條三角巾在手臂上，而且答應我不做激烈運動，那我可以同意。」他說，「你辦得到嗎？」宜和點點頭。

「我可以，師父，但高師父和其他老師怎麼辦？」他問。

「這你不用擔心。我會把你手臂的情況稟報方丈，而且我想綁一條三角巾足以平息高師父無理的疑慮。但你一定得小心，只能用你的下盤練習。每天放學我都會檢查你的情況，如果我發現它惡化了，那你得立刻停止練功。怎麼樣？」德敬說，捏著宜和沒受傷的肩。弟子當然同意，在謝過老師父後，心平氣和地回宿舍去了，德敬和止聾也向千佛殿方向走回去。

「我希望我沒寵壞他。」德敬開玩笑地說。止聾搖搖頭。

「不，師父，相反的，我們都認為你是我們所有人中心胸最寬厚的了。宜和在其他師父面前是無法如此開誠佈公他的傷勢的。」

德敬點點頭，拍著他的學生。

「如果大家都能把自我放在一旁，那該多好。它簡直是心靈的毒藥。」他說，「止聾，對自尊心要小心，它很容易失去控制。有時候，甚至連我都中了它的計。阿彌陀佛。」

「我同意，德敬師父，我會盡力。」

一群和尚由樹林更遠處走出來。他們在附近的山上剛上完功夫課，使他們看起來神清氣爽。他們向寺院走去，去上他們下午的禪修課。牆內傳來一聲鑼。

「我也得去打坐了。阿彌陀佛，師父。」止聾說。德敬點點頭。

● — — — — — — ●

「牠來了！牠來了！」一名和尚喊著跑過大雄殿。止聾微微一怔，但沒停止坐禪。外面傳來慌亂的腳步聲，接著是更多的喊聲。止聾張開一隻眼，瞧到幾名其他和尚不安地四處張望。就在那時，一名見習僧把他的頭伸進窗內。

「天哪！有一條龍朝這兒來了！」他上氣不接下氣地說，說完立刻跑了。大雄殿中的和尚一下子由他們冥想的狀態醒來。

「哇！他是說真的嗎？」一個人喊。

「一條真的龍？我好多年沒看過了。」另一名和尚說。

「哪兒？」

「我們也跟他們去！」

和尚們爭先恐後地跑出教室。止聾向殿內供奉的三尊佛像敬禮後也跑出去。室外，四方的和尚都向正位於山門前、碑廊對面的掛譜堂方向跑去。當他到那兒時，他發現幾乎所有的和尚都簇擁在掛譜堂的西南角，背貼著寺院的圍牆，伸長脖子向天邊望，希望能看得更清楚。有些和尚爬上了附近的樹，那些樹木已不勝負荷，也有人由附近廳堂及木屋的屋頂急躁地看著天空。一隻手由後面伸過來，扯一下止聾的衣邊，把止聾扯得轉過來。

「君寶師兄，你看到龍了嗎？」他說。

「還沒吔，止聾師弟。」君寶答。

「我們可能真的可以看到一隻！」

「嗯……哼。」君寶咕噥了兩聲。

「你不興奮嗎？牠們是自然的調節者，師兄。牠們由海裡升起、自雲霄降臨，帶來雨水澆灌我們的農作物。」止聾說，他一直對有關龍的一切有奇妙的感覺。

但君寶臉上沒什麼表情。

「牠們也能不費吹灰之力地颳起一個颱風，或淹沒無辜人的村落，讓人不禁懷疑牠們是否承受得起諸多讚美。不過有一件事絕對沒錯，牠們似乎不太與人打交道。」

決定不再跟他說話刻薄的朋友爭論，止聾轉身望著天際。此時，其他的和尚們也毛毛燥燥地、希望能在下午的陽光中，擠到一個好視野。一個大轉變，正活生生在他們眼前發生。海平面上蔚藍的天空陡然暗下來，徐徐的微風開始慢慢轉強。朵朵雲團增加了面積，且結合其他雲朵形成更大的雲塊。適時遠處一聲雷，響徹嵩山。

「在那兒，我看到了！」一個和尚喊。他死命地指著地平線，但，唉呀，這個視野未免太廣。另一個和尚也加入。

「我也看到了牠！」

止聾眯眼瞄了一陣子，除了滾動的雲，他還是看不到任何東西。雲層似乎被掰開又像被猛烈地撕扯，好似被一隻無形的手任意地揪。而在這樣的翻騰中，一個卷曲的、暗色的形體由其中顯現。

「像一條巨大的流蘇。」君寶喃喃自語。

遠處，牠在雲端穿來梭去卻不驅散它，反而好似把雲朵愈堆愈多。這隻動物的顏色介於鐵青與褐黑之間，間或閃現綠色和木質褐色的光澤。最吸引和尚目光的是牠靈活的長身，讓人想起被舞在天空的一條大彩帶。巨龍以王者氣勢盤旋入雲霄，直到牠由另一頭探出身軀，卻又再度隱身雲海，精巧地像一根縫衣針穿過來又穿過去，褶起一波波華麗的浪花。牠由一簇白中冒出，直上深藍之穹，隨即又收放自如卻雷霆萬鈞地向地表俯衝，開闢新徑直指寺院所在。當牠愈發靠近時，遠山像蓋了一床雲霧，在神獸身後逐漸形成。和尚們看到附近各個山頂都飄下了雨，只有在巨龍及其隨行之雲帶轉開時，方能照到下午的太陽。德敬站在弟子們後面，臉上堆著笑，

覺得自己何其有幸，能目睹到如此美麗的神獸。他站在止聾旁邊，喃喃地唸了一段感恩經。

「龍乃掌管蒼穹與滄海，是多麼地莊嚴、美麗，又難以捉摸。牠們是受天寵的神獸，神聖優雅如同晨曦。既然牠是我們傳承的象徵，我們應該表示我們的敬意。」德敬師父說。此時這條龍像跳水般地游下來，離開了雲朵，呈一條微彎的下降曲線往地面接近。此乃天下奇觀，因為牠們很少下到能讓人一目瞭然的高度。

牠好像在找什麼東西。

「牠在幹嘛？」一名和尚問。德敬師父攀上掛譜堂的屋頂，瞇著眼瞧，看到龍隻遊近一個駕驅驢車的馬車夫。當馬車夫意識到此天降異獸之時，他瑟縮了一下後，便跪地深深行禮。如此謙恭之舉，令神龍甚悅。龍隻環繞這位凡人旋轉數圈，方才衝回天上，臨走時還行了一個奇蹟。馬車夫所在的四周，此前滿是最平凡不過的青草，然而，當那條龍躍入雲霄之後，那兒盛開了並非當季的花朵、青草變得更豐郁像從沒被人踏足過，田地旁邊的植物也更茂盛，生機盈然。龍隻沒入雲層復又冒出，繞著大圈子，在山巒間看來看去地找，最後調頭對準了少林寺。

「牠朝這兒來了！」當巨龍逐漸接近少林寺時，另一個和尚喊起來。和尚們或跌跌撞撞地排成隊伍，或驚愕地僵立原地。德敬師父舉起手。

「向前看齊！敬禮！」他喊。這個口令立刻被傳下去。經過一陣慌亂，兩百多個光頭整齊地列隊站在掛譜堂和西牆中間。他們跪在地上，左掌包住右拳。和尚們把目光往下挪，頭垂得更深，深怕惹怒此天上來的巨龍。這隻神獸的巨軀遮蔽了日光，在地上形成一塊陰影，讓少林寺籠罩在大片黑暗中；與此同，止聾感覺一股由閃光與黑色的氣合成的光束，雷霆萬鈞地沖了過去。蛟龍盤踞在空中，四周樹木沙沙作響。牠慢慢游逸在少林寺上空，放射出輕微的靜電。這名年輕和尚等著一陣傾盆大雨，但奇怪的是一滴雨也未降落。他由眼角匆匆一瞥，看到他腳下已變暗的地面，表示這隻龍還在上面。他大氣也不敢出，但他的好奇心折磨著他。

這是千載難逢的機會，我必須看一眼，止聾暗道。他數到三，抬頭一望。他是唯一膽敢如此做的和尚。

他做夢也想不到他會看到這樣的景象。

那龍在止聾頭頂上空九尺處輕盈浮動，其龐大身軀鬆散地折疊著，像一串大髮夾。牠著迷地盯著這個跪在地下、唯一敢與牠眼對眼的和尚。止聾當下既吃驚又帶著些許尷尬，他沒想到巨龍離得這麼近卻沒被查覺。這隻龍又再流連了大約半秒鐘，頸一揚，飛快地射入天空，向遠方一堆雲朵而去。和尚望著此聖獸咻地離去，牠龐大的身子漸漸縮小成一小條，在天空左右擺動，好似一條魚兒游向大海。一名和尚站起身，往止聾肩膀拍了一巴掌。

「傻啊，止聾！你不該朝牠的眼睛看！就是你把牠激怒的。如果牠決定給這兒來一場水災，怎麼辦？」

「我沒法不看。」止聾說，還在茫茫然。

「遠觀與近瞧有何分別？而且這般存在又豈會介意凡人目光？不就是迷信嗎？抱歉，這是我的看法。」君寶說，跳出來護著止聾。那個和尚轉身走開，低聲小罵幾句。但止聾什麼都聽不到。

「別再吵了。」德敬厲聲說，「我們該先感謝神龍讓我們一窺牠的相貌，別忘記我們的第四信條——勿讓成見左右你的人生觀。用用腦子，多費點心。」他轉身對年輕和尚們說：

「我們五分鐘內開始下午課，遲到者罰三天廚房公差由明天開始。大家快！阿彌陀佛。」和尚們也躬身齊說阿彌陀佛便各自散開，到他們各別的下午課去。止聾勉強回了神，在主步道上慢慢跑，他習慣性地前進，內心卻如一團亂麻。到了法堂，他鞠了躬就往裡衝，不管君寶在他背後輕喊，也懶得注意課室內和尚們的臉孔。

「阿彌陀佛。」止聾說。三十三對眼睛不明所以地瞪著他。該堂的師父揚起眉毛。

「止聾和尚？有沒有搞錯？這一週你並不在我的點名簿上。」

年輕的弟子眨巴著眼睛，「什麼？」師父耐心地躬身說：

「你來向我討教，讓我受寵若驚，但我恐怕你得等我上完這節課。」師父笑著說。止聾四下一望，看到其他弟子們開始竊笑。

「我……對不起，淨元師父，我以為這是我的班。」他口吃起來、滿臉通紅，鞠躬致歉。一衝出門，他就看到君寶嬉皮笑臉地笑開了口。

「君寶師兄，你明知道我走錯了教室。別笑話我了！」止聾火氣直冒。這次該君寶笑話他的年輕同儕並用手肘頂他了。

「你真該看看你自己的臉，師弟，真是一陣亂！好，我是看到你跑進那兒，但說句公道話，我有喊你啊。誰知道你根本不理不睬……是那隻龍把你弄糊塗了嗎？」他好心情地說。止聾白了他一眼，那個表情可以凍結少林河。

「對不起。」君寶出口道歉。止聾把頭往旁一撇，吐出一口怒氣。

「我看到了那隻龍，師兄，近在咫尺。牠龐大無比，牠的身長幾乎有我們整個寺院那麼長！牠的身子隨便一比就比河南最粗的樹幹還粗四倍。牠的嘴吞得下一輛馬車。牠的鬍鬚像馬鞭，而牠的鱗像鯉魚的鱗但大得更多，而且是透明的。」

「你描述得可真詳細。」君寶點點頭。

「而且……我覺得牠盯著我看。」止聾猶豫地加了一句。君寶微微地皺起眉。

「什麼？」

「那讓我覺得不安。彷彿那隻神獸能深入看透我的靈魂似的。」止聾說。

「你一定弄錯了，止聾。龍是不對人說話的。至少，這是我們自古以來的共識。再者，真正見過龍的人又能有幾個？直至昨天以前，我自己一生中也僅見過一次。而今日這一遭，卻是最為直接且持續時間最長的一次。」君寶解釋並催止聾走快點兒。畢竟他們不想遲到，如果他們下午課的老師心情不好就糟了。

「君寶師兄你得相信我，在我的腦子裡，我能確實地感覺到那隻龍的精神、存在、氛圍或不管什麼。」君寶禮貌地點頭，但難掩他的興趣缺缺。

「你想牠那麼多幹嘛？師弟，牠已經走了，看樣子是不會再回來了。你疑神疑鬼也算正常啦，誰能那麼接近一隻這種東西而不覺得有點兒招架不住呢？來，我們別遲到了。」

「但……」止聾頓時決定不再多說了。君寶不信也不是他的錯，更何況年長的和尚對這種神獸並沒有像他一樣的興趣。要跟他談得另找時間、另選地點。

那晚，止聾躺在床上，下午了不得的奇遇令他輾轉反側難以成眠。為什麼龍要到少林寺來？這種神獸能呼風喚雨到什麼程度？為什麼圍繞馬車的花草陡然盛開，而少林寺旁的植物卻不受影響？但比起最困擾止聾的那一個問題，這些又顯得太微不足道了。

房門被悄悄地打開，止聾轉身看到來者何人後鬆了一口氣。別的和尚都已熟睡，沒人看到闖進來的這個人。

「師兄，你又偷跑出去了？」止聾指的是年長的和尚祕密練功一事。

「噓！如果你吵醒別人，他們會去報給羅大師父知道。對啦！我是去練功和讀書，大半是練功啦。」君寶放低聲音說，迅速躺到他的床上，手裡還捏著一本書。止聾看不清楚是什麼書，多半是另一本道家經典。

「晚安，師弟，阿彌陀佛。」君寶悄聲說。止聾打了一個呵欠點點頭，靠在他的硬板床上，手枕在腦後。君寶最近習慣晚餐後就離開寺院，不知搞什麼直到很晚，師父們也不在意，只要他能在山門上閂以前回來就好。

躺回床上，止聾試著不要胡思亂想。*龍的事與我無關。我既為一名佛教徒就不應對世俗感興趣。我的生命和我的家都在少林寺內，那些對我才重要。其他所有的事滿是煩惱，而煩惱會引起痛苦。*

他動著嘴唇默禱，感謝他所有的一切後，便墜入夢鄉。

第 3 章

一隻喜樂的鳳凰

「快來！留心腳下！」德敬師父高聲呼喊。這是一個溫暖的春日清晨，止聾今天的同門，大約由四打已成年的資深武僧所組成。眾人一字排開，臉色都有點兒發青。他們曾經歷練許多次模擬場景，但他們眼前的考驗已經讓一些人敗下陣來。可不是，已有半數的人坐在地上另一邊，護理身上輕微的創傷，令其他尚未上陣的資深武僧不敢掉以輕心地等待自己上陣。一名又一名的資深武僧衝入由見習僧們拿著練習用的矛棍排成的陣仗。結果有好有壞。資深武僧們手頭的任務，需要他們穿過見習僧的長矛壁壘，一邊還得儘量避免被戳或被推倒；如此行後，資深武僧還得踢到或打到一個懸掛在半空中、離地兩米高的沙袋。這兩個任務都很棘手但並非不可能。見習僧們不像資深武僧般年長、力大又經驗豐富，然而他們人數上的優勢足以彌補他們功力的不足。

最前頭的資深武僧往前跑，他先躲過一根刺上來的矛，又掃開接踵而至的兩根，但仍在肝臟部位受到狠狠地重擊。這個成年僧人痛得皺眉，年輕和尚們一見機不可失，乘勢而上，將矛頭集中攻擊資深武僧的上半身，毫不留情地棍如雨下，然後再對準他沒防備的腿。資深武僧在棍聲中倒下，拍著地面認輸，帶著創傷呻吟。幸運的是，見習僧們訓練用的矛只是將普通棍杖一端包覆以麻布；此舉雖使得棍子略為鈍化，但打到身上痛楚不減，有時更是熱辣辣的疼痛。倒下的資深武僧站起來，揉著滿身的傷痛及青紫。

「還不錯，沈柏，就是慢了點。你需要練些輕功增加你的速度。下次自選課時列入考慮，同時我還希望你加入更多防守動作。你做得很好。阿彌陀佛。」德敬說，「止聾，你，下一個。」沈柏瘸著腿走到另一旁，加入受傷的資深僧人行列。有的人過關斬將；但多數的人未能如願，但他們可不讓它影響他們的心情。大家一陣歡呼，拱著止聾向前，希望他能成功替他們揚眉吐氣。止聾深吸一口氣，轉著肩膀，手指關節捏得噼啪響。

「讓他們體驗一下神龍的怒火吧！」站在止聾身後的君寶說，他是唯一一個看起來不當回事的資深武僧。止聾點點頭往前衝，直接到了見習僧們的矛棍前。見習僧們立刻分散、包抄，但令他們驚訝的是，這位資深武僧與之前採取守勢的那些人不同。相反的，他一衝就衝到了矛頭密集之處，讓見習僧們一下措手不及。止聾運用雙手把矛棍撥開，乘勢深入，與他們展開近身搏鬥。見習僧們這才發現，他們的武器在如此情況下是多麼累贅。見習僧們蒼促之下採近身戰，卻為時已晚。止聾一掌把一名見習僧的手打開、又朝他腹部輕輕一拳，最後一推，打得這個少年人站不住腳。一個被放倒後，其他見習僧往後跳，希望能拉出一個安全距離。一旦距離被拉開，他們又執練習棍進擊。止聾低頭閃躲他們的棍子，並頑強地隨著棍子的揮舞擺動，一邊找機會反擊，然而時間拖得愈久愈難。要不了多久，他終將被一隻好運的矛戳著，而後被撲天蓋地的矛棍打倒在地，像沈柏一樣。有鑒於此，止聾一個假動作，乘隙抓到一根矛猛地一扯。那個見習僧在向前撲倒之際卻穩住了腳；往上一縱，少年人甩開武器，希望能以一記飛踹結束止聾。

下一秒，可憐的少年發現自己被打得落入土中，胸部隱隱傳來被止聾掌擊的痛。

先機把握得不錯，師弟，君寶暗暗頷首。又有兩名見習僧覺得腿底下被抽了薪；他們不知自己怎麼突然就仰面朝天，然後平躺在地上。原來他們是止聾時間捏得恰到好處的掃堂腿敗將。剩下三名舞矛人一分秒都不浪費，搶好位置便攻。一個執棍斜劈、另兩人一直猛捅，火力全開。砰！一根矛頭傷到止聾肋骨，戳破他僧袍的衣襟，似乎讓他踉蹌。見習僧們咧齒而笑，不約而同執棍向前。

止聾早有準備：他迅速轉個身，由地上撿起一根被丟棄的矛來用，一聲響亮的吭，打在見習僧練習的棍子上。三名少年僧人知道他們有麻煩了——他們的對手現在有了一根武器。轉著他新找到的玩具，止聾猛力擊掉了三名少年僧人的棍子，力量之大，震得他們手臂發麻。三名少年往後躍，立刻換成徒手拳法架式，再衝去與止聾對戰。但年長的和尚已占上風，使矛如同舞棍。接下來幾秒鐘，他讓少年們近身不得，而自己卻能安全地掌控戰局。在資深武僧們的歡呼中，硬木頭抽在少年們的腿上，打得他們站不

穩。止聾把他的武器舞得更快，蜻蜓點水般輕敲了兩個少年僧人的後頸，只是表示他可以多輕易地癱瘓他們。這兩人便退下場。

還有一人。

最後剩下的見習僧非常頑固，不管怎樣，急於向每一位師父表現起碼有一名見習僧不比資深武僧遜色。德敬師父皺起眉頭。見習僧擺出一個標準少林徒手架式，準備頑抗。

一見及此，止聾便丟下剛到手的武器，也換成拳法站姿。此舉激怒了這個年輕人，因為年少的他認為這是一種傲慢的表示。他出招了。

見習僧氣沖沖地出拳踢腳，雖然招招都被止聾閃避或擋開，卻仍讓止聾大吃一驚。如此綿密的攻勢，一時倒令年長的和尚來不及反擊。此前，止聾原本冷靜鎮定，但現在不同——跟這個憤怒的少年對打猶如與一個瘋子交手。少年的攻擊一招接一招，止聾也忙於擋開少年的每一拳。止聾節節後退以拉開距離，直到倒退到樹叢邊。止聾皺了皺眉，他已被逼得再無退路。見習僧冷笑一聲，瞄準止聾的肋骨踢出一個迴旋踢，被擋掉了。資深武僧反擊，抓住少年僧人的腿用力一扯，把少年僧人摔倒在泥地上。少年僧人帶著受傷的自尊心由地上彈起來，赫然發現止聾的刀手就停在他一隻眼睛前不過幾毫米。

只要一動，他就可能瞎掉一隻眼。

「認輸嗎？師弟？」止聾喘著氣問。年輕的見習僧把他的手拍開，怒不可遏。

「你們兩個都別動。」德敬師父跑過來，嚴厲地看著少年僧人。

「我太失望了，彬杰，你竟讓憤怒的情緒滲入你的功夫中。做為一個釋迦牟尼的弟子，你當知道不應被自尊心沖昏了頭。」弟子雙手合什，慚愧地低頭。

「德敬師父，止聾師兄太小看我⋯⋯」

「曾幾何時他的認可是那麼重要？佛法與武德教導我們，戰鬥唯應為自衛，絕非為虛榮。如果止聾抛開一根棍子會造成你肢體上任何立即的傷害，那你現在就可以解釋。」德敬說。弟子羞愧得不敢抬眼，然後感覺到有一隻讓人寬慰的手在他肩上。那是止聾。

「師弟，你打得太棒了。你和其他的師弟們真讓我吃驚。當我像你們這麼大，我根本連一根指頭都碰不到師兄身上。」聽到這話，見習僧點了點頭。

「這樣吧！午膳之後，你要不要跟我去少林河邊走走？那兒有一個小販賣河南最好的山渣葫。」止聾接著說。

「你當真？」見習僧問。和尚們很少吃甜食，除了用餐時的一點水果外；這種瞬間爆發的熱量是非常受歡迎的。更何況見習僧們都極喜愛糖製糕點，有人要請客可說像天上掉下的禮物。但年輕和尚回絕了。

「不行，我們三個人午膳時間有公差。」他說，指著剛才被止聾矛頭點到、敗陣的另兩名弟子。他們三人看起來都有點兒沮喪。

「洗碗？」止聾問，「我肯定可以幫忙。」

「不是，我們得送些水果去寺裡的廚房。」

「嘢，」另一個當公差的小沙彌插嘴。他踏前一步躬身說，「雖然我們也希望能跟你去，止聾師兄。」

「那，我跟你們去吧！那種事情多一個幫手總好。」止聾說，眨著眼。三名見習僧欣喜若狂。

「真的嗎？我們太感謝了！」他們異口同聲說道。止聾躬身行禮。阿彌陀佛。少年僧人們也躬身回禮。

「是當親善大使嗎？嗯？止聾？」德敬師父笑著問。止聾向老師躬身敬禮後對君寶說：

「嗯，師兄，你能幫我今天中午的公差嗎？該我掃那羅殿了。」君寶給他一個諒解的笑，擺手要止聾走開。

「滾啦！懶骨頭。記得下次要請我吃烤紅薯喲。」他說。止聾笑逐顏開。

「謝謝你師兄。我欠你太多了。」突然傳來一聲咳嗽聲。

「止聾先生，如果你的客套話聊完了的話……」德敬說。雖然語氣公事公辦，但這個老師掩不住臉上的笑。止聾真的是每一個人的朋友，甚至連剛剛那個想把他劈成兩半、情緒化的少年都與他化敵為友了。德敬暗道，*這個男孩的良善是如此純真*。

止聾望著他師父，然後再望向君寶，再望著見習僧們，最後望著其他資深武僧。

他們全指著仍吊在樹上、紋風不動的沙袋。

「是喔，對不住。」止聾說。他一跳就跳到院子那頭並飛出一腳踹到沙袋，把沙袋踢得繞上樹枝。

「很好，下一個！」德敬師父喊，「君寶和尚，該你了！」

見習僧們立刻提高警覺——他們都知道這位資深武僧武功了得。君寶大步出列，還沒事般地搔癢。

接下來的幾秒鐘大家都不明白。第一個見習僧甚至還沒開始動，就已經躺在地上；有的和尚以為他們看到君寶用肩膀頂了一下，但沒人看到他是怎麼跑到見習僧的背後？另外三名見習僧像秋風掃落葉般被掃到一旁；最後一個最慘，他直接倒到其他兩名見習僧身上，把他們撞得像骨牌連環倒。止聾和其他資深武僧一時驚得動彈不得。連德敬也為之動容。君寶衝過這些倒在地上卻毫髮未傷的見習僧們後，便像一個大彈簧般淩空彈起。當他縱到最高點時，他收腿、屈臂、握拳，把拳頭往上一頂，擊入沙袋。沙袋沒回彈，沒轉沒晃。相反地，它爆了開來，灑了一地沙。

*他上哪兒學的？*止聾覺得不可思議。*好似他根本不用費力！*每位和尚都揉眼弄不清。這次的演習應該是打得更久、更痛、更殘酷、更難。半數過關的資深武僧都累到全身乏力，覺得自己不中用，且全部都帶點兒傷；只有君寶例外，他把整個過程弄得像一樁小事。

止聾啃著他的饅頭，耐心地等那幾個師弟來。他坐在一塊岩石上，右手拿著剩下的饅頭，左手捏著一小條被啃了的醃蘿蔔。時值正午，那些師弟請他在寺院外面的練功場東邊某處稍等。他望著天空，留戀地盯著雲層，什麼都沒有。自從那天那隻龍在少林寺正上方亮相以來，已過了好幾個月，此後就再沒一個和尚看過一隻龍。他把剩下的饅頭塞到嘴裡，小心地配著剩下的醃蘿蔔一塊兒嚼。好一個美麗的春天，是一個事情可以慢慢來的好時節，最適於浸潤於群山的大氣中。和尚便站起身來，雙腿微彎與肩同寬，脊椎舒服地打直。他閉上眼，把雙臂舉起來與頭同高，掌心向內，同時配合基本佛家氣功，放空心神、摒除雜念，深呼吸起來。對外行人來說，一個和尚練習站樁的樣子看起來不倫不類——止聾像似抱著一個想像的球或在夢遊，然而這個春意盎然的森林如此寧靜，讓他不知不覺就練起功來。他的眼皮抽了一下。

「你們來了？」他問

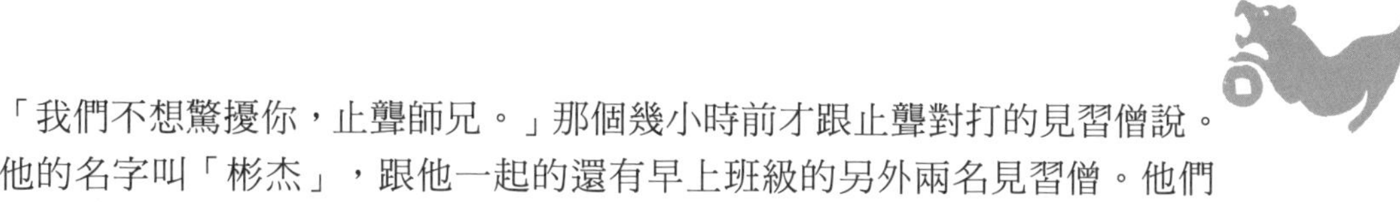

「我們不想驚擾你，止聾師兄。」那個幾小時前才跟止聾對打的見習僧說。他的名字叫「彬杰」，跟他一起的還有早上班級的另外兩名見習僧。他們都背著竹籃還推了一輛手推車。早上班的另外四名見習僧此時有其他任務，不能一道兒來。

「我們要去登封附近的一個小驛站，大約四公里遠。」彬杰說。他們遞給止聾一個籃子後，大家便踏上朝附近的一個小鎮——往登封去的路。止聾決定打破沉默。

「彬杰？」

「嘢，止聾師兄？」

「什麼原因讓你想當一名武僧？」止聾問。

「應該是為我姐姐吧。我很小媽媽就過世了，都是姐姐照顧我。她盡她所能。我們開了一間店，我幫她打點雜，但是，你知道，她總希望我能學點什麼。我們太窮沒辦法讓我受教育。」

「原來如此，那你父親呢？他不在嗎？」

「十年前父親前去揚州就沒回來。」彬杰說。

「我以為你說他死了。」竹哥說道。竹哥，人如其名，像「竹桿長的弟兄」。他是他們三人中，個頭最高的少年。

「我是說，他可能死了。他從沒回來，我們也沒法確定。」

「你算幸運的啦，彬杰。我父母都死了。」那個最矮的見習僧說。他是一名瘦削的孩子，兩耳出奇地戳出來，是俗稱的「順風耳」，所以綽號叫風耳。「他們被福建沿海的海盜殺死了。」

「我替你難過，風耳師弟，那你為什麼最後會到少林寺來呢？」止聾問。

「我一個表兄在遼陽的白馬寺工作。他把我送到這兒，因為沒親戚願意收留我。那也好，我也不想跟他們一塊兒。」風耳說，一副不在乎模樣。

止聾點點頭，又轉向彬杰。

「你姊姊同意你來這兒嗎？」

「剛開始她不，她認為沒前途。但我想這樣，畢竟她已竭盡所能撫養我長大。」他答道，腳下可一點不慢，「我們在伊川的一個小棚子擺攤。爸爸

失蹤時我才四歲，姐姐也才十二歲。她為了養活我們做了許多事，讓村子裡的人因此瞧不起我們。他們朝我們丟泥巴，說我們又窮又髒。止聾師兄，我希望我能變得更強壯，強壯得讓他們知道風水輪流轉了，然後我要給那些膽敢看不起我們的人一頓痛扁，這樣就沒人敢再欺負我們了。」彬杰說著，眼睛冒著怒火，接著好似突然意識到他非佛教徒的傾向，便急急唸一句阿彌陀佛。

「彬杰，我還巴不得有你的父親。我的是一個不折不扣的混蛋。他每天打我媽和我弟。等我畢業，我要回去給他一點教訓！看那個惡棍膽敢靠近我。」竹哥說，朝地上吐口水。止聾可感覺到三個見習僧被壓抑的憤怒，但約束住自己不要就報復的弊病向他們說教。*管他的*，他想，*我能感同身受，這些可憐的孩子*。讓他們宣洩宣洩可能是他們最需要的。少林寺有時也收容一些憤怒、受過創傷的孩子，然而他們還不夠成熟到能將正念具體化。

「總之，少林寺現在是我們的家了。」彬杰說，露齒而笑，「那你呢？止聾師兄？」

他們間最年長的和尚點點頭。

「我？我可從沒見過我父母。自我有記憶以來，我就是少林寺的一員。」

「那你是一個孤兒囉？」風耳問。

「是的。」

彬杰加快腳步。

「我們得趕回來上下午福裕方丈的禪修。別再拖拖拉拉了。」他說，表現他一本正經的一面。他們繼續更快地走。

「有一天我也會成為一位師父，這樣我只要花一半時間就跑得到。」彬杰埋怨。

「彬杰師弟，如果你當上了師父，你根本不必出公差，別人會幫你做啦。」止聾微笑道。

「不是不是，他只是想比我們早一步看到喜鳳姐姐罷了！」竹哥打著趣。彬杰投去一個憤怒的眼神。

「閉嘴，竹哥，我看過你怎麼看她。你像一條流口水的狗。」

「你們倆都不夠格。」風耳吹著牛，「喜鳳姐姐說我是最帥的和尚，我得說清楚，我可從沒聽她那樣說你們誰。得！」風耳伸出舌頭來。

「她沒有，」竹哥搖著手，「別誇大其詞，她只不過說你的耳朵漂亮，如此而已。」

「對，耳朵，不是耳朵中間的部分。」彬杰嗤之以鼻。

「彬杰，住口！你只是嫉妒罷了。」風耳火力全開。

止聾覺得自己像局外人。

「你們在講什麼？能告訴我嗎？」他好奇地問。三名見習僧慌起來，不知是否該讓止聾加入他們的秘密圈。

「那個只是……我們在談一位朋友，止聾師兄。」彬杰答。

「你可以告訴他，彬杰，」竹哥一個勁兒地催，「止聾師兄很棒，現在他是我們的一員，更何況我們馬上就要看到她了，我的意思是很快很快。」聽到這個，止聾吞下了一聲笑。那個明明是一個女人的名字，所謂的「秘密」已昭然若揭，但為了禮貌，他決定裝傻。彬杰嘖嘖兩聲。

「如果你真要知道，她是我們的朋友，名叫喜鳳。她在這附近賣蔬果。我們今天就是要來找她的。」他說，儘量裝得若無其事。止聾得知有些驚訝，大部分和尚都被警告不應過分留戀寺外之人，尤其是女人。像其他多數的和尚一樣，止聾認為任何和尚碰到寺外的女人，最多只能像路人一般點個頭。少數曾經歷過男女情愛的和尚經過慘痛的教訓後，便學會了與異性保持距離，再次過起禁慾的生活。至於女人，止聾最多只跟幾個女尼或旅行時的女侍說過話。女尼嘛，她們要不住在少林寺內、要不來自附近的尼姑庵。止聾只把她們當姊妹，從無任何遐想。佛教圈以外的異性，雖仍令他好奇，但他也小心翼翼。

「喜鳳姐姐實在太美了。如果這個可惡的公差有任何好處，就是能看到她。」風耳說，一邊整著腰帶。

「你曾見過哪個漂亮的女子嗎？止聾師兄。」風耳問。

難得一次的，止聾覺得有點兒窘。

「我？嗯，當然。我去汴京辦事時碰過幾個，有些是商人的女兒，其他是女侍。」止聾答。

彬杰得意地笑起來。

「真沒料到你對這種事還蠻誠實的，止聾師兄。那你跟她們說什麼呢？」他問。

「我能說什麼？除了幾句客套話外，沒別的了。我儘量長話短說，不然就開始看起來……嗯，你知道的……」止聾聳聳肩，想起幾次在不同的城市和女子打交道的經驗。事實上，有鑒於止聾的教養，他發現跟女人說話像是要去吵架，甚至丟人現眼。彬杰突然停了下來。其他兩個見習僧也一樣。

「怎麼……」止聾剛開口，就說不下去了。因他發現他們三人開始整平他們少林寺的僧服，有時停下來提提褲子或重整腰帶。整理儀容的工作並不僅止於此，他們三人甚至把附近針葉樹的葉子摘下來往身上拍。那個時代很少有和尚會為此費心，但中國鐵杉確實會散發出一種令人愉悅的香味，可以當成一種溫和的空氣芳香劑來用。彬杰挺起胸膛，以為他發育尚未完全的身子和大人一樣成熟。

「我們可以走了。」和尚們轉了一個彎，前面是一個四根竹子上面搭著帆布的簡單小亭。一籃籃水果及菜蔬，梨、梅、蘿蔔、西洋菜、大百菜、菜心和草莓，佔據了亭子下的空間。帆布吸收了春日燄陽，讓亭子下的蔭涼更令人心爽。

一個臉上蒙著薄紗的苗條倩影起身相迎。

「你們終於來了。我英俊的小兄弟們可好？」一個女子的聲音說。

「看到沒？她說我也帥。」竹哥高興地口中唸唸有詞。這人掀開她的面紗，面紗下是一個約二十歲左右，美麗絕倫的年輕女子。止聾不知怎的，立刻害羞起來。她穿著一件簡單的淡藍色袍子，紅色腰帶和一雙平常不過的鞋；一頭烏溜溜的黑髮優雅地垂在她的頸項和肩頭，稱得她的皮膚更見白晰。她的瀏海往一邊梳，頭頂上的一根玉釵隨著她的走近搖曳。奇了，這個時候止聾希望他不是穿著練功服又頂個大光頭。緊抓著褲腿兩側，止聾努力要自己別盯著這個女子看，卻又難以將目光移開。

「喜鳳姐姐！」見習僧們喊道，一起笨拙地抱住她，差點把她撲倒。

「輕點兒，我不像你們這些男孩子那般壯實。」她笑著說。

感謝佛祖你不是，風耳想。女子瞟了一眼怎麼看都像得了精神分裂症但其實沒有的止聾。

「這位先生是誰？」她好奇地問。

「哦，他算是一個朋友吧。」彬杰含糊不清地說，想更湊近她的胸。止聾猛然回神，合掌行標準佛教禮。

「與您結識是我的榮幸，女士。我是北少林寺資深禪武僧，名叫止聾。阿彌陀佛。」止聾的頭低得差點兒撞到膝蓋。喜鳳忍住笑，覺得他僵硬的舉止很逗趣。

「很高興結識你，止聾和尚。我叫趙喜鳳，請代我向派你來幫忙的師父道謝。」她說。

「他是自願的，姐姐。」風耳說。喜鳳有點兒意外。

「是嗎？可真有心。謝謝你幫我們的忙。今天的食物有好幾斤。」她加了一句，像很關心這些男孩子，「我通常用騾車拉，但這些孩子一直自己搬。我很擔心他們可憐的背。」她躬身道謝。止聾也又鞠躬回禮。

「謝謝妳，喜鳳姑娘，希望我能幫得上忙。那，我們由哪兒開始？」他搓著手說。喜鳳指著草莓和水果的籃子。

「竹哥，你來裝那些，風耳可以選蘿蔔、西洋菜和白菜，彬杰就負責高麗菜和枇杷。」見習僧們盡職地審視青菜和水果，把最新鮮的放進籃子，一邊小心別選到壞的。

「那我呢？」止聾問。喜鳳微微笑。

「你可以扛一份特別的禮物回寺裡。上周我本想要彬杰他們拿回去，但它那時還沒熟，所以一直放在這兒。等我一揀完米後就拿給你。止聾和尚，現在，你別拘束，自在一點吧！」她邊說邊往她的騾車走去。見習僧像對他們的任務駕輕就熟，而止聾只站在那兒，看起來有點無聊，所以過了一會兒，他決定去加入喜鳳。他在散在一張布上的糯米堆前坐下來，清了一下他的喉嚨。

「我現在不忙，有事要我幫忙嗎？」他說，好奇地注視那一堆米。她向上看了一眼，點頭道謝，指著那堆米。

「揀米嗎？我最拿手。」止聾說，想起他和君寶在少林寺藥房出過好多小時的公差。

「那你可以揀另外一邊嗎？」喜鳳把米分成兩堆。她看著止聾盡心盡力地翻過米穀、挑出偶而出現的小石頭。

「我從未想到，和尚擅長劈木板的手，在做這類細膩工作時也能如此靈巧。」她說道。

「沒錯，喜鳳姑娘，我們和尚也要好久才能得心應手地在蠻力與細活間轉換。我也花了很多時間才習慣。順便問一下，我頗為驚訝於妳一個人居然能撐起一個食品小攤而沒請人，或起碼，一名保鑣，外加一位帳房。」

喜鳳的笑聲如珍珠落玉盤般清脆。

「止聾和尚，我是一個獨當一面的漢族女子，知道如何避開大多盜賊橫行的地區。再說了，一旦他們知道我供應食物給少林寺，他們逃得比待宰的豬還快。另外我也跟我姑姑學會了算數。」止聾笑了，躬身行禮。

「妳的獨立令我羨慕，喜鳳姑娘。我一生都生活在少林寺內。我希望我也能闖蕩江湖。似乎相當有趣，不是嗎？」止聾說，漫不經心地撥著米。他的眼光落在她的髮釵上，「請問妳是文學社的會員嗎？」喜鳳吃了一驚，睫毛搧啊搧的；這個問題來得太突然。

「不，我不是。雖然我一直想加入，我喜歡詩。但你是如何得知？」

「妳的髮釵。我曾在汴京的惠宗茶樓看過名媛冠戴著它參加文學社聚會。妳戴著它看起來真英俊。」止聾說完最後一個字頓時面紅耳赤。喜鳳咯咯笑起來。

「英俊？」

止聾一手掩著嘴，他的尷尬一目瞭然。羞愧像一記拳頭打在他肚腹，他幾乎破了寺院禁止調情——如此淫穢——的戒。

「我以偉大的釋迦牟尼起誓，」止聾急急說，「我不是說你是男人，而是……我通常不准稱讚……」

「你太客氣了，止聾和尚。其實有幾次我還希望自己是男兒身呢。你這麼說我就把它當成是一種恭維罷。」

止聾點點頭，還在為自己言語的不得體臉紅。喜鳳指著那些見習僧。

「你為什麼要自願幫他們的忙？我的意思是，這工作並不怎麼有趣。」她邊說邊儘量忍住笑。

「哦……我一直希望能幫幾個師弟。何況，我早先做了一點事，算我欠他們一個小道歉。」止聾說，往回望了那些見習僧一眼。

「喜鳳姑娘，他們是那麼的年幼。在少林寺成長是相當辛苦的，不僅僅是因為各式各樣的訓練，還有那些戒律。方丈和甚至大多數的師父是不准他們暢所欲言的，除了像今天這樣的機會外。」他繼續在蔬果裝籃的聲音中說話，「我希望他們知道我會儘可能地支持他們。他們在少林寺已經好幾年，但我今天早上才跟他們交上朋友。有時候意外帶來的卻是一個祝福。」止聾扯著一邊嘴角笑了一下，聳聳肩，「某種程度，他們讓我想起小時候的自己，德敬師父說我青春期也相當自負，所以我想這算是報應吧！」

「我真高興你願意以如此良善的角度去思考事情。」她加了一句，一邊把她的瀏海撥回去。

「我？你過獎了，我可不敢這麼說。」止聾好脾氣地說道。他流戀地向大地遠眺，誠懇地行禮。喜鳳能感覺到止聾超越他年齡卻又容易被別人忽略的智慧，因為他像孩童一樣的眼睛看起來那麼天真無邪，然而她發覺自己只要聽到他的聲音就心平氣和。

「不，真的。我能感覺到誰有一副好心腸。」她說，端詳著他的臉，「而你看起來就是可能有。」止聾聽到當然高興但也免不了懷疑，畢竟在這瞬息萬變的世界，誰能有此種能力。

「阿彌陀佛，妳這樣說太客氣了，趙姑娘。」止聾說，把他的手凹起來，「我弄完了。」他伸出手，手中有一小撮碎石，「這些怎麼辦？」

「讓它們回歸大地吧！止聾和尚，謝謝！」喜鳳說。

「哪兒的話，這點小事不足掛齒。」止聾笑笑，拍拍身上的灰。棚子那邊見習僧們大聲呼喊，表示他們已把手推車裝滿了。

「止聾師兄！我們好了！」

「好。那妳說的祕密禮物在哪兒？」止聾問，深深地望著喜鳳。見習僧們背著裝滿新鮮農作物的重籃子，跑過來。喜鳳指著一個仍在她騾車上的籃子。

「像今天這麼熱的天，它們是最恰當的了。我那兒只有六個，但你們可拿三個，並代我向方丈問好。」她躬身說。和尚們把籃子的蓋子打開，看到裡面有六個熟透待食的西瓜。師弟們雀躍歡呼。止聾拿了三個西瓜並把它們放在他自己的背籃中。西瓜把籃子壓得往下沉，他希望綁背籃的繩子（和他的背）能撐到少林寺廚房。

「多謝妳的慷慨，喜鳳姑娘。我們少林寺的兄弟們一定會非常高興。以後如果妳需要多一兩個人手，開口吧，別客氣。」他說。

「喜鳳姐姐，若妳覺得無聊，或者需要一名保鏢時，隨時來寺中找我。」彬杰也加了一句，努力像男子漢似地展示肌肉，卻不知道還是孩子的自己演過了頭。她拍著男孩的手臂。

「彬杰，謝謝，但當你長大成一個強壯的青年時，我就變成一個老太婆囉。」

「我已經夠強壯了。」彬杰頂一句。風耳擠到前面來。

「不只他，喜鳳姐姐，我也很強壯。」他瞪著彬杰說道。喜鳳捏捏他們兩人的面頰。

「你們都強壯。」

「看吧！風耳。」彬杰憤聲說。

和尚們向喜鳳道別，往返回寺院的路上走。當他們四人一出了喜鳳的視線，見習僧們便群起圍攻止聾。排山倒海的問題都是他和喜鳳短暫的閒聊天這件事。

「你太陰險啦，止聾師兄。當我們忙得像龜孫子時，你就這樣追著她去！」風耳說。其他兩名和尚也同意。年長的和尚搖搖他的頭。

「我……不是，你們誤會了。我只是正好站在那兒無所事事，所以問她要不要幫忙。」他說，「更何況我敢打賭，她給我的可是我們中最重的籃子。」止聾拱一下背，把三個沉甸甸的西瓜往上推了推。

「咻！她有一副好心腸，而且非常關心你們，恭喜你們找到一個這麼好的朋友。」他說，向見習僧們肯定她對他們的關切。他們似乎平靜下來。彬杰哼一聲。

「我們都喜歡她，師兄，你呢？」

「嗯，她很和氣又大方。」止聾答，儘量避開見習僧們最想知道的部分。

「唉呀，師兄，我們不是說那個『喜歡』。你知道我們的意思。當你想到她時，你想不想，嗯……」風耳說著紅了臉。彬杰在他手臂上擰了一把。

「變態。我們是不准說這些事的。但沒人能否認她長得美。」

「喜鳳姐姐可是河南甚至是全地最漂亮的女人。止聾師兄，你肯定也覺得她美吧。」風耳嘆一口氣，「如果止聾師兄不覺得她美，那他可能是一個太監。是吧，師兄？」

止聾像一隻被逼到牆角的老鼠，可不能含糊交待。

「她……確實，是的。」止聾答，眼睛都不敢抬。

「天哪！看，師兄滿臉通紅。」彬杰說。

「你像精神錯亂，止聾師兄。」

一點兒沒錯，止聾和尚紅通通的，像極了一隻煮熟的蝦子。吃力地背著三個西瓜翻越大陸中部的山丘只是一部份原因。

「我沒事。」他眨著眼，「是的，她……嗯，是很美。但我們不該忘記，這對我們是禁忌。我們是不能有俗世的慾望，對不對？那也包括肉體的歡娛。阿彌陀佛。」見習僧們點點頭，像洩了氣。

「阿彌陀佛。」他們說。

「有時候，當和尚真衰透了。」彬杰唉聲嘆氣。

第 4 章

嚴懲不貸

揚州港幾乎從沒打過烊。不像被蒙古占領的河南山地部分，它坐落在南邊的南宋王朝境內，是當時最主要的港口之一。宋朝原本是完整的，但自從中亞草原區的蒙古人入侵，北中國便臣服於忽必烈汗之旗幟下，把曾經統治中國南北的宋朝趕走。沒別的地方去，宋朝現在便退到只管轄南邊的領土。

南中國遂成為所謂的南宋的所在地，其疆界由長江沿岸一直到臨安（杭州）沿海及其以南的所有地區，除了雲南與大越（越南）。在那個時期，南中國肥沃的土地及蓬勃的經濟特別令人嚮往。

像揚州這樣的港口，每天送往迎來跨區往來的貨船，有走內陸的船，也有各式各樣的海船。後者由長江口入境，悄悄駛進微鹹的江水，逆流而上至它們的碼頭。至於內陸運輸，則由內陸貨船沿長江上下，將貨物轉運至遠離海岸之內陸城鎮。揚州以外地人和觀光客帶來的財富自豪，是一個掙錢中心，除了本國人外，外國商人也蜂擁至此，搜購或轉售世界珍稀。船長們激烈地發號施令，指揮成打的苦力將一捆捆包裹送進送出各船專屬的倉儲。港區中擠滿了漢人仲介、中東行商、朝鮮及日本貿易買辦、波斯商人、以及就在那兒住家及營生的本地家庭，更不用說為數眾多的城市居民。

如大洞穴般的倉庫沿著碼頭建立，旁邊往往設置了一個個倉促成軍的辦公室。二十多個路邊攤販如雨後春筍般冒出來，有賣吃食、雜耍到販賣各種物品的小店。比起當時南宋的首都臨安，揚州炫耀的是它更新鮮的食物、貨真價實的物品、及晝夜不息由亞洲各地到來的商賈從事生氣勃勃的商業活動。

一個戴著眼鏡的漢人紳士的頭在人群中上下顛。他深色的棉袍在腰帶以上扯向一邊，因而露出蒼白的便便大腹，同時他手中握著一個縐紙捲兒。幾步路後面，一名穿著袍子、纏著頭巾、腳蹬涼鞋的阿拉伯人緊跟在後，看起來驚慌失措。戴眼鏡的中國人向值班警衛點了一個頭就衝進一間倉庫，砰砰砰地敲著一間小屋的門。

「副港首！副港首！」他拍著門喊。沒回應。他再拍，同時看著那個在後面一邊發狂似地嚷，一邊跑著的阿拉伯人。

事實上，這位當地稱之為義山副座的副主管，聽到了拍門聲卻不太想理。因為他的家人正在筷、碗交錯聲中進午餐。義山的孩子，兩個頭髮綁了小髮髻的女孩停下來，望著她們的父親。

「夫君，你告訴他等我們吃完午飯吧！我們不常全家一起坐下來。」他的妻子，一個身穿高級絲袍、手戴金銀珠寶、腰兜為上等皮草的女人說。拍門聲又來了，這次更響。

「買賣就是買賣，曉晶，娘子。」義山嚼著一塊鮑魚說道。他放下筷子，站起身，在一張毛巾上擦了嘴，然後指著他的孩子們。

「吃完！我還要工作到很晚，但我們去『藍蓮花餐廳』吃晚餐，怎麼樣？孩子們。」他的女兒們高興地叫好。

「但你們兩人都不准再吃蛋糕。」曉晶搖著一根手指說。她的女兒們才不管呢——寵愛她們是爹爹的工作。義山在離開餐桌前，拿起他的茶杯灌了一杯茶。

「別去太久，要不然飯菜就涼了。」他的妻子大聲說。義山剛把門打開一條縫，門卻被另一邊的人——不知是誰——猛地拉開。義山做了一個不快的表示，發現自己面對他最信任、被人暱稱為「熊貓」，其實真正的名字叫文雄的祕書。熊貓推了一下他的眼鏡，打開紙捲兒，展示出當天顧客的時間表。

「義山副港首，這個人剛進了一船乳香及龜甲。他把整條駁船停進來我們碼頭卻沒預約。」熊貓大呼大叫。

「那就奇了。我以為今天進港的是高麗商人的高級人蔘。」義山皺著眉頭說。阿拉伯人以他的母語插嘴，揮著他的手，像發瘋似地指著海港。義山咬著下唇，完全不知道這個外國人在幹嘛。

「他說什麼？他講哪種語言？」他問。

「我不知道。」熊貓答。義山耐心地點頭，關上門，帶他們走出倉庫。他注視著眼前的碼頭。熊貓靠近來。

「義山副座，這個外國人的駁船還佔著我們的碼頭，拒絕離開。我是否該找官府來，要他把它拖走？」他說，知道阿拉伯人聽不懂中國話。

「首先，看你能不能找到阿邦。我們不要拖走一個極可能是某富有大亨兒子的船。」義山低語說。阿邦是這位副座的波斯籍碼頭員工。熊貓急忙跑出去找人，他的肚腩發瘋似地亂抖。他原本可以健美得像隻公牛，如果他不那麼喜愛食物的話。然而話說回來，他好吃是因為他壓力大，且在壓力大的情況下，令他吃得更多——多惡毒的循環，不用說，大多數人是了解的。

熊貓瞇著眼找人。

在那兒。阿邦坐在一個空箱子後面，吃著向路邊小販買的炒飯。大團冒著熱氣、調了味的炒飯，由包裹著它且兼做盤子的葉子中紛紛滾下來。熊貓跑過去。

「現在還是午休時間。」阿邦說，小心翼翼地把吃一半的飯包起來。

「午休可待會兒！副座找你，如果我是你，我就趕緊去。某些外國人把船停進港不走。」熊貓氣喘噓噓地。阿邦嘆口氣，與熊貓小跑回倉庫前面，看到義山正瞪著阿拉伯人，滿頭霧水。

「阿邦，來，跟這個人說一下。」義山說。阿邦盡心盡力地用波斯語交談卻得不到回應，相反的，阿拉伯人看起來比之前更混亂，大聲嚷著什麼，先指著他的船，然後四處亂指。阿邦對義山說：

「義山副座，這個外國人說的是阿拉伯語。我是一個穆斯林，所以我也能說阿拉伯話，但我不知道能否行得通，因他說的方言與我常用的那一種不同。讓我來試試看。」

副座點點頭。

「好，繼續講。」

阿邦再轉向阿拉伯人，他們兩人談了約一分鐘。

「怎麼樣？」義山問。

「今天一大早，他們一行人遇到了偷渡客。他不知道他們怎麼上的船，很顯然的，他們控制了船、開進我們的碼頭就失蹤了。船上的貨物都在。」聽到這些，義山覺得不可思議。

「偷渡客控制了船後不知去向？在揚州？這兒到處都有宋朝巡捕在巡邏。而且這些偷渡客沒拿任何東西走？」他滿腹狐疑地說。但這個阿拉伯人看起來沒得更正經的了。

「那麼，請告訴我，他的船員就沒對付這些侵入者嗎？他們不會毫無所知吧。而且為什麼只放過他一人且毫髮未傷？」義山接著問。阿邦跟那名阿拉伯人談了一會兒，他又爆發另一串長篇大論，邊指著地上邊搖著頭。

「他說那些偷渡客不知用什麼方法，使整船的船員不省人事，除了他之外，他也不知為何這樣。」波斯人說。這個故事愈來愈怪。熊貓輕聲地咕噥什麼，不外乎說外國人腦筋有病，但義山覺得有些不安。阿拉伯人的行為，似乎在某種程度上證實了故事的真實性。

「讓我們去看看。」他們一起回到船上，發現貨物確實沒被動過，但十五名阿拉伯船員全攤在甲板上呈昏睡狀態。義山跪下來檢查他們的身體是否有掙扎過的痕跡，但看不到半點。好像這些人只是就地昏倒，沒外傷，衣服沒怎麼亂，也像沒掙扎過。他們也不是真正的睡著覺，毋寧說，他們似乎是在一種催眠狀態。

義山覺得似曾相識。那是自從另外一個時空、另外一個人生，他便不曾感覺過的。他站起來，轉身走出去。

「熊貓，通知官府。阿邦，告訴這個阿拉伯人，官府會處理這件事，同時請他好心地把船移開，讓出位子來。」他邊說邊離開那兒。這件事確實怪異。義山走著走著，拼命想理出個頭緒。但他無法擺脫這種感覺，事情不對了，可能連他自己都難以脫身。昏迷的阿拉伯水手勾起了一些他往日的回憶，但所有的證據並非指向他。搖搖頭，他走回去他的倉庫並——僵住了。

就在那兒，入口的正中央，一塊阿拉伯人的貨運——龜甲，鎮著一張紙。紙上只有一個象形文字，以毛筆匆匆寫就的「銅」字。義山感到一陣寒意由他的脊椎骨升起。他把紙張翻過來，看到幾個字：*四號倉庫*。他望向他的那間小辦公室，那兒他的妻子及兩個女兒正快吃完了飯。他跪倒在地上，恐懼地抱著頭。她們不過在數尺之遙、隔著一層薄牆板的小屋內，而他竟

無法與她們見最後一面。他怕看到她們的臉後，會讓他再一次興起逃跑的念頭。

屋內，曉晶不耐煩地捻著手指，正等待著她的夫君回來。*他還真會拖時間*。

「娘，爹爹的飯快冷了。」是他小女兒的童言童語。

● — — — — — — ●

倉庫第四號其實是第五號。中國漢人認為把「四」這個數字標在建築物上極為不祥，因為以中文唸出來時，它的發音毛骨悚然的與「死」字相同。義山當然深諳此中玄機，並走進了這間早空置著的、除了幾個箱子、桶子和架子的昏暗的倉庫。倉庫門在他背後關上，接著一串吭啷聲，表示門現在已被下了鎖。

「我沒打算跑。」義山說。

「那你八年前為什麼逃？」黑暗中一個聲音問。室內的回音簡直沒法辨識聲音由哪兒來。義山往左右費力地瞧，注意到黑影向他逼近，便急轉，想面對他們，但只能感覺到他們躲避他視線時空氣被驟然打破的剎那。

「你們為什麼傷害那些阿拉伯船員？他們是無辜的。」

「是為了將你自那些可能礙事的人身邊帶走。」另一個聲音回答。又一個聲音，同樣不知打哪兒來，發表意見。

「你該比誰都清楚我們的手法。他們幾小時內就會醒來。」

「但你們沒迷倒那個商人。我們已通知官府；巡捕馬上會到這兒。」義山頂回去，「你們失算了？」

「商人是故意被放掉的，為的是通知你。」另一個聲音回答，非常的近。義山忽地轉身，卻什麼也看不到。聲音繼續由另一個角落傳來。

「幾個人？」義山問。

一陣沈默。

「六個。」答案揭曉。義山扮了一個鬼臉。

「你們真太看得起我了。」

鴉雀無聲。

「吾等乃金剛手菩薩之短棍，阿羅漢之鐵拳。投降吧！你這個沉淪世俗、背棄清修之徒，因為今日就是你的死期。」一個聲音說道。語罷，亮起了三盞油燈，照亮了整個房間。義山嚇得像見到了鬼。原來他以為是放在椽木上的怪獸像，事實上是六個戴著面具、穿古銅色袍子的人。但最讓義山駭然的倒是那些面具本身。在好像正在咆哮、張著獠牙的臉孔上，還加上了暴凸的眼及扭曲的雙頰——合該是佛教裡的惡鬼。

這些人影跳下來，開始躡手躡腳地靠近義山。

「我們不手下留情，你也全力以赴吧！」其中一人說。義山感覺右側有異，低頭躲過了一個側踢，讓它失之毫米，但也免不了在他額頭上留下熱辣辣的傷。好險。攻擊者的腿往內借力又再踢出，這次目標較低。義山舉拳招架擋住了腿，好硬。他的手立刻麻起來。

攻擊者站著不動，看著義山陣陣作痛的手。

*他為什麼不追著打？*義山不解，然後他感覺到一雙強有力的手臂穿進來，把這個副總的手臂扭成痛楚不堪的關節鎖。出手的，是一個穿袍子且戴著一面極其可怕的黑面具的人，他另一手接著往義山的臉抓去。意識到危險，受害人在最後一刻偏過頭，卻仍感覺到攻擊者的手指火辣辣地劃過他的側臉，抓得他皮破血流。義山往後跳，但胸窩受了一記肘擊；他痛得抽了一下，感覺好像被塞進去了一支冰棒。他抱著自己呻吟，肋骨斷裂的刺痛讓他一直喘氣；他自己的腎上腺素大量湧出，像在他身上澆冷冰。發著抖，他往黑暗中看去。

他好久沒練功——實在太久了。

「你退步了。」戴黑面具的人說，他是他們一夥唯一戴深色面具的人。義山沒作聲，他知道這句話一點不假。過去的八年，他過著一位副總的生活：簽字、開會，快走但從不跑步，且在最高級的餐館吃美食。他費盡一生訓練的體能，被富裕的工商業生活方式消磨殆盡。從這個觀點來說，義山確實忘記如何讓他的身體「吃苦」。

「馬義山，或我該稱你劉真傑。你早知如此何必當初呢？」另一個戴面具的人挖苦他，邊說邊一直打。

戴黑面具的人跳到義山前面。

「現在後悔也來不及了。」他低聲說，一腳踢到義山的下巴，把義山踢得鮮血四濺往後倒。義山摔到地上；黑面具的惡魔抓住他的衣領，又給了他一個頭擊。

「你那拜金的妻子拿最奢華的衣裳裝扮自己，她的雙手沾滿珠寶與銅臭。」由惡魔般黑面具後傳來的聲音不帶任何感情，遑論慈悲，「你那進出口生意建立在貪婪和走私上。劉真傑，你違反了你的誓言，且一犯再犯。」

義山咳起來。

「你放過我的家人。」他咆哮著，往這個惡徒胸前軟弱無力地打了一拳。黑面具的人再近身對義山一陣亂打，打得他流更多的血。受了傷又神志不清，義山往後退到另一個蓄勢待發的面具人前。一隻腳踹到這個受傷的副總後背，令他跌跌撞撞往前摔，同時又有一拳打到他的鼻子，像折斷一根紅蘿蔔般打斷了它。搖搖晃晃地，他拼命不讓自己倒下，臉上的血像瀑布般往下流。

另一個面具人由旁邊冒出來，一隻手如蛇般繞上義山的脖子，並朝義山耳朵捶一記指節拳。受傷的人彎下了腰，接著被一記手劈砍到後頸，終於不支倒地。他試著再站起來，肚子又被踢了一腳。在極度痛苦中，他滾了幾下後，感覺他的腿被用力地扭。

「啊——啊——啊！」

痛楚由腿上迅速傳來。義山往下看，看到他的腳向內彎成一個奇怪的角度，已脫了臼。在斷續的咳嗽聲中，他痛得齜牙咧嘴。他的臉已經血肉模糊，他張口淒厲地喊，*我的拳頭生銹了*。黑面具的人把義山的身子踢翻過來，臉朝上。

「你的末日到了。」另一個面具人說。義山瞪著他們，喘著氣。

「你們都被矇騙了。」他厲聲說道，「你們全是一群劊子手，相信歪理與謊言。我知道真正的叛徒是誰。」他咳了一聲，指著那些人，「你們每一個人都與達摩（法則）背道而馳，比我壞一千倍。」

「接受你的報應吧。」黑面具的人說，手往後借力。

「報應，」義山顫抖地說，「也終究會臨到你們每一人。」

黑面具的人抓住義山的頭髮，另外兩個面具人把這個受傷的人穩住。

「我們不追究你的妻小，因她們是無辜的。」黑面具的人說。一點不猶豫地，他把他的拳頭用力擊進義山的喉嚨。

這個軀體慢慢沒了力氣，癱在地上，死了。當其他面具人低頭唸經時，戴黑面具的人瞥了一眼地上的死屍。

第 5 章

盛滿寶藏的福鍋

少林寺又開始了新的一天。那羅殿和六祖殿間掛滿了五光十色的旗幟，其上面的歡迎詞幾里外都看得到，寺院的好些地方也張燈結綵的。千佛殿位於寺院裡最深處，也是所有建築物中最高的一幢，正由一群和尚在裡面掛上若干敘述少林寺歷史的掛軸，為它進行期待已久的改頭換面。今天是少林寺的園遊會，是慶祝少林寺的歷史並宣揚它兩大最寶貴的土產——禪坐，當然還有少林功夫——的時候，估計有幾千人參觀。早幾週前，方丈就著人在附近城鎮佈告欄張貼傳單，同時准許眾僧侶放假一日，以整理環境及彩排。更重要的是，當地官署祕書處還派遣兩位駐於登封的蒙古官員與會，預計中午以前抵達。鑒於少林寺分別接受中國北方的忽必烈政府及中國南方的南宋豐厚的資金，那麼維持外交關係是非常必要的。

一名形單影隻的和尚喘得像一隻發情的氂牛，把一輛食物凌亂地堆得老高的板車，在少林寺的主步道上推。和尚把貨停在餐廳廚房外，一邊把汗擦在袖子上。他把頭探進門口。

「嘿，止聾！來幫個忙嗎？」他喊。

「是你，君寶師兄。我一時走不開。可以等會兒嗎？」止聾說，由一個大鍋中伸出一個頭，像極了食人族烹飪比賽的主菜。

「六袋米、豆腐皮、四袋綠豆、柿子、青菜、一滿罐冰糖。還有這個，我把它放在這兒。」君寶說，把一個大罈子放在地上。

「那是什麼？」

「麻油。你到底要不要幫你師兄的忙？欸，我可是幫你把那個像澡盆一般大的鍋搬上這兒來的。」君寶說，指的是那個現在裝著他師弟的鍋。

「好，等我一下。」止聾說，邊擦手邊把鏟子放下。在一個像龐然大物的鍋底刮鍋巴並不是向佛教效力最好的方法，但拒絕幫助一個好朋友也不是。止聾躍出鍋，開始幫君寶卸一部份貨，很高興有機會在一個不是幽閉恐懼的空間伸展背脊。君寶飄了一眼止聾滿是黑屑的臉。

「我臉上的妝如何？燒焦的米飯吧，我想，該有好幾代了。這個鍋也曾風光過。你餓不餓？」止聾開著玩笑，撢了幾個焦黑物給他。

「好吃——好吃！那麼我們到底要幫忙煮什麼菜啊？」君寶問，把那些裝有食物的袋子割開。

「高師父說波丹辰時會到。」止聾說，「希望他別對我們抱太多希望。」

「你騙誰啊！是那個波丹？」君寶興奮地大喊。波丹因他的招牌菜幸福粥在佛教圈頗有名氣，後來聞名到全國，遂開了一連串餐館，成為家喻戶曉的人物。

他們兩人坐在廚房的凳子上小憩，啜著綠茶。

「河南各地會來許多人的，我們甚至可以看到些許小妞。止聾師弟，我們可是今天的重頭戲呵！」君寶笑著說，手肘頂了一下止聾。年輕一點的和尚立刻想到喜鳳。

「你已經是最熱門的人了，君寶師兄。每個人都迫不及待地要看你的表演吶。」止聾知道自己說的一點沒錯。確實，甚至連許多和尚們也都期待著他們這位住寺王牌的武藝，而君寶也鮮少令他們失望。

「你今天要表演你前一陣子給我看的新招嗎？」止聾問。君寶咬著下唇沈吟。

「嗯，對不起，不了。我本來是這麼打算，但我不確定在大庭廣眾下表演好不好。你知道一碰到少林拳法的議題，那位了不得的羅大師父會如何反應。那也包括其他師父們，像是高師父。他們只會說那是旁門左道，因為*它不是我們的傳統*，像是他們曾費心做過什麼貢獻似的。」君寶說，語帶不屑。

「嗯，這樣啊，」止聾說，「如果我是這個寺院的住持，我一定幫你立一座碑。我相信你的招式，看起來很管用。」

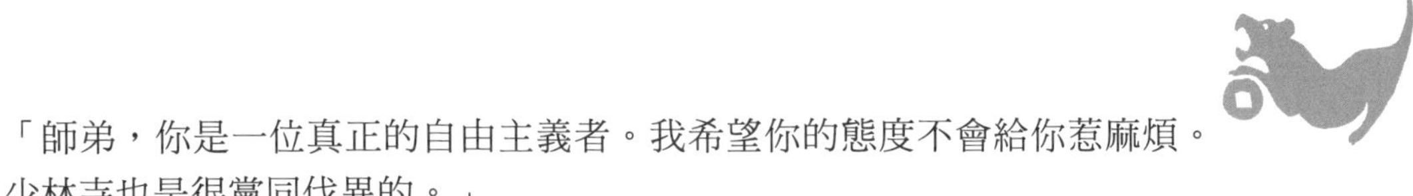

「師弟，你是一位真正的自由主義者。我希望你的態度不會給你惹麻煩。少林寺也是很黨同伐異的。」

「師兄，我也希望少林寺能更上一層樓。福居和尚不也曾邀請過其他門派宗師到少林寺切磋武功嗎？」止聾說。君寶挑起了一邊眉毛。

「什麼？什麼時候的事？」

「不清楚吔。聽說是好幾十年以前的事了。」止聾聳聳肩。君寶噓了一口氣。

「難怪。你從那兒聽來的？」

「德敬師父告訴我的。他說在年報裡登的有。我也是一無所知，直到最近。德敬師父說有一些少林寺的資料，是只按照必須被告知的程度提供。顯然的是，十八位非少林寺的武林宗師被請來與我們過招切磋後，大部分他們的招式最後也編入了少林寺的教材中。」

「他們還真保密到家哦。」君寶說，「我懷疑他們的檔案中還藏了什麼祕密。」他湊近止聾。

「等我練好了我的新招，我保證，它將比少林寺所有的武藝都棒。」

止聾呼了一口氣。

「君寶師兄，我最近常常思索德敬師父所主張的，就是最高形式的格鬥應是不戰而屈人之兵。可能我們的武術訓練還是一個絆腳石吶。我從沒見過任何被我們打得落花流水的盜匪皈依佛門。」

君寶堅定地望著止聾。

「師弟，那是你一廂情願的想法。我們現在能站在這兒全因少林拳法教我們如何生存。它也幫我們去保護那些需要被保護的人。你說盡天下的道理也沒法讓殺人犯洗心革面。我們的武功也不是那麼一無是處，是不是？」君寶說，「這種事最好別多想，它會讓你在戰鬥時束手束腳。師弟，信任我們一向所做的，信任我們的寺院吧。」

「君寶師兄，我知道你的意思，但……」

就在此時，廚房門被大力推開了。進來的是少林寺的方丈及一群年長僧人。

「君寶！止聾！快來迎接波丹廚師！」一名年長僧人喊道。福裕方丈讓開一步，露出他身後站著的一名身材短小、大腹便便、身穿絳紅袍子、肩上

掛著的褡褳裝滿各種香草與調味料的佛教徒。波丹神情傲慢，坑坑疤疤的臉上，一邊嘴角總是神經性的抽；他的兩條手臂因經年累月甩炒菜鍋而孔武有力，此外他渾身散發一股花生油味。君寶和止聾立刻站起身來鞠躬。

「阿彌陀佛。」他們說。波丹擺一下手，快步走入廚房，帶著無上的權威。

「那麼我們就請你們兩個男孩子幫他囉。」方丈說完立刻帶著那一幫資深僧人走了。君寶看著這個站起來不及他腰高的小廚子，丟給止聾一個失望的眼神，*這個人比小孩還小隻*。

波丹哼了一聲，瞪大眼睛，似能洞悉二人心思。

「我知道我屬於矮子一族，」小廚師咆哮起來，「但我可以與你們兩人同時對幹，所以看是我們現在就到外面去比，還是你們最好開始別再討論我的身高。」

君寶的眼睛差點爆出來，連羅大師父都不會這麼說話。

「怎麼？別死站在那兒，你們兩個笨蛋，去煮飯！你──那個瘦子──把這些青菜洗一洗。還有你，娃娃臉，洗豆子。快，動起來！」侏儒拍著桌子說。他們盡心盡力地做被交代的事，雖然君寶氣得血脈賁張，且在洗了三次（前兩次不算）食物後，止聾和君寶都覺得他們切的菜足夠讓他們永遠不再吃素了，接著還有煩瑣的醬料調配。其實兩名少林和尚也曾到廚房當過幾次差，但那是少林寺標準，此刻是波丹標準。到目前為止，他們完全沒讓火爆的小廚師滿意。他快步走到正在更小心切菜的止聾身邊。

「你這滿腦子麵糊的人！你已經切了二十分鐘，快啊！我甚至還沒開始教你們兩個笨蛋如何煮我那有名的粥，你們就已經讓我受不了了。還有你，」他動了怒，努力想站得比君寶高，「這些蓮藕切得不齊，你瞎了眼嗎？掉在地上的塊塊都比該死的碗裡的多。別要死不活的！笨蛋！」

*放一塊我的什麼下去如何？你喜歡嗎？*君寶想，咬牙微笑。

「我們是武僧，波先生。我們的廚藝遠不及您的精細。我們正在盡力吶。」止聾說，準備在君寶把小廚師撕成碎片前阻止他。

「娃娃臉，別找藉口。你這個腦袋不通的朋友剛剛浪費了一堆好食物，而你，你那沒用的肌肉是全河南最慢的了。在你做完之前，我早已進了墳墓！現在你們靠攏來聽好，既然你們兩人那麼笨，我就教你們一個簡單版的粥吧！我只說一次，如果你們不想惹麻煩就得注意聽，清楚了嗎？」止聾和君寶立即跑去站在一鍋滾燙白粥前的波丹身旁。廚師把一個裝滿二十多種香草、辛香料、醬料的托盤放到一個盛滿各種豆子、杏仁、豆干、海帶、雲耳和蘿蔔的大托盤旁。

「首先，稍稍煸一下香菇，像這樣。」他邊解說邊示範，「然後你們把香菇的蒂拿掉再切成丁，像這樣。動作要快，知道嗎？好，現在拿一杯素高湯和五塊陳皮⋯⋯」他的解說鉅細靡遺，不幸的是對兩名少林和尚未免太長。波丹喋喋不休講了一打步驟，每個步驟中又有五、六個重點。不得忘記，不能有誤。大約在第三個步驟第二點時，止聾已經跟不上了。君寶好一點勉強跟到第四點，但他一向記不久，所以幫助不多。當兩名和尚拼命回憶波丹交待的每個細節時，這個惡劣的小廚師把爐火弄小；他拿杓子舀了兩小碗看起來十分可口的雜煮。

「嚐嚐看！」他說。兩名和尚小口吞著濃郁的米粥，當此美味的好東西由喉嚨滑入胃袋時，兩人不由分說地發出滿意的聲音。

「希望你們兩個人都沒問題了，因為我討厭重複解釋。」廚師厲聲說，不耐煩地瞪著眼。兩名少林和尚看起來非常不安，像是孩童在考試中突然想上廁所。他們尚來不及回答，波丹已經著手把一些杓子放回他的褡褳。

「好，我相信我們不會把事情搞砸。許多客人中午以前就會到，在那之前煮好它。我必須去選幾樣水果做下午的甜點。待會兒見。」他說完後就快步出了門。

止聾與君寶面面相覷。

一個時辰後，我們的朋友在少林寺廚房的戰場上節節敗退。

「只好讓命運決定了。」君寶喃喃地說，把杓子裡的湯靠在鍋邊瀝乾。他偏頭看一下止聾那邊，他們倆人的臉上，汗水混著蒸氣滴滴答答，「我好不容易把飯煮成湯，但湯不停地蒸發，所以只好加更多的水。你的青菜湯怎麼樣？」

「目前為止，可以下嚥啦！香菇燒焦了，但管他的。你記得這個東西該放多少嗎？」止聾比著一罐黃色的粉問。君寶皺著眉頭。

「他有說要放那個嗎？」

「嘢，好像在第五個步驟，也可能沒有。」止聾邊說邊搓著下巴回想，「當他加下去時它就化了，而我加下這種粉時，它就結成這個奇怪的球。」

他把那個像膀胱一樣大的團團由湯裡撈起來，讓君寶看。

「觀音菩薩啊！我們可不能有那個東西在粥裡晃，它看起來像大象的屎。可能你的火候不夠大。再多加點柴吧！師弟。」

「我已經加了。相信我，沒得更旺的了。嘔，討厭！」止聾邊說邊打開一個大鍋蓋，裡面有兩碗切好的蘿蔔，忘了放在那兒多久，都皺巴巴的。

「我是不是該直接將這些倒進去？」止聾說，不敢確定。

「就倒吧！」君寶說，無暇他顧，全神貫注看著他湯勺中水般的液體由湯勺又流入沸騰的鍋中，「為什麼我們不把你我的湯倒在一起，到時再看看嚐起來如何。」

「贊成。」止聾說。他把湯端來，他們一起把它混入君寶的粥，邊攪邊瞪著白色冒著蒸氣的深淵。。

「噢。」止聾皺著鼻子。

「好極了。」君寶說，「只是它聞起來更奇怪了。師弟，我覺得頭昏。波丹會氣炸的。」

「別觸我們的霉頭，師兄。為什麼不把我們沒放的東西都扔進去後再好好攪拌？除此之外我們還能幹嘛？」止聾說，也是一臉愁容。君寶把頭伸出門外看，免得波丹回來了。

「讓我們把那個留到最後。我們該在一個時辰內端出一鍋好粥，就讓我們繼續嘗試吧！」他說，放了一個新鍋到爐子上。

當波丹廚師背著裝滿食物的袋子在少林寺外圍的跳蚤市場晃悠時，他突然停住腳，心中有一股焦慮的感覺。小個頭的廚師雖然對自己授業又臭又長的口才毫不在乎，但他倒是有能預知廚房內正在醞釀一場風暴的本事。他擠過一些路邊茶亭，去停在一個水果攤前，心想：*他們最好別把這事搞砸*。像一隻老鷹般瀏覽著貨架，中廣的小廚師伸手抓了幾個水果，並確認他只挑最好的貨。

兩名和尚拼命地埋頭苦幹。在熊熊的爐火前，止聾盡最大的努力保持一個冷靜的腦袋。

「君寶師兄，豆腐？」

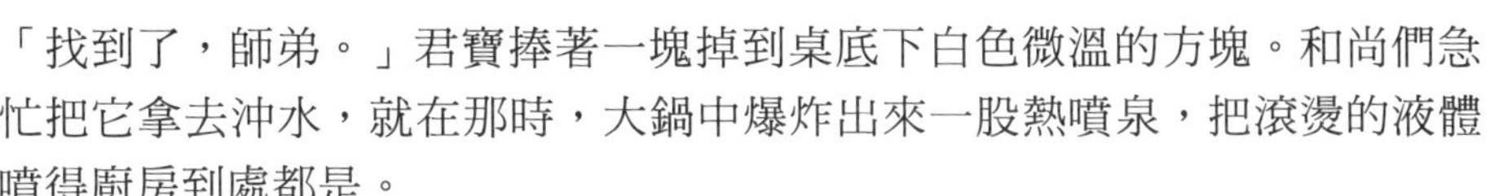

「找到了，師弟。」君寶捧著一塊掉到桌底下白色微溫的方塊。和尚們急忙把它拿去沖水，就在那時，大鍋中爆炸出來一股熱噴泉，把滾燙的液體噴得廚房到處都是。

「小心！」止聾邊喊邊躲回到桌下去。他們等著稀飯山再爆發第二次，還好，接下來撲的都很少。

大鍋中開始冒出煙來。君寶的眼睛張得老大。

「它在冒煙。」

「快把豆腐扔進去！可以降溫。」和尚們把豆腐丟到濃湯裡，它似乎真的把咕嘟咕嘟的泡泡壓下了些。他們嘆了一口氣，把鍋下的火熄了。

「煮好了，我們也活下來了。」止聾精疲力盡地說。他舀了一匙粥來嚐。

「能吃嗎？」君寶問。止聾沒吭聲。

千佛殿內，彬杰與其他大約二十多名見習僧正在練習幾小時後要上場的羅漢拳。千佛殿的石基隨著他們的腳踐踏殿內時而凹陷的石磚上而震動，這些凹陷的石磚是和尚們的實力和世代苦練的見證。雖然這些見習僧的基本套路已練得滾瓜爛熟，但為了下午的觀眾，他們練的是一種改良版的羅漢拳，因為原先的套路不夠吸睛。

「我們休息一下。」值班的師父下令。見習僧們歇下來。誰也沒注意到一根樹枝在地上彈了一下，更別說彬杰了。他毫不在意地繞過它，埋頭喝一壺涼茶。又有什麼刮過他左耳，他還是不當一回事。不霎時，第三根樹枝對準他的後腦杓打個正著，他這才好奇地轉過身。

他發現自己正瞪著半躲在一扇窗戶後面的止聾。年長的和尚作勢要彬杰到外面去，在向師父要求解手後，兩個和尚會合，蹲在一棵樹後說話。

「彬杰師弟，感謝釋迦牟尼！你不知道我找了你多久。」止聾說，放下了心。

「止聾師兄，我以為你現在在廚房幫忙。我們見習僧負責端菜，再半個時辰我們就得招待客人吃東西了。」

「我就是為這件事來的。」止聾說，「君寶和我負責煮粥，山門一打開就得讓客人有得吃。你曾在餐館工作過對不對？跟你姐姐一塊？」

「是啊，但那已是多年前的事了。」

「我們現在就要你的幫忙，師弟，你能幫我們煮一鍋鹹粥嗎？希望你能煮出你最拿手的味道。」

「我也樂意幫忙，但是師兄，我馬上就得回去彩排了。」

「讓我去告訴你師父說大廚師波丹需要你的服務怎樣？」止聾答道，滿懷希望。彬杰睜圓了眼。

「波丹？就是那個幫皇帝陛下煮了一席素宴的佛教廚師？」他口吃起來。*波丹在少林寺！*止聾要這個少年人噤聲，並揮走一名路過和尚瞪來的目光。

「小聲點，對，就是那個人。」

「他很矮嗎？像這麼高？」彬杰問，把手比到胸前，還是不太相信。止聾點點頭，*他的耐性也是不長的*。彬杰拍拍手。

「所以他當真在這兒啊。我可不介意學他有名的幸福粥。」

「我們就是要煮這個。君寶和我到現在還弄不出來，你能來幫我們的忙嗎？」止聾焦急地問。

「如果我的師父說可以⋯⋯」

止聾來去一陣風。

「走吧！」年長的和尚拉著彬杰就走。彬杰回頭望，看到當班的師父正擺手要他們走。

「真高興你找到了幫手。我們需要一大鍋能下口的粥，愈快愈好，如果波丹決定提早回來檢查就糟了。」形容憔悴的君寶說，狐疑地望著止聾。倒是彬杰躬身行禮。

「讓我來幫忙吧！君寶師兄，我不會令你們失望。」見習僧說。

「請。」君寶指著廚房，「你請便。」

見習僧發現他面對一個像戰場般的廚房。到處是髒杓子，地上是踩爛的菜葉和香草。空氣中飄著一股焦味，牆壁上沾著醬料，稀飯湯由每個角落往下滴。

「你們煮的稀飯味道如何？」他說，聞著鍋中物。

「不好，非常非常不好。」君寶悲哀地搖頭答，再也說不出什麼好詞兒。這鍋粥就是砸了，就那麼簡單。彬杰在頭上綁了一條毛巾，拿起另外那鍋波丹煮好的粥。

見習僧小心地伸一根手指到鍋裡，並品嚐它的味道。

「那是波丹廚師的樣品。」止聾說。

「真好吃。連涼的都好吃。」彬杰說，以一種仔細品味的表情嚼著。君寶和止聾緊張地嚥口水，希望彬杰真能在接下來的半個時辰煮一大鍋能過關的粥。但那鍋粥能嚐起來、聞起來、看起來有廚師波丹的三分之一好還真須要某種奇蹟。

「我們也努力想煮好，但波丹廚師不是一個有耐心的人，他的指令又太煩瑣。」止聾說。

「他真讓人頭疼，我還從沒見過這麼一個動不動就亂發脾氣、沒禮貌又難搞的人。」君寶加一句。

彬杰嚴肅地點頭。

「有的廚師脾氣相當火爆，那也是他們宣洩壓力的方法。」他答道。

「我可真想讓他看看我是如何紓壓。」君寶發著牢騷。彬杰回到他一本正經的模樣，開始整理起桌子來。

「一個良好的廚房，萬物皆應井然有序，觸手可及。止聾師兄、君寶師兄請把那個大鍋裡的東西倒掉後裝半鍋清水來。我來弄青菜。」兩個資深和尚把那個超大的鍋抬出去，並把裡面的內容物倒在附近的草叢裡。

「總比肥料聞起來好。」止聾做評論，記起許多次掩鼻子施肥的情形。他們回到廚房，發現彬杰輕鬆地忙著切菜。他利用菜刀的每一面，或剁、或剁、或切。止聾他們從來不知道菜刀可以這樣用。這個見習僧堅忍的外表，在四面是牆的廚房中似乎圓潤起來。他把辛香料切絲或拍碎，一邊得心應手地調和配料，一邊清潔檯面，如此流暢的動作，只有熟練烹飪技巧的人才辦得到。止聾打由心裡高興，這可是一個好兆頭。

「他動作真快。這孩子一定有許多獨當一面的經驗。」君寶笑吟吟地說。他和止聾兩人一起又燒了開水，然後再倒一份米下去，同時彬杰也蒸了一滿竹籠的栗子。火爐上，麻油在炒鍋中吱吱作響地炒著什錦蔬菜、香菇、枸杞、和蓮子。見習僧在一桶清水中洗了手後，加了一些調味到粥中。

「現在我自己做就夠了，你們兩人可以去休息一下。」他說，眼睛還是不離爐子。

「你確信？」止聾問。年輕人擺擺手。

「我沒問題，止聾師兄。」

君寶和止聾伸了一下背，懶懶地走出門，一邊向見習僧道謝。新的一鍋粥已經聞得到香氣，而且照情況看，彬杰似乎胸有成竹。

「你從沒告訴我這孩子還是個了不得的廚子。」君寶說，「看他切菜的樣子，好像他生下來一手就握著一把菜刀似的。」

「嘢，而且你有看到他炒那些蓮子、蒸那些栗子嗎？我從來沒料到那些可以那樣弄，可能他還知道一些連波丹都不知道的絕招。同時別忘了他那麼快就搞定。我希望它的味道起碼有它香味的一半好。」

「我覺得它會，師弟。如果這些少林撈什子事情不適合他的話，他可以在烹飪界成炙手可熱的人物。」

「可能，如果那能帶給他快樂的話，有何不可？我贊同選擇任何讓你快樂的事做，話雖如此，他武功的實力也不弱啊，我的手臂上還留有他上次踢的印子。」止聾答，同樣也帶著欣悅的驚喜。兩個和尚又談了一會兒，並頻頻保持警覺，以防波丹出現在地平線上，但目前為止還看不到人。

大約近半個時辰後，彬杰由廚房走出來，在一條毛巾上擦著手。

「好了，應該差強人意，雖然與波丹廚師的口味不盡相同。」

「我們欠你一個情，彬杰師弟。」止聾感激不盡地說。彬杰躬身回禮。三人一回到廚房，便像鷺鳥般擠在那口大鍋前。君寶拿起一根湯匙，舀了一個頂針那麼丁點兒的粥。他慎重地看著另外兩名和尚。

要吃了喲。

「怎麼樣，你覺得呢？」彬杰問。君寶一聲不吭，只遞給止聾另外一根湯匙，讓他也嚐一口。這匙粥一入了他的口，他頸後的每根汗毛都豎了起來。他剛剛嚐的是天上珍饈。

「真……太美味啦！」止聾高興得合不攏嘴地看著君寶，他也是笑容滿面。他們兩人開始狼吞虎咽地一匙又一匙。

「你們不能再吃了，師兄，這是要待客的！」彬杰大笑起來。

「謝謝你，彬杰，你真該開一家你自己的餐館。」君寶說。止聾注意到小和尚的臉上光芒四射，是從他靈魂深處發出來的光。彬杰做了他愛做的事而且得到讚美。

這可能才是他真正的呼召。

「我得走了，」見習僧解著圍裙，「待會兒見，止聾師兄，君寶師兄。」

君寶把手搭在小和尚的肩膀，面向廚房門口。

有腳步聲逼近。

「噢，糟糕！他回來了。快躲！」君寶緊張地說。彬杰焦急四望，希望能找到一藏身處，直到止聾把他領入一間儲藏室。說時遲那時快，就在見習僧一頭鑽進去後，波丹人已到門口，舉著幾疊雕工精美的水果，包括一個芋頭雕成的鳳凰。他的圓眼掃向這兩名資深武僧。

「你們兩人在看什麼鬼？」他厲聲斥責，「怎麼，煮好了嗎？」

「吔，我們……」

「好，我來看看。」廚師邊把手上的托盤放下邊拿起一根湯匙。他舀了一點粥啜著，舌頭把上顎彈得咂咂有聲。君寶瞄了止聾一眼：*它雖可口但味道不同。他嚐得出來！*

「這是誰煮的？」波丹問，聲音降了六個分貝。兩名和尚知道這個語氣代表什麼意思。

「它也許與您煮的味道不一樣，波丹大廚，但起碼它是可以下嚥的。」君寶說。

「我問你誰煮的，沒說嚐起來像不像我的！而且我確定你們兩個小丑是不可能搞出這個東西來。所以，是誰？誰做的？」這個矮一截的廚師舞著一根湯匙對和尚逼供。止聾走到儲藏室，打開了門，露出一個窩在那兒的彬杰。他站起來，行禮。

「波丹大廚，我們煮的粥是個大災難，所以我們請我們的師弟來幫忙。他一手包辦所有的事，君寶和我只負責收拾清潔。」

波丹向見習僧走過去，一直盯著他瞧。

「你叫什麼名字？孩子。」

「我名彬杰，少林寺見習僧。阿彌陀佛。」彬杰行著禮說道。廚師波丹慢慢地走近，眼睛閃閃發光，直到可以觸碰到這個見習僧的距離，讓止聾提心吊膽。

波丹給了彬杰一個擁抱，嚴肅的臉上露出笑容。君寶和止聾都不敢相信他們的眼睛。

「孩子，」波丹說，「你剛剛證明廚藝還是須要一顆心的。你利用蒸過的栗子和芝麻油爆香的蓮子，看似簡單卻效果加乘。我一生中還沒嚐過這麼好吃的粥。年輕人，你老實告訴我，你以前煮過這道菜嗎？」小和尚搖搖頭。

「我曾經煮過相似的粥，但從沒煮過鹹的素粥。我先嚐過你的才來煮我的。這是我的版本。」波丹看似高興得過了頭，知道這個年輕和尚能夠只靠本能，就做出一道以前他從沒嘗試過的菜。圓滾滾、短身材的廚師轉身對仍愣在那兒的止聾和君寶說：

「去告訴他的師父，我今天要這個孩子在廚房當我的助手。你們可以走了。」

第 6 章

藍天下的野獸

少林寺的寺門終於打開了，讓當天一早就在門外等候的遊客一湧而入。若干和尚端著食盤，盤上擺著一碗碗的粥、水果、豆糕和茶，它們立刻便被一掃而空。他們急匆匆地來回跑，由廚房搬出更多熱騰騰的食物，只換回更多空碗。少林寺難得一次不那麼佛教，到處都是笑聲、吵鬧的群眾、鞭炮，甚至還有一個樂團。此時聽不到一聲禱告、唸經、或鑼聲；那些沒被分派到招待任務的和尚，大多躲到附近山林空地去練拳，為下午的表演做準備。見習僧竹哥和風耳忙著帶客人參觀塔林，而其他的見習僧也在少林寺的各個殿堂賣力地為遊客講解。唯一不對外開放的只有和尚們的寢室。

少林寺方丈福裕穿著鮮橘色的僧袍，殷勤地歡迎由蒙古來的兩名官員，他們到那兒是為了加強少林寺與忽必烈統治下的「至元時代」蒙古人的關係。因為不是漢人，所以這兩名蒙古官員還帶著一小隊由維吾爾人、同化的車臣人及北境的漢人所組成的翻譯員、顧問及品嚐師。福裕方丈亟欲減少賦役並得到資金，遂盡全力確保兩名蒙古貴客被款待得無微不至。這兩名穿著官服的官員四處走動，說著他們本國的語言。他們的翻譯人員不離左右，一邊閃過看熱鬧的人，一邊竭力跟上講解的和尚。

除了這一小撮政府官員外，寺院裡其餘部分擠滿的多是本地人，有的甚至遠道由南宋統治的南中國來。當然囉，大多數人來此只為一件事：下午的表演。午餐後，見習僧去寺院附近一處山間空地把擂臺準備好。資深武僧及師父們在後台彩排。知道等一下的表演不僅提供外人娛樂，也能讓見習僧們有機會觀摩資深武僧們的進展。這更是少數能讓大家一窺精選的少林

寺「七十二絕技」的大好機會。那些漫漫下午為各和尚量身訓練的功夫將不再是祕密；只有今天，它們將展現在自家人和公眾面前。

練習幾次後，止聾在後台附近靠著一棵樹坐著。*君寶到哪兒去了？*那個年長一點的和尚可能躲在哪兒練功或在樹蔭下偷懶。管他怎麼都好，但他必須得在他表演之前回來。君寶可是練成了不只八種七十二絕技的大師，他當然可以在這永生難忘的表演前偷偷懶。不久，遊客們便開始離開寺院到擁擠的擂臺區坐下。

表演即將開始。

每位武僧都穿上最好的袍子坐在台子一旁，邊唸著經邊等群眾自己靜下來。他們的唸頌不斷，恍若未聞觀眾中一些不耐煩的噓聲。

後台，德敬師父忙著確認一切就緒。

「我要你們每人都拿出看家本事。還有，耍棍子時要小心，別耍飛了打到人。此外，觀眾有時也會很刁難，要保持你們的風度。」

他朝見習僧們點點頭。

「你們都知道我們的排演：先由見習僧表演拳法，其後是資深武僧們的自選功，最後是君寶和羅大師父。說到君寶，他上哪兒去了？」德敬問道，瞥一眼嘰嘰喳喳的觀眾。他招呼著止聾。

「止聾，去找他，要快！我們再五分鐘就要開始了。」止聾敬個禮就跑。君寶的表演大概在開場三十分鐘左右；止聾自己的表演在二十分鐘那時。他口中喃喃道著歉，在人群中左穿右繞地跑，像是費力在泥沼中爬行，爬出一條路，不旋踵，那條路又被淹沒得無影無蹤。

這個和尚駐足四望，*君寶能在哪？*

君寶和尚坐在少林寺的圍牆上，他的腳舒適地擺盪，但他的雙眼一眨也不眨地盯著數米外的一隻野鶴。野鳥拍著翅膀，陡然把自己拉高又蹲下來，連一隻腳都沒抬起來。君寶被迷住了。那對翅膀發放出怎樣的優雅啊！像有節奏卻又突然；快又慢；鬆卻緊。鳥兒具備如此優雅與緊繃間完美的平衡，令君寶羨慕。他真想知道這隻優雅的鳥兒如何攻擊。用翅膀嗎？牠的長嘴？還是牠的力量來自於牠那彎曲、呈蛇形的脖子？

是地上。鳥兒一定是由牠的腳及下腹把力量抽上來的。

君寶好奇這與少林寺的蹲馬步哪裡不同，因為那看起來也是用相同的方法利用下半身的力量。和尚們簡樸清苦的軍事訓練，是經由肌肉的張力來增強速度和力道。但這隻鳥兒絕沒加什麼壓力在牠瘦削的骨架上。事實上，牠正全然放鬆地享受牠午後的日光浴。如果牠正處於緊張情況，君寶當更能了解這隻雅緻的鳥兒是如何在壓力下行動。

當止聾跑過起伏的山巒前來時，野鶴便莫名其妙地飛走了。

「我們的表演要開始了！」年輕的和尚喊。

*討厭！*君寶滑下牆。

「來了！」

兩個和尚一起向表演場地跑去。

「你剛才在幹嘛？師兄？」年輕一點的和尚問。

「看那些鶴，牠們動得真美。」

「喔！你也得快點動，除非你要我們兩人吃羅大師父的排頭。」

當他們兩人加快腳步時，君寶給了止聾肩膀一拳。

與此同時，表演已經開始了。一聲鐘響，武僧們步上舞台，面對觀眾後坐下，唸著他們的佛經。觀眾安靜下來，讓誦經聲撫慰他們的心。又一聲鑼響，武僧們站起來行佛教禮後，把表演台留給見習僧。

彬杰、竹哥、風耳及其他見習僧們站在表演台中央，大喊一聲阿彌陀佛便開始操演他們的羅漢拳。接下來是小童們的童子功，表演令人驚嘆的翻滾。每一個令人咋舌的特技都讓觀眾歡呼、拍掌。壓軸的是一個六歲名為康明的小和尚，表演好像磨脊椎骨般的軟骨功。他把身體往後仰，頭部著地，繞圈圈走，一邊扭著身體，而他的姿勢仍固定在他的頭部；表演一完，觀眾大聲喊好。

下一輪表演的是兵器。一群見習和資深的武僧走去平台旁的武器架拿他們選定的武器。彬杰緊張地等方丈介紹他出場。

「我們下一個表演將由彬杰和尚擔任。他的武器是大家耳熟能詳的羅漢拐棍。他的下一個則是風耳和尚。」福裕宣佈。當這兩名年輕僧人經過他面前時，他皺起鼻子。*為什麼有個人渾身麻油味兒？*

「為少林寺增光，彬杰！」竹哥悄聲說，揮出一個拳頭。彬杰點點頭，走到表演台中央。他鞠一個躬，兩手握緊他的拐杖棍子。這種武器就是一根木頭棍子、一端往內三分之一處有一根直角的手把。現今大家喜歡它日語的發音叫*通法*。這種棍子既能攻擊又利防守，端看它們是被握著還是被靈活揮舞。只見年輕和尚的手、腳一下子靈活起來。手中的武器被舞得像兩臂裝了飛輪。舞了一陣子，他手上用力，拐棍便不再轉，且像兩根硬殼護住他手腕，接著他便收起兩臂，一臂向上，另一臂往下壓，擺出結束的姿勢。大家鼓掌。

下一個該風耳了。他選的武器是三節棍和雙節棍，每截棍子都被短短的鐵鏈相接。三節棍及它小個兒、兩節的表弟雙節棍（連枷），被有些人認為難以駕馭，但只要訓練得宜，也能發揮作用。小和尚先舞三節棍，把棍子在背後耍、頭上耍、身兩旁耍，然後他爆發起來，把兩端的棍子當木杵耍，有時又把棍子甩出來像長鍊子。表演快結束時，他已贏得了許多掌聲，但他接下來同時使用兩根雙節棍更令人嘆為觀止，觀眾的叫好聲更響，蓋過他們前一輪的努力。在他甩到最高點時，只見兩條棍鍊在空中飛舞，而他與觀眾仍保持雖近卻仍安全的距離。還好，德敬師父一再苦口婆心，提醒小和尚在人群中的禮儀、督促他保持安全距離以及不能看起來太趾高氣揚或嚇唬到觀眾的重要性。

結束時，風耳在掌聲中躬身行禮。他的臉頰通紅，耳朵更是紅得發亮。德敬師父一直站在後台，等著。下一個表演已經開始，是由五名資深武僧演練洪拳、長拳套路。德敬伸長脖子向鬧哄哄的人群望去，看到兩個光頭在人潮中一上一下，朝表演台來。不一會兒，止聾和君寶已趕到，並向師父行禮。

「我非常抱歉，德敬師父。」君寶說。

「你的習慣總有一天會惹麻煩的，現在請趕快跟大家排好隊，再慢吞吞，小心我報告給方丈。」大師說道。君寶鬆了一口氣乖乖照辦。在五百名觀眾眾目睽睽下，今天可不是挨罵的好日子。

兩名資深武僧趕快排到隊伍中並觀看台上的表演。現在是兩名和尚正表演一場以假亂真的格鬥。一個和尚對準另一人的心窩虛晃一拳，引來觀眾的驚嘆與喝采；被打的人嚎啕大哭，又摔得太戲劇化，以致還沒演完就露出馬腳。當觀眾嘻嘻笑時，倒在地上的和尚臉朝上地躺在那兒，拼命想把已漾在他臉上顯而易見的笑臉板起來，將本來一場嚴肅的格鬥表演變成了鬧劇。雖然每一招架式事先均一再排練，但人們常忽略不是所有的和尚都能演好一齣戲。兩名和尚在觀眾大笑聲中鞠躬下台。德敬師父有點兒不好意思，假裝注意自己的腳，但羅大師父已等在後台，賞了兩名喜劇演員各一個疼痛的懲罰。

兩名弟子走開，口中喃喃道歉，鼻孔滴出血來。

觀眾靜下來，等待下一個功夫表演。方丈介紹資深武僧郭福、東義、止聾、君寶上場。他們鞠躬後先下台，把表演台留給郭福和尚展示他拿手的——鐵牛功、鐵布衫、和刀槍不入功。首先，郭福和尚把氣導入他的腹部，把腹部變硬後，把自己站穩。一個見習僧走上前，手拿一把長柄大鎚使勁地捶擊郭福的肚子，令觀眾倒吸一口氣。每捶一次，資深武僧就被打得向後退一兩步，但他旋即又站穩。還想表現他肚子有多硬，這次郭福更邀請觀眾中一位身材魁梧當保鑣的人拿著鎚子試打看。保鑣身高六呎，當能勝任，只是他有點兒不知如何下手。但這種感覺持續不久；雖然一開始只是輕輕打，但保鑣很快地愈打愈有勁，而郭福只是看著他，毫不退縮。過了一會兒，保鑣的手都腫了，氣喘噓噓，得退下去休息。觀眾拍起手。這個非常泰然自若的郭福和尚開始把雙手向天空一推一拉，接著又把它們往旁彎出去。他把體重由一腳移到另一腳，深深呼吸，連坐在後面的觀眾都聽得到他的吐氣聲。和尚必須確認他的氣已運轉到他下一個挑戰要用的肌肉和骨骼上。

見習僧們躍上舞台，舉著鐵矛。在一個「開始」的指令下，他們把年長的和尚的身體高舉過頭，不偏不倚地放在他們豎直的矛尖上，並把他留在那兒。觀眾發了瘋，用力鼓掌。年長的和尚又給了另一個指示，見習僧們立刻把他放下，他毫髮未傷，贏得如雷的掌聲。

下一個是永不服輸的東義。他在台上蹦蹦跳跳，一系列的翻滾，後滾翻、側翻、翻觔斗，讓觀眾看得眼花撩亂，同時間見習僧們搬出了一張十四尺長的桌子。東義跑過來一蹤，跳過了這個礙事的東西。緊接著，另一名資深武僧坐在椅子上，讓東義示範若干立地彈跳，均能直接跳過他。群眾叫好，對這位表演者的靈活度嘆為觀止。他們不知道的是，多年來的苦練，東義已將少林寺的彈跳功練到爐火純青。止聾經常看見東義在地上掘一個坑，腳上綁著沙包，由坑中跳出來。勤奮的東義一週練好幾次，一次數個時辰。他甚至更發展自己的鍛鍊方法，像是早上的晨操全程用蛙跳代替跑步。

見習僧們現在把那張沉重的長桌子翻起來，撐在兩隻桌腳上，桌面對著觀眾。東義和尚由對角跑過來，他一躍而起，腳尖輕點兩步後，雙手就搆著

了頂上的一根桌腳。然後利用方才跑跳聚集的力量，像一個特技高手，身子一翻就上了頂。這個靈活的和尚平衡在單薄的桌緣，單腳表演功夫架式。觀眾拍紅了手，見習僧們也吶喊起來。

止聾彎下身，拉緊他的綁腿。

「止聾師弟，把觀眾當成是我們、你的師兄弟就得了。嗯？」君寶說。止聾露齒一笑。

「誰說我怕了？」他回答。但君寶太了解他的師弟，這個人是很容易分心的。

止聾走上擂台，向觀眾行禮。

「止聾和尚即將表演的是少林寺七十二絕技的『鐵掃帚功』。」方丈宣佈。止聾雙手前伸與地面平行，收手，順勢表演一系列各種不同高度的前、側踢及迴旋踢。他小跑跳幾步凌空縱起後，把他的腿轉回來啪的一聲與手掌互拍，好一個旋風踢。

見習僧竹哥跑上台，抱著一袋木柴在前排觀眾面前展示，並讓他們摸一下，以防它們被掉了包。童子然後走回表演台中央，小心地把一根大木柴往空中丟。一秒鐘後，木柴被止聾的迴旋踢踢成三截。踢腿的力道朝後方使勁，所以碎片並沒往觀眾飛去。當止聾又踢完了六塊木頭、雙手合什站定時，觀眾拍起了手。接著出來兩名資深武僧，威脅地揮舞著長矛，像是來意不善。止聾回以一記練得爛熟的新月踢，踢得兩隻矛失了準頭，另一腿一個勾踢接踵而至，解決了一個對手，接著順勢強力一掃，把最後一人也打平。進攻者們倒在地上呻吟認輸。掌聲更多了。竹哥及另一名見習僧再走到觀眾席中。他們抱著一梱直徑大約十公分新鋸斷的綠竹，請觀眾輪流驗看是否做了手腳。兩名和尚再跳回台上，把竹子握得死緊，竹哥熊抱著底部，另一名和尚圈緊上頭。

「止聾師兄，別閃失。」竹哥悄聲說。

「相信我，師弟，我練習很多次了。」止聾答。他側身站立，扭腰、蹲下，飛出一腿。那隻腿咻地劃破空氣，把一股氣呼呼地掃過竹哥的耳朵。當它劈入竹梱時，喀啦啦！綠竹捆被攔腰掃斷，擂臺上一地被打爛的碎片。竹哥高興得呼喊，觀眾也歡呼雀躍。君寶拍拍竹哥的肩。

「該我們兩個了。」

竹哥拿著兩個插滿了粗縫衣針的針枕在人群中繞，君寶也一樣，不過他舉的是一塊方型木板。止聾走上前對群眾鞠躬。

「為保證我下一個表演的真實性，我必須請一位觀眾幫忙選針，有誰自願？」他說，眼睛向觀眾望去，想找一位有可能幫忙的人。台下有些覺得好玩的嘰嘰咕咕。

「我來。」是一位年輕女子的聲音。

止聾簡直不敢相信他的眼睛。是喜鳳，跟他們那天見面時一樣迷人。台下的觀眾及和尚們悄悄私語，不外乎評論此年輕女子的美貌。當君寶把木板舉在胸前去站在止聾對面數米遠時，她步上了擂臺。止聾向喜鳳鞠一個躬，把針枕遞出。

「姑娘，請選七根針。」他說，稀奇著究竟什麼力量，讓她在如此忙碌的一天，由數百名觀眾中走出來。感覺到和尚的目光，她微微地笑，向止聾走去，溫柔地把額頭的瀏海撥到一旁，又恭敬地行禮。她把針放到止聾掌心。

「謝謝你。」和尚說。喜鳳還是微笑，使得他不得不極力把目光移開，讓君寶非常好奇。年長一點的和尚由眼角輪流瞄著眼前的這一對，可能在猜，究竟這位年輕美女是他師弟什麼人，而且他們究竟是怎麼認識的。

止聾，現在正為眼前的表演忙著活動手指，以至於沒注意到他師兄皺起的眉頭。

君寶站在他排練好的位置上嘆一口氣，舉著木板等待。

一手小心地握著六根針，止聾站在距離君寶和他舉著的木板數米遠的地方，全神貫注地瞄準。雖然這幾根針算是比較粗又長的，但這些針還是很輕，所以他必須用全力才能把針穩穩地插入木板中。方丈又回到台上。

「請大家靠近來，針很細，不太容易看到。」他邊說邊招喚觀眾擠到擂臺前面。此其間，君寶還是繼續舉著木板，而喜鳳站在觀眾中興致勃勃地望著。止聾深吸一口氣，把氣導入指尖、再送入縫衣針裡。他小心地匀氣，冷靜地揚臂，把力道推到指尖。他閉上眼，盡他所能的專注。觀眾們也不敢出聲，伸長脖子目不轉睛。

突然，止聾的手幾下急揮，一根接一根，嗖嗖嗖地，針針插入了君寶的硬木板。速度如此之快，君寶所能感覺到的只是幾下輕敲，好似誰用指甲彈桌子。他低頭看，沒錯，七根針全部結結實實地嵌在木板中。微笑著，他

高舉木板對著觀眾的掌聲，然後把板子傳下去讓大家檢視。止聾甩幾下手後，也向觀眾揮手。

蒙古官員們坐在陰涼下看表演，幾乎隱藏不了他們挑剔的眼光。

「正如我所料，如果沒有那些障眼物，充其量也不過是馬戲班子的表演嘛。這些和尚不知道他們這種噱頭在戰場上完全沒用嗎？」一個人咕噥著，「難怪我們偉大的成吉思汗能那麼輕易地征服他們的國家。」

「你的看法轉得倒真快，乾契努亞。」另一個人邊看表演邊打趣地說，「你方才不是還讚歎他的腳法了得麼？」

「哈！一個站在女人面前就害怕的戰士永遠不是一個真正的男人。他可能是他們中最弱的一個。」

歐優衮聳聳肩又喝了一口水，繼續看止聾的表演，同時針對乾契努亞打壓人的評論發言。

「你也太快論斷他了。年輕的同志，這個和尚只是不習慣站在那麼漂亮的女人面前罷了。」

「一點沒錯。你說那還能有什麼用？」乾契努阿略為惱怒地反駁，「一個男人連這種情況都覺得害羞還能練什麼功夫？更別說他能有膽子搶一個女人佔為己有。還好他生就是一個和尚。」蒙古人有點兒沾沾自喜，「他們哪比得上我們先祖們的傳奇？我們偉大的成吉思汗只拿最漂亮的女人當寢衾。這個和尚連正眼瞧女人都不敢……實在可笑。我證明給你看好嗎？歐優衮。」乾契努亞站起來，若無其事地走上擂臺。

歐優衮站起身。

「乾契努亞！」

「噢，少林寺的方丈。」乾契努亞向方丈行禮，「在今天這個美好的日子，我的同僚和我非常感謝有這個機會見證貴寺和尚們的本領，但在下有一事相求。」觀眾一下子靜下來，非常好奇。方丈掛著一個好好先生的微笑大步走出來。

「閣下有何指教？」

「看起來，」蒙古人繼續說，「你們這些和尚表演他們的技藝，是只跟其他的和尚們互動。譬如說，就像你那位擲飛針的，就是由另一名和尚協助。為什麼不讓它演示起來不那麼像是預先排練好的樣子？讓我們再觀賞一次，換成這位年輕的姑娘而不是和尚握住同樣的木板看看，如何？」他指著喜鳳，「我相信這沒什麼難的，對嗎？」

「不，不會的。乾契努亞大人，但我們必須得到她的同意。」方丈望向喜鳳，看她如何回應。

德敬師父趕到前面。

「福裕方丈，我們不能答應。那太危險了！」他說。方丈舉起一隻手，打斷這個師父的話。但喜鳳躬身行禮，像是一點兒都不擔心。

「我可以。我相信少林寺的和尚。」她說。

「太好了。」乾契努亞說，一邊回座，「我拭目以待。」每個人都望著止聾。他倏然覺得肩上的壓力增加了一百倍。一隻手捏著他的臂膀。

「師弟，」君寶悄聲問，「你沒問題嗎？」

止聾意識到舞台側邊方丈嚴厲的目光，礙於情勢地點點頭。福裕是一位誓死捍衛少林寺聲譽的方丈，期望每一名和尚都能將少林寺的功夫儘量呈現。如果止聾拒絕的話，勢必損及少林寺的好名聲，使方丈在官員們面前大失顏面。

「步驟都一樣，」止聾回答，「這次只是換個人，不是嗎？別大驚小怪啦！」止聾說，朝方丈那邊點個頭。他第二次手中捏著針，站著等待君寶指導喜鳳如何握板子。

「把板子緊握在胸前，別動，一動都別動。」君寶一再強調，把她的手指捲起來握上木板。喜鳳平靜地點頭照著指示做，而止聾此時也站上了他的位置。這個和尚平靜地呼吸，手臂緩緩拉到身後，舉到耳後便停在那兒。君寶緊張地吞了口唾沫。*止聾師弟，別想太多，只要記得我們一起練習時的感覺*。喜鳳無疑是會令他分心的，問題是，會影響止聾的準確性多少？多嚴重？君寶是該相信他師弟不致失誤，還是他該挺身阻撓？閃失的可能性幾乎是零，因為止聾該已練習了好幾百次。更何況，縫衣針本身也造成不了什麼大傷害。姑且不論丟臉與否，一個人的身體被射入一根針，對整體而言沒什麼大害，除了一點疼痛之外。

君寶一邊望，疑慮開始在他心中膨脹。他開始與他的武術兄弟一樣忐忑不安。

止聾的手停在空中，臉上幾乎毫無表情。他盡力想像站在他面前的不是喜鳳而是任何其他人。汗珠由他額頭涔涔流下。女子從容地站在那兒，等他

採取行動，就等一陣細針隨時射進木板來，但止聾僵硬得像一根石柱。他握針的手繃得很緊；尤其是，他不想冒這個險，萬一他擲針時她突然動一下還是掉了板子怎麼辦？最壞的情況下，他可能會無意間射瞎了她；令他尷尬的是，他的胳臂開始發起抖來。

就在他將試著甩出細針的那一剎那，一個身影橫插進來，擋在他身前。

「就此打住吧。我不過是開個玩笑而已。失禮了。」乾契努亞走入和尚及女子中間，一個得意的笑容還掛在他的嘴角。方丈跑上舞台，急著想知道這個蒙古人到底想幹嘛。

「此為何意？」

「沒什麼，福裕方丈。我只是改變主意了而已。我不該做如此無禮的要求。你們繼續吧。」他拱著手低聲道歉。止聾鞠一個躬，頭也不敢抬地下了擂臺。證明了他想的沒錯，蒙古人大步走開，一邊像在拍他朝服的衣襟，一邊若無其事地搔他的鬍鬚。

你輸了，和尚，他暗道。當他們擦身而過時，氣氛非常尷尬。止聾頹然地到了後台，順勢一屁股坐到一張空的板凳上，看起來非常不高興。君寶嘆一口氣，默默地挨著他師弟坐下，算是精神支持。

「止聾，那不是你的錯。那個蒙古人太狡猾了。」

「我差點兒搞砸了，師兄，我從沒料到我會，甚至在練習了那麼多次後，我……」止聾說，「……真是羞愧。我以為她會在我投擲到一半時突然動一下。」君寶聳聳肩，拍著年輕和尚的肩膀。

「那個我們稍後再談，師弟。我想弄清楚，看起來你以前見過那女子，所以，你和她……是不是？」君寶問。止聾的臉陡然紅得像被蜜蜂叮過的鼻子。

「沒！拜託，她當然只是……一個朋友。」止聾說。

「君寶！」方丈在喊了，「到這兒來，該你了。」君寶舉起一隻手。

「唉，討厭死了。我們待會兒談。」他露齒一笑，手指掰得喀喀響，「該我了。」

止聾點點頭。*讓我看看你有什麼本事。師兄！*

當觀眾看到下一個表演者從容地走到台前時，上一場的尷尬仍縈繞在大家心頭。蒙古官員的舉措似乎湊了效，證明少林寺和尚並非如他們先前所想的那般了不得。今天第一次，大部分的觀眾並不太期待這位站在舞台中央、相貌平平、正在行禮的和尚能有什麼出色的表現。

那倒是真的，君寶缺乏他師弟那種與生俱來初照面的魅力，所以圈外人的第一眼印象，對前者甚是興趣缺缺。他的身材瘦削到幾乎纖細，比之於他同儕粗壯的骨架，更像是一根削尖的箭；他的相貌亦乏善可陳，看起來沒什麼表情，在眾和尚中常易被忽略。君寶微微笑，*你們等著瞧吧！*他手伸進袖子拿出來一把中國扇子，引來觀眾席中幾聲咯咯笑。他要幹嘛？讓大家瞧一個和尚如何搧涼？君寶舉起一隻手，招呼後台兩名資深武僧到前面來，每一人扛著大約二十片石板。他們到擂臺上把石板放到地上後，便一人舉一片石板，離胸一手臂遠。一人站在君寶左邊，另一人站在君寶右邊。*師兄該不是要用那把扇子敲破這些石板吧？*止聾暗忖。君寶向觀眾行了一個少林功夫禮，蹲起馬步，伸出那隻拿著那把合攏的扇子的手。

突然地，他把扇子展開，手腕一甩，把扇子送得老高。觀眾及和尚們眼看著扇子轉著圈子如龍蛇上竄，又似流星回墜。在它將要掉到地上之前，表演的和尚往它推出一隻手掌，掌風又把扇子推得歪歪斜斜向天空而去，再次到達它的顛峰。

君寶揮出一拳，擊碎他右側的石板。

拿板子的資深武僧即時把臉轉開，以免被碎石屑傷到，然後又彎下身，撿起另一方新的石板。此時扇子輕快地飛往君寶的另一隻手，觀眾看到和尚用他的手掌靈活地一拂，搧出一股柔柔的風，把扇子推回空中，在君寶頭上盤旋。在戲法要到一半時，他一拳又摧毀了另一邊的石板。此時扇子像一道弧又掉到他另一個空著的、準備把這個東西再循原路送回去的手。這樣一來一往的重複，其速度愈發迅疾，讓觀眾肅然起敬。在他的助手趁扇子律動之隙迅速蹲下換新石板之際，這個和尚的兩手也能在輕柔與剛硬的掌力間切換。扇子於碎石海中翩翩起舞，有人拍起手來，但好戲還在後頭。

君寶把他的手死勁揮得嗖嗖響，強有力的掌風把扇子推得更遠，飄向擂臺的另一角落。他衝去追它，兩名助手也緊隨其後。君寶直跑到欲振乏力的扇子的軌跡下方才停步，兩手各擊打兩邊的石板，同時間一腳掃來掃去，讓扇子留在空中。觀眾至此敬畏至極。君寶滾到舞台另一旁，猛地縱起，用他的腳猛掃扇子，使它浮得更高，適時石板也衝著他來；仍在半空中的君寶大吼一聲，踢出兩腳，兩片石板應聲而碎。他又把扇子踢到擂臺另一

空著的角落，也是翻滾著去接它，而他的助手由兩個角度把石板一片片丟給他。扇子在石屑與該死的沙塵中自由自在地飛舞。瘦長的君寶攫取一片空中的石板，轉身劃一個大圓正好打中最後丟進來的石板。兩個東西頓時爆成碎片，而扇子也不偏不倚地落下，棲息在君寶手掌心，為他的表演畫下完美的句點。君寶帶著一抹勝利的微笑鞠躬，小心別在到處是石屑的舞台摔一跤。觀眾歡呼得像少年，雀躍得跳上跳下，能目睹如此不凡的、剛與柔力道的表演，令他們震驚。它幾乎是一首詩，陰與陽，優雅與暴力，絲與鐵。君寶深吸一口氣，舉雙手過頭，接著輕輕放下手，氣沉丹田，在雷鳴般的掌聲中鞠躬下台。

蒙古官員歐優袞也為之動容，對他同事說：

「此僧對相對力道的掌控簡直到出神入化的程度。我看得到一位明日的武林宗師。」但乾契努亞咕噥著，像是不確定該如何反應，儘管他也覺得君寶的表演令人咋舌。

「當然，他是其中最好的一人，那又有什麼了不起。」他說，「但我感覺他為了譁眾取寵而未盡全力。」

「原來你也看出來了。他確實看起來像在遏制他的潛力，如果他能早知道這一點，他本該是一位值得我下注的鬥士。」歐優袞嘆口氣說，「多可惜啊，這般人物。如果一個戰士能有他的實力的話，對我們的大業定能大有裨益。」另一個蒙古人擺擺手。

「戰士？」乾契努亞覺得不可思議，「你差點沒把我給笑死！他們被他們愚蠢的宗教制約住了。這些和尚可能擁有殺人的能力，但他們沒殺人的慾望。如果你問我，我會說他們沒一點兒用，十足是暴殄天物。至於說到那個⋯⋯」他哼了一聲，指的是君寶的表演，「確實令人印象深刻，有什麼的話，也不過是雕蟲小技罷了。如果他們真要去殺人，那些花拳繡腿怎敵得過裝備精良鐵騎的威力？」

「你對少林和尚的判斷似乎下得太快。」歐優袞說。

「他們只不過是優秀的演員。」乾契努亞嗤之以鼻。歐優袞不想理會，決定這段談話到此為止。大家都知道乾契努亞有一個自負的熱腦袋，非常的愛國，但年輕且缺乏智慧，以至於不能看到輕率下判斷的無益。

「剛才是君寶和尚不同凡響的剛柔法表演。」方丈說，他的聲音淹沒在群眾的歡呼中。止聾和其他的師兄弟們衝上去擁抱這個表演明星，讚美與歡呼差點兒將他淹沒。

「你的扇子還你，師弟。」君寶說，把扇子遞給止聾。年齡小的和尚把它推回去。

「你還是留著吧。看來你現在正需要它，你滿身的汗。」止聾笑著說。

方丈等大家靜下來。

「至於我們最後的表演，」方丈宣佈，「由敝寺最頂尖的羅大師父擔任。他將先由敝寺著名的拳法中選一套示範，接著才表演內力。」所有的和尚一下子靜下來。

少林寺武功最強的大師走到前頭。他帶著傷疤的頭在陽光下亮得刺眼。他犀利的眼睛瞪著群眾。當這個老和尚拉開衣襟露出碩壯的身軀時，觀眾不禁倒吸一口氣。羅湖上半身的皮膚像打了補丁似的佈滿數不清的傷：刀傷、穿刺傷、像挖了一塊肉的銼傷，甚至還有燒傷。這些傷痕緊緊繃在他數十載無情苦練如波浪起伏般的腹部及一對像岩石打造的手臂上。他的項珠隨著他轉動肩膀的熱身運動輕敲有聲，肩關節每轉一次就發出啵的聲音。

隨著一聲吼，羅湖用力往前擊出一拳，打出少林寺通臂拳的第一招，幾乎是立刻，止聾與其他和尚覺得頸後汗毛直豎。這個師父表演的是他們最基本的核心訓練，它如果由一個普通和尚表演，一定感覺起來再平凡不過，但由羅湖來打，效果卻明顯不同。他的拳頭流淌出一股陰黑之氣，將冷冽的空氣抽打上大家的臉，連帶使得場中的幾名嬰孩也驚哭起來。站在擂台中央的羅湖一拳接一拳地打，臉上的表情寒勝冰霜；在場的人好似再也不能感覺到中午日頭的溫暖。一道大多數和尚不熟悉的冷寒襲來，像刀一般插入止聾的後頸把他震醒，令他不由得向君寶望去。

「師兄！你……」

「吔，我也感覺到了。」君寶喃喃地說。羅湖周遭的氛圍，影響了那些以與前此的任何感覺都不同的眼光來觀看的人。老大師的氣似乎是由暴力驅動的，這真令人難以置信，因為每一名少林和尚都曾接受過將此等情緒在打坐時化解掉的訓練。這種負能量的化身稱為*殺氣*。

除了和尚們外，大多數的普通群眾並不能分辨羅湖散發的負面之氣，但它確實令他們感到焦躁及害怕。

大師父毫不在意地走到表演台邊緣，轉身，把他的肩膀對著觀眾，頭轉向一邊，等待他下一輪表演的開始。觀眾看到一隊資深武僧爬上台，後面拖著一根好大的攻城槌。他們匆匆行了一個禮後，腳便往後倒退，直退到足

夠的距離後才進攻，像千軍萬馬般衝過表演臺、衝向這個大師。大師父只輕輕地伸出一隻手迎戰。砰地一聲，挾帶一打和尚及它本身的重量和力量，攻城槌把自己不偏不倚地衝到羅湖的手掌。像一輛失速的列車，把老僧推擠並打滑到擂臺邊緣，但他並沒就此翻下台。老大師把他的氣集起來，繃緊上半身每塊肌肉，再把氣放出來，使這輛人力列車在觀眾的驚嘆聲中嘎嘎地停住。即便如此，那十二名資深武僧並不打算就此放棄，他們還在拼命往前進，腳掌在地面上刮。羅湖就這樣把他們擋在那兒，一面繼續抵擋他弟子們加總的力道，一面把氣由肩膀引到他的指尖，把它們變成了鐵爪子。只見他的手在攻城槌的木樁上用力，當大師父的手指深陷它時，像引爆了一個小爆炸，木屑四濺。羅湖暴吼起來，他上半身的每塊肌肉開始搏動，整根攻城槌被他單手舉了起來，而那些資深武僧仍緊抓著它不放，有些武僧還划著他們的腳。

*他還是人嗎？*止聾暗道。

連那些蒙古官員也坐不住了。他們站起身、張著嘴，像被羅湖的內功催眠；觀眾也是如此，驚嚇得連歡呼都不會。羅湖奮力一抖，十二個和尚像餐桌桌巾上的殘渣被抖下來，即便他們皆為少林寺未來的菁英。

砰砰砰幾聲，他們紛紛掉落到地上。

「佛祖在上！」君寶低聲說。

羅湖把攻城槌放低，往地上一杵，使它暫時立在那兒像一顆樹後，便退後兩步，吸飽氣，撲上前，以刀劍般堅韌的掌緣，在它倒下之前插入其中。一聲巨響，這根木樁應聲裂為兩半。羅湖滿意地收手，回歸於合十祈禱姿勢，深深呼吸，與此同時，後台三名弟子衝上來清除碎木，另外一小組人推了一個大舷梯放在擂臺旁邊。不遠的觀眾席中起了輕微的騷動，一隊資深武僧前引，後面傳來車輪咿咿呀呀的聲音。觀眾讓出一條路，讓這些新來者通過。

一輛被兩匹馬拖著的板車正向擂臺徐徐前進，車上載了七個籃子，籃子載貨之重，使得車板隨著行進而微微下沉；馬車後尚有七名肩上扛著桌子的資深武僧。他們走上坡道，小心地把桌子放下，在觀眾前面排成一列後，再小心地把每個籃子中的大石頭搬到桌子上。每塊石頭有一尺到兩尺長，都比君寶表演用的石板硬又重得多。有些石頭重得連資深武僧都得至少由兩個人來搬。一分鐘後，每一張桌子中央都放了一個相當大的石頭。

當台上的和尚們把他們用來裝石頭的草籃堆在各桌的桌腳時，整個寺院鴉雀無聲。

「我們繼續大師父羅湖的表演，他將表演鐵掌功。」方丈宣佈。

羅湖大口吐氣呼氣，彷彿要把他的丹田沉進他的脊椎深處，接著他把舉在身前的手指一伸一屈，把手指彎成爪子。也就在此時，觀眾才得細細觀察這位老和尚的手。他的指關節極度鈣化，手指肌肉粗硬，手掌上滿是老繭。大師皮膚下的每一條肌肉及肌腱都脹得像袋子裡的核桃。當他頓足時，地上傳來輕微的震動。他深深吸氣，把更多的氣注入手臂。觀眾期待好戲上場。

老大師目光炯炯，手掌繃緊，擊出一掌，像打一個瓜般把第一個石頭打裂。他又到下一張桌子，一拳猛砸，砸爛了那個石頭，然後再跳到接下來的桌子，手如刀般剁下，把隨後的石頭切得兩面光。羅湖的眼睛看著下一個石頭，戳了兩根手指進去，挖了兩個洞並動作迅速地再到下張桌子，把他的姆指牢牢地戳進第五個石頭的中央，並把它舉在空中。老大師把兩個石頭互撞，把它們打成碎塊。一點不拖拉的，羅湖走到最後的兩張桌子中間，在剩下的各一個石頭上各放一隻手，手掌懸在其上幾吋。只見他的手看似發出微光，少頃，兩個石頭都碎成石塊。羅湖站在灰塵中，閉上雙眼，深呼吸幾下，以恢復他內在的專注力；他再把眼睛睜開，抓起最近的一個毫髮未傷的桌子的桌腳，把桌上的石屑倒在原來放在地上、桌子旁的草籃中。

老大師把桌子擺一旁後，把草籃碰地一聲丟上桌。他對其他剩下的桌子也依樣畫葫蘆，石屑掃入籃子，並把桌子一個個的往上疊，每個桌面中央放著它們自己的籃子。

不消片刻，擂臺一邊就疊起一座桌塔。若干裝著破石頭的草籃窩在同數量疊起的桌子上，等待大師父下一步行動。

羅湖向觀眾鞠躬後便往上跳，像一頭花豹，從這個桌子的邊跳到那個桌子的邊，直到他竄得比這個臨時搭就的塔頂還高。浮在他攀登的巔峰，老虎臉的大師父大吼一聲，舉起一隻僵硬的手掌，往最高層桌子的中央壓下去。它的效果驚人，每張桌子全面向下頓挫，向內擠向下面的草籃，在羅湖打擊的力道下，所有空間都被壓縮，並往下爆炸。

劈裂、粉碎聲在整個嵩山隆隆地響。

結果，在一陣岩石及木材纖維的粉塵中，不管是草籃還是桌子，都被爆裂了一個直通下面的洞，在擂臺上堆成一座不小的土墩。

羅湖跳下來，向觀眾鞠躬，兩手合什。

片刻後，這座桌塔向內崩塌，倒在土墩上。

全場寂靜無聲。大家只是愣在那兒，表情被震驚凍結。不僅是尋常百姓，就連和尚們及那兩名蒙古人也都愣得說不出話。

一個掌聲，再一個掌聲，愈來愈多掌聲。不久全體觀眾都跟上，全場站起來熱烈鼓掌，掌聲響徹群山。兩位蒙古官員也驚喜地拍紅了手，對羅湖的表演讚不絕口。對非他們的族類來說，這可是難得的殊榮。

「我喜歡這個人。他有一對真正鬥士的眼睛。」乾契努亞說，對空中虛擊一拳，「他叫什麼來著？羅湖？他沒對這個佛教狗屎無聊到發瘋可真是奇跡。我會立刻把他收歸我的帳下。」

*你剛才不是還很瞧不起他們嗎？*歐優袞暗忖，被他搞糊塗了，「我反對。把像他這種人延攬至我們軍中對我們沒好處。」他說。

這個看法讓乾契努亞皺眉頭。

「你為何如此說？」

「他的眼中燃燒著一股不屈服的火。」歐優袞解釋，「世上有些人聽命於人，有些人能被訓練得聽命。我覺得他不會屬於其中一種。」

「哦，就只如此？」乾契努亞看似有點兒失望，「你聽我說，我知道你的顧慮是什麼。一隻孤狼寧可單獨覓食也不願跟其他狼群作伴，但這哪算得上是弱點？這是牠們能力的驗證。歐優袞，你的想法太老套了，我們永遠用得著渴望格鬥的人，甚至是那些寧可獨來獨往的人。不是任何事都須要集體作業。」年輕的蒙古人啜著茶，「我們不必對他下什麼指令，一旦開戰，只要把他放出去就得了。」

「這個人不是一隻孤狼。」歐優袞搖著頭，「他是一隻老虎，野性難馴又驕傲的老虎……你知道，當你想控制這種動物時會發生什麼事。」

乾契努亞半信半疑地望著歐優袞，小聲咕噥著什麼，轉身走開。從後台傳來和尚們的喧鬧，一點兒不輸觀眾。每個人都無法克制他們對羅湖功力的崇拜；除了君寶外，他正瘋了似地在分析。*對一個中年的武術大師來說，羅湖的力道和速度比小他一半歲數的人都強。歲月在他身上沒起多大作用，而且他的「氣」的能力還真不尋常*，君寶不動聲色地想。雖然這只是武術表演而非真正的格鬥，君寶還是得以發現到一些羅湖攻擊的招式和他自已招式的不同：一個是剛硬、穿透，另一個是與之相反的輕柔、迂迴。

「諸位女士、先生，方才是羅大師父的鐵掌功。」方丈舉起雙手說，「感謝大家本著少林寺的精神蒞臨參加慶典。今天表演到此結束，但各位仍可留於此地至日落，或與住寺和尚交談。願釋迦牟尼保佑你們，阿彌陀佛。」和尚們一起鞠躬，方丈也匆匆忙忙地與蒙古官員離去，到附近城鎮舉辦正式晚宴。觀眾們，不管怎樣，已等不及地擁上擂臺，希望能有機會與功夫高手見面。止聾看到一波波湧入的人潮，便彎下身，像蛇一般穿過人群，去追逐一位特定的窈窕淑女。和尚擦身而過一位臉上長著斑、柱著枴杖、曳足而行的老觀眾，突然靈機一動。

「對不起，我可以借用這個嗎？」止聾問。

「少林武僧需要我的拐杖是我的榮幸。」老人笑容可掬地答，「年輕人，今天你的表演太棒了。你一人之力，能敵過多少持兵器的惡徒呢？」

「我？我不知道吔。」止聾答。老人對這個回答似乎有點兒失望。止聾把拐杖斜斜地往地上一插，跳上去，把自己撐在上面，像齊天大聖孫悟空一樣，向人群望去。他在搜尋一個上面插著一支翠玉髮釵的特別髮型。哦，她在那兒。止聾把拐杖還給老人，道謝一鞠躬後，拔腿就跑。只見他在擁擠的人潮中穿來穿去，最後終於趕上這個目標。他出聲喊。

「喜鳳姑娘！喜鳳姑娘！」年輕女子四面張望，便看到止聾有禮貌地穿過人群向她行來。

「止聾和尚！我的天，你由哪兒蹦出來的？你表演得真不賴。這提醒我可別讓你接近我的針線盒。」她微微地笑。就是那個微笑，那麼文雅、嬌柔、溫暖，惹得止聾心猿意馬。和尚又一次覺得不好意思起來。

「謝謝妳，喜鳳姑娘，妳是來看我們的表演嗎？」

「我是來賣水果的。有慶典的場合都可以多賺點錢。」她望著遊客答道。止聾這才注意到她肩下挾著一個空的水果盤，腰帶上還吊著一個大錢包。他的笑容瞬間打住。

「原來如此。」

「但我也是來看你們寺院的功夫啊。我還想學個一、兩招呢。」她加了一句。止聾又振作起來，鞠一個躬。

他真像是一隻哈巴狗，她想。

「在這兒見到妳真令人驚喜。」止聾答。他的話被打斷了，因為一隻熟悉的手臂由後面逮住他，把他的頭挾在腋下。

「怎不把你的朋友介紹給我啊，止聾師弟？」君寶鬆了手問。年輕一點的和尚用肘頂了一下他師兄的腹部。

「這位是我的師兄，君寶和尚。他和我從小就是最親的朋友。」

君寶行了一個佛教禮，帶著淡淡的笑看著喜鳳。

「女士，認識妳是我的榮幸，希望我們的表演讓你看得開心。雖然做了那麼多年最好的朋友，我這個師弟可從沒向我透露半點有關妳的事，嗯？」年齡大點兒的和尚說，瞄了小一點的和尚一眼。

「不過是最近的事，我正打算告訴你的，師兄。」止聾硬生生地答。喜鳳躬身行禮。

「我也很高興能認識你，君寶和尚。我看到你如何擊碎石板，同時還能把扇子保持在空中的功夫，真令人咋舌。」

「哪比得上我老弟射飛針的技術那般驚人。」君寶說，由眼角偷瞄兩人間有什麼情愫。

「真的，喜鳳姑娘，君寶是寺裡最棒的弟子。」止聾替他師兄吹噓，「你今天看到的跟他切磋課時的表現根本不能比。他大概跟羅湖大師父一樣強。」。

「那你可以教我如何同時端幾盤食物嘍。」喜鳳笑起來，「如果我能把幾盤食物耍得像你操控扇子那麼不費力，我根本不必帶個板車來。」他們又聊了一會兒後，便一起走回寺院，好讓喜鳳牽回她綁在山門附近的小騾子。

他們一到那兒，便發現前面不遠的路上一陣騷動。本來已往回家路上走的遊客停了下來，形成一堵人牆，朝著三名向少林寺走上來的人聚攏。止聾和君寶也瞇著眼瞧，但因這個逐漸前來的騷動一下子引來大批人圍繞，他們沒辦法看得清楚。

「*觀音*[9]吶，到底發生了什麼事？」君寶喃喃地說。人群中的一個男人突然轉身，眼前的景況讓他嚇得大喊起來。

「少林寺的和尚殺了人嘍！」

---

[9] 觀音：菩薩Avalokitesvara的中國名字。

第 7 章

銅色執行令

君寶不由得心中一驚。武僧怎麼會涉足殺戮？手下留情是每一名和尚被諄諄告誡的原則，尤其是在關係到少林寺清譽的打鬥中。無論是為了比試、挑戰，抑或是自我防衛，這些都在情理之中；然而死亡卻不一樣。*這一定是個失誤*。

止聾站在他師兄旁邊，沒少震驚。

「君寶師兄，這聽上去確實有些異常。誰會是留在外面的那個人呢？我是說，我們大多數人不都整天在這兒表演嗎？」止聾說。他和君寶及喜鳳開始一起往山路下跑。

「我想，這定是哪個醉醺醺的強盜沒能及時收手，結果釀成了這場意外。」君寶喃喃地說，喘著氣往下跑，「收拾這等無賴可太簡單了。一定是門中某位師兄弟被惹惱了。」

「別這麼說，師兄。我們不能輕易殺生，這是原則。你忘了德敬師父是怎樣教導我們的嗎？」

君寶皺一下眉，「省省吧！我先先行一步。回頭見。」他飛奔而去，留下止聾陪著喜鳳，因她無法跑那麼快。

「他怎麼了？」

「哦，無需對君寶師兄過於介懷。這種分歧是常有的事，是我們之間唯一的爭議。你知道，我們是不准殺生的，即便是寺中的害蟲，然而君寶師兄

總認為自衛殺人沒錯。我們為此吵了好多年，雖然我不能同意，但我了解他的觀點是什麼。」

「他殺過人嗎？」她問，止聾搖搖頭。

「可還沒強盜能逼他到那一步。德敬師父也常常警告他，但我了解君寶師兄，其實他內心深處並不那麼冷酷，他只是有點兒刻薄，他就是那個樣子。每次我們遇到強盜時，他通常，嗯，不對他們太粗暴。通常啦。」最後那個字，止聾沉吟片刻後補充，讓喜鳳笑不出來。止聾聳聳肩。

「好啦，他未曾真正奪人性命，然而，哇塞，他會讓他們覺得生不如死。」止聾說。他停下來，等著喜鳳，因為山路越發的陡，讓她跑起來有點兒難。

「止聾和尚，你曾經殺過強盜嗎？」喜鳳盯著止聾的臉問，知道他可能下不了如此重手，但還是好奇得想知道。

「哦，沒有，感謝如來佛！我亦曾數度與那些匪類交鋒，但每一次我都讓他們知道何時該適可而止。君寶師兄及我，我該怎麼說呢，有許多機會練習如何讓強盜知難而退，但不傷及性命。」他斟酌著字眼，「然而我不能擔保其他和尚的行為。人有失手，馬有失蹄。但願下面的騷動並非由此而起。」

離他們一段距離下面的山路上，君寶氣喘噓噓地趕過幾個人，一意要看看這個和尚殺人到底是怎麼回事。不像他的師弟及德敬師父，寺院沾點兒血腥並不足以讓君寶悲痛欲絕。在面對強盜時，他之所以屢次手下留情，多是因為德敬師父或止聾在場，而非顧及少林寺慈悲為懷的形象。正因如此，君寶知道自己黑暗的傾向極少能有適當的情況展現，但殺人的可能永遠存在。同樣的，他也認為，若是其他和尚偶爾殺了人，那也無需大驚小怪。

「請讓路，阿彌陀佛。」君寶伸長脖子喊。君寶輕輕地把人群撥開，當驚恐的圍觀者挪開讓他看個仔細時，他的腳步戛然而止。

三名身形魁梧、穿著古銅色長袍的漢子，正沿著山路緩緩走來。一人走在前面，另外兩人跟在一輛馬拉的板車後邊兩側。他們臉上戴著木製的面具，每一副面具上都彩繪著恐怖猙獰的某種魔鬼面孔。其中一人極其怪誕的黑色面具令人心神不寧，讓君寶感到背後直發麻。

板車上是一個蓋著一小塊布、部分身體曝露在外的死人。他的衣服粘著一塊塊乾涸的血跡，其腹部在烈日之下微微膨脹。正當這三人緩緩前進之際，止聾與喜鳳也趕到了。

君寶、止聾與喜鳳三人仔細端詳那些戴面具人的衣著，發現除了顏色為古銅色外，與少林寺的僧衣甚為相似。不知怎的，君寶覺得這三人可能也是和尚。

君寶謹慎地向面具三人組迎上去。

「你們是什麼人？」君寶問。

沒答覆。止聾走上前，與那個戴黑面具的銅袍人並肩走。

「阿彌陀佛，請恕我無禮，朋友。敢問貴客來我少林寺有何貴幹？」

面具後的三個人充耳不聞，繼續前行。止聾不允許這樣的沉默和忽視繼續下去，便強行站在黑面具人面前，躬身行禮。

「你身上有我佛門之標誌。」止聾說，指著黑面具人衣襟上的梵文，「如果我們真是佛陀道上的兄弟，為何不讓我們好好談談？我相信有許多我們能……」

戴面具的陌生人揮出一個背手拳，把毫無戒心的和尚擊倒於地。

「嘿！」止聾躺在地上大喊。喜鳳一時愣在原地。旁觀的群眾也倒吸一口氣，紛紛往後退了一步。

君寶見狀，立即衝向前方，卻突然遭到了馬車後面其中一名戴面具人的飛腿攻擊，憑藉著直覺反應，他躲過了這一腿。

攻擊者的腳尖擦過君寶的眼瞼上方，險之又險地刮掉了他幾根眉毛。瞥見相反方向又來一人影，君寶往上一躍，巧妙地避開了另一面具人的掃堂腿攻擊。

他們的身手不弱。和尚不禁吃了一驚。

止聾跳起來與君寶並肩，兩位和尚迅速擺出了防守姿態，凝視著面前這些不速之客。

「一名真正的武僧絕不會無故率先出手。」止聾說。三個面具人停下了他們的馬車，並迅速擺出了準備開戰的姿態。他們似乎心照不宣，幾乎同一時間發起了攻擊。兩名面具人從不同的方向向君寶和尚發起了夾攻，而那位戴著黑色面具的人則選擇了單獨挑戰止聾。君寶咬緊牙關，意識到他們聰明到知道誰比較強。

止聾，在另一邊的戰鬥中，已顯得有點兒手忙腳亂。他以雙手格擋黑面具人的拳頭，還是不可避免地挨了幾拳。

與此同時，君寶低頭彎腰迂迴遊走在兩名面具人之間，他們如雨般的拳打腳踢和抓擊對他似乎毫無作用，趁閃躲之際，他飛快地望了他師弟一眼。

止聾的臉已經帶了點兒傷。他抓住了一隻近身的踢腿，試圖將其拽倒，但黑面具人往旁躍入空中，靈活地掙脫了控制。攻擊者穩妥地跳下來，啪地踢出另一腳，接著一拳擦破了止聾鼻子旁的皮膚。顧不得傷，止聾迅速低蹲，扭轉腰身，一腿猛力掃出，一個完美的*鐵掃帚*把敵人打個正著。

砰。

止聾的雙眼瞪得圓大，滿是不敢置信的神色。黑面具人結結實實受了他一腿，但止聾覺得自己好像踢到了一座山。*這個戴面具的鬥士接了我的鐵掃帚居然沒有倒下？*

君寶那邊雖然似乎游刃有餘，但一時之間，也難以將另外兩名面具人徹底制服。和尚扭身，利用他靈活的上半身，躲掉那兩個面具人由兩邊來的進擊後，便閃到一個拳頭下，猛然抓住那伸來的手臂，狠狠一拽。此招將進擊者重心完全扯偏，使其身不由己地向前踉蹌跌去；君寶乘勢把那人拉近身，一隻手掌向上劃一個弧。它集中由地下往上的力量，狠狠地撞擊到那面具人的下巴，令他如同斷了線的風箏，直接撞向另一名正急速前來支援的面具人。木製面具撞擊的聲音，在空中迴盪。他們倒在地上並且乾淨俐落地疊在一塊。

擦了擦眉毛，君寶目光迅速掃過，落在了正與那名黑面具人廝鬥的同門師弟身上。君寶捲起袖子衝去助陣。

「撐下去，止聾！」

「住手！君寶，止聾，退下去。」

是羅大師父，兩旁簇擁著資深武僧們，後面還跟著幾名少林寺護法。大家都停了下來，三個面具人向大師父行禮如儀。彬杰，風耳和竹哥也來了，他們站在喜鳳旁邊，是喜鳳去通知示警的。羅湖把他的錫杖往地上一搗，發出震耳欲聾的聲音。

「你們全都回宿舍去，這兒沒你們的事。」他說，那種語氣讓人不想再多待。群眾慢吞吞地走開，彼此耳語發生的事。君寶、止聾及其他和尚都奇怪，不解羅湖與這三個面具人及他們運來的死屍之間的關係。

「少林寺弟兄，往後退一步，讓他們通過。」大師父向少林護法們舉起一隻手，「傳令下去，我特准這三位客人進入寺院，不得盤問。」一名少林護法把他的鐵杵擋在身前，姿態雖不至於完全攔阻，但也足夠讓每個人明白他認為羅湖的命令不妥。

「羅大師父，難道我們不該通知官府嗎？」

「依我所言行事！」羅湖說，「我再說一次，讓他們進去。難道你敢違抗我的命令？」

護法立刻搖頭，退到一旁，「當然不敢，大師父。」

羅湖惡狠狠地瞪了這名護法一眼後，帶著三名面具人及他們的板車走進山門，背後跟著一群極力不讓他們的好奇心溢於言表的和尚們。

止聾、君寶及喜鳳也隨著大夥一塊兒走，遠遠地跟在羅湖和神祕的面具人後面，覺得特別不尋常，最後眼看著他們進入千佛殿。大師父羅湖本也打算進去，但似乎意識到後面跟著許多目不轉睛的弟子，羅湖便抓緊他的錫杖，毫不退讓地站在那兒，瞪著大家。他舉起武器往地上一搗，石板道上裂了一條縫。弟子們匆匆唸一句阿彌陀佛，往後撤退。

「嘖！大師父也太疑神疑鬼了。止聾師弟，你那個該擦點藥膏。」君寶指著止聾的傷，說道。

「只是些皮外傷罷了。君寶……你覺得他們的武功怎樣？」

「厲害。起碼高於平均水準。我敢講，他們肯定練過一些我們寺中的功夫。」

「我也有同感。他們的動作方式，讓我聯想到我們的武藝，但又似乎摻雜了一些……其他的東西。」止聾說。

喜鳳開口了。

「止聾和尚，君寶和尚。不好意思，天慢慢黑了，我現在得去牽我的馬車。我把它綁在寺院的另一頭。」她揮著手說。止聾自願幫忙，她也欣然接受。

「我自然也要幫忙。」君寶說，「我相信，對於你的淑女朋友來說，兩位壯丁的幫助定然勝過一人之力，是吧？」

「那是一定的。而且她，嗯，她只是一個朋友。」止聾說，「師兄，德敬師父很快就會知道那些戴面具怪人的事，讓我們以後問他吧。」他們四下

一瞧，更多和尚又聚集到千佛殿外，關於這些奇怪訪客的傳言已經在寺中悄然傳開。

● — — — — — — ●

千佛殿內，成列的蠟燭在牆壁上留下閃爍的影子。在昏黃的燭光映照下，羅大師父那龐大的身影端坐在一個寬大的蒲團上，四周環繞他的牆壁上繪有諸多羅漢像。

那三位仍舊戴著面具的人跪在他身後。羅湖轉過身來。

「你們殺他時，有人看到嗎？」他問。

「沒有，主人。我們選擇了一個密閉的倉庫來完成您交代的任務，確保周遭無人。」黑面具人回答。

「希望在搬運真傑的屍體時，也沒引人懷疑。」羅湖說。

「我們買通了一名荔枝貨運商將它偷運出南宋邊境。到登封時，在通關官員搜查前就先把它搬出來了。速度是最重要的，主人，鑒於當前的天氣狀況，這種貨物沒辦法掩人耳目太久。」

羅湖摸著他的鬍鬚，大踏步走到放屍體的桌子，伸手抓住覆蓋在屍體上的布單，緩緩掀開，底下是一個裹了繃帶的男屍。為了防腐，屍體堆了大量的鹽及香料。羅湖撥開了一層已泛黃的繃帶，露出了一張乾枯的臉，耳朵、鼻子及其他軟骨部分呈現一抹死灰色。這具屍體起碼死了好幾天，但臉上的傷痕依舊鮮明。其左眼之下，裂痕紛陳，而臉部的淤青，猶如古墨濺於素紙，凝重而深沉。乾涸的血跡猶存於眼角、鼻孔、嘴角，而一側的臉頰呈現出因重擊而來的紫色瘀青。然而最不尋常的部分是他的眼睛，即使右側眼眉因腫脹幾乎遮住了視線，他的眼睛仍然陰森森地半開著。

「他戰鬥到了最後一口氣。」一個非黑面具的銅袍人說。

「正如我們所料，這座寺院中的和尚，沒有一個會死得像個懦夫。」羅湖冷冷地答。大師父挑起死屍頭上的一簇頭髮，摸索他額頭正上方。六個小點的皮膚，摸起來比較肉感，跟其他頭皮摸著的觸感不同。就在這兒。他把屍體蓋起來，轉回去面對著牆。

「諸位對於此寺無私之奉獻，實乃對我等佛門業障教義之至誠忠貞。諸位，可退下了。」

三名銅人起身，向老大師行禮後離開。他們一打開殿門，便發現他們自己被五名少林師父包圍，顯然有弟子去通知他們。

「羅湖，這是怎麼一回事？」德敬師父問，執棍在手，走向前來。羅湖沒回答。德敬把他的棍子指向一個面具人的臉，阻止他離開。

「我也在對你說話。你是誰？為何攻擊我的弟子？」德敬問。

三個面具人若無其事，他們迅速鑽過師父們的棍子，把自己吊上殿堂屋頂，沿著它跑，隨後翻過了少林寺的外牆，轉眼間便消失得無影無蹤。德敬決定別追，他大步走向羅湖，滿肚子的問題需要立刻解答。

「羅湖……」

「這事與你無關，德敬師父！你走！」

「這是寺裡每一位師父的事，」德敬說，「我們不能允許暴徒在寺內滋事，尤其今天是我們有客人的時候。羅大師父，為什麼不告訴我們事情的真相？」

羅湖像老虎般的眼睛精光一閃，他默默地瞪著德敬。

「很好，進來。我們私底下談。」他說，「但此事以後不得再有人提及。」他氣沖沖地進去大殿，留下德敬師父心中波瀾起伏，也緊隨其後。

殿內，由羅湖項上傳來的佛珠聲隱約可聞，直至他們來到那具被面具人抬進來的死屍面前才漸漸停歇。大殿內，屍臭更為濃烈，只偶然被香料或線香掩蓋一下。德敬折起一隻袖子掩著鼻，一眼便看到了死屍頭頂上已褪色的*戒疤* [10]。

是我們的一員。

德敬猛地轉身，「你瘋了嗎？羅湖，是誰下令你重啟十八銅人？」他說，「難道僅僅是為了殺害這位可憐的、已經還俗的和尚嗎？他究竟犯下了何等罪過？」

「這是懲罰，並非謀殺。」羅湖說。德敬覺得噁心地搖頭。

「你忘了嗎？十八銅人是不折不扣的殺人犯。作為佛教徒，我們應當遵循不殺生的原則，更何況是因為如此瑣碎之事。難道你沒有修習過釋迦牟尼佛教導我們的慈悲為懷，護念一切眾生嗎？」

---

[10] 戒疤：在佛教儀式中，用線香在少林寺和尚頭上燙出的傷疤，是"引以為戒"的意思。

羅湖一句話也不吭。德敬摸著冰涼的屍體接著說。

「你怎能忽視良知，讓這群暴徒將這樣的行徑帶入我們的寺院？為何還要在我們尊貴的客人面前，血腥地展示他們的暴行？這些遠道而來的客人，原本是為了欣賞我們的武藝，體驗我們的款待之道。你甚至在殺死他之後，還剝奪了這個可憐人的尊嚴。」

年長一點的和尚在桌上捶了一拳，一雙虎眼眈眈地對著德敬。

「這一舉措是對此背叛者業障的回應，德敬師父。我們的所作所為決定我們的命運。這個心志不堅的叛徒，竟敢學了我們神聖的武藝後，輕視我們的誓約，想走就走。如此對我們的寺院、對我們的先祖，難道不是極大的褻瀆嗎？」

德敬不同意。他及羅湖曾多次就後者對忠誠的觀點有過爭執，然而，論及生死，事情絕非黑白分明。少林寺對某些人來說，的確不是一個容易留下的地方，也確實有少數人半途而廢或逃跑。這些人大多不知去向，但那是以前。自從羅湖升任大師父後，羅湖便不諱言要重修嚴刑峻法對付叛逃少林寺的和尚。當有和尚逃離寺門時，他甚至說服方丈行文給當地官府要求緝捕。然而，官府也人事繁忙，沒法儘快充分地回應。不，羅湖要的是迅速、精準地掌握情報，更要有能力一舉擒拿逃亡者的獵手。他們唯一的職責就是挖出叛徒的根，殺了他。*不能是銅人*，德敬想，*誰都行，但不要是他們*。

●— — — — — —●

「十八銅人？」喜鳳說，坐在她板車的馭馬座上，而止聾緩緩地牽著她的騾子，「聽起來幾乎有點兒可愛，像是一隊奏樂的樂師。」

止聾與君寶走著走著，還在揣測面具人的身分。

「相信我，喜鳳姑娘，如果傳說是真的，那麼這些銅人可是一點兒也不招人喜愛。」君寶說道。

「你指的是傳說中的銅人嗎？師兄。」止聾沈吟著說，「我以為他們早就被我們禁止了呢？」

君寶也智窮了。

「我也這麼以為。我不能保證，但我確定現在每個和尚都這麼想。這跟他們古銅色的袍子及功夫實力不謀而合。」

「這可真不尋常。」止聾搓著下巴，「直到今天，我們可從沒看見過一個銅人。即使他們真的存在，我也難以相信他們會對我們動手，更別忘記可能就是他們殺了那個在他們馬車上可憐的死人。沒佛教徒下得了那種手。跟少林寺有關的任何事該都是維護生命，而非奪走生命。」

「抱歉，止聾師弟，你的想法太單純了。」君寶喃喃地說，「人們會扭曲任何事使自己的行為合理化。如果他們真的是傳說中的銅人，他們可能被洗腦了。」

喜鳳有點兒搞不清楚。

「銅人的傳說，難道是個不好的故事嗎？」

「他們的事跡有許多傳聞，趙姑娘。」止聾竭力想解釋清楚，「據我所知，他們是少林寺一批精銳護法組成的祕密分支，幾百年來擔任我們寺院的執法者。他們該有十八人之多。德敬師父告訴我們，自古以來，我們和尚對這些銅人有兩種看法。」

「對有些人來說，他們是一群精英武僧的化身，武藝高超，膽識過人。但對另一些人來說，他們代表我們武功醜陋的一面，是一群盲目忠誠的獵人，毫不猶豫地對我們寺院所有的叛徒施以嚴懲。銅人們被懼怕，卻也被大家仰慕，但他們的存在最終給我們的寺院帶來了恥辱。德敬師父說，他們那一幫人幾十年前就不存在了。」

「吔。」君寶說，「高師父曾告訴我，傳言甚至說他們的武功比一些師父還高。」他繼續解釋，銅人的由來已不可考，因為它是一個眾說紛紜的話題；有的暗示說，最初的銅人是一些犯下殺人罪的和尚，或他們本是在寺外受教的俗家弟子。更古怪的謠言將銅人描述成被攝魂大法控制了的和尚。沒人能確定真相；隨著銅人的凋零、日月的推移，他們漸漸成了傳說。

在抵達山門前，他們三人又談了一會兒。

「師弟，我們最好稍作等待。不管羅大師父和那些戴面具的人之間發生了什麼，等一切塵埃落定之後，我相信他會有所解釋，向大家交代清楚。」

止聾點點頭，「的確如此，我真心希望這一切不過是一場誤會，不會鬧得太大。少林寺不需要什麼銅人。我更樂於相信，我們寺中的兄弟姐妹們，每一個人都懷有一顆純淨如金的心。」兩名和尚向喜鳳躬身行禮，她也躬身回禮。

「我同意你的看法，止聾和尚。但還是要小心，以免再次遇上那些人。」

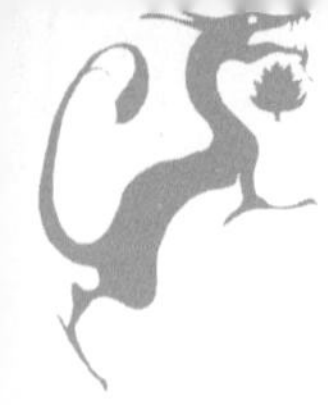

兩名和尚鞠躬。

「阿彌陀佛，希望表演讓妳看得開心，很抱歉最後還讓妳看到那麼不愉快的事情。晚安，趙姑娘。」止聾說。兩名和尚揮別喜鳳，看著她的板車在暮色中搖搖晃晃地駛過山門，加入眾多當地人下山之路。

「這完全錯了，而且是歪理。戒律禁止我們殺生，你怎能以我們的名義讓你的傀儡做這種事？我們不是判官，亦非裁決者。一個人的生死並非由你或我們這兒的任何人決定。不應當這樣，羅湖，我們的信仰不是這樣的。」德敬毫不退讓。老虎臉的大師陰沈著臉。

「他們的叛逃引來了自身的業障。德敬師父，此等過失，乃我們監察之責。」

「何以至此？」德敬覺得不可思議，「野蠻行為怎可與我們的紀律混為一談？報復從不是我們的教條，原諒與寬容，才是我們的座右銘！」

羅湖往桌上用力一捶，木頭桌子裂開一道深溝。

「別以為我不明白我們所宣導的精神是什麼。德敬，若是每一個生活在你那夢幻世界裡的弟子都可以藐視寺院的誓約，隨心所欲地離開，那我們的少林寺又將何去何從？你是否曾真正深思過這一點？我們的弟子，與世間所有凡人無異，偶爾對他們殺雞儆猴一番，才能使他們保持敬畏之心。若無嚴刑峻法，混亂便會隨之蔓延。」

「你所為之事，造成的傷害遠超過你的想像。你的銅人傀儡帶來的悲劇，已經抹殺了他們的人性。你究竟是如何誘導他們淪落至此的？」德敬加了一句。

「那不關你的事。」羅湖憤聲說，眉頭鎖得更深。

「方丈或許置身事外，但寺中其他和尚卻清晰地看到，你所謂的執行者與我們長久以來捍衛的理念截然相反」

羅湖忽地轉過身來。

「捍衛？那是我在做的事。當你和其他師父遊手好閒，什麼貢獻都沒有時，是我在堅守著維護秩序的責任。告訴我，德敬，你有什麼成就？你的不作為便是對我們寺院神聖武藝的褻瀆。」

對此，德敬堅定地站到羅湖面前。

「如果殺戮是你唯一的回應，那你已經令我們蒙羞。佛門弟子永遠、也絕對不能是劊子手。你所採取的方法，充滿了報復之意和內心的不安，與你為伍，我感到深深的羞恥。」

虎臉大師父迅捷無比地突然踢出一腳，直擊德敬師父的膝蓋。緊接著，一隻如鷹爪般的手將這位措手不及的師父壓制在一張供桌之上，桌上的水果四散滾落。德敬師父面露痛苦之色，上半身被牢牢控制，動彈不得。羅湖的強勢壓制已令他難以忍受，但那如鉗子般的握力，更是讓德敬感到肌肉彷彿被撕裂的劇痛。這只是一次普通的擒拿，然而羅湖所練成的少林絕技——鐵掌與鷹爪功的結合，使得這一擊的痛楚倍增。

「注意你的嘴。你與其他和尚最好學著接受我的銅人，否則你們可以隨時離開，等待他們日後的追討。這對所有人都不例外，包括你的兩隻『小狗』。」他手上的力道增強，幾乎要將德敬的手臂扯斷，「還有一件事。德敬，你該知道你的身分。在這座寺院裡，你得稱我為『大師父』。我說得夠明白了嗎？」隨著羅湖的怒吼，他鬆開了手。德敬揉著自己的手臂，心灰意冷地瞪著虎面大師，厭惡至極地離開了大殿。

當喜鳳終於回到她位於少林寺西邊伊川縣近郊的家時，天已經黑了。她從板車跳下來，拍拍她的騾子，感謝牠的辛勞。喜鳳手拿燈籠，引著這隻動物進到一間小馬房，看到靠近少林寺方向一個篝火升起的滾滾濃煙，映照在圓潤的月光下格外顯眼。*他們一定正在燒那個可憐人的屍體*，她想。在丟了一捆新鮮稻草在地上後，喜鳳鎖上了馬房的門，進入她自己的小屋，點了幾盞燈，屋內頓時亮堂起來。

她坐在一張凳子上，面對一面鏡子梳妝。

「你可真會磨時間。」突如其來的一句話，讓喜鳳驚得幾乎從凳子上跌落。

「路上太多人了。」她答道，眼神向別處遊移。男人無聲無息地走到她身後，他的手溫柔地撫摸著她的肩膀。

「妳看起來依舊美麗，喜鳳。」

喜鳳沒答腔，只想把他的手抖開，但又不敢違抗。她的心臟彷彿在胸腔內敲打著戰鼓，不知下一步該怎麼辦。男人撫摸她的下巴。

「你不寂寞嗎？一個人住這兒？」

「我沒事。」

男人把他的手蓋在她手上。

「生活可以更美好。」

喜鳳知道他暗示的是什麼。男人捏著她的手。

「哪一個如妳這般歲數的女子不渴望婚姻？」他繼續說，「我已經籌畫好，我們可以遷往其他行省。向南走，那裡氣候宜人，我們可以生兒育女。」喜鳳感覺到他的手由她的頸側緩緩上移，試圖觸摸她的臉頰。一種莫名的不安從心底湧起，讓她感到窒息。

「這附近我錢賺得不錯，沒必要搬。」她說。她的聲音有點兒哽咽，同時試圖由凳子走開，卻發現自己不知不覺間已被逼至床邊。

「妳幹嘛躲？妳知道我不會傷害妳的。」男人說，但喜鳳的眼神死寂如深淵，全身不由自主地顫抖。男人繼續說：

「我幫妳帶了一本書。我知道妳喜歡書。」他伸手進他的袍子，拿出一本中國古典戲曲的書籍。喜鳳轉過身去，手指微微張開，掌心中那枚髮簪若是能迅速使用，或許能成為她的自衛之物。她發出一聲低喊，因那男人嘖嘖兩聲，抓住她的手，順手就把這個東西拿走了。她瞪大了眼睛，拳頭關節緊張得發白。男人扯著她的腰帶一抽，鬆開了她的袍子，把她抱得死緊，抵著床緣。她的臉如同死人一樣蒼白。

「不行！住手，我不要。」她說，把臉撇向一邊，唇邊不停地顫抖。男人在陰影中站立片刻，輕輕搖頭。

「為什麼？我說過不會傷……」看到她滿臉被壓抑的怒火，他的話便打住了。他哼了一聲。

「隨你便。我們有的是時間。遲早，妳就會知道我們是命中註定的一對。再見。」他說，一邊開門一邊將那翠玉髮簪拋向廚房。

他走出去，沒入黑暗的夜。

喜鳳再也受不了了。她猛地關上房門，憤怒地咬牙切齒。她淚眼婆娑地抓起那本書，看也不看就往房門砸去。

她的心陷入了迷惘與絕望之中，渴望反抗卻又感到力不從心。擦乾眼淚後，她煮了一壺茶，整個夜晚都靜靜地盯著她小屋中的一個空蕩蕩的角落。

第 8 章

意之拳與一隻聰明的狼

當另一片秋葉拂過站得筆直的辛鼎和尚的面頰時，午時鑼聲馬上就快敲了。他的反應只是輕輕地扯了一下嘴角。做為一個歷經風霜的少林護法，他腦海中浮現出許多他寧願投身於其中的活動；同樣的，殿內的弟子們也肯定時常憧憬著輕鬆站崗的日子。幾年前辛鼎也曾如此想，但現在他既已穩當地當上了少林寺護法，他便慢慢習慣千篇一律地守在大門崗位上的單調。當然，也並不是完全那麼輕鬆；他還是隔一會兒就得繞著周邊走一走，半張著警覺的眼，看哪些個和尚膽敢爬上圍牆。這大概就是他日常工作的全部了。走上走下馬上就煩了，現在他真希望時間能過得快一點。當然囉，這還是比晚上的巡邏強。晚上值班的護法除了必須好幾小時盯著無盡的黑暗之外，他們發現自己還必須與另一個強敵搏鬥。不管多少武術修為都無法克服的——就是瞌睡。

辛鼎瞄到一片枯葉隨秋風飛舞，便拿著棍棒戳上去，葉子頓時碎成繽紛葉片。還不錯，他還沒生銹，因少林警衛的體能必須維持在巔峰狀態。辛鼎深深地吸一口氣，想到保衛寺院的重責大任竟落在自己肩上，令他感到更為振奮。細細想來，寺中確實沒有太多的和尚既準備好又有實力來承擔如此重要的任務。

他趾高氣揚的笑容稍微收斂了點，感覺心裡有點兒犯嘀咕。

就說羅大師父吧，毫無疑問，那是一位遠遠超過他的高手。而且還有一個，君寶和尚。那個自以為了不起的小笨蛋，在幾個月前的競技居然大獲全勝。辛鼎嘖嘖兩聲，倚著他的棍棒想：*我是該加把勁囉*。

他的目光從這頭轉到那頭，觀察周圍可有任何可能的動靜；當然沒有。小偷？沒一個腦袋正常的無賴會打少林寺的主意。強盜？只有那最有勇無謀的傢伙才膽敢來搶劫少林寺，即便如此，他們也不敢來第二次。辛鼎咧嘴冷笑。少林寺就是太強了。這是它獨一無二的「問題」──如果你要說它真的算是一個問題的話。

「喂？」

辛鼎差點兒跳起來。一個穿著一件簡單的麻布漢服、微笑著的年輕人站在他面前，他的頭髮在頭頂上綁了一個俐落的髻並用一塊布緊緊紮住。他的肩上扛了一根棒子，棒上掛了一些私人物品。年輕人拱手躬身行傳統禮。

「我叫蔡正武。」他說。辛鼎打量這個正恭敬行禮微笑著的年輕人，也還著禮。

「我們只能讓你住兩天，蔡先生。」辛鼎答，這是對來到寺裡尋求廉價住宿的許多旅者的標準回應。*然而*──辛鼎暗自思量，*這兒的這個小伙子的禮貌似乎無懈可擊。可能是個讀書人，大約對這兒不熟迷了路*……

「謝謝你，那倒不必。」蔡正武說，「我是來挑戰少林寺的。」

……*或只是腦子有病*。辛鼎和尚皺起眉頭。

「你？就你一個人來挑戰少林寺？」他問。

年輕人又躬下身。

「希望寬宏大量的您能給予我這三腳貓的功夫一個比試的機會。可以嗎？」年輕人跪在地上要求。

辛鼎覺得非常尷尬。

「哦，蔡先生，我建議你再考慮一下。」

「我已經考慮很久了，大師。我們的宗派曾受到少林武學影響，故我師父希望能以本門武學討教傳奇的少林寺武藝。我求您了！」

辛鼎吐一口氣，望向山門。

「讓我去問問我的師父。」

「就他一個人？他瘋了。」德敬師父說。

「是啊，師父。但他看起來精神狀況沒問題，只是他的禮貌異常的客氣，對一個要挑戰我們功夫的人來說，確實有些古怪。」辛鼎答。

「讓我自個兒瞧瞧。」

德敬大踏步地走出打坐禪室，沿著主道快跑，來到了山門前。那個年輕的挑戰者就坐在山門外的地上，他拍拍身上的灰，深深一鞠躬。

「日安，大師，我是蔡正武。我希望能跟你們最強的高手比劃，以測試本門招式對你們的良窳，如能應允，將萬分感激。為了表示我的耐心，我將在此能等多久就等多久，如果你們需要時間討論的話。」他說。

德敬師父對這個挑戰者的謙恭有禮大為吃驚。由於少林寺名揚四海的拳法與棍術，少林寺一年總會接到幾次戰帖，雖然上門的挑戰者多數以慘敗做收。而且即使不是全部，但絕大多數的挑戰者都是些無禮、自大或傲慢的傢伙。簡單說，自我膨風的渾球不會放棄任何把人踩在腳下藉以吹噓的機會。但這個年輕人卻不是，或看起來不像那種類型。他看起來又有點兒年輕、沒經驗，不像專找武林門派挑戰的人。因為只有飽經沙場的功夫老將才自認夠格與少林寺一較高下。最後，這個年輕人孤身一人而來，常意味著他的師父要麼剛過世不久，要麼他根本就沒有師父。一個門派的人找另一個門派切磋，如果沒有至少一位師長陪同，通常會被認為失了禮數。但這個舉止中規中矩站在德敬面前的年輕人，怎麼看都像一位紳士，即使有點兒不正統。

少林寺的師父搓著下巴，感覺不到殺氣或任何一絲歹毒的企圖。

「蔡先生，你的師父是誰？」

「我的師父名李續。他是南宋一名退伍軍官的姪兒。」

德敬從來沒聽過這個名字，但他知道任何朝代的軍官都該經過嚴格的訓練。軍隊的自衛招式非常管用，事實上少林寺也練習若干大同小異的功夫，大多由羅大師父負責傳授。然而，那些自以為了不起的退役軍官來叫的幾次板，在面對苦練有成的少林寺資深武僧或護法的威力時，也通常飲恨敗陣。對少林寺來說，勝利如囊中物，雖然它有時得來不易。

德敬正視著年輕挑戰者的眼睛。

「年輕人，青春是一種祝福。你曾仔細考慮過這個要求的後果嗎？」

蔡正武點點頭。

「感謝您關心我的安全，大師啊，我對貴寺的待客之道抱以最高的敬意，但我更敬佩貴寺的武藝。因為我的師父認為貴寺的技術不如我們的，所以我來找你們較量。我只是要弄清楚真相。」

這下子聽起來就不那麼謙虛了，像是挑戰者暗示少林寺的武術只能位居第二。*真讓人不解吔*。德敬點點頭，意識到作為一個佛教寺院，儘管他們的核心是佛法修行，但仍有責任保護並捍衛寺院武術的榮譽，這是關乎「面子」的問題。

「很好。我們要求你先在一份免責聲明上簽名，聲明如果在比試中受到任何傷害，少林寺不承擔責任，同時你也得同意我們切磋的規矩。朝眼睛、喉嚨、及下腹部的攻擊如可能造成傷害，必須在最後一刻收手，並算得分。任何時候你都可以選擇退出。我希望你知道你在做什麼，蔡先生。」

挑戰者躬身說：

「阿彌陀佛，謝謝你，大師。」

當他在護法辛鼎的引領下穿行於寺院的步道之上時，一些見習與資深武僧蜂擁而至，以一睹這名年輕挑戰者的風采，大多數人都心儀他成熟的風度。過了一會兒，所有師父都宣佈放下手中的修練與教學，以便讓整個寺院有一個觀摩的機會。少林寺的名譽受到挑戰囉。當德敬領著蔡正武到一片位於大樹下的寬敞空地時，弟子們全坐好了圍成一個圈。蔡正武接下一份聲明書，細讀之後，在上面用毛筆簽下了自己的名字。

和尚們簡短討論了一下由誰先上陣捍衛少林寺的「面子」，或者說，讓挑戰者留下一個可敬的印象，最終不致玷污少林寺的名聲。

因為「面子」對少林寺而言至關重要，師父們不久便決定由資深武僧中武功不太強的宜和出馬。德敬原本不贊成這個決定，但公正地被其他師父們的多數票勝過。他們的解釋如下：首先，如果宜和輸了，對寺院的名聲損害不會太大，畢竟他的武功在眾和尚中只屬於普通水平。而且如果情況不妙，師父們隨時可以決定讓實力更強的和尚接替出場，雖然此舉必令挑戰者感到不快。但和尚們幾乎可斷定，那種情況是不可能發生的。大多數外來的挑戰者都走不過幾回合，這個滿臉鎮定的南方人大約也不例外。

即便如此，德敬還是有些不安，無法漠視他自己內心的感覺。這個姓蔡的雖然看起來好打發，但他確實流露出一股與常人不同的鎮靜——難道他是一匹黑馬？

蔡正武耐心地等師父們與幾名資深護法邊悄悄說著話邊散開。宜和被叫到前面。

被點名的和尚鞠一個躬，大步迎向挑戰者，一邊綁緊腰帶。

看來他是第一個，蔡正武伸展著肌肉，暗忖。

「蔡先生，宜和將是你的對手，由我擔任裁判，請遵守規矩。」德敬說。年輕人一鞠躬，把肩膀往後轉動，又彎下去伸腿。

「你準備好了嗎？」宜和問，嘻皮笑臉地往下對著只及宜和肩膀高的蔡正武。

「是，大師，請手下留情。」他答道。

德敬師父站在兩人中間。

「開始！」他手一揮，示意開始。

蔡正武採取兩手半握的防禦姿勢。宜和擺出少林標準架式，就是說，身體一晃就能立刻轉化為攻擊的輕鬆防禦姿勢。儘管宜和信心滿滿，站起來又足足比蔡正武高出一尺，但他發現這個挑戰者笑得不自然又讓人不爽。雙方目光交錯片刻，誰也不退縮。和尚們一向被禁止率先出手，但在比劃時，這規則便不適用。即便如此，宜和對蔡正武的意圖不敢大意，所以希望能先挨幾拳，掂掂這個挑戰者功夫的斤兩。

蔡正武向前一步。宜和退了幾吋。當和尚向後移時，蔡正武欺身貼近，但宜和看穿了他的假動作，抬起後腳，朝年輕挑戰者的頭一記側踢。蔡正武看到飛來的腳，低頭躲過並伸手去抓，但腳來去得太快，他的手只抓到空氣。宜和繼續奮進，橫掃一記迴旋踢朝向蔡正武的膝蓋，被蔡正武躲過。

急於取勝，蔡正武往前挺進，希望能挽住宜和的手臂，給他一個關節鎖。

宜和看穿了他的招，躍向前，突然近身，往蔡正武下巴猛地一個上勾拳，打得這個年輕挑戰者像球一般滾在地上。和尚們歡呼起來。

「宜和得一分。」

*怎麼，來了一位摔跤家？*宜和暗忖，注意到挑戰者的動作，像是由少林寺擒拿技之一的鷹爪功或其他種同等的武功演變而來。儘管如此，蔡正武的版本看起來確實有些不一樣——它不太誇張且簡化成更容易施展，雖然得

犧牲些微力道。宜和聳聳肩，*不錯，但你終究得倒下*。只要保持一定的距離，宜和可置自己於蔡正武的摔投範圍外，同時用長踢踢得他不能近身。高個兒和尚向後略傾借力，又朝敵人踢出一腳。

蔡正武眉頭緊鎖，雙臂彎曲，硬生生接了這一腳。他根本沒機會逮到那隻腳，因為它僅在空中停留了極短的瞬間便迅速收回。蔡正武握著拳頭，堅忍地等一個破綻。

終於，宜和的一次踢擊僅稍微擦過蔡正武的手臂，錯失了良機，而且撤退得慢了一丁點。

蔡正武毫不猶豫立刻貼近。

太棒了，德敬暗暗頷首。

然而，宜和的速度更勝一籌。他所修煉至深的反應能力，讓他能夠比眾多對手更早一步察覺到攻勢的臨近。宜和的直拳綿綿不絕，都打在蔡正武身上，擋住了南方人的來勢。

宜和非常得意，嘻嘻地笑。

蔡正武只一個晃動，就靠近身來，並抓住了宜和的手臂，施以一記精妙絕倫的手臂關節鎖。其疾如閃電之力道，足以令宜和站不住腳。蔡正武扭著宜和的手臂，把和尚拉到一個側倒的位置，令他幾乎無法反擊。不消說，情況的反轉——如果我們輕描淡寫地講——出乎少林寺和尚的意料。宜和仍試著脫身，像一隻困獸般拼命地掙扎，直到德敬介入，把兩人分開。

「你的關節鎖成功了，蔡先生。在我們寺院，這算兩分。你做得很好。」他說，指著蔡正武。南宋來的挑戰者點點頭，雖然挨了一些拳頭受了點傷，但他總算得了分，至少在整個少林寺面前，起碼可以跟宜和分庭抗禮。少林寺的榮譽，此刻彷彿懸於一髮之間。

宜和冷笑幾聲，揉著他剛重獲自由的手臂，感到所有兄弟們的希望都在他肩上，但幸好在其他方面他未受太大傷害。若是誰現在看到這兩名比試者，蔡正武怎麼看都是輸家。德敬向蔡正武比手勢。

「二比一。蔡先生領先。」

「不會太久的。」宜和咕噥著，暗自決定必須證明自己，而非蔡正武，才是真正的勝者，即便他剛才有些掉以輕心。

「宜和，能夠接受當下的結果，亦是謙遜之表現。」德敬淡淡說道。宜和無言以對。

「我們是否要重頭來過？剛才可能只是僥倖。我還有一套功沒來得及施展。」蔡正武說。

聽到這話，大多數和尚都站起來了。

「你說什麼？」

「德敬師父，這個人小看了少林寺。」

「他沒全力以赴！」

「真不給面子。」

「眾位，安靜。」德敬喊，「宜和在公平合理的競技中輸了第一回合，但這位挑戰者卻是兩人中唯一一個受傷掛彩的人。你們有同情他嗎？難道你們的驕傲比別人的安危更重要？至於你，蔡先生，你應當明白，保留實力在武林中實屬不敬。」

蔡正武深深一鞠躬。

「德敬師父，我深表歉意，我之所以如此，全因遵循師命。我的師父指示我，在首回合中僅用摔跤技巧。我必須照他的吩咐。請允許我繼續進行，這一次，我將展現我所有的武藝。」

他既然這麼說，德敬與其他和尚們又彼此商量了一陣，即使有些惱怒，他們決定比試繼續。

「好的，但我提醒你，這一次你必須全力以赴，展示你最強的招式，蔡先生。」德敬說，一臉嚴肅。蔡正武點點頭，非常不好意思。宜和第二次上陣，其他觀摩者也回去坐下。

這一次，換宜和擺出扭摔架式，他急於表現少林寺自己關節鎖的卓越，也意在還擊蔡正武早先那一記手臂關節鎖。

蔡正武輕輕地將雙手伸出，一手向前伸展，掌心向著宜和，而另一手則彎曲在腹前，掌心朝下。奇怪？

*他想幹嘛？*宜和不解？*那個姿勢幾乎沒力道*。

蔡正武微側著身站定，毫無破綻。然而，這樣的姿態使得他的手臂看起來似乎不夠堅實，而且對打起來時兩腳也像是不能行動自如。注意到蔡正武靜態的姿勢，宜和換成少林寺的自由流動站姿，以期動作更為靈活流暢。和尚與德敬對望了一眼，得到一個認可的眼神。

蔡正武出手了，他半步半步地向宜和猛衝。宜和未曾預料到這一攻勢竟來得如此迅猛。蔡正武行動的範圍並不大，但他的手臂可以打出來，向他的對手擊出一個平直拳，在它擊中前，宜和及時往旁閃。蔡正武原地一轉，隨即變換方向，以一種似漂移又似飄擺的步伐向前進，這次他選擇了一記更為貼近對手的上勾拳，其力道仿佛從他的核心肌群中螺旋般釋放出來。宜和及時應變把它擋開，並順勢抓到了蔡正武的手。宜和冷笑，*跟你的手道別吧！混蛋*。

然而，在宜和施展關節鎖之際，蔡正武的手掌忽然展開，，猛烈地往下一劈，仿佛要將空氣劈成兩半，藉此打破了宜和的把握。與此同時，他的另一只手從相反方向迅疾揮出，狠狠擊中了宜和的下顎。

宜和被這鼓力道震開，蔡正武欺身貼上。

還沒站穩的宜和沒太多選擇，他本想發起一記遠距離的長踢，但陡然發現自己瞪著一個成功地溜進來的對手，近得令人心驚。南方來的武術家已經穿過宜和的防線，且一刻不浪費地打出一個向上的直拳。砰！蔡正武的拳頭猛捶進宜和上身，把可憐的和尚打得往後一直退，滑過草地，直撞到少林寺的圍牆。

謙虛的蔡正武行鞠躬禮，表示這場友誼競技結束。

德敬與其他和尚衝去幫宜和，一些和尚查看他的傷勢，另一些和尚站在困惑不解的蔡正武面前，擺出動手姿勢。

「你們不准碰這位挑戰者。」德敬說。其他和尚們退下去。師父望著蔡正武，乍看起來，他這致勝的一拳並不起眼，跟少林寺摧枯拉朽的拳擊比起來，更像是一股推力，然而力道之強，足以把一個身高六尺的和尚打得向後跌。蔡正武擊出的這一記怪異的撲擊，全然依靠精湛的技巧而非僅是本能反應。時間拿捏得正好，而力道更是教科書上一個成功的武術應用的例子。

「你贏了，蔡先生。恭喜。」德敬說，他與其他和尚吞下了他們的驕傲。

蔡正武躬身行禮並搖搖頭。

「謝謝你，但此戰尚未結束，除非我領教了羅湖大師的『鐵掌功』。」

德敬挑起一邊眉毛。

「你提到了我們的大師父，你又是如何知曉他的？」

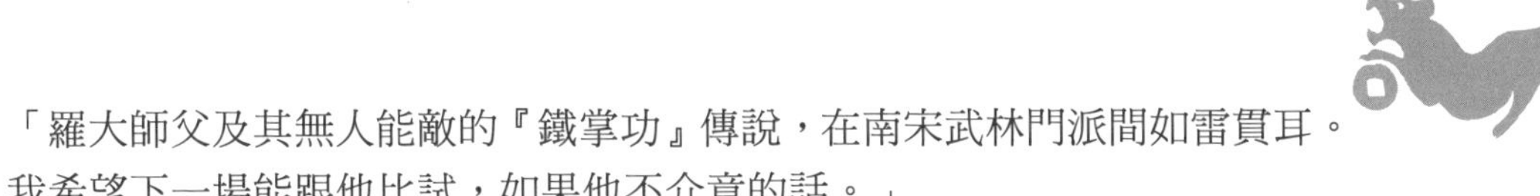

「羅大師父及其無人能敵的『鐵掌功』傳說，在南宋武林門派間如雷貫耳。我希望下一場能跟他比試，如果他不介意的話。」

和尚們盡量不露聲色。不是每天都有人挑戰少林寺——還能贏，更不用說在同一天內繼續挑戰寺中最高段位的師父了。

「我們的大師父兩週前便到我們在福州的姊妹寺院去了，但他很快就會回來。此外，蔡先生，為了你好，我必須明白告訴你，羅湖大師父的功夫與我們這裡的其他和尚不可同日而語。他的武功甚至遠遠超出了我。」德敬的回答，讓這個言語間又開始有點兒自大的謙虛的挑戰者沉默了下來。。

「沒錯。」宜和抱著自己半邊身子說，「別自以為了不起，你還沒跟我們的高手較量呢。而且不只是我們的大師父。我的兄弟君寶和尚能單獨對抗一整個軍團的你，可以打贏你八十八次。」

這一次挑戰者臉上鎮定的笑容已不復見。他對德敬說：

「少林寺的大師啊！您推出的人選令我深感詫異。方才您不是言及，不全力以赴乃是對對手的不敬嗎？我本認為將與一位少林高僧交手，現則聽聞除了羅湖大師外，還有其他未出手的高手。幹嘛作作樣子？難道我不配跟他們一較高下？」蔡正武的不悅是可理解的。

「你所提及的那兩名和尚目前均未在寺中，如果你願意，我很樂意提供你另一個對手玩玩……由我自己來當你的對手。」德敬答道。他雖然是一個天性平和的老師，但他不能讓少林寺的聲譽被貶得更低。

蔡正武躬身說：「你太慷慨了，師父，但恕我不能接受。請恕我直言，我當僅遵我師父命令，只與少林寺頂尖的高手較量。如果鐵掌羅湖或這個君寶和尚不在，那我實在沒理由再待在這兒。對於今日之比試及貴寺的接待，我表示衷心的感謝。我將會再來。」他並未明言具體回歸之日。在向德敬及其他和尚們行禮後，蔡正武去取他的家當。

當他一轉身去拿他的矛桿時，他感覺到一個光滑、熟悉的東西塞進他滿是老繭的手中。見習武僧風耳站在那兒，滿臉是笑。

「先生，你的矛。」沙彌說道。

蔡正武把武器拿來，略帶僵硬地點點頭。

「多謝你，小兄弟。」他把矛尖用滑落了的特製套子重新包好，把他的家當也重新掛在上面，走出了少林寺。

「永遠別忘了你是什麼人，君寶和尚，你是一個佛教徒，不是道教徒。」

哼，全是廢話。

君寶將畚箕中的灰輕輕倒在花園裡，嘴裡低聲抱怨，對兩天前發生之事仍耿耿於懷。少林寺慶典的第二天，福裕方丈與羅湖大師父兩人在晚餐前集合大家簡短訓話，再次強調擁護佛教傳統的重要。為了警告其他和尚，君寶出其不意地被叫到全寺面前，被方丈當場指責他引入道家理念，污染了以佛教為本的少林武術精髓。不但對他在園遊會精采的演出一字不提，對神祕面具人的事情更沒任何交待。經過一番長達一分鐘以上的斥責後，君寶被下令去打掃附近的一座佛寺。

他走回滿是灰塵、書櫃成列的房間，開始掃地，一邊由一扇開著的窗子向外望，以確認是否有和尚或尼姑在暗中監視他的一舉一動。

這座佛寺與少林寺大不相同。

在這裡，和尚們幾乎不從事任何體能訓練；他們面容浮腫，身形臃腫，膚色因缺乏日照而呈現蒼白，青筋在肌膚表面隱約可見。從外表看，他們要麼身體虛弱，要麼過於肥胖，因此，這座名為嵩岳寺的佛寺，時常需要聘請少林寺的僧兵來提供保護，它也就近的座落在離少林寺東邊六公里的登封。

當他掃地時，君寶的眼睛就在窗外及屋內的許多書架之間遊移。等看不到閒雜人等時，他便好奇地一頭栽進書籍和手卷中。這樣的探尋，他每幾分鐘就重複一次，同時把趣聞軼事記在心裡。

當他的中指滑過成捆的書本時，對羅大師父懲罰他的不滿便煙消雲散。他興奮得宛若一名學童在郊遊日時踏入了甜食舖子。這可是一個人瀏覽成堆的典籍而不必捍衛佛教教條的好機會。嵩岳寺容許大量的非佛教書籍存放在它那兒，其中包括君寶最喜愛的道家經典和醫書。

他靠得近了些，一層薄薄的、像粉筆灰般細的灰塵便飄進了他的鼻孔。他激烈地打起噴嚏又抽起筋，更撞到他前面的書櫃，把書櫃撞得搖晃起來；好在君寶即時抓住書櫃層板，才沒讓它倒下。他把書櫃扶穩，並掃視書櫃頂層，以確定書本沒倒到另一邊。當他這麼做時，他看到對面的書架上，一面蜘蛛網固定在兩本書中間。那張蜘蛛網宏大無比，近乎於透明，若非他恰好站在這一特定角度，並正對其直視，定然是難以發現其存在的。這是一張非凡的蜘蛛網，其均勻與一致到達了極致，織工之精密令人驚歎，波浪式的直線交錯成形，乍看之下近似六邊形。不對，細看之下，它擁有更多的邊，實則為八邊形，酷似道家以表示宇宙和諧與平衡的象徵——易經的圖案。更讓君寶稱奇的是，蜘蛛正端坐於蛛網的正中央，面朝下，呈完美的對稱，不偏不倚。*太神奇了*。能巧遇如此完美呈現道家八卦圖的東西，誠屬難能可貴。然而它幾乎看不見——唯一的光線來自於通常緊閉以防樹葉吹入的窗戶。君寶後退一步，希望能有更多的光照，好讓他欣賞這面蛛網。

他又撞到一個書櫃，這一次在背後，櫃子便開始搖晃。

唉呀，我又搞砸了。

君寶轉個身，把他的畚箕丟開，此時書櫃的櫃腳已嘎吱作響往後搖，岌岌可危時，和尚往前一撈，如同熊抱般將書櫃緊緊抱住，成功阻止了它的倒勢。剎那間，書櫃與人在原地一動也不動。但君寶的腳終究沒站穩，而且他太過前傾，再也沒地方挪動。只聽到咿咿呀呀，君寶和書櫃還是一同轟然倒塌於地，書架上的書也乒乒乓乓紛紛掉落下來，撲得灰塵亂飛。

他摔得天旋地轉。君寶現在面朝下，躺在重量輕了許多、靠在後牆的書櫃上。他最好儘快把這兒整理乾淨。將自己從這一片狼藉中撐起，他看到一個皺著眉的頭由窗戶探進來。

「怎麼那麼吵？這兒到底發生了什麼事？」

「沒什麼。」君寶答，「只是一個意外。」

僧兵看到這些亂糟糟的。

「那麼，快收拾乾淨。來了一位大官要用藏經閣。」

「如來佛在上。我馬上收拾。」君寶對僧兵點著頭說。他正要著手收拾時，卻發現在他身下正有一本書，部分被其他散落的書籍和倒下的書櫃遮蓋，只露出一角。此書之所以立刻引起他的注意，乃因其封面上醒目地畫了一幅易經八卦圖，它應當是一本道家經典沒錯。年輕的和尚興奮得嘴巴冒泡，便撣去書本上的灰，飢渴地翻閱起來，忘記了周遭的一團亂。當他翻到一章他最感興趣的題目：「*導引* [11]」時，他的臉笑開了。

這是什麼？

---

[11] 導引：道家養內在之力（氣）的方法。

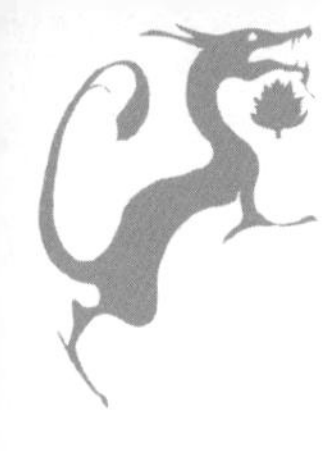

一張破舊褪色的紙片夾在書本中間，顯然是有人刻意藏在那兒。君寶取出紙片，就著光檢視，發現它是一張已褪色的某種圓形標誌的草圖，大小如一個小碟子，周圍還有一些字及其他更小的圖解，都非常模糊。

後面一聲咳嗽，嚇了他一跳。

「喜歡這個嗎？呵，少林和尚。」

君寶急忙把這張快爛掉的紙塞進衣袖，放下書本，當他轉過身去，正好看到一個矮胖的人站在門口。和尚躬身行禮。

「阿彌陀佛，我正在檢查看是否有損毀。你可在外稍候幾分鐘，等我收拾完好嗎？」君寶說，眼睛眨了一下，「嘿，我似乎見過你，你不就是在我們園遊會來參觀我們表演的大官之一嗎？」

「正是在下。」這個人說，「我名叫歐優袞，是大汗的官吏。而我也記得你，你是北少林寺的君寶和尚。你所舞的那把扇子令人嘆為觀止。」

對於這番恭維，君寶並未表現出太多的反應，部分原因在於這種讚美在他耳中顯得不甚真誠，尤其是當它來自一位自負、身為侵略者背景的蒙古官吏之口時。

「謝謝你，歐優袞先生，但我還是得儘快將此處整理好。」君寶答，把書本放到書架上。歐優袞揮了揮手，示意他不介意等待。

「你就繼續唸你的書吧！一點兒亂根本影響不了我。」蒙古人說，選了一本詩集，把書上的灰吹走。君寶注意到蒙古人選的書，猶豫了一下。

「古典詩集？你作為一個蒙古人，怎麼會對這種東西感興趣呢？」

「我的原因跟你的一樣。」歐優袞說，「但別管我。我們只是巧合，偏偏在這個地方相遇。」他向窗外的一名向內瞧的寺院僧兵揮一下手。那名僧兵站在被綁在一座長十七米、被稱為嵩岳石碑前面的一群馬旁。附近，另外一群護衛歐優袞的兵卒正忙著豎起一個蒙古包。

「我猜你不會住到客房嘍。」君寶說。

「蒙古包讓我更自在。」歐優袞答，「你確信你對這個不再有興趣？」蒙古人撿起掉在君寶腳旁的道教書，遞出來，催著年輕和尚接過。君寶正眼也不瞧地走過它。

「這跟我無關。」

「胡說，從什麼時候開始的？」

「從我成為一個佛教徒後。」君寶說，想著這個蒙古人真是惹人厭，「而且為什麼把這個東西推給我？恕我無禮，不過請別管閒事。」他確實想唸圖書館裡的每一本道教書籍，但現在他非常憤慨；總要有人證明少林寺的和尚是全心全意為佛教獻身的一群人。

「那我看什麼書有那麼重要嗎？不論我是蒙古人或漢人？又或如果我是道教徒、佛教徒、景教徒、黃教徒呢？看跟你本身毫無關係的書有什麼可恥？」歐優袞問。

君寶瞠著眼，「我仰望了少林寺一生。我為什麼要讀那個？現在，我沒時間聊了。」

蒙古人搖搖頭。

「好，那麼，我們現在姑且不談那個。我可以問你一個問題嗎？」

「真對不起，歐優袞大人，但我真的應該開始打掃這個房間了，那樣在晚餐之前我才趕得回去。」

「你，做為一個漢人，認為我們蒙古帝國怎麼樣？」歐優袞問，一點兒不理會君寶的藉口，「請你誠實地告訴我，君寶和尚。我保證不介意。」這個問題既尷尬又涉及私人情感，是把一個對前朝的牽扯及國家的驕傲搬上檯面的問題。君寶放下了畚箕。蒙古人本是中亞諾曼地人的一支，它攻城掠地，奪取了中國大陸的北方，然而少林寺卻接受他們的資助，並聽命於他們所建立的政權，現在由著名的蒙古征服者、成吉思汗的孫子忽必烈所統治。要君寶去承認現在少林寺的所在地屬於並被一群侵略者管轄，讓他覺得自貶身份，像是逼他去承認一個醜惡的真相。

「你為什麼要問我這個問題呢？」君寶問。

「君寶和尚，我只是想聽一個誠實的答案，如此而已。」

資深武僧雙手合什行佛教禮。

「你們成群結隊的來，夷平我們曾以為傲的江山。雖然我對貴先祖相助驅趕女真族的金國之舉十分感激，但反對你們統治我們漢族，更何況你們還繼續與我們的南方同胞為敵。你們對我國領土的意圖令我不齒。」

官吏走向和尚。君寶的眼光毫無懼色。*止聾肯定不會答理這種問題*，他想。

「說得好。」蒙古人答，「沒錯，你那番話很誠實。設身處地的話，我也會有滿肚子牢騷要發。」

他嚴肅地望著君寶。

「我重視一個誠實的答案勝於一個善意的謊言。當你談到我的族人時，你的感覺是誠實的，但當你提及你對少林寺的愛，又何必違心？你為何要自我設限，老跟著他們那一套？難道你不想發揮你全部的潛能？那天你的表演雖然不錯，但你有能力做得更多。」

「大人，不好意思，園遊會那天你看到的不過是一場表演。」

「對，確實是一場表演，戲劇性地糟塌了你的真稟賦。不管怎樣，我們先暫且不談那個。我知道你們少林和尚能打一場好架，但這樣對你的發展夠嗎？君寶和尚？」

歐優袞拍拍他身側的彎刀。

「當我年輕時，我手持弓箭、揮舞長刀，統率兩萬多名士卒。讓我告訴你，年輕人，對付那些零星的盜匪或找人比鬥的人，你絕對游刃有餘。但我曾面對一百支天空驟降的箭，也曾在瞄準我每一吋身子的槍林中脫身。雖然我可能沒法空手劈石頭，但我知道如何殺敵致勝。這些，我只能由東征西討學得。」

「你到底想說什麼？」君寶說，看起來有點兒戒心。

「別激動，我的佛教朋友，聽我把話說完。我說這些不是為了詆毀貴寺的傳承或你。君寶和尚，我看過很多人，很多很多有才華的年輕人。他們有一樣共同點，就是他們都在浪費他們的時間。即使你否認，但我知道你內心真正的感覺。」

「我對少林寺極其滿意，正如同我以做一個和尚為榮。請別誣賴我說過那些話。」君寶說。

「我太了解你臉上的表情了，君寶和尚。你的稟賦無法得到充分地發展，就像一棵被種在甕裡的樹。與一般大眾的認知不一樣的是，世上其實有成千上萬的天才，他們並不稀奇。常見的是，這些天才什麼都不做。他們待在安全又無聊的環境，只會讓他們對未卜的前途裹足不前。這就是我看到的你，聽起來確實可悲。」

「少林寺是我的家，蒙古人。我不會……絕不會離開我的寺院去加入你們蒙古人的軍隊。我對我現在的情況很滿意。」和尚說。

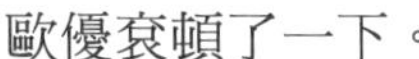

歐優袞頓了一下。

「你似乎誤會了，和尚。我不是在勸你為忽必烈大汗效力，我們已有足夠的漢人幫我們打仗。你別搞錯，雖然我非常高興接納一個像你一樣的勇士加入我們的陣營。你對武藝的直覺確實了不得……你的反應、協調、力道、機敏及對制敵機先的掌握。你甚至可能擊敗忽必烈*卡錫*[12]（皇家警衛）中最強的高手，雖然這並非我所樂見。我要告訴你的是：如果你繼續現在的生活，它將阻礙你的發展，而且你也永遠不能超越你目前的水準。」

君寶握緊一隻拳頭。

「那不是真的，我們少林寺所向無敵。我們經常琢磨新招，我們也每天練功。少林寺會進步，我也一樣。」君寶答道。這個和尚對他們自己功夫的意見一點兒也不錯，因為少林寺曾或許有些誇大其詞地灌輸他們，少林寺為武林翹楚、同時也是其他若干宗派的祖師，儘管那時中國各地也有其他造就武林高手的武術組織。

歐優袞滿眼疲憊地望進君寶的眼睛。

「如果你回答這個問題有你回答我族人那個問題一半的誠實，你一定會說相反的話。君寶和尚，希望你能儘快理解我話中的真意。」

君寶吐一口氣。

「你希望什麼都行。至於我，我的第一優先是我少林寺的家。」他說。

「那如果你的家不把你擺第一呢？」

「他們會。我們一直互相幫忙。蒙古人！你還想說別的什麼嗎？」

官員猶豫了一下。

「罷了。你們唐人（唐朝時的漢族）真是一群頑固的人。只要記住，在這塊土地上，到處都有武林高手。不僅只在少林寺。」他嘆了一口氣說，為這個被耽誤的奇才感到惋惜。

「請恕我不能苟同，但感謝你的忠告。」君寶說，鞠了一個躬就走了，手上還拿著掃帚。蒙古人看著君寶消失在幾棟建築物後面。憑他數十載的經驗，他每一個直覺都告訴他，君寶是一個自我否定的天才。為什麼這個年

---

[12] 卡錫：（kheshig）蒙古大汗的皇家侍衛。

輕和尚不願承認他的進展被少林寺阻礙？是因為民族的驕傲，不願去附和一名外國入侵者？還是宗教的身份所產生的根深蒂固的忠誠？更或許是深埋在儒家思想中的家族主義——畢竟君寶不是說少林寺是他的家嗎？還是他只是好面子？或上面所有的原因？

不管了。蒙古人選了幾本書就回到他的帳篷，放下他身後的帳幔。

●— — — — — — —●

當晚，一場不尋常的濃霧肆虐了整個河南省。它由嵩山山脈的丘陵地漫延至山巔，甚至蜿蜒進入登封市及鄰近的伊川鎮等地區。這些地方的寺院及府衙亦提早關門，以便讓居民瞇著眼小心翼翼地摸索回家。

某個人機敏地站在他的小屋內，惡狠狠地往外望，一邊在手掌上搓著乾粉。他身旁的一根蠟燭發出昏暗的光芒，照亮他沒穿衣服、裸露的身子那像刀削般排列的肌肉與黝黑的皮膚。他舉單手禱告，唸了一聲佛號，將一隻瘦削的手臂伸入黑暗中，去攤開一件古銅色的袍子及配套的長褲。如同一位戰士披上盔甲般穿上它們後，他才在臉上戴上一個木製的彩繪面具。隨後用手指捻熄蠟燭，他在一個黑暗的角落打了一會兒坐。

打開了門，他偷偷摸摸地沒入靜寂的夜，像貓一般的魅影在令人膩煩的濃霧中移動。正前面有一個影子出現，讓他謹慎地停下來；原來是該寺一個解手回來的和尚。他們兩人都止了步，面面相覷。

飛快地，一只極其強壯的手臂像套索般纏繞上了和尚的頭部，掩住了他的嘴，同時另一手往他的脖子後面一揮，打昏了他。面具人躲到木屋後，輕輕地把不省人事的和尚放下，爬上了屋頂。他觀察眼前朦朧的場景，只能依賴濃霧輕微的流動做為僧兵巡邏的指示。

等了一會兒，他再次嘗試著往前行去，在建築物間輕盈地跳躍，時而躲在牆角向外張望，直到他到達了該寺的藏經閣。由他的口袋掏出一串鑰匙後，面具人小心翼翼地把聲音減到最低，開了門鎖。

他靜靜地進入木屋，並把門反鎖。

●— — — — — — —●

此時，幾百公里外的南方、在南宋管轄的福州，羅大師父握著他的錫杖，坐在一位正在振筆直書一份公文、全身官服的人對面。不同於鬍鬚滿面、禿頭、穿著像鄉下人粗布袍子的羅湖，這位官員的鬍子剃得精淨，頭頂的長髮被梳理成髻，像鬼一般的身體裹在一層又一層的昂貴絲綢之中。

儘管他們在財力上的懸殊，但羅湖雄赳赳的體魄還有他那挺拔又權威的架勢，如果把他放到這個小得可憐、骨瘦如柴、連眼睛都不敢正視這個和尚的官員旁，看上去他才十足是發號施令的一方。在行文書寫間，官員瞥見到羅湖的臉，好似看到一隻飢餓的野獸，不禁打了一個寒顫。羅湖兩粒圓豆似的眼睛在一對濃眉下燃燒且扭曲成一種無情的凝視。它們之下是一個像是隨時準備把這整間木屋摧毀的雄赳赳的身軀。官員突然停下了筆。

「羅和尚，我希望你的銅人小子最晚明天能把我要的東西交給我。」他說，一副公事公辦的樣子。羅湖凝視著他，一言不發。官員咬著下唇，把一個印章在紅色的印泥中沾了一下，粗魯地壓在公文的下方。他把泡沫擦掉，稍稍模糊了蓋上的印。

要不是天命由我們手中失去，我絕不會在這個地方，他想。所謂天命，乃是上天賜給每一位中國皇帝的祝福。據說是賦予諸皇帝隨心所欲行使帝權的權力，以將漢族發揚光大。許多中原子民相信因著這個祝福，他們的王朝才得以源遠流長、國泰民安，雖然事實往往與此迥異。確實，古時中華曾稱霸天下、經濟蓬勃富庶，直到唐末。一般咸認，那時是歷史上國富民強、文化廣被四方、國威遠播的「黃金時代」。自那時起，情況便開始走下坡，最終連中國北方都被忽必烈的蒙古勢力佔領了。

此後，南宋人民的眼睛就盯著北邊不敢懈怠，深怕忽必烈哪日突破他們的防線。雪上加霜的是，當時的南宋皇帝度宗，可能是那一系列匆忙登基的皇帝中最為不堪的一位。因為他，如同他的前任們一樣，對自己的國家漠不關心。

孔觀大人數了一疊來自北方的銀票，推到羅湖面前，小心地跟大師父的位置保持一段安全距離。

「少了三分之一。」大師父說。孔大人倒吸一口氣。

「這是尚未交貨的訂金，和尚。我們不確定你說的那個藏經閣內確有你所說的東西，即使有，其真偽亦難以判定。待我們查證清楚後，南宋自會支付你餘下之款。」

羅大師父的臉沈了下來。

「你的意思是？」

「我們的意思是，只有當文件交到我們手中，同時天命之軌跡徹底回歸宋土，中書省方才一筆付清。但就目前形勢來看尚無定數，所以我們保留了些金額。」他非常緊張卻努力地聽起來若無其事。羅湖惡狠狠地瞪著他。

「讓我們把話說清楚，大人。是你來找我的，而且我從來沒保證什麼。我告訴你的，僅僅只是我聽來的傳聞。」羅湖吼著，指的是他們兩人半個月前在少林寺福州南方分院的巧遇。在那兒，正好不久前曾調查河南神龍現形的孔大人認為是命運安排把羅大師父帶給他。他們兩人住在同一間客棧，邊喝著茶邊彼此結識。這位大官覺得這其中的兩個巧合實在是令人難以置信。第一，他真的遇到一位來自神龍現身地區的和尚，第二，這個和尚現在又樂意泄漏一個神祕圖案的下落。這個圖案若為真實，對南宋重奪天命將極為關鍵。

但現在，他們兩人面對面坐在南宋境內一間荒廢的木屋中，正進行他們交易的最後確認，與此同時，羅湖的銅人也正忙著潛入嵩岳寺藏經閣，去幫孔大人找回他要的東西。

羅湖的身子湊上了桌。

「我希望你不要把南宋所有的希望放在這張圖紙上。我從未承諾過它會改變我們同胞的命運。我不是卜卦的人，而且做為一個和尚，我也看不出為什麼你侍奉的皇上更值得天命所歸。在這件事上，我不偏向任何朝廷，管他是漢人還是蒙古人。」羅大師父說，表明這整件交易純粹是以物易物。

「你錯了，羅和尚。只貴寺被龍隻造訪一事，便足以表示那個圖……如果它真是我們在找的，真的與天庭有關。這些神獸不會沒事這麼大張旗鼓地現身，除非有特殊目的。自唐代以後，我們一連串的皇帝再沒人看見過牠們了。」

羅湖坐下來。

「那為什麼是少林寺？這些野獸該乾脆飛到你們在臨安的宮殿而不是到少林寺來。」

「因為華夏的龍有時是用迂迴的方式來溝通的。牠們向皇族現身，有時又不。不管怎樣，牠們的使命就是要把漢族引往正確的方向，喚起我們對某些重要事物的注意。這就是為什麼牠在河南貴寺現身並非偶然；我相信，牠與我們談到的圖紙有關。」

羅湖看起來並不認同。

「對一個從沒看過龍的人來說，你可真自以為自己什麼都知道。」

孔觀搖搖他的頭。

「我做了許多研究。我的結論來自於一些我不想透露的歷史秘辛，當然，我對大宋的熱愛也促使我如此。那麼你的人呢？」

羅和尚點點頭。

「他們現在正潛入嵩岳寺的藏經閣。」

孔觀端正他的官帽，起身行禮。

「太好了，我們不久再談，羅和尚。要知道，你的所做所為是為了我們民族的驕傲與王權的正統。」官大人開了門，跨上他的馬，馳騁入黑夜中，他的皇家侍衛隨行在兩側。

與此同時，在嵩岳寺藏經閣內，一堆堆書攤在那兒並被粗暴地丟到一塊兒。一個人影正在翻閱一本書，合上它後再用力地抖動，大概想把可能夾在書頁中的任何東西抖落下來，但是毫無成果。

這個銅人在他的面具後失望地嘆氣，注意到他燈籠旁的香已快燒成灰。是時候該走了。他得另一個夜晚再來。

*但那個東西還可能在哪兒？*他想，悄悄地打量著四周。所有的書籍和紙卷都檢查了兩遍，解開繩子、又抖又搖、再合上，然而所有的努力都白費了，更別說在河南有史以來的濃霧之夜，這個任務的難度可想而知。他甚至搜遍了房間裡每一吋空間，還是什麼都找不到。

這個傳說中的圖案大概不見了，或根本從來不存在。

銅人站起來，揉著他發麻的身子，突然地上傳來叮咚一聲，嚇了他一跳。他拿著燈籠，貼近地面，在不透光的黑暗中摸索這個東西。它由他手中彈開，聽起來很小，在黑暗中的叮咚聲像是一根小玻璃棒滾過地板。搓一搓，他的手指圈住了它。他把燈籠移近，審視手中這個螺旋形的東西。銅人吸入了一鼻子灰塵，因而打起噴嚏來。

第 9 章

深巷飄來城市幽香

「你真的沒問題嗎？」喜鳳喊道。

在往繁華的汴京（開封）去的路上，喜鳳板車的合頁吱吱地作響。在她的車子上，堆了放水果與青菜的麻袋，但路上趕車的人停下來驚訝地看的，卻是這位年輕漂亮的姑娘和她載的貨。板車因著重量而下沉，一隻瘸了腿的小騾子躺臥在蔬果堆中，牠不時抖一抖耳朵，似乎對於能夠搭上這趟便車感到萬分慶幸。

那麼是什麼，或是誰，在拉車呢？

那還有誰，不就是少林寺的某個和尚嘛？他已快撐不下去，卻絕不願意在他眼中最美麗的姑娘面前示弱。喜鳳把她背上背著的滿簍梨子放下。

「止聾和尚，我真的認為你該休息一下。你太過勉強自己了。」

「喜鳳姑娘，這不過比早晨的晨跑稍微辛苦一些而已。」汗如雨下的止聾沒說實話。儘管他平日艱苦的訓練，年輕和尚還是覺得他的背快要斷成兩截。喜鳳拿手帕擦去他額頭的汗水。

「對不起，止聾和尚，這樣對我們都沒好處。小花走那條崎嶇的山道傷到腳已經夠倒霉了。」她說，指的是她可憐的騾子，「我可不希望你也折斷了肩膀，儘管你這麼熱心幫助。我們停下來休息一會兒吧，看看有沒有過路的人能借給我們一匹馬。」

「好吧！牠沒掉到溝壑下真是萬幸，要不然我們就救不了牠了。謝天謝地！」止聾喘著氣。喜鳳轉過身來望著和尚，睫毛搧啊搧的。

兩天以前，福裕方丈請德敬派一名資深的僧人去看看彬杰和尚的近況。彬杰現在代表少林寺，在鄰近汴京市中心的一家知名素食餐廳——*如食如來*——協助廚師波丹。在知道如此有助於打響少林寺的名氣後，方丈立刻批准彬杰的新工作，而且還無限延期他武術的練習。止聾覺得能與喜鳳在路上巧遇實在是特別的幸運——她正要前往汴京市集賣水果，結果，和尚得以幾乎全程陪伴這位年輕的姑娘。

一切都很順利，直到離城市不遠時，喜鳳的騾子在一段石頭路上傷了一腳。和尚立即上來接手，自告奮勇地拉起了板車，儘管喜鳳再三提醒，強調板車的重量太重，甚至對於一名少林寺的和尚而言也是如此。

現在，經過短暫令他背部幾乎折斷、肺部近乎窒息的拉車工作後，止聾不得不承認失敗。

揉著手，他伸展了一下腰身，仰望藍天，全身是汗。

「呵！阿彌陀佛。」他大喊一聲，隨即倒在路旁的草地上。見狀，喜鳳也去坐在他旁邊。

「你太貼心了，謝謝你。但你自己的健康才更重要。」

止聾笑起來，他的臉因精疲力盡而泛紅。

「倘若君寶看到我現在這個樣子，他一定罵我是兩樣東西：第一是笨蛋，因為沒有人逼我自告奮勇。第二是頑固的笨蛋，為什麼即使人家讓我停下來，我還一直拉個不停，直到現在。」他無力地笑了笑。喜鳳給了他一個*我告訴過你*的表情。那個表情如此細膩，讓止聾覺得嫵媚極了。此時，一輛由四隻公牛拉著的四輪馬車在他們身邊停住。

「哇，我的天哪。這不是喜鳳嗎？這個和尚是誰啊？」一個留著鬍鬚的男人問，他身旁坐了一個看起來比彬杰年幼一點的男孩。除了鬍鬚外，男人還戴了一頂大帽子、穿紫色袍子，他兒子好奇地瞪著止聾。

「凱先生，」喜鳳說，「謝天謝地你來了。在我們來時的路上，小花傷了牠的腳。你能否借我們一頭你的公牛，直到我們抵達汴京嗎？」

「當然。」他打了一個嗝，指著止聾，「欸，這個僧人是誰啊？他看上去臉色不太好，喝點*白酒*[13]當能扳回他的元氣。」凱先生說，扭開一個酒囊遞給和尚，被他有禮貌地拒絕了。

「謝謝，我不喝酒，那犯戒。」

凱先生自己喝了一大口。

「好吧，那就讓我多喝一些。哈！真是好酒！這個東西能使人感覺像個真正的男子漢。隨你的便吧，和尚。如果我像你這樣生活，我可能早就撐不下去了。我告訴你，沒有酒的生活簡直就是瘋狂。顯然，這是你永遠也體會不到的。」他大笑一聲，把酒囊推到止聾臉前。

「像個男人喝一點，來吧！我答應你，我不告訴別人。」

「爹爹，他不喝酒。別逼他了。」男孩說。凱先生氣勢洶洶地轉向他兒子。

「包大人在上，我的兒子可不能告訴我什麼對不對。閉上你的嘴好好看著該死的路，不然我就當著趙姑娘的面給你兩巴掌。打死你！」他口沫橫飛地說。他的兒子嗚咽了幾聲聽不清楚的話。酒鬼解下一頭公牛牽給喜鳳。

「這頭牛借給妳。到了市集妳再把我的牛還我得了。我和我那豆腐腦的兒子應該在老地方。」他轉向止聾，「還有和尚先生，拜託啦！在你發瘋之前，飲酒作樂一番吧！」他說。打著嗝，他大聲地對他兒子發號施令並趕車往前走。止聾有點兒同情那個年少的男孩。

「那個喝酒的先生真讓人招架不住。我希望他的兒子能受得了。」

「凱先生嗎？當他喝醉時，他確實難纏，但你要是在他清醒的時候遇到他，會發現他其實是個正直的好人。這樣的情況在一週中經常發生好幾次。」喜鳳說道。止聾點點頭，撣去身上的灰，幫喜鳳把牛套上他們的板車。他們繼續他們的旅程，向汴京城門前進。

汴京城的外環城牆雄偉壯觀，形成了一道實際上圍繞著整座城市的灰色障壁。當他們快到時，住在城牆外的乞丐、小販、孤兒、騙子便站起來去糾纏正要進城的一批批旅客，希望能得點兒賞賜或零錢。喜鳳對他們大多數人視若無睹，讓止聾懷疑她是否有憐憫心，直到一個特別的乞丐出現在他們的板車旁，開始向她嘮叨。

---

[13] 白酒：根據古法以高粱蒸餾出的酒，酒精含量高。

「嘿！漂亮的姑娘，我的一個表兄剛剛繼承了靠近遼國邊界的一塊地。妳聽好了嗎？好。但他的那個賊兄弟篡改了我叔父的遺囑，帶著遺產一走了之。好一個寄生蟲！你知道，我家一向結交能幫得上忙的顯貴，但我需要錢去……」

喜鳳望著前面，毫不理會。這個寒酸的騙子住了口，又重頭開始，像一個上了發條的玩偶。

「好吧，我就不再繞圈子了。我需要一百文錢讓自己重新站起來。像妳這樣的姑娘一定很清楚，在這個時代，物價是多麼的昂貴，對吧？妳頭上那根髮釵看起來像是翠玉做的，如果妳能借給我，我將不勝感激。」

止聾斜過身去，躬身說：

「先生，你為什麼不到少林寺去當和尚？我們提供食宿、啟迪教化，而且如果你的體魄足夠強健，還有功夫訓練。」

騙子朝地上吐口水。

「你們這些和尚簡直跟蒙古及宋王朝一樣腐敗！你們全都是吸血蟲！你有沒有想過我為什麼會淪落成這樣？我詛咒你及你的廟宇都下地獄去！」他尖叫起來。止聾很驚訝，在此之前與其他和尚一同來到汴京的多次旅行中，從未遇到過有人嫌惡他們，直到現在。騙子扯緊他污穢的破衣、抹去嘴角的涎沫，緩緩走開，罵聲不絕。喜鳳對和尚笑笑，拍著他的手腕。

「別在意，他對每個人都這樣。我老是看到他，每次都編一個不同的故事。」

止聾點點頭，望著那個還在冷冷地瞪著他們的騙子。

「我想我還不太習慣跟城市裡的人打交道。這是我第一次來這兒沒一大群和尚作伴，那時候我們通常由另一個專給賓客通行的門進城。我真心希望那個人能夠找到他的平安。」

喜鳳正要答話時，一群孩子突然從止聾坐的車子那側出現，死命扯他的袍子。

「錢！請給一點錢！先生！我們沒地方住！」他們訴著苦。

「哇！多麼慘！」和尚喊，沒注意到喜鳳正搖著頭。他伸手進腰帶中掏出一把零錢向他們撒去。孩童們爭先恐後地去搶錢，退去後，卻又回來，這次要得更兇。

「你只要別理他們；在我們到達城門前，他們是不會停的。」喜鳳說。止聾又受傷又迷惑。做為一個佛教僧人，他怎能如此殘忍沒心肝？再怎麼說，他們都只是孩子。不過剩下來的路，止聾全程面朝裡坐，不再理會他們，他們也逐漸散去。

「止聾和尚。城市人跟寺裡的人，甚或鄉下人是不一樣的。他們不老實、鬼鬼祟祟又沒禮貌。你得精明一點，別讓他們占便宜。」喜鳳溫婉地說。

「妳說的沒錯，趙姑娘。但當我看到這些小孩，不禁讓我想起我的童年。我雖然從來沒見過我的父母，但我還算幸運有少林寺。我想他們應該更慘。」和尚說。喜鳳指著的那些孩子現在沿著牆垣排成一列，被迫交出他們的零錢給一個衣衫襤褸、無疑的是他們老大的老乞丐。前頭，交通一下子集中進一個寬大的大門。一隊由漢族及車臣裔人組成的守衛把守著城門。他們在文件上蓋上蒙古朝廷關防、驅散乞丐、並檢查大件貨物中是否夾帶違禁品或可疑人物。當止聾他們快靠近城門口時，止聾聽到一個刺耳的呻吟，聽起來像是醉漢的爛醉聲混著伸懶腰的哈欠聲。

「喂？阿彌陀佛，嘿！嘿！」

以為是另一個乞丐，年輕和尚轉身避開那聲音，然後感到一個石頭丟到板車附近。他轉頭面對這個生事的人。在一個用楓樹樹枝草草搭就的棚子下，一個躺著的人倚在一邊手肘上，一手招呼止聾上前。和尚費力地瞧。

「對，就是你，和尚。」這個人說，「我知道你聽到我了。你有責任要幫助我。相信我，要不了幾分鐘。可以嗎？」

喜鳳還來不及把和尚拉回來，止聾已經跳下板車，謹慎地朝這個模糊的身影走去，並在棚子前數步停了下來。從這個距離，止聾看到一隻布滿污垢和瘡疤的手伸出來。

「東方藥師佛在上，你怎麼病得那麼厲害？」和尚問道。

「我不能動，所以我需要你幫我去城裡拿點藥。你知道嗎？我就住在那兒，但這些混蛋守衛不讓我進去，他們擔心我會把病傳給全城的人。」這個人說，大拇指比了一下那些守衛。止聾試圖仔細看清這人的臉龐，但一名手持長矛的城門守衛開始向他們走來。

「和尚，別聽他的。這個人渣在說謊。他肯定是想讓你幫他幹些見不得人的勾當。相信我，他寧可在你背後捅你一刀，也不會吐出半點真話來。」守衛說道。躺著的人臉色似乎一沉，骯髒又發汗的眉毛皺了一下。

「和尚先生，這些可惡的守衛什麼都不做，只會把像我這樣的病人與街頭乞丐歸為一類。我沒問你要錢嘛！我有嗎？我只需要這幾味藥材醫病。」這人說罷，丟了一個髒紙卷兒到止聾腳邊。守衛將矛對準病人的喉嚨。

「住口，你這個生病的渣滓。至於你，和尚，快走吧！」

但止聾並沒走開，反而拿出一方粗布帕，緊緊地把這個紙卷包起來，塞進他的腰帶中。守衛難以置信地皺起眉頭。

「你該不會照他所說的做吧？他可能是由哪個不幸的傻瓜那兒偷到那個紙卷的。」

「我知道，守衛先生。但若這紙卷真的是偷來的，現在看來他似乎也不打算要回它了。這個可憐的人確實急需吃藥。」止聾說，於心不忍。守衛嘆一口氣：鄉巴佬，沒大腦。

「好，隨你高興，可別說我沒警告你。如果你打算付錢，我幹嘛多嘴。」他邊發著牢騷邊拖著沉重的腳步回去崗哨。

生病的人用一隻手把自己撐起來，向止聾行了一個佛教禮，說：

「你是一個好人，和尚，現在這種人太少了，你是其中之一。哎呀，這個腐爛的城市！讓我告訴你，最惡劣的就是城裡的人。你現在幫我這個忙，就是救了一條命。」

止聾躬身行禮並走回喜鳳的板車，那兒，輪到她的貨物正被幾個守衛盤檢。

「止聾和尚，那個老乞丐說了什麼？」她問。止聾點點頭。

「趙姑娘，他非常不幸，所以我答應幫他買點兒藥。」

「那很好，止聾和尚，但你還是得提高警覺，也有可能他的病讓他發了瘋。」她加了一句。止聾沒有異議。

「趙姑娘，妳這麼說出自妳的經驗。但是，就只此一次，我希望通過幫助這個人驗證助人的美德。這是我們宗教的要求。即便如此，我還是不希望別人當我是個傻子，所以我就幫他這一次。不管結果如何，是好或壞，就當上了一堂課。」止聾眨著眼。喜鳳感覺到他笑容中散發出的溫暖。

「如此心腸可不多見，止聾和尚。如果你發現他是一個騙子，你會怎樣？」

「如果真是那樣，我想，我將承認我的錯，並且知道那個教訓得來不易，而原諒永遠是一件神聖的事情。」

當他們的身份證明被查核後，喜鳳與止聾走過城門，進入了令人目眩神迷的汴京城。第一次進城的人一定會驚訝地發現，原來外環的城牆只是三環城牆的第一環。每一環城牆都提供著充分抵禦外侮的功能。一旦置身城內，人們便看得到一條超大的人工運河，擁有多層閘壩分段調節水位，以便利船隻進出。這條設計得錯綜複雜的運河，連接四條主要渠道的匯流處，每條渠道再各自向不同方向流出。其中有一條特別的河道曾經直流過山東，併入大運河，北宋時代利用它將貨運由大都（北京）運到臨安（杭州）。可惜，南中國那一段運河毀於北宋靖康二年，汴京的運河就只能繼續在北中國運貨，而南宋的城市則利用海港為他們貪婪的經濟加油。

「這個城市的改變從來沒停過。上次我來時，走的是另一個門，由回族守衛站崗，而且那附近還有一個麵攤。」止聾說，喜鳳也表示同意。

「啊哈，你指的是*汴京城門老黃麵*。老黃搬到城裡去了，因為地方官希望城門口看起來莊嚴些，想不到反而讓乞丐與流浪漢占據了他們的地方。」

止聾對這種啼笑皆非的情況只能點點頭。他把話題轉到更健康的方向。

「不過，我真等不及要與彬杰師弟會面。我敢打賭，他也迫不及待地想再見到我。趙姑娘，你真該嚐一嚐他煮的菜。如果我能說服他給些點心，那妳今天工作完了，我會帶一頓好吃的給妳。」

她笑起來。

「我會很高興的，止聾和尚。如果你帶點心來，我就請你喝茶吧。」她笑著說。他們到了市集區，喜鳳馬上走進一條圍起來的街道，像是給小本生意做買賣的後門。她和止聾兩人一起小心地把騾子小花抬下了車。凱先生早已到了那兒，正在照看他自己的攤子。老酒鬼往後瞥一眼，注意到了止聾與喜鳳。

「你們到了啊！可見我的牛還真派上了用場。」他心情非常好地說。止聾和喜鳳再次向他道謝，他回以一個微笑。止聾簡直不敢相信，此人與半小時前威脅要打死自己兒子的，竟是同一人。凱先生現在不再喝酒囊的白酒，雖然他時不時由一個水瓶小口啜著不知什麼飲料。止聾判斷該可以跟凱先生說話了，便拿出那張病乞丐的紙卷。

「對不起，凱先生，你知道到哪兒去找這些藥草嗎？」

喜鳳與凱先生仔細地唸那個紙卷。

「藥？嗯，試試神農路上的醫生吧！」凱先生建議。

「好主意，神農路是這個城市的杏林區。那邊總有一、兩名醫生能幫你的忙。」喜鳳說。接過一張草草劃的地圖，止聾謝過他們兩人，與他們道別後，就去找*如食如來*素菜餐館。中藥得先暫緩，畢竟他答應過，他一到就得讓彬杰最先知道。

止聾慢慢地走，看到路上有許多各種不同的動物拉著的板車、馬車，人拉的人力車也穿梭其中；茶館滿是聊天的人；小販及流動商賈在街上擺攤。還有各種商業活動與公家設施，包括書店和錢莊；戲班子、吹鼓手；說書及雜耍，孩童由私塾下學，情侶在花園閒逛等等。這是一個多元族群的城市，是由若干亞裔族群組成的大都會。大多數是漢人和歸化了的車臣人，另外尚有蒙古人、契丹人、波斯人、藏族、回族、維吾爾族甚至還有一小撮猶太人。止聾的光頭和他的佛珠，讓人一眼就認得他是一個和尚，而且還是個外地人。在眾人中，比起如海一般多的撲克臉孔，止聾的表情份外愉悅。他無意地望向蔚藍的天空，記起不久前與龍的奇遇。那隻龍有少林寺那麼大，但此城肯定有少林寺的二十倍，又總是生氣勃勃的。它是如此的瞬息萬變，即使有一隻龍真的飛過去，恐怕也不會有任何人注意到。這，對和尚來說，該是多大的損失。他讓自己沉浸在城市的感覺中，轉了一個彎。

嘈雜聲消失了。這條街道份外的安靜。

止聾再也感覺不到他周圍人來人往的數百雙腳步；這條街荒蕪得彷彿無人居住。路旁一張被丟棄的桌子底下，一隻波斯貓瞅著他，喵喵叫著，然後爬出來，顛著腳尖，保持一段距離地圍著止聾繞圈。貓兒又瞄了止聾一眼後，一跳就窩到一個女人的臂彎。

「喂，和尚。你在找什麼嗎？」她發著嗲。止聾才意識到原來是這個女人而不是貓在說話。

「我沒事，夫人，我在找*如食如來*餐館。」

女人臉色一沉，狀甚失望。

「那個素食餐館嗎？你還得再走上三條街。還有，別稱我夫人。」

「多謝。」止聾躬身致謝。他四下一望，好多濃妝豔抹、敞胸露懷的女人。有的只穿絲綢內衣、有的渾身裹一件單袍，擺出極盡挑逗的姿態。一股廉價的香水味，像那兒的天氣般，膩得讓人心煩。

「那麼快就要走？你不要耍一下？」女人逗他。她比著其他的女人，「選一個，我們可是河南最好的。」

止聾覺得相當難為情。他從沒走進過距離一間妓館一百米範圍內，更別說與一名老鴇說話。

「我得走了。」

女人瞄到止聾腰帶露出的一角紙鈔。

「我知道你想要。和尚是最好的客人……充滿被壓抑的精力……」她說，來抓止聾的手，被止聾甩開。

「我是個和尚，而且我不要。對不起，我真的該……」

止聾左邊的一扇門砰地一聲打開，走出來一個大腹便便、穿著黑色漢服的男人。他像帶著戰利品似的，後面跟著一個妓女。那個女人以甜蜜蜜、高八度的聲音，向那個男人道別，且目送他離去。等他一走出視線，女人的臉立刻垮了下來，反身回到屋內，結束了這一場虛情假意。但另一件事更吸引了和尚的目光──往上一層樓，一面牆上的窗子被推開了，露出一個年輕人的身影，正爬上窗框並跳向隔壁的建築。他落腳到屋頂，駕輕就熟地在樓臺上滑行；一眨眼，他已跑到最遠的欄杆，並躡手躡腳地再竄上另一個建築。他始終小心地在陰影中行動，前後不過片刻。但在那個人爬出窗子時，止聾已經清楚地看到這個逃竄者的臉孔，儘管只有一剎那。

是彬杰──雖然他似乎沒注意到這個比他年長的和尚的目光。

止聾回顧方才彬杰爬出的那個窗口，看到一個穿著白袍的倩影一閃，正輕拂她如緞子般順直的黑髮。雖然有點兒模糊，但女子好像感覺到止聾的凝視，因而慌忙抽身，關上窗戶、拉緊窗簾。老鴇注意到了和尚關注的表情，說：

「看來你發現了我們的*西施* [14]。她可是個珍寶。新客戶除非備妥大把銀票，否則休想一親芳澤，而且你還得提早兩個星期預約。」

止聾謝絕了。

「我已經說過不要。抱歉，我得走了。日安。阿彌陀佛。」他說完調頭就走。老鴇把她的手握成一個拳頭，厭惡地對著走遠的和尚抖動。

---

[14] 西施：中國古代四大美女之一。

「滾吧！男人都是一群偽君子。尤其是和尚！雖然你們虔誠到令人作嘔，但其實你們一無是處，不過就是一群*花和尚* 15 罷了。什麼頓悟，屁！」

止聾沒有回嘴。

*如食如來*餐館跟止聾想像的一模一樣。一條紅綠色的橫幅掛在雙排門板的大門上，門口站著一位捧著一疊菜單的女尼。餐館內佈置得富麗堂皇，擺滿了雕工優雅的桌子，牆壁上是整排的香草與香燭。即使已是下午三點時候，餐館還坐了半滿，令人咂舌，那麼午餐及晚餐的翻桌率將更可觀。一名佛教侍者看到止聾進門立刻行禮。

「阿彌陀佛。」

「阿彌陀佛，朋友。我從少林寺來，是彬杰和尚的朋友。」止聾說。

「學徒彬杰嗎？我去看一下。」侍者回答後便立刻消失了。哇！中國頂尖素菜廚師的學徒。止聾不禁為他的同門師弟感到驕傲。不一會兒，彬杰就出現在用餐的地方，在一條大圍裙上擦著手。

「止聾師兄。」師弟笑得露出了牙。

「彬杰！你好嗎？」止聾說，上去擁抱這個少年人，「哇！哇！你的圍裙超大的。」

「閉嘴。」彬杰說，「我還在跟波丹老師學習呢。竹哥、風耳在哪？」

「沒辦法，他們不准跟來。方丈只允許來一個人探望你。彬杰師弟，分開了幾個月，能再看到你真好。你的臉頰看來健康多了。喜鳳一定也想見你，她到這兒來趕每月一次的市集。」

彬杰盯著止聾看。

「你們一起來的？跟喜鳳姐姐？」

止聾點點頭。

「你和姊姊過從太密了些。我希望你記得是誰先釣到她的，師兄。」彬杰說。止聾差點摔倒。

---

15 花和尚：形容經常不守清規、性交、飲酒，墮落的和尚或假和尚。

「我們只是好朋友，彬杰。畢竟我是一個和尚。肉體的歡愉是虛空又無益的，如同我們的誡律所言。」止聾答，感覺他的眼皮怪怪地抽了一下。他內心知道，這通常意味著他沒說實話。

彬杰笑了，找了一張最近的桌子坐下來，叫止聾也這樣。

「嗯，止聾師兄，我說哦，我由風耳及竹哥那聽來的倒勾勒出另外一個不同的故事。他們認為喜鳳姊姊和你彼此對上了眼。」

止聾感覺一股寒流滲入了他的頭。

「我們沒有。她只是……一位好朋友，沒別的。我的心都放在寺院上。」止聾說，但他的心說的根本不是那樣。彬杰繼續聊著城市的生活。

「城市佬是一群懶骨頭，要他們多走兩條街都會抱怨。我還以為到這兒來一定會很苦，現在反倒我是最賣力工作的人。顧客們霸著桌子聊天或看書，一坐好幾個時辰。真是悠哉遊哉！而我們呢，被累得像牲口一樣，直到太陽下山。」

止聾點頭同意。

「而且他們又很無禮。」彬杰停了一下，「所以我也不太搭理他們了。」

「我也注意到了。」止聾答，「是的，他們有時講話有點兒直率。突然間君寶師兄的尖酸相比起來顯得遜色多了。但我還是請你要以慈悲心看待這些城裡人，彬杰，別與他們一般見識。」

彬杰啜著茶。

「寺裡怎麼樣？有什麼新鮮事？你有再看見過龍嗎？」

「寺裡還好。再也沒有龍出沒。園遊會後也沒什麼新鮮事。君寶被差到嵩岳寺幹粗活。羅大師父到我們在南方的福州分院休假去了。他們兩人馬上就會回來，雖然我一點都不懷念羅湖。」

彬杰靠攏過來。

「止聾師兄，那些跟你過招的、穿古銅色袍子的奇怪和尚們後來怎樣？」

師兄抱著手臂，不敢抬眼。

「我問了每個師父。」

「然後呢？」

「他們要我別再追究了。」止聾聳聳肩，「他們說那不關我的事。讓我吃驚的是，連德敬都叫我暫時忘掉。我的意思是，我本以為在少林寺裡，我們之間是沒有秘密的。」

「師兄，其實每個人都有祕密。」彬杰喃喃地說。止聾點點頭，可心裡想知道為什麼在他們見面之前，彬杰會到一間當地的妓院去。他琢磨著這個問題究竟該不該問。*彬杰師弟，方才不久前你在哪？*開門見山地問似乎有點兒不妥，但沒別的措辭可以不傷害到彬杰的尊嚴。少年人繼續喝茶，一邊把綁在頭上的頭巾解下來。

「師弟，我能問你一件事嗎？」止聾問道。

「問啊。」彬杰答。

「你在哪……」止聾猶豫了一下，「我的意思是說，閒暇時你都幹什麼來著？」

「我要嘛待在餐館，要嘛去附近的一間佛寺。這兒的人對功夫不那麼著迷。波丹廚師說我如果想賺外快，我該去街頭賣個藝。但你是知道的，我不是那種會表演的人，再說，我已經好幾週沒練拳了。」他喃喃地說。

「那麼，我來這兒就是要來磨亮你的拳頭。」止聾說，「你可有時間？」

「在第一批晚餐的客人湧入前，大約有近一個時辰。」彬杰說，脫下圍裙。止聾微微笑。兩個和尚相對一鞠躬立刻開始比劃，起先慢條斯理，但速度愈來愈快，直到兩人全力施為。男女侍應生立刻圍成一個圈，一些客人也如此，他們一邊唏哩呼嚕地吃麵，一邊看。

「打得好，師弟！」止聾喊著，「你左臂的打擊力增強了，是因為你幾個時辰不停地甩熱鍋嗎？」

「試試兩週不停的揉麵、拉麵吧。」彬杰說，「我發誓，如果再讓我看到一個包子，我就要把菜刀向前門扔出去。」

「好，你這個包子白癡，我現在要踢腿嘍。」止聾說，好玩地又加了幾腿。年輕一點的和尚往後跳，撞到他身後一張桌子，桌上的筷子撒了一地，旁觀者大聲叫好。他們兩人扯在一起，止聾往旁扭腰，把彬杰摔到一張椅子上，將椅子及彬杰推得向後滑了數尺，快到門口才止住。

「好玩嗎？」一個粗啞的聲音問。

彬杰抬眼瞧，發現自己與提著一小桶花生油的波丹四目相對。即便是坐著，少年和尚幾乎與這位毫不起眼、看起來對武術一點兒也不欣賞的矮廚師一般高。彬杰站起來，非常尷尬。

「是，主廚。不，我的意思是，波大廚！」他口吃了。波丹頂著一個如甕般的肚腩，疲倦地揉著眼，眉頭一皺。

「了不起。我離開不過半小時，你就有本事把這兒弄成這樣。還有你，娃娃臉！」他把眼光轉向止聾，尖聲喊，「你打破了就得賠，知道嗎？」

「對不起，波丹大廚師，我興奮得有點兒過了頭。師弟和我好久沒比劃了。」止聾低頭道歉。波丹給了他一個你若再搗亂，我定讓你好看的表情，一邊把那桶油塞給彬杰。此時看熱鬧的客人也乖乖地捧著碗回到他們的桌子。波丹敲著彬杰的肩膀。

「回去工作，彬杰，而且送你的朋友走。」他吼著。彬杰道個歉，衝進廚房，只不過又跑回來，提了一個用繩子綁起來的陶甕。

「師兄，這兒有些五香燒餅，是此地的名產，非常好吃。德敬師父一直想嚐一嚐本地的美食，就請把這個帶給他吧！」

「你既慷慨又有心，師弟。沒問題，我會帶回去。」止聾說。波丹皺著眉頭，擋在兩名和尚中間，踮起腳想看起來更高大些。他伸長脖子，盡量逼近止聾的臉。

「食物不是免費的，娃娃臉。付錢！」

「我來付。」彬杰說，「波丹大廚，由我的薪資中扣。」波丹點點頭。

「哼。快把這兒清乾淨，客人馬上就要來了。這兒亂得不成樣子！」他打了一個嗝，擠過眾人，消失在廚房裡。止聾拍著彬杰的肩，另一手抱著綁好的陶甕。

「謝謝你，彬杰師弟。如果你能早點兒回去寺裡我一定非常高興，因為我們就能再聚在一起，但我覺得你做這個工作似乎更快樂。」

「應該道謝的是我，止聾師兄。阿彌陀佛。」彬杰躬身說。

「等一下。」止聾說，「你知道去神農路怎麼走？」

彬杰不解地抬起一邊眉毛，問：

「這兒的杏林區嗎？只要沿著這條路過第一個十字路口，你為什麼要去那兒？你病了嗎？師兄。」

止聾搖搖頭。

「我要找這幾味藥。我認識的一個人病了。你有更好的主意嗎？師弟。」他問道。

彬杰仔細研究止聾拿著的紙卷。

「我們有薑與枸杞，但恐怕波丹廚師現在沒心情布施。其他的藥材你只能到藥房去買。對不起，師兄。」

止聾站在一大群人前面。那些人把他們匆匆準備的藥單在空中揮舞，拼命往前擠。情況是如此混亂，他們喊破了嗓子，只為了得到最快的服務。手中捏著病乞丐給他的紙卷，止聾簡直不知道他該如何引起藥房工作人員的注意。

根據彬杰的指示再參照凱先生鬼劃符的地圖，讓止聾找到了神農路。沒人會漏掉它的；由第一家醫館映入眼前的兩條街轉角，顧客已經由那兒排了一條蜿蜒的人龍。一名巡捕勸和尚明天請早，但被止聾婉拒，因為寺裡命他午夜之前一定得趕回去；而且，他也希望能等到喜鳳收攤後，兩人一起走回少林寺。巡捕更提醒他，排隊人最少的，表示這家醫館不被人看好；最後，他還被告知要比預期的費用再多備點錢，因為價錢可能沒來由的一飛沖天。雖然止聾只想找間藥房買藥，但彬杰的確曾告訴他有些醫館也兼賣中藥；像這樣的醫館，有兩家可別去：第一家，令人啼笑皆非的，居然是汴京最好的大夫。

莊泰義是一名頂尖的大夫，常常忙得分身乏術，病患又非他不可，所以三餐飯都得有勞他的助手們在他工作時一邊餵他吃。他卓越的醫術使每一次看診所費不貲，而且他根本不看急診，連他醫館附屬的藥房也得先預約。

另外一個必須迴避的，其大夫與莊大夫恰恰相反。

不管誰是周醫館的館長，他就是一個騙子兼逃兵。在所有的醫館中，沒人像周大夫那般受人鄙視，因大夫本人實在惡劣到極點。據他附近的商家說，周大夫要求離譜的診金卻給病人最馬虎的治療，常無故缺席卻不先行通知病患，也不另外預約時間。更何況，他罔顧病人的權益並耽誤病患回診，

導致最近的關門大吉。周大夫的醫館現在是個塵埃堆積的地方，藥櫃空無一物、屋內掛著一縷縷汴京最長的蜘蛛網。

剔除了上述的兩個地方，止聾在神農路上徘徊，問詢他碰到的每一間醫館。

但每一間醫館及藥房都拒絕了這個和尚，因為他沒有大夫開的處方，故而他們指點止聾到*天地藥房*試試。*天地藥房*是一間獨立作業的藥房，它之所以獨一無二，乃因它賣傳統中藥給任何人，不論成份或有無大夫處方。但有一點：這個地方要價昂貴且不負任何責任。

換句話說，這是一個樂意非法提供藥物的地方，只要付得起錢。

所以止聾現在就站在*天地*門外，看到一群群本地患者爭先恐後地擠，只有他躊躇不前。他總不能跟那些人一樣粗魯，畢竟他是一個和尚，在這種雞毛蒜皮的小事上應有超然的風度。不僅如此，他那少林寺訓練的手只要輕輕一推，其效果怕不是普通外行人此舉所能相提並論。但他愈望著他前面推擠的人潮，愈覺得推擠可能是唯一買得到藥的方法。但是，真的嗎？他腦中突然靈光一閃，所以他不但不往人海中擠，反而沿著街邊行走，直到看到一個空的大木桶。他跳上桶沿，腳點著墻，搆著了上面陽臺的欄杆。

潘光霖急忙跑回他櫃檯的崗位，準備接待下一位客人，離他服務完上一位客人不過片刻。他幫汴京市民抓藥抓了不止十五年，經驗老到，練就了一雙像閃電般快的手指頭，把變魔術的人都比了下去。忙的時候，不要半分鐘他便能精準地抓好任何處方。令人佩服的是，他知道店內幾百個藥櫃裝什麼藥，並能立即道出它們的療效；更令人咋舌的是，他處理中國傳統中藥的手法，已經滲入到他的骨子裡，只要用他的手指尖，他便能分辨出幾百種藥草。他的經驗也使他得以當場主動提供若干疾病的診斷，即使他不是大夫。潘光霖以不需大夫的處方為傲，對那些沒辦法等到大夫看診拿不到藥方的病患，他總以自己為醫界的俠醫自詡。正因為以上種種原因，在他那個小得像老鼠洞般的事業體前，總是排滿了幾百個面帶病容的人。隨著歲月如梭，只使得他變得愈來愈躊躇滿志，因為那意味著生意興隆、財源滾滾。即便如此，潘光霖還是認真地對時疫採取防範措施，比如自己時不時吃點兒預防藥。當他迅速掃描那些在他前面的面孔時，他心中已經有了底，哪個人得什麼病該吃什麼藥。可從來沒有他沒看過的病——發燒、皮膚病、腸胃炎、疼痛、骨折、刀傷——他立刻便能藥到病除。一位中年男人像是為痛風所苦，一袋甘草粉、桂皮和石膏沒什麼解決不了。另一名

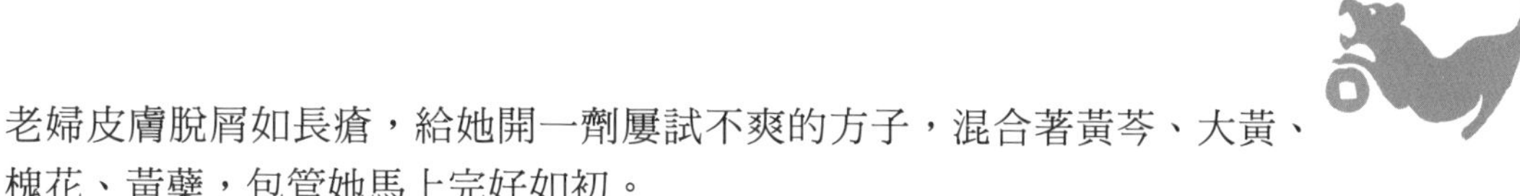

老婦皮膚脫屑如長瘡，給她開一劑屢試不爽的方子，混合著黃芩、大黃、槐花、黃蘗，包管她馬上完好如初。

下一個，一個上下顛倒的光頭。

上下顛倒的光頭？

「對不起，我要買些藥。」止聾說，由屋簷探下他的頭。在他整個的職業生涯中，潘光霖恰如其他在場的所有人，必須認真地再看一眼。

「怎麼？我是說，我能幫你什麼忙？」錯愕的藥師問。止聾遞給他那個紙卷，引來周遭群眾皺眉頭。和尚翻下屋頂、站到地面上，擠進兩名惱火的顧客中間的小空間。

「這張藥方很有趣。」潘光霖喃喃自語，「你等一會兒，和尚。」他瞬間移動到藥櫃前。有人拍一下止聾的頭。

「喂，年輕的和尚，大家都在排隊的。」止聾背後的女人說，搖著手指。

「對不起，夫人。我一直想找個可以不推人的排隊法，而且說句公道話，我看到妳把擋路的五個人推開。所以請你原諒我自私的幾分鐘。我的藥應該馬上就好。」止聾躬身說。被人以一種謙遜的態度揭發，讓老女人啞口無言。和尚放心地吐一口氣，知道在他習慣這個城市之前，還有好多得學。與此同時，潘光霖站在藥櫃前，像猴子摘樹上的桃子那般，靈活地在許多藥盤間飛快地移動，雙手左右開弓，或摘或剪或撕那些藥材。看到他如此滿場飛奔，讓止聾覺得他的動作與在少林寺廚房瘋狂烹飪的彬杰相似。

不一會兒，潘光霖回到結帳櫃檯，拖著一大袋藥，粗魯地丟在止聾前面。

「來了——黃耆、升麻、陳皮……都在這兒。」他啪地一聲放下藥單。

「謝謝你，多少錢？」止聾問，由腰帶中拿出一疊鈔票和銅板。潘光霖把藥材放在秤上，移動著秤錘，接著把算盤打得噼啪響。

「一共七十九文。」

止聾好似一下子墜入了絕望的深淵。簡直是天文數字。

「我沒聽清楚，一——九？」

「不，是七十九。只收銀兩，不准換、不能退。」

止聾想吐，他身上只有七十文，還是寺裡資助他為特殊情況而用，如暴風雨必須待在一間客棧，或是得看個大夫等等。他又難為情又失望。

「但我只有七十文。」他說。潘光霖立刻把藥包拿走。

「抱歉！沒錢沒藥。我有四張嘴要餵。」

「拜託，我要幫助一個病人。我能請你給我打個折嗎？」止聾求他。藥師搖搖頭，嫌煩地示意和尚離開。

「打折？現在那麼不景氣，年輕人。我現在給你打折，明天就該我倒閉。你會害死我，絕對會。下一位！請。」潘光霖說，愈來愈惱。

和尚躬身說：

「我明白，抱歉打擾了你。」他轉身就要走。但就在他剛一轉身時，由後面冒出一張熟悉的臉。

她伸手越過和尚，遞給藥劑師一小札錢。

「這裡有九文，一共是七十九文。現在你能給這個人他的藥嗎？」

潘光霖數了一下鈔票，高興地把藥包又放回止聾手中。

「你是有好朋友的，和尚。順帶一提的是，這個藥方中主要的幾味藥是醫治重傷寒的。不管你買這些是要給誰，我是會跟他保持距離的。」他加了一句。止聾謝了他後，轉身答謝站在他面前慷慨的婦人。

她就是僅僅幾小時前，他偶而撞見的妓院老鴇。

「妳真太體貼人了。」他說。她沒理會和尚，她的心已然後悔，但她的表情不願承認。

「別提了。」她說，「反正我是來幫我那些姑娘買藥的。在此碰見你實屬意外。」

「好。但我能問妳為何要幫我嗎？」止聾問。這位女士裹緊她的外衣又忙著撥頭髮。

「我要為我早先的態度道歉。」她脫口而出。和尚微笑起來。

「我並不在意。夫人，謝謝你。」他答道，但她搖搖頭。

「我不常那樣罵人。何況，你誤入了風月小巷也不是你的錯。那時我正在拉客。做為我那行業的老鴇，說服客人進門是我的職責，不然我們都要喝稀粥了。希望這個讓我們扯平吧！」

止聾從沒料到一位性工作者會因嘲笑一名和尚而道歉，更沒料到她會幫一名和尚的忙。汴京可真是一個名符其實不按理出牌的城市。

「妳的誠意感動了我。夫人貴姓？」

她咬著唇。

「我的姓名不足掛齒。但我的朋友都叫我牡丹姐。」

和尚向她敬禮。

「阿彌陀佛，牡丹姐，我是釋止聾，是河南北少林寺的資深武僧。妳的樂善好施必令佛陀欣喜。」和尚說。牡丹姐笑起來，眼中的疲勞一掃而空。

「好，那麼為什麼一個少林寺的和尚要花這種天價買藥？是你哪一個同門病了？」

「藥是為一個陌生人買的。是我在城門口遇到的人。他生了某種病起不了床，而且病弱到不准進城。」

「我懂了。想當然耳他也把藥錢給你嘍？」她問。和尚默不作聲。

「他一定是騙你的。那群住在城門口的乞丐不值得信任。對不起，但我建議你把藥退回去把錢拿回來。」牡丹姐解釋，盡可能地表示同理心。

「我也曾聽過相同的話，牡丹姐，不管如何，他確實生病了，需要治療。說實話，我從沒想過妳會回來幫我付這個藥錢，但妳卻如此做了。現在該這個可憐的病人在他悲慘的人生裡，起碼有這麼一天，感受到同樣的善意。」止聾說。女人點點頭，望著風月小巷的方向。

「你真是好心。雖然我想你不喜歡聽，但往後如果你路過我的妓館，我一定找館內最漂亮的姑娘陪你，而且讓你打折。」她說。止聾微笑起來。

「我要再一次謝謝妳，我無意冒犯，但我必須拒絕。它與我的原則背道而馳。更何況在黃昏以前，我必須護送一位朋友回*她*的家。但也許我們可以成為朋友？」他說。

牡丹姐好奇地盯著和尚：

「護送……*她*？誰？好的女朋友嗎？」

「只是一個好朋友。她在城裡的市集賣蔬果，也賣到少林寺去。」

「哦……那真的是一位女子。」牡丹姐說，「我敢打賭她一定容貌出眾。你可曾想要擁抱她？或摸她的手？」面紅耳赤的和尚口乾舌燥，語無倫次，使得牡丹姐硬生生地把一個大笑嚥回去。她用手抵著她的面頰。

「親愛的和尚，你已經意亂情迷了。生病的乞丐有藥醫，但我還不知道什麼藥可以醫治和尚的相思病。」

「我？不，不，你聽我說，妳誤會了。」止聾堅決聲明，但她已打算離開。

「止聾和尚，我希望你的決定是正確的。很久以前我曾做過錯誤的選擇，結果付出慘痛的代價。如果你想找人聊聊，儘管到我的妓院來。」

「謝謝。我不會忘記妳的慷慨。如果你有意學習禪修或拳法，也歡迎來我們寺院逛逛。阿彌陀佛，牡丹姐。」和尚說。

她帶著淡淡的笑，走了。

第 10 章

信心與財力，美德或愚蠢

小花耐心地側身躺著，凱先生家的愛犬曹操毫不擔心地蜷在它腳邊。這是一幅名符其實的獅子與羊共處圖；騾子一向容忍不了狗，但此刻，牠們倆卻十分融洽。喜鳳由水桶中舀了些水到一個容器，把它放到兩隻動物面前，而凱先生盤腿坐在角落，正調著一碗褐色、飄著藥味、黏糊糊的東西。

「我希望這個對騾子跟對人一樣有效。」他嘀咕著，拚命地磨。喜鳳點點頭。小母騾小花緊張地抖著耳朵，像是感覺到即將發生什麼事。在一天快結束、賣完所有的貨後，喜鳳幫凱先生與他的兒子賣衣服，為她跛腳的騾子換得一個免費——但——非傳統的治療。凱先生知道喜鳳是一個何等勤勞的人，故也樂意助她一臂之力。他常常掛在嘴邊叨唸的是：*為了我今生的罪孽，包青天大人一定迫不及待地要我來世投胎成一頭騾子*。雖然他大部分的朋友認為，如果真是如此，他倒極可能輪迴成一條條蟲。

還好，老酒鬼一個月前才傷了肋骨，賸了一些乾了的鎮骨藥膏下來。儘管酒精才是元凶，他仍堅持他的傷是意外撞到桌角所致。他又和了一陣子藥，並迅速地由他腰上掛的葫蘆喝一口酒，還一邊咂嘴品酒。他用一根手指挖了一點兒藥糊出來，聞一下，皺起眉，於是倒一丁點酒到碗中，繼續攪拌。

「那個會有用嗎？凱先生。」喜鳳問。

「當然，枸杞酒既好喝又補。」凱先生說，拍胸膛保證。把自己由整天不離口的白酒換成水果酒已算向前邁進一步了，而且儘管他的酒癮，他仍然急於向每個人表現他還保持些許自制力。當然啦，起碼在晚餐前是這樣。他留戀地瞥一眼他馬車後的那一箱白酒，那些酒似乎都在向他擠眉弄眼。

「也許我們該等牠睡著再上藥？」喜鳳說，看著小花，「牠可能會亂動。」

「哦，牠沒問題的，牠該會相信我。」凱先生說，一邊咧著嘴笑，一邊聞著藥糊的味道。它聞起來像樹汁加上薄荷與辣椒。他聞著作嘔，遂又加了一點枸杞酒到藥糊中，嗯，好些了。對凱先生來說，酒不僅是飲料，它還是神賜的萬靈丹。他再搗了一下藥糊，舀一點起來，看著它慢慢地流下去。

「好了，現在如果小花讓我……」

小騾子低嘶又踢腿，讓這位中年男士大吃一驚，他可不知道騾子是會向側邊踢的。喜鳳嚇得跳起來，而小狗曹操倒一動不動，儘管牠主人的下巴差點兒被踢得掉下來。在一陣震驚的沉默後，凱先生吐出一口氣，放心地發現他的下巴還黏在臉上。他清一下喉嚨，把碗遞給喜鳳。

「這個。該由妳來做。」

喜鳳哄著，去碰小花骨裂的腳，反倒讓騾子把它縮回去並嘶嘶叫。她再次輕輕去抓，一邊撫摸著這隻動物。小狗曹操嗅一下她的手，站起來，讓年輕女子能挨得騾子近些。

「謝謝你，曹操。」喜鳳愛憐地說。小花小心翼翼地抬起她受傷的前肢，讓喜鳳有機會把抹了一坨藥糊的長布條裹在它受傷的部位。這隻動物噴著氣，縮著腿。不要幾分鐘，小花已被包紮妥當並抬上了喜鳳的馬車。

「總算好了。如果不麻煩的話，我能借用那頭牛，直到下個月嗎？」

凱先生把他的兩隻手插進他的腰帶*裡*。

「沒問題，但我現在口渴得緊。嗯，我可以喝下整個長江的水。我該怎麼辦呢？」他故作可憐地問。喜鳳笑起來，*我想不會，因為長江裡的是水不是酒*。

● — — — — — — ●

止聾撬開彬杰給他的甕，深深聞了一下，引起他腹中飢腸轆轆。自從早上離開少林寺後，他就未曾進食。現在他飢餓地在汴京街道閒逛，走過無數提供廉價小吃的街邊攤位。身無分文的他如同陷身戈壁沙漠般。在他的心中，他感覺得到君寶一定覺得不可思議，甚至可能會激他。*只吃一塊餅。你個死腦袋！你只吃一塊沒人會知道的*。但止聾太有紳士風度，沒法就動手吃。這些餅畢竟是要給他少林寺的伙伴的。

當他第二次走過*如食如來*時，年輕和尚繼續不把他的飢餓當回事。此時這間餐館已經生氣勃勃。事實上，整個汴京在上千盞燈籠的照明下，即使是晚上也人來人往。饕餮般的食客幾乎坐滿了每一間餐館，吃宴席般的大餐。在木頭筷子的交錯聲中，大口喝酒飲茶。從他站的制高處，止聾費力地望進彬杰餐館的廚房，看到見習武僧正努力地做出堆積如山的菜包。

止聾微微地笑，坐在一張長椅上小歇。他對喜鳳的感情與日俱增，使他不禁納悶它會不會變得跟他對少林寺的矢志不渝一般深，甚或更多。

不，我不能這麼想。

他希望能與那隻在少林寺上空盤旋的龍交換位置，能無拘無束無攔阻，能往上高飛，脫離傳統與常規的枷鎖。那該多自由啊，能過自己想過的日子。

當他到市集上喜鳳的攤子時，鄰近的攤子已收了一半，其他的還打算挑燈夜戰。她攤子的柱子上釘了一張條子，上面寫著：止聾和尚，凱先生與我在惠宗茶館，地址如下。那兒見。趙喜鳳。

● — — — — — — ●

凱先生壞脾氣地嚼著一塊豆餅，嘴唇邊還叨著一根牙籤，全然沒注意到它已經掉到他的鬍鬚裡。

「喝完它，凱先生。」喜鳳招呼他吃喝。即使正受人款待，凱先生卻不那麼領情。他以為喜鳳至少得點一杯淡酒，但她顯然覺得起碼這一次他可以別碰酒精。年輕女子向凱先生的兒子眨眨眼，他也同樣眨回來。

「當妳說要請我喝東西時，喜鳳，我沒想到妳會給我來這一招。你開始讓我想起我那以前的婆娘。包大人定會判決這該算詐欺。」他無精打采地說。喜鳳喝了一口自己的梨子汁。

「原諒我，凱先生，但我顧慮到你可憐的肝。」她說，清描淡寫地暗示她的擔憂。老人抓抓他的頭髮，一口氣喝下他的茉莉花茶，皺眉蹙額地，像小孩被逼著吞一碗苦瓜。放下他的杯子，當年輕女子再將它斟滿時，他賭氣地別過身。

「沒有酒，從綠茶到豆漿，任何飲料味道都一樣。」

喜鳳決定換個好話題，把酒鬼的注意力暫且由味道轉開。

「你以前有家庭時，也喝那麼多酒嗎？」

「我喝得比較少，我知道，聽起來令人難信。」他舉起一隻手鄭重其事地說，「喜鳳，我雖愛酒，但它還是排在我的家庭後面。」

凱先生定讓喜鳳出乎意料，因為正在喝茶的她頓了一下。

「嘿嘿！我知道妳認為我是一個酒鬼。拜託了，當我有婚姻時，我妻子每天都會叨唸一番。*我*也認為自己是個酒鬼，所以這是無庸置疑的。但重要的是，我不是一個獨居老人。我還是有一個家，家裡最主要的成員，就是這個做白日夢的兒子。喝酒只是助興。但獨居呢？在一天結束時，可沒人喜歡孤孤單單。」他的手撐著頭，「那妳怎樣，喜鳳，妳多大？有二十了吧！妳最近可曾碰到什麼帥哥？」

「不多，偶而我會跟我的顧客聊幾句，但從沒深交。」喜鳳拘謹地回答。

凱先生靠近來，問道：

「為什麼，喜鳳，聽起來像是妳對交男友沒興趣。啥！一個女子有妳這樣的容貌，太可惜，真太可惜了。妳在浪費妳的青春。」

「爹，這樣太傷人。她是我們的朋友。」他的兒子說，儘量表現得堅決又有自信。

凱先生一掌拍在桌子上，「嗳，我有問你嗎？你這個臭小子。坐下、閉嘴、喝你的茶，懂嗎？」他伸過手來，一把扯著孩子的耳朵，「再插嘴，就把你送回去我找到你的地方，諒你沒這個膽！」

「凱先生！」喜鳳喊。酒鬼舉手投降。

「好，現在換我這個父親不對了。」他說，「唉呀，喜鳳，這就是為人父母，妳該讓他們知道誰是頭。我當然不算最好的父親，可我也不是最壞的。」女子手伸到桌子下，安慰地捏了一下男孩的手。

「總之，」凱先生指著她，「為人父母之道可以談一整天，但重要的事先辦。妳最好找一位好的小伙子把這件麻煩事解決掉。」

「我從沒考慮過婚姻。」喜鳳答，「我猜老天爺要我一輩子獨身。」

中年人搖搖頭。就一個如此美貌的人，喜鳳這個罕見的姑娘會讓大多數男人說不出話來，但她又非高不可攀。相反的，她的個性對一個那麼嫵媚動人的女子來說倒不常見。因為她是如此的謙虛、正直、善解人意，而不是某些人以為她該是*小妹我最大*的態度。凱先生捻著他的短髭，說：

「那個和尚，今天早上那個禮貌過度的和尚如何？他像是一個蠻有責任感的小伙子，即使他有些生嫩。」

喜鳳紅了臉，四下張望。止聾馬上就要到了，她可不希望他聽到這些話。

「止聾是一個朋友。天哪，凱先生，他是一名資深武僧！」

「呸！別擔心那個。他倒底對你合不合適？」凱先生取笑她。喜鳳想大笑同時又想把凱先生杯子的水倒在他頭上。

「他是一個好朋友，所做所為均出自內心。據我觀察，他盡他可能地常常幫助他人。」她低聲說。

「嘿，這倒讓我刮目相看了。聽起來像是一個真誠的人。我希望這個城市不要太吃定了他。」

喜鳳突然記起來止聾答應幫城門口生病的乞丐買藥這回事。凱先生望向喜鳳身後，點了個頭。

「說到曹操，曹操就到。」他說，引用三國時代通用的一句成語。站在茶館入口，止聾向凱先生回一個禮，並向他們的桌子走來。喜鳳向他招招手，轉過身，便急著擔心她的頭髮，又在她的茶杯中檢查自己的倒影，讓凱先生看著甚覺有趣。止聾坐下來，女侍捎來菜單，被他禮貌地拒絕了。他躬身行禮。

「下午好喜鳳姑娘，凱先生，凱先生的公子。阿彌陀佛。」他注意到大家的表情，笑了起來。

「怎麼了？你們在談我嗎？」他開玩笑地問。喜鳳開腔了。

「哦，那你買到藥嘍？天哪，那麼多。」她指著藥袋說。

「是啊，可不是好一大袋嘛？」止聾答，拍著藥袋，「我的錢不夠，但感謝老天爺，一位從妓院來的好女人自願幫我補足了差額。」

「從哪兒來？」凱先生蹦出一句。

「你去了妓院？」喜鳳簡直不敢相信。止聾知道他得費一番口舌解釋。

「唉，不是，請聽我說。我對如來佛起誓，在我去找*如食如來*的路上，誤闖入了風月小巷，然後我碰到這位……女士，她本來想把我勸進去的，我當然沒啦。」和尚兩邊看看，還是沒能看到他們釋懷的表情。

「總之，她就惱羞成怒起來，說了一些不堪入耳的話。長話短說，後來在我買這些藥的時候，恰恰又碰到她。她說她對先前所說的話覺得抱歉，因此自願負擔若干藥費。」

凱先生有個直覺，便看著和尚。

「你太幸運了。小伙子，一共多少錢？」

「七十九文。」

凱先生與他的兒子差點兒嗆到。

「貴得離譜吶。應該比那個價錢還少一半。它最好能起死回生。」老人說。在他一旁大半時間保持沈默的兒子，終於鼓起勇氣問和尚重要的事。

「和尚先生，我聽說你會少林拳*術* [16] 。超棒的！」他說，看起來有點膽怯。止聾溫和地笑，點點頭，拍著男童的頭。

「我懂一點，只是幾招花拳繡腿對付特殊情況罷了。」他答道，非常低調。

「請原諒我這個兒子，他對功夫故事著了迷。」凱先生嘆一口氣說。和尚轉身問年輕的男孩。

「你叫什麼名字？小伙子。」

「蘊龍，凱蘊龍。」孩子說，模仿著行了一個少林禮。

「阿彌陀佛，蘊龍，我是北少林寺的止聾和尚。」止聾躬身說。

「止聾師父，我希望能像你一樣去住在寺院裡。我想整天練功且學著如何長時間打坐，那我格鬥起來就更能全神貫注。」男孩說道，興奮地大張著眼。喜鳳與止聾為他這一聲師父咯咯笑起來。蘊龍非常心急，恨不得馬上知道一個少林和尚遇到緊急狀況時會怎麼開打？自從蘊龍學會識字以來，他就沈迷於功夫故事；為什麼，這些硬得像釘子的和尚一劈就能把人的顱骨敲裂？坐在那兒，孩子繼續盯著止聾，眼睛滿是星星。這兒有一個活生生的武僧、佛門武俠，由武林學院——少林寺蒞臨。少林寺，那是一個多浪漫的地方，從那兒流傳出來俠義和拳頭的故事，均熱切地被各地年青的心靈照單全收入他們的幻想中。蘊龍還有許多問題要問。和尚可以殺人嗎？點某些穴道會立即斃命嗎？這些技術在戰場上管用嗎？還是它們全屬祕教的無稽之談。

[16] 拳術：徒手拳擊的另一名稱。有時與拳法互用。

和尚微微地笑。

「很高興遇到一個對我們的寺院如此有興趣的人。練功可以強身，但你首先得通過我們一名師父的檢查。」

「為什麼？」

「以防萬一你不適合練功。」止聾解釋，「該說它像從軍的體檢。不良的姿勢、先天的疾病、長短腳，這些只是我能想到的幾項，其他還有更多。那些通不過體檢的人，就被派去當*文僧*[17]。而且談到靜坐，那個也需要師父同意。」

「只為打坐？」蘊龍問。

「哦，我不信。」凱先生哈哈大笑，擺著手，「誰要許可做那個？它是完全無害的。」

「我曾經也這麼想。」和尚回答，「但有些人沒辦法把靜坐處理得好。即使你被認為可以打坐，也最好總是由少量開始。譬如說，一天幾分鐘，持續一年。德敬師父常警告我們靜坐別做得太久、太深。他說它會解放出被壓抑的記憶，也會觸發肆無忌憚的內部*拙火*[18]。拙火會使過量的氣在全身流竄。」

蘊龍靜靜地點頭後，提出下一個問題。

「如果有一群壞蛋要打我，我該出什麼招最好？」

「就我個人來說，我會逃得愈快愈好。」止聾說，眨眨眼。蘊龍大吃一驚。

「止聾師父，我聽說武僧一腳就能把山壁踢出一個洞。他們也能力敵十二個持矛的惡徒並全身而退。」孩子說，有點兒氣急敗壞。止聾心平氣和地聳聳肩，拍著男孩的肩膀。他想，*如果德敬師父是我他會怎麼說？*蘊龍對功夫確實嚮往又好奇；不管怎樣，止聾是不願少林寺的武術被輕看的，但他也不想在已經大量的誇大其詞上再加油添醋。更何況，雖然他看得出這個孩子有意習武，但讓一顆易於形塑的心猝然進入武林世界，卻對是非善惡沒有良好的認知是不適當的。

---

[17] 文僧：鑽研文學的和尚。

[18] 內在拙火：Candali／Tummo。

孩子還在等止聾回答，滿臉期待。

「嗯，我沒辦法回答那個舞矛惡徒的問題，但我確實知道我無法把山踢個洞。我甚至沒辦法把它踢出個坑。事實上，我的腳最多只能把土踢翻起來。」止聾抓著頭，「但要翻土，我寧可用一把鋤頭。」

年輕男孩有點兒丈二金剛摸不著頭腦。吹牛說大話可能還簡單些，然而止聾知道不能這麼做，他記得德敬師父曾說過的話。

一個人的品格，最重要的得看他的誠信，止聾，但那也得看當時的情況。

我們知道當一個人東窗事發時，知道自己再扯謊或抵賴也沒用，他才會說實話。

但如果大家開始仰慕他呢？只要仰慕的有理，他就應該以身作則，一舉一動光明磊落，不怕別人檢視。

吹捧自己可能自我感覺良好，但對自己沒好處。

這些教誨，年輕的和尚將終身銘記在心。

「蘊龍弟弟，逃或打取決於當時的情況。如果有一條路可逃，逃跑仍為上策。雖說如果是我被圍堵了，我多半會打出去。當然啦，我會儘量不讓那種情況發生。」和尚平靜地說。男孩瞪著自己的杯子，對這個回答不太滿意。

此時，一大群人風度翩翩地走進茶館，讓經理忙不迭地迎上前去哈腰。凱先生抓耳撓腮的。

「嚶，我也希望當我進門時有那種禮遇。嘖！」

止聾瞥見此群人中有許多異族佳偶手牽著手。男人們約二十出頭至三十八、九；一半的人穿著精緻的漢服，另一半人穿著看起來相當昂貴、莊嚴的黑色宮廷朝服，搭配合適的帽子。帽子的兩條冠纓由後面繞至頭側。這種優雅的流行款式是當時文人墨客的穿戴。對止聾來說，他們的穿著雖然時尚又華美，但未免高不可攀又有些炫耀。每個男人都伴隨著一位穿著紅色絲綢漢服的女伴，髮辮上插了帶有翎羽的頭飾。她們的腰兜帶上垂下了翠玉與環配。一件花卉圖樣的罩袍，袖袂優雅地懸在她們手肘處，輕拂過手腕上的鐲子。一位如喜鳳年齡的女子，髮型簡單卻十分俏麗，皮膚像白瓷般發光。她的伴侶握著一把扇子，穿著與他朝服相配的皮鞋。他們倆人握手侃侃而談，女子臉上洋溢著幸福。他們與其他同伴們坐定，點了一輪梅子茶。

他們是城裡文學社的會員，是上流社會精英基於對中國古典文學的愛好而組成的社團。成員大多是富裕的政府官吏，但也有一些世家子弟或儒生。他們坐在那兒喝茶，聊著中國的戲曲、小說、詩詞。

止聾注意到喜鳳偶而會偷瞥他們一眼，看得出她是多希望能跟他們一夥，這事讓和尚沮喪，知道自己無法提供她所想望的。凱先生把他賸下的茉莉花茶倒在旁邊的盆栽裡，死勁地拍了一下他兒子的膝蓋，指著那些文學社的人。

「看到了吧，兒子？把書讀好便能如此。他們可是曾懸頭刺股般苦讀的。你最好快把你那個拳法的廢話拋到腦後。」他的聲音如磨刀般刺耳，並向止聾抱歉地點頭。止聾不以為忤。

患相思病的和尚沒藥醫。牡丹姐的話一遍遍在和尚的心頭迴響。*而且做為一個和尚也沒什麼經濟保障*，他又暗自加一句。止聾窺視一眼文學社諸君，然後瞪著自己陳舊的僧袍、佛珠、功夫腰帶並摸摸他剃光了的光禿禿的頭殼。*她跟我一起怎會快樂？除了武術與佛的禪修，其他我一竅不通。我不是讀書人、我不時尚、不世故，更不精通古典文學，我拿什麼供她？*和尚搖搖頭，*我不行，再怎麼說那是禁忌。我是一個佛教和尚，可不是那種半吊子的花和尚，阿彌陀佛*。他微微地笑，喝他的水，看起來悲多於喜。

他們喝完茶後，便動身離開城市。止聾趕著凱先生的公牛，喜鳳坐在她的板車上，出了城門。天色剛剛入暮，他們暫停下來，讓止聾找那個病乞丐，但因著暮色，還很費周章。他喘著氣，圈起手來大喊。

「阿彌陀佛！有人嗎？」

「小聲點！我正要睡覺呢！」一個熟悉的聲音埋怨。止聾轉個身，看到不遠處就是那個乞丐，正躺在他原來那個搖搖欲墜的棚子裡。在向城門守衛借了一盞燈籠後，和尚坐在離乞丐數尺遠，點頭致意。

「乞丐先生？」

「滾開，老弟。別大聲嚷。」乞丐呻吟著，遮臉避開止聾的燈光。

「是我啦，那個和尚。我幫你找到你的藥了。」

乞丐一怔，伸出手。

「啊哈！放到這兒來。」他拍著地上說。止聾把藥包丟過去，記得潘藥師的警告，保持距離，這個乞丐是會傳染的。乞丐撕開藥包，聞了聞藥後，把它放一旁。

「你有鍋嗎？」他問。止聾挑起一邊眉毛。

「鍋？」

「我當然需要一個鍋煮這些東西。喔——哈！」他說，看著放在止聾手臂邊、那個裝著彬杰燒餅的甕。和尚懂了。

「對不起，但這個是要給我少林寺的師父的。」

「那我要用什麼煮？我的手嗎？那個甕再好不過，把它給咱們拿來！」乞丐說。衣衫襤褸的老人以驚人的速度，將他的拐杖伸過來並把這個甕撥過去。和尚震驚到無法反應，只能眼睜睜地看著乞丐解開綁甕的麻繩，把蓋子丟到一旁。

「你甚至幫我送來了晚餐。」乞丐誇獎他說，邊拿起一個燒餅邊聞了一下，「祝你健康！」

乞丐用他結滿污垢的手指頭，把餅撕成小塊，開始狼吞虎嚥掉每一張餅。不要一下子，甕中的內容物便一去不返。

乞丐不滿意地噘著嘴，死勁地嚼。

「啥子東西？素菜燒餅？噗！你們這些功夫猴子吃這個哪兒來的力氣？你不認為豬肉更營養嗎？」他咬著餅，含糊不清地說。止聾簡直不敢相信還有如此可惡的事，尤其在他大費周章幫他弄到藥草以後。這個乞丐寡廉鮮恥地把他能夠由他人拿到手的任何東西都吃乾抹淨，而且連聲謝都沒有。

生平第一次，止聾好想給坐在他面前的這個瘦弱的人一巴掌。

「止聾和尚排除萬難幫你弄到這些藥。他甚至自掏腰包付了錢，而你回報他的卻是搶走他的食物？」喜鳳說，她一向的輕聲細語添上了一絲火氣。

止聾也有氣了，幫著腔。

「觀音菩薩有眼，你有沒有禮貌？難怪你被晾在這兒，孤獨又沒人理。看在老天爺份上，起碼也說聲『謝謝』吧！」止聾暴發的情緒，嚇到他自己與喜鳳。乞丐繼續狂吃，一邊嘲笑著和尚。

「嗯，好吃！好吧，那麼，謝謝你！謝謝你是那麼個傻瓜。哈——哈！現在滾回去你的寺院吧。」

止聾臉一瘪，「你其實不必那麼無禮，如果你對他人的感激不那麼吝嗇，你不會一個人在這兒，沒人聞問。」

吃到一半的乞丐僵住了，一串嚼爛的燒餅由他口中掉下來。

「你說我是什麼來著？」他嚷起來。他的臉一下子勃然大怒，但他並沒回嘴，反而抓著甕和藥包，轉了一百八十度身，臉朝向另一邊。他對自己叨叨地唸，氣得發抖。大約有幾世紀之久，直到止聾開口。

「乞丐先生？」

乞丐大聲地哼，可能是因為他的病，也可能不是。

「我？吝嗇？你斗膽說我吝嗇？你到底是誰？我的病人嗎？」他說。喜鳳開口了。

「病人？難道你是個大夫？」

「哎呀，見鬼的，不然你想我由哪兒弄到那張藥方？你以為那個藥方是我腦中猜出來的？」老人說，還是望著別處。止聾搞不清楚狀況。它好像真的打到老乞丐的痛處——沒錯，一滴眼淚由他的眼角滴下來，流過他骯髒的臉頰，形成一道清晰的淚痕，而他還繼續氣得發抖。

和尚想道個歉，但同時又覺得蹊蹺。為什麼只說他一句吝嗇，如此狡詐的人一下子便蜷縮成一團球。還有比這個更糟的字眼可以說啊。然而這個乞丐就是因為它明顯的動了怒。止聾覺得尷尬；就像是一個定罪的殺人犯，會為了一個更輕的刑責，譬如說盜竊，而沒了胃口一般。

就這個例子看來，言語確實比行為傷害得更深，甚至是對一個騙子。

「乞丐先生，我……只是你太無禮了。」和尚說道，現在後悔了。老人哼了一聲。

「呵，住口。你說的沒錯，我確實是吝嗇。我真恨透了那個字眼。」他說。

少林和尚突然記起來，當他今天稍早走在神農路上找藥房時，路過的那間破敗的醫館——那個正巧人間蒸發的「汴京最濫的大夫」。

「等等。你說你以前住在這個城裡，而你是一位大夫。」和尚問，還不太確定。

「你是周大夫？」

乞丐一愣。

「你幹嘛問？」他說，渾身像長滿了刺，「你是來教我如何開醫館？還是當一個人已經跌到谷底，你再來踢一腳？現在我病成這樣，又髒又被排斥，你幸災樂禍是吧！」

喜鳳也驚訝地揚起眉毛。

「所以你就是周大夫。但你為何在這兒？」她問。乞丐終於轉過身來。止聾與喜鳳看到他的臉大吃一驚。幾分鐘以前，他雖病得虛弱無力，衰弱透明得像沒心肝，抑鬱得像養在魚缸的魚；但現在哀傷似乎讓他在瞬間變得蒼老，因為回望他們的眼睛是如此的疲憊與悲哀。

「為什麼你被丟出了汴京？」和尚問。

「不是的。我只是去休個假，結果染到這個該死的病，接著當地的小偷還牽走了我的馬。那時我病得連站都站不起來。這些可惡的守衛反正事不關己。對他們來說，任何患病或看起來骯髒的人都不許進城。」

「但你是一位大夫啊！你的家人、朋友，甚至是你的聲望都沒能幫你進城嗎？」喜鳳問。乞丐看起來非常苦毒。

「漂亮的姑娘，我可不是那種大夫。我的病人恨我入骨，這就是我對妳所謂的聲望的回答。至於我的家人……」他搖搖他的頭，閉上眼，「我詛咒上蒼把他們奪走。」他的眼中燃起一把火，然後又轉回原先的悲淒。他瞧著站在他面前的年輕男人和女子。

「這個悲慘的城市是不饒人的。在大夫的崇高名份下，我為它賣命、付出、淌血。但這個惡臭的世界對我有另外的計劃。所以，我才不管別人的死活！聽著，和尚，抱歉我利用你得到一點食物和藥，但這純屬環境使然。如果攸關生存，你也會變成一個騙子。有的時候，一個人會變好或變壞。無需因為我選擇了後者就認為我有罪。」他指著他自己說。

「所以，你們兩個，別以為我是傻瓜。我知道大家為何恨我，而我真的不在乎。」

止聾凝視著這個人，站起來，躬身致意。

「阿彌陀佛，希望你的靈魂儘快找到恩赦。」他說完就走開了。喜鳳看著和尚，追上去。

「就這樣？」

「我對外面的世界沒太多經驗，但起碼我能感覺到一個人的靈魂已經支離破碎。可憐的周大夫不知受了什麼打擊，讓他對生命失去了信心。」止聾抓耳撓腮，像是有點兒後知後覺，「所以妳看，他比我倒霉。」他與喜鳳朝她的板車走去。

「那你的燒餅怎麼辦？」她問。

「我確信德敬師父會了解的。佈施或善意的捐贈本就是我們一部分的理念，雖然我不太贊同他取得的手段。」他微笑著說。

「周倫。」

和尚與女子一起轉身。乞丐拍著他的胸脯。

「我是周倫。那就是我的名字，但我寧可你稱我『周大夫』。它是我在太醫院絞盡腦汁學習得到的頭銜，我可不做絲毫讓步。一旦我由這該死的病痊癒後，我們再談。」說罷，他揮手要他們走。在他轉身進入他那破敗的棚子前，他突然停下來，像是記起什麼事。

「順便提一句，謝謝。嗯，謝謝傾聽。」

「阿彌陀佛。」止聾躬身說，與喜鳳上了板車，向著少林寺的方向回去。

第11章

龍與鳳

「高點兒！先蹲後跳！你們每個人都是黑豹。利落點兒，要有力！」

資深武僧們以一聲喉吼凌空縱起，跳到最高點時，順勢做一個短踢。每隻腳彈出來時，冬雪便爆開成一團團白色粉末。師父德敬後退幾步，棍子往弟子腿下橫掃，逼得弟子跳得更高。不容易呀，要知道和尚們可是在蓋了好幾寸厚的雪上進行吶。甚至連君寶都覺得吃力；他喘著氣，顧不得大腿的抗議。止聾與其他人在後面勉力跟進，也好不到哪兒。每一個弟子只穿單層的少林寺僧袍與薄褲，多半靠他們激烈的訓練暖身並禦寒。唯一可算是恰當的服飾就數那頂冬帽了。那頂帽子能保護他們的耳朵不至於凍僵，但他們都已滿身大汗，好似時值盛夏，還好有那冰一般的冷風不停地搧上他們的臉。他們繼續在少林寺附近的塔林練功，在數個覆蓋著新雪的石塔間縱上跳下。

「止聾！再往上！」德敬大聲喊，棍子向止聾腳後跟掃去。弟子咬牙收腹，跳得比上次還高。老大師欣慰地笑了。

「稍息。現在你們可以休息了。」

資深武僧們倒在雪地上，大家不約而同地鬆了一口氣。

「我的腿感覺像果凍一樣。」一個人說。

「我什麼都感覺不到，除了痛。」另一人呻吟著，把雪堆在發熱的腿上。

「先別急著放鬆。午餐後的自選法門照常。練鐵砂掌的到碑廊找羅大師父。學梅花樁的到法堂前面等我。硬功的到千佛殿與貴相師父一起練。氣功與軟硬功的弟子去找盈義師父。至於其他的功，請各自參照課表。」德敬宣佈。止聾站起身來。

「師父，請准假，午餐時間外出一趟。」他躬身說。老大師皺起眉頭。

「理由是？」

「去幫一個朋友的忙。」和尚答，不自在地動來動去。德敬嘆了一口氣。

「你說起她時好像她只是外地來的表妹。趙姑娘可真夠幸運，有那麼一位勤快的仰慕者。」德敬說。

止聾目光閃躲，他很少這樣對他最喜愛的師父。

「師父，她只是一個……」

「一個朋友？」老大師幫他把話說完，不太和善地看著這個學生，「君寶和尚！」他喊道。弟子走上前，行禮。

「是，師父？」

「你陪止聾去。陪在他身旁直待他與趙姑娘的『會面』結束。我可不能讓我的每一個弟子追著女人跑。這種行為不值得稱道。當你們去時，順便帶上籃子，挖點兒野薯回來。」

他指著藥房方向。

「最近常有狼群出沒。到武器房拿把弓與幾隻箭，記住，除非萬不得已不准殺生。」德敬喊著。兩名弟子躬身領命，便去拿武器。他們的武術擅長近距離格鬥，碰到亂跑的野獸或持弓箭的盜匪可不一定會贏。

止聾此時非常安靜，慚愧得說不出話。

我可不能讓我的每一個弟子追著女人跑。

他做夢也沒想到他最喜愛的師父竟會這麼說，更別說他多年來從沒被斥責過。和尚十分羞愧，且發現自己沒法反駁。德敬，再怎麼說，也是一位忠誠的佛教徒，盡心盡力地把每位弟子引導在聖潔之道上。兩名資深武僧沿著主步道繼續前行，往山門去。

止聾揉著頭，非常沮喪。

「師兄，你看到他怎麼對我說話嗎？他眼中的懷疑？在所有的師父中，我從沒想到德敬會那樣看我。」

君寶聳聳肩。

「師弟，你也知道德敬師父的性子。若是別的弟子，他至少會訓誡半個時辰。如果你問我，他對你已經夠寬容了。」年長的和尚邊說邊把裝著箭的箭筒掛在背上。止聾無話可說。

「你說的對，師父確實一直默許我去見喜鳳，儘管最近他愈來愈不能容忍了。」他說。君寶動來動去的，用力搔著箭筒帶子底下的自己。

「你怎麼了？」止聾問。

「師弟，這個可以放在你的腰帶中嗎？箭筒一直磨著它，讓我發癢。」君寶探入他僧袍的前襟，拿出一個細繩綁著的手帕包，裡面放著一張薄薄的折疊起來的紙張。

「嘢，沒問題。」止聾答，接過這個小包。他注意到君寶的腰帶中鼓鼓地插了幾本書，然後再回頭審視手中的小布包。

「這是什麼？是你寫的武功密笈？」

「哪兒是！那是一個圖章還是什麼的圖。我上次打掃嵩岳寺藏經閣時，由一本書中掉下來的。別告訴別人好嗎？我一直想怎麼把它還回去但苦無機會，其他的以後我再跟你說。」止聾點點頭，把小包塞在自己的腰帶裡。兩名和尚回寢室拿了兩件外衣，又一起去藥草房拿了一個籃子，這才離開少林寺，朝樹林中一條大家常走的小徑走去。他們的棉鞋踏在新雪上。君寶問東問西的。

「喜鳳姑娘不會碰到狼嗎？」

「應該不會。我們說好在少林寺附近見面。」止聾答，知道動物是如何對寺院敬而遠之。

「太好了。」君寶說，然後深深吸了口氣，決定單刀直入切入重點。

「師弟。」

「嗯？」

「我能說句坦白話嗎？」

「當然。」

「你不該再去看她了。從現在開始。」

止聾停了好一會才作答。

「你是擔心師父對我印象不好，是嗎？謝了，但……」

「不只那個。還有你的德行呢？你的誓約呢？」君寶指著止聾頭上的戒疤大聲喊。他氣呼呼地繼續說：

「喂，師弟，我必須說這些，因為事情的發展已愈來愈荒腔走板。我們曾重申過我們遠離情慾的誓言，不是嗎？我不能看著那個妖女把你變成一個你本不該是的人。」

止聾也一下子生氣起來。

「她不是那樣的人。你不過才見她幾次面，你怎能說你多了解她？」

「止聾師弟，我眼睛沒瞎！你見了她多少次我都算不出來了。我敢打賭德敬師父也是這樣想。你難道沒意識到整個寺院裡大家都在你背後議論紛紛？他們認為你與她有了肌膚之親，而且她是一個賣身的娼妓。」

「你怎能這麼說？當然不是。」止聾反駁起來，罕見地勃然大怒。他的臉緊張地發抖，眉頭緊蹙又氣急敗壞。驚訝於自己的激動，止聾緩和了下來、放下籃子、雙膝跪地，低唸了一聲佛號，並摸著自己的頭。

「天吶，我怎麼了？」

「愛欲。三毒之一。」君寶輕輕地說，「它確實會帶來痛苦。」

止聾面有愧色。

「原諒我，師兄。做為一個佛教徒，我不該這樣。這太可怕了。」他喃喃地說，非常自責。這是他第一次對君寶發脾氣，通常都是君寶偶然脫序，而止聾在旁安撫，但現在情況完全相反。君寶看起來有點兒抱歉，知道他自己的措辭過於尖銳，即便那是為了止聾好。

「欸，說句公道話，我也太直言不諱了。」他說。

「不，師兄，你本意是好的。」止聾答道，「我同意你的看法，雖然有關喜鳳的謠言不是真的。」

「我知道她不是那樣。」

「師兄，我知道每一次我去看喜鳳時你都特地幫我掩護，因為你想保護我。我已經給你惹太多麻煩了。為什麼你不去做一名行腳僧？你會有更多時間完善自己的招式，而我也不會在你身旁拖累你。」

君寶咬著下唇，「你沒拖累我，而且不，現在也不是我離開的時候。我不覺得那是個好主意。我仍是少林寺名正言順的一員，就如同福裕方丈，所以我要留在這兒，除非有什麼事情發生。」

「譬如說？」

君寶撿起一根樹枝，拉在弓上射出去。它很粗魯地插入附近的一個草叢裡。

「我也不知道。像是某件事嚴重地與我的價值觀相悖。如果真到那個地步，我可能得脫下我這身僧袍。也就是說，如果他們同意我離開的話。」他說著，咯咯地笑起來。不像止聾，君寶可不在乎下半輩子要不斷躲避少林寺訓練出來的十八名殺手追殺；事實上，他還歡迎有人來挑戰哩！君寶與止聾開始穿過少室山——河南嵩山山脈群峰之一。

「話說回來，你今天幹嘛去看她呀？」君寶問。

止聾微笑起來：「她幫我弄來了一雙新鞋。」

「你要有一雙新鞋？還有這種獎勵！可能跟她交往也不是什麼壞事。」年長的和尚開玩笑說。止聾掃出一腳，踢向一片覆蓋了白雪的葉子上的寒冰。

「她有一次看到我現在這雙鞋的樣子，就提議幫我找雙新的。」他說，把腳往一棵樹上輕輕一搭，給君寶看鞋上的裂口與破損。

「哇。」君寶說。

「嘢，我已經登記在等新鞋了，但喜鳳說她有一雙多的。」兩名和尚往裡走入少室山的樹林，在密林與積雪中穿梭，尋找可食用又成熟的根莖。他們找到一個，掃去地上的薄雪。止聾由他的腰帶中拿出一把小鏟子。

「你知道嗎？我認為她喜歡你。」君寶說，小心地四處張望。

「真的？你怎麼知道？」止聾假裝若無其事，將鏟子鑿進堅硬的土中。

「由她看你的眼光。你們兩人可是天造地設的一對。」

止聾這次不辯解了。

「你真如此想？」他問。

猜對了，君寶暗道。

「等一下。師弟。你先讓我講完。」他說。止聾停止挖掘，但仍蹲在地上，緊張地面對著他的師兄。

「你似乎很喜歡她，她也可能喜歡你。我本不想說這個，但那使得事情更為棘手。」君寶說，「如果我們不是和尚，這可是一樁美事。但既然我們都是，當務之急就是你接受你的命運並把她一勞永逸的忘掉。哎，師弟，這是我們欠寺裡的，如果你繼續下去，會損害到少林寺的名譽。」

止聾心灰意冷地把他的鏟子丟進他剛挖的小坑，眼睛看別的地方。

「是，你說得對。我欠寺院這個。一個女人未免太微不足道，我不能讓她取代我對佛陀的信仰。」

「師弟，」君寶說，「做你必須做的，我求你了。」

止聾點點頭。

「你是對的。今天當我看到她時，我會告訴她，我們以後不能再見面了。」他說，聽起來像要去受審。君寶把手插在腰上，放心地噓出一口長長的氣。

「你終於聽懂我的意思了，希望我沒太直接了當，嗯？師弟？」

「你有。你現在就給我跪下來，磕頭磕到你額頭跟地上一個顏色。」止聾說，模仿著羅大師父，而且假裝把手拉到後面，就要施展大師父有名的背手甩。君寶咧嘴不屑地笑了笑，輕輕踢了一些土到止聾的腳上。

「說真個的，你確信你今天會對她說嗎？你知道，那可不是件容易的事。」

「我會的，雖然我不確定該怎麼做。師兄，你有好的說辭嗎？」

「我完全沒轍。」君寶說，左顧右盼，「我從來沒談情說愛過，你怎麼說都好。但如果我是你，我就跟她實話實說。」

止聾把手伸進洞裡，拔出一個泥塊，那個根莖立刻散發出它特有的強烈氣味。

「我能借用一個德敬師父的寓言告訴她嗎？」他說，邊嘆氣邊把那個藥芋丟進他的籃子裡。

「我不會那樣，它不夠直接。明明白白告訴她得了，有什麼說什麼。」君寶答，搔著他的頭。止聾把土撥回洞裡，兩個和尚便向附近一片露天場地走去，去見喜鳳。年輕的和尚抱著頭，擔心這場會面不知會變成怎樣。

「這太難了，師兄。她帶來我的新鞋等我，而我卻要告訴她我們不能再見面。」

但年長一點的和尚沒答腔，相反的，他似乎被什麼東西驚得動彈不得，以致於對其他一切渾然不覺。年輕一點的和尚抓了一把雪擲到君寶後腰，但君寶還是沒回應。

「師兄？君寶師兄！」

君寶面對前面橫貫山谷的一片山丘，眼睛驚駭地圓睜，連嘴都合不攏。他催著止聾一起看引起他如此反應的事物。起初，年輕的和尚根本看不出來百米遠、白雪妝點的山丘有什麼東西；瞇著眼，他拼命地看。

連他的呼吸都僵住了。

有一大片景色，乍看只像雪上的黑色線條，正好稍稍動了一下後又停了下來。牠就在一目瞭然的視線內，但完美地與周遭景觀融為一體。如果和尚們沒把視線放遠，他們一定會完全錯過牠。一個如白雪般的大毛皮包裹著一個龐大的身子，像一名雄偉的獵人把他獵物的毛皮披在身上一般。牠的前肢粗得像石柱，腳掌有凳子那麼大，一條又長又粗的尾巴像巨蛇般兩邊搖擺。最上面的是一個駭人的臉龐，高傲地展現著被如鋼絲般的髯鬚圍繞的厚重下顎。大貓打了一個呵欠，露出長滿獠牙的嘴，大到足以塞進一個水桶。當老虎舔著牠的嘴時，牠就這樣地凝視著這兩名和尚，黃色的眼睛在山邊的白雪中一閃一閃。君寶和止聾與其說驚訝於牠的存在，倒不如說純粹是因為這個神獸的規模。因為即使以牠目前的坐姿，牠的頭已比一棵中等大小樹的半腰還高。如果牠豎立起後腿，這隻超大的老虎便可如小兒攀登矮凳般不費力地攀上少林寺的圍牆。君寶飆著粗話。

「黃帝的三十代子孫在上。牠大的要命。」

年長的和尚由箭筒中摸出一隻箭，架在弦上，慢慢拉開弓。止聾意識到君寶的意圖，在他放箭以前，即時抓住年長和尚的手腕。

「師兄，住手！」年輕和尚低聲制止他。

「欸——放手！」

「牠什麼都沒做！」止聾哀求他。

「牠動起來就來不及了。師弟，放開！」君寶厲聲斥責，掙脫了手腕。幾乎是立刻，他又拉弓瞄準，但大貓已不知去向。一邊罵，他反過頭來找他師弟算帳。

「真絕，止聾，你幹的好事。牠跑了，而我們不知牠往哪兒去。現在牠可以躲得嚴嚴實實一路跟蹤我們回少林寺。」

「師兄，那隻老虎遠得根本構不成威脅。牠只是碰巧看著我們罷了。」

「牠是虎視眈眈，不是看著而已。樹頂上的鷲鷹也是這樣追蹤兔子的。難道你不起疑牠為何要如此地凝視著我們？」

「一隻老虎不是一隻鷹。何況由山丘到我們這兒並非一躍可及。就放牠走吧，君寶師兄。」止聾說。君寶皺起了眉頭。

「師弟，你也看到了牠多大。如果我們讓牠再接近點兒，牠可能一下子就撲到我們身上。牠當然是在追蹤我們，不然牠為什麼從遠處那麼一聲不響地盯著我們？」

「總之我們離牠那麼遠，射也射不到。即使是周通那種傳奇人物來也射不中。牠過來瞧瞧可能只是要確保牠的勢力範圍罷了。」

「所以那有什麼不同？牠們對入侵者與獵物是一樣的。」君寶答。*媽的！*他暗道，*止聾師弟有時還真死腦筋。仁慈是一回事；生存又是另外一回事了。*

「君寶師兄，冷靜點兒。你沒看到牠多大嗎？即使你射到牠的皮膚，也只是激怒牠罷了。」

「起碼牠會知道我們不是那麼好吃的。」君寶埋怨，還在東張西望。

「我打擾到你們兩位了嗎？」

兩名和尚一起轉過頭。在那兒的轉彎處，喜鳳領著小花拉的板車望著他們。她穿著厚外套和雪靴，美麗的臉上似笑非笑。

「喜鳳姑娘。」和尚們一起行禮。鞠躬時，君寶瞪了止聾一眼，提醒他，他該做什麼。女子搆到板車後面，打開一個小箱，裡面放了一雙完好如初的跑鞋。

「你的鞋，止聾和尚。我在大都的表兄不要了，所以我希望有人能用得著。記得每隔一天給它晒個太陽。」她溫柔地說。止聾深深行禮，領受了這雙鞋。

「阿彌陀佛，喜鳳姑娘，我必永遠珍惜它。」他結結巴巴地。君寶拍一下自己的額頭，肘頂一下止聾的肋骨。*止聾師弟，別忘了！*

「我希望能多待會兒，喜鳳姑娘，但我還有些事要辦。師弟，我等會兒在山門口與你會合，不必趕。」君寶說著，指著止聾，「哦，我想止聾有話

要告訴妳，再見。」他說完，邊向樹林裡跑去邊揮手告別，把籃子也一同帶走了。

喜鳳微微地笑，盯著止聾若有所期，讓他覺得現在自己好比被逼上架的鴨子。撫著小花的鬃毛，喜鳳優雅地坐在板車上，對著止聾。

「是什麼了不得的消息啊？」她問。止聾嚥了一口唾沫，張開嘴。

「你知道，喜鳳姑娘……」他開始說。他先看向她遞給他的鞋，再抬眼望向她，隨後又低頭觀察鞋子。喜鳳一直以溫柔的目光凝視著和尚，同時將自己的頭髮輕輕梳理至耳後。

「止聾和尚？」

他喘著氣，連笑容都僵起來了。

「我與師兄剛剛聊到你的慷慨大方。我們，嗯，真幸運能結識妳。」

和尚的心裡，已看到他的師兄又拍了一下額頭。

「可我看到你們時，你們兩人好像在吵什麼。」喜鳳說。

「哦，那只是小小的意見不同罷了。我們看到對面山上有一隻大老虎，君寶要射牠，而我不同意，最後老虎跑了，還好。」止聾解釋，但他的心七上八下得緊。*我必須告訴她我們以後不能再見面，可我該怎麼說呢？*喜鳳笑出聲來。

「止聾和尚，河南是沒有老虎的。」

止聾覺得背上像被捅了一刀。她說的沒錯，河南地區就是不曾出現過老虎。何況，即使有老虎出沒，它也無法解釋下一個更顯而易見的問題：哪種老虎有一身雪白的毛且站立時高如一座小木屋？當時他和君寶都太震驚，以至於連個像樣的推理都沒做。是幻覺嗎？如果是，則兩個和尚在同樣的時間幻想到同樣的事囉？止聾回憶起那時他如何深深地凝視著那隻停留在少林寺半空、那隻龍的巨眼。他今天看到的老虎似乎散發出與那隻龍同樣的氛圍，雖然牠現身的儀式收斂得多。

「喜鳳姑娘，我確信我們看到的是一隻真正的老虎。牠就遠遠坐在那兒，在那座山上。我和師兄瞪著牠足足一分鐘之久，真實的就像這些妝點在樹上的白雪。而且牠還直愣愣地盯著我們看哪！」

年輕的喜鳳並非那種口直心快的人；她有一顆開放的心，遂決定聽聽這個和尚說什麼，雖然它是那麼不可思議。止聾繼續說：

「還有牠的體積呀！它有少林寺立雪亭那麼大。我不認為這隻野獸想傷害我們，但如果牠想，牠是可以輕易地殺死我們的。」

「唔，起碼穿著你的新鞋，你大有機會跑得贏任何惡虎。」喜鳳說。慢慢地心理建設起來的止聾亦表同意。和尚脫下他的破鞋，解開綁腿，先讓他的腳接觸那冰寒卻令人精神一振的白雪一下子，才試穿它。一穿下去，合腳得不得了。

他跳上跳下的，眉開眼笑。

「對一雙二手鞋來說，穿起來感覺像新的。」他說。

「只穿過一回。我表兄有十雙同樣的。他在製鞋工廠工作。」

「十雙！」和尚喊起來。每一名少林寺和尚，除了每天穿在身上的那一套衣著，最多只多一件袍子。

「那我想它們還是新的。我該怎麼謝妳？喜鳳姑娘。」

「噢，這在朋友中根本算不了什麼，何況幾個月來你也幫了我許多忙。」她說，「我表兄說磨合期約兩周，你可仔細著點兒。」

「當然，你表兄說的對。喜鳳姑娘，我會做到的。」他答道，踢出一個旋風腿，把雪像霧一般甩到樹上。

「它的抓地力很強，正是我喜歡的類型。我可能不必用到輕功就可以爬牆了。」和尚說。

「什麼輕功？」喜鳳問。

「是少林七十二絕技之一。它把我們腳的穩定度訓練成常人的三倍，又教我們步履輕盈、落地打滾等穿越障礙的功夫。妳想不想看一些？」止聾問，喜鳳點點頭。和尚走到近旁一個覆雪較少的斜坡，招手要喜鳳也靠近點兒。他一定會被他的師兄與德敬師父罵愛表現，但現在，在說出他必須說的話之前，止聾希望能多拖些時間。

為了要得到一個更寬廣的視野，喜鳳往旁退開，直抵到一堆濃密的樹叢。止聾向她揮揮手，往一個光滑的石壁衝上去，利用牆上的小石縫或偶而的突起往上跳，便站上了一小塊離地四米高的岩架，並在上面雙手合什行佛教禮。喜鳳笑起來。

「你看起來像在踩一座空氣樓梯。」

「很棒吧！妳再看這個。」和尚舔一下嘴，瞄準了身旁石壁裂縫中長出的一株小樹，向它撲去，打算把自己盪到上面去。然而當他抓到樹枝時，只聽到樹枝折斷的啪啦聲，和尚即時反應，毫髮未傷地滾到底下鬆軟的雪堆。

他坐起來，看起來有點兒呆。

「*咻*，我想那個搞砸了。」他說道。他閉上他的眼，感覺心底有一塊石頭，「喜鳳姑娘，很抱歉，我有話要告訴妳。」頓了一下，和尚拍了拍自己身上的雪，嚥一口唾沫，知道他必須得說什麼。*就說吧！*

「我恐怕我們不能……」

他轉過身。

「喜鳳姑娘？」

她不見了！

止聾衝到不久前她才站著的地點，向一列列的樹木望去。樹林長得很密，足以掩蔽任何人或任何事，同時新降的雪也會蓋住走近的腳步聲。他豎耳傾聽這一片撲天蓋地的靜寂，連一片葉子都沒搖動。然而她的騾車仍在那兒動也沒動，車上的東西也沒少。和尚知道大事不妙。他彎下腰，用手指尖摸索雪地上腳印的痕跡。

● — — — — — — ●

在一雙戴著乾手套的手繞上她的嘴及身子並把她拖進草叢前，喜鳳最後的記憶是看著止聾由一個岩架跳向另一個岩架。她是如此的驚嚇，以至於喊得太晚，喊聲又模糊；她感覺手腕火燒般的痛，還有另一雙手壓住她尚在亂踢的腳。她驚恐的大眼睛飛快地左右看，辨識到兩個灰色的身影，穿著破舊的衣物，外罩毛皮。她費力地向額頭上面瞧，瞥到可能還有另一個歹徒。她根本不可能掙脫，因為她被綁得像隻火雞。她的四肢被一捆堅固異常的繩結束縛。她的嘴被一塊厚布綁得死緊，堵住了她的嘴。所有事情發生得如此快；她死命地掙扎，無力地在雪地上扭動。她發現身旁有棵樹，便開始死勁踢它的樹幹，弄出了微微的聲響，不知道止聾是否仍能聽到她。

一個灰影拿把匕首抵著她的喉嚨。

「再出聲妳就得死。」他悄聲說。喜鳳連一根指頭都不敢動。她現在才能把這三個人看得比較仔細：他們三人滿腮渣髯，皮膚黝黑，麻布褲子塞在焦炭色系的靴子裡，一條帶子在厚棉袍上緊緊打個結。一個人臉上長了幾顆麻子，腰上塞著一把短斧。另一人年輕得多，穿灰綠漢服戴同色帽子；

他雖然年輕了點兒卻沒少威脅，因為他一直瞪著喜鳳並拿著一把刀抵在她脖子上。最後一人是三人中最老、最高又最粗壯的，肩上綁著一塊顯眼的淡藍色布料；他的漢服上沾著陳年污垢，但他那個鼻子讓任何一個在他面前的倒霉鬼都忍不住會多看兩眼。幾十年前的一場鬥毆，他的鼻樑被打爛了又彎出來，讓它在他的臉中央像一個彎曲的喙，就在他那雙滿是皺紋、不懷好意的黑眼下。他的皮帶上吊著一把窩在黑金色刀鞘中、像剁肉刀似的佩刀，名為大刀；他另一手握著一根矛，那隻矛，喜鳳想，在這狹窄的空間，應該難以施展。麻子臉由覆滿積雪的草叢仔細地往外瞧，靜靜地撥開擋住他視線的一撮葉子。

「和尚去查看馬車了，我們走。」他說，聲音低得簡直聽不到。他與年輕戴帽子的人把喜鳳像一段木頭似地扛在肩膀上，儘快地跑過少室山的凍林，向附近太室山的方向去。喜鳳難過得想吐，但擄人者也不好受。

「關公大人在上呀！」戴帽子的人喘著氣，「這小婊子重得跟千斤似的，我的肩膀快麻了！她這一輩子肯定啥活都沒幹過，只會*吃香喝辣*[19]。」他放開他那一頭，留下麻子臉男人獨撐大局。斷了鼻子的老惡棍嘴裡嚼著新雪，繼續跨步走，但求不引人注目，但麻子臉男怒視著戴帽子的小子，把喜鳳往地上一摜，指著說：

「小黃，你個懶蛋，抬高些！你比太監還沒用。」聽到這個，小黃摔下他的帽子，亮出了刀。

「你個老狗，我要讓你知道，你的祖先就是由一批太監來的。」

麻子臉跨過來，舉起他的短斧。

「你敢再說一次？」他吼著。

經驗老到的斷鼻子老頭由著他們鬥了一會兒嘴後，才決定給他們說點兒理。他擋在兩人中間，邊要他們閉嘴邊抽出了佩刀。

「放——低——聲——音。在我們回去以前，如果我再聽到一個字，我會就地殺了你們兩個。現在，快走！」他一定說到了兩人的痛處，因為這兩個人雖然彼此繼續怒視，卻立馬聽命。他們再次啟程，扛著俘虜穿過密集的樹林，時不時傳出一聲呻吟，而斷鼻子老頭走在他們前面，眼觀四面。

---

[19] 吃香喝辣：表示吃美食或過著安逸無憂的日子。

他們由一片茂密的樹林脫身，眼前是一段遍地積雪的河岸，河水凍得快結冰。他們利用一條藏起來的、配著雙槳的木筏渡過少林河深水段落，另一邊太室山的大片山丘便陰森森的近在眼前。一到對岸，麻子臉吹著一個大海螺，一隻褐色的老鷹便由樹林那兒俯衝下來，停在斷鼻男的前臂。他拿出一段竹枝，讓鳥兒緊緊把它叼住後，鳥兒便飛回林中。他們就在那兒等待。

樹林邊，一隻手臂包在一條舊毛毯的黑指甲的手打個招呼，老鷹便飛下來，彎下身，吐出嘴裡的竹枝。短暫的沈默後，毛毯抖了抖，把這隻猛禽趕走。黑指甲男人把毛毯捲到旁邊，伸手撥開一面用葉子湊合搭的牆，原來他是一名崗哨。此時又有三名強盜弓箭手由灌木叢下紛紛現身。點了一個頭，三名射手又縮回枝葉中，知道斷鼻子及他的同伴都是自己人，只有崗哨往前走去。

「是人質嗎？」他問，用他的一根黑指甲手指指著。斷鼻子哼了一聲。

「哪是，是要賣的。」

「那麼，讓我看看貨色吧。」黑指甲的人幸災樂禍地，去抓喜鳳的下巴。

「記著，是我們先看到她的，我們有優先權。」麻子臉說，甚有戒心。但黑指甲男人繼續對綁著的女子品頭論足，眼神貪婪到幾乎無法自制。

「這個真是一個美女，我敢說比老大的女人還美。即使你們用過她後，我打賭她仍能賣個好價錢。但我會等等，等老大回來再說。當你們的擄獲勝過了他的時候，你知道他會有多不爽。」黑指甲說，發出一聲奸笑。

「老大還迷戀著他自己的那位小婊子呢。我倒要碰碰我的運氣。」斷鼻子答道。

「喔，一旦他看到這個，他不會讓的。還是等他回來的好，難道你想少一隻胳膊。」黑指甲反駁，有點兒自以為聰明。斷鼻子把女人一把搶過來，陰沈著臉。

「如果他真那麼想要，可以讓他先上！現在我們可以走了吧！」他說，希望自己能朝黑指甲背後射上一箭。喜鳳全聽到了，她的臉一下子沒了血色。

黑指甲點點頭，站到一旁，做了一個請通行的表示。

「那麼，你們走吧。明天該我去抓這個生崽的妹妹回來了。」他說。三個人帶著喜鳳通過，往樹林更深處走。走了幾分鐘後，斷鼻子在地上亂摸著什麼，終於拉出了一根長長的樹籐。那根樹藤連著鬆垂的樹葉，改變了部份喜鳳原本以為的山壁外觀。只這麼一拽，像毯子一樣的綠簾便被拉開了，露出一道通往一個大山洞的門。他們邁進了門，關上它，外面的綠簾立刻又盪回原處，由外面看起來便像是一面長滿苔蘚、佈滿樹藤與枝葉的岩壁。麻子臉與小黃在黑暗中把喜鳳放下，砍斷綁她腳踝的繩索。

「旅行結束嘍！心肝兒。走！」小黃咆哮著，拿刀戳喜鳳的背。喜鳳被拱著轉了一個彎，進入一間佈置奢華的起居室。那兒有一團溫和的火霹靂啪啦地在一鐵盤炙熱的小黑石下燃燒，上面盛滿了烤栗子。波斯地毯與高級毛皮被扔得到處都是，還有一疊疊的磁器及成袋的穀物。女人聞得出從空陶壺散發的米酒味，當她由頂棚吊著的金華火腿底下走過時，聞的則是醃肉的香。地窖左邊偌多的袋子堆積如山，絲綢滿得簡直裝不下，再過去是掛著武器的兵器架，後面則是一壺燈油。它是賊窩又兼做庫房的完美組合，大咧咧地展示昂貴的品味。這些盜匪一定花了好多年囤積這些物品，且離少林河不過幾十米之遙，簡直就窩在少林寺的鼻子下，竟完全沒人發現。麻子臉強盜打開一旁一扇大硬板門，把喜鳳推進去，並橫著滑過一根木栓，把她關進山洞裡的一個小角落。

「我們會來看妳。」他說，踢一下門，然後他才和另外兩名盜匪脫下外衣、扯下連指手套，把手放在火上烤暖。他們自己抓著栗子吃，並配點兒昨天打獵剩下的鹿肉。柵欄後，喜鳳認真地聽著，希望能聽到什麼有助於她逃脫的話。當她如此做時，牢房黑暗角落裡突然出現一隻手，搭上她的肩膀。她幾乎尖叫起來，但很快就知道它是一個女人的手，屬於另一個女子。

強盜們聽到她嘰嘰叫，下流地笑起來。

「一定是看到一隻老鼠。我該不該幫郡主殿下送一隻又肥又大的蛇去抓牠？」其中一人嘲笑起來，手握著胯下。喜鳳握緊她的拳頭，對他們的下流話極為氣憤。她轉向另外那名作勢要她小聲說話的女子。

「噓，妳一點聲音都別出。那反而會刺激他們。」女子悄聲說。她大約與喜鳳同年齡，穿一件滾綠邊的高貴絲袍。當她那一雙灰綠色的眼睛由牢房的門縫往外瞧那些盜匪時，一條精緻的項鍊從她的脖子上垂下，上面鑲嵌著一塊刻有女子半身浮雕的寶石吊墜。喜鳳簡直不能相信，處於如此環境中，這個漂亮的年輕女人竟顯得那麼泰然自若。

「他們一向是吃飽喝足身體暖了後才來找我們。」綠眼女子說，閉上她的眼睛。喜鳳又覺得想吐，她的手發抖。她深深吸一口氣，儘量保持冷靜。

「妳由哪兒來的？在這兒待了多久？」喜鳳悄聲問。

「我不想談。但我在這兒已一陣子了。」

喜鳳仔細瞧著洞頂又用手去扒牆壁。

「有路出去嗎？」

「別想了。這個地方十分隱密。唯一的出路就是妳進來的路——就是前面的大門，還得假設我們能先從這兒出去吶。」綠眼女子說，用下巴比一下牢門，「那個上了栓。更何況，他們要對我們為所欲為時才讓我們出去。」

「我們一定可以做什麼。」喜鳳回答。她的心裡思考著各種逃脫的可能。現在她又碰見另一個女子，情況變得更複雜。喜鳳不能把另一個女子就這樣留在這兒。但，兩個人聽起來總比一個人強，假如她們能擬定一個計劃的話。或許他們能想法子轉移敵人的注意力，但那可能嗎？那可是三個持械的山賊。

於是，喜鳳記起來就放在牢房外大批的武器。

「你知道如何使外面其中的一種武器嗎？」

「不知道，雖然我希望我會。」女子答。喜鳳再透過門隙向外瞧，注意到一隻被丟在一旁的矛，離武器堆更遠了些，卻靠近牢房。*如果我衝向它，在那些強盜做出反應之前，我可能搶得到那把矛*。綠眼女子感覺到了喜鳳的意圖。

「你真想打出去？他們可是強盜啊！他們全都是！他們的頭目喜歡把武器放在近處引誘我們。而且即使我們真的出得去，河岸還有弓箭手，外面又天寒地凍。我們最好還是待在這兒。逃跑只會讓我們死得更快。」她說。喜鳳把她們的手握在一起。

「我寧可現在冒著被殺的危險逃脫，也總比一生當他們玩物的好。現在我們有兩個人，好過一個人。如果我們不快試試看，可能不再有機會。」

綠眼女子驚訝於喜鳳的堅強意志——這與男性主導的社會下女子一貫的行為迥異。她點點頭，非常欽佩這個勇敢的新牢友，開口道：

「那外面的山怎麼辦？你知道，我不是這兒的人。我們必須知道怎麼去最近的鎮。」

「我是當地人。」喜鳳低聲說，「我們在靠近少林河河岸某處。所以如果我們出得去，我們不去弓箭手盤踞的河岸，改往山上走。我們只要與河流平行向左走兩里，那兒有一座橋可以通往少林寺後面。到那兒我們就安全了。這些暴徒可沒膽子招惹和尚。」她希望她的判斷是正確的。另外那名女子似乎有點兒猶豫。她們握著手，在黑暗中嘰嘰咕咕了好幾分鐘。

●— — — — — — ●

「依我看，全都是屁話啦！」麻子臉咆哮著說，壓根兒不信地擺著手。

「或許。但我曾經去過一個這樣的洞穴，欸，就是那種已存在了好幾千年的洞。我猜牠們就住在那兒。要不然牠們晚上要去哪兒？」小黃說。

「所以你是說牠們睡在洞穴中？牠們又不是蝙蝠。」麻子臉頂回來。他指著正靠在一邊膝蓋、拿一根稻草挑牙齒的斷鼻子，問：

「你怎麼說？你該不會真相信這些胡說八道吧！」

「我相信我看到的，而我曾經看過一隻。」

麻子臉翻著白眼。*你也看過？*

「也不是只有我啦。難道你忘了那些海上奇觀嗎？確實有人看過。我永遠不會忘記我看到那隻龍的那一天。而且如果你們任何人說我當時一定喝醉了的話，我以我父母起誓，那是真的。」他說。麻子臉笑起來，把一個栗子殼丟到火裡。

「你發誓？你這個殺死自己父親的人，發誓值個屁。」他開著玩笑。

「我殺的是我繼父，白癡。」斷鼻子更正他，「我住黑龍江的一個表兄也看過一隻龍從江裡冒出來。他說那隻龍像玻璃般的透明。你們看過牠們長什麼樣子嗎？牠們的身體很長，有爪子，沒翅膀。那麼大的動物沒翅膀怎麼飛？我們自稱是牠們的後代，但我可不那麼想。牠們該是與鬼神同級的。」

「欸，我可沒看過一隻。但我確信牠們是住在山洞裡。」小黃說，邊轉著他的帽子邊啃著一個柿子。

「你也沒差多少啦。」麻子臉說，「老大一直講他幾個月前如何看到一隻龍在少林寺上空。像是那巨蟒對那些討厭的禿驢該死的有興趣。」

「談到老大，我們什麼時候可以有點樂子？為什麼我們每次都得等他回來？他已經有另一個婊子，而且美的沒話說。」小黃洩了氣，把帽子壓回他腦袋上。

「老大得先挑。如果他發現我們逮了個比他自己那個還美的女人又強暴了她，他會割斷我們的喉嚨的。那個醋罈子老畜生！」麻子臉哼了聲，大口灌了些酒。

「老大什麼都先拿。我恨透了我們每次都撿用過的爛貨。」小黃說。

牢房門那兒傳來沈悶的咚咚聲，山賊們不約而同地向那兒瞧。小黃抽出了刀，謹慎地走過去。一個女人的聲音在門後哀求。

「開門。她痛得很。」

小黃轉著刀。

「什麼？」

「這兒的另外一名女子。」喜鳳說，「她生病了。月事。不舒服。可以給我們一個墊子和一盆熱水嗎？」

麻子臉與小黃兩人笑得腰都直不起來。喜鳳感覺到自己愈來愈憤怒，但她放緩呼吸，保持冷靜。

「值得一試，臭女人。」小黃嘲笑著，踢牢房的門。麻子臉奸笑一聲，倒了些熱茶到一個沒用過的大盤子裡。小黃對他皺眉頭。

「搞什麼鬼啊？」

「讓她們洗。讓她們就在我們面前洗。」麻子臉說，轉向牢房，「嗨，妳們可以做些女人間的事，讓我們好好欣賞一番，美人兒。」他們兩人笑得更厲害，拔出武器並小心地抽開牢房的門栓。在刀尖比著下，喜鳳走出來，扶著痛得抱住腹部的另一名女子。

「快啊，我們可沒整天的閒功夫。」麻子臉咯咯笑，用腳輕輕點一下那盤熱茶。「開始脫！還是要我來幫忙？至於妳，聰明點兒的就走開，嗯？」他說，作勢要喜鳳回到牢房。綠眼睛的女子遲疑地解開腰帶上的一個結，她那身高貴的絲袍頓時鬆了一些。當她鬆開環在她腰上若干圈腰帶的一圈時，山賊們各個色迷迷地等待下一步。當女子最後一截腰帶軟綿綿地掉到她身旁時，絲袍的一邊便打開了，亮了一下她的肌膚。麻子臉靠近來，笑得合不攏嘴。

喜鳳突然低下身去抓丟在武器架下的矛，並舉在身前，對準站得最近的麻子臉。綠眼女子也立刻綁上腰帶拉緊絲袍，三步併兩步地跑到喜鳳身後。山賊們雖吃驚，卻不驚慌。

「我不是跟你說別讓她們出來嗎？老狗！現在我們可能會失手殺了她們。」小黃憤聲說，抖著拳頭，但麻子臉把這個發牢騷的人推開。

他微微地笑，抱著雙臂，短斧在手。

「妳拿那個做什麼，母狗？戳我們嗎？」他問。喜鳳鼓起勇氣，舉矛對著三個地痞。當她與他們對峙時，汗珠沿著她的脖子滴下來。她緊張得發抖，卻儘量不形於色。麻子臉作勢邁一步，嚇得她往後跳；她把自己穩下來呼一口氣，雙頰沒一絲顏色。

三個山賊嗤之以鼻。

「大頭症的婊子。妳根本不是這塊料。」他說著，往矛頭靠近，完全不在意。喜鳳又退了一步，像是被催眠了，肩膀上還掛著那個發抖的綠眼女子。起碼她是安全的，山賊可不敢殺大頭目心愛的女人，但喜鳳就不一樣了，老大看都還沒看過她。不知道他們把她繳械後有什麼打算？大約是一頓痛打、然後再強暴並殺了她。兩個女子都無法再應付了。當小黃由腰帶中亮出另一把刀時，綠眼女子閉眼禱告。

「小婊子，妳真出了個壞點子。任何人拿矛對準我們可是會求生不得、求死不能。」

「把這個小惹人迷留給我。」麻子臉說，「相信我，她們……」

快得像一隻蜥蜴，喜鳳的矛向屋子中央那一鐵盤烤栗子戳過去，挑起它，把鍋中物向山賊三人組撒去。小黃本能地用手護面，但仍感覺到盤子擊中他沒遮蓋的手腕內面時那炙燙的鐵。他痛呼著，拚命地咳，因為他嘴裡滿是那些仍在爆裂的熱烤小石頭。麻子臉也痛得慌，他不但被鋪天蓋地的滾燙小黑石與栗子轟炸到，還附帶一把火鉗。只有斷鼻子算是用袖子保護了自己的頭。

喜鳳與綠眼女子發瘋似地跑到大門，一到那兒便立刻在黑暗中摸索門住門的門閂。

「門把在哪兒？」喜鳳慌亂地摸黑。

「我不知道！」另外的女子答，她自己也拍著身前的牆，希望能找到任何東西，只要能把門打開。她感覺後面有一隻大腳踏下來，才往上望就被打倒在地上，眼冒金星。喜鳳看到斷鼻子已到眼前並揮出一隻粗掌便尖叫起來。她也倒了下去。

兩個女人嘴角都淌著血，但對其中一人而言，這場戰鬥還沒有結束。喜鳳眼中燃著火，她甜蜜的臉龐變成一隻憤怒的火鳥。喜鳳奮力爬起來，卻感覺自己被斷鼻子由身後熊抱住。她奮抗不懈，像一隻困獸般，雙腳亂踢，踢翻了桌子、擺飾。但她怎麼也掙不脫他的掌握，反而被舉在空中拋出去。她慢慢地爬，把手伸到她的頭後想用她的翠玉髮釵當武器，但斷鼻子用力踏在她手腕上。喜鳳痛得大叫，拼命掙扎。

「逮到妳了。」他說，指揮著另外兩個山賊上來。麻子臉跺腳走來，一邊撣去他頭髮上最後少許的小石頭，並惡狠狠地把喜鳳由地板扯起來，把她重重地推到一張翻倒的椅子上。

「妳這個小賤貨。」他咆哮著。喜鳳爬著站起來，但有誰抓住她的頭髮把她往後拽。是小黃，他的臉幾乎全是煤灰。

「妳得付出代價！」他喊著，反手一巴掌，女子面頰立刻一片紅。喜鳳跌在地上，嚇呆了，而小黃也痛得哈氣，皺著臉抱著他燙得起泡的手。小黃用另一隻沒受傷的手來扯喜鳳的衣服，在她的肩胛骨下扒了一道痕，把她嚇得倒抽一口氣。儘管痛，她還是勉力把衣襟拉緊。

「壓住她！」小黃厲聲說。麻子臉抓住喜鳳的腳踝免得她亂踢，同時小黃把她的手往上壓住。

就在此時，洞穴的大門被打開了。一個穿舊衣戴兜帽的矮胖男人走進來，似乎對家裡的吵鬧非常不滿。喜鳳與山賊們全楞住了。小黃把喜鳳放開，畢恭畢敬地行禮。

「老大！」

另外兩個山賊也深深彎腰。喜鳳萎靡地靠著洞穴的牆壁，嘴角滴血，頭髮蓋著了臉，擋住了山賊頭頭的視線。綠眼睛的女子也不可倖免地捧著一個嚴重淤青的臉，倚在喜鳳對面的牆。山賊老大關上身後的門，脫下毛皮外套，把外套上的雪抖在地上，並從腰帶抽出一把長長的*手刀*[20]。它流線型的鋼片，冷厲得如同舞刀人犀利的眼神。他舉著刀比著麻子臉的喉嚨。

「誰敢碰我的女人？這是你幹的？」他指著綠眼女子淤青的面頰，輕輕地問。

---

[20] 手刀：宋朝時戰鬥用的單刃劍。

「老大，請聽我說。她們想逃，我們必須……」

頭目把刀抬到與倒霉山賊的頭一般高，麻子臉發著抖，閉上眼，等待一場送他下陰曹地府的痛快。然而山賊頭目卻只用刀面，揮向麻子臉面頰，打得這個地痞像一顆球往旁倒。挨罰的山賊揉著掉了一層皮的臉龐，伸出一隻仍在顫抖的手指，指著小黃。

「不只我！他也有打！」

小黃的臉倏然變成了不健康的紫色。

「你這個王八蛋……」

話還沒說完，小黃就感覺到老大那千層鋼煉就的刀背已經打到他嘴裡。他向後倒去，捂著嘴，嘴唇像著了火。有個像小石頭一樣的東西卡在嘴裡；他的門牙搖搖欲墜。斷鼻子走近前來跪下，誠惶誠恐地說話。

「老大，請聽我解釋。」

山賊頭目陰沈著臉，「說！」

斷鼻子指著喜鳳。

「我們在少室山意外碰到這名女子，所以把她帶來這兒。請別誤會，既然我們尊敬您為我們親愛的老大，自然是您該先享有她。所以當她打算帶您的女人逃跑時，我們便不得不阻攔。請原諒我們的冒失。」他苦苦哀求。小黃清了一下他的喉嚨。斷鼻子一向是一個會說話的人，在山賊中倒不多見，但這招起碼湊了效。頭目插刀入鞘，吐一口氣。

「這個地方亂七八糟的。」他發著牢騷，四下一指。三個山賊小心翼翼地開始整理，但麻子臉與小黃還是時不時給對方一個要你死的敵視。頭目把他的袍子塞在他的腰帶下，並溫柔地把綠眼女子扶起來。

「對不起，美人。」他說，幫她抹掉嘴角的血。綠眼睛的女子看起來不喜不嗔，只像瞬間失去了所有反應，掠過山賊頭目的目光，就如同他是一大片玻璃。聳了聳肩，頭目便轉向喜鳳，她的臉幾乎完全藏在陰影中。

「從現在起你最好放乖點，母狗。」他說，色迷迷地看著她被撕裂的衣服。

「老大，她是一個真正的美女。」斷鼻子說。

「是這樣嗎？」頭目喃喃地說，低下去去摸喜鳳的臉。她拚命地擺頭，像一隻受傷的生物拍打一隻不放棄的禿鷹。

「這個還真是活蹦亂跳的。」他說，興趣來了。他抓住她的下巴，把她的臉扭過來，離他自己不過寸許。她的頭髮唰地分開來，露出了她整張的臉。

看到她的目光，他的臉倏地變得蒼白。

喜鳳已近智窮。帶著傷，她只能凶狠狠地瞪著這個獰笑瞬間隕落、嚇呆了的山賊頭目。他像似想到別的什麼事，放鬆了他的手，嘴唇也抖了起來。斷鼻子嚇了一跳。

「老大？你還好嗎？」

「你們幾時發現她的？」老大問，一把抓住這個山賊的衣領。

「大約一個時辰前。怎麼了？老大。」斷鼻子問，好奇地望著他頭目神態的巨變。這個數分鐘前還令人膽戰心驚、勢不可擋的山賊頭目，現在看起來像瀕臨崩潰。麻子臉與小黃也感覺情況丕變，均來自於他們前此認為碰不得的老大。

「我要去打些鹿來。」他說，拿了一件外套又戴上冬帽。當他走過武器架時，他拿了一筒箭和弓，還塞了一把掉在地上的栗子在口袋。山賊頭目喝了一大口酒就匆匆趕著離開，把身後的門關上。門外，山賊的弓箭手們由藏身處冒出行禮，但山賊頭目根本無心理會；相反的，他只是小心地凝視河岸方向，聽到一聲悲鳴及遠處傳來的震動。弓箭手們也注意到了，便悄悄地匍匐向前。

山賊頭目喃喃地咒罵，縮著頭躲在一棵樹後。該死！他得趕快，他得悄沒聲響又不被人看見。他口乾舌燥的，把頭壓低、偷偷溜進樹林中。

第12章

龍之怒火

「宋江大人在上，老大怎麼了？」

「他像是嚇得要尿褲子。」小黃哈哈大笑，確信山賊頭目已在聽程之外。斷鼻子皺著眉頭。

「他確實嚇得像失了魂。」他喃喃自語。*什麼事能讓天不怕地不怕的老大喪膽？*他思前想後，向喜鳳走去。

「妳對他做了什麼？」他逼問。喜鳳吐出一口唾沫。

「哪有什麼，她不過就是欠打。」麻子臉說，「如果你不打，她就會咬斷你的手。」

斷鼻子正要說什麼時，大門突然莫名奇妙地震動起來。不一會兒，大門被打破了，一團灰影像霹靂砲般衝進來。他眉毛上沾了點雪、嘴角黏著冰屑，並帶進一屋冷冽的寒風；他的外套破了，上臂有一個小的穿刺傷。喜鳳像一下子有了活力。

「止聾和尚！」

「喜鳳姑娘！」

「來了一個光頭捕快。」麻子臉大吼。他、斷鼻子與小黃各抓著一把兵器，背靠起居室的牆壁站穩陣腳。止聾現在被三把尖矛包圍。

「放下武器，強盜，別做無謂的抵抗。」和尚說，眼睛左右掃視。小黃突然放聲大笑，揮舞著矛，在止聾面前戳來戳去。

「我要戳你的舌頭，和尚！」

哇，這名山賊犯了一個典型的錯誤；就戰術上來說，用一根兵器指向平民百姓的頭，在心理上確實能先發制人，但對少林寺和尚可不管用。止聾躲開了它並一腳踢中年輕山賊的腹部，把他打得撞到牆壁。小黃萎靡在地，噁心嘔吐。和尚隨後輕盈地踏上牆壁、身體在空中翻飛一米高，巧妙地避開從後面襲來的兩根長矛。著地站定，止聾擺出格鬥架勢。麻子臉與斷鼻子向前衝，抽出他們腰上掛的武器。麻子臉的短斧劃大圓砍向止聾肩膀，止聾身子一歪躲過，並順勢把這個惡徒拽到地上。和尚把短斧踢開，對準山賊的臉一記重拳，打得他頓時失去知覺。

緊接著，斷鼻子的單刀也嗖嗖地來，止聾即時蹲下，向旁翻滾，離刀不過寸許。老山賊的刀喀啷一聲打在地上，把波斯地毯劃了一小道口子。止聾剛剛才站穩腳，單刀倏然又至，就直對著和尚的臉劈下來。

斷鼻子目瞪口呆，不相信和尚竟能空手入白刃，使得單刀無法再往下劈。止聾咬緊牙關，雙掌更死命地挾著山賊刀刃的兩面。雙方都在爭奪這件武器的控制權，他們的血液仿佛在這一刻沸騰起來。

喜鳳跳起來想幫忙。

「喜鳳姑娘，別來！太危險啦！」止聾皺一下眉，喜鳳遂停下來。斷鼻子瞥一眼想確定喜鳳的位置，卻感覺一陣戳心的痛，原來止聾一腳已踢到他的心窩。斷鼻子像一隻被宰的公牛倒在地上，不停地咳。止聾把他的武器扭下來，拋到洞穴最遠的一端。

「喜鳳姑娘！」止聾喊著，轉向她。

女子一邊面頰淤青得厲害，衣衫被撕破了，嘴角淌著血，滴在她滿是汙垢的身上，除此外似無大礙。當止聾瞪著三個躺在地上的山賊時，他平日裡溫和的神態為義憤取代。其中兩個山賊呻吟著，另一個像石頭般一動不動。有一剎那，和尚恨不得把他們一個個抓起來，再給他們一頓好打，但他現在手邊有更重要的事。

喜鳳抹掉她下巴的汗水，棕色的眼睛仍餘悸猶存地顫抖。她把她凌亂的頭髮往旁撥，跨過倒地的三個山賊。斷鼻子仍然倒在地上，咳得像要斷氣，似乎暫時不是威脅。小黃躺在他自己吐的穢物中，一隻手有嚴重的燒傷，而麻子臉蜷著身子，張著嘴，不省人事，兩粒米色小石頭點綴著這山賊的衣服。喜鳳知道那是斷了的牙齒。

止聾衝向喜鳳。

「喜鳳姑娘！」

和尚看到了她的傷，不由得心中一寒。天知道在這個驚險的過程中，她是如何奮力頑抗。掩住自己的嘴，和尚默默地為她所承受的苦難感到震驚，根本不敢想如果他晚來一步會怎樣。

「喜鳳！」

他的心一時無法運作，混混沌沌——再多佛教的哲理也無法輕易撫平這種感受。

「止聾和尚，你的手在流血！」喜鳳說。她的髒手握上了和尚的手。就那一剎那，他們對對方的情意不經意地流露出來。止聾這才注意到為了挾住斷鼻子的刀刃，在他的兩掌留下的小刀口。

「會好的，喜鳳姑娘。」

「我們必須先止血！還有你的手臂！」喜鳳大驚小怪的，撕下她漢服的袖子裹住止聾受傷的手臂。驚訝於她應變的能力，和尚審視她的眼睛，看是否仍有創傷。任何不習慣這種局面的人都會顯得相當失常，但喜鳳似乎掩藏得很好。

「我們得趕緊離開。」後面一個聲音說，是那個綠眼女子，「他們還有更多的人會回來的。」止聾轉身看到一個與喜鳳同樣美麗的年輕女人，瓜子臉上是一對深邃的綠眼睛。他定是盯著瞧得久了些，因為喜鳳突然在他手臂上捏了一把，傳達出忿怒。

「失禮了，姑娘，妳是哪位？」和尚問，半躬著身。

「她是我的朋友，是我剛剛才認識的。他們也想對她施暴。」喜鳳答，「而且，止聾和尚，如果你看夠了，我們該找路回少林寺去。」

「當然。」止聾說，「我們一起離開。希望妳還能走路，喜鳳姑娘。而妳是……？」

「玉婷。我叫玉婷。」綠眼女子回答，躬身行禮。喜鳳沒吭聲。止聾點頭回禮，開門步出洞外。一陣刺骨寒風向他們三人襲來。

「如果他們真的還有更多黨羽，那我們得直接回少林寺。那兒最近又最安全。」

喜鳳跑回洞穴，抱回三件大衣。

「單憑功夫可沒辦法禦寒。」她眨眼道。

「別忘了河岸邊的弓箭手。」玉婷叮嚀。

「我知道。其中一人還好意地給我留了一個臨別禮物。」和尚瞄一下自己受傷的上臂，「我認為我們該避開河岸，那兒太沒遮掩。兩里外有一條橋能通到少室山，但太遠了。我提議走一條更快的路過去。」

「是什麼？」

止聾行了一個佛教合什禮。

「是一條少林寺古老的密道。」

他們三人出了洞穴，向左轉，朝與河流平行的樹林匆匆地跑去。

沒人注意到洞穴中移動的一隻手。

馬鳴嘶嘶，山賊頭目快馬加鞭地奔馳過太室山的凍林，留下一列被踢起的白雪。雪花撲得他滿臉，樹木如模糊的白黑色線條由此騎士身邊飛過。他第三次向後張望，想確定是否有人跟蹤。

到目前為止一切尚好。

運氣好的話，即將來的暴風雪該能提供一些掩護。我很快就到得了洛陽，在那兒我可以潛伏一陣子直到找到法子逃到其他省份，他暗自盤算。轉了一個彎，他嚇了一跳，原來他正直奔進兩名戴著忽必烈軍徽的騎兵的視線內。他們像似剛搭起晚上過夜的營帳，而且正狼吞虎嚥著火腿白菜粥；錯愕的騎兵立刻放下晚餐，躍上坐騎來追山賊。

山賊老大暗罵一句，探手拿他的弓，掉轉馬頭，反身瞄準，拉弓放箭。箭隻嗖嗖地射出去，射進一名騎兵的胸膛。那個騎兵身子一歪倒下，生命跡象已無。他的馬兒拖著他的屍體在雪地上跑。

另一名騎兵咒罵一聲，平舉起一把怪模怪樣的十字弓，弓身中間裝了一個像盒子般的彈匣及連發的發射桿。不旋踵，空中充滿微弱的顫動聲。山賊頭目忙抬起一手遮臉，但一排短箭擊中了他的身子。與此同時，他的馬在一片薄冰上打滑；牠嘶叫著，腿拼命地踢，在翻倒前努力想站穩，但終究還是滑落進旁邊的圍蘺。山賊頭目被甩到地上，半埋在雪裡。

喘著氣並立意要來取這惡棍的命，剩下的那個騎兵下馬走來。笨蛋山賊定是自己設下這個冰的圈套，可能在激烈追逃中忘記了。*活該*。騎兵手伸進他臀部掛著的箭筒，摸出一把短箭，裝進他改良的諸葛弩的彈匣內，這種連發弓十六秒能發射十株短箭。他把手扣在發射桿上，走向倒在一棵樹下、身上滿是洞的山賊。

剎那間，山賊仿佛從死裡復活，手刀劃出一個大圓猛烈劈下。騎兵吃痛大喊，他的諸葛弩與數根手指已被削斷。山賊頭目從雪堆中躍出，刀光亂舞，淩厲無比。當騎兵的喉嚨被戳穿時，鮮血便噴了出來。

死亡的惡臭漫入空氣中，山賊踢開尚未死透的騎兵，抽回刀，把雪地染成一片殷紅。插刀入鞘，山賊頭目一下子癱下來，在腎上腺素的作用下，他的身體仍處於眩暈狀態。

感謝老天爺我真好運，他暗忖。他解開他的外衣，裡頭是一件鱗片狀的盔甲背心，被兩條皮帶綁在肩上，跟那兩名騎兵穿的相似。有幾根十字弓的箭簇穿透了這層薄鐵，在他胸前鑿了若干不規則向內凹的洞。山賊把一些箭簇由那些洞拔出，些許木屑便由這些小洞掉下來，露出鐵甲下的一層硬木甲。山賊摸了摸，似乎沒流血，於是放下心來。硬木甲及鐵甲兩者一起救了他的命。他暫時騙過了死神；幸運在他這邊。山賊頭目轉身去駕馭騎兵的馬，正開步走時，突然大喊著掉下馬來。

撕裂般的痛楚由他的腿往上延伸。他一瘸一拐地走向最近的樹。齜牙咧嘴地，他望著他的腿，發現一隻十字弓的短箭貫穿了它，乾淨俐落地像插在烤肉上的烤肉叉。他痛得皺眉頭，舉起刀，正待砍斷短箭的箭頭時，聽到一個非常熟悉的聲音。

「你想跑去哪兒？」

山賊頭目吭啷掉下了他的刀。

「不要！」他哀號著，拔腳就跑。他抱著蜷得像爪子般受傷的腿，單腳儘可能地快跳；嚇壞了的山賊看一眼後頭，倒抽了一口氣，便跳得更快。現在的地表不再是冰，逃命的山賊沿著路跑得更遠，單腳挑起一堆堆的雪。

逃啊，我必須離開這兒！

山賊又一次往後看，感覺到一條冰涼又重的鐵，刷過他的臉再打到地上。鮮血由他破碎的鼻子湧出，但他仍不願束手就死，所以他倒退著爬，希望自己能離開這個威脅愈遠愈好。

「別殺我。那只是一個意外，我發誓！」他哀求著。站在他面前的身影一聲不吭，愈發靠近。

就在那時，山賊頭目有一種很奇怪的感覺，像是他的世界陡然慢下來。他的心被捲入了一個回憶的渦旋。記憶一幕幕飛逝過去，最後停留在多年前一個特殊的事故。當一個錐形物快如閃電地貫穿他的腦門時，他的恐懼升到了最高點。他往後倒下，後腦杓撞到了雪地。

山賊不由自主地抽搐，兩眼悄無聲息地失焦；然後就一動不動。

殺手神情漠然，把武器扭出來，在雪地上灑滿了鮮血與人體組織。他擦拭著武器，轉身離去。

「你是怎麼找到我們的？」玉婷問道，上氣不接下氣、一腳高一腳低的在樹林中趕路。止聾注意到兩個女子在後面苦苦跟隨，盡她們最大的努力不在穿過這片凍林時落後太多。和尚倒退幾步，跟她們一起走，並一直警惕可能由四面八方落下的箭。

「我跟縱他們的腳印。其實是非常不容易的，因為地上只有幾堆稀疏的雪，而且多半不夠深，很難留下一個清楚的印子。」他說。

「難道你憑直覺找到我們？」喜鳳問。他點點頭，一邊把灌木叢撥開，讓兩個女子好走。

「幾乎是偶然，喜鳳姑娘。我聽到有男人吵架的聲音，所以我趕向那個方向。聽說山賊愛爭吵，生平頭一回我為此慶幸，要不然我可能還在亂找。我正好及時看到他們把妳放上一條像是木筏的東西渡河。」

「那你是怎麼過河的？」玉婷問。

「我又沒船，所以我用一個少林寺的老方法渡到對面一邊。那就是我們現在要回去少室山的辦法。」止聾邊說邊往前看。

「一條秘密的橋？」玉婷問。止聾搖搖頭。

「不全是。不過我想你們兩人自己看比較好。」他答道。

喜鳳挑起一邊眉毛。

「為什麼？」

「到那兒妳們就知道了。」止聾說，把一個令人安心的手放在她肩上，「相信我，喜鳳姑娘。」

三人繼續在沿著少林河的樹林中奔行。兩名女子發現要維持她們的速度愈來愈難，因為和尚把她們引上了一條陡峭的坡道，雖然他時不時停下來拉她們一把。他們繼續前進。

「少林的大師啊，我還有一個疑問。」

「什麼事？」

「你說你看到他們渡河後便消失在樹林中。那麼你是如何找到山賊的巢穴？它藏得很隱密的。」玉婷說。

「沒錯，玉婷姑娘。如果是夏天的話，要找到他們藏身的洞穴應該更難，但現在是冬天，所以他們一定得裝一個煙囪之類的東西，不然他們就沒火爐用了。幸運的是，我誤打誤撞地找到這個有史以來最小的人工通風孔，它掩藏得很巧，卻把最美好的熱氣噴到山上。找到它以後，就是感覺感覺山坡看看門在哪兒囉。」

「在你把那些弓箭手放倒後？」喜鳳問。

「嚌，因為他們試著要小聰明嘛！還好傷得不重。」止聾說，邊笑邊指著他被戳破並已被包紮的胳臂，還好只是箭頭劃過去的皮外傷。

喜鳳微微笑，感謝佛祖與老天爺給止聾窮追不捨的意志。當她跨過一個小灌木叢時，她感覺到止聾握住她手腕的力道緊迫起來，讓她懷疑前面還有什麼狀況：答案就在眼前。

前面一棵大樹的三尺外，就是太室山的盡頭。從那兒，地面陡然下降到少林河河岸的深谷，就在他們下面四十多米處。她立刻頭昏眼花起來，心臟怦怦亂跳，一把抓住和尚尋求救助。玉婷也倒抽一口氣，立刻甩開止聾的手，本能地抱住離懸崖最遠的一棵樹。

「玉婷姑娘，不是妳看到的那麼可怕啦。」止聾說。

「這就是你的計劃？」女子喊，拒絕離開那棵給予她安全感的樹，「先要我們翻山越嶺，然後要我們跳水？」

和尚指著他身旁的一棵大樹。

「不全是。我們要用這個。」他伸手一拉，抓住女子們乍看以為只是一根普通樹枝的東西。一條褐黃色纖維編成的粗繩牢牢綁在樹上，它一直延伸到河對岸遠處的另一棵樹，提供一條直通往少室山的捷徑。玉婷搖搖頭。

「我不要爬過去！」

「我們不是用爬的。」和尚說，非常清楚附近的任何山賊都聽得到她的聲音，「有椅子坐。」喜鳳與玉婷兩人看著止聾把一張舊木頭椅上的雪拍掉。這椅子用纜繩固定了一個簡單的滑輪。和尚把滑輪的槽插在繩子上，拍拍椅子，要她們快坐上。她們看了一眼峽谷，看到兩條繩子由少室山出入。一條綁在他們身旁的另一棵樹上，角度朝上，以便把人送進太室山；另一條繩子的角度稍微往下，是回去的路——就是止聾現在要用的。兩個女子只要坐在椅子上，地心引力自然會工作；它是少林寺版的纜車橫渡山谷法。

但兩名女子的遲疑是可理解的。

「止聾和尚，我……」

「別擔心。它很安全。我的同門們一向用它過河或運貨，而且妳們兩人較輕，一次可同時載兩個人。」止聾一再保證，肯定地望著喜鳳。然而她仍覺得他的回答不那麼保險。止聾向還是站在那兒發抖的玉婷伸出手。她緊緊地抓著樹，用力得指關節都發白。

「我絕不上去！」

「拜託了，玉婷姑娘。我們必須儘快趕回少林寺。天快黑了，如果我們再磨蹭，我們可能會凍死，要不山賊也會找來。」

「別說了，我就是不走！」她聲嘶力竭地說。止聾正要走上前，天外突然飛來一箭，射到附近一棵樹。他往山間小徑瞧下去，看得到斷鼻子握著一把弓再次生龍活虎起來。這個流氓拉弓引箭，隨即箭矢就飛了出來。

當兩隻箭朝她胸前直射而來時，喜鳳簡直嚇呆了。

她身前的氣流啪啪作響，緊接著的一幕就是止聾臨危不亂地雙手各抓住了一隻箭。他緊張地對兩名女子喊：

「去！坐上椅子，快！」喜鳳和玉婷急忙坐上椅子，她們的腿懸空離地僅幾公分。止聾看到山賊由箭筒抽出另一隻箭。他急忙轉向女子們。

「不管怎樣，抓緊支撐，千萬別放手，直到妳們抵達對岸。」和尚說，指著連接椅子和滑輪的纜繩。喜鳳照辦，但和尚卻必須扳著玉婷的手幫她握緊纜繩，因為她還是有點兒恍忽。

「往後靠！我要把妳們推動囉！」和尚喊著，慌亂地望著又拉開了弓的山賊。不敢讓這個混蛋離開他的視線，止聾彎起一腳對準兩名女子背後。

「等等！止聾！那你怎麼辦？」喜鳳驚叫。

「我隨後就來。」他答，看著斷鼻子又射了一箭。

咄！

和尚的手臂急伸出去，立刻除掉了這個發射物。與此同時，喜鳳感到和尚的腳輕輕踢向她及玉婷的背，把纜車椅送下橫越少林河的纜繩。兩名女子緊閉雙眼，覺得胃腸已跳到嗓子眼。她們在空中滑行，速度愈來愈快。

滿意了，和尚轉回來對付那個鬼頭鬼腦的山賊，但什麼都看不到。斷鼻子不見了。止聾急忙躲到一棵樹後窺視，依舊看不到什麼。山賊可不笨，寧可躲躲藏藏也不願跟一個少林和尚正面交鋒。止聾慢慢地現身，假裝望向山賊巢穴的方向，馬上便有兩張弓發出嘣的聲音。和尚立即撲在地上，咬緊牙關，兩隻箭便由他頭上嗖嗖飛過。現場可不只一名山賊——可能有一名他先前打昏的弓箭手、或是外出犯案歸來的斷鼻子的同黨——那也無關緊要啦。成功的伏擊是縮小武僧與不入流殺人犯之間差距最佳的方法。無疑的，止聾必須繃緊神經，絲毫大意不得。

「它為什麼不動了？」

是喜鳳的聲音，止聾嚇得眼睛差點兒爆出來。瞥一眼那條少林寺版纜車，止聾頓時腦中一片空白。那張椅子在橫渡峽谷的約莫半途中卡住了，使女子們毫無遮掩地懸掛在水上，好似掛在外面去風乾的臘肉。他還來不及反應，又是一個拉弓引箭的聲音。這次從一個新的方向傳來。一隻箭呼嘯過去，離女子們的坐椅不過數寸。不久，各式各樣的弓就開始朝著兩個嚇破膽的女子發射。

「不好！」止聾喊道。他必須當機立斷；是把弓箭手一個個揪出來還是去幫那兩名女子過河——他選擇後者，因他不能作壁上觀，只是希望那些射手射不準。快得像一頭雪豹，止聾頭下腳上地扒在纜繩上，瘋狂地爬向那個卡住的椅子，同時祈禱沒一隻箭能中的。

像是過了一世紀，他終於到了那兒。

「止聾！」喜鳳尖叫著，抱著頭躲避飛箭。和尚，吊掛在離少林河數層樓高的位置，伸出一腳去踢滑輪，但滑輪動也不動。他轉一個圈，感覺到一隻箭貼著他手肘飛過，射碎了他的衣袖。儘管他如此艱難地調整，和尚仍無法找到一個好位置。他只好拼著最後一口力氣，半空翻轉，成功地抓住了滑輪，用力搖它。纜繩抖下了如雨的冰屑，女子們也再一次發現自己正在滑動——這次快得多——朝少室山去。唉！可止聾沒時間喘息，因為他發現自己陷於一片箭雨中，且仍困掛在繩索上；他吃力地繼續僅憑一隻臂膀，掛在空中。

「停火！」

止聾看到斷鼻子山賊，現在正站在太室山那端綁著這條繩子的大樹旁。那個惡棍一拉，整條繩子就抖動起來，使和尚無法控制地顛上顛下。另一方面，喜鳳與玉婷滑到了少室山的一小塊空地上，並被拋到雪裡。喜鳳匆匆爬起來，看止聾到底怎麼了。

「他還吊在繩子上！我們得幫他！」她招喚著玉婷。玉婷的綠眼睛還在激動與恐懼中驚顫，一句話也不答，反而轉身往完全不同的方向跑，直接衝到少室山的樹林中。

喜鳳看著嚇了一跳。

「玉婷！妳要去哪？」她大喊，已然太遲。轉眼間，玉婷已跑得不見蹤影，而喜鳳必須急忙轉回去看止聾，他正沿著繩子拼命往下爬，而箭枝在他周圍咻咻飛過。

斷鼻子抽出他的大刀指著和尚，像是打得意猶未盡。

「看起來，今天我們才是勝利的一方。」他說。其他的山賊也由太室山的樹叢後現身，不懷好意地笑。斷鼻子繼續說：

「好好喝口涼水吧，和尚！」

言畢，這個惡棍大刀一揮，便往繩子砍去。喜鳳大驚失色地目睹止聾感覺繩子突然鬆弛下來，抓也抓不住，整個人掉進了少林河冰寒的河水中。

寒冷侵襲著他，仿佛數以百萬隻冰棒戳進他的身體；它灌進他的鼻孔與嘴巴，令他像一個破爛的布偶，猛地抽動起來。一聲令下，山賊的弓箭手們舉起弓箭與十字弓朝河面猛射，使得河面上水花四濺，滿是泡沫。喜鳳趴在平台邊緣，對玉婷一去不回的惱怒已被新的恐懼取代。

「止聾和尚！」她悽厲地喊。

止聾與自然在角力，頭下腳上地呈螺旋形下墜，在凍寒的少林河深處捲起一個旋渦。他的視線已模糊，快凍僵也快窒息。最壞的是他周遭的水不斷砸下如雨般的石頭與箭。和尚的肺因渴望氧氣而灼熱，同時一種令人僵硬的寒凍在往四肢擴散，使它們沉重如鉛塊。亂撲亂打地，他拼命想把自己往上扳，卻什麼都抓不到，只能盡量把頭往上伸，已經到吸水邊緣了。止聾的嘴巴冒出了斑斑水花，啪地衝破水面；喘一口氣後，他拼命地拍打卻又往下沉，他試著爬也要爬出這個極凍的折磨。

在這連一絲空氣都無法觸及的地方，他渴求空氣的欲望已開始讓步。他與寒冷已合而為一。

當他下沉時，他的嘴巴拖著一串水泡。他正在向瞌睡投降。

斷鼻子笑起來，興高采烈地望著止聾往深處沉。其他山賊不斷地扔石頭放箭令他更幸災樂禍。不久，弓箭手終於在斷鼻子的命令下停火。

「別浪費你們的箭。他沉太深了也射不到。那個笨蛋一定沒氣了。」他大聲喊。

其他的山賊把弓背起來，也仔細向水裡瞧。

「他們壯得像野牛。或許我們該把他撈起來，嗯，最好弄個清楚。」其中一人說，但斷鼻子搖頭反對。

「水冷得快結冰，無論什麼東西或什麼人掉下去都起不來。如果你覺得不妥，你可以自己下水一探。我們現在得快點行動。他那些同門一定會大舉來搜，所以我們最好趕到下一個藏身之處去與老大會合。」

山賊們拖著腳慢慢離去，消失於太室山的樹林中。

止聾感覺到他的四肢與頭部還在，但他無法讓它們動彈。他的心像一袋濕泥，迷惘、遲鈍，幾乎被這個令人麻木的冰寒麻痹，而他那本應清澈的雙眼，現在只剩下灰暗的光芒。他的肺部迫使他開口，當最後些微的氣體離開他的肺臟時，水面浮上了小小的水泡。

一個影子模糊了他的視線，黑色，像人那般大小。

這個變形大怪物現在擋住了他的視線，似乎短暫停留後又更加接近了他；然後，一根附肢伸了出來，抓住和尚的手腕。在如雲的水泡中，這個變形物向上移動並搖擺起來，帶動一股水流往止聾頭上沖，將他從昏沉中驚醒。再一個扭動，止聾覺得自己的身體向上衝，直到衝破了水面。感覺到空氣的存在，他張口呼吸，真是千鈞一髮。他的視線前後掃視，想知道到底是誰或是什麼救了他。

「止聾！」喜鳳喊。她那溫柔的、關懷的眼睛映進他呆滯的瞳孔，是他有生以來最樂於看到的景象。年輕和尚想張口說個什麼，但發現他的下顎沒法好好活動。年輕女子注意到和尚的嘴唇與耳朵凍得發紫。她一手勾著止聾的頭，側身游向太室山河岸，費盡吃奶的力氣，把比自己重又幾乎動彈不得的和尚弄上岸。他爬上了河岸，劇咳又顫抖，靠著附近一塊石頭撐住自己。

「喜——姑——」他口齒不清地說。

「止聾和尚，我們必須帶你離開這個冷地方。你知道哪裡可以躲一下嗎？」喜鳳問，她自己也快凍僵了，只是沒那麼糟。止聾伸出一根顫抖的手指，指著山腳下一個樹叢。兩人一起步履蹣跚卻堅定地往河岸上走，只偶而停下讓止聾趕上。他們又濕又冷得發抖，走到了一個小樹叢，地上有一個不規則的開口，通往一個半被遮掩的窪坑。兩人進去，行進中穿過一片樹根形成的小屏障。止聾的身體還無法完全協調，不免踉蹌地往前撲，便發現喜鳳與他自己已在一個像是天然形成的石洞中。石壁多石少土，地面上有一厚層樹枝與乾葉，形成了一個軟墊。止聾總算放下了心，一直咳嗽，他已用盡全身僅存的力量由河岸走來這兒。喜鳳推他到最深的角落，以避寒風。和尚虛弱地笑了笑。

「妳——妳捨命來救我。我永遠欠妳的情，喜鳳姑娘。」

「止聾和尚，是你冒著生命危險把我由山賊手中救出來的，我才該謝你哪！而且如果不是我被擄走，這所有的事都不會發生。」她摸著和尚的臉說。雖然她的手冰涼，但他閉上眼睛享受這個片刻。喜鳳吐一口氣後就來剝止聾的濕袍子，止聾滿臉不解。

「我們必須脫下你所有的濕衣服。」她加一句。止聾棕色的眼睛疑惑地看著她，非常難為情。

「喜——喜鳳姑娘，我不認為……」

「止聾和尚，你必須讓我做這件事。濕衣服會讓你失溫的。」

她先脫去他一直穿著的山賊的冬衣，接著是他灰色的佛教僧袍和長褲，再用一些乾枝葉遮蔽和尚顫抖的身子。捧著止聾冷得像冰的袍子，她感覺到她的腳被輕輕拍了一下。

看著腳下，在一堆樹葉中，是一個粗布手帕包著的扁平小包，以細繩綁就。當她彎腰把它撿起來時，細繩與手帕便散開來，露出裡面一個折疊著的、潮濕的文件，上面是一幅不甚完整的圖，旁邊還寫了一些什麼字。

多古雅的設計啊，她邊想邊瞥一眼還在顫抖、渾然不覺的止聾。它一定本來就夾在他的衣服中，可能就塞在他的腰帶裡。一時不知該往哪兒擺，她便把它放在自己抹胸內層的口袋中，決定以後再還他。現在，如何處理止聾的失溫是最重要的事。女子把他的衣服擰乾後，拿到洞口去吹，然後捧著洞穴地板的樹葉往年輕和尚身上蓋。當她往他身上堆樹葉時，止聾瞬間鬆懈下來，他太累又太冷，已無法顧及羞恥，直到喜鳳站在他面前。

「臉轉過去，止聾和尚。」她說。止聾聽命照辦，而喜鳳也轉過身子脫掉她自己的濕衣服並也立刻用乾枝葉把自己包裹起來。她又撒了更多乾淨樹葉在止聾身上、形成一個舒服的絕緣體後，自己便緊緊依偎著發抖的和尚。他們就這樣躺了半個時辰，靜待身體回暖。當外頭的風雪愈吹愈大時，他們漸漸打起瞌睡來。

● — — — — — — ●

風耳把他的手臂往黑暗中伸出去。他掛在一根短棍上的燈籠，在暴風雪的肆虐下晃動得厲害，連裡面的燈油都潑了出來。這個小和尚，是眾多走在皓平師父前面搜索隊的一員。跟在後面的皓平師父也一樣，正在努力維持著他自己的火炬不被吹熄。隨著暴風雪加劇，師父與弟子兩人身上積的雪愈來愈多，前者眉毛上更結了白霜。

「如果我們再向西走，師父，我們就要到少林河了。我們該調頭嗎？」見習武僧在風中招手，喊著。

「嗯——嗯。」皓平哼了兩聲。風耳伸出戴著連指手套的手穩住燈籠。

「師父，我沒聽清楚。你是說好還是不好？」風耳問。他拉開雪帽的帽沿，咄的一下蹦出他招牌的順風耳。他走近一步，望著皓平半睡的臉。這個懶惰的老師全身包裹得密不透風，只看得到他的眼睛與鼻子。懶惰的師父用一隻發抖的手把嘴上的布往下扯，讓他的嘴亮了一下相。

「我們往回走。風雪愈吹愈大，而且我肚子餓了。」

它是少之又少的一次，這個撲克臉孔的師父竟然出聲埋怨，但風耳不願讓步。

「那止聾師兄怎麼辦？」

老師往寺院的方向蹣跚地走，沒答理。弟子喊得更大聲。

「師父！」

皓平毫不猶豫地繼續走。風耳又氣又惱，死命往樹林裡瞧，希望其他和尚已經找到了止聾或喜鳳。他們兩人午餐後不知何時失了蹤跡。君寶和尚最先發現情況不對，遂以一個緊急宣佈打斷了下午的課，並動員其他和尚到附近山坡，上窮碧落下黃泉般焦急地搜索。到現在，他們已找了好幾個時辰，目前為止尚無所獲。雪已經積得比膝還高，隨著夜幕逼近，風雪只會變本加厲。

這個弟子也正要調頭回去時，突然注意到在他右邊的溝渠中有什麼東西。

「皓平師父！」風耳大聲喊。老師像沒事般。

「師——父——！」

皓平好不容易停下來，嫌煩地比個手勢。

「這次是什麼事？」他皺著眉。風耳指著北邊。

「前面的溝渠中像有什麼東西。看起來像衣服。」他說。皓平顯得不堪其擾。

「那就去看看唄。回來報告，要快！」

風耳領命，在滿是脆冰的雪地上，跑得像瞪羚一般，蹬幾下，就到那一頭，而懶惰的老師父倚著一棵樹等待。到了溝渠後，見習武僧找到了他最初瞄到的東西——一片綠色像絲綢般的布料，長又等寬，上面輕輕地沾了一點兒雪。它又軟又亮，用力扯也扯不斷，無疑的是織造廠織的高級絲綢。年輕和尚扯下他的連指手套，用自己長滿老繭的手去摸。出乎意外的是，這段布很長，並被一些淺淺的新雪壓在下面。他用力拉，發現它絆到前面一個小樹叢後就繃緊了。

皓平師父依著一株樹，邊等待邊望著他的小弟子。在這個昏暗的暴風雪中步行了好幾個時辰，讓他覺得又餓又倒霉。*止聾與他的女朋友一定在樹林*

中迷了路。他簡直想不透，是什麼理由讓一個少林和尚去樹林私會一名當地女子。*哼，活該*。簡直是現世報。皓平哼了一聲，等著風耳帶上失蹤的人冒出來，管他是死是活——當然啦，反正無關緊要。老師父一點都不在乎，甚至當小和尚的腳步聲走回來時，他都懶得眨一下眼。這個弟子推了一下師父。

「又是什麼事？」皓平發出一聲呻吟。

「那個灌木叢後有一個女子蜷縮在那兒，師父。」

師父與弟子衝到溝渠，看到一個年輕女子，蜷得像個胎兒般，只蓋了幾根樹枝禦寒。她身上已飄了些雪，而且抖個不停。她的手埋在一件昂貴絲袍的褶層中，那兒一條帶子被勾到一些樹枝上——就是那條剛才風耳瞄到的腰帶。她看起來才剛昏迷幾分鐘，因為她身上沒有太多的雪。皓平瞪眼說：

「她就是止聾的女朋友？」

「不，師父。這是另外一位女子。讓我們把她抬回寺裡，她快凍僵了。」

老大師退後一步，不願把手露在夜晚的冷空氣中。

「好。風耳，你來抬。用你的外套圍住她的肩膀。」

「但是，皓平師父，我也需要它。現在冷得很吶。」

「你抬她就會出一身汗。現在讓我們回寺院裡去。」

「嗨！」是另一個聲音，由樹林朝他們衝過來。風耳揮手回應。

「君寶師兄。」

資深武僧身上一塊塊的雪，喘噓噓的，「還是沒看到止聾嗎？這個人是誰？」

「君寶師兄，我們還沒找到止聾師兄，但我們剛剛發現了這個女子。她不是喜鳳，可她一樣須要我們的幫助。」

君寶臉上的擔憂顯而易見。

「喲，君寶，風耳。暴風雪更大了，我得往回走。」皓平說，但資深武僧不願作罷。

「皓平師父，我們現在不能回去。止聾還在外面。」

「我們已找了好幾個時辰，做了一切能做的了。」師父沒好氣地說，「止聾不該去樹林跟附近女子幽會的。我們現在就帶這女子回少林寺去，沒得商量。今天我們好歹救了個人，對我來說，已經夠好了。」又一陣強風掃向他們，讓他們臉上結了更多的冰。

一名老和尚穿過樹林跑過來，並盡量擋著自己不讓凜冽的寒風掃到。是高師父。

「暴風雪來了！現在回寺裡去！把命令傳下去！」他大聲喊，一邊看著風耳臂彎中的女子。君寶扯住高師父的袖子。

「高師父，那止聾怎麼辦？」

高師父搖搖頭，滿臉抱歉。

「我們必須回去寺裡，趁現在風勢還不算太大。對不起，君寶，我們只能等明早再搜。」高師父說完朝不同方向趕去，飛奔過地平線上的一個山丘，該是去通知另一批和尚。皓平師父不帶勁地擺一個手勢，像是說「我不是告訴你了嗎？」

「皓平師父！我們不能把止聾與喜鳳留在外面。拜託，我們得繼續搜索。」君寶抗議，但年紀較大的和尚擺手不再理會，一搖一擺地走下山巒。

「君寶師兄，幫我一把。我一個人沒辦法抬得動她。」風耳邊扛著女子邊拉著資深武僧的袖子。

君寶什麼都聽不到。

第13章

效法鳳凰心

一片雪花，由山洞入口的隙縫飛進來，飄過黑暗，最後停在止聾的嘴唇上。由睡夢中慢慢驚醒，和尚眨眨眼，從樹葉堆中伸出一條胳臂來摸自己的鼻子和耳朵，看是否結了冰；他用力把它們掐一下，還好有點疼。他身體其他部分倒像是向雪人借來的，因為他的四肢雖能移動，但仍麻木不堪；他深深地呼吸，感覺吐氣通過口腔的溫暖。他臉部的肌肉也稍微柔軟了。他在黑暗中坐起來，凝視熟睡的喜鳳。記起來她是如何將他由冰水中拉出來又進入這個洞穴，他不知自己該如何報答她。

她動了動。

「止聾和尚？」

「喜鳳姑娘。」和尚說，又躺下來。

「妳好嗎？」

「嗯，還好，我只待在水裡一下下。你呢？止聾，當時你的嘴唇全紫了。」

「我現在感覺還好。」和尚回答，瞧一眼自己被淹沒的身子。樹葉好似有生命似地把他完全吞沒，只有他的頭露在外面，離喜鳳的不過寸許；臉紅了的和尚點點頭。

「喜鳳姑娘，那些混球對妳做了什麼？」他悲傷的眼睛疲憊地凝視喜鳳的臉。她臉上的青腫及傷痕依然觸目驚心。

「沒有什麼是好不了的。」她雙手撫摩著止聾的手，說道。和尚看起來十分傷心。

「如果我早到一步，妳斷不會遭受這般野蠻的對待。」想到她忍受了什麼樣的羞辱，他就想吐。如果他安排的是另一個地點與時間，他們或許根本碰不到山賊。喜鳳試著望進止聾的眼睛，但他似乎因罪惡感而身軀一縮，不知該如何自處。她把自己挪近，頭靠上他的肩。

「止聾，我現在沒事。謝謝你。」

「我也該謝謝妳才是，喜鳳姑娘。」和尚說，在黑暗中點頭致謝，「可別誤會我不知感激，但為了救我而跳進水裡實在太過危險，更不用提還有那些箭矢的威脅？希望妳今後不要再做這樣的事。總之，我對妳是感激不盡，阿彌陀佛。」

喜鳳點點頭，翻了一個身趴著，下巴墊在雙手上。

「止聾和尚，你不會游泳。」

「我確實不會。」止聾虛弱地笑了下，「很好笑是不是？寺裡教我們如何用手劈石頭，但我卻不會使用同樣的一雙手把頭浮在水面上。如果不是因為妳，我不凍死也淹死了。」

「但你也把我由山賊手中救出來啊。」喜鳳說，看起來還蠻欣慰的。他們靜靜地躺著，風在外面呼嘯。

「止聾和尚，當你發現我失蹤後，為什麼不就回少林寺？你可以組織更大隊的武僧。你也有更多時間為禦寒做準備。」

「因為到那個時候，山賊就跑得太遠不好找了。追山賊是須臾都不能浪費的。」他說，「再說等到搜索隊伍集合出門，這些混蛋一定早已跑得不見蹤影。而且天就要黑了。我不想等到明天再找。如果我那樣的話，天知道這些殺人犯在那段時間會對妳做什麼。」

喜鳳伸手撥開撩在眼睛的頭髮。

「那君寶和尚呢？他知道我們出事了嗎？」她問。

「不，他不知道。但他一定會注意到我不見了，並且現在該已通知了寺裡。他們常常派搜索隊找尋失蹤的僧侶，只有天氣太壞或太黑才取消。」和尚邊說邊望向山洞遠遠的另一頭，把他們與寒冷隔絕的山洞洞口。一場暴風雪正在醞釀，呼嘯的風把更多雪花零零落落的吹進這個封閉的避難所。他們目前處於一個既安全又溫暖的地方。喜鳳再次閉眼祈禱，希望這一刻不要結束得太快。止聾清一下他的喉嚨。

「喜鳳姑娘？」

「嗯？」

「另外那個女子怎麼了？」

「她跑掉了。」喜鳳答道。

「跑了？奇怪。什麼時候？」

「當我們一抵達這座山後。她一衝就衝到樹林那邊去。不知道中了什麼邪。」

止聾在黑暗中眨著眼睛，不確定該怎麼想。綠眼女子是無法在冰天雪地的森林中撐過一個晚上，除非她找得到地方躲——而這些遮蔽只有熟悉這個地區的人才會知道。他私底下希望她沒事。他們就這樣靜靜躺了幾分鐘，終於睡著。

幾個時辰後的半夜，喜鳳翻了一下身。暴風雪現在已減弱許多，只有幾片雪花零星地飄進他們躲避風雪的地方。她用一隻手臂支撐著自己，赫然發現她原來晾著吹乾的衣服已經折疊整齊地放在她頭邊，可以穿了。儘管這個洞穴只是山腳下一個小洞，月光仍由洞口輻射進來，提供暗淡的光讓她著衣。但亮度畢竟有限，能見度不高，所以當她轉身看到黑暗中有什麼在動時，她嚇得幾乎跳了起來。

「天哪！止聾和尚！」

「晚上好！希望我沒嚇到妳。」他說，吹著他手中那溫暖的東西。他把剛點燃的火絨放在靠近山洞中央、一個他已經用樹枝圍起來的圓圈，中間是乾葉子。他吹著氣，讓火種微微地閃動，然後向喜鳳招手。

「這兒熱烘烘的。靠近來，喜鳳姑娘。妳會比一個鍋貼還燙。」

她走過去坐在止聾旁邊，這時他已經重新穿上了自己的袍子。儘管衣物仍然有些濕，但他不再失溫，而且為了起這一堆火熱得一身汗。他的雙頰現在已回復了原來的顏色。他微笑著，用一根樹枝撥弄這個溫暖的、已燃燒著的火堆，同時喜鳳也捲起袖子，伸出手來烤火。在這個原本可能略嫌無聊的山洞中，他們兩人一起盯著火看，欣賞它的火光。她注意到止聾搓著他手臂的箭傷，便看到由其中滲出的黏液。

「止聾和尚，我可以看看嗎？」她指著他的傷口問道。他點點頭。就著火光，她捲起止聾衣袖的一角，解開她早先綁上的繃帶。她把血跡與膿液清

除，用新雪將傷處洗淨後，再另外撕下一片她自己的袖子當乾淨的繃帶。在綁繃帶時，喜鳳發現帶子綁得有點兒鬆，繞得緊點兒又嫌太緊。所以她就把自己的翠玉髮釵拿下來，把鬆的繃帶繞上髮釵裡面的尖叉，再用外面那隻尖叉緊緊地別在止聾流血的手臂外面，像是一個可調整壓力的別針。止聾謙恭地鞠躬。

「謝謝妳，太高明了。喜鳳姑娘，我可以問妳一個問題嗎？」

「什麼事？」

「風耳告訴我妳去年才到河南來的。那妳以前住哪？」和尚問。女子凝視著火堆。

「我跟我父母住在老家。因為一些事情我才搬到了這兒。那是我的決定，也是我父親的。」

「哦？那你父親也住在這一區嗎？」

她搖搖頭：「他原來是北方人，但現在他寧可住在成都。他與我母親是在那兒相識的。他說旅行可增廣我們的視野。」

「所以你是在成都長大的囉？」止聾問。

「是的。」她雙手抱膝，「四川永遠會是我的家。成都本是一個寧靜的城市，直到蒙古入侵。我那時還只是一個小孩。蒙古人一來，我們便舉家逃到鄉下，到我叔叔田莊附近避難。我們算是幸運的，還有地方可去，只在風平浪靜時才回去城裡。儘管蒙古人想來就來讓生活變得艱難，但我還是不想住到別的地方。」她輕輕地拂著她的頭髮。

「那妳為什麼離開呢？」止聾說。

「因為那些……提親啊。止聾和尚，我不是自誇，但媒婆與美女探子絡繹不絕地上我家的門，急著塞大筆錢財給我父親，要我嫁給某某富豪。真是不勝其煩。」

止聾注意地聽。他明白，在他過去遊歷過的城市裡，許多極為美麗的女子都只與富有之人往來。喜鳳回想起她早幾年前的歲月，半搖著頭。

「最後，我母親建議我跟其中一些人見上一面。最難纏的就是那些世家子弟。不論是貴族、權貴、巨賈。如果我長得醜，他們一定對我連正眼都不瞧。止聾，他們向我保證的情感是空虛的。」她把臉偏向另外一邊，「他

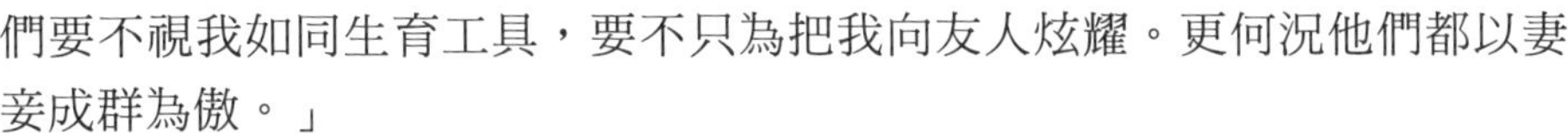

們要不視我如同生育工具，要不只為把我向友人炫耀。更何況他們都以妻妾成群為傲。」

「喜鳳姑娘，在某種程度上，你不沾沾自喜嗎？」止聾問，「大多數的女子應該都喜愛禮物或至少是別人的傾慕。」

喜鳳表示不屑一顧。

「當然會讓人感覺良好一陣子啦。但他們的財富把他們一個個變成令人厭惡的小皇帝。在我面前，他們不住地自誇豪談，口中談及庶民之苦，一點不顧及我家的出身亦如此卑微。他們不可一世，大言不慚地說他們將如何助我脫離貧困。最後我對他們的感覺是唾棄多於羨慕。他們宛如天上的雲朵，俯瞰著塵世間的眾人。」

「哇！他們真沒禮貌。你沒接受他們的求婚真是太好了。而且感謝老天爺妳沒受他們影響。」止聾說。

「謝謝你，止聾和尚。你知道，我最後一個議親更是不歡而散，讓我下定決心搬到北邊來。」

「又是另一個世家子弟嗎？」

「不全是。」喜鳳說，「他是大同市一個普通的裁縫。」止聾有點兒吃驚。

「他不那麼高高在上，所以我母親喜歡他。即便如此，我們相處得格格不入。他雖不爭不吵，卻總是只顧自己，置我於度外。他希望我是他的奴隸，隨他口令行事。他埋怨我不順服，你知道，不夠服從。到最後，他簡直跟那些富家子一樣糟，只是不那麼富有或直言不諱罷了。」她蒙著臉。

「止聾和尚，是我太自私了嗎？」她問。

「當然不是，喜鳳姑娘。而且我也不是說客套話。」止聾說，把手放在他的胸膛上，「就我而言，我認為婚姻不該以金錢為基礎。當然財富對一個家庭來說相當重要。」他搔著頭，「但我認為它不該是婚姻中唯一要件。至於順服嘛，嗯，尊重他人、視彼此為同等的個體一樣能有好的男女關係。就像德敬師父常說的，一個人沒必要把另一個人踩在腳下。」

「我希望每個人的想法都跟你一樣，止聾和尚。在我們的社會，一個女人的位置似乎在她丈夫底下永遠不能翻身。」喜鳳雙手抱著頭，「有時我恨自己生為女兒身。我希望能為我自己做主、我的聲音能被重視、我能自由表達意見，而且我想自己選擇婚姻對象。我亟望這些事太過份嗎？」和尚把他的手放在她手上。

「不，一點兒都不過份。」

這是一個令人欣慰的表示，儘管他們兩人知道如此想法不能廣被接受。當時中國的傳統反倒是它自己進步的阻力，它不顧一切地規範了父系社會中理想婦女的角色。社會對女人的共識是嫁入一個富裕人家、當一個賢妻良母、以夫君為天。喜鳳的願想定會遭人詬病——顧及女子處境的姻緣並非沒有，但少如鳳毛麟角並被公認為離經叛道。

止聾頻頻點頭，十分了解喜鳳的處境。在他一生中，他看過當時社會許多姻緣基於名望、經濟保障、嫁妝、關係、土地、身份而結縭。庶民百姓常把美麗女兒送入富商或貴族家；又或許這個女子美麗非凡又年輕，那麼皇帝陛下的選妃使者便會將她送入宮中，成為嬪妃。不管那一種，女孩的雙親都將得到豐厚的補償。要能不動心，喜鳳的父親必須有超越他那個時代的想法。

「我同意。婚姻應該是雙方基於對彼此的愛而做的事。真遺憾，許多人結婚卻只為了經濟的保障。」他說道。柴火霹啪爆了一聲。

「止聾和尚，那你呢？」

止聾笑了笑，揚起一邊眉毛。

「我？」

「哼——哼。」

和尚咬著下嘴唇，望著一輪滿月，欣賞它那鬼魅般的光。

「哦，我的生活很簡單。我不過是修習禪拳合一之道的一名平凡僧侶而已，喜鳳姑娘。我這一生是寺裡叫我做什麼就做什麼，我們不必想太多……我的意思是，師父們都幫我們決定好了，所以我不必像妳一樣遭逢諸多尷尬困境。而且我最好的朋友永遠是君寶師兄。」

「你的父母在哪兒？」

「說實話，我一點都不記得他們。德敬師父告訴我，他跟他的師父行腳到湖北時，在一個水缸裡發現了我。所以我猜我父母大概是湖北人。」

「在水缸裡？天哪！那兒有饑荒嗎？」

「但願不是，不，我不願那麼想。可能是被遺棄吧。」

喜鳳捏著和尚的手。

「嗯，你現在在少林寺可是擁有一個充滿愛心的大家庭。君寶、風耳、彬杰、竹哥……他們都真心愛護你。那些師父們也一定喜歡你。」

「是的。」止聾搓著下巴，「德敬師父、福裕方丈及其他人儘最大努力養育我們，引導我們走在聖潔的路上。對我來說，寺裡的師父就如同我的父親，和尚與尼姑則是我的手足。我們的養成有點兒像是在農場長大，從訓練到犁田，我們被教導要承擔自己的責任。佛教啟迪我們對他人有同理心、謙卑待人、杜絕慾望、尊重自然，包括我們如何審視自己。它教我們感恩，不論我們過去遭遇多大的不幸，也要學習接受事實。所以雖然不曾見過我真正的爹娘，但我沒有怨恨。而且在看到一些來自破碎家庭的和尚，不認識他們可能反倒是一種祝福。」止聾說，聳聳肩。

喜鳳有點兒遲疑地點頭。

「竹哥與彬杰告訴我，你們少林寺有一個比其他人都嚴格的師父。」

「哦，他呀。他是有點兒難搞。妳還記得園遊會那天那個身材魁梧、留鬍鬚、最後表演的和尚嗎？就是那個單手把攻城槌停下來的？他就是大師父羅湖，而且哇，他可真嚴。其他師父跟他在一起就像小白兔。只要他在場，君寶和我就好像總是做錯事一樣。」

「你不太像個惹禍精啊，止聾和尚。」喜鳳說著，似乎光想到就覺得好笑。止聾也笑出聲來。

「我有時有點兒拖拖拉拉，但那不是真的讓他惱火的原因。羅湖不喜歡輕易原諒人的和尚，或比其他人更有好奇心的人。對他來說，這些特質只讓人分心而且太娘娘腔。他說他能在幾里遠外聞到一個心志脆弱的和尚，這就是他對我的印象。他總是耍狠又執著，但他確實是一個最強悍的師父。對他來說，我這種人與他的信念是相左的。算了吧！這就是為什麼我寧可跟德敬還是其他師父打交道。」和尚說。

「我一點也不覺得你軟弱，事實上，你是一個非常善良又真誠的人，止聾和尚。」喜鳳說。

「阿彌陀佛，喜鳳姑娘，而妳是一個誠實又勇敢的女子。我佩服妳心甘情願去做妳認為對的事。喜鳳姑娘，*加油* [21]！」他說。當這些話還在餘音

---

[21] 加油：友好的鼓勵話。

繞樑時，喜鳳把臉向和尚歪過去，但當止聾也要做同樣的動作時，她又把頭縮回去，像是意識到她自己舉止的暗示。

「嗯，再多告訴我些君寶和尚的事吧。」她低聲說。

「君寶師兄？」止聾說，也看起來有點兒不好意思，「如果你可以忽略他的冷言冷語，他倒是一個值得信賴的好朋友。他武藝的稟賦一向令人咋舌。當我們還在剛入門時，他甚至三兩下就把資深武僧擊敗，而且他只須別人三分之一的時間就能將大多數的套路練得滾瓜爛熟。」止聾說。

「那他一定是師父們的寶貝囉？」

「誰，君寶？哈，不見得。他比任何人惹的麻煩都多。我的意思是，他真的對道教著迷又愛吃燒肉，這也讓少林寺高層震怒，但他們仍把他輕輕放過，因為他是我們的王牌。更何況我想師父們也不願冒著被打敗而丟人現眼的危險與師兄交手。我猜，他們一定會輸，除了羅大師父外。」止聾眨著眼，「還有，妳問我這些事真是太客氣了，喜鳳姑娘。從來沒有人對我這個人的生活如此感興趣。」

「任何時候你都是我的關心，止聾和尚。阿彌陀佛。」她說，行了一個佛教禮。止聾也回禮，高興得臉都紅起來。

「而且你可以叫我小鳳。我的朋友都這樣叫我。」

和尚感覺有什麼東西正在他胸膛裡擴散，像是溫熱的蜂蜜正在他的血管中奔流。小鳳，「小小的鳳凰」。

「當然，小鳳。」止聾說，覺得有點兒陌生卻又心懷喜悅，「而妳也可以只叫我『止聾』，如果妳願意的話。」說實話，她可以叫他任何她喜歡的名字。和尚偷偷感謝老天爺把他們撮合在一起，當他們兩人繼續凝視著營火，他們的兩顆頭偏過來，直到漸漸靠在一起。他們望向山洞口，看到太陽的第一道光。

「曙光。」和尚說，「小鳳，我們現在該走了。暴風雪已經過去，我寺院中的兄弟們很快就會來尋找我們。」

他們撲滅掉營火，挖開部份擋住入口的雪後，才踏足步入暴風雪後的寧靜。止聾把由山賊處拿出的毛皮大衣圍在喜鳳肩膀，然後與她輕快地穿過樹林往少林寺的方向去。在明亮的晨曦下，路徑清晰可見。

在樹林中走了兩刻鐘，止聾發現他右側的樹木後有一抹淡淡的灰影，從遠處不帶一點聲響地亦步亦趨。他停住腳步。

遠處傳來一聲狼吼。

止聾把喜鳳推到前面，朝樹林深處跑，偶而往後偷瞧一眼。他們笨拙的逃跑動作，很快吸引了更多在雪地上留下腳印的追蹤者。當她瞥向身後時，喜鳳眼中的恐懼顯而易見。

「止聾！」

「別慢下來，小鳳！」止聾大喊，「牠們喜歡由後面攻擊。我會幫妳擋住！」

一匹狼忽如其來地撲向止聾，獰牙裂嘴地向他咬去。和尚以迅雷不及掩耳之勢反應，一腳猛踢，如同鐵錘般重擊那肉食者的胸膛，強行將其驅退到了一個安全的距離。在短暫的對峙後，兩者相互凝視，然後和尚緊握喜鳳的手，轉身奔向更加密集的樹林深處。這隻狼仰起頭向空中嗥叫，呼朋引伴。

止聾嘶一口唾沫；沒武器沒火，即使有樹木可以稍擋，要想擊退一群狼將是一個令人生畏的任務。當兩人愈往林中深處去時，追捕者們與他們保持同步，於樹幹間迂迴行進，再現身時，距離又拉進了些許，但牠們卻不就此進擊，可能想多逗逗牠們的新獵物。這是十二個時辰內的第二次危機，止聾的表情轉為凝重。他時不時得停下來向野獸們踢上一腳，不讓牠們近身，同時希望喜鳳還有力氣奔跑。和尚四下望去，這兒確實到處都是可以爬的樹，但在他們爬得夠高之前，狼群定群起而攻，而且再怎麼說，喜鳳可能極少或完全沒有爬過這種東西的經驗。

前方遠處傳來一聲狼嗥。

不好！

止聾迅速抓住喜鳳的手，猛地將她拉停，僅僅幾米之遙，便是一匹獰狼。四面八方的狼群漸漸逼近，和尚急忙將喜鳳拉至自己身旁，兩人背靠背站立。

「小鳳！貼緊！」他喘著氣，此時狼群開始包圍他們，牠們肉食動物的眼睛閃爍著一絲歡愉。一隻狼輕跳到前面，來咬止聾的手，但和尚快速躲過，乘隙飛出一個前踢，踢中野獸側臉的下顎處；牠就地打個滾站起來後，倒退步進入陰影中，嗥吠。汗水由和尚臉上滴落。另一隻狼跑上來，顛在後腿上，對準喜鳳的後頸就咬。止聾滑過來，往那隻野獸胸膛猛踢，把牠踢

得撞到一棵樹，震得那棵樹一陣搖晃。少林和尚失去平衡倒在雪裡，正好看到一隻狼往喜鳳撲去。

止聾一頭扎進來，把喜鳳絆倒，用自己的身子去掩護她。

危在旦夕之際，眼前的雪景突然暴開，一個白色巨物由雪中冒出來，跳到兩人前面。

一聲比任何狼隻更令人膽寒且更原始的咆哮，尖銳地穿進止聾的耳朵，連晨曦的天空也變得如鬼魅般的幽白。這個新來者笨重地落在地上，立刻便用牠鐵砧大小的腳掌，把那隻撲上來的狼打得歪歪斜斜地飛入草叢中。

這隻大白老虎站起來有八尺多高，牠露出像匕首般的獠牙，一聲王者之吼，立刻震懾住群狼。大貓抬起滿是肌肉的前腳往下頓，搗到地上的力道把附近樹上的積雪紛紛震落；牠那厚實的、帶條紋的毛髮就像波浪般地抖。狼群往後退卻沒撤走；現在有兩打狼隻環繞著止聾、喜鳳與老虎，牠們全部恫嚇似地嗥吠。不知為何，狼圈突然分開，讓出一個空間；一隻較大的狼由牠們中間現身，站出來來挑戰老虎。

頭狼一身亮眼的毛皮，純黑中挾著一撮撮鋼鐵灰的挑染。當牠踏入戰場，威猛地露出狼牙，其餘狼群便恭敬地向後退讓，讓出更多空間。比其他狼隻都高，這隻頭號公狼站起來與一個未及青春期的青少年相當；牠低吼一聲，展現牠弧形的白牙。

白虎可沒打退堂鼓。牠毫不退讓地蹲在地上，吼著、賣弄牠的爪子。

挑戰開始了。

但狼隻一向詭計多端。一隻勇敢的狼衝到前面，咬了一下大貓的後腿；老虎回以暴怒的一掌，但靈活的小狼已跳了回去，避開了大貓致命的爪子。老虎突然感到身體一沉，原來頭狼逮到大貓分心的剎那，跳上去，用其狼牙緊咬住大貓堅硬如石的皮膚。老虎憤怒地大吼，反掌把頭狼拍落，丟向兩隻較小的狼。剎那間，群狼一擁而上，展開狼海戰術。一半狼群轟炸式地東咬一口西咬一口，其他則專攻老虎的脖子。

這一次老虎已有準備。狼群發現自己被左右開弓地驅逐，不是被捶就是被劈，而牠們的大貓死敵只受輕傷。戰鬥在少林寺周圍的樹林中持續著，地上狼血斑斑。老虎把一隻哀哀叫的狼隻掃到灌木叢中時，乘隙向止聾與喜鳳一個照面。頓時，他們腦中聽到一個聲音。

回去你的寺院，你的夥伴在找你。

止聾摸一下他的頭，糊塗了。他放眼向四方望去，看見他的左側有一片沒被惡狼盤踞的大破口。當確認每隻狼都全神貫注在老虎身上後，和尚抓著喜鳳的手，兩人拔腳就跑。他回頭瞥一眼，正好看見老虎整個身體往頭狼撲上；雪塵揚起，哀鳴的狼被摁在大貓的爪下。老虎對著其餘的狼隻張開大口發出勝利虎吼，牠們終於嗚咽著敗北，一溜煙地向樹林深處撤退。直等到最後一隻都逃得無影無蹤，白虎才鬆開爪子，讓被擊潰的頭狼脫身。打了敗仗的頭狼先試探性地邁了幾步，然後才夾著顫抖的尾巴沒命地逃。

哇，真令人刮目相看，止聾想。*難道這隻老虎是信佛的？*

喜鳳把手插進和尚的臂彎。

「止聾怎麼回事？快！」

「老虎饒了牠們的命。」

女子由和尚肩膀偷瞄了一眼。

「牠跑去哪兒了？」她問，推著和尚往同個方向看去。真的吔，他們剛才離開的地方空盪盪的，除了幾具狼屍外，只留下了無數的腳印、凌亂的雪及四濺的血汙。止聾覺得匪夷所思，最起碼他們應該看得到老虎撤退入林的背影。和尚搖搖頭，這整天都太瘋狂了，但他們仍不敢慢下腳步，繼續在樹林中向少林寺的方向跑。他們一步不停，直到出了樹林。

太陽迎著他們，照亮他們面前正有一條小徑通往另一個小山的山腳。止聾望了周遭最後一眼，咳起來，精疲力盡地彎下腰。

「妳還好嗎？小鳳。」他問道。

「還好。」她回答。他們兩人手牽手沿著空地走，看著太陽越過地平線，感覺溫暖滲透進他們疲憊的身子。相鄰山丘的山頂上，一個比種子還小的斑點冒了一下。

那是一個人的輪廓，因背對著太陽光所以是黑的。他停住了。那個人形弓著身子往前傾，好似要確認他眼前的景像。

然後他往前飛奔，一邊大喊。

「止聾師兄！止聾師兄！」

止聾笑開了。

竹哥師弟！

現在這個小和尚的臉清晰可見，日照下，少年三步併兩步地跳下山丘，他的臉因喜悅而發紅。

「我找到他了！嗨！在這兒！」他喊著。地平線上的太陽突然變小，因為山頭上冒出三十名和尚組成的搜索隊。他們跑下山丘，全幅冬季裝備，手上還拿著棍子及弓箭。

止聾欣喜若狂，喜鳳也鬆了一口氣幾乎哭出來。竹哥衝到止聾的懷裡，這兩個朋友擁抱在一起，等其他和尚趕上來。

「止聾師兄，我們以為你完蛋了！」

「我？完蛋？對我有點信心好嗎？師弟！」止聾開著玩笑。其他和尚也趕到了，大家如釋重負，把大衣與毛毯蓋在止聾與喜鳳身上。

一個高八度的聲音傳來。

「請讓開。我得確認一下。」

君寶把其他兩名和尚撥開，像一陣風衝到止聾面前，並把止聾推得抵到一株樹。年長的和尚對準止聾的頭就是重重的一掌。竹哥倒吸一口氣。

「君寶？你怎麼……」

「你瘋了嗎？你找死嗎？你怎能在這種天氣亂跑而不告訴我們任何一人？」君寶喊起來，揪住止聾的衣領繼續打，直到其他和尚衝上來把兩人分開。止聾揉著他抽痛的耳朵。

「君寶師兄……」

只有到那時候，他才注意到他師兄的臉。那張一夕間蒼老的臉，眼皮上的皺紋、乾裂的嘴、沒闔眼導致的黑眼袋。疲倦的、年長的和尚吸一口氣讓自己鎮靜下來。

「我出動整個寺院去找你，甚至附近其他所有的寺院。你知道我有多擔心嗎？」他大喊大叫的。止聾想開口說個什麼時，君寶突然給他一個熊抱。

「師兄，對不起。我讓你擔心了。」

第14章 一份疲憊不堪的報告

「你胡扯！」

「哪有。我眼睛可沒瞎。」止聾很堅持。

「不可能。河南可沒老虎！」另一個和尚說。

「誰知道呢？」德敬師父聳聳肩，「可能牠是從哪個跑江湖的馬戲班子逃出來的。」又一個和尚搖搖頭。

「即使一隻長成的老虎也不可能那麼大。止聾，你十之八九是看到海市蜃樓吶。」再一個和尚說道，不確定地看著他的伙伴。

「嗯，我也看到了。」君寶說，「喜鳳姑娘也是。難道我們三個人幻覺一樣的東西？也太扯了吧！」

其他和尚們都不說話了。自從回到少林寺，止聾的奇幻之旅聽起來那麼怪誕，多數少林和尚都嗤之以鼻。即便是君寶，他也曾短暫的看過白老虎一眼，亦覺得他師弟所言匪夷所思，而不禁自問他們兩人看到的是否只是幻象，更不用說那些跟他們不太熟的和尚了。竹哥、風耳、君寶、德敬師父、宜和及一群資深武僧一個接一個的問題排山倒海般衝著止聾來，而且羅大師父對止聾與女子私會、又不通知寺裡而擅自追逐山賊一事大為光火，亦對他大加訓斥了一番。但止聾慶幸他能與喜鳳活著回來，即使他們曾與山賊交鋒，因此羅湖的斥責也不讓他那麼垂頭喪氣了。事實上，一回到少林寺，止聾做的第一件事就是帶著歡喜的心唸了半個時辰的經文。就是說，直到其他和尚端來一大鍋梨子甜湯才被打斷。當他們聽得起勁時，後面更

多和尚又加了進來，逼得止聾一次又一次重複他的故事，每一個轉折都令大家難以置信。風耳把手肘撐在止聾的墊被上。

「止聾師兄，你不覺得奇怪嗎？山賊為何在少林寺附近出沒？他們通常把巢穴設在登封外圍。他們該知道要避開這些山的。」

在愈來愈多怪誕的事情中，這個小和尚倒知道該回到問題的核心。

「他們可能是新來乍到的。」另一個和尚說。

君寶眼望窗外，陷入沈思。

「你上次在少室山碰到山賊是什麼時候？沒一個稱職的山賊會笨到把巢穴設在我們眼皮底下。」他說的一點兒沒錯。雖然少林寺本著和平共存的原則，但根本沒法讓任何笨得可以的山賊有膽子踏入少林寺的地盤。那些膽敢嘗試的，雖大多數仍可以活著離開，但不免落得個終身殘廢。

德敬師父開口了。

「這些混球一定找了好久才能一直待在那麼好的藏身處。我們以前只是沒碰到他們罷了，直到現在。這是老天爺在示警。從今以後，我們每三天巡一次山。」弟子們躬身，低聲唸阿彌陀佛。師父舉起雙手轉身對著弟子們，「我再次聲明，儘管昨天有驚無險，但今後我不准任何人自己一人去闖山賊的巢穴。那太衝動又太危險了。止聾？」

學生們噤聲，大家眼睛都瞪著他，此刻的明星和尚。

「德敬師父，我知道我的所做所為太輕率。我不會忘記今天的教訓。」止聾說。德敬拍拍他的肩膀。

「你們每個人都是我的兒子。止聾，你做的，在某些方面是無私的，大膽、英勇，足令我們驕傲。」

君寶裂開了嘴笑，死勁地拍了一下坐在墊被上他師弟的肩。德敬接著說：

「但我不能向你道喜。因為我們不是『一般人』，我們是少林子弟。」

止聾吞著苦水，點點頭。

「做為一名佛教徒，我們不容許一丁點俗世的情慾干擾我們的方向。我要問的是，是什麼動機讓你奮不顧身去救那個女子。真的純粹出於無私？或是為保全自己的私慾？我希望你問問你自己這些問題。」

老師抓著這個弟子的肩膀，深深地望進他的眼睛後才離開，並靜靜地帶上門。他的話讓氣氛頓時凝重起來且更尷尬。

「止聾師兄，你愛上了喜鳳姊姊嗎？」竹哥問，知道此時不問更待何時。止聾看上去很難為情，舀起一勺梨子湯後，又讓它慢慢流回土鍋裡。他放下勺子，濺了一些滋養的甜湯在他的床單上，然後作勢要其他和尚靠攏，低聲說出一個根本不是他們企盼的答案。

「我不知道。」

「喔，這就是答案了。它通常意味著是。」一個和尚說。

「兄弟，唉呀。他剛剛才說他不知道。」君寶說。

「止聾師兄，我們看過你看她的樣子。」風耳說。

「像什麼來著？」另一個和尚問。

「一隻搖尾乞憐的狗。你們看著。」竹哥答，一邊模仿一隻眼裡滿是星星的狗，一邊氣喘吁吁地擺出他說的那個姿勢。

「兄弟們，我不知道。我甚至不知道戀愛像什麼樣。可能吧。」止聾說，覺得前所未有的丟人與難堪。

「我們已經失去他了。」

所有的頭都轉向一名方才在後面被擋著的和尚。他走到前面來，相貌並不出眾，是一個瘦削又憔悴四十二歲的男人，名為熙文。這個和尚在少林寺略有名氣，皆因他曾結婚多年、有相當歲數後才到少林寺出家。

「止聾，你看看我吧。女人會驅使男人做盲目的事，不管是好事是壞事。你應該忘掉她，因為她總有一天要嫁人的。」

止聾沒答腔。*你有必要那麼煞風景嗎？熙文？*

「但我們的喜鳳姊姊似乎喜歡止聾師兄，或許他們終究是該在一起的。」風耳說。

「嘢，我的意思是，每當止聾在場，喜鳳總是笑咪咪的。而且止聾師兄孤身涉險都為了救她。」竹哥也附和著。

「所以才說這不好嘛，竹哥師弟。他做這些因為他喜歡她，但我們是發過誓永遠不近女色的。」另一名和尚說。

熙文和尚持懷疑態度:「那個誓約易破難守。相信我,弟兄們,當它發生時,很少男人抗拒得了。釋迦牟尼在悟道之前,他自己不也曾在紅塵中打滾?天知道如果把時序顛倒,他會怎麼樣。」他站到止聾面前。

「相信我,她將把你的優先排序弄得一團糟。你可千萬別讓它發生,這兒是你的家,少林寺是你的家。」他說著,用腳點著地。

君寶站在旁邊,一聲也不吭,抱著手臂、眼神放空。當談論到如此話題時,他當啞巴比較好,要不然脫口說出什麼他完全沒概念的話,最後自己不是像個大白癡嗎?

「你們大家寬心吧!止聾絕對不會為了什麼女人離開我們的。」又一個和尚說,「即使她像你們說的那麼漂亮。」大家一陣嘰嘰咕咕。

「這就是人生。我們找到的另一位女子更美。」一個和尚嘆一口氣。

大家一致同意。

「是啊。她美得讓男人發狂。」

「另一個女子?」止聾很好奇。

「哦,你也有興趣了?你還真貪心吶,止聾和尚。」一名和尚像開玩笑地說。

「你不是已經有喜鳳姑娘了嗎?」另一人嘆口氣。

「兄弟們,拜託啦。什麼另一位女子?」止聾追著問。

君寶作勢要大家靜下來。

「你救的另一個女子,嗯,就是那個當你掉到河裡她跑掉的那位。她現在與喜鳳姑娘在客房休息以恢復元氣。」

「是嗎?我該去看看她們兩人是否無恙。」止聾說著,放下他的空碗、掀開棉被。

「慢慢來,大個兒。讓她們再歇會兒。」君寶說,把一隻讓人寬心的手壓在年齡小一點和尚的肩膀上。

「沒錯。方丈嚴令別打擾她們。何況,她們的客房有三名我們少林寺的護法站崗,直到官府巡邏隊來到。」

「為什麼把官府攪進來？我敢打賭，在我們少林寺的歷史中，我們曾護衛過更重要的人物，而且與山賊交手我們有更多準備。」竹哥說。

「福裕方丈定是希望即使沒有我們的幫助，也能確保兩名女子在路上的安全。護衛女子只會讓我們忘記我們的誓約。」君寶解釋。

止聾倒入枕頭堆中。他有一肚子的問題想問綠眼女子，但其中一個比其他問題更讓他嘀咕，是他一見到她就跳上心頭的問題。

「妳為什麼跑走？」

喜鳳正坐在床上，手放在腿上，面對著她前面的女子。一天以前，她們兩人幾乎被一夥山賊強暴；現在她們兩人在少林寺專為貴客劃分出的客房中，安安全全地，包裹著溫暖乾淨的被單，床邊還有一大壺梅子茶。玉婷開口前，望了一會兒窗外。

「我保證我對妳或妳的和尚朋友沒惡意。我欠你們倆人情，但我跑走有我的理由。對不起，喜鳳。有些事情我不能向剛認識的人說。」

她像玻璃般的綠眼睛雖露出羞愧但十分堅決，像對劫後餘生一點兒也不興喜若狂。

「你可以告訴我。我一生都會守密。」喜鳳求她，但玉婷輕輕地搖頭，不願抬眼。

「如果我可以，我會毫不猶豫地告訴妳我幹嘛那樣跑走。然而，我就是不能說。」

這些話愈發讓喜鳳好奇，不管她多想知道玉婷為何會如此，她畢竟沒有追根究底。房門傳來一聲敲門聲，一名資深武僧抱了更多柴火進來，還有一缽冒泡滾燙的綠豆湯。

「妳們不要客氣，外面有三名護法站崗……如有任何需要，叫他們就得了。此外我們已通知了州駐軍，他們很快就會來護衛妳們回家。阿彌陀佛。」

他離開後，兩個女子除了幾句平常話外，幾乎沒再交談。

第二天晚上，從最近軍營派出的重甲騎兵簇擁著玉婷離開少林寺。經過山門時，她把臉埋在外衣的領子裡，希望永遠不要再被少林寺的任何人看見。

第15章

浪尖上的皇帝

一艘龐大的船沿著南中國廣東沿海往北航行去福州。碩大的浪花打在船身上粉碎成微鹹薄霧。海鳥與信天翁沿著它旁邊飛，像慢動作的蒼蠅般騷擾著船上的水手。與此同時，在一面飄著鋸齒形緞帶、標誌了皇家圖案的旗幟下，百來名打著赤膊的船工賣力地控制著竹帆。

南宋皇帝的逍遙船容得下三百多人，艙房、儲藏室一應俱全，上下好幾層。船艦本身被大批戰鬥舢板團團護住。戰鬥舢板上裝備有弓弩手的掩護牆、架高的投石機可發射燃燒彈及石塊、戰鑼、鍍鐵的船殼及最原始的火燄發射器。另外在場的還有許多自稱包了防火的牛皮、名為海鷹的小船。它們是令人生畏的南宋艦隊的一小部份，正由東海往上走。

在此船內部深處的一間小艙房，一位疲憊不堪的人縮在一張擺滿了捲軸和吃了一半柿子的桌子前。他轉著一枚狀甚陳舊、彎曲成釘子似的東西，一邊研究它，一邊對照一幅被一碗結凍的湯壓住的、打開了的捲軸上的古畫。

這個廢寢忘食的人不是別人，就是南宋文官孔觀，自從他在福州與羅湖大師父密會以來，現在看起來更為憔悴。做為一名有抱負的青年文官，孔觀的熱忱驅使他由一個地方官員步步高陞至南宋王朝的中書省，成為最年輕的參贊。從那時起，他除了定期監管國政外，同時也向度宗出謀獻策。他所做的一切，都是為了要南方強盛。

然而卻有一個值得注意的情況：這個王朝沒有愈來愈強。

度宗的南宋王朝已經一蹶不振好一陣子了。行政團隊為此比皇帝陛下更憂心忡忡。最近，孔觀就被委以一個大家卻之不恭的重任，就是如何策劃一個非常的計劃，以復興宋朝前此與北中國一統的局面。經過試行所有正統的方法後，這位官員現在求助於迷信，他假設自三百年前唐代滅亡後，上天與皇帝間古老的連結便被切斷了。

孔觀最後一著棋，就是希望藉著重新持有一件被前此那些滅亡的王朝所忽略的、絕對受命於天的信物，以回復上天對漢族的獨厚。中國因此將再度強大，而宋朝也將重振國威，擊潰被蒙古人統治的北方，給那些游牧野蠻人看看宋朝文化的實力。然後中國將會再度一統，重新回復如漢、唐盛世般的國家，再次既壽永昌。

這點子也太迷信了，如同當時絕望的局勢。

孔觀在他的椅子上不停地動著，搓著手中扭曲的金屬。這個小雕飾先前銹斑點點，現在亮得像一粒七葉樹果。

幾個月以前，他跟少林寺的大師父羅湖談妥了一個交易。按照約定，他該拿到河南嵩岳寺藏經閣中一張古代傳說中的圖紙。那趟搜尋交了白卷，只找到了一個先前藏在捲軸中、生了銹的小雕飾。

失望的孔觀決定看看這個奇怪、神祕的東西上有沒有什麼蛛絲馬跡。現在，經過數日的閉關翻遍典籍，他相信他可能掌握了一個可以邁向光明未來的答案。孔觀拿著一個放大鏡，對著一張畫著一個古老圖章的千年古圖，仔細比對著這個看似是一隻捲曲的小龍雕飾的「釘子」。大口吞下一杯半溫的茶，文官大人強打起精神走出他的艙房，鎖上門。當他上氣不接下氣慢慢爬上數層樓梯時，這個瘦小的官員煩惱著不知該如何說服皇帝踏上這個還沒提案的旅程，而它，如果成功的話，應能將上天的恩寵再帶回給南宋王朝。

當他爬上最上層甲板，正午的陽光令他皺眉，霎時他的世界一片燦白。這位官員倚著一面牆等自己站穩後，便穿過搖搖晃晃的走道，走到逍遙號最大的艙房。他向一名侍衛點點頭，那個侍衛便拉開厚重的絲簾。

「孔大人求見。」侍衛通報，接著示意官大人進去。

裡面是一間寬敞的大廳，有幾十位樂師及舞者在場助興。假裝沒看到他身後站著的許多全副武裝的御前侍衛，孔觀一直爬，直到距離一個堆著枕墊、佈置了香甜的藥草與線香的超大平台一石之遙才停住。侍女們舉著大盤剛出爐的烤乳豬、一碗碗的蟹黃豆腐在薑蒜醬汁下閃閃發光。四面八方，舞女們正隨著音樂起舞，而皇帝的後宮妃嬪們穿著清涼地靠在錦墊上細聲細氣地談笑。孔觀慢慢抬起眼睛，飛快地一瞥。

在那兒，不可一世地坐在錦墊中間的，就是南宋皇帝度宗。他正在聽取一名太監顧問上奏。

「陛下，臣恐怕情勢只會愈加緊迫。臣懇請陛下增兵*襄陽* **22** ，那兒的居民死傷慘重，照現在的情況，此城危在旦夕。」

皇帝眼神空洞，恍若未聞。太監拼命打躬作揖。

「臣懇求陛下。據說忽必烈為了攻城，正招募穆斯林工匠設計新式精良的武器。他已封鎖我們前去該城的補給線好幾年了，致使那兒的士氣相當低落。如果沒有我們的奧援，襄陽將無法充分準備更有效的防禦工事以對抗大汗的……」

度宗一個手勢就讓他噤聲。

「朕相信賈丞相已經控制了大局。」他喃喃地說。

「偉大的、崇高的聖上！中書省對賈丞相的看法無法苟同。因為他最大的利益並非以保全領土完整為優先。丞相對圍城的消息從來不願大肆宣揚。陛下，請聽……」

「那麼，這就是你與賈丞相之間的問題了。為何來浪費朕的時間？朕不是把整件事情都指派他了嗎？如果你不同意他的做法，去找他商量，並希望他能改變主意。」一直心不在焉的度宗厲聲說道。太監叩頭如搗蒜。

「陛下，只要您一句話，就能駁回任何賈丞相已經……」

「如果丞相不同意，那朕也不同意！現在，在我的面前消失，在朕讓你希望我切掉的不僅僅是你的那話兒之前，滾！」度宗大聲咆哮，嚇得妃嬪們花容失色。太監倒著往後爬，口中喃喃稱謝，直退到大殿入口。度宗立刻抓住兩名妃嬪上下齊手，直到他注意到孔觀。孔觀還跪在那兒，等待皇帝給侍衛一個「可」的表示。在跪等期間，這位官員是不敢開口的，除非皇帝特准。雖然犯規的下場已不像前幾個王朝那麼要命。在皇帝心情不佳的日子觸犯了他，現在僅止於割舌，相比五馬分屍算是大大往前邁進了一步。

「到前面來，孔參贊。」度宗說，像是事後才想起他。孔觀往前爬，直到他離最近的妃嬪三米遠。皇帝搔著自己的臂膀。

---

22 襄陽：並非今日的"襄陽"，它現在是一個縣級城市，包括襄州與樊城。

「如果又是有關襄陽的事，那你以後就別再上奏了。」度宗加了一句。相反的，這個官員微笑起來，合攏袖子深深行禮。

「度宗皇帝萬歲。」孔觀說。

皇帝帶點兒懶散地表示繼續。

「陛下，天大的好消息。」孔大人接著說道。

度宗抬起一邊眉毛，敲著指頭。

好兆頭。

「如陛下所知，我們漢人的帝國延續了一千多年，我們的文化博大精深，四夷莫不仰慕。」

「這是歷史啊。為什麼報告朕已經知道的事。」度宗說，露出一絲惱怒。

「陛下，請容臣詳述。陛下當知，在這歷史的長河中，正是我們這受天賜、繼龍脈之漢人，堅守並拓展了疆域至唐朝鼎盛。自那盛世以後，我們遭受北疆蠻荒之族的割據與蹂躪。前有遼、金、現在是蒙古人。」

「直言要旨，孔參贊！」皇帝咆哮。孔觀深深吸一口氣。

「陛下，承天景命的天命已經被收回去了。近數百年來，龍……那天上派遣之使者，其現身之次數日減。臣敢言，恐我們已漸失天眷。」

皇帝皺眉不樂，示意一位御前侍衛上前。他遵命走上來，拔出亮閃閃的軍刀。孔觀加快報告的速度。

「臣並非指說陛下遭天意棄絕，不配承載天命。相反的，臣堅信陛下正是天選之主，命中註定重振皇權，以領導我們走向榮耀。」

度宗展顏了，示意侍衛退下。

「你把你自己關在你的小書房五天，只為了來這兒巴結我？孔觀，或許皇族佞臣這個頭銜更適合你吧！」

「陛下聖明。就如何回復我們於天眼下的正當地位，臣有一策，懇請陛下聖裁。」孔觀說著，呈上一幅古畫。內廷侍衛拿下它，並將它遞給皇上。皇帝打開這個捲軸，裡面乃是中國過去一位相貌堂堂的皇帝端坐於他龍椅上褪色的畫像。

「這個是什麼意思啊？」

孔參贊又躬身道：

「皇帝陛下手上的是一幅古早的秦始皇御座圖。陛下，它是至今少數留下來沒被損毀的一幅。陛下注意到桌上靠近他手肘的那個物品嗎？」

「那又是什麼？」度宗看著它問。那是一件蘋果般大小的物品，其底部平整、形狀圓潤。其上鑲嵌著數條扭曲交織的龍形雕刻，環繞成一個手把。

「那是秦始皇的國璽，有時候被稱為傳國璽。」

「秦始皇的國璽？那個東西不是唐朝就遺失了嗎？跟它有什麼關係？」皇帝皺著眉頭追問。

「臣經比較歷代君王留存的畫像，發現此一玉璽至少於兩個盛世出現，相隔數百年。即便如此，其既出現於此等畫作中，顯示它乃代代傳承於我大國各位皇帝之手，直至最後一個盛世──唐朝，爾後便銷聲匿跡。自此璽失蹤之後，陛下，我們的疆域便遭蠻族所侵。此非偶然。臣敬請陛下立志尋回此璽，令其再為統御四海之皇帝陛下所用。」

「孔參贊，如此的假設荒謬極了。朕豈缺少自己的國璽？為何秦始皇的國璽優於朕的國璽？他只有一個，而朕擁有數之不盡。」度宗洋洋得意，指著室內一旁的手推車上，堆了好些雕工精緻的圖章，底盤都是方的。

「臣深知皇帝陛下的疑慮。本朝國璽的華美瑰麗，絲毫不遜色那個秦皇帝的璽。然而，本朝的國璽卻沒有如秦朝玉璽那般神聖的連結，也未獲得天賜全然的恩澤。真正承載天命之重，唯有秦始皇的傳國璽。陛下，若欲天命再彰，唯一可行之道就是重新擁有秦朝的國璽。臣恐怕其他任何印璽都不能取代。」

皇帝手托著下巴。

「那這個失去的國璽現在在哪兒？你怎能確定它目前的下落？」

「有人看到少林寺上空出現了一條龍，這正印證了臣先前之猜測。那個地方有可能藏著對我們的王統極為重要的東西。經過若干調查，我們在河南的探子成功地潛入了和尚佛寺附近的一間佛門藏經閣，找到了這個小證據。」他說著，舉起一隻小小的螺旋狀龍形雕飾，呈獻度宗審視。

「此物藏在河南登封的某座僧院中。陛下比照圖案可知，它與其他四隻龍合成秦始皇傳國璽的握把。不僅如此，我們在少林寺的內線，亦透露在那附近一間寺院中，收藏了一張更完整且附有註解的傳國璽圖案，比陛下在這兒看到的圖更詳細。」孔觀解釋，在前朝玉璽的圖上指指點點。他正了正官帽，手指天穹。

「上天要不就是指點我們傳國璽的下落，要不就是它的設計圖，或是兩者兼而有之。如果我們不能找到整個兒的，我們也可以用可能在同樣的地方找到的設計圖試著再刻一個。是神龍在召喚我們前往那裡。我們得趕緊去河南。」

「你得失心瘋了。那地方乃至整個北方都落在蒙古人之手。朕為何要離開南宋的安全之地，深入敵區，僅僅為了尋回一枚千年古璽？而且我們如何辨證其真偽？若非真物，豈不是勞師動眾？此外，為何勞動貴為天子的朕親自前去？應當是你和你的手下為朕尋回來此物。」

「陛下，世人皆知秦始皇的傳國璽有著莫名的力量，能深深蠱惑甚至是最忠誠的愛國者的心。若派遣探子前往，風險甚大，因為他們可能會倒戈或將玉璽據為己有，加之他們處於蒙古人佔領區擁有地利之便。臣自己一人也沒辦法做；因為臣是個那麼微不足道的小人物，不自量力的話，臣會遭天譴的。那極關鍵的一步，陛下，唯有您能走。一旦玉璽落入陛下之手，我們的王朝定將重霸天下。故此，臣懇求陛下，沒有比現在更適宜的時候了。忽必烈似乎尚未意識到龍的現身與玉璽的關聯。他的主力軍隊正集中於他處，其兄弟們亦被佈署深入西域。時機已到，如此良機難得一遇。我們必須把握。只需妥善預備，不出一週，我們就能深入北境。」

度宗下令群妃退下，揮手要她們快走，然後才站起身。好一個乾枯皺巴巴的男人。做為一個皇帝，他給人的印象就是沒長全、沒吃飽、沒被寵愛過——他的外表與孔大人一樣瘦骨嶙峋，僅前額略凸，宛若洋蔥。他是前任皇帝宋理宗的姪兒，在他自己母親吃下墮胎草藥後才出生，故此，度宗生長成一個體質羸弱、發育不良的人，直至七歲才開口說話。當他二十四歲時，他的叔父駕崩，他意外地匆匆被拱上王位。度宗對國政漠不關心，政務委託朝臣處理，而自己樂於享受絕對權力的果實。有關外族入侵事宜，大多逕行交由丞相賈似道處置。賈似道讓度宗在幸福的無知中，對北方忽必烈的大軍壓境消息置若罔聞，或表現得無動於衷。更糟的是，度宗的荒淫無度令人矚目，他終日沉溺於後宮嬪妃，再加上當地妓院提供的妓女。度宗揉著他的下巴，拉整龍袍，在孔觀前面踱步。

「秦始皇的傳國璽不過是一塊被吹捧的玉石罷了。如果它真象徵著天賜的恩寵，那你是在暗示朕的王朝如此不夠格？建議朕主動進入蒙古人的統治

區，這簡直是對天威的直接冒犯！你無非就是在圖謀朕的寶座。來人！」他喊著。

兩名武裝侍衛在他面前跪下，抓著孔觀。官員倏地面色鐵青。

「陛下！臣懇求您！我們的國家正處於被那些游牧的蒙古野蠻人吞噬的邊緣。我們已經嘗試過各種手段，唯獨未試此策；一旦玉璽回到我們手中，一切都會回到唐朝盛世的榮景。」他喘著氣說。

「此人意圖叛國。砍下他的腦袋。」皇帝說，懶洋洋地向侍衛比了個手勢。

「陛下！請明察。如果微臣有絲毫懷疑陛下之資格，而非堅信陛下正是天命之選，微臣又怎敢上前奏明？在河南少林寺上空出現的龍，正是天降之兆。據說千年以前，始皇帝在得到他國璽的前一夜，龍亦曾降臨以示祥瑞。」孔觀啞著嗓子辯白，像木偶般直點頭。

「既然朕尚未被龍造訪過，你豈不是暗示朕德不配位。朕乃爾等之皇帝，自登龍位之日起，便是天選之子。你把朕當傻瓜，孔觀。你的建議明擺著是要把朕送入敵人懷抱。現在，別讓我們玷污了這兒，把他在外面解決得了。」度宗邊說邊表示傳喚他的皇家轎夫。他們走進來，肩上扛了一個垂著絲簾並裝飾了皇室紋章的華麗大皇輦；他們跪著，把皇輦放在地上。皇帝上了轎輦並被抬到外面，與此同時，御前侍衛也把非常沮喪的孔觀往同個方向拖出去。下午的陽光再一次照進這位官員的眼睛，像似在嘲笑他，雖然陽光也同時溫暖著在場的每個人。一名御前侍衛抽出一把刀，其他人則將孔觀的手綁到他背後，壓著他低頭跪下。

「把他了結吧！朕會在朕的飄香廳。」度宗喃喃地說，指揮轎夫往他的情趣室方向去，他們遵命起轎。孔觀感覺到冰冷的鋼刀輕輕地點在他的後頸，不免涕泗縱橫。皇家侍衛比著刀、往後舉起，武器在陽光下閃著眩目的光。

一個大爆炸，震撼了整艘船，將幾百名海軍、侍衛、水手震得仰面摔倒。度宗的皇輦撞到了甲板，將受到驚嚇的君王倒在一塵不染、光滑發亮的地板上；孔觀則如同一枚翻轉的銅板被拋到空中，侍衛們也發現自己被拋落至下一層甲板。戰鬥舢板、海鷹船、及其他戰艇互相碰撞，海水噴得天那般高，好一部分海軍也被震入海中。

「發生了什麼事？」度宗趴在甲板上慘叫，驚惶地打量著混亂的周遭。一股洪流像炸彈轟到船上，眾人頓時成了落湯雞，包括皇帝在內，身上都又冷又鹹。逍遙船劇烈搖晃，船員只能拼命抓住任何抓得到的東西讓自己穩住。隨著浪潮稍歇，侍衛們才趕緊前去扶起度宗——他仍然處於驚魂未定的狀態。

「我們被襲擊了！是忽必烈的元朝艦隊吶！」他哀號，對此侍衛們也彼此叫嚷，大家同時一起喊叫，根本不知道他們在喳呼什麼。一名侍衛哭喊著指向天，並催著大家轉眼跟著他看。

一條形狀巨大又漫長的東西在他們頭頂的天空中飛舞，在日照下輝煌燦爛。軍士們瞪大了眼睛；皇帝更是死也不信。此條蛇形的物體突然扭頭向下，直衝皇帝的逍遙船而來；牠迅速地掠過，嗡嗡響地騷擾船上所有的人。度宗驚訝得連嚥唾沫。

「一條龍！大海中的一條龍！」他驚喊著，臉上發著光。此神蟒再次往天上縱，當牠升天時，牠的銀鬚隨著亂顫，鱗片像雕琢的寶石熠熠生輝。牠繞著不知所措的艦隊打圈，巨大的鰭蹼如槳般驅動自己龐大的身軀在空中划過，宛若在水下航行時的模樣。隨後它再度俯衝，輕拍水面像打水漂。牠的身體發著亮。牠又一次改變方向，調頭朝天上去，身子扭來扭去。

「牠在寫什麼！」孔觀喊著。可不是；這隻爬蟲突然變得飄忽不定，彎成弧形的長身子一直彈出去。一股亮閃閃的海水被神獸的尾巴帶上來，變成一片像雲一般的厚霧留在半空中，形成一道彩虹，依偎於一列中國文字中。每個文字有一塊田地般大小，字體工整。此龍又繞游艦隊一圈後，才躍回海中，當然又造成一陣搖晃，跟方才一樣，淋濕了所有的船。

那初次的爆炸聲，應是神龍從海底深處猛然衝上海面所致，度宗暗忖。他掙扎著站起來，發現他的軍兵、司爐、水手都敬畏地跪了下來；有些人甚至掏出隨身物品，作為供奉。孔觀嚇得發呆。度宗的歡喜非言語所能形容。

抹掉自己臉上的水，皇帝敬畏地盯著現在浮在天上、超凡的信息。

皇帝去河南，再次領受上天的恩賜。

度宗眉開眼笑。

「今天是一個特別的日子，是自唐代以後便不曾發生的。孔參贊，朕饒你不死，但你得護駕朕去河南。」

孔觀簡直不敢相信自己的好運。

「陛下，臣願讓臣的七十六代子孫來世繼續為您效忠。臣對陛下的大恩大德感激涕零。」他說。度宗再次轉身望著天空。

「若天意果然如此，那就讓一切隨它而來吧！朕此行河南，必將確立朕在九天之下的合法地位，且名垂青史。」他宣佈說。艦隊歡聲鼓舞，他也蹣跚地走回他的皇輦。

「起轎！」他粗魯地喊，踢著皇輦，「去飄香廳，朕現在感覺特別有*性*趣。」

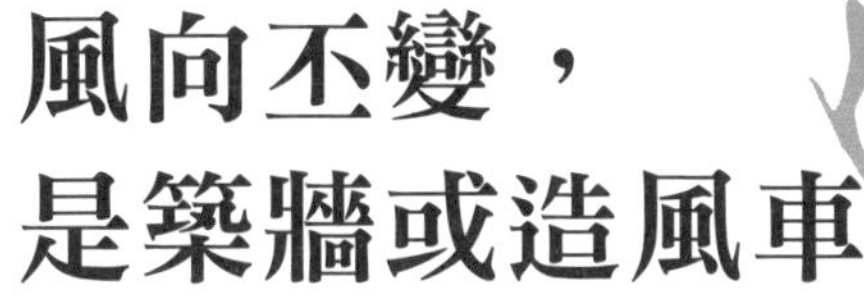

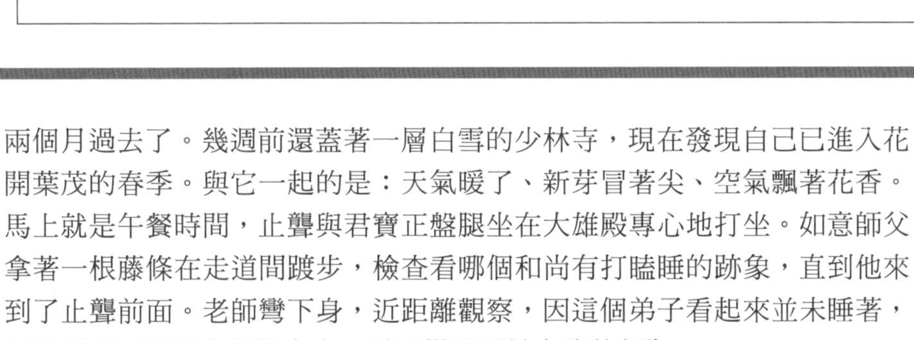

第16章

風向丕變，是築牆或造風車

兩個月過去了。幾週前還蓋著一層白雪的少林寺，現在發現自己已進入花開葉茂的春季。與它一起的是：天氣暖了、新芽冒著尖、空氣飄著花香。馬上就是午餐時間，止聾與君寶正盤腿坐在大雄殿專心地打坐。如意師父拿著一根藤條在走道間踱步，檢查看哪個和尚有打瞌睡的跡象，直到他來到了止聾前面。老師彎下身，近距離觀察，因這個弟子看起來並未睡著，但他似乎正沉浸在幻想之中，這同樣是不被允許的行為。

他舉起藤條抽了一下，打得年輕和尚頭殼刺痛。

「抱歉，如意師父。」止聾說，沒動也沒張眼。聰慧的師父溫和地笑了笑，背起手。

「坐禪時必須放空心思。止聾，告訴我，你剛才在想什麼？」

止聾覺得很難為情。

「師父，肯定不是什麼重要的事。」

「哦？不重要卻打擾你的求佛之路？」

「知道了，如意師父，課堂結束後，我會再補些靜坐來清淨我的心。」止聾說，覺得自己愈來愈像一個牽線木偶，被迫一次次重複同樣的話。鑼聲響起，讓禪定的和尚擺脫了他們久坐的坐姿。

「午餐時間！」

「阿彌陀佛。」

「我們走。」

止聾聽到一個同伴在大廳外的聲音，他豎起了耳朵。

「彬杰！彬杰回來了！」

「回來得正是時候。」君寶說著飛快地衝出門，止聾緊跟在後。一排排期待已久的和尚衝下主步道去迎接好久不見的彬杰，像歡迎一個好兄弟回家。

「彬杰師弟！」止聾喊。彬杰邊揮手邊由一輛馬車上跳下來，直接衝入若干見習和尚的懷抱。止聾排開眾人，上來抱住這名小廚師。

「止聾師兄！」彬杰說，有意地把止聾稍微用力地擠一下。

「你有大展你的廚藝嗎？」師兄問。

彬杰抱著肩膀。

「不太多。我只學會了約五十道菜，所以還算新手。」彬杰答，狀甚謙虛，「等明年吧，我將成為我們餐館一家分店的主廚。在大都喲！」

「你要當主廚了？」止聾高興地喊。彬杰在烹飪上的野心似乎沒有極限。這個少林寺出身的小廚師翹起大拇指點了一下自己的胸。

「嘢！再訓練一年，我就有資格在大都的分店當頭。你們等著瞧，我要煮最好吃的素食，連老虎野熊都將發誓終身不吃肉了。我為什麼知道，因為我一直試吃。」他說，拍拍他原先平得像洗衣板的肚皮，現在看起來像一條快塞爆的香腸。

「如來佛在上，你真該做點運動消掉它！」風耳說，用手指戳了戳它。彬杰一點都不以為忤。

「一個圓肚腩表示你健康又有錢。如果我當上了主廚，什麼都會是最奢侈的。富到流油、上等生活。你們啊，都是外行人。」

「彬杰，你可以僱用我們一些人啊。我們會是好侍者的。」竹哥說。對此，面帶笑容的彬杰嘆了一口氣，像是與一個腦筋簡單的熟人打交道。

「沒問題，竹哥，如果你自願放棄拳法練習的話，就到大都來找我吧！可能到時候已經有許多人求著要上我那兒工作，包括一大堆小妞。」

聽到這個，止聾張開口要去提醒小和尚禁慾的價值，但發現自己發不出聲音。其他的和尚揶揄著彬杰：

「呦，你這隻爛狗！上天會懲罰你破戒的。」

「吔，彬杰！天下沒白吃的午餐。」

有一個聲音可不那麼友好。

「彬杰！快滾回這兒把你的垃圾卸下來，混蛋！」

喧鬧聲頓時降了八度，同時和尚們被一個拖著超大袋子、像生氣包的波丹主廚粗魯地擠開。彬杰躬身致意，把矮胖廚師的重擔扛下來。

「是的，波主廚！」他大聲回應。止聾大度地自願提一半。

「你這裡面是什麼啊？」他悄聲問。彬杰把他領開。

「我們明天下午就走。」波丹氣沖沖地說，「所以別以為你可以放鬆了。」

胖子廚師跳回去馬車。

「波丹主廚，你上哪兒去？」止聾大聲問。

「只要離開你們這無聊至極的寺院，那裡就是我要去的地方。」波丹答。

君寶挑起他的眉毛，突然記起來這個矮胖廚師有一個比鐵矛還致命的舌頭，雖然止聾似乎不介意他說的話。

「你為什麼不住我們的客房呢？」止聾問，一點兒也不退縮。廚師滿臉尖酸地露齒笑，在馬車上低頭下望一票和尚，讓他感覺良好。

「一宿？在這兒？你怎麼會以為我這種身份的人會自貶身價？那我還不如去吃土嘞！」他嗤之以鼻。

「那個我們也可以安排。」君寶由牙縫中吐出這幾個字。對君寶的回答，波丹幾乎像嘲諷般大笑起來。

「如果你們一定要知道，我要先去登封，夜宿伊川。那兒一定勝過這個地方所能提供的任何事物。」廚子答道。

「波丹主廚喜歡住在伊川的『藍眼龍』。」彬杰說，指的是一家有名的連鎖旅館。

聽到這個，止聾一副替波丹著想的樣子。

「『藍眼龍』？那個地方所費不貲。我們一定能幫你安排什麼。我們的客房不必付一毛錢。」

波丹對止聾的提議以兩聲乾咳作答。

「沒得商量，娃娃臉。這個地方完全沒訴求。」

「但是，波丹主廚，即使你在我們的寺院只待一晚，就足令我們蓬篳生輝了。作為一個佛教徒，我敢說你絕對住過更好的地方。但在少林寺，我們保證你一夜好眠。雖然除了寧靜、茂密的樹林、遠離城市喧囂之外沒別的。住著體驗體驗——你還可以省錢哩！」

廚師仔細地看了止聾一眼。

「看在舊日的情份上，怎麼樣。」和尚說。君寶突然記起來波丹也曾一度是佛教徒。

波丹搔著一隻耳朵。

「嗯，想想我好像有二十多年沒住過寺院了。住一次又能免費聽起來不錯，更何況在回汴京以前，我還有的是旅館住。」他說，清了一下喉嚨並由馬車上跳下來。

「好。算你贏，娃娃臉。我就暫時待在這兒，但我要最大的房間，知道嗎？還有別擔心吃的。我敢打賭我的東西比你們這些人煮的狗屁好得多。」波丹說道。他左顧右盼，然後微笑起來，像是突然記起什麼。

「我還是得去一趟登封挑點兒必需品，大約晚上時分回來，喂！」他說，朝和尚們指著他的行李，「把它們全部放在我房間，不准打破東西，幾個時辰後再見。」

「波丹主廚，讓我也去幫你。」彬杰自告奮勇，但大廚表示不必。

「去玩吧！叫你劈石頭的兄弟們幫我卸下這些東西。喂？我在等著吶！」

少林和尚們提著他的行李，並向這名不知好歹的主廚揮手道別，他虛應故事地點頭回應。止聾抹了一下眉頭，攬著彬杰的肩膀。

「彬杰師弟，我們去吃中飯吧。希望你的味蕾還記得平民食物的味道。」

「我還真想念寺裡的伙食，聽起來沒道理，但那些高級食物只要吃一陣子就都淡而無味了。」彬杰回答，轉向他的師兄。

「欸，你為什麼偏要留波主廚住在少林寺呢？我還以為你們兩個不太合得來。君寶師兄一定是不喜歡的。」

止聾伸了一下手臂。

「跟你說白了吧，我希望跟他保持好關係，因為我打算以後常去你的餐館叨擾。他是那麼一個難搞的老人，但如果我能表示些友善，或許他對你能寬容些，畢竟我們都是少林人。此外他不必來往奔波，又不必花大把鈔票找地方住，而且我們比伊川更接近登封，不是嗎？」

彬杰笑起來。

「止聾師兄，謝謝你，但真的沒問題的。我與主廚相處得還不錯，因為我們都好鬥成性。他是一個又硬又老的混蛋，但我了解他的心。」

年長一點的和尚咧嘴笑起來。

「真是物以類聚。走吧！去吃飯！」

在千佛殿後面的一間房間，羅大師父坐在位於一片蓮花中、一尊高大的金身佛像前面禪修。祭壇上的一根蠟燭閃了一個燭花，這個堅硬如石的老師父只挑了一下眉毛，眼睛眨也不眨。一隻信鴿把自己精準無誤地停在窗臺上時，羅湖已站起身，一邊抓起他的錫杖。這隻動物雙翅亂拍，沒料到大師父的神速，因為這位像高塔般壯碩的和尚手一伸，快如閃電地便抓到了這隻鳥兒，並順手解開鳥腿上的小包。他打開它，裡面是一張紙條。羅湖看完裡面的信息後，就著蠟燭把它給燒掉。

老大師在硯臺上潤筆，著手寫回信。雖然他與他的銅人武僧對南宋王朝如孔觀之流的狗官所處的困境無動於衷，但他知道偶爾履行些許義務有時能產生長遠的影響。虎臉般的大師把回函牢牢綁在鳥腿上後，便把牠丟出窗外，看著牠鼓翼飛走。暗影中有一個聲音喊他。

「主人！」

羅湖轉向那個捻暗的角落，向跪在地上行佛教禮的銅人微微頷首。

「一、二、三！欸！我看不下去了。」師父悟非指著那些落後的弟子喊著。這是下午課最後的十分鐘；雖然皮包骨又如竹竿般瘦長，但悟非可是整個寺院的踢腿專家。他一趟趟帶著下午班練*金剛腿* [23] 的基本功，只見他熟

[23] 金剛腿："VajraLegs"是一種致力於各種踢腿及步伐的功夫。

練地前進，輪轉著雙臂向前走幾步，踢起的腿幾乎貼到他的臉。他啪地展身，一個旋風踢掃過空中，虎虎有聲。就一個外表那麼瘦弱的師父而言，悟非僅露這兩腿，就能乾淨俐落地解決掉任何質疑的人。當弟子們揮汗苦練時，止聾與彬杰發現悟非對他們兩人拼命皺眉頭。師父大步走過來。

「止聾，你幹嘛故意放慢速度？請專心上課。」他說。

「我們可以讓彬杰師弟休息一下嗎？我有點兒擔心他。」止聾說道。彬杰增胖的結果現在更加一目瞭然。這個少年人肚腩亂抖、臉龐像著了火、喘得像要斷氣，且流的汗比他以前多得多。悟非大搖其頭。

「我只是缺乏練習。我不需要休息！」胖嘟嘟的師弟說。悟非拿藤條點一下彬杰肚上的肥腩。

「彬杰，你的肚子都鼓出來了。敦促自己雖令人敬佩，但也要量力而為。下課。」

大家做鳥獸散。止聾、彬杰和君寶擦乾了汗，向宿舍走去。當他們往主步道去時，發現前面過去的弟子恭敬地唸著阿彌陀佛。一個身披橘黃色袈裟、戴著一大串佛珠的老人正緩步朝他們走來。止聾、彬杰和君寶躬身致意。

「阿彌陀佛，福裕方丈。」他們說。方丈快快地點一下頭。

「阿彌陀佛，阿彌陀佛。彬杰，你對你在『如食如來』的新工作還滿意嗎？」他問道，肥胖的手正撥數著一小串佛珠手環。

「是的，方丈大人。我喜歡極了！」彬杰回答，一邊用手帕擦乾他亮光光、滿是汗的頭殼。福裕方丈捏了捏少年的手臂。

「波丹主廚名揚四海。彬杰，我們以你為傲。有你如此年輕又在烹飪藝術上這般有天分的人，是為我們寺院的形像加分。讓世人知道，我們不僅僅是禪與武術。少林寺還造就在各行各業發光發亮的人。」他說著，也對君寶點了一下頭。止聾覺得自己變成了隱形人。

「福裕方丈，是止聾師兄指點我這個方向的，他也有功。」彬杰說。

「嘢！止聾師弟最會鼓勵人了！」君寶也幫腔。方丈還來不及回答，一名弟子的聲音蓋過了眾人。

「止聾！外找！」

周圍的和尚怨聲載道起來。

「嘢，當然又是他。」

「每星期都來。」

資深武僧們頭也不回地三三兩兩走開，異口同聲地說風涼話。止聾假裝看別處。福裕方丈做了一個嫌惡的表示。

「釋迦牟尼得到了般若智慧。止聾，你忘了他是如何得到的嗎？」福裕皺著眉頭問。止聾點點頭。

「他摒棄了七情六慾，敬愛的福裕方丈。」

「止聾，人一旦有了私慾，對他周遭的人而言，他就無法成為一位菩薩。你還記得四諦嗎？看在老天爺份上，你已走了那麼長的路，別再往後退。我不願見到一些心志不堅的和尚壞了我們的名聲。」

止聾點點頭，喃喃地唸著佛號，轉身走下主步道。彬杰與君寶連忙跟上。

彬杰狐疑地瞧著他。

「止聾師兄，福裕方丈講的是誰？難不成是喜鳳姊姊？」

年長一點的和尚注意到年輕和尚的眼光。

「嘢，是喜鳳。我們，嗯，是朋友了一陣子。對不起。」止聾說，滿臉抱歉。

彬杰的眼光閃避了一下，然後邊笑邊把雙手背到背後。

「我知道了。這也是沒法子的事。我總覺得你們兩人彼此有什麼曖昧。現在你是一個喜歡女人的和尚，而我是一個喜歡美食與金錢的和尚。這樣看來我們倆終於有相似之處。」彬杰說著，無力地笑。止聾也附和地點頭，不確定這個小和尚是否扛得住這個消息。彬杰接著說：

「反正對喜鳳姊姊來說，我太小了。等我畢業的時候，她就是一個老太婆囉！而且，我寧可那個人是你而不是別人。」

「師弟，謝謝。」止聾答，內心撕裂般的痛，「我覺得自己像個偽君子，而且我以為你沒法接受。」

彬杰面無表情，「嗯，沒那麼糟……」

君寶指著路前面。

喜鳳，現在是少林寺的常客，在山門口等他們。他們一走近，她便張開雙臂摟住彬杰，抱著他的光頭，把他埋在她柔軟香噴噴的衣服中。

「彬杰弟弟，我好幾個月沒見到你了。你幹嘛不去我汴京的小攤找我。」

「波丹大廚很少讓我出門，何況我半夜才收工，有時更晚。」彬杰說，他的聲音在她衣服下含糊不清。女子瞥一眼止聾與君寶。

「你好嗎？止聾？還有君寶和尚？」她加一句，溫柔地微笑。君寶玩笑似地舉起手。

「且慢，且慢，喜鳳姑娘，妳是說止聾和尚與君寶和尚是嗎？這兒可是有三名和尚。」君寶取笑著她，對此喜鳳僅害羞地笑了笑。止聾肘頂了一下君寶，並向喜鳳眨下眼睛。君寶沒防到止聾這一記，搓著他的側身，也還給止聾一個更大力的肘頂。

「就現在嗎？」喜鳳問，一隻手向山門後面搆。止聾點點頭。

「現在！」

「驚喜！」

彬杰驚訝地眨眼。止聾與君寶擺著像左右護法的姿勢，站在捧著一個大包袱包、要遞給年輕和尚的喜鳳兩旁。彬杰一接過包袱便打開來，看到裡面疊著六個食盒。食盒中擺滿了令人饞涎欲滴的素食，鋪在一層豐盛的米飯與豆類上。彬杰搖搖頭，笑起來。

「喜鳳姊姊，這都是妳一個人做的？」

「不是我一個人，你的師兄們也有幫忙。都是你愛吃的。」她說，「止聾做羅漢捲。我做杏仁酥和筍尖沙拉。」喜鳳指著第三和第四層食盒。彬杰一層層掀開，深深地聞。

「聞起來可真香。」彬杰說，「但現在蠻晚的，你們該吃過晚飯了。」

「我們還沒，」止聾答道，「而且我們的公差都做完了。自從我們知道你可以待一晚，我們就騰出時間來慶祝。」

「我們也是！」後面傳來兩聲大喊。竹哥來勾彬杰的腳，風耳也有樣學樣。他們彼此擁抱，略略聊了幾句。兩名新來者重新上前行禮，他們各拿著一把茶壺、提一盞燈籠。

「抱歉，我們來晚了。快走。我餓了。」風耳說。彬杰又恢復到他軍頭角色，向在場所有人立正行禮，一派將官模樣。

「向塔林基本功練習場前進。快步——走！」他高聲下令。在漸暗的日光下，一行人朝和尚平日練功的一個場地出發。當他們往那兒走時，他們的話語在蟋蟀的吟唱聲中低沉得若有似無。一到了空地，他們便把燈籠放中間，擺盤分筷。風耳幫大家斟上一杯又一杯滿滿的蜂蜜豆漿。螢火蟲也來湊熱鬧，溫暖地照亮他們談笑，儘情吃喝、享受中式素食宴饗；每一個食盒端的是色香味俱全。今晚的主角，不用說，就是彬杰。他津津有味地大塊朵頤，比去汴京前胃口還好，同時一邊講他在那兒工作時，一個個服務客人的故事。君寶喝了又一杯豆漿並吞下一盤涼拌海帶後若有所思。

「這個聚會還要有一盤熱騰騰的芝麻油烤肉就好了。是不是，喜鳳姑娘？」

喜鳳解嘲地笑了一下。

「嘢，我也很喜歡豬肉。我父親常去當地肉販處買五花肉。母親用它炒回鍋肉，又辣又下飯。」

想到一隻小豬只為了某人的晚餐而被屠宰就讓止聾不舒服，但他只是笑笑，不想在喜鳳面前失態。彬杰會意地點點頭。

「我也想嚐嚐川菜。我好多打那兒來的客人都超愛吃辣的。我真希望能學遍各種料理，愈多愈好。」

「那兒的菜很有勁。我擔心你沒辦法消化那種熱。」她說，向小和尚眨一下眼。風耳一個蛙跳跳到止聾面前，盯著這個和尚哥哥的臉。

「止聾師兄耐得了很多熱，喜鳳姊姊。只要妳在場，他全身總是燃著火。」他打著趣，後來更連唱帶做起來。喜鳳大笑而止聾小心翼翼地往旁望去，看到在幾個人後面彬杰的表情。

就只那麼瞬間，年輕廚師的眉頭像似皺了一下，但它去得也快，他立刻便回復了他先前輕鬆的模樣。

他們又新添了一輪飲料，一隻附近的螢火蟲停在止聾的筷子尖，天色變得更暗。一陣涼風梳理過草木，清風撫慰下的樹葉款款婆娑，讓燈籠也忽明忽暗。止聾站起來伸了一個懶腰。

「我們該收拾了。在回寺裡前，我們得先送喜鳳姑娘回家。」他說道。和尚們收拾起杯盤、打掃清潔、垃圾打包帶走，然後送喜鳳回家。到她的小屋時，她向和尚們致謝並再次擁抱彬杰，答應下一次她到汴京擺攤時，必請彬杰吃點心。

回程的路上，和尚們在黑暗中閒聊天，許多被燈光吸引來的昆蟲往他們的燈籠撲。竹哥拿著一根樹枝在他燈籠外揮舞，趕走了幾隻飛蛾，他轉眼凝視天上的繁星。

「現在已經過了我們的宵禁。」

「吔！」君寶說，「我們得儘量不發出聲響。兄弟們都睡熟了，而且我不想吵醒任何一位師父，免得被派去處理堆肥。」

他們向門口站崗的護法敬禮，躡手躡腳地進門。當他們走在主步道上時，他們的影子橫跨過月光。他們特意放輕腳步，向大多和尚已熟睡的宿舍走去。止聾和君寶到了他們的小屋。

「你不去睡客房嗎？」止聾悄聲問，看著彬杰。

「不必了。我就去我見習和尚的老地方睡。我還是離波丹主廚遠一點好；你該聽聽他打鼾，吵死人了。」

「他運氣來了，我倒有一個方法可以治好它。」君寶握緊一拳，說挖苦話。

「晚安，彬杰。晚安，風耳。還有你，竹哥。」止聾說，向師弟們點頭，「明早見。」揮著手，止聾與君寶看著師弟們悄悄地沿著走廊向見習僧宿舍的方向走。

「我不去！」

止聾停下來。聽起來像是女人的聲音。

「不像是哪個女尼的聲音。」君寶說。竹哥、彬杰、風耳也聽到了。他們全都停住了腳，極目向他們數分鐘前才進來的山門望去。

「你們也聽到了？」竹哥問。

「嘢，是從山門那兒傳來的。」止聾說。幾分鐘相對的靜寂後，同樣的聲音又喊起來，接著是一個男人的聲音。

「……那兒，我不能，不……」

「妳現在就給我回來！」

「不！」

男人的聲音聽起來粗聲粗氣，根本不顧女子求情，而且拉扯聲愈來愈大。止聾寢室隔壁的門被打開了，那兒住的和尚探出頭來，大家都納悶發生了什麼事。

「止聾，聲音是寺裡面來的嗎？」其中一人問。

「我不知道。它是由山門那兒來的。」止聾答。現在更多穿著睡衣的和尚由他們的寢室晃出來，有的一手提著燈籠。君寶飛奔的身影在黑暗中閃過去。

「我去看看。」

「等一下，師兄，我也來。」止聾說，邊跑回山門邊想，奇了，為什麼山門那兒的護法沒干涉，或至少把兩方分開。師弟們也紛紛跟進，不一會兒，寺裡大部分的和尚都被吵醒了，而且紛紛往山門處聚集。君寶，他第一個跑到大門口，離一團拔河的黑影還有二十步之遙就停了下來。兩個人影你拉我扯，像在打一場爛仗，有時升級至推擠，還傳來衣料被撕裂的聲音。和尚瞧著瞧著，終於辨認出是一個矮男人和一名女子。掙扎繼續著，矮男人哼一聲，朝女人甩了一巴掌。止聾也趕到了現場，瞇起眼向愈來愈暗的黑暗中瞧。

「師兄，讓我們去把他們分開吧！」

「我也想這麼做，如果我能看清誰在打誰。但其中一個是女人，所以我們還是別輕舉妄動的好。」

風耳與其他師弟們也到了，大家都在一旁密切地注視著。竹哥把他的燈籠往黑暗裡伸，提供足夠的亮光好把那個黑影男人看清楚。

彬杰吃驚地張大眼睛。

「波丹主廚！」

「嗨！彬杰。好一個夜晚，不是嗎？」廚子邊說還邊拉扯，看起來蠻開心的。彬杰衝到前面，輕輕地拉他師傅的袍子。

「波大廚，別在這兒！別在少林寺。你知道我們的規矩的。這兒禁止色情活動。」

「我可不是少林人，我是嗎？」主廚嗤之以鼻。

少年廚師轉身抱歉地對他的兄弟、那些愈聚愈多、大聲唧唧咕咕的和尚們說：

「請原諒他。他有時就會放縱一下這種癖好……」

「你沒跟我們說他會帶一個女人回來。少林寺不是為那種事提供服務的。」一位師父指著年輕和尚罵。彬杰垂頭喪氣、非常慚愧，而波丹繼續拖著女

子更往上走，無視眾僧的存在。和尚們現在思量著他們是該去搶救這個女子脫離魔掌，還是當場把這個廚師痛扁一頓。

唉，他們畢竟什麼都沒做。即使他們無所畏懼又大有本事，和尚們還是拘泥於社會習俗；客人總歸是客人，雖然他們不贊同他選的同伴，但畢竟是他們邀請他住下，強行干涉未免太無禮。不僅如此，他是中國素食頂尖的廚師，定期幫皇帝與權貴烹飪宴席；如此身份的人只要出聲埋怨，便極可能損及寺院的名聲。

「住手！波丹主廚，我請你好心放開手。明眼人一望即知她是不願跟你走的。」

德敬師父站在幾位剛到的師父前面，在月光下他們有的人還打著呵欠。這位好心腸、仍穿著睡袍的師父走上前，少見地使蠻力將兩人分開。大廚把德敬的手拍掉，還扯著女人的腰帶不放。終於，他邊罵邊放了手。

「這不關你的事，和尚。」他咆哮著，搓著他的手腕。

「波丹大廚，請息怒。還有女士，我本來應該請妳回去妳家，但時間實在太晚了，妳得在我們的客房待上一晚，我們明早再談。」德敬說，把燈籠向模糊的女子照去。這一照，令大家倒吸一口氣。止聾簡直不敢相信他的眼睛。

「玉婷？」他問。玉婷羞愧得連看都不敢看他。一陣尷尬的沈默慢慢地滲到寺院每個角落，因為和尚們都認出她就是數月前、他們從暴風雪中救回的綠眼女子。

「年輕的姑娘，自我們把妳由雪中救回來後，妳不是被護送回汴京了嗎？為什麼妳又來訪，還與我們的貴客一起？」德敬問，一邊盯著圓滾滾的廚子。他抹著鼻子，瞪著眼站在人群中。

「她是一個娼妓，這就是原因。我已經預付了好大一筆錢。現在拜託讓開，讓我們過去，難道要我把話說得更白？」廚子嚷起來。他的話所造成的效果，與其說讓和尚們吃驚，倒不如說讓玉婷更無地自容。沒錯，她已把自己的臉藏在她翠綠絲袍的袖子後面。

自從去年冬天，止聾把她由山賊窩救出後，止聾心裡就一直犯嘀咕，感覺他似曾在哪兒見過她。現在他終於恍然大悟，玉婷的確就是他誤闖汴京風月小巷時，他驚鴻一瞥的佳麗。

也就是老鴇牡丹姐所指的，「永遠預約滿檔」的女子。

當她的職業被和尚們知道後，止聾現在很想知道——為什麼他會看到彬杰由牡丹姐在汴京的妓院中出來？難道彬杰也是她的一名恩客？

波丹主廚指著德敬的臉。

「你既然知道了，那麼我要帶什麼進我房間都不關你的事。」

「我對你萬分抱歉，波丹主廚。但你可以另擇地點……或時間嗎？這兒是一間和尚寺院，它會讓我們分心的。」德敬說，許多和尚紛表同感。這名主廚眼露兇光，一指戳向止聾。

「就是你這個娃娃臉的弟子勸我留下來的。好，現在不算數了，只因為你們這些假道學容不了我房間有一個女人？聽起來像是你們在妒嫉我嘢。我付了一大筆錢讓她跟我來此過夜，你打算補償我嗎？少林寺的師父？」

德敬啞口無言。波丹主廚轉身惡狠狠地對著玉婷。

「現在，至於妳，幹嘛突然害羞起來？在汴京我預約妳時妳毫不猶豫啊。所以別再無理取鬧了，要不然我可要妳們還錢。妳的老闆肯定不願失去一個像我這樣高端的客人。」

德敬抬起一隻手表示不以為然。

「波主廚，請別更為難她。」

「為難？欸欸，我不知道你幹嘛那麼不高興。我付了錢，她本該陪我一晚，現在她改變了主意。不僅如此，你及你那些蛋頭黨羽還都站在她那邊。又不是你付她錢，而且我是你們的客人。所以閉上你的嘴，讓我做我的事。混蛋！」

「波主廚，再怎樣你也曾經是一名佛教徒。我懇求你考慮我們的規矩。」德敬說。現在情況已緊張到白熱化。

「規矩？你這可憐的傻瓜，你在自欺欺人。食色性也。為什麼，因為我敢打賭現在在你的院牆內就有幾個花和尚。別假裝沒有！」

玉婷突然不顧一切地站在廚子面前。

「別再說了，你在侮辱這些和尚！」她說，突然長了氣勢。波丹不甩她。

「和尚到處睡女人就像任何男人一樣。妳問我怎麼知道嗎？因為甚至連我的學徒也每週都上妳的床！」波丹主廚哈哈大笑。聽他如此說，所有的和尚不禁往彬杰望去。

年輕和尚像被定住了。大廚師下流地笑起來。

「彬杰，從一開始我就知道了。你每次偷溜出去，都沒有逃過我的法眼，但我了解。男人對男人嘛。」

彬杰沉默地站著，根本看不出他有聽沒聽。他的神情冷淡、目光渙散、心更像被掏空似的。

「諸位，她可是河南最美麗的妓女。我的學徒與我都享用過她。」波丹宣佈說。這些話讓止聾捏緊拳頭，而其他和尚則忙著七嘴八舌。

「他說彬杰和她睡覺。」

「原來她是個妓女。」

「彬杰被花花世界洗了腦。」

「那我們怎麼辦？大家會認為少林寺有瑕疵了。」

竹哥和風耳小心地與彬杰保持一段距離，因為他此刻開始全身發抖，就像一壺滾燙的開水一樣。玉婷挺身而出。

「不，那不是真的。彬杰不是一個花和尚，他永遠也不會是。」她抽噎著說。抹著眼淚，她望著這個呆若木雞的小和尚，他還是不看她。

「他是我的弟弟。」

彬杰飛快地瞪了玉婷一眼。

*別說！*他比著手勢，但她沒有停。

「這是真的。自從他進了少林寺以來，我們很少有時間相處。但當他由少林寺搬到汴京後，我們每週見一次面確定彼此無恙。我是他在世上僅存的親人。」她淚如雨下地說。眾人鴉雀無聲。波丹主廚清一下喉嚨，背起手。

「原來是這樣。我錯怪你了，彬杰。但我必須說，你姐姐還真是個極品。」他毫不在意地說。玉婷衝過去要掩住這個下流廚師的嘴，他反而把她推開。

「說實話有什麼關係？就像世上有千百種食物，各式各樣的食物都有用處。每個人也一樣。巡捕、廚師、畫家、軍人，而且他媽的，甚至是妓女。妓女也是有用處的。」他說。

就在那一刻，不知斷了哪根筋，彬杰突然大怒起來。小和尚眼內兇光乍現、像一頭發瘋的公牛衝上去，一記指節拳打到波丹的嘴巴，把矮墩墩的廚子

打得在地上滾。瞬間，一打左右的和尚撲上彬杰，像要制服一個瘋子般。狂怒的少年人拼命想擺脫，但掙不開。

「放開我！」他向止聲淒厲地喊，但止聲正盡全力防止這個事件不致升級到過失殺人。彬杰繼續頑抗，止聲與其他和尚們的聯手，也僅只能將場面控制得不更混亂。

彬杰大喊著，他被壓抑的憤怒爆發成盲目的怒火。

波丹主廚搖搖擺擺的，彬杰的那一拳讓粗短身材的他頭昏。他一手捂住他流血的嘴，同時讓和尚們瞎折騰地護理他。這個廚師難以置信地瞪著彬杰，眼睛圓睜到連虹膜都大了一圈；然後他的瞳孔縮成一條憤怒的細縫。波丹牙齒咬得咯咯響，眉頭緊鎖，跺著他弓形的短腿。

「彬杰！你該死的發什麼瘋？」他大罵。

「收回那句話，你必須收回那句話！」彬杰喊著，更奮力掙扎。止聲抓緊他師弟的手臂，發現自己被甩得像晒衣架上的床單。

「彬杰師弟，拜託。冷靜下來！」他哀求道。

「彬杰！」玉婷也淒聲喊。

「你居然敢打我，你自己的師傅？我是這片土地上最棒的素菜廚師！我為蒙古官員、宋朝皇帝、當權政要、精英結社烹調佳餚。你這是在自尋死路吧？死小子！」波丹大聲地吼，貼著彬杰的鼻子揮拳頭，以至德敬不得不介入。

「波主廚，別再刺激他……」

「大家別吵！」

一個深沈的男中音、堅定又清楚。它屬於一個人——羅湖大師父。他剛剛才到，後面跟著的是福裕方丈。穿著簡單睡衣、沒披袈裟的福裕看起來跟普通老人沒兩樣。虎臉大師父朝福裕行禮。方丈向千佛殿方向指了一下。

「彬杰，我有話對你說。」

聽起來茲事體大。止聲與其他和尚鬆了手。彬杰順勢跪在地上行佛教禮。羅大師父冷峻如鋼鐵的眼睛向在場的和尚們一掃，揮手要大家散去。

「回房去，你們全部。快！」他大聲說。福裕方丈往前幾步，向玉婷招手。

「年輕的女士，我也有話跟妳說。」他說。她默默地點頭，同時方丈也轉向滿臉不快的波大廚。

「請原諒我們，波丹主廚。少林寺致上最深的歉意。」他說。

「這件事簡直駭人聽聞。我要去找縣令申訴，將來回汴京再去找最高衙門。太豈有此理了。」

「來，波丹主廚。在採取行動前讓我們先商量商量。阿彌陀佛。」方丈答道，再次躬身致歉，並帶著他們往千佛殿的路上去。羅大師父與三名少林護法迅速驅趕流連的人，不到五分鐘，和尚們都回到了自己床上。

對他們中的某些人，這是一個無眠的夜。

「止聾？」

資深武僧幾乎沒感覺到有人推他。一個籠罩在不透明黑暗中的身影站在止聾的臥舖前；吐一口氣，黑影再次急著去搖睡夢中的和尚。止聾突然大聲吸氣，強迫自己的眼睛聚焦站在他前面的人。疲累的止聾半睜著一對下垂的眼皮，瞪著那個黑影。他的眼睛還沒完全睜開。

「嗯？」

「噓！別出聲。你趕緊起來。」入侵者悄聲說。止聾意識到他是誰了。

「德敬師父？」他打了一個呵欠，把瞌睡揉出眼睛。經過昨晚令人難忘的事件，止聾與君寶聊到凌晨，等待彬杰撐過方丈的盤問歸來。他們等了又等，頻頻地望向窗外找一個影子，並注意聽是否有一個孤獨的腳步聲，但一直都等不到，所以兩人最後也睡著了。

德敬師父滿臉嚴肅。

「我上茅房回來碰到幾名少林護法。他們說彬杰被少林寺開除了。」他說。止聾倏然坐起來。

「什麼？德敬師父。他不至於因這點兒事就被退學吧？」

少林寺老師悲哀地搖頭。

「方丈雖然寬厚大度，但恪守規矩又太在意我們的形象。即使我沒聽到千佛殿中討論什麼，但他們要把彬杰踢走我並不意外。彬杰畢竟只是一個見習和尚，處理起來容易得多。我雖也認為彬杰的行為不可取，但波丹主廚也不是。」師父狀甚難過，「那個毒舌廚師之好霸凌人是眾所皆知的。」

止聾點點頭，十分震驚。

「護法說彬杰傷心欲絕。這個可憐的孩子一定對少林寺心灰意冷了。就我，我實在不能讓一個年輕和尚在如此糟的情況下離開。止聾，你要跟我來嗎？他該還沒走遠。」德敬接著問。不必德敬再多費唇舌，因為止聾已經在披上他的少林僧袍並繫上腰帶。

「當然，師父，我們走！」他說。當他們悄悄離開房間時，止聾瞧一眼熟睡中的君寶，並關上了門。此時即將破曉，但天色還相當黑，所幸兩個和尚對少林寺內外熟門熟路。他們由前門出去，向護法點點頭後，往山路下跑，出了少室山，進入附近的伊川縣。

「護法說半小時以前，彬杰與他姊姊朝這條路走去。」德敬說。

「為什麼？為什麼他不來道別？」止聾喘噓噓地，一邊搖頭。

「可憐的孩子。他一定覺得太沒臉了。」師父答。突然，他們到了一個很大的交叉路口，路上有若干貨車及當地軍兵。兩個和尚停下來喘口氣，並向四方眺望。止聾大喊起來，向北邊指。

「德敬師父！他在那兒！」

老師與弟子兩人都看到了一個男孩和一個稍高女子淡淡的剪影正接近地平線。當兩名和尚全力衝刺時，太陽照射出當天第一道曙光。

黎明中，彬杰背著無數塞滿行李的袋子，垂頭喪氣地走在去伊川縣的路上。裝著衣物、書本、食譜以及他在少林寺及汴京兩地雜七雜八的袋子，匆匆地掛在他的肩膀與腰桿上。他姊姊獨自走在他前面，也提一些小東西。男孩用一隻髒手不斷去抹臉上的淚，還在抽抽噎噎。他那年輕的臉，污垢上是成行的淚。

「彬杰！彬杰師弟！」止聾在後面喊。小和尚加快腳步，不願回頭。玉婷停住了腳。

「止聾和尚！」她也喊著，但彬杰抓著她的胳臂，拉她往前走。

「姊姊，走就得了。」他喃喃地說，假裝沒聽到止聾。但年長的和尚終於趕上來了。

「師弟，是我，止聾。拜託，我還是你的師兄，不論發生什麼事。」止聾求他。小和尚既不答理也不轉頭，相反地，他變速快走起來。止聾皺起眉，把手搭上彬杰的肩。

「別碰我！」少年人爆發了，啪地一下把那隻手打掉。止聾停下來。

「彬杰師弟，聽我說！」

「閉嘴！」彬杰狂喊，轉過身來。那是一張止聾永遠也不會忘記的臉。彬杰的眼睛紅腫、疲憊、盛滿傷痛。他憤怒地一抹臉上縱橫的涕泗、把他的包包往地上摔，他的隨身物便散得滿地都是。

「是你的錯。都是你的錯！」他哭叫著，指著啞口無言的止聾。彬杰踢一腳他的一個袋子——那個袋子裝了許多素食食譜——到路的另一邊。

「如果你沒推我進烹飪，這些都不會發生。如果你沒邀請波丹住少林寺，這些永遠不會發生。你幹嘛不就離我遠遠的？」他吼著，抽著鼻子。德敬與玉婷試著安慰這個暴怒的少年，但他舉起雙手拒絕。

「但我以為你喜歡烹飪……如此而已……」止聾結結巴巴地辯解。彬杰的話字字像匕首。年輕和尚的眼睛裡滿是淚。

「我所要的不過是學功夫、畢業、保護我姊姊，而你把它搞砸了！我現在什麼都沒了！我姊姊也是。但是你，我敢說你要的你都得到了，不是嗎？」彬杰說。止聾大吃一驚，覺得像是被人用膝蓋狠頂了一下腹部，痛得沒有任何少林寺的拳頭可比擬。

「我怎可能由這件事得到好處？我所要的只是讓你快樂！」

「我很快樂啊，當我還是一個和尚的時候。但我現在不再是一個和尚、也不是廚子，我什麼都不是！而你什麼都有。你馬上就要畢業、你有少林寺，而且當我失去所有時，你現在還有喜鳳。你很樂是吧？」他大叫大喊，覺得自己被人利用了。德敬走上前。

「彬杰，事情發展成這樣絕非止聾所樂見。他所做所為全出於要你快樂的心。昨晚的事非常遺憾，但他以前曾經支持過你，以後也會的。」

少年人撿起他掉在地上的袋子。

「我什麼都不想聽！少林寺腐敗透了！方丈與羅大師父都是罪犯。他們討論了好久我姊姊的職業，好像它是剛出爐的八卦。然後他們盤問我，視我如同下三濫。他們說我是一個暴徒，而我姊姊下賤。想想我在少林寺及汴京的廚房像奴隸般賣命。他們甚至強迫我向波丹道歉。總有一天，我要給那隻肥豬一頓海扁。他在整個寺院前侮辱我和我姊姊！」

彬杰十分憤怒，憤怒於社會上衡量人的標準、他家裡的情形及他日常的生活；他一開始便不贊同他姊姊的職業，一旦真相大白更覺得會遭人鄙視。止聾現在才搞懂彬杰早期生活的全貌，為何他要學武功，為何他選擇與姊姊分開住，為何他不常提起她。

玉婷閉了一下眼、抿著嘴，扯著她小弟。

「止聾救過我的命，你起碼該謝謝他那個。」她說，但彬杰甩開她。

「弟弟！回來！」玉婷向他喊。女子轉過頭向止聾躬身行禮。

「止聾和尚，原諒我弟，他還不懂事。」

「玉婷姑娘，請……」

「謝謝你的好意。你對我們的照顧，不會因昨天發生的事而改變。你真的是一個好人，喜鳳似乎也喜歡你。抱歉，我不能多說。希望你們兩人幸福。」

當她轉身去追她弟弟時，止聾也跟了上去，但被德敬拉住。

「他還是個孩子。可能有一天他會回心轉意的。」

止聾覺得全身無力，像是他的力氣已消耗殆盡。

「但是，師父，我只是想幫忙。我希望他快樂。」

「我確信佛陀亦以你為傲。有時候，孩子，傷痛的人需要一個人靜一靜。當這種情況發生時，我們的關懷，即使出自好意，他們也看不到。」

「但他是我的兄弟。」

「止聾，彬杰年齡尚幼。有時，即便是最睿智的人也不會在年輕時懂得感恩，直到他們步入晚年。讓他在他自己人生的路上找到啟示吧。阿彌陀佛。」

止聾點點頭，淚眼濛濛地向德敬行禮。

他看了彬杰最後一眼後，轉身，揮著淚踏上回少林寺長長的路。

第17章

腐敗的王朝

在南中國的南宋境內，一間屋子裡擠滿了文官與放班的侍衛。他們眼明手快地擠成一團，握滿紙幣與銅板的手向上拼命地舉。觀眾們又得意、又失望、又期待地拍著身旁的桌子，興奮地歡呼及尖叫。一名穿著高職級袍子的宮廷官員正全神貫注地盯著一個木頭箱子。

這是一場曠世決鬥，雙方正拼得你死我活。

木箱中，兩隻正在摔角及互咬的蟋蟀，將眾人引入如痴如醉的境界。一隻蟋蟀砰咚地彈到牆上，一個滾翻站到腳上後，又飛快地回到戰場，向牠的對手跑去，迎頭對決，廝殺遂又開始。牠們的觸鬚亂顫、牠們的腳糾纏成死亡的擁抱、牠們的嘴巴咯吱咯吱地咬。一隻被咬斷的腳，被拋在一旁像蜥蜴的尾巴。兩隻小鬥士飛跑過若干斷掉的觸鬚，碰——地又一次對撞，引來觀眾一片哦哦啊啊的驚嘆。

一位昂首挺胸的宮廷侍衛，一邊吞下一杯劣酒，一邊豎起大拇指指著佔得上風的蟋蟀。這個肥得像怪物般的蟋蟀暱稱為「黑鍋蓋」，意指任何甲蟲擋了牠的路，牠就一個鍋蓋蓋下去，活烹了對方。

「今天該我大獲全勝了。怎樣，丞相？記得你的蛐蛐兒贏了多少場嗎？這兒的可是我花了八週的放班時間找來的品種。」

丞相沒答腔，兀自全神貫注於黑鍋蓋把他的蟋蟀摁得無法起身的這件事情。他的蟋蟀是一隻長了條紋的陰謀家，一旦咬住對手便死不鬆口，名叫「一條線」，寓意著一徑直通向勝利的道路。根據初步研判，黑鍋蓋勝算較大，因牠龐大的身子幾乎是一條線的一倍半大。但後者可是一個油滑的對手，因為整整一刻鐘，沒哪隻蟲能完全制服住對方。現在已快接近二刻鐘時限，兩隻無脊椎動物都已超時上陣。牠們把對手的觸鬚及腿腳扯掉，但丞相的甲蟲已開始略顯疲態。丞相及下牠注的賭客輕發著沮喪的聲音，因為他們中有些人下的賭注甚至超過了一天的所得。一條線繼續頑強踢腿，但黑鍋蓋壓著不讓牠跑，致使前者使盡最後的力氣直到精疲力盡。黑鍋蓋壓下來，嚼著這隻敗倒的甲蟲，直到丞相用一雙木頭筷子把雙方撥開。侍衛高興地歡呼。

「丞相大人，我該謝謝你這場最有趣的鬥蛐蛐兒。」

「哼！你的蟋蟀比我的大多了。下次我們該把牠們秤重分級。算你好運，一條線今天並非處於最佳狀態，此外我那兒還有幾員大將，你的蟲子只不過打敗我其中的小矮子而已。」

侍衛洋洋得意地把手中的銅板敲得叮噹響，一邊把他的蟋蟀趕到一個特殊的攜帶用盒子。

「看起來，丞相大人，你也有敗的一次。看到你贏，連老天爺都煩了呢。今天該輪到我了。」

丞相不服氣地獰笑。

「這就是我為什麼用我最弱的蟋蟀。牠才八十四天大，但一出場便艷驚四眾。」

「帶你最強的蟋蟀來吧，丞相大人。黑鍋蓋不過是逗著你的蟲子玩而已。」

「我們等著瞧吧！讓我們三天後再聚，晚飯後在工具間，你說呢？」

侍衛躬身行禮。

「太好了，丞相大人！你們呢？」他喊著，轉身面對大家，他們反應熱烈。贏家呵呵笑，因為他們都得到了一筆可觀的采頭，輸家也笑嘻嘻，慶幸一段時間沒了壓力。做為一名皇宮侍衛從來就不是簡單的工作，除了護衛宮廷不受刺客及北方迫在眉睫的威脅外，他們還得冒著萬一得罪了皇上——當然是不小心——隨時有被閹割的可能。

丞相大人把他的長袖口拉起來，舉起一杯酒。

「下次比賽在東南區三十二號棚寮。」他說。他們舉杯同飲，酒沿著脖子淌下，濕透了他們的衣服。獲勝的侍衛把酒杯放在桌上，由攜帶盒上的小洞欣賞他的蟋蟀。

「我用磨碎的魚骨加栗子泥餵我的蟋蟀。你呢？丞相大人？」他大聲問。

「去掉魚骨，我用水果渣和蚯蚓糊。跟你一樣，我也有我的獨門飼料，絕對能把任何蟋蟀變成一條龍。」丞相答道，老奸巨猾地把他最寶貴的蟋蟀飼料祕而不宣。事實上，丞相與侍衛都沒洩露他們最好的配方，它們另外還加了人蔘汁、棗子、芙蓉與剁碎的魚肉。

一名宮廷侍衛砰地一聲衝進門，對著眾人。

「聖上有旨，宣賈丞相即刻晉見天子。」他轉述皇帝口諭，行著禮。

丞相大人接旨。

做為南宋王朝的丞相，這個老人只有度宗皇帝召喚得動；拿起朝冠，賈似道無精打采地嘆口氣離開。比賽後的宴飲只能延後了。在前往主殿的路上，賈似道嚐著飄落在他臉上淡而無味的濛濛細雨。比起其他在皇宮內侍奉的人員，賈似道確實年紀較長。實際上，自前朝里宗在位期間，賈似道就開始在皇家供職，且一直繼續到度宗皇帝。因為賈似道的姊妹是里宗的寵妃之一，所以他得以躋身宮內廳無須太多審查。確實，自賈似道被拔擢為丞相後，在皇帝一直對國事一無所知的情況下，他最後終於將南宋王朝整個斷送掉。腐敗、無能、狡猾、好賭的賈似道過著高不可攀的日子，被民眾及朝廷中許多其他官員唾棄。唯一抱持不同意見的，似乎是那個有權力罷黜他卻對親理朝政完全沒意願的度宗皇帝，這也正中賈似道下懷。當賈似道蹣跚地走在御花園往皇宮大殿去時，他瞥一眼皇居旁邊整列的山巒，就風水來說，它的存在表示著安全，是一道抵擋外侮的自然屏障。

這些山巒隸屬臨安的鳳凰山，是南宋王朝皇族的居所。除了作為南宋皇帝的皇宮外，此地區還容得下另外數千人——大多數是僕役。他們過著完全自治又自給自足的生活，無需出去到那道圍繞著方圓若干平方公里的磚造宮牆之外。宮殿朝南的大門，為的是躲避北來的寒風。內苑左右兩旁建有許多小樓，以走廊及平台相連。

一條筆直的長道由皇宮大門延伸出來，在一道雕工精緻的石階前突然打住。台階上面是五道拱門，其後才是皇殿，也就是皇帝運籌帷幄行使天賜之權的處所。賈丞相吃力地走上台階，一邊向侍衛大聲嚷著什麼，一邊用手指梳理他自己光滑的頭髮。他在皇帝的寶殿外停下來，跪著爬進去，喃喃地道歉。

「賈丞相，我的國師。」坐於較高處龍椅上的度宗皇帝如此稱呼。跪伏在他面前的丞相，雙膝著地，特意避開了度宗兩旁成列站著的一批尚書、太監、文官們的目光。皇帝的妃嬪一個不見，現在他們都待在皇宮後面，那兒才是皇帝及他一家老小居住的地方。

「陛下，您今日有何吩咐？」丞相輕聲細語地問。

「就是這個！」度宗說，一邊指向一旁的侍女，她正捧著一套灰色的袍子。

「陛下，怎麼了？」

「它看起來像朕用來擦嘴的餐巾。朕貴為天子，豈可身披乞丐與流浪漢的衣服。」皇帝口沫橫飛，聽起來像一個被寵壞的孩子。

「陛下說得對。既然如此，臣建議陛下看下一款服飾。只有得到陛下首肯，臣等才會進行下一步驟。」賈似道安撫著皇帝，並向一位官員示意，他便揮手要侍女離開。另外兩名侍女進殿，這次捧著一套灰藍鑲深色邊棉質漢服，搭配同款長褲、白腿套、便鞋。賈似道嚥一口唾沫。

「這個醜陋的東西又是要做什麼？」度宗哼了一聲。

「它是一套道教的道袍。陛下。它完全照著*全真* [24] 派道士的服飾縫製而成。」賈似道答。度宗查看這套服飾。

「還有一根髮簪？」他指著一個侍女的手說，「這全真道士服的款式著實無趣，而且為何如此娘娘腔？」

賈似道躬身說：

「它更能矇混敵人的眼睛。陛下，如果要我們的北方之行不引人注目，我們必須看起來逼真。此外偽裝成雲遊道士比佛教和尚簡單得多。」

皇帝不耐煩地點了一個頭，坐回他的龍椅。

「煉丹師！」他喊道。賈似道丞相右列的官員中，一位身著白袍、姓祖的人躬身出列，他四足爬行著直到與賈丞相並肩。

「陛下，臣在。」祖煉丹師答應著。

「朕的靈丹煉得怎樣？朕的統治是要延續千秋萬世的。」

祖煉丹師不安地舔著唇。他的臉如同在場的孔觀大人一般，繃得有點兒緊。

---

[24] 全真派：創立於中國北邊的道教宗派，致力於長生不老及內丹術的研究

「陛下吩咐的靈丹還在測試副作用階段。臣懇求陛下賜予更多的耐心，以便我們調製出一個完美無瑕的配方。」煉丹師話語的後半部分並非實話，如他誠實以報，他的手定會被毫無猶豫地下令砍掉。

許多皇帝都命令他們自己的煉丹師隨侍在側，度宗也不例外。自從被迫由北方家園脫逃後，祖煉丹師成了為度宗煉製長生不老之丹以延年益壽的一系列道家煉丹師中的最新成員。在死罪懸頂下，他不情不願地接下這個職務，但當他一為這個病秧子皇帝診脈，他便確信自己的任期不會太長。誰知道度宗活過一天又一天，像一株頑強的野草般拒絕就死，令此煉丹師大失所望。慌亂又計窮時，適逢孔觀大人向中書省報告，他將陪伴度宗越過邊界到北邊某處微服出遊的計劃，讓祖煉丹師終於鬆了一口氣。它將，最起碼，把度宗的注意力轉移到其他地方。

「這樣啊，再加把勁。祖煉丹師，天子的壽命不容等待。希望朕回來時，能有一副有效的配方。可能的話，希望喝起來味道也不錯。」

「臣將竭盡全力以赴，陛下。」祖煉丹師說，心中卻感覺自己如同砧板邊的待宰小牛。丞相賈似道咳了一聲。

「別急，祖煉丹師。我們的北方之遊也需要你同行。我們需要一位大夫兼引路人。對於那裡的路徑，我們不及你熟悉，更何況，你是我們中唯一如假包換的全真文官，有你在場更像真的。」

祖煉丹師暗自叫苦，躬身說道。

「當然，賈丞相，是下官的榮幸。」

「你的點子很好，賈丞相。」度宗點著頭，「現在，孔參贊，北方邊境的防務如何？」

文官孔觀由排在左列的官員群中站出來，行禮後匍匐爬到度宗前面。

「據探子報信，邊境的守衛森嚴。忽必烈指派蒙古兵與漢人、金人一起，沿著邊境上下設立邊防隊，故由陸地越界風險頗高。不過，目前忽必烈大部分軍隊仍有其他要務，且北方的一些漢人並未完全臣服他新建立的元朝。海軍大臣建議我們喬裝啟程，搭民船到守衛最弱的北方沿海登陸。我們由那兒換乘馬匹，經蘇州進入河南。」他奏道。

度宗側身倚靠，一手撐著頭肘。

「准卿所奏。那麼，賈丞相，你將在何處？」度宗問。

丞相大人露出了一副錯失良機的樣子，向皇帝躬身行禮。

「非常遺憾。在陛下離開皇宮期間，臣雖不才，但得留在臨安代行視事。」

群臣竊竊私語。賈丞相一向被度宗視同於叔父而非僅僅是一位普通的朝臣。因此他常言人所不敢言，如此更招致其他官員不滿。

度宗哼了一聲，給了一個近於「無所謂」的表示。賈似道躬身行禮，同時偷窺了孔大人一眼。

「那就這麼決定了。」度宗說，「我們下週出發，偽裝成道士，此其間賈丞相代替朕監國。大家必須守口如瓶。膽敢洩露此行真正目的者，將處以*凌遲* 25 。其他細節由孔觀統籌辦理。退朝！」

●—— —— —— —— —— ——●

皇帝陛下一走出視線，賈丞相便追著孔大人跑去，一邊小心著別招惹御前侍衛太多注目。

「孔大人，請留步。」

但孔觀聽而不聞，反而故意加快腳步，直到這個居心叵測的丞相終於趕上來，猛地抓住他，並迅速將他們兩人帶入一間空的邊廂。賈丞相飛快地四下一望，關上了門。

「賈丞相，難道您是這樣對待一個即將負責聖駕出行的人？」此官員說，把賈似道的手甩開。

「別廢話了，孔觀。這原本是我的主意，找個理由——不管任何理由——把皇上帶出皇宮。我命令你只找個藉口，我還讓你隨時可使用我們的資料庫。看你搞出了什麼名堂？你在把度宗引入虎口呀！」

孔觀故做驚訝地瞪著賈似道。

「我完全遵照您吩咐的辦。丞相，您要皇上離開皇宮一陣子；現在他馬上要動身了。我有違反您的指示嗎？」

「他應該要能安全回來才行，蠢材！別站在那兒裝無辜。皇上本應只是短暫離宮。我不知道你那豆腐腦中打的什麼荒唐主意，但那是行不通的，尤其是在敵後。」

---

25 凌遲：千刀萬剮的酷刑。

官員聳聳肩。

「度宗陛下親自下旨北行計劃。向我嘶吼改變不了任何事。」

「是你提出那個想法的！」賈似道喊著，口沫橫飛，「你左右了他！告訴我，你有什麼樣的議程？你說了什麼不實的話？你的輕率可能會毀掉整個王朝。」

「我輕率？丞相大人，您忘了我差點被斬首的事了嗎？說話要公正。當然啦，在您的字典裡，『公正』這個詞可能不存在。」孔觀說，他的話直指賈似道貪污腐敗的行為。這讓老丞相更加暴跳如雷。

「別得寸進尺，小子。你當知道與我做對有何後果。」丞相罵道。確實，賈似道可一點也不關心度宗的安危，毋寧說，他關心的是如果皇帝落入忽必烈之手後可能引發的複雜局勢。賈似道腐敗無比，民眾及政府官員均恨他入骨。他能活到今天並能為所欲為，大部分基於度宗的寵信——而且到現在為止算一帆風順。因此，如果度宗遭到俘虜或身亡，他的仇家，從平民到貴族，乃至整個南宋的政治圈，一定磨刀霍霍要求伸張正義。

對賈似道來說，就是「斬立決」啦。

「說實話，丞相。明明就是您想讓皇上離開一段時間，好讓襄陽圍城的消息到不了他的耳朵。我們都知道您費盡了全力想瞞他，但您也知道，那座城市終將不保。情況好的話，也許能撐幾年；情況壞的話，可能只有幾個月。度宗遲早會了解到那個城市的真正狀況，問題只是早晚而已。」孔觀說，對此，賈似道不但沒答腔，反而把這個沾沾自喜的文官摜到地上。

「你好大的膽子，竟敢威脅我！別忘了是我拔擢你的。我可以把你全家剁得稀爛。」賈似道怒不可遏，說著狠話。

「我同樣可以向陛下揭露您讓他離開的真實目的。他肯定很想知道您以保密為名，實則殺害了誰。那位隨行皇帝出海的太監，後來不也是按您的命令處理掉的嗎？」

賈丞相既沒承認也沒否認。他指著孔大人。

「你的指控無中生有。度宗根本不關心襄陽圍城的事。」

「不，現在當然不會。但一旦襄陽淪陷、元軍兵臨我們城下，他一定會追究責任。」孔觀說。

「你也會死，因你也是我們一員。」賈似道低聲說。但年輕文官只是微微地笑。

「如果皇帝陛下在河南找到他要的東西，他就不會殺我。」他答道，腦海中浮現出度宗的承諾，若能尋得傳國璽的重賞，包括土地、官銜及佳人。然而，若搜尋無果，孔觀自己的頭顱恐將不保。賈丞相端正了自己的官帽，雙手於背後交疊。

「搞什麼鬼，他究竟在找什麼？孔大人，你該告訴我，你究竟對皇上說了些什麼？而且他為何執意非去河南不可？我討厭被蒙在鼓裡。」

「對不起，請恕我無可奉告，度宗陛下嚴令我不得透露一個字。同樣的命令亦適用於上個月那次海上之旅的船員，違令者斬。」孔觀說。怎麼又來了，似乎每一件跟皇帝有關的事，總是有把屠刀懸在那兒某處。

賈丞相朝牆壁踢了一腳。

「老天爺在拿我們打賭。很好。皇帝陛下最好平安歸來且心花怒放。不管你們這些人在找什麼，它最好值得冒這個險。這責任由你承擔！」

「您也一樣，賈丞相，您也有責任，所以您最好開始針對襄陽之圍採取一些實際行動吧！如果我沒記錯，您已錯失良機了。」

丞相大人大聲咒罵，離開了房間。孔大人一下子鬆懈下來，吸了這半個時辰以來他最深的一口氣。

賈丞相解下他的官帽往旁一丟，關上身後他私人雅室的門。他是不可能被侷限在如此的小房間內的，這由他位於宋朝皇宮附近那座郁郁蔥蔥、擺滿了藝術品，被稱為「聚香園」的豪華邸宅可知。然而此刻，他的心緒仍糾結於今日所發生的種種，他實在沒心情回府去欣賞他的珍藏。

能在一個不受打擾又就近的地方安安靜靜地喝一杯，就是他求之不得的了。

這僅僅是皇宮眾多房間中的一間，但賈丞相的這間卻格外與眾不同：它的面積是低階文官房間的兩倍，而且為了他蟋蟀的嗜好，房間還做了修改，以容得下一個大架子。疲憊不堪的賈似道手持一小壺酒，倒出一杯來喝，不慎嗆了起來。他再次舉杯，這次慢慢啜。就在此時，門外傳來敲門聲。

「誰？」他沒好氣地問。門外傳來刻意壓低的聲音。賈似道拉開了門，一名中年御前侍衛走進來，就是稍早那位蛐蛐兒大獲全勝的侍衛。侍衛脫下頭盔，行禮。

「傍晚好，賈丞相。我們是來討論下週鬥蟋蟀的規矩嗎？」

賈似道搖搖頭，倒了一杯酒給這個侍衛。

「那個等會兒再談，田侍衛。我召你來是談別的事。據我所知，你被選定在下週隨陛下微行，負責保護陛下。」

「正是如此，丞相大人。包括我在內，共八名侍衛將隨行。」

賈似道點點頭，走到房間最深一角。那兒，整面牆壁擺滿了小盒子，裡面養著各式各樣不同大小的蟋蟀，在夜幕低垂之際輕柔地鳴唱。

「你離度宗近嗎？」他對著蛐蛐兒問。

「只有兩名層級高的侍衛與陛下須臾不離。我的職責在第一防線，所以我離陛下算近又不太近。」

丞相大人轉過身來。

「但你還是一直在他附近，對吧！」

「某種程度來說，是的，丞相大人。」

賈似道走向他。

「你跟文官們熟不熟？」

「不熟，賈丞相。除了您以外，我幾乎沒有跟六部打過交道。」

這正是賈似道想要聽的。

「我有另外一個工作給你，跟上次的差不多。當然啦，以下的談話一個字都不能洩露。」他繼續說。田侍衛點點頭。

「如果我洩露一個字，就把我開膛破腹、烹了我的肝吧。」

「很好，田侍衛。一個跟我一樣對蛐蛐兒情有獨鍾的人，才能稱得上真正的朋友。」賈似道說，比一下他整面牆唧唧叫的蟋蟀，「這些時日以來，你幫了我很多忙，不管在宮內還是宮外。」

田侍衛的眉宇間閃過一絲陰影。

「這次是誰？」他啞著嗓子問。

「主導這個計劃的文官孔觀。」賈似道答。田侍衛坐在桌旁，搓著他的腮幫子。

「那倒有些難度。孔觀會一直在皇帝左右，您沒看到他被指派為此趟微行的貼身顧問嗎？而且其他的侍衛可能也會認為我行動可疑。」

「當然是要暗中行事啊。」

田侍衛搖搖頭：「在北邊，我不能離皇帝太遠。我得無時無刻忙著保衛他。而且我也必須貼近其他侍衛，這讓我沒有太多機會在四下無人時動手。為何我們不在南宋境內悄悄把孔觀幹掉，像以前一樣？」

「那看起來太明顯了。等到他們北上之後，再悄無聲息地處理孔觀則安全得多。我們需要將此事包裝得像是他試圖逃離、或是他可能要去投靠蒙古人一般。」賈似道頓了一下接著說。

「從孔觀一開始說服度宗陛下前往河南，這本身就是個蠢蛋般的主意。若非已有叛逃之心，我們朝中哪位會提出這麼愚蠢的建議？細想一下，孔觀簡直是將自己擺在了一個隨時準備叛國的賣國賊形象中。我們應當利用這一點來打倒他，這樣他的消失就不會引起過多的懷疑。」

「說得好，但即使我們到了北方，我還是不能殺他。如果我殺了他，皇帝陛下將無法在河南找到他所尋之物，不管那是什麼。看起來只有孔觀才知道這個……東西的來龍去脈。」田侍衛說。

「這就是為什麼要你在回程的路上採取行動嘛。待我們的皇帝找到他此行所求之物後，才收拾掉孔觀。只要我們處理得當，當你們回到朝廷，他便會被冠上叛國之名。那該可掩蓋我們的行徑。」賈似道就事論事地說。

田侍衛抬起頭。

「丞相大人，陛下到底在找什麼？女人嗎？」他不解地問。丞相搖搖頭。

「度宗也許是一個大變態，但他並不笨。一定是天大的事引誘了他，才讓他愚不可及。如果是其他時候，我一定與你的看法一致；皇上只會為了找樂子才出宮。你最好在孔觀嚐試你劍鋒之前，從他那裡了解真相。」賈似道說道。其實這個奸狡的丞相大人對度宗為何堅持深入蒙古統治之地的真正原因，並非完全沒有一點兒頭緒。

丞相大人遞了一個錢袋子給田侍衛。

「這個該夠了。多過我們鬥蛐蛐兒輸贏的二十倍。欸，順帶一提的是，那場比賽有欠公允。」他解嘲地說。田侍衛接過袋子，打開瞧了瞧，滿意地笑了。

「至於用什麼法子就由你決定。」賈似道加了一句，「只要不啟人疑竇。你知道該怎麼做，必須暗著來而且……」

「……把屍體藏好。我知道的，丞相大人。」田侍衛說，與賈似道已有相當默契。丞相微笑起來，端起他的酒杯，田侍衛也同樣舉杯，兩人一飲而盡。田侍衛用他的領巾把下巴擦乾。

「如果度宗陛下找不到他要的東西怎麼辦？」

「不管怎樣，殺掉孔觀就對了。」賈似道答。

第18章

翱翔，必先學摔

「師弟。」

沒回應。

君寶和尚清了清喉嚨又喊一次。

「師弟，我知道你傷心，但你不該坐在那兒。」

止聾咕噥著什麼，一動也不動。

「止聾師弟，你聽我一句話好嗎？」君寶氣急敗壞的。

「我在聽。」止聾大著舌頭回答。

我就知道，君寶暗忖，向竹哥與風耳比了個手勢。這條蜿蜒上太室山的路，提供令人嘆為觀止的嵩山山脈美景，但它卻不適合膽小的人，因為有些部分根本沒柵欄，在靠近邊緣滑一跤，恐怕便是萬劫不復。在那兒，只差幾步路就可能是一個死亡的跳水處，坐著止聾。他正瞪著下面的溪谷，像一隻迷途的小鴨。自從彬杰被逐出門牆後，止聾那有傳染性的光明心境遭到了巨大的打擊。自責的止聾掉入了憂鬱的深淵，速度之快，令周遭的人都感到陌生。最近這三天，他漫無目的地晃來晃去、無精打采地走過場，很少開口、更別說笑，讓大家很是吃驚。

甚至連德敬師父也開始擔憂，今日特意請了假，下山去買抗憂鬱的藥草。

君寶本來不太在意，直到三天後，他發現止聾每在休息時間都到這條路上來。恐怕他的師弟因憂慮過度而心神不寧，君寶便召集了幾個人，一起在

離止聾一石之遙處監視他，以防他有往下縱的跡象——到目前為止，一切尚好。

但這個和尚坐得離山崖實在有點兒近。

突然，一根套索嗖地飛過來，把自己往止聾套去，並把這個悵然若失的和尚往後拉，像是拖一袋重沙那般，拖過小路，拉到樹林子裡。和尚躺在地上，淡然地瞥了一眼纏繞在他塵土覆蓋的衣服上的繩索，嘆一口氣，望著上面蔚藍的天空。

「像塊木頭那麼沉。」君寶嘖嘖有聲，「哎，師弟？喂——喂？這兒的風耳與竹哥可是剛剛把你由可能是你此生最後一次的跳水給救了回來！」

兩個小和尚彼此眨巴著眼。

「嘢，止聾師兄！你可欠我們一個情。」

「你中了邪嗎？師兄？」

兩個少年人蹲在他們五花大綁的師兄身旁，把被壓碎的樹葉灑在他的光頭上，而君寶雙手插腰陰魂不散地站在一旁。

「止聾師弟，你這樣下去不是辦法！你只是把事情愈弄愈糟。那個我們熟悉的止聾哪去了？大家都想念他，連我也見鬼地想念。尤其是現在的你，竟然對懸崖發瘋般著迷。」

「君寶師兄，說句老實話吧！你根本就是怕高。這就是你為什麼躲得嚴嚴的，只叫我們用繩子圈他到安全地方，對不對？」竹哥說。

君寶頓時臉紅脖子粗，用力掐了師弟一把。

「我不是！我只是怕他突然把我拉下去。」

「不，不對，你嚇得尿褲子。你看我！」風耳奚落著他，跑到山崖邊，滾了幾滾，差幾寸就會掉下去。君寶快吐出來。

「風——耳！你現在就給我停下來！」

「是嗎？那這個怎樣？」竹哥說，跑到崖邊做倒立。

「好啦，別鬧了，快回來這兒！我對你們兩人要負責的，我有責任。」君寶大呼小叫，就快得心臟病了。

兩個調皮的孩子聽了話。君寶搖著他的頭，坐到止聾身邊。

「師弟，你這樣子已經一段日子了。喜鳳也來了，她有話要跟你說。」他說，解著止聾的套索。

止聾微微地抽了一下，點著頭。

「我帶了些午餐來，君寶說你兩天沒吃東西了，所以你得好好補起來。」喜鳳說，提著籃子在他臉上搖。

止聾慢慢坐起身，擠出一個淺笑。

「哇，謝謝大家。我並非真的*那麼*難過。它總會過去的。」他說，仍然有點兒意興闌珊。

「這就是你為什麼不再開口說話又那麼陰沈的緣故。欸，師弟，我們都看到彬杰發生了什麼事。他的崩潰並非你的錯，而是他無法再承受了，像是他姊姊的職業及其他所有的事。」君寶說。風耳一屁股坐到地上，咬著一截樹枝。

「彬杰一向以他的形像為傲。現在我們知道他為什麼從來不提他姊姊。雖然我搞不懂方丈為何要開除他，我的意思是，那不是他的錯。」

「吔，每當彬杰覺得別人小看他時，他就會爆炸。你同意嗎？止聾師兄？」竹哥也插一句。

止聾咬著下唇。

「彬杰是一個好和尚，一直想為我們加分。」

君寶清了一下喉嚨。

「彬杰被逐出門牆的主要原因乃是因為他揍了波丹。方丈哪在意我們？他只想討好社會名流與大官，親吻他們的腳，好像那是金子打的。」君寶不以為然地搖頭。

止聾轉向喜鳳。

「我猜妳已經聽說了彬杰發生的事。小鳳，我祈求老天爺保他平安無事。」

「我聽說了。止聾，非常的不幸，但我了解，你真的只想幫他忙。」

「寺裡現在知道為什麼當你救了她與喜鳳後，彬杰的姊姊要逃走了。」君寶說，「辛鼎今天早上聽他師父說，原來山賊頭頭已經付了她的錢，

而且他還是她的恩客，但她說不出口，而且她恐怕我們會通知*元朝*[26]官府護送她回家，所以也不想到我們寺裡來。不幸的是，事情的發展確如她所料。」

「元兵送她回汴京有什麼不好嗎？」止聾不解。

「那些元兵會比對戶籍資料確認每位失蹤人口的身份。那樣一來，她的姓名、家庭狀況、職業便無所遁形，包括彬杰是她唯一手足的事。」君寶解釋。

止聾抱著頭，現在才開始發抖。

「如來佛在上，如果我早知道，我會讓波丹到下一個鎮上過夜。」

竹哥聳聳肩，「師兄，沒人可以早知道。」

「一想到彬杰現在怎麼想我，就讓我非常難過。他一定真的恨死我了。他能去哪？他有地方待嗎？我希望我能再看到他，起碼再見一次，只為了確知他沒事了。」他嘆了口氣。君寶朝他師弟的肩膀啪地拍下來。

「現在彬杰要做什麼就由他自己決定嘍！止聾，有一個壞習慣你必須改，那就是你想太多了。把那個留給工匠及大夫吧！」

止聾無力地扯了下嘴角，是他許多天以來的第一個笑容。喜鳳打開了籃子。

「你看起來營養不良。你幹嘛不吃點東西？止聾，別想了！」

和尚微微笑並向她行禮。

「阿彌陀佛。小鳳。我倒真的想吃了。」

●— — — — — —●

少林寺護法辛鼎，把身子倚著少林寺山門，像一隻熟睡中的大樹獺。他的下巴向外突，側臉幾乎跟木頭融在一塊兒。唾液形成一道黏稠透明的小河，順著門板流到地上，沾汙了一塊地面，而且面積還在逐漸擴大中。半邊身體靠著門，這個疲倦的和尚決定利用兩次掃瞄山路中間的空檔，好好闔個眼。這也證實了一個人的功夫如何，端賴他的適應力有多好。辛鼎自創了

---

[26] 元朝：西元1271年末，"元"或"大元"為忽必烈汗王朝在北中國的新國號。其後幾年，當南方的南宋王朝被打敗後，這個國號遂擴及全中國。

許多讓他自己站著入睡的姿勢，包括如何倚著牆壁入眠，就是他現在的睡沒睡相。一隻腳往外伸，另一隻腳向內彎，身體半壓在門上。這位沉睡的和尚呈現了一個人硬把自己往前擠仍能入睡的完美畫面。

打著鼾的和尚咂咂嘴，吞了一口唾沫，致使他那人工瀑布短暫地缺了一下水。他一邊的眉毛閃了一下、鼻孔動了動、眼皮一下子打開了。

「哇！」

嚇了一跳的和尚心臟差點兒停掉。

「所以你是醒著的？」一個既非辛鼎亦非其他和尚的聲音問道。辛鼎抹一下嘴，舉著棍棒，對準他面前的人。

「是你？我記得你。」

「太好了！那麼我們就不再是陌生人了。我是蔡正武，再次見到你是我的榮幸。」這個人站定行禮。辛鼎揉揉眼，把棍棒更向此人的喉嚨推去，讓他皺起眉頭。

「好啦，你可能不那麼樂意見到我。不管怎樣，我沒有惡意，和尚。」蔡正武加一句，把他的家當抓得更緊了。

「上次你來*踢館* [27]，這次你來幹嘛？」辛鼎問。

「不，不！不是踢館，這個詞兒太不敬了。我寧可用『武藝切磋』這個說法。」蔡正武息事寧人地說。辛鼎猶豫了一下。此陌生人的一拳，害得宜和臥了好些天的床，吞不下飯，後來還是靠密集的針灸才得以痊癒。

「欸。」蔡正武繼續說，「羅湖大師父在嗎？還是君寶和尚？我這次可不答應你們找比他們差的來應付我。」

「他們在，而且都迫不及待的要來踢你這個太過自以為是的屁股。我希望不論你遭遇何等厄運，東方藥師菩薩均本著慈悲心對待你。你在這兒等著。」辛鼎說著，閃進山門內。他跑過若干驚訝的、正享受午餐後散步的和尚，衝進了方丈殿，過程中帶熄了幾盞蠟燭。

羅湖已坐在一座佛壇前禪修。

---

[27] 踢館：按照字面是「踢大廳」的意思，就是一個人以自己的武功去挑戰其他門派的武功。

「什麼事？」大師父不帶一絲感情地問。

「羅大師父，那個打傷宜和、踢館的人又來了，且指名找你或君寶。我該怎麼回他？」

羅湖繼續低頌佛經，一邊伸手抓著附近的一根燭臺，把滅掉的燭火再點燃，連眼皮都不抬。

「告訴他，我將在中岳塔山門前候教，讓我把這場鬧劇一次解決掉吧！」他說。辛鼎眨眨眼。

「對不起，大師父是說中岳廟嗎？」

羅湖沒回答。

「羅大師父，為何不在寺裡比試？他第二次專誠跑來，沒理由把他趕到老遠跟他比。這不讓他起疑嗎？」辛鼎試著解釋。

「讓我再說一次：告訴他去中岳廟。」

「他肯定會問原因的，而且時間呢？誰去？你還是君寶？」

辛鼎最後的話被他自己硬生生吞回去。少林寺護法感覺他的身子嚇得發起抖來，就一位訓練有素的護衛人員來說並不常有；他的胃抽筋，雙手不由自主地握拳。連身體都微微縮起來的辛鼎，小心翼翼地盯一眼仍在佛壇前打坐的羅湖。口齒不清地匆匆答應一聲，護法跑回去山門，被方才奇怪的經驗嚇到了。

他對蔡正武匆匆點一個頭。

「羅大師父將在中岳廟等你。」

蔡正武頓了一下。

「請原諒，為什麼不在這兒？是嫌我太髒嗎？」

「我不知道。他就是這麼說。」

「好吧。那我們的比試何時進行？」

「他沒說，而且好像也不想說。對不起，你就趕快到那兒去吧！」

蔡正武傻眼了。到底這些和尚骨子裡賣的什麼藥？

「欸，少林護法，我搞不懂。為什麼換地方？那兒空氣比較新鮮嗎？而且你還沒告訴我我要跟誰打。是羅湖還是君寶？」

「還是一樣，他不說。你只能去那兒自己看唄。對不起，其他的我一概不知。」

挑戰者沒別的選擇。

「好吧！我就去那兒，謝謝你。」蔡正武邊答邊尷尬地行禮，心中忐忑不安。

與此同時，君寶小跑步朝著少林寺西邊的塔林方向去，跟他一起的有小和尚竹哥與風耳。止聾和喜鳳落在後面。

「鑼敲了有多久？」君寶吐著氣問。

「大約四、五分鐘。」風耳答，輕鬆地跳過野草。

「止聾師兄怎麼辦？他還在慢慢磨蹭。」竹哥問。

「他與姐姐落在後面所以他們才能把嘴黏在一起。唔！像一對交配的章魚。」風耳答。

「噁心死了。止聾師兄一定期待了一整週吶。」竹哥開著玩笑。

「讓我們掃他們的興吧！」風耳說。兩個小和尚轉身，手圈在嘴上喊：

「止聾！你要遲到了！」他們大呼小叫地，儘管師兄只在後面一石之遠。

「安靜點，你們兩個，我已經儘快了。」止聾喘噓噓地伴著喜鳳一起跑。

「你只是故意拖在後面，這樣你就能和喜鳳姊姊有更進一步的發展。」竹哥駁了一句。

「我只是肚子有點兒漲而已。」止聾說。經過兩天幾乎沒有進食，他狼吞虎嚥地吞食喜鳳裝在盒子的午餐，直到寺裡傳來一聲召喚和尚緊急集會的鑼聲。儘管肚子漲得痛，總比餓肚子好，止聾滿懷感激，臉上帶著一抹微笑地跑，欣喜揮別了焦慮。

「謝謝妳做那麼美味的午餐，小鳳。」他邊說邊點頭向喜鳳致謝。

「也謝謝你風捲殘雲地吃，害你吃得肚子痛。」她笑著答。當兩名小和尚打趣著這一對男女時，君寶看看他的師弟再看看喜鳳，他們兩人正情意綿綿地傾談。他搖搖頭。

*哦，可惡！發生了。即使我用盡全力，它還是發生了。*他指著前頭向小和尚們說：

「你們倆人先進去，看到底是什麼事？」

風耳與竹哥點點頭，先消失在後門裡。君寶望著止聾，想知道他怎麼想。

「大概只是宣佈什麼。沒事。」止聾說，注意到他師兄的臉色。

「該沒什麼事，除非我們遲到了。」君寶說，「快！」止聾表示知道了，遂向喜鳳道別。他們的手輕觸了一下才分開。君寶冷眼旁觀，拔腿就跑。

止聾注意到君寶瞪他的眼光。

「君寶師兄，唉，不是你想的那樣吶。」

「讓我們先回到寺裡吧，止聾師弟。」君寶說，猛翻白眼。

起碼他不再憂鬱了。

●— — — — — —●

少林寺內，在大雄殿與天王殿之間，像螞蟻般聚集了一大群和尚及幾位女尼，聒噪得如同學校的操場。若干師父由人群中費力擠出來，向大雄殿台階走去。羅大師父最先出來站在台階中央，方丈在後面離他不遠處。在師父們要求弟子肅靜下來後，德敬站到羅湖旁邊，向大家躬身行禮。

「阿彌陀佛。」和尚們同聲說。

「阿彌陀佛。羅大師父有要事報告。」德敬宣佈，退到一旁，把講台留給羅湖。眾僧屏息以待。

「諸位少林寺的和尚弟兄們，今天午後不久，我們接到一個攸關我們南方同胞王統的祕密消息。基於本寺與元、宋兩方朝廷均保持友好關係，以下宣告務必保密，如有走漏，可能危及本寺及南宋存亡。」

群眾沒人敢動。

「南宋皇帝度宗陛下祕密通知本人，他計劃至本寺一遊。八天後，皇上與他的皇家侍衛一行人將偽裝成一群道士，越境進入元朝領域，再五天便能抵達河南。到那時候，我們將肩負起保護皇上的重任，並且絕對遵從王命。」

*南宋皇帝！*幾乎每個和尚都開始悄悄說話。

「度宗皇帝！」君寶說。

「那不是自投羅網嗎？現在河南在蒙古人控制下，他要怎麼越過邊防？連漢人守衛都已向大汗投誠了。」止聾悄聲說。

「唉呀，反正也沒人知道度宗到底長什麼樣。」君寶加一句。

「安靜！」羅湖大吼一聲，盯了他們兩人一眼，接著說。

「度宗陛下只在此短暫做客，他最多只能待兩天，理由自不待言。在他停留期間，在場諸位必須不容置疑地侍奉皇上。從現在起，每隔一天，個人日常作業必須挪做公差，務必使這個地方看起來適合皇帝的身份。你們下午課的師父將檢視你們的進度。大家照表排班。阿彌陀佛。」他的報告完畢。

弟子們三三兩兩散去，一邊還在討論。

「南宋的皇帝。」止聾喃喃自語，「他打算招募新保鏢嗎？我們在福建的姊妹寺足以提供啊。」

「我有個感覺，度宗當別有目的。聽起來太不合情理了。我的意思是，蒙古人巴不得逮到他。可能跟那隻在少林寺現身的龍有關，不過那已是好幾個月前的事了。」君寶答道。

「度宗皇帝可能只是想躲起來。我的師父曾經告訴我，所有的皇帝到最後都在逃亡，有時候正好投入敵人的懷抱，因為他們最壞的敵人往往都在宮牆內。」竹哥說。一些人頗有同感地點頭。

「我要勸他皈依佛門，而且如果他想練功，我做他的師父得了。」風耳說。止聾笑起來，拍著小和尚的光頭。

「想得美，但那是不可能的。勸度宗皇帝皈依，如同告訴魚搬到沙漠去住。」他說，往南中國方向望去。

蔡正武沿著山路快步地走了好一陣子後，才停住腳放下他的矛，擦著最後好幾哩路上額頭一直滴的汗水。如果不是炎熱的春陽無情地照射著河南省的山路，這整天的跋涉根本不算什麼。此地土生的落葉樹早已適應暖春氣候，當地的居民也一樣，在這種熱到爆表的天氣，他們似乎把大部分的活動都往後延。把矛放到一旁，蔡正武捏捏肩膀，望著太室山南側、黃蓋峰的山腳。那兒，雄偉的道教中岳廟就矗立在山峰下，它整排的大理石石階，使這座廟看起來像哪個華美的渡假勝地。

這哪是一座廟？哇！它大得像個小鎮。

蔡正武甩了一下脖子，彎腰撿起他的矛，突然有所警覺。

他轉身背對道觀，迅速面向來時路，採取守勢，後腳站穩，耳聽八方。沒事，可能他太疑神疑鬼了。年輕人繼續上路。

拐了一個彎，他見到一個穿單袍的老人由同樣的路緩緩走來。蔡正武抓緊了矛。

老人拄著拐杖一拐一拐地，無疑的背直不起來。汗珠由他長長的白鬍鬚滴下，而他那滿是皺紋的臉，仍藏在斗笠的陰影下。當蔡正武與他擦身而過時，這名武術家的一隻眼睛可不敢放鬆地睨視著。

但老人無惡意地慢慢走過去，直到他的距離已遠到不構成威脅。

蔡正武鬆懈下來，再度向中岳廟出發。

突然一個沉悶的咚咚聲，接著是一陣唏唏嗦嗦的聲音。蔡正武回頭看，看到老人滾下了山坡，摔進一堆矮樹叢裡，枝葉像爆炸般亂飛，他在那兒呻吟。

一向奉行助人為樂的蔡正武，不由分說衝上去幫忙。

「我沒事，我沒事。」老人咳著，帽子下的臉還是模模糊糊。蔡正武伸手去扶他，但老人卻把他的手拂開，令蔡正武有點兒惱火。

「嗯，你不必客氣。那我就走了。祝你下午好。」蔡正武說。老人嘆一口氣，回去跪在地上，翻起樹葉來。

「喲，煩死了。」他相當慌亂，向正要離去的蔡正武望去，「嗨！喂，孩子，你能幫我一個忙嗎？我的眼力沒以前那麼好。我掉了一個牌子在這兒不知哪處。它一定是由我的口袋掉出來的。」

蔡正武有些遲疑地轉過來。

「一個石牌？」

「天吶！是一個牌位，是我那死去老伴兒最後的遺物。你要做個好小子幫我找找嗎？我是近視眼。」老人求他。

「當然啦。」蔡正武嘆口氣，彎下身，審視著這個地方。他遲疑地望著地上的樹枝、窪洞與草叢。*這得花一些時間。*

「我改變主意了，老先生。我雖不願把你一人丟在這兒，但我現在該已在另一個地方。」他說，望著去中岳廟的路。從他站立的地點，中岳廟仍清晰可見。

「欸，你這個年輕人，幫一個老人家會要了你的命嗎？」老人叨叨唸，用手在草中亂拍亂翻。蔡正武搖搖頭。

「真對不起，再見。」他說，硬著心腸往中岳廟的方向走回去。他看向山路，又望向還彎腰駝背、在地上發愁的老人。

蔡正武低聲罵了一句，小跑回去。

「好啦，先生，我可以幫你，但有一個條件；我本來要到中岳廟見些人的。他們大概也會走我們現在同樣的路。所以如果他們來，你得讓我去辦我的事。」

老人微笑道，「當然，謝謝你，小伙子。」

蔡正武點點頭，捲起袖子，「好，讓我們把這件事搞定！」

「我搜這兒，你找那邊的那些草叢好嗎？」老人提議，指著小徑外遠遠的一片密林。

「往這邊嗎？」蔡正武用他的頭比一下。

「嘢，每個角落與裂縫都得找。」老人發號施令。蔡正武一下子就消失在樹林裡。

一分鐘後，茂林裡傳來他的叫聲。

「先生，我找到了。」蔡正武喊。老人慢慢走入蔡正武剛進去的林子，邊走邊大聲回應。

「哪兒？孩子，你在哪兒找到的？」他喊道。

「在你的左邊，再幾步路。來，你會看到。」蔡正武的聲音由一棵大雪松後傳來。老人步履維艱地穿過樹林，進入一片點綴著一塊塊不規則陽光的空草地。當他走進這塊空地時，老人赫然發現他自己正對著一隻矛的鋼尖，在陰影中閃閃發光。蔡正武由樹上跳下來，矛頭不離老人左右。

「我猜你在找這個。」

蔡正武拿著一個綁著帶子、用紙包裹的小包。老人一聲也不吭。

「還有，你的眼睛還真不錯嘛！當我問哪個方向去、比一下頭時，你看得還蠻準的吔——尤其對一位自稱有近視眼的人。此外你排演好的滾下山的一幕也一樣。欸，你這樣神神祕秘的要幹嘛？」

老人不退讓也不回話，由著蔡正武用姆指把繩子撥開。包裝紙褪下後，裡邊是一個塗了亮光漆的普通木板，上面刻了一個象形文的「銅」字。蔡正武滿頭霧水，再向老人望去——便知大事不妙，因為老人已不知去向。

後面傳來一陣唏嗦聲，蔡正武急忙轉身執矛應對。兩個人影站在空地邊緣，陰森森地一動不動，面具後的眼睛像著了火。

「你們是羅大師父？還是君寶和尚？」蔡正武問。突然，這兩人往旁移，讓他們身後的第三個人現身——就是剛才那個老人。那個老人一手拉開衣服，裡面是一件古銅色的袍子。他們三人都穿一樣的衣著。蔡正武瞇眼看，還是看不清他們的臉，因他們都躲在陰影下。

「你們可是由少林寺來的？」蔡正武問。三人的回答是朝他躍起，扭腰，踢出一個整齊劃一的飛腿。不確定該刺向誰，蔡正武執矛橫檔，不讓他們的腿近身，但他們的腿勁仍把這個年輕武術家像滾球似的，呼呼碰碰地推到一個草叢。周圍的竹梗亂擺，如下一場小雨般落下旋轉著的鑽石形竹葉。這三個人就在葉雨中逼近。

蔡正武由草叢中站起來，以他的矛桿把自已撐高，向正中那人撲去。但中間那人一直往後退，由其他兩人應戰。蔡正武的矛被踢得脫了手，三個神祕人遂欺身而上。拳、腳、手肘齊飛，或捶、或踢、或扭。蔡正武拼命自衛，但沒啥大用。南方武術家欺身進來，以一記鑽頭似的勾拳，把一個歹徒打得四腳朝天。另一名歹徒乘虛而入，用關節鎖把蔡正武鎖住。第三個歹徒亦趕上來，雙拳齊發，把蔡正武打入一片枝椏與爛葉中。

蔡正武滿嘴碎屑，痛苦地滑出了樹林邊緣，到了山路。他掙扎著站起來，邊咳邊抹著鼻子流出的血。當這三人也從樹林中追了出來時，蔡正武才看到他們在陽光下的臉：他們戴著雕刻的木質面具，每張面具還漆成了咬牙切齒的妖魔鬼怪模樣。兩名面具者先出手，迫使蔡正武跳開，第三人早已料到蔡正武的閃躲，一腳又把蔡正武踢回到地上。

宋朝的武術家痛得齜牙咧嘴，但仍立刻跳起來，頑強地擺出他熟悉的格鬥姿勢，就是一臂前擋護住肚腹，另一掌上舉與頭齊高。這個怪姿勢讓歹徒們在進攻前研究了一下子，雙方又開打。但蔡正武終究以一敵三，馬上便精疲力盡。重擊如潮水般從四面八方襲來，不久，他便被打倒在地上，並像畜生般被猛踢。蔡正武呻吟著，拚命擋住自己要害，直到附近一個閃亮的東西引起他的注意。

那是他的矛，離他手邊不遠。

當他正要去抓他的武器時，兩名歹徒死命地跺腳，把蔡正武的手臂釘在地上，此時戴黑面具的第三人也走上來，一腳踩在地上的武術家的脖子上。蔡正武倒吸一口氣，心裡做了最壞的準備。

媽的！

然而，那只正要落下的腳停住了。一個面具人打了一個手勢，匆匆往遠方一指，轉身奔向樹林深處，失了蹤跡。剩下的面具人也彼此點個頭，依樣畫葫蘆。

當最後一名面具人跳開時，蔡正武抓到了矛，亂揮。矛尖挑到這個正要離開的混蛋的胸、劃破了他古銅色袍子的衣襟，讓他的袍子瞬間被撕開，露出底下赤裸的肌膚。

這名歹徒的肋骨上，有一個蔡正武非常熟悉的印子，它有點兒褪色、帶點兒青紫，但仍看得出是一個向上的拳頭印。蔡正武目瞪口呆。

一個拳頭印，就在上半身、右側肋骨架下。

面具人朝蔡正武踢出一腳就跑。這臨別一腳的力道不夠強，只能把蔡正武往後推幾步。

蔡正武站穩腳步，向撤退的混蛋拋出他的矛。

最後一個面具人剛跑到樹林邊，便感覺到飛來了一隻矛，說時遲那時快，他一個轉身躺在地上、踢腿，把那隻飛來的矛踢得飛到天上。蔡正武眼睜睜地看著他武器的鋼尖高高地在陽光下閃閃發光，而此時三個面具人趁機消失於樹林內。

蔡正武還不死心，衝到樹林裡，但什麼都看不到也聽不到了。他罵了一聲，身上掛著彩，體內的腎上腺素使他更加亢奮。受傷的他仍決意去追這些戴面具的歹徒。他還來不及付諸行動，一聲號角響起，馬匹奔騰聲灌耳。蔡正武轉身，看見一名蒙古騎士舉著元朝旗幟，率領四名漢人騎兵衝著他來。他們都裝備著長槍、弓與十字弓。

「不許動！大膽狂徒竟敢傷害忽必烈大汗特使歐優袞大人。再動一步，我們就發箭！」蒙古侍衛大聲喊著，拉滿弓。被弓箭與十字弓包圍的蔡正武

不得不聽令。一輛被侍從們護衛、並被半打馬匹拉著的馬車趕上來，嘎嘎地停住。更多侍衛下了馬，打開車門，裡面是一位非常惱怒的蒙古官員，手臂血流如注。蔡正武一眼便看到馬車頂棚上一個新裂開的洞，碎木片凌亂地向內突出，這種損害顯然是由某個尖銳且堅硬的物體穿透造成的。蒙古官員走了出來，一手緊抓著他流血的手臂，他的另一個侍衛手伸進蔡正武的袍子，搜走了一卷文件。

蒙古官員翻著文件，仔細地打量著蔡正武。

「你就是蔡正武？」

「沒錯。」蔡正武答道。一名漢族騎兵下馬，遞給蒙古官員一隻矛——蔡正武的矛。

「這隻矛上刻著你的名字，也正是它貫穿了我的馬車頂棚。」大官冷冷地說。蔡正武的心往下一沉。

「哦，大人，您誤會了，那不是我做的。」

「歐優袞大人，關防上指出這個年輕人最近才越過邊境，他其實是一名南宋人。大人！」蒙古侍衛單膝跪地報告。另一名騎兵也下了馬，抓著蔡正武的手臂。

「你以反元罪名被捕！」

「不對，不對，我是無辜的！我剛剛被三個人圍攻——是他們把我的矛踢出去的。你們沒看見我身上的傷嗎？那該讓你們相信我的話吧！」蔡正武極力辯解，指著他自己的青腫與撕裂傷。

「我們所看見的只是上面刻了你名字的矛。你運氣不好，南方人。企圖謀殺大汗官員的刑責可是罪加一等的。鎖鍊！」蒙古侍衛說，把後面的部分交給其他恪盡職守地拿來枷鎖的騎兵。不一會兒，蔡正武的手就被牢牢銬住，等著送去汴京監獄。當他被人帶到一匹馬時，他轉向歐優袞，為他的清白做最後的呼籲。

「雖然矛是我的，但我以我祖父母的墳墓起誓，這整件事是個天大的誤會。我被設計了。對這一點，我的立場不會改變。」他邊被人推上馬邊說。歐優袞大人沒吭聲。

第19章

吃香喝辣的烏龜

在*江北*[28]西北方某處，若干旅者在中國北方又熱又平坦的平原上單調無聊地走著。這支隊伍大約有二十多人，他們都顯得疲憊而喘息連連，但只有三匹馬可供騎乘，意味著其他的人只能在豔陽下步行。當地的農人停下手邊的工作瞧一眼這群外地人。他們是一排被太陽烤焦了的道士，伴著一輛被一匹馬拉著的超大馬車，正艱難地翻山越嶺。另外兩匹馬也沒閒著，牠們雖沒上鞍，但馬身兩旁都掛了幾個箱籠。一個農夫打量著這群人，注意到行列中一個稍矮的男子雖竭力不落單仍繼續落後，而其他人腳步不止歇地趕路，無暇他顧。

落後的人喘得像隻牛羚，出聲喊，一邊按摩他身側的酸痛。

「慢點兒！我是個讀書人，我是啊！」他喘著氣，胸膛劇烈地起伏。

「噓！你會暴露我們身份的，笨蛋！」其中一名道士咆哮起來。矮一點的男子不支倒地，顧不了地面火燒似的燙。

「我的腦袋是學富五車的。」他邊喘邊敲著他自己的頭，「我用我的聰明才智取代你們的肌肉，你們哪兒望塵能及？現在做為一名指揮官，我下令大夥兒暫停！」

一行人慢了下來。

---

[28] 江北：包括現在的江蘇省與安徽省。

「你們去看看皇帝陛下的情況好嗎？」小個子道士張開他龜裂的乾嘴唇悄聲說，感覺自己好像被一頭狂奔的公牛踩踏過去。一名道士敲打馬車的門板，稍作等待後，將耳朵貼近木門。當他察覺到內部靜無一聲後，便果斷地將門拉開，一個額頭寬闊、臉色蒼白的男人便顯露在眼前，他的頭髮綁了一個傳統的全真道士髻，上面還插了一根與之搭配的簪子。

度宗皇帝、天子、南宋的統治者，從來沒看起來如此樸素。

自從他們起程赴北方諸省以來，這一小群旅者為應付度宗永不止息的挑剔便疲於奔命——這是破天荒頭一遭，他首肯讓自己被人由溫暖的南方移到像烤箱般的北中國平原。在他們出發前數日，文官孔觀及他的團隊發現，他們必須花更多時間完成度宗的偽裝，以使他看起來唯妙唯肖。起初，皇帝拒絕合作，但在把一名宮女弄到精神崩潰後，皇帝終於允許一小團隊的藝術家小心地把他打扮成一名全真道士模樣。在那之後，一隊侍衛、一名妃子、一個廚子、祖煉丹師連同孔觀自己，也都得接受一天的改頭換面，使他們外表、舉止、言語都像是老練的道士。

不舒服地頂著他們的新偽裝，他們一行人夤夜利用一條逃亡用的地道離開皇宮。按原定計劃，賈似道丞相便發佈了一則假消息，宣稱度宗臨時動身至一個異國風情的行宮出遊數週。只要皇帝如期歸來，無人會知道此次危險重重的小冒險。

經過一段坐平民舢板的旅程後，一行人平安抵達海洲（連雲港）。一位當地接應早已等候在那兒，並為他們準備了一輛特製的馬車，該馬車用香氣四溢且能抵禦十字弓攻擊的木材製成。據當地探子報告，因為元宋戰爭的關係，馬匹奇缺，所以度宗大部份隨員無奈只得步行，只有度宗一人得以在鋪了錦墊的馬車中舒服地避暑。侍衛們長途跋涉已司空見慣，但自從他們進入江北西北鄉下農場般的平原後，其他人就屢屢叫停，並抱怨住處的簡陋。諷刺的是，埋怨最多的竟是那位在計畫初期嚴格要求大家不得隨意要求停歇的人。

現在那個人精疲力盡地躺在地上，像個死人。

孔觀原本就修長的身材，已經變得更纖細又皺巴巴，像被鹽醃漬了很久似的。他那身妝扮由頭到腳都汗濕了。他的嘴唇龜裂，腳上的水泡讓他的腳失了知覺。他無力地咳，同時偷瞄一眼正在跟度宗說話的御前侍衛。

「陛下，請原諒我的打擾，孔觀大人得休息一下。請問陛下情況如何？」侍衛問。

「遭透了。朕宛如在油鍋上被翻炒的蝦子一般。等我們回宮後，朕要你把設計這個正方形加了輪子的禍首揪出來，當眾把他開膛破肚。而且誰讓你開門的？朕並未下旨。」度宗厲聲說。

「臣罪該萬死。當陛下沒回應時，臣深恐陛下有恙。」

皇帝翻了一個大白眼。

「平凡如爾等，當然無法得知朕被你們這群王八蛋傻瓜包圍是多不好過。我們快到下個城鎮了嗎？」

不論度宗如何怒罵，這個侍衛感同身受地直點頭，儘量不表露他與其他人已餐風宿露步行多日的辛苦。

「按照我們目前的行程，最近的友好城市就在下一個省份，我們正穿越省界進入該地。陛下，即便如此，這段距離仍然要走上兩天。」他答道。

「希望這一趟出行有所斬獲。朕這皇家尊貴的腸胃一直往上翻，而且這兒的空氣聞起來也很奇怪。」皇帝抱怨，像孩子般發著脾氣。他把侍衛推開，探出頭去。

「孔觀！快，找些肉來當晚餐！還有，找點兒樂子讓朕分心！這是聖旨！」

「來了！陛下。立刻辦！陛下。」孔觀毫不遲疑地答。他虛弱地振作起來，呼喚了一位相比其他人更顯得娘娘腔的道士。孔觀不敢太靠近，因為此人是度宗的寵妃；即使是一個近似流連的目光，下場可能就是去勢。

「妳快去滿足天子的需求。按照慣例，如果妳不從……」文官做了一個割喉的手勢。這個妃子靜靜地點頭，如此威脅對她來說已是家常便飯。

「不，朕沒心情做那個。老天爺，朕只是想吐。祖煉丹師！」度宗怒喊起來。祖煉丹師衝過來為度宗把脈並查看皇上的臉色與舌頭，隨即調頭吩咐身穿全套道士服的御廚，要他煮一碗薑湯來。度宗呻吟著。

「朕不想喝薑湯。」

「臣認為陛下身上可能有風寒，故臣建議陛下喝一碗薑湯，它當能暖陛下的胃。」祖煉丹師解釋，一邊對度宗耳垂後面的一個點施以指壓。

「這趟出行剝奪了朕最單純的樂趣。朕九五至尊的心靈渴望新樂子，要不然朕不久將死於無聊而非疾病。」皇帝怨聲載道，擺著手表示反對。同時間，祖煉丹師打開了一個急救包，裡面針灸的針、艾炙用的乾艾草、拔罐用的杯子、夾子與一束束的藥草便滾了出來。

「陛下，施針時請保持靜止。您最好趁此時休息一下。」祖煉丹師好聲好氣地說，同時將一根細如頭髮的軟針插入度宗上臂內側三分之一的一個穴道，而且還把那根針轉一轉，痛得度宗皺眉頭。在吞了一碗薑湯後，祖煉丹師請皇帝躺下，但他僅躺了一會兒。

「夠了！朕被關在這個牢裡那麼多天。朕需要點新鮮空氣！」他咆哮起來，把針拔出來丟到一旁，撩起他的道袍，小心翼翼地跨出馬車。侍從與妃子立刻跪下、躬身俯首，表示順服。

度宗對他臣子此舉甚為滿意，毫不在意周遭田裡工作中農夫們的眼光。

「好！朕的偉大並未失色。你們也是識時務的，沒忘記即便身著庶民之服，朕仍是天潢貴冑。你、你、還有你，看著馬匹與朕的妃子。其他人陪朕行走。」他下著令。三名侍衛站在馬車旁留守，其他的人與度宗一起走，把他圍在中間，侍衛全部面朝外。此情景讓局外人詫異他們可真是道士嗎？孔觀大人及侍衛們各個提心吊膽。

● — — — — — — ●

在淮河北岸那條與蔥郁農田毗鄰的路上，一名姓那的農夫一手提著水桶，對每一位恰好路過的旅客都展現出他最友好的笑容。原本是江北南邊黃山附近人士，那農夫選擇簡單的糧農生活，而沒走他母親家傳的養馬事業，即使養馬較有利可圖。那農夫現年三十出頭，有妻有子，還有一個令許多過路人覺得舒心的溫和笑容。而且儘管他種的是小米與稻米，那農夫還是挪些時間以成就他最終的夢想，就是把他的一小部份農地撥出來，做完全不同的用途。

那農夫停了下來、把水桶放在地上、調整他的斗笠、伸伸腰，正好看見一群道士排著非常古怪的隊形向他這邊走來。

當他們靠近時，那農夫才發現這一組道士都把他們自己的身子矮下來，並採半蹲的姿勢走路，為的就是要讓他們中間那一位病秧子同伴顯得高一點。除了滿臉病容的這一位，其他的人都像鴿子般蹣跚而行，膝蓋彎曲、頭向前點啊點的。這是齊步走裡最怪異的方式，可能是道家的什麼健背功吧！他們停在滿臉疑惑的農夫前面。

「有事嗎？」那農夫自然而然地問。一個高個兒的道士，因半蹲著走還在抽筋，利索地轉向中間那個面容蒼白的道士，低聲交談幾句後，對那農夫大聲地問：

「我們的道長要知道你在這兒幹什麼營生，及你的姓名。」農夫緊張起來。哪兒不對勁了。

「正如你所見，我只是一個普通農夫，正在照顧我的田。」他回答，小心地盯著這個說話的人，他的面頰有一道大疤，雙手滿是老繭。那個在中間看起來病懨懨的道士又低語幾句，不是對那農夫，而是對另一個站在附近，精壯魁梧、下巴寬厚的道士。

「我們需要新鮮肉食上路。立刻交出你所有的雞禽或牲畜！你將得到相當的報酬。」寬下巴的人說。

那農夫的笑容一下子垮下來。這些道士真是不尋常的頤指氣使又盛氣凌人。他正要開口抗議，另一名道士撲通一聲在他面前放下一個大箱子，打開鎖頭，從箱子中撈起一把東西，這讓農夫瞬間驚呆了。紅寶石、珍珠、金塊、翠玉及其他珠寶，閃爍得像天上的星星。

「一隻牲畜換一把珠寶，農夫。這價值超過你二十季的收成。」道士說，把珠寶在那農夫面前晃動。儘管利潤極高，那農夫卻開始對這些看似潑天富有的旅客感到懷疑，他們說話如此高調又咄咄逼人。

「我不能接受，因為……」

「什麼？」

中間的道士終於開口了。就一個看起來這麼瘦弱的人來說，他的聲音像喇叭般，在山谷迴響。

「當我給你金子時，傻瓜，你當接受、磕頭，然後滾回你可憐的小屋。拒絕我的賞賜如同褻瀆天恩。」他大發雷霆。圍繞著他的大肌肉道士們突然去摸他們藏在長衣內的刀鞘，抽出他們的劍，比著那農夫的喉嚨。

●— — — — — — ●

孔觀大人站在度宗的左後方，道服下的他冷汗直冒，同時還得儘量裝出一副對度宗的行為司空見慣的樣子。真是太難了，鑒於度宗頑固地堅持宮廷禮儀，他們在旅途中仍必須維持比皇上低的身高。現在除了這個之外，再加上度宗喧囂的態度，在一個蒙古法規已根深蒂固的地方，他們的身份有可能穿幫。

到最後，皇帝的旨意高過一切，即使它們多沒道理，他的御前侍衛也只能無奈地聽命。孔觀在背後的道袍上偷偷擦著他手上的汗，看著侍衛們拿刀對準可憐農夫的喉嚨。他咬著自己的嘴唇。

這個愚蠢的度宗真有可能把一切都搞砸！

那農夫磕頭如搗蒜。

「請饒命！我是個小老百姓，一季才吃得起一次肉。既然我沒肉，我怎能接受你的金子？可憐可憐我吧！我家裡還有老婆孩子吶！」他泣不成聲地說。度宗做個手勢要他的侍衛收劍。

「沒有肉？那你幹嘛不早說呢？」度宗粗聲粗氣地問。

「我只種米穀，最近還有這個。」那農夫說，舉起他的水桶。度宗及他的一行人往桶子裡面望去，看到有兩粒黃色的眼睛瞪回來。一名變裝的侍衛抓過桶子，把裡面的東西倒在地上。大家都圍攏來，以便看個仔細。

「烏龜，是一隻軟殼龜！」孔觀若有所思地說。這個東西一翻身就用牠兩雙像蹼一樣的腳站起來，並縮進一個像橡膠般的龜殼裡，也把牠像吸管一般的鼻子吸進去。

「但這隻顏色完全不對，黑得像烏鴉似的。」另一名侍衛皺著眉頭說。

「我的夢想是做一個養烏龜的人。你知道，我常常吃牠們。將牠與火腿煮湯是非常美味的。」那農夫嚥著唾沫，「這隻黑色的烏龜也不知打哪兒來？牠真是個禍害，咬破了我的網，把其他烏龜都放跑了。如果太靠近，牠甚至會咬人。我的顧客認為牠的色澤看起來像是某種雜種，所以沒人想吃牠。牠根本沒法賣，所以我正打算把牠倒在離我的田遠一點兒的水塘裡。」

「牠躲在牠的殼子裡。好可愛。」又一名侍衛說。這個人不就是田侍衛嗎？他向這隻爬蟲伸出一隻手，起初牠好像有些退縮，但那農夫還來不及干涉，黑烏龜突然彈出一個快如閃電的龜吻，露出一排向外凸像蛇般的下顎。連像田侍衛這般老練的御前侍衛，也未能躲過連在烏龜那出乎尋常、又長又伸縮自如的脖子裡的下顎。

如果誰能有幸聽到一名御前侍衛的慘叫，此其時也。田侍衛跳著腳，拼命地甩手，手像被一個捕鼠器夾住。烏龜的咬合力愈發強烈，怎麼也不肯鬆開。痛得齜牙咧嘴的侍衛還知道去捏住這隻爬蟲的長脖子，試圖扳開牠的嘴巴。烏龜帶條紋的眼睛閃了一下，一眨眼便換了目標，牙齒一開合便咬住了田侍衛的另一隻手。田侍衛的哀號比方才更慘。在一片笑聲中，詭計多端的烏龜終於鬆了口，砰一聲掉到地上，毫髮未傷。但田侍衛可就不一樣嘍，他現在可是三根顏色深紫且腫起來了的手指頭的主人。田侍衛覺得顏面盡失，忽地轉身，赫然發現全部人都笑不可抑，其中笑得最大聲的是度宗，他已經到了幾乎歇斯底里的地步。侍衛怒不可遏，拔出他藏身之劍。但此爬蟲像一個冰球運動中的大圓盤冰球，滑過地面，來到離度宗腳邊不過寸許的地方，停了下來。田侍衛在皇帝面前跪下，手裡握著劍。

「陛……我的意思是，先生，請讓我把這隻無禮的東西解決了吧！」

「不准！相反的，我覺得牠還蠻有趣的。」度宗咯咯地笑，提著他的道袍，向著這隻在皇帝面前似乎變得圓潤可愛的爬蟲彎下腰去。忽然，侍衛們意識到他們的頭抬得太高，便馬上蹲下來，眼睛保持與度宗等高。*還好，他的注意力全在烏龜上*，侍衛們暗忖。

那農夫搔搔後腦杓，*天哪，這些人吃錯了什麼藥？*

「先生，小心牠的頭。」另一名侍衛說。田侍衛咂咂舌，往前爬去，劍在手上蓄勢待發。雖然被命令退下，這名侍衛還是很有機會報仇的，假使烏龜對皇帝依樣畫葫蘆的話。

儘管有著鼻子被咬掉的可能，但度宗可一點不怕。烏龜的頭在離度宗的臉不過寸許之遙處晃動，不害怕也不認輸。度宗裂嘴笑起來，把一隻手放在泥土地上，讓爬蟲爬上來。牠毫不猶豫就這樣做了。那農夫打死也不信。

「不可能！這一隻絕不讓任何人這樣做！」

「牠能感應到我的至尊氣息。被生成這種不討喜的顏色，難怪牠覺得格格不入。儘管如此，牠仍奮力向前，不退縮、不氣餒，實乃龜中之王！」度宗說道。他輕輕地把這隻動物舉起來，直到他們眼對眼。皇帝的臉上掛著一抹驚奇、同情與尊敬的微笑。這倒不多見。

「命運使我們相遇，我滑溜溜的朋友。從此以後，你的餘生就是我皇家的寵物。」他說著，打了兩下響指。一名侍衛找了一個空食盒，它很快就變成爬蟲的新家。度宗面對著那農夫。

「你以一己之力重新恢復我對此行的熱誠。不像某個人。」度宗說，惡狠狠地瞪了孔觀一眼。文官大人不寒而慄。

「為聊表心意，你當得豐厚的賞賜。你就謝賞、收下，或是讓我們在這兒就砍下你的腦袋？」度宗繼續說時，一名侍衛點頭會意，捧了一把珠寶給那農夫。那農夫覺得真是太諷刺了，這筆財富不但不是他求來的，而且不拿還不行。

下一刻，農夫滿是泥垢的雙手就蓋滿了閃熠熠的珠寶。

「我們就此別過。」皇帝說完，轉身就走。孔觀、田侍衛及其他人等也急忙跟上，大步走回他們的馬車，一邊仍密切地注意他們的頭得比度宗的頭低。

那農夫站在那兒，還在試圖了解剛剛才離開的奇怪旅客。不過短短十分鐘，他遇到一組道士，他們先威脅要殺他，然後要他交出一隻他本來就要丟棄的、惹禍的烏龜。現在，是這筆他做夢都想不到的財富。農夫對他居住的這個奇妙又怪誕不經的世界感到驚訝。把這些珍稀的石頭倒在他的桶子裡，那農夫衝著跑回他的茅屋。有一隻寵物是一回事；讓牠好好的活著又是另一回事。他不確定他們知不知道該餵牠什麼，更別說如何提供一個適當的環境讓牠長得健健康康。

不過那已無關緊要了；那農夫及他的家人現在有足夠的財富可以搬到任何他們想去的地方重新開始，以免那些佩劍的瘋道士再找上門。

第 20 章

甲魚、鳳凰、龍椅

「現在讓我們動起來。快！記得，離寺院遠點兒，小心找地方安放牠們。度宗隨時都要到了。」

一行行少林和尚小心翼翼地手捧在胸前，在師父的指揮下，出了山門，悄悄地向樹林走去。經過一段長時間的準備，皇上的駕臨已迫在眉睫，逼得和尚們分秒必爭地工作，務必使這個地方配得上皇家品味。和尚們到少林寺山門外，走入樹林中，幫他們小心搬遷出來的東西找合適的家。需要新家的生物包括：昆蟲、青蛙、各式蜥蜴、山鼠甚至還有一窩小鳥。

「生命皆珍貴，哪怕是屋檐下的害蟲，亦需找個適宜之所安家。」師父一再叮嚀，而弟子們也把他們手上令人毛骨悚然的爬蟲放到不同的地點。蜘蛛（及蛛網）要搭在有葉子的地方，這樣蛛網方能捕獲飛蟲；放生山鼠的和尚，則需搜尋附近的草叢，慎防蛇窩。一名年輕和尚的長竹竿上頂著一窩麻雀，竹竿穿過附近一棵大樹的空隙，直到他能把鳥巢安穩地架在一個上有遮掩的樹叉。母鳥亦拍翼來到新家，啾啾啼叫。

「我希望牠們還記得怎麼幫自己找吃的。這麼久以來，牠們僅依賴我們在餵食台上的剩飯維生。」年輕和尚說。他的師父也點點頭。

「當牠們餓的時候，牠們自然會去找東西吃。這些山巒多的是可以裹腹的東西。阿彌陀佛。」師父說。弟子們也行禮唸佛。

止聾與君寶慢慢爬進附近的一處陰涼，享受今日初次的休憩。這兩名和尚今天大部分時間都在整理花園。當他們躺在草地上時，君寶甩了一下脊椎，伸展他的手臂，同時留意別打翻他那一籃子野草。

「你知道，師弟，有意思，為何這些野草命中註定的歸處就是火爐？你會不會認為，它們也是有生命的，如同鳥類與螞蟻。」君寶說著，抓了一株野草把它丟回草堆。

「植物是沒感覺的哪！師兄。」

「沒錯，但它們也是活的。吃動物違反我們的戒律，那為什麼植物就可以吃？如果我來世是一株野草怎麼辦？下一代的少林僧侶可能把我連根拔起，丟成一堆去燒垃圾。」年長一點的和尚說，望著野草若有所思。他在地上挖了個洞，又把草種回去。

「這樣好了。那應該可以減少我輪迴成一株草的機率，對吧！」君寶咧著嘴笑。止聾再把它挖出來，又丟回它該去的籃子裡。

「君寶！他好像看到了。」止聾瞧著君寶肩膀後，悄聲說。可不是，羅大師父正朝著他們這兒走來，像隻老鷹般盯著每一名和尚。君寶與止聾兩人大氣都不敢出，直到羅湖大步走過去。君寶這才吐出一口氣。

「好吧，」止聾說，「那我們昨晚吃的蠶豆怎麼辦？我們可能輪迴成一粒蠶豆，被吃掉，再被幾乎所有的東西排泄出來。」

「嘢。」君寶說，把他的籃子舉起來扛在肩上，「最好就是根本什麼都別吃，可沒人做得到。」

他和止聾走回寺院，經過若干正忙著把外牆翻新的和尚。除了重新粉刷外，裂縫得先補好、黴斑也得刮乾淨；圍牆內，其他和尚攤開了專為皇室準備、織著皇家紋飾的大地毯。風耳、竹哥及見習武僧們不在這兒，他們被派去清掃塔林。每一個和尚都任勞任怨，所承受的壓力甚至比少林寺園遊會前幾日還多。離度宗抵達已無太多時日，大家抓緊時間，務必使他們的佛寺盡量看起來像個樣子。

「那麼，」君寶問，漫不經心地把野草倒進火爐，「你跟喜鳳現在還好嗎？你對她有什麼長遠的打算？」

止聾看著他，怕別的和尚聽到，遂把他拖到一叢灌木後面。

「君寶師兄，噓！」

「你想一想，師弟。她是一個好女孩，講道理、不嬌縱、懂事、有愛心又十分美麗。」

年輕一點的和尚當然百分之百同意。君寶咳了一聲。

「我的意思是，她已到了適婚年齡，身邊卻沒幾位好逑的君子，不是很奇怪嗎？我是說，她跟你在一起似乎很樂等等的，但你不覺得，按理她應有幾位被她斷然拒絕的痴情人才對嗎？」

「可能。我曾經問過她，她說她回絕了所有的婚事。你為什麼這樣問？」止聾答道。他們現在已走回到圍牆外面。君寶搔著自己的脖子。

「止聾師弟，如果真是那樣，你最好儘快跟她成婚。」

年輕點的和尚緩緩地點頭。君寶又接著說：

「因為如果你磨蹭太久，她可能以為你對她失了興趣，到頭來她或許會轉而接受其他男子的追求。」

君寶停下來，讓止聾有時間沈澱。

「所以我在想，為什麼我們不離開少林寺？我的意思是，我們一起。那你就可以與喜鳳結婚，而我也有機會遊歷四方。你覺得怎樣？」君寶說，但這個師弟愁眉苦臉的。

「只為了迎娶喜鳳而離開少林寺？我怎能如此行事。這違背了我多年來所堅持的一切信念。」

「師弟，你現在的所作所為已經違反了寺裡的信念。你聽我說，我可是站在你這邊。所以我才希望能把握這一次機會，確保我們都能得到自己真正想要的。它將擴展我們的視野。說句老實話，我可從未如此想過，直到最近這幾個月。佛陀不差兩個即將結業的弟子。少林寺的後起之秀也馬上能遞補我們的空缺。沒人會太過思念我們，而且在這個過程中，我們並未真正傷害到任何人，至少不是那些有寬容心胸能夠接受這一切的人。」

止聾仍然猶豫不決。他一方面想跟喜鳳白首偕老，另一方面，他對寺院的忠誠又讓他裹足不前。那也可能讓師父們斷絕與他所有的關係——這種關係是建立在多年的互信、汗水與奉獻精神上。

「我們僅只要提到離開，方丈就鐵定怒火賁張。君寶師兄，我的意思是，你是少林寺的救世主，他們肯定把你留在這兒直到你眉毛斑白。而我離開的話，那將是對那些窮畢生之力引導我們走上菩薩之路師父們莫大的侮辱。」止聾說。

「因此我們根本不需要他們同意，直接開溜得了。」君寶答。止聾的眼睛一下子睜得老大。

「什麼？」

君寶皺起眉頭。

「哎喲，止聾師弟，難道你不想探險和娶媳婦嗎？少林寺外面是一個浩瀚的世界，就等著我們去大開眼界。」

「師兄！那些銅人怎麼辦？我們終究會被那些殺手找上的。」止聾說，非常擔心。

「那我們就一起打退他們唄！就我而言，我倒歡迎他們來挑戰。」

「對不起，師兄，我可不要。如果我真要離開，我希望不要成為這些暴徒的目標。那也會危害到喜鳳的。」

君寶有點兒失望，但也不得不同意他說的有理。

「所以你打算繼續留在這兒？喜鳳現在也許對你情深，但如果你拖太久，其他人或許會採取行動，譬如某些不願輕易放手的人。我有個感覺，或許她現在已經遇上一個這樣的人了。」

止聾消沉地望著他的師兄。

「君寶師兄，你永遠都這麼愛挖苦人，是不是？你說的我都知道，可以嗎？因為這些思緒，有些晚上我都沒辦法合眼。我當然想離開並與喜鳳成婚，但最後我只會更加敗壞少林寺的門風。更何況，如你所言，我是一個和尚。我怎樣能讓她快樂？讓她心滿意足？如果我能找到辦法不傷和氣的離開、同時又能提供一個安全富足的生活給喜鳳，那我是第一個走的。」

君寶無限同情地看著又回去拔草的止聾。比他年少的和尚倒了另一堆草到籃子裡。

「我知道我已經變得世俗了。自從她進入我的生命以來，這種感覺就深植我心，但我從未忘記我對少林寺的責任。師兄，我感激你花時間為我考慮，但我就是不能走。」止聾喃喃地說，一刻不停地拔草。

「止聾師弟，別擔心。除非你也準備好了，要不然我也不會離開。而且到那時候，一切都必須根據你自己的選擇。我不會再逼你決定。阿彌陀佛。」

「謝謝你，師兄。如果你想獨自一人離去，我也不會反對。我知道你是有大作為的；我最不願的就是拖累你。」止聾說，一邊回禮一邊也禁不住想，如果喜鳳真的有一位他不知道的仰慕者，那他可真是無計可施。

「這隻可愛的小烏龜是誰啊？嗯？」當度宗一邊跟他的小烏龜咕嚕咕嚕地說話，一邊輕摳烏龜的頭時，他們一行人正走在少林寺多風的山坡上。在平安地進入河南省後，度宗等人走過登封境內每一間友好寺院，尋找任何有關秦始皇傳國璽的蛛絲馬跡，每一次都毫無所獲。這個神祕的圖章或傳聞中圖章的設計圖根本連影子都沒。不管怎麼說，好運還是在他們這一邊，因為當地駐紮的元軍尚未發現他們的身份，並似乎對度宗及他那群人毫無興趣。

現在他們已經旅行了一週有餘。他們與坐在馬車裡的度宗及乘著其中一匹馬、他變裝的妃子已漸漸接近少林寺的山門。其餘的人穩步行進，看得出已精疲力盡。

唯一過得樂呵呵的就是度宗與他軟殼子的朋友。這隻烏龜現在是度宗最親密的夥伴，但牠對其他人可不假顏色，這可由他們手指上包紮的紗布得知。度宗對待這隻烏龜可不吝嗇，自那以後，他幫他的水族密友用銀質蓋碗做了一個舒適的爬蟲動物的箱子，裡面少少裝了點清水並鋪了浮萍與水生花。最如釋重負的可能是陪伴度宗旅行的妃子，她真慶幸她的主人別有所好，只要別再去取悅他，他的性情怎麼變化都好。當他們離山門不遠時，田侍衛發現一名少林護法快步向他及他們一行人跑來。田侍衛四下一瞥，確定附近山巒沒有不受歡迎的元軍巡邏隊，這才宣佈度宗的駕臨。

「北少林佛寺聽令！偉大的天子駕臨，接駕！」他大聲宣告。

「阿彌陀佛，宋王室內廷侍衛大人。請壓低聲量直到您完全進入到寺院內。非常抱歉，這完全是為了您們的安全著想。歡迎大駕光臨少林寺。」辛鼎和尚邊說邊鞠躬。田侍衛沒搭理。孔觀大人對著度宗的馬車悄悄說了什麼後，這位瘦骨嶙峋的文官官威十足地走到辛鼎面前，作揖，說：

「度宗陛下在宣佈他駕臨所為何來之前，亟欲在貴寺的客房小憩。相信貴寺方丈已為聖上備妥了最好的房間。」

「當然，請跟我來。此外騎馬的那位皇家貴客請稍稍彎腰，小心上頭掛的橫幅。」辛鼎指指點點地說，領著一行人穿過山門。山門內，許多和尚在一聲鑼響下，迅速沿著地毯兩旁列隊。一待大家都排好了隊，福裕方丈在羅湖大師父的陪同下，小心翼翼地避開地毯覆蓋的地面走向馬車。在寺裡眾僧注視下，他們兩人向田侍衛與孔大人行禮。

「*全真派*道士的道服。偽裝得不錯嘛。」君寶悄悄對止聾說。當度宗的馬車向客房方向搖搖晃晃駛去時，所有的和尚都半躬著身相送。一到了那兒，皇帝一下子就被侍衛簇擁著進去了客房。等了近兩刻鐘，他們還沒出現，使得這些少林和尚不禁納悶，度宗皇帝究竟會不會露個臉。

「我們千萬不可失了待客之禮。皇帝陛下可能累了，正在休息。」德敬師父對其他和尚們打氣說。雖然他們大多數天生耐心破表，但也不免開始有點兒腳麻，所以他們便移到蔭涼處坐著等候。好像過了一輩子那麼久後，客房的門終於打開了。和尚們排成兩行，度宗的御前侍衛也去門口集合，並拿著各式各樣的樂器。田侍衛現在穿著宋王朝的鐵衫甲、戴著一個頭盔，走到客房前面，在向少林寺僧侶鞠躬後，他便使勁地吹一隻掛著幡幟的長喇叭。他打開一個捲軸、清一下喉嚨。

「天子、偉大的萬歲、宋王朝的統治者度宗陛下，將於河南聲名顯赫的少林寺銘刻其歷史篇章。在場諸君，須一心順從陛下之旨意，違者視同逆天行事。」他說罷，把捲軸放在一旁。一個又小又不起眼的宮廷鑼，響起來竟然比和尚們聽過的任何鑼聲還響。四名御前侍衛就在鑼聲中把少林寺預備的輦轎搬到客房外放好。

客房門被慢慢地打開了，度宗身穿龍袍，旁邊隨行的是孔觀大人，更後面的是一位穿著昂貴錦緞漢服、美若天仙的女子。和尚們全跪下俯伏在地。四名侍衛把輦轎扛上肩頭，穩步走在地毯上，直向廣場中央搭起的平台去。令和尚們吃驚的是，居然不是度宗陛下開口，而是孔觀上台說話。

「敝人謹代表皇帝陛下，表達宋王朝慰問之意。因涉及朝廷大局，此行目的不便明言。惟皇帝陛下蒙受天恩，特來此尋回一件失落的寶物。皇命鈞旨，所有僧人必須留在原地，直到我們搜查完畢。包括你們的隨身物品、僧袍、以及宿舍，無一不將接受檢查。任何抵抗均視同蔑視天威。望各位給予配合。」

和尚們立刻焦急起來，大聲地議論紛紛。

「他們待我們如賊人！」一人說。

「我們怎會有宋王室的東西，那兒與我們相隔甚遠。」另一人說。

方丈福裕舉起雙手，示意和尚們安靜，走到平台前面。

「阿彌陀佛，宋朝的大人吶。少林寺沒有小偷，即使有，要到南方數百里外的臨安偷東西也太過不便了。」

「方丈說的對，大人。」師父德敬發言前先鞠了一躬，「少林寺不藏贓物。我們沒有祕密。」

孔大人給了德敬一個像是嘲諷的冷笑。

「和尚，我對你們的信任僅有三分。正因為此寺在往昔亦曾協助過前朝的皇帝，陛下才選擇以和平之姿造訪，不是嗎？我們此行僅是要求搜查這座寺院，你們覺得有何不妥之處？」

德敬行了一個佛教禮。

「不是的，大人。我們是一群謙卑的僧人，但我們不能允許任何人在無合理解釋的情況下如此行事。」

「我告訴你，這是朝廷的政治決策。現在，若你及你的僧眾仍希望與我們保持友好，最佳之道便是信任朝廷，別再提出多餘的質疑。你有異議嗎？少林大師？」

德敬搖搖頭，對孔觀如此挑釁的語氣有些吃驚，「沒有。」

「那就對了。給我們的人幾個時辰搜索此地，然後你們出家人可以回去讀經、劈石頭，或做任何能讓你們心神安定的事情。」孔觀輕蔑地說。方丈不想把事情鬧大，示意德敬退下。

「大人，無論貴方尋找何物，本寺皆樂意盡力協助，以便讓你們尋找的工作更為輕省。」方丈說，但孔觀擺手打斷他。

「不必，謝謝你的好意。我們知道你們和尚確實身強體壯，然而我們更擔心的是，恐有人笨手笨腳而觸動了我們所需尋回之物。福裕方丈，我要再強調一遍：你們退下，讓我們自己來完成。」

「到底是什麼物件？即使出於禮貌，你也應該告訴我們。」德敬說，像是起了疑心。孔觀大人皺起眉頭。

「那絕不是你會有興趣的東西。現在你們到底聽不聽命？」孔觀說，有一絲惱怒。雙方根本無法溝通。

德敬與方丈雖不同意，但決定暫時先遵照度宗的要求。少林寺自古以來即有承襲漢朝皇帝所立聯盟的義務，即便現在他們立足的土地已隸屬於蒙古。就因為這個原則及他們助人的傳統、禪修的訓練，讓他們對孔觀的官腔官調能冷靜自持。在極度的克制下，和尚們逐一將腰帶、口袋之物掏空，並將所有個人物品放置於腳邊成一小堆。與此同時，御前侍衛則開始仔細搜

查每一位和尚，以確保無任何物品被隱匿。當輪到君寶被搜查時，君寶臉上帶著一絲嘲諷的表情。皇家侍衛小心地檢查君寶那堆物品，另一隻手不離劍把左右，生怕這個和尚會突然發難。

「這些紙張是幹什麼的？」侍衛問，向那堆整齊疊在一起的紙卷點了一下頭。君寶只是乾瞪著他。止聾看得到他師兄臉上的桀驁不馴——那個御前侍衛最好不要進一步觸碰逆鱗。君寶終於哼了一聲，給出最扼要的回答。

「筆記。」

侍衛狐疑地望著這個和尚，審視著紙張，翻了翻後，點頭放回去。突然不知哪兒伸來一隻蒼白得像白粉筆般的手，像鉗子般抓住了侍衛的手腕。

「等等，讓我看一下。」孔大人厲聲說，把這疊紙搶走。他毫不放鬆地一頁頁翻，每個字、每張圖都不馬虎，然後氣得隨隨便便把它們摜到地上。

「不過是些沒人懂的鬼畫符。去搜別的人！」孔觀說，指著其他和尚。君寶覺得受了侮辱，但也鬆了一口氣。侍衛現在檢查到了止聾的那一堆，那裡什麼都沒有，除了包在一方清潔手帕中、半個吃剩的饅頭；再往前，下一個是德敬師父的堆，只有一張折疊方正的下午課課表及一條小毛巾。就這樣繼續下去，少林和尚們每一件不起眼的隨身物品都被赤裸裸地攤著，讓宋朝侍衛檢視後才被放行。隨著時間的流逝，沒什麼東西值得一顧，使得孔觀更氣急敗壞。和尚們宗教的本質就是克制物慾直到一無所有；即便如此，有些和尚還是將家信、幾枚零碎的硬幣、野生草莓和佛符塞在腰帶裡。這些東西孔觀當然不屑再看第二眼。當所有和尚的物品都被檢查後，孔大人再次站回台上，一邊苦思良策。

「感謝大家的合作，但我們的搜索尚未完了。根據天子的旨意，在我們搜索宿舍時，你們仍須留在這裡，一個一個來。」他說道。福裕方丈與一些師父極力反對。

「孔大人，我們已經同意對我們肉身的搜查，何故仍將我們當作賊人看待？而且看在老天爺份上，為何不明言貴方所尋之物究竟為何，而把我們矇在鼓裡？」方丈問。

「我們大宋承諾將搜索行動執行得盡可能迅速，並且對任何不慎造成的破損給予適當的賠償。」孔觀答，對方丈的問題顧左右而言他。他先對度宗的侍衛們指示一番，然後才令他們前往廳堂及寢室進行搜查，讓和尚們更感不悅。宋朝侍衛雖然承諾不會破壞或盜取任何物品，但少林和尚看到他們私人的物品像二手貨被亂丟便開始憤怒。儘管和尚們以佛教的規範自我約束，但他們開始難以維持他們聖潔的風度。

「福裕方丈，皇上的侍衛越界了。我們不能讓他們把我們的寢室翻個底朝天。」一名資深武僧悄聲說。方丈看起來也頗為厭煩。

「我與你的看法一樣，但我們必須固守傳統。自本寺建基以來，我們便以皇帝為尊。這關乎我們的名聲。」

「皇帝抵達後還沒開過金口。難道我們不能至少別讓他的僕從褻瀆我們的佛堂？」另一名和尚說，指著忙著搔他新寵的脖子、對和尚們的處境視若無睹的度宗。突然傳來一聲喊叫。

「和尚！放手！」

原來是一名御前侍衛正走出宿舍，手中捧著一個小木頭盒子，但攀在盒子上的資深武僧可不容易搬得動。

「我是大宋的御前侍衛！只看一下就好！」侍衛大聲喊，但和尚仍緊緊掛在上面。

「那是我……」

「我說放手！」侍衛大喊，滑了一跤。當他們兩人都摔在地上時，木盒子猛地砸開了，把兩個陶甕彈到地上，爆開一片煙垢似的粉末。那個和尚的臉唰地一下蒼白，急忙跳上前，試著把甕裡的東西剷在一起。

「我父母的骨灰！」他號啕大哭起來。聽到這個，其他和尚來勢洶洶地把這個驚愕的侍衛圍起來，憤怒地捏著拳頭。

「那只是個意外！」侍衛氣急敗壞地說，緊張地握著他的劍。德敬師父急匆匆趕上來，把可能釀成的大禍分開。

「大家都別動！俠胥、李輌、舒文，你們都退下。還有你，侍衛大人。我們不必用到那個。」德敬說，指著侍衛抽出了一半的劍。半打亟欲復仇的武僧圍著那名侍衛，氣氛相當緊繃。德敬指著地上那個抱著兩個破骨灰罈的和尚。

「侍衛大人，你欠思義和尚一個道歉。」

侍衛點點頭，深深躬身致歉後才返回去工作，但思義仍惡狠狠地瞪著眼。

「德敬師父，我沒法再忍了。」思義說，「他們不尊重我們。他們這樣做不對。」

「我同意。事情發展成這樣讓我非常難過。」德敬說，彎下腰幫思義把地上的灰捧進破的甕裡，「思義，控制你的脾氣！雖然我們理直，但少林寺從未先動過手。」

站在近處的舒文和尚氣得全身發抖。

「但是，師父，如果他們決定要燒掉我們寶貴的佛堂怎麼辦？」

德敬舉起一隻手，滿臉嚴肅。

「他們不是還沒到那一步嗎？弟子們，我懇求你們，只要再堅持一下。」德敬答，但他佛教徒的冷靜也開始失去。

「羅大師父在哪兒？為什麼他不做點什麼？」思義和尚氣餒地說。德敬四下張望，看到了羅湖，他正十分冷靜地坐在大雄殿的橫擋上。發生如此多事羅湖竟能視而不見、不動如山，實在不像他的為人。但虎臉和尚真的只是坐在那兒，一點也不在乎。

止聾、君寶及風耳在不遠處目睹了一切，並聽到他們的對話。君寶搖搖頭，再瞥一眼那些侍衛，他們仍在搜索房間和廳堂。

「如來佛在上，我真不知道思義為何嚥得下這口氣。」他捏緊拳頭說。止聾靠牆坐著，手肘抵著膝蓋。

「他們再做一次，我們就給他們點教訓。」風耳咆哮著，向空中揮一拳。止聾擔心地望著這個少年人。

「嗯，希望這整件事趕快和平落幕。像是他們待得愈久，事情就愈發不可收拾。因此，我希望他們能趕快找到他們撈什子的東西後，趕快走！」

兩刻鐘後，侍衛們結束了他們對少林寺進一步的搜查。和尚們如釋重負，再次聚集到台前，而度宗、孔觀及侍衛們在台上商量著什麼。

「怎樣？有什麼跡象嗎？」度宗呱啦啦地問。孔觀躬身行禮。

「什麼都沒有，陛下，臣也不明白。少林寺是我們最後的希望。我確信，這兒一定有什麼了不得的東西……要不然龍為什麼在這兒現身？」他邊沈思邊說。度宗審視他眼前的場面，中指敲著椅子的把手。

「言之有理，寶貝的東西一定不會隨便放置。而且朕也開始相信這些茹素之人說的可能是實話。他們根本不明白它是什麼，而我們至今亦毫無所獲。是時候命令那些侍衛開挖了。你不是預備了一箱鎬子、鏟子嗎？別忘了，我們的時間有限。」皇帝說。孔觀瞥一眼那些和尚，他們也正好瞪回來。他咳了一聲，挨著皇上近些，一邊招呼那些侍衛靠攏來。

「陛下，我們還有兩個時辰，所以時間還多得很。但我擔心一旦我們告訴他們要挖地，他們可能會失控。我們只有一點兒兵。讓我們暫時別在他們的傷口上灑鹽吧！」

度宗一把扯住孔觀的鬍鬚，害得這位官員差點兒跌倒。

「那就快想別的辦法，因為我們的旅途已接近尾聲，而且朕快控制不住朕的脾氣了。如果今天日落之前，朕還是兩手空空，那麼就朕所知，把朕誘騙上此行的非你莫屬。你當知道欺君之罪下場為何。」

孔觀點點頭，抹掉額頭的汗水，轉身面對眾僧。

「少林寺諸君，我泱泱大宋，迫切需要尋回所需之物。本官在此要指點貴寺一個發財的機會。我們希望在掛譜堂下方開始挖掘，那裡恰是去年神龍停留之處。當然，皇帝陛下將會提供相應的補償，必將使各位心滿意足。」他說。田侍衛及另一名宮廷侍衛打開他們的珠寶箱，然而它對這些生活簡樸、四大皆空的和尚們效果似乎不大。

「師父，這太可笑了！」一名和尚喊起來。德敬要那個和尚退下，自己不卑不亢地走到皇帝面前。

「大人，我們不同意。少林寺的每一吋土地都是神聖的。不可亂挖。」師父說。

「德敬師父、福裕方丈，這些宋朝官員該離開這兒。」思義說，滿腔憤怒地跳上台，嚇得孔觀忙不迭地退到度宗身旁。皇帝的侍衛們也立刻採取行動，把度宗護在中間形成一個防禦圈，劍已出鞘，可隨時揮出。

「思義，等一下！」君寶喊著，與止聾雙雙跳上台。君寶指著御前侍衛們的劍，那些劍自圓形陣勢中向外伸，猶如豎起全身尖刺的刺蝟。每道刀刃的血槽似乎抹了一道液體。

「聞起來一股藥味，」資深武僧說，「除非它是油，但我懷疑，它極可能是……」

「正是劇毒。」躲在度宗輦轎後的孔觀答，「確切地說，乃是濃縮的*附子* [29]，見血封喉。」一聽到這個，思義及其他和尚便不再冒進，但仍冷眼睨視度宗一夥。德敬走進來，擋在雙方中間。

「快住手！君寶、思義，下來。」他說，「孔大人，我們休要再進一步損害宋王朝與本寺之間的交情。大家且慢躁動；我瞭解您不願透露所搜尋之物的詳情，但老天爺在上，本寺的人做夢都無意貪圖非己之物。我懇求閣下明說，你們到底在找什麼，我們也許能幫助你們。阿彌陀佛。」

孔觀考慮了好一陣子；沾掉一些汗水，他走向德敬。

「你保證你的和尚不攻擊我們，我們就把劍放下。」孔觀說，指著思義及其他和尚。

「他們不會的。」德敬躬身說。孔觀皺起了眉。

「我們在找一個文件或捲軸，上面是一個盤子大小的圓形設計圖。我們也在尋找一相應之小型版刻。」孔觀說，暗自祈禱和尚們對他剛剛洩露之事意味著什麼毫無頭緒。說德敬吃驚還算客氣的。

「啥？僅為尋得一個紙卷與什麼紀念章，你們竟驅足來訪少林寺？你們大多數侍衛已經搜過我們的寢室，但你們可找過我們的藏經閣？如果已經找過，我恐怕沒什麼地方可以再找了。」

「所以它就還藏在哪兒嘛，要不在寺院外要不就在地底下。而且到現在也沒人主動站出來，所以除非你們交出我們所要的東西，否則我們就得開始挖地。你們不如直接就接受皇帝的賞賜吧。」孔大人汗流浹背，推出一位宮廷侍衛站在前面幫他擋住。少林和尚各個義憤填膺。

「德敬師父！」

君寶擠到前面躬身行禮。

「我能說幾句話嗎？」

「當然可以，君寶。」德敬答。

---

[29] 附子：Aconite（Wolfsbane）由附子之類毒草（Monkshoot）所提鍊的毒藥。

「師父，我……我剛剛想起來，我曾撿到一個畫了圓形圖案的紙卷。是我到嵩岳寺藏經閣出公差時偶然看到的。」

孔觀那官大人的官帽差點兒像火箭般射出他的頭。

「在哪兒？哪兒？」官大人厲聲說，把御前侍衛像沒用的路障般推到旁邊。君寶抬起眉毛。

「別激動。我不確定它倒底是不是您在找的東西，但……」

「它──在──哪兒？」孔觀口沫橫飛，噴了君寶一臉唾沫。

「冷靜點，大人。那是幾個月前的事，我還得想想。」

「想？」孔觀大喊一聲，心驚肉跳。君寶聳聳肩。

「我需要點時間。我早忘了，直到現在。德敬師父說得對，您真該放輕鬆。」君寶說著，竭力回想，一邊用手帕把孔觀噴的唾沫擦掉，「嗯……」和尚突然靈光一現，記起來他不久前才把它給了止聾。

「止聾師弟，我把它給了你對不對？」他轉頭問這個比他年幼的和尚。

「唔，你是有。」止聾也邊說邊想，「我本來打算拿去給小鳳，因我想她能幫我們解讀上面寫的古文，那以後我就不太記得了。」和尚說，非常抱歉地望著君寶。

孔觀瞪著止聾，嚇呆了。可憐的官員看起來好像誰燒了他的房子。

「努力想！和尚！」孔觀咬牙切齒，感覺自己胃裡開始長出一個潰瘍。

「我把小鳳從山賊手裡救出來的那天，將它塞在我的腰帶裡。後來它去了哪兒我就不知道了。它可能掉下來、或掉在樹林中。」

官大人的喉節動了一下。

「哪兒？」

「從我們的寺院到少室山，每個地方都有可能。」

孔觀抓住止聾，死命揪著這個資深武僧的僧袍。

「不行！你必須記起來你掉在哪兒！你得幫我，要不然我把你碎屍萬段。」他嚷著，但他再怎麼使勁搖，也沒辦法撼動止聾絲毫。官員沒多久就放了手，他那無縛雞之力的手臂因著拉扯而酸痛不堪。

「官老爺，請別驟下結論。」止聾說，「有可能我的朋友小鳳看到它掉在哪兒。如果沒有，我很樂意幫您一起搜索樹林。」止聾說。

臉色鐵青的大官知道，在一個潮濕又歷經寒暑的山林找一張舊紙卷的機會微乎其微，但當他有可能被處死時，他不能放棄任何希望。

「好，我和我的侍衛們會護送你去找你的朋友。」孔觀說，覺得自己好似一隻已被標記、且即將被送往屠宰場醃火腿的豬。

「大人，我希望我們能找到您要找的東西。我隨時待命。」止聾說。孔觀大人點了三名侍衛，他們躬身領命後便立刻披上道袍，變回全真道士三人組。止聾拉緊綁腿，小跑步地跑出山門。三名侍衛等著孔觀大口灌下一壺酒，酒水沿著孔觀的下巴流下來。待孔觀用袖子把多的酒沾乾、罩上道袍、跳上一匹皇帝的馬、追著止聾奔出去後，三名侍衛也小跑地跟在後面不遠處。

● — — — — — — ●

止聾跑到喜鳳的水果攤時，發現她正坐在一張板凳上看書。當她一與年輕和尚四目相對，她便綻放出一個溫暖的笑容。

「嗨，止聾，你現在不是應該在打坐嗎？」她邊把書本放下邊問。止聾的眉毛打顫；笑容僵硬；行禮行得倉促。幾乎是瞬間，她便感覺到他可能遇到了麻煩。

「怎麼了？你像是掉了什麼。」

「雖不中亦不遠矣。小鳳，妳還記得妳被綁架那一天的事嗎？」

「當然。怎能忘得了呢？」

「就是那麼巧。那時我身上有一樣東西。它是一小張破爛的舊紙片，折成一個大約這麼大的方塊，上面有漢代古文寫的字，旁邊……」

「圓形圖？龍的畫？它在我家。」喜鳳說。止聾如釋重負地吐了一口氣。

「就是那個。」止聾說，「哎，妳是怎麼……」

「當我們在山洞時，止聾，它從你的腰帶掉下來散開了，所以我把它放在我的口袋裡。抱歉，我沒歸還它也沒告訴你直到現在……我把它忘得一乾二淨了。」她十分抱歉地說。

「沒關係啦。妳能還我嗎？整個寺院都在幫一位朝廷貴客找它。請原諒我那麼急。」止聾說。此時騎著馬、全身道袍的孔觀大人也到了。面色蒼白的大官下了馬，作揖，一邊深深打量喜鳳，一邊把自己搧涼。

「妳知道那個紙卷的下落嗎？姑娘。」他咄咄逼人地問。

「如果您讓我陪她回家，我們很樂意幫您拿來。」止聾說。此時三名御前侍衛終於也汗流浹背氣喘噓噓地趕到了，他們的全真道士袍上都是汗。他們倚著喜鳳小攤的柱子，猛搓他們直不起來的背。

「孔大人，您為什麼沒等我們？我們可能會被元朝巡邏隊逮捕吶！」他們其中一人說。*孔大人？*喜鳳盯一眼這些道士。情況有點兒不對。

「總比讓他脫離我們視線的好。」小題大做的孔觀，拇指比一下止聾後，對侍衛們大手一揮。

「你們該休息夠了，年輕人。我們現在要去造訪一座民宅。」他大聲下令。宮廷侍衛們點頭聽命。止聾幫喜鳳關上攤子，不要一刻鐘，他們便在去喜鳳家的路上，孔觀與侍衛們緊跟在後。

第 21 章

不公不義的高峰

田侍衛站在度宗前面護衛，其他侍衛亦排成一個緊密的方陣，毫不放鬆地盯著眾僧，以防皇上遭到不測。還好，儘管半個時辰前和尚們才被激得發了怒，幸無一人企圖靠近。田侍衛的手，以前不知道殺過多少人，現在發著抖又滿手汗，好似初次踏入戰場的新兵。這些和尚真是奇怪的一群人。他們既是虔誠的佛教徒，又是技藝卓絕的戰士——然而卻堅持不殺生。此外，他們僅身披單薄袈裟，手持最簡單的兵器，但在度宗的侍衛面前，他們卻表現出一種超然又凌駕一切的氣度。田侍衛試著想像，如果整個少林寺都群起而攻向他們時，他下一步該怎麼辦。當然，他雖手持淬毒之劍，可能可以殺幾個和尚，但馬上他身上的每根骨頭都會被搗得稀爛。此外，和尚人數遠遠超過皇帝侍衛也是一個令人無法安心的事實。但真正讓田侍衛心神不寧的，卻是和尚們的眼睛。在他做為御前侍衛的生涯中，田侍衛看過隱藏在人們面孔後面大部分的情緒。

最普遍的情緒通常是恐懼，深深埋藏著的、揮之不去的恐懼。即使是最死硬、最狠戾的外表，也無法完全掩蓋住恐懼。

但少林寺和尚的眼神卻是他不熟悉的；波瀾不興、溫良平和卻又令人不寒而慄，像是夏日的和風瞬間便能形成熱帶風暴。一滴黏答答的汗水由田侍衛的鼻頭淌下。到目前為止，這些和尚們一直親善友好，但他們的平靜像鏟在一窩熱炭上的雪，正在迅速溶化中。少林和尚固然遵循不殺生的教義，但他們一定能造成極大的傷殘。一念及此，田侍衛便不安地抽動——自他十四歲以來，他進過若干軍校受訓，但這些和尚一輩子都在磨練他們的武藝，格鬥技能已深植於他們的骨髓之中。

田侍衛幫自己搧了兩下風，轉眼注意少林寺的師父們。他們站在資深武僧與見習武僧中間，像領軍的將官。特別是有一位老虎臉、一手拄禪杖的師父。田侍衛發現這名師父令人生畏到——只要望一眼那人的眼睛，就讓他的脊樑發麻。他移開視線，選擇注意聽方丈在後面隱隱約約說話的聲音。

「……直到神光為表示他對佛教的忠誠而砍下自己的手臂。此舉終於贏得*達摩* [30] 的認可，從此神光改名為慧可。于是我們今天佛寺普遍所行之單手禮就是這樣來的。建造立雪亭也是為了紀念他。」福裕方丈說。

「我完全聽不懂他們在說什麼。」度宗打了一個呵欠。福裕方丈繼續疲勞轟炸，講到菩提達摩如何引進印度的呼吸法與洗骨髓法給少林寺，後來他更簡短提起唐代時，十三名拿著棍棒的和尚救出未來的皇帝李世民的故事。但南宋度宗皇帝對這種講古聽而不聞，他只是焦躁不耐地瞪眼望。在皇帝的銀蓋碗中，軟殼黑烏龜把自己埋在一株百合底下。牠收起了牠那長得像蛇一樣的脖子，只留下豬鼻子般的鼻尖露出水面，好似好夢方酣。

「幾個時辰過去了，那個笨蛋孔觀去了哪？」度宗發牢騷。

「陛下勿需過於憂慮。他可能與我的師弟正在找您在找的東西。陛下可安心萬分，止聾師弟助人一向不遺餘力。」君寶說道。度宗倚在自己一隻膝蓋上，搔著他的鬍鬚。

「和尚，你就那麼有把握，你的同伴會把朕要的東西帶回來？」他嗤之以鼻。君寶微笑著躬身行禮。

「天子，止聾是一個誠實又體貼入微的人。即使他空手而歸，我也不擔心，深知他必已竭盡所能。阿彌陀佛。」

度宗哼了一聲，不打算在御前侍衛面前表現出他是如何羨慕君寶對止聾的信任。

「讓路，讓路！皇帝陛下急件。」

周圍的人群迅速轉頭，只見孔觀大人騎馬飛馳而來，神采飛揚。緊隨其後的是氣喘吁吁的止聾與三名侍衛，似乎快斷了氣。見狀，寺中僧人迅速圍上前去，急忙遞上清水，照顧這些可憐的侍衛，而孔觀也下了馬，爬行到

---

30 達摩：印度和尚菩提達摩的簡稱，是他將呼吸技巧及基本拳法介紹給少林寺。

度宗面前，洋洋得意地呈給度宗一個折起來的舊紙片。度宗拿起這紙頭對著太陽。

那張紙變乾後有點兒褪色，但上面圓形的龍徽及一些文字仍可辨識。

度宗手伸進自己的口袋，打開一張不久前根據孔觀研究總結所畫出來的秦始皇國璽圖。那張圖有明顯的缺失，這些細節只有原圖設計者才知曉。但一把這兩張紙比對，度宗及孔觀不免眉開眼笑；雖然破損不小，但這張新發現的、由喜鳳提供的圖紙正是最初的藍圖，它提供了迄今對此國璽每一個缺失或不清楚的地方的答案。孔觀在度宗耳邊悄聲說話。

「陛下，秦始皇最初的國璽設計圖已由天意指引歸於我們手中。此乃天命之徵，證明天意仍偏袒我們大宋。我們的皇家雕刻匠很快就能複製出一個新的傳國璽。天佑我朝。」他說。度宗把他那無力且長了斑的手握成了一個不服輸的拳頭。

「但若真傳國璽原本就蟄伏於此寺院之下，我們何需耗費數週來複刻一枚新璽？孔參贊，告訴我，當真正的傳國璽或許就在我們腳下，我們怎可就此收手？向這些僧侶布施些黃金，即刻開始挖掘吧！」

如果不是度宗親口提議，孔觀一定會尖叫起來。

「恕臣直言，度宗陛下，我們所剩時間無幾。依照原定計劃，我們應即刻往回走，力爭在今晚半夜之前越過河南省界。數日內，元朝兵馬將加強巡邏，春節前我們必須趕至江北省，否則我們恐將成為大汗之俘虜。陛下，請准我們返回臨安，依照此圖再刻一新璽；若尚有需要，待時局稍安，我們定可再來一行。」

難得一次，度宗陛下了解到孔觀奏言中的邏輯。

「知道了。這也是無可奈何的。朕對你心存感激，當然，也包括引領我們找到此天賜寶物的那個和尚。」度宗大聲說，由他的轎子站起來，面對一大群好奇的和尚。這群和尚真想知道，一張折疊的紙頭幹嘛有那麼重要。

「今天，你們的皇帝，取回了我們歷史傳承的一個重要物件。朕，統領大地江海的萬歲、天子，感謝少林寺僧眾的協助。讓我們緊密的關係萬代不朽。孔參贊！用黃金把那個找到的人蓋滿吧！」

度宗把手高高舉起，期待聽到一陣歡聲雷動及歌功頌德。

眾人默默。

「陛下，君寶和尚是第一個發現這個文件的，然後他交給了止聾和尚，最後才被一位年輕的姑娘撿起來。臣是不是該把黃金分為三份？」孔觀說。

度宗的耳朵豎了起來。

「這件事還扯到一個女人？」他問。

「是的，皇帝陛下。」孔觀低聲答，作勢要三名御前侍衛讓開，一個非常尷尬又害羞的喜鳳便出現在眼前，她一看到皇帝便立刻跪下。和尚們對此年輕女子早已司空見慣，對她的露面毫無反應，倒是度宗及他的侍衛們驚豔於喜鳳的天生麗質，即使是宋朝宮裡最美的妃嬪都望塵莫及。度宗一時語塞，不待侍衛攙扶，自行從高台步下，目不轉睛地走向喜鳳。他走至喜鳳前僅數吋之遙時停下，而他的侍衛爭先恐後地去把喜鳳往後拉，唯恐她是打哪兒來的刺客。

「別碰她！」度宗下令。他繞著喜鳳打轉，如同檢視一尊精緻的雕像。喜鳳那近乎虛幻的美貌，像傳說中不食人間煙火的仙女下了凡塵，前此除了幾位特定人士，禁止對外界現身。度宗的眉毛倏然揚起、臉頰如磨光的蘋果一般，因興奮而發亮，表情也沉醉在狂喜中。這趟旅行所有的擔憂，都如同變魔術似地煙消雲散。皇帝愈看這個跪在他面前的女子，愈覺得自己一見鍾情到不可自拔。他的厭煩一掃而空，連剛到手的傳國璽圖本，都像陳年往事般被拋諸腦後。他高興得合不攏嘴。

朕的靈魂被潔淨了。這個小妞是喬妝於眾生中的女神。「皇帝陛下？」孔觀出聲問。度宗吃吃地笑，摸著鬍子，示意侍衛們把他鑲滿珠寶的珠寶箱搬到女子面前。他們遵命，把箱子推到離喜鳳面前不過數吋，稀世寶石與黃金閃著誘人的光。

「朕得以在敵方的僧院中遇見此女，實乃命中註定之奇緣。朕前此從未見過如此超塵脫俗之美女，即便是朕後宮中的妃嬪，在她面前也顯得黯然失色。此外，她與這些一貧如洗的武僧比鄰而居，對她麗質的珍貴亦是種辱沒。她叫什麼名字？」皇帝問詢。

「她叫趙喜鳳。據這個和尚說，就是她保存了圖紙。」孔觀指著止聾說道。

「既然如此，賞賜該由她一人獨得。」度宗說，完全不顧少林寺和尚們的鼎力相助及他稍早對他們的騷擾，「但為何僅止於此？朕能給的更多，天子永遠是慷慨的。」

孔大人躬身行禮，看著喜鳳。

「妳今天走好運了，姑娘。」他說。

度宗站在珠寶箱前面，手指著箱子裡的東西。

「美人，現在妳所見的，不過是朕真正財富中之滄海一粟。像妳這樣的女人，理應享受更高的身價。」

皇上一腳把珠寶箱的蓋子踢得砰地蓋上，把喜鳳嚇得跳起來。

「妳應得到解脫，離開這群住在山裡的娘娘腔們。在此，朕賜妳頭號貴妃的尊榮，從今天起，妳就是朕宮中的妃子。」他說道。雖然度宗已有正宮全皇后，但他有權要多少妃嬪就有多少妃嬪。

宮廷侍衛們大聲叫好，止聾與喜鳳兩人都覺得噁心。

「對不起，請等一下。」止聾嚷著跑到前面，發現自己面對一打刀尖。和尚躬身行禮。

「度宗陛下，此女子是我們的朋友。她是我們寺院的雜貨供應商。我們一時之間不容易找人替代她。」

「找另一個商家吧！」度宗無動於衷地說。止聾瞥到喜鳳的臉，是那麼的面無表情，也像是事不關己。她之不願成為一名嬪妃是勿庸置疑的，但在當今皇上面前，她只能無奈地保持沉默。

皇帝召喚站在一旁隨聖駕出行的妃子。她步行出列、溫順恭謹地行禮。也就在那時，止聾及其他和尚才注意到她怪異的步行方式。她的步履是由許多小碎步組成，可以算是一種優雅，卻又有些笨拙。度宗抓著她要她跪下，她立刻照辦，同樣，一個字也不說。

簡直如同操縱一個木偶。

「如何保持枕邊人的美貌不是那麼容易的事。」度宗說，「朕的妃嬪全都住在朕的後宮，享受著無比奢華的生活。妄想的和尚啊，你能提供同等的生活給她嗎？朕的私宅之寬敞，足有你們整個客房的五十倍之大。朕的御廚及御醫團隊隨時待命，以確保她衣食無虞且受到最佳的照顧。而作為朕的第一貴妃，她的家族也將享受終生的榮華富貴。」

皇上對喜鳳微笑。

「美人，難道妳不希望像我這個小仙麗一般無憂無慮？」

聽到她的名字被提及，跪在地上的侍嬪再一次俯首，仍然默不作聲。

喜鳳悄悄瞥一眼那個女子。她們年齡相仿，但衣飾截然不同；她每根手指都戴了珍貴的戒指，一串串玉鐲與項鍊，堆在一件滾著最細緻的邊、最細柔的絲綢，極為高雅的漢服上。喜鳳只穿著簡單的衣著，頭髮亦未經精心梳理，顯得相形見絀。不僅如此，皇帝妃子精緻的臉上塗了厚厚的脂粉，而喜鳳只淡掃蛾眉，看起來相當樸素。但最讓喜鳳離不開眼的，是那個妃子的腳，那雙腳對任何年齡的健康女性都嫌太過短小。

裹腳是中國古代的一種習俗，就是把小女孩的腳從小綁緊，以防止它們正常生長。在中國歷史中，認為綁得像粽子一樣的小腳，走起路來啪嗒啪嗒地非常可愛、女人味十足，在某些階層中被視為極具吸引力。不幸的是，這種習俗也導致裹腳女性骨骼的變形及晚年許多骨科疾病。隨著時間的推移，緊纏的腳看起來像對折了起來，腳跟與腳趾向內捲，因而必須穿特製的鞋子。謝天謝地的是，不是所有女人都追隨這種習俗。

皇上注意到了喜鳳的眼光。

「朕的仙麗走起路來最是搖曳生姿。而你，美人，卻是一雙做粗工的大腳。但別擔心，那個馬上就能處理好。」他這麼說讓喜鳳不寒而慄起來。一時之間，倒覺得自己幾個月前被關在山賊的洞穴中，反而還好些。

「她住在哪兒？孔參贊？」度宗問。

「伊川鎮的一個小木屋，由此朝西，大約二里路，陛下。然而，當此回程之際，恕難再增一人同行。臣惶恐，我們的補給、交通及規劃僅足以應付原定之人數。而且我們已無餘暇遲緩，我們須即刻動身。因為我方接應安排得甚為嚴謹，要不然我們回程之路便很難不曝光。」

度宗大聲呻吟起來。

「你的人最快多久能回來河南？」他問道。

「約需一個半月許，等春節過了再說。我們多半得按照此行之先例來安排行程。請明察，度宗陛下。」孔觀說，低頭致歉。這大概是他第一百七十幾次的道歉。

皇帝陰沈著臉，跺著腳回到喜鳳面前。

「很快的，美人，持宋朝旌旗之使者將至妳門前，迎妳至妳命定之所，伴朕左右。在那兒，妳將與朕及朕的其他妃嬪一起過著天上人間的日子，此乃朕對妳守護朕文獻之賞賜。」他說，並盡最大努力對喜鳳表現得溫柔多情。年輕女子根本不為所動，她覺得度宗的故作多情太蠢、虛偽又令人反胃。

「真的，飛天神龍未曾欺朕。朕此次北行之旅的成果，遠勝於朕謙虛的期待。因為朕不只再次擁有久已失傳的寶物，而且還為朕的後宮添了一名不可多得的佳麗。哈！」度宗自我陶醉起來。喜鳳拼命地望著止聾，*幫我說話啊！止聾！*

但這次是德敬師父，不是止聾，出聲了。

「請恕我直言，天子啊。您的皇宮裡不是已有夠多的妃嬪嗎？她很滿意她目前的生活，為何強令她放棄一切？」德敬師父問，儘量說得委婉。度宗忽地轉身。

「慎言！和尚。朕曾為更小的冒犯割過許多人的舌頭。難道你暗示朕及朕的後宮配不上這個女人？」

德敬喃喃地說了一聲模糊的道歉，便溜回人群中。氣氛瞬間陷入了尷尬的沉默。

「我們該動身了，陛下。再一個多時辰，這些山巒將籠罩於夜色之下，那我們便只剩下一個半時辰進入江北省。請趕緊，我們現在就得立刻啟程。」孔觀清了一下喉嚨說。度宗走回他的輦轎，懶散地躺下來，頭抵著轎壁。

在一陣喧天價響的號角聲中，孔觀宣佈：「少林寺僧眾，南宋王朝對你們的鼎力相助十分感激。」同時間，御前侍衛們再一次把皇帝扛上肩頭。宋朝的一行人一起向客房齊步前進，度宗又回復以前的高高在上。

「哇！那個皇帝真是一個自私自利的人渣。」

「狗官，他們真沒把我們普通人放在眼裡。一想到南方仍屬他們管轄，我真不知道哪個更壞，他們還是蒙古人？」

「現在他既已拿到手那份珍貴的圖紙，我希望他別急著回來。」

「他或許不再來少林寺，但很可能會再來尋找止聾的女朋友。」一名和尚說，對此，其他和尚也點頭同意。自皇帝離開之後，和尚們成群結隊地聚在一起，討論那張神秘的紙片及他們對宋王朝的看法，無一人對皇帝抱有好感。竹哥扯著自己的衣袖沉思。

「喜鳳姐姐可不能嫁給皇帝。沒有我們、沒止聾師兄，她定會傷心欲絕的。」

「度宗不會娶她為后，笨蛋！她不過是個妃子而已。」風耳糾正他。竹哥沒答理風耳罵人的話，只丟給他一個沒好氣的眼神。

「那更糟！」他說。

「那，或許也是一個祝福。」熙文，就是以前結過婚的和尚說道。他雙手插腰，等待其他和尚同聲應和，但卻迎來更多不解的表情。他站到前頭來。

「聽好，兄弟們。如果喜鳳做了度宗的妃子，止聾就能專心成為他、也是我們全部命中註定的：一個武僧。讓我們面對現實吧。喜鳳固然是他的朋友，但釋迦牟尼在上，她也令他分心。止聾誤入歧途已經很久了；他的慾望何時會擊垮他，只是早晚的事。這件事會讓他回到正途上。」

竹哥與風耳驚訝得合不攏嘴。

「你是說姐姐去當一名妃子會比較好嗎？」

熙文搖搖頭，拍著風耳的肩。

「不，我的意思是，那對止聾好，不是那個女子。他們兩人愈早覺悟和尚是不該涉足情愛的愈好。如果你問我，它敗壞了我們的清譽，止聾該當羞愧才是。」

「熙文師兄，你幹嘛那樣說止聾師兄？」風耳問。

熙文乾笑兩聲，擺了一個無可奈何的手勢。

「瞧！止聾沒盡他的本份。我們都是佛教徒。或許這就是宿命，或許不是，但我相信，你們許多人也看夠了他目中無人的不當行為吧。風耳師弟，止聾必須了解，他不能藐視我們的戒律又期待我們的同情。連君寶也認同，對吧？君寶？」

風耳與竹哥一起去看君寶。

「我……嗯……」

「君寶師兄，你也反對止聾嗎？」竹哥問。

君寶靜靜地點頭。

「嘢，嗯，有點兒啦。熙文沒有錯……它確實違反我們的戒律，雖然我並不贊成喜鳳成為那個變態皇帝的妃子。」

「我們也都是。」熙文說，「那個女子應該趁機逃跑，這事兒我們倒幫得上忙，你知道，像是在一個新地方讓她重新開始之類。度宗找不到她自然就死心了。」

「好主意，」另一個和尚說，「那樣一來，止聾勢必會與她分開，而她也逃離了度宗的魔掌。」

「說到止聾，如來佛在上，他在幹嘛？我不信他會袖手旁觀，任由皇帝宣稱對那個喜鳳姑娘的所有權。」另一個叫洒誠的和尚若有所思地說。聽到大家對止聾多所批評，讓見習和尚的風耳與竹哥相當訝異，但他們都同意，當皇帝宣稱納喜鳳為妃時，止聾確實表現得太冷靜。君寶給了答案。

「可憐的止聾師弟一定非常沮喪。我為什麼知道？因為整個過程中我一直盯著他，就怕他幹什麼傻事。但他只是緊緊握著拳頭、死盯著地面。」

「嘢，我就站在他後面。止聾可是脹得鼓鼓的。」一個和尚說。

「那是什麼意思？」另一個和尚問。

「看好。」那個和尚鼓起腮幫子，「就像你明明有事要說，但因為某種原因，說不出口。」

君寶頂一下發言者的肋骨。

「你像是在憋屁。」

「嘢，說真個的，依我看，他就在憋。」這個和尚說。

「他該學著認命。」熙文邊搖頭邊說，「止聾發過誓，就像我們所有人一樣。他是一位好兄弟，但他如果不照我們的規矩來，他會使我們的寺院開倒車回到*以前的日子* [31]。」

一向忙不迭護著止聾的君寶，舉起一隻手抗議，但發現自己無話可說。其他和尚也加入，對止聾的行為繼續大加撻伐，並失望地嘆氣。君寶大步走開。

「君寶師兄，你去哪兒？」竹哥問。

---

[31] 過去少林寺曾有一段自滿自得不思精進的時期，眾所皆知當時的和尚可以飲酒、吃肉、親近女色。

「去找止聾。我曾經勸他放棄過一次。我現在要勸他第二次。」君寶說。竹哥與風耳彼此點個頭便開跑，追上師兄。

「天哪，我不知道大家那麼看止聾師兄不順眼。」風耳說道。君寶繞到一個牆角後，輕輕地把兩名師弟拉近來。

「風耳師弟，自從喜鳳出現後，大家對止聾便一直議論紛紛。止聾自己也知道。看起來，只有我們還站在他一邊。」

「但你也跟他們的看法一樣啊！你要他們彼此不再見面。君寶師兄，你到底站在哪一邊？」竹哥問道。君寶悲哀地凝視這年輕人的眼睛。

「我站兩邊。」他說。兩個少年人滿頭霧水。

「我不願意看到止聾最終受到其他和尚的鄙視，也無法忍受看到喜鳳成為那個淫邪皇帝的女人。」師兄加一句。

「你還是跟其他人說同樣的話。你不贊成他們。」風耳說道。

「不全是。」君寶答，「其他的和尚只是妒嫉，我想……而妒嫉令他們懷恨在心。我關心止聾，但我也不能盲目認同他的行為是對的，然而我並不把自己的沮喪出氣到他頭上，那似乎是熙文與迺誠現在的作為。」

兩個少年人點點頭，似懂非懂。不過沒什麼大不了，反正隨著他們長大，他們總會明白。君寶嘆口氣，輕輕拍他們的背，提醒他們去幹晚餐的公差，希望這一波負面情緒到此為止。竹哥一馬當先，咚咚咚地跑在通往山門的主步道上。

「你跑去哪？廚房在那邊。」君寶喊，指著廚房的方向。

「我也想跟止聾師兄說話。我看到皇帝一離開，他就追著喜鳳姊姊跑出去了。」少年和尚頭也不回地說。

「我也去！嘿，竹哥，等等我。」風耳大聲呼喚，也往相同的方向衝。君寶握著拳頭堅持不讓步。

「嗨！你們兩個！風耳！竹哥！」

兩個少年和尚當耳邊風，沿著山路全力衝刺。君寶氣沖沖地，也朝同個方向跑去。

趙喜鳳擦身過一片低垂著的樹枝，絲毫沒留意拂過臉上大量的樹葉與枝椏。她嬌柔的面容冷若冰霜，表情漠然，腳步也不辨方向；如果前面正好擋著一堵磚牆，她肯定也會直行撞上。後面幾步之遙，止聾亦步亦趨，不讓她離開他的視線。止聾對自己的無所作為生氣，也為方才與皇帝的對應感到挫敗。他摸著頭上的戒疤，呼喊她。

「喜鳳姑娘！喜鳳姑娘！」他用喜鳳原來的稱呼喊她。

女子停下來，慢慢轉過身。

「我的意思是，小鳳。」和尚說，也知道它聽起來多差勁。

喜鳳捧起一把樹葉朝和尚扔去。

「止聾，你幹嘛一聲不吭？皇帝要把我召進宮做他的妃子！」她說道。止聾閉上眼睛承受。

「小鳳，我了解你的憤怒，我也很不高興。一點也不。我……」

「我對你只是一個鄉下賣雜貨的是嗎？」她說，又朝他丟了一身爛葉，「那個變態皇帝當著你的面宣稱我屬於他。而你，有整個寺院做靠山！卻對我們的關係不敢吭聲！我對你是那麼無關緊要嗎？止聾和尚？」

她由上面的樹枝抓了一把樹葉往和尚丟去。

「小鳳！」

她又抓了更多樹葉，朝止聾身上又扔了幾把。他毫不在意，反而走近來，把她拉近。她滑下來，精疲力盡地倚著他，把頭靠在他的肩膀上。

她注意到他的雙手握成了拳頭、發顫。

「在皇帝及方丈面前，我能說什麼？我們是一對情侶？如果我那樣做，少林寺將名譽掃地，我們祖師爺的傳承也將因此蒙羞。」他說，竭力表現得冷靜。只要喜鳳能體諒他的感受、知道他是如何差點向度宗招供他的心，便可能舒緩一些她的傷痛。

「雖然我的宗教教導我不可心生怨懟。但我真的……不喜歡那個皇上。」止聾繼續說，「小鳳，妳對我很重要，但少林寺也是。如果當時有法子讓那度宗對妳死心，而又不損及我們寺院與宋朝之間的和諧，我當場就會毅然決然去做。」

喜鳳悲哀地點頭。

「所以你是那麼維護少林寺的名聲到寧可犧牲我，任由度宗將我帶入他的皇宮？止聵，我知道這兒是你的家。但少林寺的名譽對你真的那麼重要？你情願讓任何男人擁有我？」

和尚啞口無言了，他不能回答這個問題。喜鳳與少林寺乃是截然不同的兩樁事，但對他同樣重要。然而當下的情勢，迫使他必須權衡兩者，且認命地選擇後者。喜鳳伸手輕撫和尚那一臉茫然的面龐，眼中盈滿了無盡的憐憫。她的話已經如此明白。此刻的和尚方才如夢初醒，豁然領悟到自己的行為，在喜鳳與少林寺之間，實難兩全其美。

「哦，止聵，對不起。」喜鳳說，雖然不久前她才那麼著惱，但看到止聵左右為難令她不捨，因為她也知道寺院對他多重要。她深恐自己在這個不恰當的時候太強人所難，遂不再逼他。

她退後一步，轉身離開。

「小鳳……」他喊道。

她停下來，面對著他。

「我一直都想跟妳在一起，然而少林寺有我的兄弟、姊妹、父執。我不能就此離去。他們是我的家人。」止聵說。

他深深地躬身致歉，悲哀地看著她。

「原諒我，小鳳。我將助妳遷至他處，並許諾以我之全力護妳周全，但那就是我所能為之極致。即使我希望與妳長長久久，但對我來說，沒有比棄寺而去更自私的行為。」他說，覺得自己十分無助。

喜鳳眼看著和尚躬身道阿彌陀佛後，朝著回嵩山的大路走去。

不遠處，君寶及師弟風耳與竹哥小心翼翼地由兩棵大樹後探出身，瞧著分道揚鑣的喜鳳與止聵。風耳抓住師兄的衣袖，指著分開的兩人。

「欸，止聵師兄與喜鳳姊姊都很傷心的樣子。我們能幫他們什麼嗎？君寶師兄？」

君寶搖搖頭。

「這次恐怕不行，風耳。」他說，也是一臉悲哀。

夜幕席捲了整個河南。這是一個美麗且溫暖的夜晚；少林寺及其周遭山區的矮林隨風呼嘯。遠處亮著的點點橘火，是元軍執行夜間勤務的光。

趙喜鳳站在她伊川鎮的小木屋窗前，神情落寂地凝望著自從她移居河南後每晚必對著它祈禱的皓月。廚房桌上放了一土砵的糙米飯，旁邊是一盤蒸豆芽，再過去還有一碟綠油油的鹹魚炒青菜。打從一回到家，她便未曾安坐；一坐下，白天發生的事又在腦海縈繞。她煮飯、打掃、餵騾子小花、準備明天的買賣；然而，她內心深處仍然悵然若失。

她輕啜一口綠茶，將茶碗捧到頭前，臉埋在蒸氣中，試圖以茶水的清香洗滌她的憂煩。一個男人的剪影投射在她身旁的牆壁上，在一盞室內燈籠的亮光下，映照出一個黑色的側影正在她的餐桌用餐。他點著他的筷子，默默地嚼著一片鹹魚，然後扒一大口白飯，細細品味著它們鹹淡的對比。還在咀嚼食物的他，若有所思地舉起筷子。

「所以啊，宋朝皇帝竟然真的到河南來了。真煩人。」

喜鳳沒答腔。

「我們應該趕快到山東省去。我的一個表兄在當地戶政署供職。度宗找不到我們的，那兒駐紮了大批元軍。」

「北方也到處都是皇帝的耳目。」喜鳳說。男人把他的筷子放到桌上。

「我可沒聾。妳已經說了三次。難道妳寧可選皇上？」男人邊擦拭著嘴唇邊從椅子上緩緩站起。牆壁上的剪影逐漸拉長，最終形成一道從天花板延伸至牆壁、再到地板的拱門形輪廓。喜鳳轉身面對他，背靠著窗戶。男人飲盡杯中的廉價酒，朝她走來。

「告訴我，寶貝。在他的眼中，妳是什麼？他後宮中新納的一員嬪妃？」

喜鳳別過臉去。男人又喝了一口酒。

「他將迫不及待地將妳安置於宮苑，作為他的玩物吶。所以還要考慮嗎？跟我去山東是唯一的辦法。」

他伸過手來，輕撫她的頸子。

「和尚們已答應助我遷至陝西。」喜鳳答，把自己挪開，「為什麼不讓他們幫忙，然後你到那兒找我。」

聽到這個，男人遲疑了一下。

「妳指的是妳那個朋友？」

喜鳳沉默不語。男人的手滑至她的後頸，那姿勢可以是撫愛也可能轉為絞殺。她想逃跑，然而發現自己已被固定在原地，動彈不得。「妳那個朋友是一個老實到呆、四肢發達、崇尚自然的和尚。一介粗人。像他那樣不適合婚姻的人還真沒幾個。妳到底看上他哪一點是我沒有的？我能養家活口，他卻不能。」男人轉身踢了桌子一腳，將桌上的盤碗震得乒乒乓乓，隨即他將喜鳳的手壓至她頭頂的牆上，使她幾近窒息。

「妳跟他睡過覺嗎？」

喜鳳拼命地搖頭。

「沒有。」

男人似乎皺了一下眉。他把手移到她的肩頭，輕撫她的衣襟。

「我有個感覺，」他說，「妳們兩人見面的次數遠比妳透露的還多。」

喜鳳覺得顫抖由脊樑往上爬。男人的手沿著她漢服衣襟的滾邊滑下去，他的聲音低沉起來。

「妳是我的人，而妳卻跟他打情罵俏？」

他抓住她的兩隻手，力道雖然不太重，但也不輕。

「我現在就要聽實話，喜鳳！」

「我們見過幾次面，但我們只是朋友。從未有過越界之事。」她說，表情冷冰冰的。男人重新抓起酒瓶，痛飲一大口，隨手讓酒杯落地碎裂。他忽地轉身，一把抓住喜鳳的手臂，用力將她摔倒在餐桌上。

「謊話連篇。」他說，撕開她的衣領，將她的手壓在桌緣，把自己的頭埋在她露出的肩頭，而她則緊咬著嘴唇，強忍著不讓自己叫起來。男人瞧了一眼她的臉，審視她那冷漠又淚涔涔的眼眸。他慢慢抽開身體，拿起酒瓶，又喝了一口酒。

「妳喜歡他。」他邊說邊搖頭，「妳打算為了他而放棄我們？喜鳳，妳知道他是過什麼樣的生活？到頭來，他和他的兄弟們永遠不會接納妳的。妳何時才會醒過來？才會認清這都是妳的幻想、妳的留戀不捨？難道妳忘了是誰一開始就不離不棄地幫妳的嗎？」他走近來，抓住她的肩膀。

「我從沒忘記。」喜鳳顫抖地說。男人靜靜注視了她一會兒後，便朝房門走去，但在離門不遠處停住。

「三週後，我會回來帶妳走，到山東去迎接我們的新生活。在那兒，我們終於可以結婚了。擺脫那些討厭的和尚、皇帝和所有煩人的事。離開他！」他轉身離去，但又停住腳。

「還有一件事，喜鳳。我不想傷害妳，但……別想由我身邊逃開。我目前對妳的感覺是介於愛與懷疑之間。如果妳聰明的話，妳便不會作出輕率的決定。晚安。」他走出去，把門砰地帶上，震熄了幾盞燈。喜鳳站在昏暗的木屋內，還在為剛才發生的一切驚魂未定。她身子一軟，靠在牆上，讓自己慢慢滑到地上，把身體縮成一個球，將頭埋在膝蓋中。皇帝像是瞬間不重要了。她雙手掩面，知道自己對這個男人沒感情、對皇帝也沒有。

止聾，看在老天爺份上，請帶我走吧。

第22章 蹼掌的騙局

度宗一行人穿過江北的溫帶林往回走。一群群當地的鳥兒被驚擾得振翅離枝，在上空盤旋，亟欲找到一個更安靜的地點。當此一群人跋涉不懈時，度宗坐在他舒適的私人馬車中，由打開的窗戶瀏覽路旁松柏樹形成的綠蔭。他把頭伸出去，像一隻坐車兜風的狗，又去抓浮在空中一塊塊、成團的霧。

「待抵此山之巔後，朕命令你等去找漢高祖劉邦昔日所行之路。你們知道，就是那條在飛天神龍下面的路。朕，既為天命所歸，當追隨祖宗之蹤跡，重塑昔日榮光。」他傳下口諭，侍衛們諾諾答應。自從他們倉促離開少林寺後，現在已過了好幾天。每個人正搾出身體最後一滴能量，趁著星光薄暗，悄無聲息地撤出河南。這種繃緊的壓力，在一生中從未步行超過半公里的孔觀大人身上至為明顯。度宗的寵妃仙麗，是唯一准許騎馬的人，但她抱怨馬兒晃得讓她頭暈，所以當她受不了時，她還是得跟大家一起走。還有祖煉丹師，自從他們出發以來，已然消瘦良多——多到他的褲襠必須縫起來，要不然褲子就會直通通地滑下去。祖先生拎著褲腰，抹掉他八字眉上的汗水，納悶著度宗什麼時候會咽氣。

他們由一片綿綿的霧中冒出來。

「孔大人！」祖煉丹師喊道，「我們到山頂了嗎？那邊那棵松樹以後，我就什麼都看不到了。」

孔觀對煉丹師擺了一下頭

「我哪知道？不過根據宮中古籍記錄，此山只有一條路，有一條河順著它流。我猜即使我們還沒到那兒也快了。」

祖煉丹師搖搖頭，挽起袖子繼續走。自從他們進入江北以來，孔觀的行為漸漸有些異常。首先，這名文官解手的次數比以前多得多；第二，他躺下休息的時間也提前許多，埋怨當地的氣候害他食不知味；第三，他愈來愈神經兮兮，經常警惕地打量著隨行的人，好似他們會突然有什麼驚人之舉。他的改變大概源自妄想症，也許因為確保皇帝皇權的責任過於沉重，使他心力交瘁。然而自從他們在少林寺找到那個神祕的文件後，度宗似乎變得愉快起來。他那皇帝的心情一直興高采烈，甚至表示在離開北方之前，想造訪淮北南方的龜山漢墓。

面對一個志得意滿的度宗，孔大人為何還那麼風聲鶴唳？祖煉丹師百思不解。

他們現在所攀登的山非常有名，它雖不像少林寺的嵩山那般雄奇，卻也以其浪漫之傳說而聞名於世。相傳在古時，一名尋夫的婦人於此山尋回了她的夫君，那便是未登基前的漢高祖劉邦。相傳幾世紀以前，就在那天，山巒之上突現巨龍的影子，顯示劉邦得天命在即，于是這座山及其相連的湖泊就被命名為雲龍山。但這究竟不是一趟輕鬆的朝聖，孔觀必須在此推遲行程，而不是按照原先計劃走更安全的路去連雲港。但到頭來沒人敢違逆他們的皇上，因他已經惱怒於沒能此行便帶得喜鳳回去。如果這一次再不順著他的意、多花一個時辰去附近的雲龍山看看，恐怕皇上將更加不可理喻；一行人繼續艱辛前行，屈意順從，臉上掛著假笑。

他，終究是，他們混帳的皇上。

雲龍山不似少林寺鬱鬱蔥蔥、陽光明媚的峭壁，而是以其霧氣迷蒙、濕氣沉重、常帶綿綿細雨著稱；與其說它是一座山，不如說它更似一巨大之濕土堆，偶有台地與亭子斑駁其間，亦被晦澀的霧靄吞沒。地表的岩層與斷崖絕壁上的碑文與題字，是這個地區的特色，它們大多向下俯瞰雲龍湖。雲龍湖再與其他鄰近山脈的水，向下流入一條大河。湖面無波，適逢春季，楊柳與荷花爭奇鬥豔。度宗把一隻長了斑點的手伸入他軟殼朋友棲身的銀蓋碗，皺起眉頭。

「孔觀！把這個清一下！」他厲聲說，從他的豪華馬車中，把裝了烏龜的蓋碗由窗戶緩緩遞出來。孔觀舉手暫停，趕緊跪到窗子前。

「陛下？」

「這個。」度宗指著蓋碗裡面，「把它清乾淨。告訴大家休息片刻。朕得出來伸伸手腳。」

「當然，遵命，陛下。」孔觀說，希望這隻該死的烏龜從此由地球上消失。度宗給他一個不懷好意的笑，太清楚孔觀不屑當烏龜的保母。

「這種差你辦得太好了，孔觀。竟勝過你之理政，所以必須物盡其用。」

*清烏龜的糞便，怎麼是物盡其用我士大夫之名頭？*孔觀暗道，強迫自己謙卑地躬身。接過蓋碗，他小跑離去，心裡暗暗咒罵。度宗舒展筋骨，推開馬車門，他的侍衛們立刻趕去伺候，拱手行禮。度宗不雅地打著哈欠，走向一片杏樹林，他的侍衛緊隨在後。

某一侍衛跪在皇帝面前。

「天子！容臣行個方便。」

皇帝懶洋洋地看著這名軍人。他是田侍衛。

「呵，呵，呵，怎麼你也要去？照准。」他說，微微擺一下手。這名侍衛走入薄霧中，他的身影如冰般的冷。

孔觀罵不絕口，像鐵球上綁著個鏈子般地把那個銀蓋碗抱在臂彎裡，踩著林下的灌木叢前進。他每一步路都像撕開米紙般地，在一團團的霧中翻騰。他時不時不耐煩地瞪著那隻烏龜，這隻爬蟲類在源源不絕又豐盛的鹹魚、金華火腿與菱角的餵食下，長大些許。可牠不知道，牠日常吃食遠超過度宗外其他隨行人員。眾人大多時候只有小米粥配些許醃蘿蔔，勉強充飢，即便那位寵妃也不敢再添，只有度宗吃得好些。即使這樣，度宗依然將餘下佳肴愛憐地丟給這隻被寵壞的烏龜。*希望你把自己撐死，貪吃鬼*，孔觀暗道，妒嫉這隻爬蟲的好運。

孔觀把蓋碗放下，皺著鼻子。就一隻龜殼前後一尺長的烏龜來說，牠排泄的也未免太多了。孔觀又驚訝又覺得噁心。爬蟲向上伸出牠的長頸，用牠像吸管般的鼻子嗅一下周遭的空氣，但牠又突然警覺起來，把頸子縮成一個彎曲的蛇形。

孔觀感覺他的前腳往下滑，便試著想倒回去，但此時他整個身體已雙腳朝下順著一片潮濕的樹叢向下溜，飛快得像進行障礙滑雪賽。官大人在軟土上挖出一道小溝，留下一堆踢亂的爛葉與泥巴。他滾來滾去，手摸到什麼就抓，直到最後他雙手抓到一叢蘆葦般的野草，才止住了跌勢。孔觀吸了一口氣，嚥下驚恐，瞪著就在他眼前突如其來的懸崖。泥水般的雲龍湖赫然就在不遠處，它猶如一個天坑；僅僅三尺之隔，他就極可能成為宋朝志

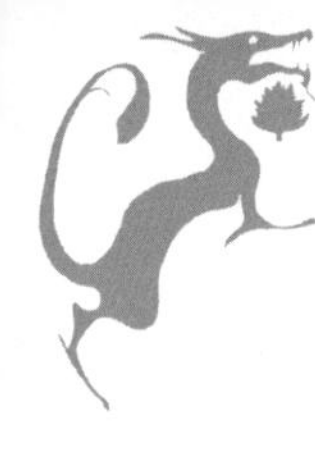

怪中首位百米跳水的奇人。他慢慢回過神，做了一個禱告，把草抓得更緊。其實這個坡並不太陡，但地上滑溜溜的沒法爬。官員試著抓著蘆葦把自己往上挪，但它們在斜坡半途便沒了，意味著到平地上還遠著呢。但當他往上瞧時，他簡直不敢相信，一張熟悉的面孔，就在他方才滑倒之處，向他望來。

是田侍衛。

「你沒看到我需要幫忙嗎？把我拉起來！」孔觀催他。田侍衛一言不發，把他的劍往地上一插固定後，伸出他空的手，抓住了這位嚇破了膽的官員的手腕。經過幾番使勁，官大人又被拉回到平地上，拿著一條手帕擦著衣上的泥。

田侍衛哼一聲，拍去手上的土。

「你急什麼，孔大人？」

「胡說。我只不過滑了一跤。」孔大人陰沈著臉答，但他倏然大驚失色。

「那隻混蛋烏龜！到哪兒去了？」

田侍衛隨手一指，只見那隻爬蟲正處變不驚地站在碗底朝上的蓋碗旁，望著他們。孔觀搞不懂，為何這東西如此好運，正好被丟到安全地帶。*管他嘞！*現在，爬蟲似乎在用一種厭惡的眼神望著這兩名人類，彷彿能洞悉他們所說的每一個字。孔觀點點頭鬆了口氣，幸喜皇上的新寵物還活得好好的，要不然他還是現在就跳下懸崖的好。田侍衛彎下身，把劍由地上抽出來，甩掉劍上的泥土。

把它不偏不倚地對準孔觀的胸膛。

「你瘋了嗎？」官大人喊，費了整整一秒鐘才意識到發生什麼事。

田侍衛像鐵鑄般的表情變成了一個邪惡的笑容。

「沒！」

孔觀覺得一股寒意由他的脊樑升起。在這整個旅程中，官大人一直提心吊膽誰會來要他的命，現在他終於知道，誰是賈丞相派來滅他口的人。田侍衛完全沒露出破綻。

「那個天殺的賈似道！那你剛才為何不就把我推下懸崖呢？」孔觀問。面帶嘲諷的侍衛仍對孔觀比著劍，伸出另一手。

「皇上的圖紙。就是他在少林寺由那個女子拿到的那個。把它給我，快！」

官大人沒反應。田侍衛冷笑起來。

「別跟我裝傻。昨晚晚飯後，我親眼看到你從皇上的木匣拿出來，你把它塞在你漢服的褶子裡了。」

「你要那個圖紙幹嘛？度宗與賈丞相會把你五馬分屍的！」

「既然那些笨蛋信任了我，那麼元朝政府也將如此。」田侍衛非常狡猾地說，泄漏了他投奔蒙古的計畫。侍衛老謀深算地笑。*多諷刺，這個想法最初還是賈丞相指點的哪*。孔觀的喉節動了一下。

「如果你殺了我，蒙古人根本不知道那張圖紙用著幹嘛，何況它又不完整，你會被懷疑的……」

田侍衛抵在孔觀胸前的劍加了點勁，一絲血液由刺進的傷口中流出來。

「圖紙，快！」他咆哮起來。

「在這兒。」孔觀厲聲說，探手入懷，然後把它放在田侍衛手中。田侍衛展開折著的紙張，看了看，得意地笑起來，把它塞進他自己的袍子中。當這個叛國的侍衛正要將劍像一根大烤肉叉戳進去時，孔觀鼓起勇氣撐著；他緊閉雙眼，向老天爺祈禱。

一個模糊的聲音碰地打到草上，令他們兩人都吃了一驚。

在他們的腳邊，打開了一個巴掌大小、量身訂做的木頭盒子，把其內容物一覽無遺地攤在孔觀與田侍衛之間。牠是一隻碩大的、如巨無霸般的黑蟋蟀，比孔觀大人一生所見的任何蟋蟀都大。這隻小生物急跑了幾步，好奇地捻動牠的觸鬚，一邊觀測周遭的新環境，然後跳著跑開。侍衛暗暗咒罵，眼睛仍盯著孔觀。

「別動，要不然我……」

但當蟋蟀愈跳愈遠時，田侍衛便愈來愈分心——黑鍋蓋是他的王牌鬥士，是他贏錢的來源，是六十多場昆蟲角力的優勝者——現在卻給他這個大失誤。田侍衛眼神在奔逃的蟋蟀與孔觀之間徘徊不定。田侍衛扭轉身軀，調整角度，以便用另一只空著的手捕捉那正發出唧唧聲的逃脫者。

也就是說，直到田侍衛注意到某樣東西也在追捕這隻昆蟲。那個個頭更大、四隻腳、背負硬殼、而且是所有蟋蟀的天敵。他嚇得目瞪口呆，看著度宗的寵物烏龜緩緩地逼近，飢渴於活生生的食物。田侍衛不禁倒抽一口氣。

軟殼龜張開下巴、瞄準，頭向前彈出，像一個小型投石機，一口就把這隻任性的小蛐蛐兒的頭咬斷了。蟋蟀的無頭屍體彈到地上，意味著黑鍋蓋時代的結束，即使牠的肢腳仍不停地抽動。田侍衛殺氣騰騰的眼光向這隻爬蟲閃了一下，但牠僅只眨巴著眼，吞嚥牠的美食。接下來的發展，才更讓田侍衛始料莫及。

一個劇痛戳進他的腹部。田侍衛大吃一驚，看到自己腹部側邊插著一把匕首，正滴著鮮血。他憤怒地往前撲，奮力揮劍砍向孔觀的肩胛骨，讓官大人吃痛大喊。孔觀一膝跪地，抱著被田侍衛砍裂、麻麻痛的傷，顫抖著再爬起來，竭力地逃，踢起了一塊塊的泥土。田侍衛窮追不捨，瘋狂地往樹林子追，同時手一邊往下搆，把匕首拔出來，並力圖罔顧痛楚。血流如注，迅速浸透這名侍衛的袍子，染成一片腥紅的血漬。咒罵連連，田侍衛把匕首摜在地上，猛力踩踏，把刀刃踩個稀巴爛。孔大人該早有提防，但他馬上會發現，要放倒像田侍衛這樣的人，只在肚子上戳一刀是不夠的。

「你死定了，孔觀！」田侍衛喊著，像狂風暴雨般往前直搗。他喘噓噓地，但很快就喘不過氣來。他肚子內的隱隱作痛，現在好似延伸到他整個橫隔膜上方。他痛得抽氣，咳得狼狽，感覺自己的心狂跳得無法保持正常節奏。怎麼啦，侍衛停下來，抱著胸。他眼神迷離，手中仍執著劍，如醉漢般地蹣跚兜圈。

他跪下來，狂吐難遏。這是多殘忍的感覺！他的嘴、臉、肚子，火辣辣地刺痛，四肢亦不停地抽搐。當田侍衛抹著嘴，在痛苦中呻吟時，濕軟的地面如一窩蜿蜒的肥蛇，在他眼前翻滾。*附子！*那個奸詐的孔觀，鐵定把他的匕首浸過毒液，因為症狀來得如此之迅速。他注意到兩滴鮮血滴在離他臉龐不過寸許處，便抬頭看，看到是方才受到劍傷也正淌著血的孔觀，但情況比他強得多。

官大人吐一口氣，慶幸田侍衛及其他武將早幾天前就把他們劍上的毒洗掉了。

瀕死的侍衛喉嚨咯咯地響，手由地上向孔觀扒去。孔觀小心翼翼又輕手輕腳地彎下腰，一邊把劍踢到一旁，一邊由田侍衛袍子的衣折中抽出了揉成一團的傳國璽圖紙。只要再一會兒，毒便會全面擴散到田侍衛的肺，令他窒息而死。感覺田侍衛再也搆不成威脅，官大人轉身準備離去。

如同劇終將至的復仇戲碼，田侍衛像一隻企欲復仇的野獸般吼起來，猛地把自己撲到孔大人腳邊，想把他拽倒，但僅好不容易抓掉了一隻鞋。孔觀嚇壞了，猛踢田侍衛的鎖骨。中毒的侍衛往後摔，連連碰撞，狼狽不堪地往斜坡彈下去，手裡仍緊抓著孔觀的鞋。最後他終於翻落懸崖掉下去，寂靜了片刻，直到從懸崖深處遠遠地傳來一聲噗咚的水聲。

孔觀往後倒著走，眼睛須臾不離懸崖，直到他撞到一棵樹。

我還活著。

慢慢地，他瞪著那隻爬上了蓋碗底的、像一位觀察員的軟殼龜。*哼，我一直以來清了你那麼多糞便，這下我們算扯平了*，他暗道，算是承認這隻爬蟲在救他命中扮演的角色。孔觀深深地呼吸，一邊鎮定他的神經、一邊緩緩展開他緊握著珍貴傳國璽圖紙的拳頭。感謝老天爺，它正如初見時一般。他原本打算將此物藏在身上，萬一事情發展有誤，尚可做為與元軍交涉的籌碼。如果被俘的話，或可免於一死，亦或得到忽必烈的厚賞。他微微地笑，望向天空。他兩次僥倖逃過死劫，真是了不起。難道是他得天獨厚？*有何不可？我可能就是下一任皇帝！*

「孔大人！孔大人！」

孔觀翻著白眼。白日夢與對未來的野心必須稍等，起碼再等一會兒。度宗的侍衛由草叢中蹦出來，其他人等包括度宗本人也隨後就到。侍衛們劍已出鞘，按照他們平常的防衛方位，圍著皇帝。

「老天，發生什麼事？我們聽到你喊得像小姑娘！」

「我遭人暗算了啦，你們這些豆腐腦。」孔觀說著，把他淌血的背亮給他們看，「田侍衛要投敵啦！那個賣國豬！」

「他好大的膽子。」一名侍衛怒罵，「此賊何在？叛宋者亡！」

孔觀咬著下唇，四下望，看到度宗皇威十足地向他這個受傷文官走來。

「對，他在哪兒？」他咄咄逼人地問。

「臣已收拾了他。當臣在清潔烏龜盆時，碰巧撞見了他。陛下，他正在與他對岸的同夥打信號。陛下的圖紙就握在他手裡。」

度宗懷疑地挑起一邊眉毛。

「怎麼可能？朕昨天才親自審視過那張圖紙。朕把它鎖在朕的木匣內。鑰匙未曾離開朕的腰帶。」

「天子啊，臣清楚記得昨晚營火殘燼時，田侍衛猶在營地徘徊。他極可能趁大家熟睡之際，盜用了鑰匙並悄悄歸位。」孔觀說。他陳述的一半屬實。

事實上是田侍衛看到孔觀在沉睡的人中鬼鬼祟祟。度宗指示一名侍衛去拿他的私人木匣；一點不假，木匣一打開，裡面空無一物。

「臣曾勸誡他留念大宋，但他揮劍向臣砍來，這個鼠輩。于是臣只能儘量去奪他的劍囉！」孔觀誇大其詞地說。度宗照單全收，點著頭。

「幸運的是，在他帶著陛下的文件叛逃前，他把您的皇家文件掉在地上了。皇上，此實天意也，傳國璽必須由陛下掌握、只有陛下配得。」孔觀說著謊，跪在地上呈上傳國璽圖紙。度宗檢視後便把它拿走。

「你殺得了田侍衛？」一名侍衛問，滿臉狐疑。

「我把他推下了那個泥坡。」孔觀邊指著邊答。度宗哼一聲，盯著這個官員，稍稍打量了一下。

「對一個如你般手無縛雞之力的人，孔觀，實屬不易。」皇帝下了評論。孔觀躬身行禮，滿身大汗。

「陛下，臣全靠運氣。那個叛國賊田侍衛正巧站得離那個險坡太近。」

君王與臣子面面相覷，各自心裡都有想法。皇上默然點首，深知返臨安後，孔觀之才學仍不可或缺，尤需其監督傳國璽再製之事。

「那朕的烏龜何在？」

「就在這兒，陛下。」一名侍衛喊道，捧著那個碗底朝天的盆子。那隻烏龜穩當地趴在正中央，以同樣令人毛骨悚然的表情注視著一切。孔觀上前一步，極力在皇上面前賣乖。「讓我來，桂侍衛。」他煞有介事地，以自己染血的袖子，輕輕拭去盆子上的泥土。祖煉丹師抓著這位官大人的手臂。

「我們必須幫你的背止血，孔觀。你的傷口要縫起來。」

「等會兒！」孔觀喊著，「我們偉大的天子優先。」祖煉丹師只得退下。孔觀把水盆翻正，把那隻生物引進去，倒了一名侍衛水壺的水進去，又拿野花裝飾牠的家。他捧著水盆，呈給皇上。

「陛下，您的寵物。」

皇上露齒而笑，伸手去親熱地拍一下烏龜。哪知這隻爬蟲一個急轉，閃開度宗的手，身子向旁歪一下，頸子縮回一半長，扭身就走。有什麼東西在他上下顎間擺動。

「哇！」

「皇帝陛下！」

「別動你們的劍，侯侍衛。牠馬上就知道那個不能吃。」度宗對侍衛說。皇上愛新奇的烏龜已把傳國璽圖紙銜在嘴巴了！侍衛們本能地去握劍。孔觀大人皺起眉頭。

「哎，皇上…」

烏龜沿著盆口急跑並跳到軟土上，嘴上仍拖著皇上的圖紙。牠向上望了一眼錯愕的度宗與孔觀，眼中閃過一絲詭異光芒。這隻生物猶如蛇行般，迅速地穿過一堆人腿，從皇帝一行人身邊溜開。

「抓住它！」度宗喊，孔觀也喊。

烏龜打破了普遍的認知，牠發揮像蜥蜴一般快的速度，飛快地衝向那條通往雲龍湖的泥坡。一名御前侍衛緊跟著牠後面衝出去，展開他的手如網子般狂掃。烏龜往旁一歪躲過，使得該侍衛一跤摔到泥土裡。另兩名侍衛在爬蟲兩旁與牠同跑，由兩邊掃射，繼而包抄。

他們二人不慎頭顱相撞，猶如角鬥之公牛，結果跌作一團，便破口大罵起來。

「白癡！」度宗怒吼，「抓住牠！」

一陣唰唰聲驚動了皇帝，又見一侍衛手捧銀盆，疾步奔來。他噗哧噗哧地像一列貨車，腳下之土被掘成坑坑洼洼。當至斜坡僅數尺之遙，此侍衛如羚羊般猛地一躍，銀盆往下扣，「咚」地一聲，成功將逃逸中的烏龜困於其中。度宗見狀，鬆了一口氣。此侍衛示意眾人安心，將銀盆壓緊於胸前。

銀盆隆隆作響，把這個軍人震得搖晃。

接著又一聲轟隆，讓這個軍人有點兒擔心，他現在試著把自己壓得更穩。孔觀驚呼，提醒其他侍衛行動。頃刻間，他們一個壓一個全亂堆上去，在蓋碗上堆了一座魁梧大漢的小山。

「穩住！穩住！」他們呼喊不止。蓋碗咚咚咚響個不停，聲響愈來愈大，每轟一次就把侍衛們往上頂。緊接著，突然寂靜無聲。

「該死的，我們昨天到底餵牠吃了什麼？」一名侍衛問。

如同打破了一座大鐘般，一聲震耳欲聾的轟隆聲，自人堆中爆發出來，將侍衛們拋向半空中，蓋碗也因此裂為兩半。小黑烏龜屹立不動，目空一切，

牠上下顎間仍銜著那張紙片，它迎風招展像一面勝利的旌旗。爬蟲轉身嘻嘻一笑，迅速滑下斜坡。

皇帝不顧一切地去抓這隻爬蟲，跟著牠跳下斜坡，讓侍衛們驚恐萬分。

「陛下！」

「朕的國璽！朕的國璽！」度宗大聲喊，猶如被神鬼附體，皇帝把自己像魚雷般跟在烏龜後面射出去，驚險萬狀地滑下泥坡，兩手瘋狂亂抓，只想把這隻狡猾的小賊逮到。下滑的力道把他直送至懸崖邊緣，可他毫不在乎。這是他寶貴的御璽，他可不能讓它就這麼不見，起碼不是在離他觸手可及處不遠——

皇帝感覺到一個東西抓住了他的腳踝，下墜的他頓時停住，離懸崖邊不過一米。他的脖子拼命往後轉，看到他精疲力盡的侍衛們呻吟著，一個扒一個，連成一條人龍，一直延至坡頂。站在最上面的是孔觀，他緊抱著一株最近的樹，後面拖著若干人的體重，喘得快要斷氣。

烏龜總算踩了煞車，在懸崖翻轉處站定，像似以一種勝利又憐憫的眼神望著皇帝。然後，牠眨巴眨巴眼、漫不經心地翻過懸崖邊，那張寶貴的文件被牠咬得緊緊的。

遠遠傳來微乎其微的水花聲，繼之是靜寂。

度宗號啕大哭起來。

第 23 章

狐狸精

度宗離去幾天後，少林寺在大雄殿與天王殿中間空地召開大會，宣佈寺方打算幫喜鳳遷徙至另一安全省份的計劃。作為佛教徒，和尚們基本上有義務確保無任何女子被迫做終身性奴。少林寺此舉等於明知故犯干預度宗好事，雖非理想之策，但卻是當下唯一可行之路。

在此事上，少林寺須表現得仍與度宗關係甚佳，那麼南宋王朝的援助才會持續。

而且少林寺也必須隱瞞度宗蒞臨的消息，使它不致傳到另一個同樣重要的朋友、也是少林寺的盟友——忽必烈大汗的耳朵。

它既是微妙的平衡，也是棘手的祕密。

只有一個和尚若無其事，就是羅大師父，他現在正與方丈站在弟子們面前。

「因此，為了幫助喜鳳姑娘順利遷徙至陝西，我們把大多數弟子分成下列幾組。你們記下來。往後數週，我們將公佈時間表及進一步細節。」他展開由口袋中摸出的紙卷，開始唸出所有的名字。止聾的姓名沒在上面。

君寶、竹哥、風耳的名字都被叫了出來。他們與其他和尚一起，要不就是擔任喜鳳的武裝護衛，要不就是去陝西省整修靠近一間僧院的廢棄空屋，做為喜鳳的新家。被選中的和尚都非常高興；每一個外派任務都是一個可喜的改變，他們把這種機會看成類似遠足。羅湖由平台上走下來，向福裕方丈躬身行禮。

「羅大師父，現在該是我們處置止聾和尚最好的時候。」方丈說道，「我相信我們那位騎牆派的小子已有心理準備。」

羅湖點點頭。

「方丈，我向你保證，當我們教訓他後，他定會明白自己多蠢。讓我們私下跟這個孬種談吧！」

「好，就這麼辦。事情已經鬧得太不像話了，不宜再延。」方丈說，搖著一根手指。

回到集合場上，有些和尚已經在談論由少林寺到陝西的沿路上、他們將造訪的名勝景點。他們興奮異常，臉上充滿期待。君寶、竹哥與風耳考慮到止聾的感受，故意裝得若無其事。

「你們可以高興啊。真的。謝謝你們就是了。」止聾說。

「止聾師兄，為什麼你不在名單上？這可能是你看她最後的機會。」竹哥說道。止聾沒做聲。

「師弟，我去請哪一位師父把我們對調吧。我的意思是，一旦她搬走，你們兩個再要見面就難嘍！」君寶很有把握地說，拍拍這個師弟。止聾感激地低下頭，不敢期望情況有多大改變。

迺誠和尚探頭探腦的。

「起碼我要去旅行了，不像某人，嗯？止聾？」他說。

「那很好啊。」止聾說，沒什麼好感地看著迺誠。君寶咬牙切齒。

「你省省吧，迺誠。」

迺誠聳聳肩，「幹嘛拉長著臉？君寶，你是所有和尚中，最該高興有一次機會去鄉下好好走走的。一向都是止聾吃香喝辣，也該輪到我們了。我發誓，你們兩人表現得像一對夫妻吶！」

止聾與君寶兩人對迺誠怒目而視。

「哼！這可是大家的看法。」迺誠也怒氣沖沖地指著止聾，「你以為你可以逍遙法外，因為你總是有打手在旁邊護著你。懦夫！」

「什麼？」君寶說道，「誰是那個打手？」

但迺誠已經走開了，臨行前還對他們憤怒地抖著拳頭。

止聾做了一個無可奈何的手勢，搖搖頭。

「別理他，師兄。我最近常被人家這麼說，真的，我已漸漸習慣了。」他說。

「注意！和尚們，請大家注意！」

和尚們停止聒噪，每個人向平台望去。

「資深武僧止聾，請立刻到千佛殿。」

站在門外，止聾深深吸一口氣後推開門，習慣地踏上這大片的木板地，不知道等待他的是什麼。他有個預感，畢竟不久前，彬杰才被召到同樣的這間大殿，被盤問一番便被逐出門牆。千佛殿內，窗戶微開，福裕方丈與羅大師父站在一個大佛壇前交頭接耳。德敬師父也在那兒，招手要止聾上前坐在殿中央一個小蒲團上。*先坐下來*，這個師父用他的眼睛說話，*聽他們怎麼說*。

止聾行禮坐下，喃喃地道謝。方丈在止聾面前的地板踱步，像一位老師等著他的弟子做完功課，而羅大師父站在殿內一邊，像是一名保鏢，他的一雙虎眼，幾乎把止聾臉上燒出窟窿。

「止聾，你認為自己是一名佛教徒嗎？」方丈問。止聾點點頭。

「是的，敬愛的雪庭福裕。」

「既然如此，你應當清楚清修生活的要求是什麼。少林寺做為一個被元朝與南宋雙方正式承認的佛教禪寺，我們的舉止必須合乎我們所宣揚的道。你已發誓棄絕情慾及其他世俗之欲望，而你卻屢次與那位喜鳳女子鬼混。」

止聾垂著頭。方丈說個沒完。

「只要一絲肉體情慾，便足使一位武僧偏離修行菩薩之道。止聾，我們一直容忍你行為的偏差，皆因你於同修中表現出的溫厚與謙退。然而今日，當我凝視你時，我的心裡只剩下失望。」福裕罵不絕口。止聾正打算開口懺悔，但羅湖走上來，把他的錫杖砰地搗在這個弟子腳前。

「請容我說一句，方丈。」他邊躬身邊說，「止聾，我本人接到若干資深武僧——你的同修——檢舉。他們告發你每週與她私會的事。見你如此肆無忌憚，實在令人不齒。至今，其他僧人均謹守戒律。你不羞愧嗎？」

「沒錯。」方丈說，「我們對這兒的每個人一視同仁；你亦知我們戒律之嚴。止聾，那一方面，去學學你的朋友君寶還是其他人會對你有好處。我們大多數人過著清心寡慾的日子，而你看看你做了什麼，看看你對新入門的和尚們是多壞的示範。因為你的行為，我們特意把你由遷徙喜鳳姑娘去陝西之行所有的安排中剔除。這樣才算公平。」

止聾仍然羞愧地低著頭，無法抗議。他開了口，儘管聲音打顫。

「福裕方丈大人、羅大師父、德敬師父，我懇請你們的寬宥。我知道我犯了規。」

「認錯改變不了什麼。」羅湖咆哮起來，「你不顧我們先前的警告，行為不端數月。此次方丈與我已無法再信任你！」他打了止聾一個大耳光。德敬師父趕來攔阻。

「福裕方丈、羅大師父，請停下來。雖然你們兩人都說的有理，但我覺得你們忽略了他優良的一面，我們應該兩面都考慮到。」他說，「止聾在少林寺期間，大家都知道他是一位非常誠實又關心別人的人。他的正直良善對所有人均如此，而非僅止於和尚們。所以即使他在與趙姑娘的事情上有瑕疵，我們也不能忘記他的優點。我個人可以擔保，他主要的心志還是專注在寺裡大部分的……」

「德敬師父！」方丈說，舉起一隻手，「別多說了！我找你來，也是要糾正你的錯誤。」德敬十分意外。

「也都怪你，德敬師父。」羅大師父邊插進來邊指著錫杖，「福裕方丈，我觀察德敬教學好久了。他該責罵時，反而笑臉以對，不該鼓勵時，反給讚美。現在又出了這麼個紕漏。」他的棍子敲得地面咚咚響，「有蹩腳的師父，就有蹩腳的徒弟。」

德敬繃著一張臉。

「羅大師父，你教訓的是，但我們不能否認，甚至在他破了愛慕之戒，止聾在其他方面仍然光芒四射。比起其他大多數弟子，他有一顆良善正直的心，阿彌陀佛。」

「但良善正直得還不夠。」羅湖低聲吼，「德敬，你想巧言卸責？天知道你讓多少弟子輕易脫身……你對他們太該死的縱容了。」他把德敬推開，讓方丈有足夠的空間站在止聾前面。

「止聾。」方丈說道，「你不能再玷污本寺基業的清白。你也該知道彬杰的下場是什麼。我們現在只能給你最後一個警告。」

止聾嚥了一口唾沫，發著抖，「敬愛的福裕方丈、羅大師父及德敬師父，我意識到我與喜鳳關係的不妥，並完全尊重你們召我前來以維護寺裡的教導。讓我再一次聽從你們的教訓，再給我一次登上八正道的機會。」

「原諒是寶貴的，止聾，如果你不能真的停止見她又有什麼用。」方丈警告他說，「如果我們不遵守我們的誓言，則我們的理想永遠不能實現。」

「沒錯。」羅湖說，「敬愛的福裕方丈，止聾現在一定忘了因著你無窮盡的獻身於我們崇高的道，才一度說服蒙古人放過汴京。」他瞪著止聾，「若當時那人是如今這個懦弱的傢伙，汴京現在一定是個墳場。」

「羅大師父，你說夠了！」德敬說，「我希望在場各位都意識到什麼是偽善。難道我們一生中從不曾屈服於愛戀？」

「但我們學會不理它。」羅湖說，「德敬師父，那些拜倒於情愛的人，有幾個像止聾一樣維持那麼久？」

福裕方丈毫不同情地直點頭。

「德敬，如果止聾這個人真如你說的那麼正直，那麼在他尚未完全迷途之前將其正本清源實在刻不容緩。而且想想我們寺院的名聲吧。僅有二流之寺院才會縱容僧侶沉溺於酒色之中。我們豈能如此行事？」

德敬無言以對。雖然方丈不似羅大師父那般好勇鬥狠，但只要一提到如何恪守清規以捍衛寺院的聲譽，方丈的嚴厲比後者亦不惶多讓。自從福裕被忽必烈汗本人欽點為少林寺方丈後，福裕便以對外呈現少林寺無懈可擊的形像為一生志業。拳法與禪修練得再好仍嫌不足，和尚們還必須突顯他們對佛教理念永不動搖的專心致志。羅大師父湊近方丈耳朵，嘀咕一陣子，方丈點頭同意。

「止聾，你聽過一個和尚名悟元的嗎？」福裕問道。

年輕和尚搖搖頭。

「在你來少林寺以前，悟元和尚是我們這夥人中武功最強的了。我在少林寺的這許多年，只有羅大師父及或者君寶能與他抗衡。」福裕說道，「悟元聰明又無人能敵，但他也年輕又好奇。事實上，如果不是他結業前不久發生的一件事，他一定會成為我們最好的武僧。」福裕閉上眼，大搖其頭。止聾靜靜地聽。

「他怎麼了？方丈？」

「他愛上了一個女人，一位名為胡蓮的本地女孩。悟元愛得痴狂；他要求永遠脫下僧袍，與她廝守終生。在其後的幾個月，他已失去了做和尚的心。少林寺原本的一盞希望之燈，變成了一個缺乏自信、滿腦子情慾、患得患失、不顧一切的傻瓜。」

「我們以為隨著時日流轉，他對塵緣之念能自行消散，然而一週一週過去，他的執著愈發深重。他甚至聲稱在她父親將她賣給另一個男人前，他願娶她為妻。但悟元是我們最有前途的資深武僧，已精通少林寺武藝，我們不能就這樣讓他走。」講到這兒，方丈清了一下喉嚨。

「如你所知，止聾，少林寺能歷久不衰，得之於歷史長流上許多和尚的功德，他們每一人堅定不移地專注於功夫的訓練與佛教的清修。悟元為了這個女子斬斷他對佛教的信仰，他已不再是少林寺被摯愛的弟子。他對我們的信仰是恥辱，對他的家庭是不忠，對我們神聖的武藝是偷竊。面對如此欺騙的行為，我們被迫祭出最後通牒，也就是說，只要他能通過一連串試煉的關，他便能離去。」

止聾好奇心大發。

「什麼樣的試煉？」

「這最後的試煉只有最強的少林和尚才能活下來。」羅大師父拂著鬍子說。德敬面無表情，但止聾不寒而慄。當他還是小和尚時，也曾聽過別人耳語，寺裡如何啟用最高機密的試煉，懲罰那些打算把寺裡的祕技帶著走的人。十多年過去了，止聾漸漸長大，除了日常的武術切磋，可從沒親眼看過任何不尋常的比賽。最後，他及其他和尚漸漸把這種故事拋諸腦後，認為它們不過是由誇張的神話延伸而來的奇幻故事。

「我小時候曾聽過此等試煉的傳聞，但我不相信它真的有，因為我從沒看過我的弟兄遭遇這種事。」止聾答道。

「少林寺試煉的存在少為人知卻是個事實。我們一向把它當成最後通牒。」福裕說，「試煉的地點在一座挖空的山腹深處、一連串相連的密室中舉行。在山內，悟元被迫與傳說中我們的銅人打鬥，它是我們最危險的格鬥。」止聾的額頭暗下來。*十八銅人！*

方丈轉個身，盯著這個資深和尚，「你猜他後來怎麼了？」

「他死了。」

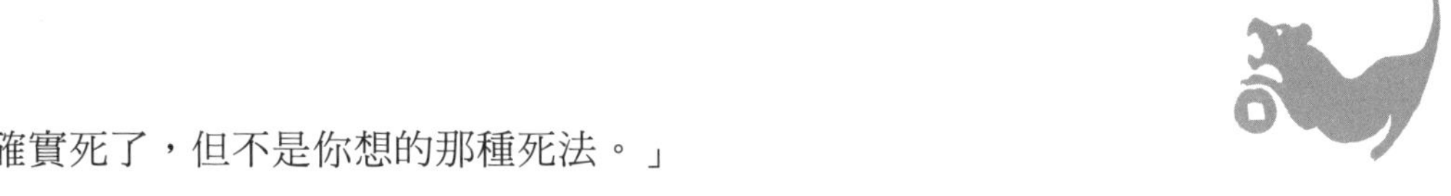

「他確實死了，但不是你想的那種死法。」

止聾皺起眉，糊塗了。

「他通過了所有密室的格鬥試煉，雖然全身掛彩，但活著。他是第一個打敗我們十八名銅人的和尚。」方丈福裕接著說，「他一離開寺院，就帶著他的包袱，到他與胡蓮約好的地點去與她會合。」

「他在那兒等了三天，全然忽視自身的傷痛，夜不能寐。他本欲苦苦等待，直到當地人告訴他，那個女子不僅已遠走高飛，還下嫁了一位她心儀已久的青年才俊。如此殘酷的事實非他所能承受。悟元悲痛至極，攀上峻極峰跳崖自盡。讓我們對他的栽培付諸流水。」方丈吐一口氣，非常傷感，「我們那一夥中最耀眼的楷模，竟容許一個世俗的苦惱侵蝕他的腦子。到最後，真正要他命的，既不是在密室中嚴酷的搏鬥，也不是衛鄉護民死於盜匪的劍，而只是因為一個女人。多諷刺啊！」

資深武僧也悵然若失。

「你必須考慮你這一段感情的結果，止聾。一位佛教徒沉迷於世俗愈深，他愈輕忽敗壞的世風，也愈沒準備好應付它。你問問自己：如果有一天趙姑娘可能離你而去，你還願意逕行這個試煉？而且也別忘記，我們的試煉可不那麼簡單。這一切值得嗎？」

屋內鴉雀無聲。方丈啜了一口茶，向羅湖打個手勢，他離開房間，不旋踵，與少林寺護法辛鼎一起回來。辛鼎向福裕行禮。

「第一波羅蜜是什麼？止聾？」福裕問道。

「善行，方丈大人。」

「沒錯。阿彌陀佛從事佈道工作時，發下四十八大願，以普渡眾生為己任。現在，輪到你去回應此呼召了。你暫時離開拳法的修練，去宣揚阿彌陀佛的教導。辛鼎和尚將護送你去鄭州某處，那兒有人企盼少林寺的教化。你必須盡力幫忙。」福裕說道。

「方丈大人，感謝您的教訓，阿彌陀佛。」止聾邊說邊點頭。

「從今以後，你不得再去找那個喜鳳姑娘，連跟她說話或看她一眼都不可。現在就忘掉她！」方丈又加一句，嚴厲地瞪著他。止聾繃緊下巴、抿著嘴。

「我當盡力……」

「盡力還不夠，你必須把她完全由你心裡抹去！」福裕說。止聾躬身行禮。

「遵命！」

「太好了，我們的弟子終於醒過來了。」方丈高興地說，同時間，止聾也站起來，喃喃稱謝，並與辛鼎一起離去。

當他們消失在門外後，德敬急急轉向方丈。

「福裕方丈，為什麼不准止聾見趙姑娘，即使是最後一面？如此冷酷必令他們心碎。」

「我們必須這麼做。」

「我也這麼認為。德敬師父，你該不至於質疑方丈？」羅湖說，「止聾根本就不該認識她。我也得對見習武僧竹哥與他大耳朵的那個朋友告誡一番。」但德敬師父覺得自己已被他們排斥在外。福裕與羅湖一度是他尊敬的人，但現在他們似乎遙不可及。

「恕我直言，福裕方丈、羅大師父。我們必須捏造少林寺這個試煉的存在嗎？我們不是好久以前就廢了它嗎？為何誤導止聾讓他信以為真？」

「恐懼能阻嚇德性不堅者誤入歧途。」方丈答道。羅湖冷眼旁觀。

「在那些密室中發生的事是不人道的。」德敬說，「悟元與我情同手足。一顆破碎的心可能讓他活不下去，但卻是少林寺的密室啃蝕他的身心到無法復原的地步。所以當他失去了胡蓮後，他便心如死灰，導致他的痛苦無以復加。這種備受折磨的過程如果一開始便不存在，悟元或許仍能與我們同行於世。」

「德敬師父，你此言甚是混淆視聽。別忘了，導致悟元一躍峻極峰之人，乃是一個自私、非佛門中人的蕩婦，不是我們的寺院，也不是那些密室。」羅大師父咆哮起來，指著德敬。

但德敬只是搖搖頭。

「即便如此，我發現這些密室的存在與我們的信仰背道而馳。它們是比色慾更致命的毒。難道重新啟用十八銅人還不夠？空氣中漂浮著這種恐嚇氣氛，讓我們如何啟迪我們學生的心志？」

正起身離去的方丈，愣住了。

「十八銅人，重新啟用？你到底在說什麼？」

德敬飛快地向一言不發的羅湖偷瞄一眼。

「十八銅人，福裕方丈。近日有三名身著古銅色袍，佩戴雕刻面具的高手，將一名還俗和尚的遺體送回本寺。我原以為此事您早有耳聞。」德敬解釋著，覺得內情不單純。福裕不當回事地搖搖頭。

「一派胡言。你也知道，自從試煉被禁止後，十八銅人便未曾再被派遣。我亦未曾批准再召他們回來。」

「方丈大人，好幾個和尚都看到了他們。園遊會那天表演一結束，那時您已與蒙古官員一同離去赴宴。他們不僅把一具還俗和尚的屍體遊街示眾，甚至還出手打了止聾與君寶。此事或許羅大師父更清楚。」德敬躬身解釋。羅湖有點兒緊張。

「德敬師父，你弄錯了。你所說的不過是其他的佛教徒運一具屍體行經嵩山罷了。」虎臉大師父說。

「那為何你允許他們將屍體帶入我們寺中？」德敬問道。羅湖緊緊盯著德敬，毫不讓步。

「你的想像力太豐富了。他們僅是來要求協助焚化屍體，以免腐敗，我便幫個忙。你對此有何異議？德敬師父？可能你希望當著我的面說？」

方丈看著兩人沒說一個字，舉起他的手，示意他們住口。

「沒確鑿的證據証明銅人的存在，德敬。多年來，羅湖一直是本寺的副首，向來行事必經我之同意，不可能擅自行此大事。除非證據擺在我眼前，不然我不予採信。羅大師父，我相信這些指控全屬空穴來風。」考慮到德敬一向不做誑語，方丈盯著再問一句。羅湖躬身行禮。

「阿彌陀佛，福裕方丈，我的回答就是您的結論，而此結論亦非虛妄。如果少林寺內真有一群惡霸策劃重啟銅人，那麼請放心，我會處理的。」

方丈煩躁地擺一下手。

「此事留待後論。當務之急乃止聾與其女友之事，其餘皆可暫緩。德敬師父，你該最清楚不能無的放矢。還有羅大師父，我亦誠心期盼所謂的銅人僅是空穴來風，要不然……」

言畢，方丈向兩位師父點了點頭，便急步離開了大殿。羅大師父站立在原地，殿內的蠟燭似乎燃燒得更熾熱。羅湖深吸一口氣，從靜若雕像的德敬師父身邊緩步而過。這位慈眉善目的師父踩到了一條老虎尾巴，而這隻老虎從始至終都是醒著的。

「你為什麼對福裕說謊？」

羅湖在距離門口一步前停下來，抓著錫杖的手青筋一跳一跳。德敬站在那兒，等羅湖給他一個答覆。

「羅湖！別假裝你沒聽到我的話！」

「我的志向豈是三言兩語說得清楚？總有一天，方丈及其他所有少林寺人，將會了解並認同我的所做所為。屆時，他們自會向我表達感謝之情的。」羅湖答道。他的語氣像打雷，像是即將來的暴風雨。

「感謝？感謝你殺害一名還俗的和尚，還把他的屍體推在河南遊街示眾？」

「這是必須的舉措。」

德敬閉起眼睛。

「殺戮是殘酷的，而且解決不了問題。」

「你居然指責我解決不了問題？都是因為你的軟弱。你看，它給我們找了什麼麻煩。」羅湖說，以他的錫杖指著門口。

「我做我們當下該做的事，那就是紀律，就那麼簡單。軟弱的人連懲戒他們自己弟子的膽子都沒有。方丈沒有，聖雷沒有，你也沒有。」

現在羅湖與德敬正面交鋒了。

「羅湖，我可不像方丈，我知道驅使你的是什麼。我懇求你，停止你那破壞性的行為，解散那些銅人吧！」德敬說道。

「別指使我照你的想法做事。」羅湖把他錫杖的杖尖比著德敬的臉，「難怪你許多方面與止聾那麼相似。像你這樣的師父，是會讓路且躬送叛徒離去。讓他們公然在我們眼皮子底下吃肉、飲酒、狎妓。一個真正的男子漢，

一個信守承諾的男人，是那些嚴守戒律、深知我們的誓約是絕不能被藐視的人。一個人要仁慈，必先無情。」

「偉大的悉達多佛必不贊同此道。」德敬平靜地說，「謙卑、憐憫及謙遜才是良策，朋友。」

「你所謂的謙遜從沒阻止你的小得意門生去愛戀一名女子。我沒辦法容忍像止聾這等膽小鬼、或任何以你為典範的人。他們是叛徒！」羅湖咆哮起來。德敬看來十分憂心。

「那你那些銅人殺手呢？羅湖。我們該把他們放在台上膜拜嗎？他們可絕對不是軟弱怕事，不是嗎？」

「他們維持我們少林寺的次序，德敬，是你的軟弱萬不能及。」

德敬望著羅湖的眼睛。

「羅大師父，我沒說我的方法十全十美，但訴求暴力是錯誤的。阿彌陀佛。」這位師父說完一鞠躬，走離開去。

「德敬師父！」羅湖氣得氣竭聲嘶。

德敬停下腳步但沒回頭。

「你若聰明就知道，任何幫助叛徒的人，他也是一個叛徒。」

德敬不理會羅湖的威脅就離開了那兒，一邊頌唸佛號以安定他的心。羅湖簡直變得更像一個惡夢，而方丈又太冷漠或外務太多，以致無心多顧。當他走在主步道朝他的宿舍去時，德敬瀏覽著環繞少林寺的群山。他的心因悲哀而沈重，他的思慮因無常而煩憂。

第24章

行善

止聾與少林護法辛鼎打著燈籠、沿著省道往位於少林寺東邊的鄭州去。兩個和尚都騎著馬，其中一隻馬身上還掛著大大小小的包袱。他們的馬邁著小碎步，超過一個在馬背上打盹的元兵。抵達當地一個十字路口時，辛鼎展開一張地圖，確定他們的位置後，便沿著其中一條路繼續前進。

「辛鼎，你認識任何一個離開少林寺的和尚嗎？」止聾開口問道。

「那倒沒有。那是不常發生的。」辛鼎沈吟了一下說，「大多數和尚不久便想通了。最後，你也會。」

「福裕方丈告訴我，有一個和尚為了女人離開少林寺。」

「就是後來跳下懸崖的那一個？」辛鼎說。

「是的。」止聾答，點著頭，「你還知道什麼嗎？」

辛鼎搖搖頭，「我所知不多。他的名字叫悟元，對不對？我想，他該屬於另一個世代。我自己是不相信這個故事的。」他嗤之以鼻，「聽起來過於荒誕。如果這是方丈所編，以此來嚇唬我們勿破戒律，我絲毫不覺意外。」

「還有那些試煉呢？你知道嗎？」止聾問。辛鼎勒住馬，馬蹄在碎石子上拖。

「試煉？我覺得它們被誇大其詞了。所以我也不信。」

「但園遊會那天出現的面具人。他們難道不是傳說中試煉的銅人嗎？」止聾問道。少林寺護法似乎猶豫了一下，便再抖著韁繩繼續走，對止聾的問題匆匆囁嚅了一聲誰知道，顯然不想與它有任何瓜葛。剩下的旅程，這位少林護法一直出奇地安靜，直到他們抵達距鄭州市約三十公里、下了省道的一間大農舍。辛鼎確定了他們的地點，對止聾打個手勢。

「就是這兒。本地一名元朝急遞鋪差役每天都會來看看你，直到這兒的住戶決定你服務夠了為止。」

止聾和尚下了馬，把大包小包扛在肩上。辛鼎探過身，把止聾的馬拴在他的馬上。

我不知道會在這兒待多久，止聾望著農舍的門，暗道。

「放輕鬆。你最多約在這兒待一個月，雖然真的很難說。那些需要幫忙的人可能留你好幾天，有時甚至好幾星期。我走嘍，止聾。阿彌陀佛。」

言畢，辛鼎策馬飛奔入薄暮中。止聾把他的僧袍整平、重新整頓背負的行囊，使之井然有序，捏捏他的面頰又捧起一本佛經，然後舉起一隻戴著佛珠的手呈唸佛手勢。他唱著佛號，走向大門。

「南無阿彌陀佛，南無阿彌陀佛。」他頌唸著佛號，為的是使屋裡的人放心，知道門外來的是一名和尚，而非什麼惡客。他站在門外等，陪伴他的是樹林中蟋蟀的唧唧聲；沒人應門。他由口袋中摸出一面小鑼，輕敲一下，敲出一個舒適的鑼聲。

「阿彌陀佛，少林寺和尚釋止聾為您服務。我可以進門嗎？」他問。

還是沒人回應，但門下的隙縫透出暗淡的光，而且他能聽到房內有說話聲。止聾再次敲鑼。房門猛地被拉開，一個鬈毛黑塔赫然在眼前；這個男人的臉、肩、頸子全被亂糟糟的毛髮覆蓋，根本看不到他的臉。

「做啥？」他口齒不清地問。

「本著佛陀的智慧，我來提供我的服務。」止聾躬身回答。

男人把門砰一聲關上，聽得到他用力上了鎖。止聾再次敲門。

「先生，您曾向少林寺求助，讓我有幸在此回應您的請求。您願意開門嗎？佛陀的善行啟示了所有⋯⋯」他呼喚著。此時門的另一邊傳來嘩啦一聲響，接著是破碎的陶器滾在地上的聲音。

「啟示個鬼！」男人嚷著。

過了一會兒，大門又被打開了。

「和尚先生，您請進來。」是一個男孩的聲音。本來用雙手擋住臉的止聾往下一看，看到這個小孩，不禁咧嘴笑起來。

「你是……蘊龍？」

「止聾師父！我一直希望少林寺能派你來！」男孩給和尚一個擁抱，說道。止聾拍拍男孩的頭，讓他寬心。

「真是太巧了。你的父親在哪兒？」

和尚的下巴合不攏了。

「天哪！那個是凱先生？」

止聾轉頭去看不久前才來開門的那一位披頭散髮的人物。

「我以為我已經叫你滾了，蛋頭！」凱先生吼著，丟一個空酒罈過來。止聾低頭閃避並把蘊龍拉開。

「仔細地上的碎片，蘊龍弟弟。」止聾小心招呼著。酒鬼用一根手指戳他。

「你現在就滾，要不然我會殺了你，你……」

披頭散髮的人又丟了另一個酒罈來，這次的罈子還有半罈酒。止聾側身一閃、酒罈打到他身後牆壁，潑得整個房間都是酒。發酒瘋的毛髮男大聲叫罵，知道自己摔錯了東西。

「你幹嘛不告訴我那罈還有酒？」他大聲吼，對蘊龍抖著拳頭。男孩跪下來開始撿破碎的罈片，一言不發。

「沒用！沒用！你這個一無是處的孩子。」男人喊著，丟了一隻毛筆出來，彈到蘊龍的頭。止聾讓他的包袱滑到地上，並去站在男孩身前。

「夠了！住手！」他說。接下來的發展讓止聾大吃一驚，男人突然抓了一根燃燒著的蠟燭就往他們丟過來，根本沒意識到半個房間及止聾大片僧袍都被酒打濕了。說時遲那時快，止聾手伸進他的腰帶，打開一個竹水筒，嘩喇喇把水澆在這個像火箭一樣的東西上，在它掉在一大灘酒前，滅熄了它。

幾乎還沒能鬆口氣，和尚現在瞪著一個不顧一切由房間那頭衝過來的長髮瘋子。儘管頃刻間便能拿下這個醉漢，止聾卻慢條斯理的，捏準時間，輕描淡寫地閃避。長髮人失去平衡，跌跌撞撞地往地上摔。

凱先生覺得他的頭髮拂過地面，一片碎陶片赫然在他面前寸許停住。

「把你的髒手拿開。」他喊。原來少林和尚抓住了酒鬼的衣領，救了他可能破相的面朝下跌勢。止聾哼一聲使勁，把這個搗蛋鬼摔到一張桌子上。

「爹爹，他是止聾，你記得嗎？喜鳳的朋友。」蘊龍說，扶著酒鬼站起來。止聾顛腳繞過地上的碎酒罈片，半信半疑地鞠躬。男人伸手撥開頭髮，但他的頭髮像一面頑固的簾子，立刻又披了下來。蘊龍遞給他一條髮帶，經過三分鐘奮鬥，凱先生終於把他的頭髮往斜裡綁成一團雜色的毛團。他睨視著和尚。

「嘿，我記得你。」

「沒錯，凱先生，可以請你靜下來讓我幫助你嗎？寺裡差我來的。」

凱先生吐一口痰，氣沖沖地走到房間一角，那兒堆了好多喝了部份的酒甕。他摸索著，把每一個酒甕拿來搖，終於找到一個還有酒的罈子。打著嗝，他把蓋口撕開，一口氣就把裡面的酒吞下去。酒喝乾後，他看起來有點兒糊塗，不知自己錯在哪兒，只好再把蓋子蓋上。沈著臉，他把酒罈子往牆上扔，又是一陣如雨的碎片。

「我現在沒心情，和尚。改天吧。」他說道。

「對不起，不行。我可是奉命來此幫忙，而且……」止聾四下望望，「我想我不必問你們的麻煩是什麼了。還有，請別再摔酒罈子好嗎？那很危險的。」

「我可從沒向少林寺求助。蘊……是你！」凱先生盯著他兒子。

「止聾師父能幫你，爹爹。你需要幫助的，不是嗎？」蘊龍頂一句，一邊發抖。

「我酒雖沒全醒，但我可不是傻子。你這個說謊的小傢伙！我從沒那樣說過。你只是想學功夫罷了！我費了那麼多力，你腦子裡還一直想著那個餿主意。」

和尚息事寧人地走上前。

「冷靜點，凱先生，讓我們都坐下來喝點東西。」

「嘖！現在你跟我說相同的語言了。」凱先生說，高興地拍了一下桌子。他立刻又去拿另一罈酒。止聾知道自己說錯了話。

「我的意思是，讓我們坐下聊聊，凱先生。」止聾說道。酒鬼已經拎了另一罈酒回來，直接對口灌，酒沿著他的下巴流了下來；他打了一個嗝並朝蘊龍點了個頭。

「他在浪費時間。我打算把這個不成器的東西送到慈幼局去。」他大著舌頭說。

「凱先生，別這麼說。你是他父親啊。」

「那你也是喜鳳的男朋友啊。所以你幹嘛見鬼的去與和尚住在一塊兒？」凱先生大聲嚷，說的倒也有幾分真。止聾皺起眉頭。這個酒鬼還在發脾氣。

「和尚，哼！沒女人、沒肉吃、沒酒喝，日夜只知誦經打坐！白白浪費他們的時間、時間、時間……」他笑起來，開始放鬆了。和尚做了一個鬼臉，他過去曾聽過相似的批評。

「請別笑話我們。我們的戒律教我們要謙卑，凱先生。」

「那就由乾了這杯酒開始吧！」凱先生說，拿著桌上的杯子倒了一杯酒。他把酒杯推到止聾的鼻尖下。和尚客氣地抬起手。

「我不能喝。它犯戒。」

「騙什麼騙啊！你明明能喝，也該喝。若你連這杯酒都不敢一飲而盡，便休想娶像喜鳳那種妞。而且只要我還坐在此處，我絕不允許一個連酒都不會品的男子坐在我桌旁。」酒鬼不讓步，在桌上敲著手指。止聾不但不作答，反而合起雙手唸起經來，令凱先生更是氣惱。

「別再唸了！」他大喊一聲，伸手去抓和尚。止聾瞥一眼，反應如同任何少林和尚面對如此危險一般，把凱先生往屋裡最遠的角落摔出去。蘊龍喊起來

「地上的碎片！」

一眨眼，和尚已把桌子翻過來，並將它踢過地板，小跑將自己跳上去。腳步穩如泰山，連貓咪都會汗顏。止聾接著凱先生軟綿綿的身子，一用力，桌子便止了滑。老酒鬼已人事不省。

「哇，止聾師父，怎麼那麼快，你能教我那一招嗎？」蘊龍問道。

「以後再說，蘊龍弟弟。天吶！真對不起你及你父親。」止聾十分氣惱，「我根本沒打算出手，那不過是本能的反應罷了。」小孩掩著嘴，指著他父親的臉。

「喲！他流血了！」

「如來佛啊！」

●—— —— —— —— —— ——●

凱先生睡在他的床上，翻來覆去、鼾聲如雷。他亂糟糟的頭髮上纏著橫七豎八的繃帶，像極了一朵綁起來的花椰菜；打著鼾，他的一隻腿由沾著唾涎的床單中伸出來。蘊龍把這個老人的腿再塞進被單後，走進客廳，那兒，止聾圍著圍裙、拖著拖把，正忙著清掃最後一堆破陶罐。

「你父親還好嗎？」

「好些了！你把他的傷包紮得真好，止聾師父。你在哪兒學得這些的？」男孩問。止聾解開圍裙及頭上綁的汗巾，伸個腰，坐到桌前。

「這也屬於功夫訓練的範疇。一個功夫人受不得傷，除非他先知道怎麼裹傷。」

和尚搆到他的包袱，放了一堆包好的東西在桌上。

「我們整晚都在忙你父親，我還沒時間幫你煮一頓好素菜，就請你來分享我的晚餐吧！蘊龍弟弟，這個道地的美食，可是直接由少林寺廚房來的。」

他把桌上的包包打開，原來是一大堆包子、饅頭及各種水果。蘊龍拿起一個包子大口咬下去，品嚐餡料的溫滑與鹹味。他又咬了兩口後，對著它細瞧，察覺餡料少了什麼。

「香菇與水芹？你們沒放肉嗎？」

「沒有，但你要吃多少都行。」止聾答，作勢要男孩儘量吃，「再怎麼說，你正在長。這兒，也可吃我的。我天天有得吃。」和尚把自己的那一堆包子推到蘊龍面前。男孩吃個不停。

「慢慢吃，小龍。」和尚微笑道。

「真好吃。」蘊龍邊嚼邊說。和尚伸著腰。

「你娘在哪兒？蘊龍弟弟，她出去了嗎？」和尚問，抓著頸子。

「我沒娘。」

「凱先生告訴我他有一個配偶。這難道不是說他結婚了嗎？」止聾問道。

「在她離開他前他是。他是個酒鬼。」

男孩的直截了當讓止聾有點兒吃驚。

「你娘一定會回來看你吧！所有母親都愛自己孩子的。」

蘊龍嚼著最後一口包子，嚥下去。他又拿起一個饅頭，用手把它撕成一條條。

「止聾師父，讓我們談談別的吧。你能教我一些功夫嗎？」

「蘊龍，為何避談你的母親？我也許可以了解多……」

「她不愛我，可以了嗎？我只有我爹爹。他是我僅有的家人。」

「他的酒癮會讓他有暴力傾向的。」

蘊龍聳聳肩，令這個和尚更擔憂。

「爹爹不常這樣。不是所有的時候啦。當他酒醒時，他會說笑話，又關心我。」

止聾點點頭，知道凱先生不是他見過最糟的父親。

「他確實動不動就發火。而且你怎能忍受他亂吼亂叫？」止聾相當好奇。

「他不是有意的。他給我食物和房子住。我們現在能學些拳法嗎？」

「再一分鐘，弟弟……我說話算話。順帶一提的是，提供食物與住所是任何負責任的父親該做的，但不能沒事發酒瘋。」

「他比我的親生父母好。」蘊龍說，「他們才是瘋子。」

少林和尚看到一個切入點，可順勢問這男孩有關數小時前凱先生提到的事。

「蘊龍弟弟，你是離開了你原來的家來跟凱先生一起生活的嗎？」他問。蘊龍把他撕下的饅頭條條全部塞進嘴裡。

「確實如此！他們不要我，我也不要他們！」男孩又說一次，特別強調後面那一句。他灌下一杯茶後，跳出他的椅子。

「拳法時間！來嘛，止聾師父！」他懇求著。和尚點點頭，把他的關心按捺住。

「好，好，一樣一樣來。在我們學習如何出拳前，我們必須先練強壯的下盤，叫做蹲馬步，把你的臀部放低……」

一天後，凱先生家的地面已被拖乾淨了，酒臭與嘔吐味也不像以前那般刺鼻。草地上沒一根雜草，家裡也井井有條。這都得感謝止聾和尚與他的新弟子蘊龍理家的努力。

凱先生捂著一塊濕毛巾在頭上，隨意走動。家裡的整潔令他驚訝。剎那間，他還以為自己醒在另一棟房子，那就是說，直到他走到庭園，看到他的兒子正跟著止聾練功。

「很好，現在！再蹲低點兒、伸長！」止聾喊著，反覆操練。蘊龍挺直腰桿，一膝下沈，另一腿往後拉。一邊做完再換另一邊。他的膝蓋發抖、肌肉像火燒，而他那一度熱情的笑容，現在變成了一個齜牙裂嘴的苦臉。

「你蹲得不夠低。」止聾督促著，往男孩肩膀加壓。蘊龍感覺腿肌隱隱作痛，終於不支倒地。

「我的腿快斃了！」他抗議。止聾若無其事地點點頭，走去旁邊的凳子坐下，並向凱先生躬身致意。和尚對蘊龍說：

「嗯，練這個還是去唸書？我確信你父親不介意第二個選擇，那我們就開始唸論語吧，還是孫子兵法？」

男孩偷瞄他父親一眼，立刻爬起來，繼續止聾的少林寺訓練，不敢再多說一個字。和尚微笑起來，向剛來的人招手。

「你確實不像那種嚴厲又直接了當的類型，止聾和尚。」凱先生邊說邊抓耳撓腮，「你嚴格卻貼心，像沾了蜂蜜的膽囊。」

和尚躬身行禮，「多謝你有趣的恭維話。這是我第一次當師父。在我們寺裡，我們被操得像馬一般，但有外人在場時，我們會儘量溫和些。」他說。凱先生走到最近的水盆，拍了些水在自己臉上。皺皺眉，他酒醒了。

「所以這就是你今天的善行？」他擦著臉問。

「在你酒醒之前，我們須要點事做。蘊龍一開始就告訴我，你需要人幫你戒酒。但我覺得最好等你酒醒之後再行此事。而且，你該謝謝你的男孩為你向少林寺求救才是。」止聾微微笑。

凱先生翻著白眼，「吔，順帶一提的是，我醉酒時說的話都不算數，所以若有什麼冒犯之言行，還請見諒。」

「當然，凱先生，不過我仍懇請你戒酒。這個房子本來像個垃圾場，到處都是碎片。你甚至還打我呢，也差點對蘊龍動粗。更駭人的是，你幾乎將這整棟房子付之一炬。」

「哦，唉呀！喝杯酒有什麼錯，和尚！」凱先生回了一句，但他旋即停下來，皺著眉，揉著自己的太陽穴，「不、不對，我確實需要幫助。你說得沒錯，情況已經失控了。」凱先生滿臉罪惡感。

「我已傳信至寺中。」止聾說，「明天，寺裡會送些戒酒的藥草過來。把它們放在水裡煎煮，每次喝一杯，一天五次，連續喝一季。而且絕不能再碰酒了。」凱先生十分沮喪。和尚沒停口，「拜託，凱先生，請照著做，為你的兒子，也為你自己吧！」

「那我還是現在再痛飲一場的好，既然明天就沒酒可以進門。」凱先生嘆一口氣，起身走開。

「抱歉告訴你一個壞消息，凱先生。房裡只有四分之一小罈酒賸下，其他的你昨天都砸了，你記得嗎？」

酒鬼頓時洩了氣，大聲罵起髒話，有一點兒他以前發酒瘋的樣子。

「這就是你們佛教徒說的報應嗎？真爛透了。」他怨聲載道。止聾站起來，去跟他一起坐在蔭涼下。

「我能問些私人問題嗎？」

「只要不是有關喝酒的事，就儘管問吧。」凱先生唉聲嘆氣。

「你能告訴我蘊龍親生父母的事嗎？」

酒鬼咯咯笑起來，「哦，對我們不足為外人道的小家譜感興趣了？我與他沒血緣，但他是我的兒子。他真正的雙親住在別個省份，是鹽田大亨。」

「鹽田？那必是家財萬貫。哎呀，在他們口袋空空前，他們的財富足供他們十幾輩子。那你又是怎麼去認識他們的？」止聾問道。

「我當時是一個沿門兜售布料的小販。世人雖不看好此行業，止聾，只要你知道去敲哪家的門，利潤倒也豐厚。我就一路走到有錢的富貴人家區域。」凱先生說，「在那兒，我第一次見到了蘊龍。這男孩不太靈光，但有一副好心腸。他雙親居住在一座宏偉的府邸，規模是此處的五倍，內有眾多僕役與侍妾。甚至還有一個僕人專門負責擦屁股。包青天大人在上，我絕不願意是他。」他大笑起來，「蘊龍的雙親活得像神仙。他母親終年遊樂於外。而他的父親？從來沒與兒子單獨相處過。他一生只跟父親說過兩次話。」

「那誰照顧蘊龍呢？」止聾問。

「一個冷漠的老僕。」凱先生邊抓癢邊答，「蘊龍的父親因著那片鹽田而成為屈指可數的名人。他有兩打半孩子，其中大多是情婦或姬妾所生。蘊龍一再逃家，只在餓得快死時才回去。當然啦，他所謂的雙親對他的來去根本不在意，他們表現得若無其事。當我到他們家賣東西時，蘊龍求我帶他一塊兒走。你相信嗎？竟然求一個像我這般的布販子，帶他離開他那豪華、舒適的府邸。」

酒鬼微微笑，搖著頭。

「蘊龍的父親再也不想管了——他叫一個僕人收拾蘊龍的衣物，給了我一疊鈔票，簡直是把這個男孩塞給我。」

和尚看著正汗流浹背練少林寺蹲馬步的蘊龍。看不出他在遇見凱先生前，竟生活在如此金鑲玉的牢籠之中。

「難道他不想念他的兄弟姊妹？」和尚問道。

「門兒都沒。他們欺負他得不像話！不像蘊龍，他們可是嬌縱得像二世祖。當我問他們討一杯茶喝，身穿綾羅綢緞的他們指著我，說我只配喝糞坑的污水。我告訴你，止聾和尚，那可不是普通的侮辱。他有些兄弟還給我豆餅吃，我初時覺得疑惑，嗯，你猜怎麼著？」

止聾搖搖頭。凱先生接著說。

「原來那些甜糕下了老鼠藥。那幫小混賬將商販與老鼠等閒視之。感謝我的幸運之神，蘊龍就在附近即時阻止了我，要不然我嚥下的極可能就是我今生最後一口糧了。可惡至極的一群小魔頭！蘊龍是那家孩子中，唯一沒變壞的一個。」

「沒被他的手足們帶壞可真不容易。」止聾評論了一句。凱先生同意地點頭。

「自從與我同行後，蘊龍不再有那十三道菜的奢華晚餐，也無法身披絲綢四處玩樂。我不是一個聖人，但起碼我在乎他。我希望他變得更明智，不再做白日夢，但你不能期待太高。他很高興我選擇接納他。這個世界上，人們只為了尋求被接納，常常搞得自己發瘋。有的人終其一生都未能找到歸屬。」

一時兩人都沒說話。

和尚看到一隻毛茸茸的手背在他面前揮。

「你在想什麼吶？和尚？」

「沒什麼，凱先生，阿彌陀佛。」

酒鬼肘頂了一下和尚，露出很感興趣的樣子。

「你跟喜鳳進展如何，嗯？你還常幫她的忙嗎？我敢說，她一定讓你一些少林兄弟妒嫉死了。」他說著，捉狹地笑起來。止聾有點兒坐立不安。

「我不想談這個。」他說，轉開身。凱先生一巴掌拍在和尚的肩膀並示意他坐下。

「跟我說吧。哎呀，止聾，我告訴了你蘊龍的身世。朋友間是沒有祕密的，好嗎？你喜歡她嗎？」他問。

「我什麼都沒說。」止聾答道，很固執。酒醒了的凱先生活動著他的手臂。

「一個人活到我這歲數，當另一個人不知所措時，我總是會感覺到什麼。從我一由酒醉中清醒，我就知道你心裡埋著事。你憋著氣。宣洩出來吧！」

「我還是什麼都不說。我現在已經惹太多麻煩了，所以讓我們談點別的。」和尚相當堅持。凱先生瞧著止聾，滿臉疑惑。

「你可真不擅長說謊，止聾和尚。有什麼不對勁了？只不過一提起她的名字，你的眼神就一直躲。告訴我你腦子在想什麼，然後我會告訴那個急遞鋪差役，你的公差已經做完，你就可以回少林寺了。」

止聾的臉一下子亮起來，但也像潮水般退去得快。

「不行。福裕方丈說，我需在此地久留，不只是幫助你，也為了我自己好。」他說。

「哦？讓俺告訴你，止聾，每當有人這麼說時，他們其實是要控制你。」

「這是善意的引導，凱先生。待在此處總比去找喜鳳好。我不應再與她見面了。」和尚說道。

「他們不讓你去看喜鳳？」一個熟悉的男孩子嗓音說。止聾與凱先生轉身看到蘊龍，他正用一條毛巾擦汗。

「做了兩百下嗎？」和尚問道。

「做完了，止聾師父。我喊你，你沒答應，因你在跟爹爹說話。」蘊龍聳聳肩說。凱先生擺手表示別打岔。

「讓我們言歸正傳。你說方丈不准你再見喜鳳？」

「沒錯。我知道我一開始就不該與她在一起，但……」

「在一起？我早就知道！」蘊龍高興地說。凱先生招呼大家回到屋內桌子，倒了一杯普洱茶，把它推到止聾面前。

「止聾和尚，說出來吧！我們洗耳恭聽。」

半個時辰後，凱先生與他的兒子仍坐在那兒，邊托著腮邊聽這個和尚緩緩講述他與喜鳳的往事，從初次相遇，到園遊會之表演，再到事態的發展。他們著迷地聽，坐著一聲不響，聆聽止聾闡述去年冬日與山賊交手的經歷，還有那隻碩大的白老虎。當話題轉至度宗皇帝引發的風波，及少林寺對他與喜鳳關係的非難時，凱先生終於抓狂了。他右手緊握，重拳砸在木桌上。

「實在荒謬！寺院無權主宰每個和尚的人生。」他厲聲說。

「我們的信仰就是這樣運作的。我破了我宣誓要守的戒。」止聾指著他頭上的戒疤，「我了解為什麼方丈及我少林寺的兄弟們蔑視我起來。所以你看，我一點兒都不怪他們。」他說。凱先生做了一個不以為然的手勢，蘊龍也靠上前。

「止聾師父，幹嘛不離開少林寺？」

「蘊龍弟弟，對我來說，這可不是僅鞠躬下台並向我的兄弟們作別那般簡單。我欠寺院一筆債——因著這筆債，我理當終身修習他們的道。而且根據我最近的觀察，讓我不禁懷疑，如果我離開少林寺，會不會讓我最親的人受到株連。」

「株連？」凱先生問，十分好奇。止聾點點頭。

「如果我離開，喜鳳與我將被寺院裡銅人高手追捕。園遊會結束那天與我對打的幾人都比我強，而且他們應該有十八人之多。」

凱先生搔著鬍子，沉吟。

「渾蛋。難道沒其他方法離開？」

止聾點點頭。

「我是一名資深武僧，意謂著我已習得太多少林寺功夫。為了讓我帶著這一身功夫離開而免於被追殺，我必須通過一個考試。」

「那又怎樣？好好唸個書，然後就可以帶著喜鳳離開那兒。有什麼難的。」

「可能不是筆試喲，爹爹。」蘊龍說道。

「沒錯。」止聾回答，「它們是真槍真刀的考試。不幸的是，也包括跟銅人面對面打一架。這是唯一可以離開少林寺的方法，要不然那個人一輩子都得冒著被追殺的危險。」凱先生揚起一邊眉毛，輕叩著桌子。

「你曾看過任何和尚通過這個『考試』嗎？」他問。

「我不曾。我，跟我的兄弟們一樣，認為那不過是無稽之談。」

「那麼他可能只是在嚇唬你。」凱先生蠻有把握地說，「恐懼是一種很有用的工具，你不知道嗎？」當凱先生幫大家加茶的時候，止聾與蘊龍默默地思索他的話。

「爹爹，止聾曾與銅人交過手，這應該不是虛構的。」

「嗯，有權勢的人可以故弄一切玄虛，為的要使群眾心生恐懼而乖乖聽命。可能就僅止於此。他們這番虛張聲勢，只是要你們這些和尚們戰戰兢兢。」凱先生邊說邊指一下止聾。他們三人陷入沈思。

「你打算做嗎？止聾師父。」蘊龍問道。

「我希望不要走到那一步。因為不但是格鬥試煉中的銅人讓我憂心，而且我還會被視為少林寺的叛徒，我在我和尚同修中最後僅存的一點兒尊重也將蕩然無存。」

「但如果你選擇少林寺，她就走了。」凱先生說。止聾滿臉戚戚。

「止聾師父，去跟喜鳳談談吧！」蘊龍勸他。和尚扯了一下嘴角。

「我不能，雖然我希望我可以。」

「喜鳳像是真的喜歡你，止聾師父。我們每次在汴京碰到她，她總是談起你。難道你不能再去看她嗎？少林寺什麼時候要把她送到陝西？」年輕人問道。

「再一週。」

凱先生與蘊龍站起來，去扯和尚的袍子。

「那再不過幾天你就永遠看不到她了。你現在就得去看她。」蘊龍說道。

「我告訴過你，我不能。方丈說得明明白白，他說……」

「誰在乎他！讓那一絲不苟、古板至極的方丈去死吧。止聾和尚，別再那麼優柔寡斷了！現在就去她那兒！免得太遲！」凱先生說道。

「是呀，止聾師父。起碼跟她聊聊，要不然再一週你可能永遠沒機會嘍。」蘊龍也加一句。

「止聾和尚，別管什麼格鬥試煉，也別管你那些和尚夥伴會怎麼想。你應該擔心的是如果你連試都不試會怎樣。你在這兒只會浪費時間！」凱先生勸他，且試著把和尚由他的椅子上拉起來，好像要撬開柱子上的釘子。

「凱先生！蘊龍弟弟！」

聽到和尚提高嗓門，該是凱先生與他兒子空前絕後的一次經驗。止聾也非常不好意思，低頭道歉。

「謝謝你們的關心。我在這兒並非浪費時間，而是信守我對我少林寺兄弟姐妹的誓言。今天的我，歸功於我的寺院及佛教。這不像換件衣服或換個工作。它涉及背離我的信仰、我的家園、我的……」

他滿臉不安地。

「……我的家人。」

凱先生哼了一聲。

「跟她說說吧！止聾。」

和尚搖搖頭。

「我沒得選擇。我必須擁戴我的宗教及我師長們的期望。」

「小伙子，我不諳佛門之道，所以我不能了解你們這些信教的人。我雖然身為酒徒，但我可以告訴你：你有權選擇，無論何時。你可以結束這段感情，或選擇繼續，但別避不見面又沒把話說清楚。如果你留在這兒只為了怕丟臉，那也太該死的不尊重別人了。別只為了取悅你的方丈與你的兄弟們而棄她於不顧。你自己的事自己決定，而且，做事都得合乎禮數。」

「那你為什麼不選擇戒酒呢？爹爹。」蘊龍問。凱先生給這個男孩無心的一巴掌，被他躲過了。

「止聾師父，爹爹說的不錯。起碼在見她一面之前，先別下決定。她可能想知道你去了哪兒。」蘊龍說，遞給和尚一盞燈籠。

止聾沒答腔。只要止聾需要，喜鳳一直竭盡全力地幫他準備中飯、鞋子，還有去年冬天她把他由少林河中救出的恩。違逆寺裡最後的警告非他所願，但他確實該與喜鳳見個面，起碼把事情說清楚，無論自己的抉擇最終將通向何方。

「我要背過身去，止聾和尚。也別管我的酒癮了。你做了兩天白工、教我兒子一天功夫也夠了……你在這兒的服務已經做完。如果你願意，你可以留在這兒或直接回寺裡，或更勝一籌，在你的兄弟們把她搬走前，趕去她家。此事我自會守口如瓶，但你必須作出決定。」凱先生把臉別過去，交叉雙臂。蘊龍也依樣畫葫蘆。

「吔，止聾師父。為喜鳳姊姊與你自己做個恰當的選擇，去看她吧！」他說，模仿著他爹爹的舉動。這個小子有點兒人小鬼大。父親與養子兩人動也不動地站了片刻後，由眼角偷瞥。

和尚已不見人影。

第 25 章

三仙際會

趙喜鳳在其小木屋內慌亂地打轉，將一疊衣服堆在已放了些書本、筆及其他必需品的大床單上。她把床單的四角拉起來，繫成一個緊實的包袱，同時輕拭額前的汗珠。

門上傳來敲門聲。她抓起包袱把它丟到床下，整理自己儀容後才去開門。一個男人走進來，隨手帶上了門，給自己倒了一杯薄酒。

「我肚子餓了，有東西吃嗎？」

「我還沒時間煮。」女子回答。男人打量了她一會兒。

「你看起來累得很。剛才在幹嘛？」他問道，滿不在乎地走進廚房。他切了一片金華火腿，又拿了一個饅頭，給自己做了一個饅頭夾鹹肉。男人嚼著嚼著，又從天花板上吊著的一串蒜頭上取下一片蒜瓣，邊啃著它邊嚼。他問喜鳳要不要，被她有禮貌地拒絕了。

「我想妳應該準備好我們的遠行了。」他吞著食物說。喜鳳把水壺放在灶上，望向窗外。男人把他的饅頭夾肉放在桌上，搓著雙手。

「妳儘可以不吭聲，但我們還是得在三天後的清晨啟程。寶貝。」

喜鳳感覺一陣恐懼。

「我需要多點兒時間。」

男人瞧著喜鳳。她始終背對著他，讓他開始不爽。而且每當他開口，她總是不正眼瞧他。

「妳要講道理，喜鳳。我給了妳夠多的時間。為什麼妳還嫌不夠？」

「這週我太忙，沒時間收行李。」

男人抱著胳臂，「如果妳不是已經忙著收拾打包，那妳到底在忙些什麼？」

「我把我剩下的貨推到這附近每一家店。我必須趕緊把它們賣掉，但還有很多沒賣完。而且我連這個月的房租也還沒繳。」

男人坐在桌子旁，看起來非常不高興。

「妳面向著我，可以嗎？」

女子小心地繞著邊邊走。

「我說面向著我。」他怒聲說道，把桌子推到一旁。喜鳳轉過身來，看得出她全身顫抖，但她儘可能地板著臉。

「這真讓人愈來愈煩了。妳沒對我說實話。為何跟我一起跑還須要猶豫？為什麼？」

女子望著地面。她的臉，像玻璃般的冷。她的聲音，拒人於千里之外。男人握緊拳頭，站起來，打量著廚房。感覺情況不太對勁。

「廚房。」他喃喃自語，檢查著廚具及食物。他又大步走入臥室，打開喜鳳的衣櫃與抽屜，看起來愈來愈淒惶又氣惱。

「妳最好的衣服不見了。還有妳的餐具。為什麼？」他問道。喜鳳覺得自己像一個犯人。最後，這個男人探手去她床下，找到了她為了逃跑而匆匆打理的包袱。

男人暴怒地把包袱甩到她床上，扯開它，裡面的內容物便散落出來。

「這是怎麼一回事？」男人急切地問。喜鳳正打算開口，但男人已掐住她的脖子，把她推到床上。嚇呆了的女子抓著他的手，但它們鎖得太緊，讓她無法呼吸。

「回答我！」男人喊著，手捏得更緊，「妳為何這樣？喜鳳，為何你要棄我而去？」他由她梳妝臺上抓起一個杯子，猛地往牆上砸，然後又再去掐她脖子，這次比方才更緊。她喘著氣，試著把他血脈賁張的手扳開，直到他突然鬆開手，像暴風雨般地衝進廚房，給自己倒了另一杯酒。

「就因為如此，我不能跟你說實話。」她揉著喉嚨、聲音嘶啞地說。男人喝了一口酒，抓住她的頭髮，把她扯過來。

「妳說謊，喜鳳。沒時間收行李？」他指著她的包袱，「起碼你收了一個小包給自己。」他把包袱拿起來在她面前抖，「你根本沒打算跟我走，要不然妳為什麼沒帶上應該是你最寶貴的東西。」他說，一邊從她的梳妝臺上拿起一個盒子，由它落在地上。他搖搖頭。

「妳太侮辱我了。難道妳打算一個人走？還是跟他？那個白癡和尚？」

喜鳳沒回答，一滴淚珠滾下她顫抖的臉。男人卑鄙地大笑。

「一個愣頭愣腦的粗人。難道他更能取悅妳？」他說，又去抓她的頭髮。但喜鳳這次有了準備，她抓住他的手，與他笨拙地掙扎了幾下，最後還是被他壓倒在她的床上。

「那個被矇在鼓裡的和尚哪裡懂得女人？」他說，一邊把她推倒。女子繼續掙扎，但這男人用他的雙腿纏繞她的腿，用他的雙手壓住她的手腕。當他把嘴壓在她嘴上時，她感覺到嘴唇上的不快。就那麼半晌，她一動也不動。

他抽起身，站在床尾。他的嘴唇被她咬破了。

「妳……」他抹著嘴說。就在此時，他注意到窗戶外頭的一盞燈暈，上上下下快速地抖。一百米外，有人騎著馬，提著一盞燈籠，愈來愈近。天色暗得無法看得更清楚，但男人看得出不管是誰，來者是孤身一人，而且正朝著喜鳳的屋子來。男人靜靜地望著這神祕的騎士，再瞧一眼臉別過去的喜鳳。

「我馬上會回來看妳是否乖乖的，喜鳳。」

他拿起她的手，把它握在自己手中，臉湊近來。

「沒別的男人比我更適合妳……只要你接納我。終究，妳會知道的。晚安！」

說罷，此人打開她小屋後的一扇窗，跨出屋外。

止聾跳下凱先生的馬，就著他燈籠的光，把馬栓牢。選擇再次欺騙寺院，讓他良心非常不安，但那並非最困難的。現在他既然選擇不再否認自己的感覺，那他就還有另外的決定要下。

*我該跟她做個了結嗎？還是繼續呢？不管選擇什麼，我都將違背方丈與羅大師父的警告。希望我的和尚同修、我的兄弟們，原諒我這最後一次吧。*他心中暗道。

他把注意力放在她的房門，突然不確定現在探訪是否恰當；畢竟他從未在這樣深夜來訪伊川鎮，更未曾踏足她的門檻。窗戶透出微光，顯示她或未就寢。而當他行近她家時，卻瞧見內中隱約透出兩道人影。莫非她有客人在？止聾直走上前，敲她的門。當得不到回應時，倒讓他有一種似曾相識的感覺。

他再次敲門，這一次有點兒擔心起來——接著感覺窗戶被輕拍一下。喜鳳的手又拍了兩下窗子，示意門沒上鎖，然後她就縮回到自己房間的陰影中。和尚把門推開，進入木屋。

他立刻就知道出事了。廚房裡的鍋、盆像是匆匆被倒翻；一大堆食物被倒在地上，挾在一團亂的私人物品與衣服中，像是被洗劫過。和尚放下自己的包袱並把燈籠放一旁，一邊快步檢查其他兩間房。他喊著她的名字。

「小鳳？」

「我在這兒。」一個女子的聲音，比低語響不了多少。止聾望進一間臥室，看到喜鳳衣衫不整的坐在那兒，裹著一條床單。他衝過去，握住她的手。

「小鳳，看在釋迦牟尼佛的面上，這兒發生了什麼事？」

喜鳳把她的手抽回來，掩住她那憔悴又淚如雨下的臉。她抹著自己的下巴，新的淚珠又不停地落下；哭得上氣不接下氣，她把眼淚擦掉，更多的淚又由她疲倦的雙眼落下。

「別……別看我。」她抽抽搭搭地說。和尚覺得奇怪便掩了雙眼。當他把臉偏向一旁時，他偷瞄了一眼她的臉

「小鳳，請告訴我，到底發生什麼事。妳還好嗎？」他問。她從來沒像現在這麼令他擔心。甚至當他把她由山賊手中救出時，她也沒哭。喜鳳轉向和尚，抽著鼻子。

「止聾，你怎麼那麼晚才來？」

「我要為此道歉。方丈與羅大師父不高興我們會面，故命我赴鄭州服務鄉民。他們禁止我再來見你，但我決定回來。我必須回來。」

女子深深吸一口氣，暫時止住抽噎。她理著頭髮，勉強把它挽起來，接著悲哀地望著止聾。

「不，我的意思是，你為何那麼晚還來這兒？現在快半夜了。」她說。止聾慚愧地躬身行禮。

「原來是這樣。我來這兒是因為妳⋯⋯我們。我必須在妳搬到陝西之前見妳一面。我愛妳，小鳳，非常非常地愛。」

他摸著她的臉，「妳對我的感情也是一樣嗎？」

喜鳳擁抱著他，仍滿臉悲戚，「當然。」

止聾抱著她一會兒，讓他的感覺引導他找到唯一的答案。

「我將申請做一名行腳僧。寺裡以為把妳搬到陝西就能拆散我們。但如果我成為一名行腳僧的話，他們便不易控制我的行蹤。即便不在少林寺，我們仍可相見。」

聽到止聾這麼說，喜鳳像是笑了一下，雖然它迅速被更多的眼淚取代。

「我⋯⋯我很高興你這麼說。但我很抱歉，止聾，今天以後，我們便不能再見面。」

止聾簡直不敢相信他的耳朵。他才不顧方丈的警告，下定決心繼續他們的關係，但現在可能全付諸流水。

「我即將前往山東成婚。原諒我！我從未向你透露過他的存在。我實在沒辦法告訴你。」她非常抱歉地說，別過身去，又羞又愧。

「妳說誰來著？」和尚問。這個消息確實令人震驚，但他只略為不安。喜鳳並不像是那種任意利用男人的仰慕以襯托自己身價的女子——這方面她是一個常反躬自省的人，起碼看起來如此。所以一定另有隱情，又或許哪兒弄錯了。

喜鳳擦掉她臉上殘留的淚。

「他就住在這附近，是我家的朋友。他說我們是命中註定的一對，怎麼拒絕他他都當耳邊風。好多年來，他一直拐彎抹角地暗示我們的婚事。」

止聾咬著自己的嘴唇。

「小鳳，妳愛他嗎？」他問，做好了最壞的打算。

「不愛！」喜鳳喊出來，「所以我從沒同意嫁給他。他一向不考慮我的感受。他要我做他的妻子，如此而已。」

「他是妳提過的那個大同的裁縫嗎？」

她搖搖頭。

和尚完全摸不著頭腦。喜鳳雖然和善，但她絕不會讓自己被逼著做任何事。沒多少被綁架的女子膽敢面對一窩山賊還策謀一個脫逃計劃。更何況她以前也曾因合不來而回絕許多婚事。那為何這次不同？僅因其為家中故友？喜鳳目光落在本欲携逃的包袱上，它的內容物不久前才被亂抖在地上。

「當他跟我在一起時，他假裝很貼心，但我曾經看過他另外的一面。我覺得我們簡直像來自兩個不同的世界。我無法跟這種男人終身廝守。」她說道。

「妳所謂『他的另外一面』是什麼意思？」止聾問。喜鳳沈默不語。止聾合住她那雙即使在現在暖春時節仍變得冰涼的手。

「先別擔心那個了。妳不是以前也回絕了其他的男人嗎？為何不就告訴他，妳不願嫁給他？」他問道。

「我不能拒絕。這一次不行。」

聽起來像是她正在壓抑自己。

「止聾，我欠他一命。」

和尚覺得不知如何是好。

「不只我，我們全家人都欠他的大恩。許多年前，這個人救我們免於被一夥馬賊殺害。當時我只是一個孩童……我們一家探訪我們住在*腹裡* [32] 的祖父母後回程，我發了高燒。我們正要趕到最近的城鎮時遇到馬賊，是他出手救了我們。自那以後，他與我的父母便一直保持連絡。」

「不久以前，他碰巧到我們家，直言欲納我為妻，就這麼直接。我父母知道我不愛他，我對他並非男女之間的情愛，但我們不能拒絕他，因我們欠他我們的命。」

「觀音菩薩啊，這真難辦呢。」止聾說。

「他強迫我父親承認，多年前的救命之恩就是娶我的聘禮。但我父親找了一個藉口，說他希望我能先得著一些工作經驗。那幾乎是一年半以前的事了。我本打算在鄭州賣水果為生，過著簡單的生活，然而……那個人得知風聲，便指責我父親想把我移開。他說了些狠話。止聾，我家不敢違逆他

---

[32] 腹裡：大都（汴京）附近地區，由忽必烈的中央祕書處管轄。

太多，我們知道他會不擇手段。他要我時刻不離他左右，確信我不離開他的視線，直到我們結婚。他與我父親商量，把我換到伊川，靠近少林寺。但自從皇帝到少林寺後，他開始急了，要我立刻與他搬到山東成婚。」她抹著她的臉，搖搖頭。

「我一直感激他救了我們全家，然而我對他無情愛之誠，如同對度宗一般。他強迫我趕在寺院計劃搬我到陝西前，先搬到山東去。我不知該怎麼回他。」喜鳳說。止聾覺得自己處於一個三角的拉鋸戰中，自己在一端，另一端是皇帝，最後那端由這個神祕的男人掌控。

「但是小鳳，妳可以選擇。即使他救了妳的命，你還是不必嫁給他。」止聾說，重複幾小時前凱先生的話。顯然喜鳳正經歷相似的時空，境況竟跟他自己的雷同。

「他心意已定。他是不會放手的，這點我可以確信。」她一本正經地說。止聾搓著下巴——除非是真的，不然她不會說這樣的事——而且她可能跟他一樣，不擅長說謊。

「小鳳，他知道我嗎？」

「他每週來一次。他知道的，止聾。沒事能瞞得過他。而且最近他對你的憎恨與日俱增。」她停下來，慢慢地呼吸。止聾擔心地望著她。

「他有傷害妳嗎？」

喜鳳打了一個寒顫。

「你到之前他才剛走。當他發現我打算不辭而別時，便大發雷霆。我等著你來事先商量，但最近你像是消失了。我甚至還送了快信到少林寺去。」

「喲，小鳳，對不起。」止聾不安地望著她，知道羅大師父或方丈一定會銷毀任何這種信。當她述說時，喜鳳的眼睛仍透露出恐懼。意識到她可能曾遭受暴力對待，讓止聾再一次覺得自己未善盡保護之責。

「止聾，我本想跟你離開這兒，但我沒辦法脫離他的掌控，而且我也不願把你捲進來。」

和尚把她的手握到自己胸前。

「現在你的煩惱就是我的！」他說，「做為一個佛教徒，如果我試著跟他說理而不大打出手可能嗎？」喜鳳搖搖頭，止聾還不知道他的對手是誰。

「他沒有那種胸襟，止聾。他從沒讓任何人改變他的心意，而且他是一個非常非常危險的人物。」喜鳳說。和尚簡直不能想像，對一個資深武僧來說，有什麼事情算得上是嚴重的威脅？

「小鳳，那他到底是誰？他一定武藝高超才能由一幫馬賊手中救出你及你們全家。」

女子猶豫了一下才作答。

「他以前當過軍人，曾經參與宋元戰役。」

止聾點著頭，望著喜鳳屋內一片混亂。

喜鳳一陣鼻酸。

「我今晚本打算逃到另外一個省份，但我還來不及動身就被他發現了。」她垂著頭說，「我已經把小花賣給附近的農家，傢俱也大半送了人。現在他知道了，他對我的監視一定會比以前更嚴。」

「小鳳……」和尚說。他的腳碰到了一個小木頭盒子。

喜鳳尚來不及行動，止聾已經把它撿起來，並打開了蓋子。

「這個是他救我的那天，他英勇的紀念品。」她說道。

和尚震驚得動彈不得。

一條串珠手環！

「這……這是佛教徒載的手環！」他幾乎連話都說不出來。女子閉上她的眼睛。

「止聾……」

「他是一個佛教徒？我們寺裡的？」止聾難以置信地問。喜鳳沒有作答。和尚抓起他的袋子就朝門口走去。

「你要去哪兒？」

「如果他真是我們寺裡的人，那他還真的深藏不露。在事情鬧得不可收拾前，我最好跟他講講理。我知道這附近的路……如果幾分鐘前他在這兒，那他還沒能走遠。對了，在我來時路上，我不記得碰見任何人。他一定還在這附近，可能躲起來了。」

「止聾別去！」喜鳳說，把他拉回來。

「小鳳，如果我明天再去找他就來不及了。他可大喇喇地走動，完全沒破綻他曾來過這兒。我愈早找到這個人談談愈好。此外，如果他真是我們寺裡的和尚，在寺外談這種事情還比較容易。」止聾解釋，一邊納悶他究竟是誰。但喜鳳死扒著他不放。

「我不想讓你受到傷害。」她說，「如果你知道他的身份，他可能會殺死你！」她哭喊起來，但止聾已經開了門，走出去，步入屋外的夜。

一股寒風襲來。

微風已不再溫和可喜，它變得刺骨又冷冽，像突然吹起的冷鋒。一個全程都在竊聽的人或什麼東西，由附近的草叢冒出來。這個陰影靜靜地毫不遮掩地站在這一對情侶面前，浮在那兒像一個鬼魅似的。這個影子站在夜的黑幕當中，止聾雖瞇著眼還是看不清楚。喜鳳，當然知道他究竟何人。這個影子像是向喜鳳伸出了一隻手。

她搖著頭，全身顫抖，而影子也慢慢地把他的手縮回來。止聾與喜鳳同時往後退，正因如此，由喜鳳房子射出來的一線光，分了一層照到這位神祕竊聽者的部份面容。

在一張蓄著髯、佈著傷疤的臉上，兩隻眼睛深深地箝在一對醒目的眉毛下。這是一張無論在何處，止聾均能即刻辨認的臉龐。一個身姿筆直，氣度凜然的男人，配得上這張熟悉的虎臉，他的僧袍在他那強有力、雄赳赳的胸膛上飄擺。

羅大師父。

兩個男人瞪著對方。當止聾伸出一隻手擋在喜鳳身前時，這個年紀大一點的人怒火中燒卻不出聲；年輕的和尚全身繃緊，感覺到大師父的殺氣正朝他鋪天蓋地而來。羅湖就這樣憤怒地瞪著他片刻。

最後，如鋼鐵般堅定的老大師轉身就走。他踏著大步、無聲無息地消失在黑夜中。

第26章

苦澀的牢籠

君寶擺出防守架式，一待他的過招伙伴撲上來便出手。一雙令人目不暇接的快手拂在攻上來的對手身上，砰砰作響。兩人僧袍翻飛，猶如戰場上交鋒的猛鷹。君寶逮到了對方的手，猛然一扭，如同扭濕毛巾般，並施以一道痛苦不堪的胳臂鎖，對手痛得眉頭直皺。在樹蔭下觀望的羅大師父哼了一聲。

「現在你們看到少林寺擒拿（關節鎖）真正的厲害了吧。君寶只要用最少的力，就可以把辜希傷成殘廢。」大師父一邊講解，一邊走上來捏了捏被打敗了的和尚的手。辜希痛得喊起來。

羅湖出手就是一拳，力量大得讓這個可憐的和尚砰地一聲撞到牆上。

「你是一個少林人。」他說，「別喊痛！」沒人敢回嘴。辜希喃喃地道歉，退下去。

「把敵人的一隻手臂打斷，他便只剩一半的實力。你們必須痛下猛手，要不然人家看你就是不費吹灰之力的獵物。」羅湖繼續說，像一名找碴兒的官員，在一群資深武僧間走動。和尚們忙不迭地點頭。

「做為一名佛教徒，我們被教導寧可傷人不可殺人，但有例外。你的敵人必須知道把你逼到走投無路的下場。」

弟子們靜靜聽訓。羅湖繼續說。

「盜賊好比是狼。單獨時膽小怯懦，唯有依靠群體之力方顯其威脅。反觀獨行的虎，牠不必找任何靠山，獨自獵食於森林之中，其威名遠播，讓所有生靈皆心生畏懼。你們寧可自己是什麼？是群居而安的狼？抑或是獨行而威的虎？」他轉身面向弟子。

「在任一個狼群中，總有一隻狡詐的狼，認為自己足堪盜取老虎的捕獲。這種狼往往鬼鬼祟祟，牠多半會找一隻強壯的同胞保護牠。」

羅湖停下來，瞪著站在君寶旁邊的止聾，然後才繼續講課。

「面對這樣的侮辱，老虎絕不會手下留情。」

止聾裝得若無其事。對在場的人看來，師父與弟子不過在上早上的武術課，無事不可對人言。直到現在，昨晚在喜鳳木屋外發生的事看似仍是個祕密，除了止聾及一位特別的師兄外，多數和尚仍一無所知。

「羅湖？羅大師父？我沒法相信吶。」

止聾坐在他的床沿，垂著肩膀，雙肘抵著膝，對面是君寶。當然啦，這個年長一點的和尚很難接受他師弟剛剛告訴他的消息。

「你是說羅湖一直在追求喜鳳，還打算趕在度宗之前將她帶走？我們的羅大師父永遠不會做這等事。幹嘛呢？他不僅是未來方丈的繼承人，亦是眾師父中自律最嚴的一位。這種說法難以令人信服。羅湖為何會捨棄一切榮耀與地位？」年長的和尚說道。止聾滿臉倦容。

「他愛她，師兄。也許跟我一樣愛，但他不露聲色。喜鳳說，自從她搬到這兒，他就常去她的木屋。羅湖本來打算把她帶到山東定居，但既然現在我知道他與喜鳳的關係，我想他會暫緩一下以示清白。我不知道他下一步會怎麼做。」他說。

君寶做了一個難以置信的手勢。

「事情發生多久了？」

「當羅湖還是一個年輕和尚時，他們就認識了。」止聾答，「喜鳳說羅湖曾由馬賊手中救過她們一家，就如同我們旅行時，我們也救過無辜的百姓。」止聾說道。

「這件事情太棘手了。我們必須告訴別人。」君寶說，「讓我們告訴方丈，止聾師弟！羅湖可能被降級的。」

「這又有何用？師兄。羅湖早有逃亡之計，且掌控著那些銅人殺手。再者，誰會相信我的話？誰又見過他與喜鳳同行？而我與喜鳳的相處，卻人人皆知。」

「我不管，我們得告訴其他人。止聾師弟，如果我們不提出警告，方丈及諸位師父如何能警覺他的動向？若無人監視，羅湖定會趁隙帶走喜鳳。我們至少應將德敬師父納入此事，他肯定站在我們這邊。」

止聾抬起頭。

「羅湖是寺裡層級最高的師父，方丈對他極為倚重。可是還有另一個法子，君寶師兄，便是我親自挑戰寺中的格鬥試煉，與銅人一戰，以此贏得我的自由。」他說。君寶嚇得跳起來。

「喂，欸，止聾！去與那些銅人殺手硬碰硬太不聰明啦，不管是不是試煉。而且你知道，方丈無論如何是不會讓你走……」

「方丈說只要我能通過格鬥試煉的關，我就可以走。更何況與喜鳳相守，也是我的希望。」止聾說。

君寶頓了一下。

「師弟，聽我說，那不包括去送死……」

「如果我不採取行動，天知道羅湖會逼著喜鳳跟他到哪兒？」

「止聾，聽好！那些格鬥根本不是試煉，它們是屠殺！而且他們還有十八個人吶！」君寶說，「欸，我不想看你進入那些屠宰場只因為喜鳳跟羅湖在一起令你沮喪。你不高興、她不開心，我也不樂見，但犯不著為此喪命。還有其他的方法啊。如果你將此事稟告方丈或德敬師父，一旦他們聽聞你所述說，他們必會制止羅湖再進一步接近她。」

「可我沒證據。德敬可能會相信我，但他在少林寺沒什麼勢力。即便方丈也相信我，他可能在其他和尚把喜鳳送往陝西的同時，將我與羅湖禁錮於寺院裡。但羅湖不是那種輕言放棄的人……他定會想方設法脫逃並將喜鳳帶走。若我先他一步現在與喜鳳一起逃離，他那些銅人走狗終將追捕喜鳳與我至死。最終，我還是得面對他們所有的人。」

「再好好想想吧，師弟。如果真是如此，一定有別的法子不須與羅湖直接對抗，或背棄少林寺而步入密室送命。」君寶勸他，但止聾看似已鄭重地下了決定。

「我想不出別的法子了。喜鳳對羅湖毫無情愫。她不應跟一個她不愛的人一塊兒，而且她對皇帝確實也不想望。如果我宣佈迎戰格鬥試煉，它將一勞永逸地解決所有難題，而它也將讓羅湖不敢輕舉妄動。銅人的問題可以一次解決……我不必擔心他們一輩子跟蹤我。此外，如果我宣佈接受試煉以離開少林寺，少林寺定將處於戒備狀態。師兄，你想想看，少林寺無可詬病的名聲將不攻自破，因為人們將不再質疑格鬥試煉的存在。師父們將更有戒心，每個人都會開始猜疑其他的人是否為銅人。在這種氛圍下，羅湖是很難把喜鳳綁走的。」

君寶不反對這一點。眾所皆知虎眼的大師父是一個為所欲為卻又要大家尊敬他的人，非常像度宗，雖然這兩人以不同的方式達到相同的效果。唯一讓羅湖不那麼膽大包天、以較和緩方式行事的，就是他還顧及他在寺裡大師父的形象。

真是如此嗎？此期間，他在嚴厲的外表下，一直隱瞞著他與喜鳳的關係，讓止聾與君寶不禁懷疑，他對少林寺的忠誠到底有多深。

「而我還以為度宗皇帝是我們最大的麻煩。如來佛在上，我不願你去跟羅湖作對。止聾，你是我的兄弟，我有試著去了解你做的每一個決定，但是這一次？」君寶說著，望向窗外。一名在外面的資深武僧注意到君寶的眼光，對他招招手。

「唉呀。」君寶呻吟著，「我們今早該上擒拿課。羅湖老是利用這個機會修理我們。」他把兩隻手放在止聾的肩膀上，對要去上大師父的課有點兒不安，「我們等會兒再談吧。讓我們挨近點兒，因為我對這整樁事感覺不妙吶。」

止聾微笑起來，給了君寶一個要他放輕鬆的肘頂。

「君寶師兄，從我們孩童起，你就一直護著我。我不要再麻煩你了。我可以自己處理。我已經做了決定；從現在起，我不再逃避。阿彌陀佛。」

「止聾！」

被點名的和尚啪地全神貫注，向羅大師父躬身行禮。

「阿彌陀佛。」

「你來打一場*散打*[33]。我當你的對手。」羅湖指著說，「準備擂臺。」

聽到指令，一些和尚拿起掃帚打掃一個簡陋的平台後，和尚們就圍著台子邊邊坐下。羅湖把雙手拍些粉，用麻布條裹手；止聾也做相同的準備。經過短暫的伸展，雙方跨上擂臺。君寶緊張地盯著。虎臉大師父冷冷地瞪著止聾。

「誰先滑下擂台一腳就算輸。你明白嗎？」羅湖厲聲說。

「是，羅大師父。」

兩名和尚面對面，一手張開壓著另一個握拳的手，行了一個傳統的少林拳法禮。另一名資深武僧走上前來當裁判，並指示開打。

「開始！」他說，比個手勢。止聾立刻擺出羅漢拳姿勢並注視仍站在那兒雙手垂在兩側的大師父。年輕和尚往一旁跳開，但羅湖動也不動。大師瞇起他的虎眼，怒容滿面，手指一屈一伸，手腕上的筋像蛇一般。羅湖走上前來，像一隻食肉動物，悄悄地挨近這名年輕弟子。

止聾向後縱去，把距離拉長，如此做的同時，他繃緊了他往前伸的胳臂，知道大師父任何時候都可能突襲。止聾向旁邊移；羅湖一拍也不慢地緊跟著挪。年輕的和尚突然感覺他的後腳半踏了空，便知道他現在正站在擂臺邊，而且正瞪著虎眼師父的臉。

老師父衝上前，頂出膝蓋卻重重地落腳在止聾前腳後方，把擂臺震得像一片顫抖的樹葉。止聾沒料到這虛晃的一招，發現自己的防守完全落空，正中了虎臉師父的下懷。羅湖的胳臂鎖上止聾手肘，年輕和尚的腳又被大師父的小腿絆著。老師父輕而易舉地把這個和尚拋到一邊。止聾被摔倒在擂臺上，但立刻跳起來，擺出防守姿勢，挪近至擂臺中央。

君寶咬著牙，目不轉睛。

羅湖換個姿勢，直衝進來，一拳沉重如山，狠狠向止聾的腹部轟去，被止聾格擋，但老人對準頭部的側踢接踵而至。止聾的頭猛然向後甩，並感覺自己的身子正飛到擂臺外，撞入一群和尚中。

「止聾！」

---

[33] 散打：輕拳對打，請別與現今同名之踢框博擊混為一談。

「別管他！我們還沒打完。」羅湖憤聲說。

止聾站起來，又爬回擂臺，面頰一片青。裁判舉手再一回合，打鬥繼續。這一次，羅湖採近身混打，止聾愈來愈難躲避。羅湖瞄準他下盤的迴旋踢雖然被擋開，但止聾也不免被震到一旁。*大師父的拳虎虎生風*，止聾不禁咋舌，這次擋住了往他肋骨擊來的一拳。老人纏住止聾上臂，移步，把年輕和尚往前拖。當羅湖的手肘撞上了他的鼻樑時，止聾感覺一聲悶響，喀！接著臉上又挨了一記背拳，嚇呆了的弟子被打得站不住腳像球一般滾出去。

止聾摔在地上又站起來，這次比上一次慢得多。其他和尚倒吸著氣。

「師弟！」君寶喊。止聾採守勢，偶而搖晃一下，鼻孔及眉頭不停地滴血。他飛快地把它抹掉，盯著撲上來的大師父，以掌撥開踢來的腿，又躲過一拳，然後看到一個破口。

止聾出拳，正中羅湖嘴角。

看到自己嘴角流出血來，大師父眼露兇光，欺身上前，拳打腳踢齊下；力道之猛，讓止聾的雙臂都受了傷。羅湖一記上勾拳正中止聾下顎，又撲上來，抓住弟子滴了血的袍子前襟，把受傷的和尚往前拽。羅湖對著止聾的臉加了一記鐵頭功，並把他摔到地上，又去扭他的手。止聾感覺他的手臂正慢慢地在脫臼，痛得呻吟。

羅湖靠近止聾低語。

「如果你敢帶她逃跑，我們會找到你們兩人。不把你這個孬種的屍骨丟到亂葬崗，我的十八銅人是不會善罷干休的。」

「你別想碰喜鳳！」鮮血淋漓的止聾恨恨地說。大師父挺起身，抓著年輕和尚的頭往擂臺地上砸，讓眾僧緊張得喘更多氣。

君寶又害怕又氣急敗壞卻只能袖手旁觀。

「如果你真比我還珍惜她，就讓我看看你的膽識。有種就去挑戰密室而別躲在你師兄身後。你根本沒膽子證明給我及寺裡看嘛。你就是一個心志不堅優柔寡斷的狗腿子。」他憤聲說，再次把止聾的頭往地上砸。

「她根本不愛你，羅大師父。」止聾口齒不清地回答。

被激怒的羅湖鬆開抓住止聾的手，對準地上和尚的臉，往正中間捶下去。鮮血滴到地上。看到師弟被傷得更慘，君寶幾乎按捺不住，而其他和尚也納悶，到底止聾與羅湖在咕噥什麼。

「別把我當傻瓜，她只是還沒看到你們這等人的歹毒。讓我們公平點吧！去挑戰格鬥。如果你活著出來，那就是天意。我當允許你離開寺院並帶著她走。而且我保證，絕對不派銅人追捕你們。」

止聾沒作聲。

「選擇權在你。讓我看看你並非是個花言巧語、意志薄弱的人。你敢嗎？孬種。」羅湖在止聾胳膊上加力、加壓，而年輕和尚掙扎著想掙脫。

突然，疼痛瞬間消失，他的胳臂啪嗒地落到地上。止聾發覺自己身旁都是和尚。一半和尚把他與羅湖隔開，另一半和尚站在旁邊，震驚得無法反應。一個聲音如轟雷般蓋過他們。

「你敢踢我？」羅湖怒吼著。衝上擂臺的和尚們站開，露出那個罪魁禍首。

「而你也膽敢把我的兄弟往死裡打？你這個殺人犯。」那個好不容易鼓足勇氣、終於與虐待成性的師父直球對決的君寶也吼回來。羅湖死勁一掙，把抓住他的弟子們拋到練習場最遠的角落。

「以下犯上，君寶！我是你的大師父！」羅湖厲聲喊，一隻憤怒的拳頭，就往君寶直打來。多雙眼睛眼睜睜地看著少林寺的神童結結實實受了這一擊，在地上滑行，撞到牆上。

「君寶師兄！住手！」止聾邊擦著鼻子淌下的血邊喊。但君寶瞬間爆發，直衝回戰場，一招威力十足的飛腿，讓羅湖忙不迭地招架，可它的力道仍令老人踉踉蹌蹌。君寶接著擺出他自創的新招，羅湖也站穩腳步，選擇自由搏擊的站位，準備把阻礙他的人撕成碎片。

「現在就停手！」止聾擋在兩人中間喊。

「羅大師父！羅大師父！」

聲音來自一個見習武僧。他由小徑跑來，一邊揮手。

「原來您在這兒，阿彌陀佛。請到方丈室來，福裕方丈昏過去了！」小和尚說道。羅湖丟給止聾與君寶一個惡狠狠的眼光。這筆帳以後再算。

「帶我去他那兒。」大師父對小和尚點點頭，說道。

●——————●

堯苓師父，是一位上了年紀的老和尚，也是少林寺最頂尖的大夫。他在德敬師父及一大半寺裡和尚們的關注下，邊把著方丈的脈邊搖頭。

「他的高燒把他燒得糊裡糊塗。我的藥汁還是第一次沒效。恐怕我們得把他送到設備較好的醫館去。」

「我已經發出快報去附近城市。出診大夫本來就缺，而且各大醫館均人滿為患。」德敬師父說，「即使有醫館肯收，我們也付不出多於一天的住院費。你真的什麼都試過了嗎？堯苓師父。」

「是啊。我甚至還配了一劑新藥，但也沒法緩解福裕的病情。他的情況毫無進展，一粒米都嚥不下，除了流質之外，可太不尋常了。」

「什麼時候開始病的？」另一位師父問道。

「兩天前的黃昏。他抱怨想吐又微微發冷，但很快就回復了。倒是昨天他突然病倒，讓大家大吃一驚。雖然他的體能讓年齡小他一半的人也自嘆不如，但平心而論，我們睿智的方丈已不再年輕。而且在此之前，他的脈象一向沒問題。」堯苓不解地答道。棉被下的人動了一下，福裕方丈抖著嘴，吐出一連串聽不清楚的嘰哩咕嚕。

「福裕方丈，你聽得到我嗎？」德敬望著福裕皺巴巴沒有彈性的臉，問道。此時房門被打開了。

「小心著了！記得，他是忽必烈的摯友。」羅大師父提醒著，率領一小群元兵進入方丈的起居室。兵士們打開一個木製擔架，把福裕放上去，再給他舒服地蓋上一床毛毯。一名漢裔元朝大夫向和尚們致意，並打開一面捲軸。

「大汗，與方丈私交甚篤，向爾等表達他的關切之情。為鞏固元朝與佛門之緣，亦為助一位老友於難，我們偉大的統治者忽必烈汗已有旨意，安排福裕方丈往元朝大都之太醫院接受治療，一切費用由大汗承擔。此令。」宣畢，元朝軍兵行禮，並把神志不清的方丈抬到主步道，上了一輛豪華馬車，且有騎兵護衛。

「大概多久方丈才能回來？」德敬與他們一起走，大聲問道。

「我們不清楚。等他病癒，大汗會送他回來的。」一名軍士答道。和尚們躬身，目送馬車離去。這也不是頭一遭了；方丈也常遠行，春末時節也常感冒，但不知怎的，德敬就是覺得不安。倒不是他不相信忽必烈的殷勤好客，而是這意味著福裕將離開少林寺一段長時間。除了大都路遙外，忽必烈也喜歡福裕的陪伴，故往往把這位和尚一留數週。事實上，上次方丈去拜訪忽必烈，夯不啷鐺就花了三個月時間。

羅大師父對和尚們說：

「因著我們敬愛的方丈的離去，寺裡的責任便落在本人身上。少頃，我將宣佈我們陝西之行任務的細節。通知你們所有的同伴，半個時辰內在大雄殿前集合，不得有誤。解散！」和尚們躬身領命，走回少林寺，只有一個人還護理著上午課的傷。面孔掛彩又微腫，止聾走在少林寺主步道上，一邊往傷口抹油膏。有什麼繞上他的肩膀，把他扯近。

「君寶師兄？」

「噓。事情好像不太對勁。」君寶把手圈在止聾的耳邊說，「羅大師父現在管事，我敢說，他起碼得管兩個月。師弟，我們沒機會告訴方丈羅湖和喜鳳的關係了。」

「是啊。」止聾悄聲答。君寶注意到附近的和尚便退後一步，以示光明磊落。

「唷，看看。青紫得漂亮。你現在該怎麼追求你那惹人迷的女友？」

兩名和尚轉過頭去，是迺誠在說話。

「我都知道了，止聾。」他說，「大家都說大師父對你有成見。我和其他人一樣，是站在他那邊的。此其間，讓他的拳頭多搥搥你的臉，會讓你看起來更帥。」他說。止聾回答得有分寸又不失冷靜：

「你儘管討厭我吧，但我完全沒輕視你的意思。願你的靈魂趕快找到平安，迺誠。阿彌陀佛。」

迺誠輕輕皺了一下眉就走開了。可君寶氣得瞪眼。

「就我來說，我可等不及聽到更多『逃跑的侍妾』的八卦。」另一個由他們身邊小跑過的和尚丟下了一句，「迢迢遠行到陝西，一定好玩透了。」

「嘢！」附近一個小和尚說，「快放假了。」

「逃跑的侍妾」當然是和尚們對即將到來搬遷喜鳳以逃離度宗魔掌任務的戲稱。當和尚們興高采烈地期待遠行時，止聾假裝若無其事。原本羅湖計劃今天就要把喜鳳帶去山東，但現在已經日暮，而且方丈突然不刻視事，羅湖有公務要忙。但不久，止聾就會知道大師父下一步的計算是什麼。

大雄與天王殿間的廣場，很快便擠滿了期待聽到方丈的好消息及接下來陝西之行的和尚。羅大師父與一批師父們穿過眾僧，踏上一排可移動式的臨時台階後，面對和尚們站定。

一片噓聲，大家遂安靜下來。

「阿彌陀佛，鑒於我們敬愛的方丈的情況，現在寺裡的職責便由本人暫代。因此本人將暫停授課直到方丈返回。寺院中所有事務須經由本人核准方可執行。」羅湖宣佈並轉向師父們，「高師父，請再排一份其他師父的輪值表。」

高師父躬身答，「是，羅大師父。」

「還有問題嗎？」羅湖問，沒人敢答腔，「好，我現在宣佈遷移趙姑娘到陝西的時間表。這兒有些改變。」

止聾不禁皺起了眉頭。

他們身後的山門被打開了，暫時中斷了集會的進行。護法辛鼎騎著一匹少林寺的馬走上前來，喜鳳坐在他身後，看起來神情恍惚。

「趙姑娘，很高興妳能來。我們這就要來討論我們的計劃。」羅湖說道，指示她站在一旁。他轉向眾僧繼續宣佈。

「那些被選為護送的和尚，現在將與整修房子的人一起，去修她陝西的新家。增加的人手，將大大縮短整修所需的時間。」虎臉大師惡狠狠地盯著止聾，「而護送的任務就由本人全程負責。」他向喜鳳躬身致意，並指示她到前面說幾句話。

「我對少林寺的鼎力相助不勝感激。阿彌陀佛。」她也躬身致謝，說道。

「呵，我們不計麻煩地去幫她，聽起來她倒不見得領情。」一名和尚小聲地嘀咕，他的許多同儕亦有同感。止聾在眾人後面，盯著喜鳳看，但她像是對他視而不見。她像一夜間就添了歲數，雙眼疲憊、紅腫。即使自己也受傷包著繃帶，止聾仍能感覺到她的痛。

「這個計劃將於六天後啟動。整修團隊將於那一天出發。趙姑娘與我要晚兩天動身，而且她需要多點兒時間趕她的騾子。讓我們晚幾天，在陝西省那個小鎮的城門口會合。阿彌陀佛。」他說，表示報告完畢。和尚們準備離開，去上中午的打坐課，大家想到旅遊都興沖沖地。

只有止聾動也不動——他知道羅湖一派謊言而其實是正計劃將喜鳳挾持走。風中樹梢瑟瑟的輕響變得模糊，止聾也不再能感覺到他同儕三三兩兩

的擦身而過。他的手緩緩升至脖頸，觸及那串代表他二十年信仰的佛珠項鍊；他在心中默默祈求寬恕，並輕輕取下了它。

帶著極大的痛苦，他讓項鍊由他手指滑過，掉到地上。

「等一下！」

羅大師父知道這是哪一個和尚的聲音，那個人正由那些要離去的和尚中間站出來。老大師的眼睛瞇成一條縫。

「你有什麼話要說？止聾。」他沒好氣地問。止聾大步走向前。

「請收回成命。」

「什麼？」羅湖冷冷地說。輔導處的一位師父開口了。

「止聾，這是為你好，也是為她好。哎喲，我們以為你已經想通了。你怎能違逆方丈的最後通牒？」

「即使我們不把她搬走，皇帝也一定會來找她。認命吧，止聾，向前看。」又一位師父也插嘴勸道。

止聾向他們致意。

「陸師父、謝師父，」他說，比著手勢，「及我所有的同儕。我向你們保證，我並非輕乎方丈的教誨，我也沒忘記度宗的意圖。我知道我已失去了大家對我的信任，而我下一步要做的只會令大家更加失望。對那一點，我將繼續求你們的原諒。」

君寶抓著止聾的手臂，但這個小他一點的和尚向他點頭表示沒事，然後比方才更勇敢地面對羅湖。

「喜鳳對您及其他和尚的幫助一向萬分感激，我也如此。」他跪下來，「但我不能再否認我的心。羅大師父，如果她願意，我想跟她廝守終身。」他這番告白，讓喜鳳的臉因愛情而發光。她飛跑下台階，投入止聾的懷抱。羅湖冷冷地瞪著這一對擁抱的情侶。內心深處，虎臉大師父在嫉妒與報復中煎熬。喜鳳轉身面對站著羅湖與其他師父們的平台，無限抱歉地跪下來。

「我非常感謝少林寺和尚們對我所有的幫助，但我必須道歉，我……想跟止聾一塊兒。」

止聾握著她的手，他們兩人一起謙恭地磕頭。

「羅大師父，我想離開少林寺。」止聾說道。眾僧不贊成地嚷起來。

「你怎能這樣？沒看到我們對你做了那麼多？」一名和尚喊道。

「你變了！止聾！」另一個也罵。一下子整個寺院以憤恨來回應，一個又一個指控，都朝著止聾來。

「你怎能如此自私？」

「方丈會怎麼說？」

「背叛者！」

「你利用了少林，直到你找到一個女人就打算一走了之？你好大的膽子！」

「你是一名資深武僧，別讓少林寺丟臉吶！」

和尚們對止聾的攻擊並不止於此。他們暴跳如雷，一方面他們認為止聾背叛了他們，另一方面他們的陝西之行亦將泡湯。止聾突然覺得有什麼彈到他頭上。不旋踵，他與喜鳳就被小石頭、樹枝轟炸，甚至還包括一隻鞋。雖然他向寺裡表明了心跡，心頭如釋重負，但這個和尚還是希望如此接二連三的轟擊能停止。他儘可能地去掩護住喜鳳與他自己。君寶看著整個寺院，以前彼此都是兄弟，現在變臉成了暴徒，卻無法介入。

「大家住手！」德敬師父喊，卻被怒不可遏的羅湖粗暴地推到旁邊。大師父的眼睛悶著一團火，望了止聾一眼，作勢要大家安靜，一邊走到這對情侶面前。

「你這個毫無廉恥的小偷。」大師父罵道，彎下身子給了止聾一耳光。和尚逆來順受，爬起來，又毫不猶豫地俯伏在地。

「你背叛了佛陀的智慧。你會得到報應的！」羅湖吼著，一把抓住止聾的衣領。

德敬又上前調停，抓著羅湖的手肘。

「羅大師父，你忘了聖雷師父的教導嗎？你的悲天憫人哪兒去了？止聾和尚已經跪在地上、在求我們吶！」

「悲天憫人不包括和尚，德敬。」羅湖冷笑，「你的愛徒就是要用來搖尾乞憐的。現在寺院由我主持，不是你。放開手！不然你就是在挑戰我的權威。」他甩開德敬的手，指著止聾。

「好，你做了決定，孬種。你知道，我們是不會這樣白白讓你走的。」

「我瞭解，我將尊照寺裡必要的程序。」止聾說，他清楚知道，這樣做，他及喜鳳方能免於一生被銅人追捕的厄運——即使這意味著他在試煉格鬥中可能喪了命。

羅湖走回平台。

「這個人。」他大聲指控著止聾，「這個人選擇挑戰我們嚴格的戒律以遂行自己的情慾。而這個女子選擇以迷惑他來辜負好意……我們的好意。我們不能讓一名資深武僧因此等事而還俗。所以我特此宣佈，讓我們進入格鬥試煉的程序！」和尚們都嚇呆了，他們大多數人對此僅略有所聞。

「羅大師父，你當真？」一名和尚問道。

「這是對於所有心懷憐憫之人的一個警鐘。」羅湖怒聲說，「少林寺可不是玩假的。我希望你們每一人都是全心全意的獻身，要不然，你們都會像他一樣。去拿他的行李！」一批少林護法轉身離去，不旋踵，便帶來被匆匆綁在一張毯子裡的止聾的私人物品。他們把包裹丟在止聾腳邊。

「從今天開始，你有三週時間可以準備。在這三週內，你隨時可以選擇提前進行格鬥。如果三週後你還沒決定，格鬥將立即進行。」羅湖宣佈。

「遵命，羅大師父。」

「如果你企圖逃跑，我會命人追捕你如同追捕一隻狗。而且為了確保你不再利用我們的教導，按照我們的傳統，你將被安置在五乳峰下的初祖庵。初祖庵及其周邊權做你僅有的練功場，並且你必須時刻受到我們護法的監視。」羅湖目露兇光，算是做了結論。言畢，和尚們讓出一條路，讓止聾與喜鳳像在眾人唾棄的情況下離開。

當他與護法們走過山門時，止聾不再仰望少林寺的旗幟，那是他以前一定會做的動作。

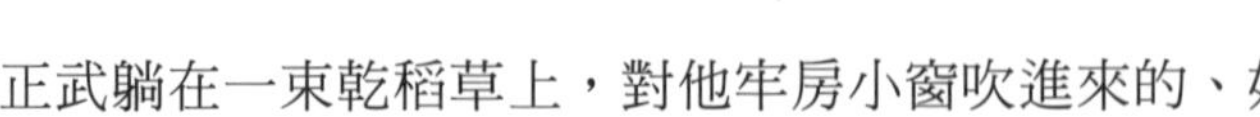

蔡正武躺在一束乾稻草上，對他牢房小窗吹進來的、如溫柔潮汐般的春風完全無感。這位南方的武術家對這個通風口可不領情，因為它讓各種嚙人的昆蟲通行無阻，而不出數日，這些昆蟲終不免迷失方向而死。牠們的屍體被牢房內各個樑上垂下來的骯髒蛛網黏在一起，猶如掛著的小紀念碑。儘管環境如此惡劣，蔡正武的健康情形尚可，而且在獄方發現就一名囚犯來說，他未免太過於循規蹈矩後，便沒刑求或找他麻煩他。這種暗殺元人卻沒受酷刑的例子，該算空前。走廊傳來鑰匙吭啷聲；蔡正武的眼睛啪地睜開。

「晚飯。」獄卒說。蔡正武由稻草堆上滑下來，搓掉臉上的垢。

「如果還是我吃了那麼多天的煮青草就免了吧。我還不如啃我新長的指甲呢。」他討好地說。

「如果我是你，我可不那麼做。」獄卒說，看一眼蔡正武的髒手，「好消息，今天的菜色換好了。你真有口福！吃得比我還好。」獄卒聞著食盤。

「你別笑話我了！」蔡正武說道。

「我倒希望我真在說笑。定讞的殺人犯是不常賜刑前飯的，更別說這餐飯配得上一位王子。」獄卒把蒸籠的蓋子揭開放到旁邊，牢房立刻充滿讓蔡正武饞涎欲滴的香味。一道熱騰騰的薑汁蒸魚尾、灑了芝麻的紅燒肉、蒜蓉青菜、烤孜然羊肉片及許多白米飯，油亮亮地誘惑人。這位武術家從沒見過一餐飯有那麼多不同的肉，份量又多。

「你先別問，沒，這兒沒下毒。」獄卒注意到蔡正武的疑惑，向他保證，「哎呀，常有人這樣問我。這麼說吧，那樣的死法也太便宜你了。邊界以北的每個蒙古人都巴不得看你死在刀下吶。」

蔡正武往後退步。

「你這樣說讓我怎還有胃口？你還不如繼續給我草吃直到地上寸草不留。我一刻也不信你們的蒙古老大會請我吃宴席，尤其想想我被誣陷的是什麼罪名。這全是一齣戲罷了。我可沒看你送這等食物給其他囚犯。」蔡正武說，指一下他旁邊陳排牢房的囚犯。他們全部靜悄悄地，一聲也不吭，除了他們胃腸的咕嚕嚕聲外。

「歐優袞例外。他是非常慷慨的。」獄卒解釋，把冒著熱氣的盤子推過一道特別的槽，「他嚴格卻公允。死刑犯在行刑前總該享受一下。幹嘛？難道你仍覺得在你用矛刺傷了一個蒙古人後還能全身而退？」

「我告訴過你，我是落入了別人的圈套！我對元朝沒敵意。我申明許多次了。我是被幾個戴面具的人襲……」

獄卒懶懶地點頭，搔頭摸耳的。

「欸，朋友，你跟我解釋沒一點兒用。如果我是你，我就想辦法說服歐優袞本人。好了，放輕鬆吃你的魚吧！我自己可三個季度沒嚐過一條魚吶。」

蔡正武把自己丟在一個黑暗角落，離獄卒遠遠的。

「在我的矛捅過那輛可惡馬車的那一刻，每一個蒙古人心中就定了我的罪。」他說，抱著手臂，「還有多久？等一下，不，我不想知道。」

「還有十一天。」

蔡正武的頭直抖。

「在他們把你的頭砍下前，你是沒可能離開這兒的。鎮上的人已經等著看好戲嘍。」獄卒說道。蔡正武罵著髒話並踢牢房的牆。

「都是那些混蛋和尚們！我確信，他們就躲在那些面具人後面。我怎麼那麼笨，居然他們說去哪兒我就去哪兒？」蔡正武邊抱怨邊踢。他轉回身來，抓住牢門柵欄，把頭拼命往獄卒靠。

「我求你去請元朝巡捕再去調查少林寺一次。真正觸法的人就在那兒，還有一堆知道內情的人……方丈、和尚們、或哪一位師父。這點我敢確定，因為有一位師父知道我的名諱，但我卻忘了他的。我相信他對那些戴面具之人的事情略知一二。拜託你！你們在讓真兇消遙法外卻刑責一位無辜的人。」

「據我最近的消息，少林寺福裕方丈與大汗關係尚佳。少林寺和尚不可能反元的。」獄卒說道。蔡正武搖搖頭。

「那麼羅大師父大概是幕後的主使者。就是他要我到離開少林寺的遠處見面。在那兒我被埋伏又中了圈套。」

獄卒聳聳肩，站起來，甩了一下脖子。

「如果你真的無辜，老天爺該會儘快伸出援手。」他說，由蔡正武牢房的柵欄塞進一個枕頭及一個裝了粘乎乎奇怪東西的貝殼，「拿著這些，是我給你的，可讓你撐個兩週。貝殼裡的是擦蚊子皰用的。我等下再來收盤子。」

獄卒沿著走廊走了。蔡正武把熱騰騰的盤子推開，雖然他最近都沒吃什麼，但他現在連一粒米也嚥不下。他抱著頭倒回稻草堆，聽到愈來愈多的吱吱響由附近的陰溝傳來。他把自己挪高一些，嫌惡地聽著那些聲音。

「嘿！伙伴！如果你不打算吃，幹嘛不把它們傳過來，給那些想吃的人？」一個聲音由隔壁牢房傳來。

●——————●

止聾一手拽著他的家當，一手牽著喜鳳，穿過河南的丘陵，朝少林寺西北方、五乳峰的山腳去。陪伴他們的是三名少林寺護法，其中一人是辛鼎和尚，他由他平日的碎嘴子，像是完全變了一個人；他不但不正眼瞧止聾，而且好像成了啞巴。雖然這種態度的丕變算得上是兩面人，但止聾不以為忤。幾百米外，五乳峰赫然在眼前，矗立在地平線上極為壯觀。它的前面是一小堆建築物，建在一片被夾在濃密的枝葉中間像似操場的平地上。一位少林寺護法要大夥止步，棍棒指著喜鳳。

「趙姑娘，我們不能讓妳待在初祖庵。這是一幢神聖的房子，多少年來，它是紀念我們的祖師菩提達摩和尚的。只有那些尋求庇護、練功及禪修的人才可以進去。求愛及情慾的行為是嚴格禁止的。」他說。喜鳳點點頭，往後退。

「止聾。」辛鼎和尚說，「從現在起，你就留在這兒。阿彌陀佛。趙姑娘，要知道，妳只能每三天見他一次，每次半個時辰，而且在我們的監視下。」

其他的和尚也點點頭，念著阿彌陀佛。止聾大感意外。

「監視？」

「我們不相信你們兩個人了。」辛鼎說，用下巴比比喜鳳，「妳該感謝老天爺，我們可一開始就沒禁止你們見面。」

止聾做了一個手勢，「辛鼎，我現在就可以保證，我是不會臨陣脫逃的。」

「你也逃不了。」另一名護法說，「我們就在這四周，日以繼夜地看著你。」

「怎麼樣，每三天半個時辰，還是根本不見？」辛鼎說，毫不退讓。雖然時間短，總比沒有好。止聾點頭妥協。

「我要把這位送回去。」站在喜鳳身邊剩下的一名護法說道。女子躬身行禮後，擁抱著止聾。

「小鳳，我真不敢相信我剛才做了什麼。請妳小心回家。」止聾說著，也抱回去。

「你是少林寺最棒的和尚，止聾。我就是那麼認為，這也是最重要的。」她說，親了他的面頰。止聾微微笑，那不是真的，但由她說出來倒無傷。一句正面的話，甚至在沮喪與失落時，都能發揮很大的作用。

第27章

徒弟是師父的寫照

和尚把包袱甩在肩膀上，小心地沿著初祖庵前那一條一個半世紀前北宋年間鋪的石板路往前走。初祖庵看似更像一間倉庫，而非佛寺的宗教核心，它包括兩個建築：一座山門與一間廳堂。止聾站在通往廳堂大門的台階前，觀察面前這個漆著紅漆四四方方、頂覆綠琉璃瓦的房子。護法作勢要他走進去，他們准他留一盞燈照明，另外又遞給他一小包餐食。

走上石頭台階，止聾聽到一陣輕微的唏嗦聲便回頭看，護法們已跑進樹林不見了，無疑地是朝向林中的暗堡去。和尚不禁想著，還真是諷刺吶，這些暗樁當初是為防人入侵或小偷而設的預警系統，想不到現在居然用來監視一位直到最近還是他們自己的人。

止聾合什躬身後，才推開門。他把燈籠往裡照，看是否屋內有乞丐或動物棲身。但除了若干無害的蜘蛛及一層薄灰外，大廳內倒沒其他房客。他把他的包裹放在屋子中央，用他的燈籠點燃靠近若干佛壇的一些蠟燭。好些了。大廳內部被照亮後，過去朝代題的詩與菩提達摩及那羅延天的雕像便出現在眼前。另外尚有一些桌子、祭壇、蒲團、棉被、一壺壺的水，還有一個架子上擺著毛筆、排鐘、頌經鐘及祭祀的盤子。初祖庵的大廳雖然比少林寺大多的廳堂都小，但它仍是一座藝術的殿堂，其內部刻的詩句一向為人稱道，而柱子上各式各樣的浮雕更令人嘆為觀止。這些浮雕包括精工細作的各種動物、蓮花、與佛教神祇。

當止聾點完最後一根蠟燭後，他打開護法給他的餐包，裡面有兩球醃菜、一碗冷糙米飯及一雙筷子。在他開始吃飯前，他走到屋子唯一一扇關著的窗戶，把窗扉向外推，想來點兒新鮮空氣。他一這麼做時，便注意到樹林邊稍遠處的樹叢中，起了一陣不像風吹引起的騷動。樹隙間頓時亮起了一堆閃爍的燈籠，像是黑暗中浮動的火點，同時「咚」地一聲響，嚇了他一跳，他趕緊蹲到窗框後，全身緊繃。

那是一隻箭，是由潛伏在這片空地外、更遠的樹林深處中的一名護法射出來的。它傳達的信息非常清楚：別想逃！止聾把箭由窗檻上拔出來，樹林中的諸多火光便一閃而滅，它又再次與黑暗渾然成一體。和尚把窗戶留著敞開，不免驚訝那隻箭來得準確又無聲，令他措手不及。他坐在一個褪色的蒲團上，打開他床單包成的包袱，無所作為，只是靜靜坐著，不知該如何準備即將到來的格鬥試煉。

幾個時辰後，在他擁擠的護法崗亭內，護法辛鼎躺在一小床被褥上打盹，身旁是一筒子箭與一把大弓。他的同伴、短脖子的和尚達治在他對面坐著，正由牆壁上若干個瞭望口往外輪流望，盯著初祖庵及他們周邊其他崗哨明滅的燈火。

辛鼎在這個又窄又硬的床上無法好眠，遂坐起來伸懶腰。他一個時辰前就放了班，但他還是沒法真的合眼。

「放輕鬆。」辛鼎說，注意到達治臉上愈來愈緊張的神情，「緊緊看著就好，但別過頭。你那麼緊張會把自己累死。」

達治只小小反應一下，然後又轉回去繼續守夜。

「最近幾個月來氣候特別奇怪。你還記得前不久降在少林寺的那場大霧嗎？如果它真發生在這兒，止聾一定轉眼就不見了。」

辛鼎喝了一口水，遞了個梅子給達治這個最近才被拔擢為護法的資深武僧。他們兩人由他們崗哨牆壁後各個瞭望口向外瞧。瞧著初祖庵，又瞧著天空。

「如果天候開始變，我確信我們來得及趕到木屋。」辛鼎打著呵欠說，又走回他的小床褥。

「我也這麼想。」達治說，坐在一張凳子上，聽著周圍樹林的瑟瑟聲。其實達治與辛鼎皆身心俱疲，讓他們即使想睡都睡不好。大多數的護法站崗最難的就是不打瞌睡，但奇怪的是，這兩個人卻沒法把自己由手邊的工作抽離，不管是不是該自己值班。他們太清楚，如果他們真的讓止聾溜走，他們將受到何種懲罰。

每個和尚理當害怕羅湖的懲罰，尤其現在福裕方丈又不在。

「辛鼎！」

辛鼎一下子由床褥跳起來。

「嗯？」

達治指著。

「那兒，我們旁邊第三個崗哨。」他說，「他們的燈剛剛熄了。」

「他們不過正在換個燈芯吧。」

「不對。」達治說，「我聽到了什麼。」

辛鼎把自己由一個洞口往外探出去，仔細觀察樹林中諸多燈籠亮出的光，每一個光就是一個少林寺崗哨。兩名護法等了好幾分鐘，看不出任何異狀，除了原先曾在那兒後來卻少了的那一盞光。

辛鼎暗忖，*可能他們沒好的燈芯了*，但達治突然打岔。

「辛鼎！快看！」

兩名護法看到另一崗哨的燈閃一下也熄了，緊接著遠處傳來兩聲碰撞聲。他們兩人互望一眼，驚訝地合不攏嘴。

「快！」辛鼎說，抓起他的箭袋，「我們得去幫助我們的戰友！」

「我們不能走啊，辛鼎！如果止聾打算現在開溜怎麼辦？」達治說，但辛鼎搖搖頭。

「達治，我們整晚盯著初祖庵，連個風吹草動都沒。他該還在那兒，何況還有其他崗哨幫我們盯著吶。」辛鼎說道。

他們兩人拿起武器便衝出門。

他們一出了門，一種毛絨絨的感覺便包覆住了他們的耳朵。一聲骨頭撞擊的喘，兩名少林寺護法的頭被猛地互撞了一下。

他們不省人事地疊在地上。

●——————●

止聾醒了。不是因著常規的晨鐘或禪鼓聲，而是一個讓他受不了、晃動著整個初祖庵大廳屋頂的咚咚聲。剛開始，他以為是少林寺的師父們正在以背撞牆練氣功，但止聾旋即記起來，自己已不在寺院的主院中。接下來每一個沉悶的聲響均相隔數尺，它輕輕地敲在屋頂上，甚至連瓦片也被震滑下來，在外面裂成碎塊。又是一聲悶響，由頂棚震下來，嚇得牆壁間的老鼠吱吱叫著驚慌逃命。止聾踢開他的毯子，往窗外瞄了一眼，但天色仍黑，離日出時辰尚早。他把自己退得抵到一面牆，注意到那個聲音雖愈來愈大卻不震耳欲聾，而且雖然它似乎沒有立即的危險，屋頂卻像隨時都會塌。*天吶，到底是什麼東西*，他想。他決定不管怎樣，他都得去瞧瞧。應該不會是銅人，要不他現在早死了，而且監視這個房子的少林寺護法也沒發出一根箭，所以這個大概沒啥危險。他打開窗子往屋頂上細細地瞧，但沒能看到什麼；看來他必須到外面去，繞著大殿走一圈。那可不是什麼好主意，因為他將不得不去到黑漆漆的外面。他往門口走去，手伸向門把，但他突然嚇得跳起來。

*呃，糟透了！我這麼棒的外衣被弄壞了！*一個聲音在他腦中說。

它聽起來非常單調，噼哩啪啦如同炎熱的日頭，但同時天真又睿智，口吻又帶點兒輕率。不像白老虎的低沈雄渾，這個聲音有點兒閃爍，是一種璀璨的調皮。他抓起附近的一根蠟燭臺當棍子，把門踢開。屋簷很深，所以拿著燭臺的和尚必須慢慢地往前走，並轉身去面對藏在那上面的不知什麼東西。和尚沿著木屋周邊走來走去，費力地往上瞧，注意力輪流放在他身後的樹林及屋頂。經過令人神經緊繃的一分鐘後，他把整棟小屋繞了一遍，但沒發現任何異狀。他正打算回屋裡去時，感覺到什麼滴到他的光頭上，它摸起來暖暖的又黏答答，有股兒麝香味。

止聾抬頭仰望，目睹屋瓦之上一大團無定形的陰影忽然舒展開來。那影子之大，幾可遮蔽星辰之光，其動作迅捷如煙霧飄散，一瞬間掠過和尚頭頂，隨即躍入小屋外的幽暗中。止聾眯著眼睛凝視，內心驚悸如鼓。

「誰在那兒？」他喊著，托著燭臺如同舉著一根少林棍棒。*看在老天爺份上，你到底是什麼？*和尚暗道，好奇地打量這個黑形體。他驚恐萬分，因為他看到不是一隻、而是大約五隻像是會催眠似的大眼睛，呈一個大的半圓形排列，正由黑暗中回瞪著他。那些眼睛一起往前挺進，進到大殿暗淡的燈光下，在昏暗的燭光中，不太謙虛地亮相。

那些眼睛只不過是牠尾羽的花紋，由牠那高貴雅緻、登著一双爪子腳、像雕塑般的身子伸展出來。止聾吐出一口氣。

「一隻雉鳥？老天爺最後終於送來了一隻正常的動物。」和尚把燭光照著前面的地，說。牠確實是隻雉鳥，但他愈瞧著牠，愈覺得牠的尺寸及外觀令他肅然起敬。

「好啦，不算那麼正常唄。」和尚望著鳥兒抬著跟他同樣高的頭，又加了一句。雉鳥將其頭部高高舉起再低俯，像是渾然不知這個動作多像人類的哈腰鞠躬。止聾躬身回禮，看著鳥兒有著眼睛花紋的尾羽是那麼的長，其尾端幾可觸及木屋屋頂。當雉鳥垂下其尾巴時，止聾驚見其身軀之壯碩，堪比一塊巨石，而且牠由身子至尾巴的全長，幾乎有半間初祖庵大殿的長。哇！還有牠那身羽毛！和尚前此還沒看過有哪一種紅能紅得如此亮麗，令他不禁想起光輝燦爛的盛宴、熱情、慶祝會、爆竹與糖葫蘆。這種奪目的顏色遍佈了鳥兒由頭至尾的每一根毛，由胸脯、頸項、再至背部及肩膀，掀起一波波燦爛的漣漪。牠的尾巴其實更類似孔雀而非雉鳥，帶著梅紅色條紋，並展示如眼睛般的圖案，華美非凡，但牠其餘的部份卻像一隻巨大的野雉。止聾納悶這隻動物該是哪種鳥的雜種。

鳥兒如此盛裝，令和尚頓時自慚形穢。他謹慎地挨近這隻動物，可鳥兒表現得毫無懼色。

「方才我聽到的聲音是你嗎？」止聾問道。鳥兒對和尚挑起一隻眼，尖叫一聲，點點頭，一面伸展牠那由此翼尖到彼翼端三米多長的大翅膀。鳥兒忽地一振翅，搧出駭人的風，打得止聾的僧袍亂擺。和尚突然發現自己身處一場暴風中，他只得緊閉雙眼，腳跟死勁扒在土裡。但這場旋風去得和它來時一樣快，他張開眼，發現自己被推後了好幾尺。他再抬頭看一下木屋，看到初祖庵大殿仍屹立不搖，讓他鬆了一口氣。他把腰帶綁緊，把耳中的壓力擠出來，兩手撐在背後，面對著雉鳥。

「不知道你方才那一搧表示是還是不是，但我想可能兩者都是。」和尚邊說邊撣掉睡衣上的青草。他注意到鳥兒的胸毛上有一塊濕漉漉，就把眼睛順著它往下瞧，看到一點一滴的血正滴在泥土上。

「你受傷了？」和尚問。當止聾檢查鳥兒胸上看像是一道流汁的、滲出鮮血的傷時，雉鳥一動不動。止聾檢查著傷口，一邊搓著自己的下巴。

「像是你才逃過一劫，大個子。」他喃喃低語，注意到這隻動物身上纏繞了層層細繩。他沿著繩子繞過去，才發現可憐的雉鳥被纏得那麼嚴重，牠身體的有些地方被繩子勒深了。把燭臺移近，他看到每根繩子上還掛著破爛的紅筒子，在和風中滾動。*爆竹*，他暗忖。鳥兒定是飛入了正在爆炸、掛在兩幢建築物中間的一串爆竹，不得脫身，其中一枚爆竹就緊貼其胸膛爆炸。雖然看起來可怕，只要把傷清乾淨就可痊癒，然而繩子得立刻除去。止聾聽到天上隆隆作響。

「這麼剛好。」他說，瞧一眼雲層，「何不就進……」

大雉鳥已慢吞吞地走上台階。

「還真聰明哪。」止聾覺得蠻有意思，彬彬有禮地推開門。鳥兒走進來，鳥頭隨著每個跨步輕顫。牠突然駐足，東張西望後轉身面對止聾。當鳥兒轉身時，牠的長尾巴像一把大羽毛撢子在屋內唰唰唰地甩來甩去，把供桌上若干止聾的物件掃了下來。

鳥兒呱呱叫起來。

「哎呀！我昨晚花了一個時辰撢灰，要是早知道，不如在你的尾巴上繫個毛巾，請你就地繞圈不就得了。」和尚邊說邊把掉在地上的東西撿起來，擺回去。雉鳥一坐定，止聾就立刻拿剪刀把細繩剪斷，用清水洗淨每道傷口。當雉鳥翅膀上最後的細繩被小心地剪斷後，止聾再拿一些鑷子清除鳥兒胸前傷口上的砂礫，接著打開他的醫藥包，磨了些療傷膏。止聾拿一段紗布浸進去，並把它貼在鳥兒的傷口上，還注意別綁得太緊。半個時辰後，雉鳥已被包紮妥當，渾身聞起來一股樹汁味。止聾伸直身子，甩了一下背。

「我雖然不是獸醫，但希望不出幾日，你能完好如初。」止聾說，伸展著他的背。鳥兒輕聲咕咕叫，啄著一盤水。

「現在，就剩下今晚你該睡哪兒的問題了。」和尚說道。他瞥一眼屋子角落那張小床，知道它太小又太擠，因此他把一床毛毯及若干墊子移到屋子中央，在雉鳥面前圍成一個窩。

「晚安。」止聾躬身說道。鳥兒很新奇地看著新鋪的窩，踏入中間，轉了幾個圈。止聾忍住笑，瞧著鳥兒的大尾巴又把周遭掃了個夠，把供桌上的東西再次掃到地上才停下來。鳥兒朝和尚顫巍巍地點個頭，輕輕呱一聲後，便把頭捲在一邊翅膀下，不一會兒，就睡熟了。止聾躺了半個多時辰不能合眼，在雨聲中想著即將發生的格鬥試煉、他奇怪的新訪客、當然還有喜鳳。

趙喜鳳側身躺在床上，耳中是一個輕颱肆虐周遭的聲音，直到她聽到門外傳來的敲門聲。窗外有聲音喊她。

「趙姑娘在嗎？有急事。」穿著睡衣的她跳出床，提著一盞小燈，打開門。

「德敬師父？」她說，把這位慈祥的老師父讓進屋。德敬致意後，解下雨帽。

「抱歉這個時候來打擾妳，因我不想讓羅湖起疑。」

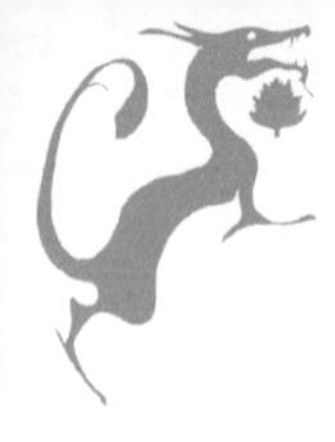

「止聾可以不去這個格鬥試煉嗎？師父，有沒可能？」她問。德敬悲哀地搖頭。

「福裕方丈不在時，便由羅湖說了算。我太大意了，竟沒注意到他如此處心積慮。」

「您必須協助我們逃跑。您知道出入河南的諸多路線，而且我們還可以賄賂邊界守衛。」

「行不通的，趙姑娘。羅湖也知道每一條路，此外元朝官員也站在他那邊。逃亡不是選項；他的銅人們不找到你們也是誓不甘休的。止聾亦有鑒於此。我雖不希望這樣，但止聾在寺裡的格鬥試煉與他們打一場，總比每天提心吊膽、過著逃亡的日子好。」德敬說，「我恐怕我們沒辦法在那方面幫太多忙。」喜鳳看著德敬，抱著她的雙肘。

「那我們就必須幫助止聾打敗那些銅人。一定有人知道他們、能告訴我們一些有用的消息。君寶怎麼樣？」她說。

「他雖想幫忙，但根據羅湖的為人，他不下令護法們把出入初祖庵的訪客嚴禁到最少才怪，尤其是止聾的朋友們。」德敬答，「我，也希望還有別人知道那些面具人真正的身份，除了園遊會那一天外，還有誰可能看過他們。任何蛛絲馬跡都好。」

喜鳳突然記起什麼，急忙去拿她櫥櫃裡的一個甕。她打開蓋子，裡面有幾張通知單，大多是當地信差送來的郵件，還有幾張走江湖雜耍團的廣告。

「我有一名顧客在汴京官府當差，」她說，「這些傳單就是他在分發的。十天以後，蒙古人將處死一名暗殺犯。就在這兒，您看看。」

「處死？」德敬喊著，看著通告，「這兒沒提犯人的姓名，而且這跟銅人又有什麼關係？」喜鳳指著深綠色的文字。

「一名蓄意刺殺我大元朝使節歐優袞大人之南宋刺客，將於下週三、寅時，公開處決，以儆效尤。地點：登封觀星台。」

「我希望您認識他，德敬師父。我的顧客說，這個將被處決的人一直堅稱那只是一場誤會，他說他是被戴著像魔鬼臉面具、身穿古銅色袍子的武林高手圍攻的。」

德敬看起來像被雷打到。

「如來佛在上，聽起來像極了羅湖的銅人。這個人現在被關在哪兒？」

「在防備森嚴的汴京監獄。德敬師父，他可能知道若干對我們有用的消息。」喜鳳說，彷彿看到一絲希望。

「蒙古官員歐優袞視我們為元朝值得信賴的盟友。只要我有正當理由，要求與這個定讞的刺客見一面當不至於太難。」德敬說著，撫著下巴，卻未意識到，此即將被處死之人竟是蔡正武。

「好，我將儘快趕到汴京監獄，而且我還有幾件事要辦。與此同時，妳能為止聾做的，是找一位能護理他傷勢的好大夫。如果打過了通關，他多半遍體鱗傷。一位隨侍在側的大夫是必須的。」

年輕的女子點頭：「我有一名人選。」

「還有，我們須要一輛堅固，如果可能的話，又舒適的交通工具，並配上最善跑的馬。大夫只能保命一時，但如果他的傷需要更多醫護，我們就需要一個大得裝得下必要的配備，又能快速趕到洛陽的交通工具。汴京與鄭州都去不得，那兒有太多元兵，羅湖一個通報，他們便隨時待命。」

喜鳳琢磨著。

「你確信沒更多別的和尚願意幫助我們？」

德敬狀甚沮喪地點頭。

「君寶是唯一一個功夫好又對止聾不離不棄的和尚，但他被密切監視著。竹哥與風耳最好置身事外，他們年齡太小，不宜捲入其中。」德敬說，滿臉歉意地望著喜鳳。她抹去一滴氣餒的淚珠。

「就那麼點人。」

「先別放棄，趙姑娘。我們碰到的每一個人，在適當的情況下，都有可能出手相幫。我自己被我們寺院與世隔絕的生活限制，但妳不是。在妳的人際關係裡找找，趙姑娘，有時候可能在自己完全料想不到的哪兒找得到幫助。多年以前，妳可料得到羅湖與我能把妳們一家救出草原馬賊之手？」德敬微笑地說。

喜鳳搖搖頭。師父唸了一聲佛號，舉單手祈佛。

「別放棄希望，孩子，要有信心。佛陀的智慧將引導我們到正確的方向。我現在得去汴京了。」他向她行禮後離去，並答應會隨時通知她他的進展。喜鳳拉緊她的外衣，雙手合什禱告。

*老天吶，求您保佑止聾活著走出少林寺。*她眺望著東方的群山，企盼能得到幫助

●——————●

數小時後，止聾由他短暫的熟睡中醒來。少林寺和尚能睡到日上三竿可不多見，但他晚上花了好多時間護理受傷的雉鳥，所以佛祖當不以為他是在偷懶。他揉著背，睡在硬墊子上這種不舒服的睡法該是有益健康，但卻讓他腰酸背痛。陽光由窗戶悄悄透進來，把一束束的光照進屋內，外面的風鈴也柔柔地閃爍。

和尚打了一個呵欠，擺擺脖子，把屋子看了一遍，但紅雉已經神祕地消失了。牠什麼痕跡都沒留下，除了枕頭堆中的那個窩窩。止聾檢查了棟樑和任何鳥兒可能藏匿的地方，但初祖庵沒地方可藏那麼大的東西。一隻肉食動物不可能進來叼走受傷的鳥兒而不留下些許打鬥的痕跡。即使真是那樣，止聾也該會被吵醒。他開了門，手遮眼擋住正午的陽光，繞著木屋踱步，懷疑當日凌晨發生的事只是一場夢，甚至是一件在現實與幻境間一去不復返的事件。鳥兒散發出的那種超凡脫俗，把牠自己與山間的白老虎及少林寺上空的龍放到了同一等級。

止聾搖搖頭。

我不能胡思亂想——鳥兒可能決定回家了。三週本就不夠，我最好開始練功，他暗忖。繞著空地，他開始他的第一圈慢跑。

●——————●

在少林寺附近塔林參差不齊的石塔中間，羅大師父坐在一個蓮花祈禱墊上。他的面前是一座不大不小約兩米高的佛塔。這塊以花崗岩雕刻成的精美石碑上，刻的是他以前師父的名字。羅湖把他的錫杖放在一旁，開始掃地，又點燃了幾根香。

聖雷師父。

他為逝去的大師唸了一段佛經並躬身行禮，知道他的禮拜來得實在太晚。羅湖目不轉睛地望著這個佛塔，一手數著串珠，又行了一個功夫禮，回想起來他寧可遺忘的記憶。

「聖雷師父啊，求你原諒我遲來的致意。」他停了一下，活動著他的手指，「及接下來我要做的事。」

羅湖猛吸一口氣，把運行鐵掌功的手收在腰際，沿著佛塔的基部推出去，打破了一個大洞，散了一地碎石塊。他手伸進打破的洞中，拿出一個小匣子。用自己的手把匣子抹乾淨，他把匣子抱在臂彎裡，然後輕輕地把它放在地上。大師父把鎖打開，掀開蓋子，看到匣子裡有兩個蓋了少林寺官印的卷軸。他吐了一口氣，把兩卷卷軸打開。

四周一片靜寂。

他的嘴角惡狠狠地撇下來。他的拳頭發抖。他把卷軸一撕為二，一邊橫眉豎目地瞪著佛塔。

師父，這就是我在你心中的評價？你定在天上嘲笑著我！

羅湖啪地一個迴旋踢，把佛塔的塔頂踢得粉碎；當他轉身時，他抓起他的錫杖，像揮球棒般地使勁揮，把聖雷師父的長眠處變成一堆石塊。羅湖詛咒著天，手上出力往地上捶，小徑應聲而裂。

第28章 鶴立雞群，志在青空

當其餘結束晨操的和尚三三兩兩地晃進來時，君寶正坐在食堂裡，把他的饅頭捏成一小團，泡在海帶蘿蔔湯裡。他比其他人先做完運動，但自從幾天前他的師弟被監禁在初祖庵後，他就怎麼也提不起胃口。他用筷子掰開一小塊浸了湯的饅頭，合著湯吞下去後，就不想再吃。沒關係，總有哪一個小和尚可以幫他吃，他們常常巴不得添了又添。

他四下一望，把碗推到正在大嚼一段海帶的風耳面前。

「要再添一點嗎？」君寶問。

「喲，君寶師兄。那個像擱淺的水母。」小和尚說，浸了湯的饅頭令人卻步。

「它的味道跟你現在吃的一模一樣。食物一進了你的嘴，它可不在乎變成什麼樣子。」

風耳皺著鼻子往旁躲。

「止聾師兄喜歡吃蘿蔔。他會要。」他說。

「那可不一定！」坐在附近的另一個和尚哼了一聲，「他現在一定天天大魚大肉吃到腦滿腸肥。我們這兒的伙食哪兒配得上他？」

「我同意。而且看看現在誰在等他。我敢打賭，他滿腦子只想跟她上床。我說他滾了的好。」又一個和尚說。君寶、竹哥及風耳默不作聲。

「他會回來的，」一個熟悉的聲音說，「當她要跟他分手時。一旦她知道他是一個只有幾個銅板又容易上當的傻瓜，她會像風一般消失得無影無蹤。你們等著瞧。」原來是那個——曾經結過婚才出家的先生——熙文。

「喜鳳姊姊不是那樣的人！你亂說！」風耳抗議。熙文舉手投降。

「你只是一個孩子，風耳，我不怪你單純。你慢慢會知道。」

「欸、欸、欸，幹嘛你們大家都那麼討厭止聾？」君寶邊說邊放下他的碗，「熙文，自從止聾遇見喜鳳後，你就只會向他潑冷水。他甚至從沒對你們任何一人有過怨言。」熙文鎮定地唏哩呼嚕喝完他剩下的湯，輕蔑地向君寶擺一下手。

「輕鬆點兒好嗎？君寶，我說的都是真話。」

「你言過其實。」君寶說道。

「君寶，熙文是對的。你就是太頑固不願承認罷了。」

君寶忽地轉向新的挑戰者，不就是迺誠嗎？

「如果你不那麼處處護著你的師弟，他也不會成為一個如此不守清規的人。你看，我可沒一個有力的打手幫我撐腰。這兒沒人有，而我也為此慶幸，因為它能讓我不誤入歧途。但看看你幹了什麼好事？」迺誠嚥下其餘的湯，匆匆地擦了下嘴。

「他每次犯錯你總出來護著。是你助長了他的行為，但你太傲慢以至於不能接受這個事實。你也許是我們中間最強的高手，那反而讓你固執又自以為是。別再否認止聾犯了錯。他一開始就有罪，事情就那麼簡單。」

「我？傲慢？」君寶口沫橫飛。

竹哥與風耳躲到桌後，感覺到一場即將來臨的風暴。

「聽著，君寶。」又一名和尚插嘴，「我們也常常看到你像止聾一樣，在寺院外徘徊。而且只有你認為他無辜。這不啟人疑竇嗎？」

「可不是嗎？謝謝你的仗義執言。」迺誠說，又指著君寶，「只有我們這兒這位頂尖的明星認為沒什麼大不了，因為他的功夫就是該死的一流。看看，他生氣了，因為我們膽敢跟他唱反調。那我們就順著君寶大師的意思好了。畢竟我們似乎必須同意止聾一定是無辜。呦？你不能忍受我們有別的想法，你會把我們打成肉泥的。」

「你說什麼？」君寶咆哮起來。

「君寶，」熙文說，「看在老天爺份上，你的師弟利用了我們寺院二十年，唾棄他也不為過。」

迺誠拍著桌子表示同意。君寶氣洶洶地瞪著他們兩人。

「少林寺的弟兄們！聽我一言！」迺誠說，邊爬上桌邊拿湯匙敲他的碗。他立刻就得到在場多數和尚的注意。

「君寶仍然拒絕接受止聾是一個叛徒的事實。為什麼武功這麼高的和尚眼睛卻這麼瞎？」他大聲說。飯廳揚起一片七嘴八舌。

「迺誠，閉嘴！」君寶捏緊一隻拳頭。

「我們一直將我們的武藝歸功於少林寺的傳承與修煉。而君寶呢？他雖由我們少林寺鑄就為出類拔萃的武者，卻從未向外界讚揚我們的傳統，反而耍其所謂『自創』的武功，並傲然宣稱其非出自少林。欸，神童，你如果真的不喜歡我們這兒行事的方式，你大可跟他一起離開，起碼止聾還有種承認⋯⋯」

迺誠被順著飯桌丟出去，橫衝直撞地像一顆失去控制的砲彈，所經之處，桌上所有的盤碗都掃了個乾淨，直到他滑下桌子的另一頭，才碰地一聲掉到地上。和尚們都嚇呆了。

君寶也大吃一驚，瞪著自己懸在半空仍然發抖的拳頭。把迺誠打飛到地上的，不是什麼特別的拳法招式，也不是君寶在少林寺外自創的武功，它只是強有力的一擊，驅動它的是盲目的憤怒。

他衝去迺誠躺著呻吟的地方。

「迺誠！你還好嗎？」君寶問。

熙文把他們兩人分開，對君寶皺眉頭：「你沒看到他受傷了嗎？皆拜你之賜。你得意了吧！」

「我不信你真會動手，君寶！」一個和尚說。

「欸，等一下，是他起頭的。」君寶說，指著迺誠。

「對啊，迺誠太不客氣了。」另一個和尚插嘴。

「他不過說了實話。哪有什麼客氣不客氣？」

「他挖苦人！」

「沒，他沒有！止聾是叛徒！」

「他是！」

「不，他不是！」

食堂裡頓時一片混亂，和尚們彼此指責叫罵。竹哥、風耳與見習僧們捧著碗退到一旁，嚇得要命。君寶被一群資深武僧斥責，甚至連廚房當差的和尚們也加入戰場，混亂有增無減。

有人往門上重重搥了一拳，使得整個屋子一陣震動，喧囂立刻消音。君寶及和尚們瞥一眼瞧是誰。

羅大師父！我們這次被逮到了，和尚們的臉嚇得蒼白。但老虎臉師父似乎另有要務。

「你們知道德敬師父去哪兒了嗎？」他問。

「今早晨跑結束他就離開了。他說要去探訪一位在這附近當官的蒙古朋友。」一名和尚答道。

羅湖轉身走開了。

不久後，大師父坐在千佛殿內的陰暗處。

「主人吶！我們在德敬的房間找到了他藏的這個空盒子。像是他已把卷軸拿走了。」一個聲音說。羅湖的手沿著盒蓋搓。

聖雷師父，您竟這般不信任我，竟然拿一個假的給我設套。羅湖皺起眉頭，要得到失蹤卷軸的心比前此更甚。

「一直以來，我的老師父一定早就指示德敬把它藏得離我遠遠的。」羅湖恨聲說，眼寒如冰。他由袖筒中拿出一張黑色的面具，遞出去。

黑暗中伸出一隻手，接過了面具。

「據我們所知，德敬今早離開，為的是要與前一陣子來踢館、跟我們交手的那個人說話。」那個聲音說，「那個南宋名叫蔡正武的舞矛人，他的死刑不久便將執行。」

「蔡正武？德敬找他一定為了探聽我們銅人的消息。」羅湖說道。

戴面具的人搖搖頭。

「主人，像蔡正武這種局外人無法知道太多我們的事。即使他們見面，德敬也不可能得到詳實的資訊。」他說。

「沒錯。但它對我並不重要。」羅湖說，「現在最緊要的是那些卷軸。德敬已經起疑；我有個直覺，他打算把以前我師父的卷軸給止聾或君寶。」

虎臉的師父握緊一隻拳頭。

「千萬不能讓那樣的事發生。找到德敬，不計代價，務必把卷軸搶回來。」

戴面具的人頓了一下。

「主人，德敬非泛泛之輩。如果我們不下重手，輸的反而是我們。」

羅湖眼中兇光乍現。

「你是說，你和你的人對付不了他？」他問。

「我不是這個意思。」黑面具的人答，「我只是不知道我們如何能制伏他而不至於將他置於死地。」

虎臉大師父沒答腔。就這樣，殺手躬身後，無聲無息地沒入陰影中。

●— — — — — —●

「來了呦。」

德敬脫下帽子，在手中拈了一下後，把它轉入空中，像一個轉動的飛盤。它嗖嗖地往下飛，不偏不倚地落在一個孩子的頭上。

乞兒們高興地笑起來。

「你們喜歡嗎？」

孩子們點點頭，污穢的臉上是笑得合不攏的嘴。德敬行了一個佛教禮，轉身離去。孩子們立刻向他撲上去。

「先生！給點錢！求求你！」

慈祥的老師父打開腰帶中拿出來的錢包，笑嘻嘻地給每個小童一個銅板。其中一個孩子指著他塞在袍子的卷軸。

「和尚先生，那是什麼？可以給我嗎？」

德敬微笑地搖搖頭。

「這是要給別人的。即使我給你，你也用不著。」他說道，拍著小童。突然，一個高個子的人走進來。

「走開！走開！」城門警衛吼著，把孩子們推開。他們一哄而散，又鎖定了另外的旅客，這次是一位母親和她的孩子。警衛給德敬一張臭臉。

「聽著，和尚，你得停止施捨，要不然在他們換下一個目標之前，你會只剩一條內褲。」警衛說道，把現在這個少掉一頂帽子的德敬推入城門。和尚揮手攔下一輛馬車，上車付費後，把自己靠著窗戶坐下，乘著出租馬車穿過市區。

幾條街後，德敬下了車，發現自己站在一幢屋頂下垂著鬆軟的蜘蛛網、烏漆麻黑的建築物前。它的牆壁龜裂、粉漆斑剝；屋角的一個露天平台被改成了置物區，掛滿了鐵鍊、木板手銬及在厚重木板中央挖了一個洞、可套在犯人頸子上的首枷。漢人與車臣人警衛舉著元朝旗幟在周邊繞行。一位脖子上掛著一圈鑰匙的邋遢男子霸在入口處。德敬躬身行禮。

「阿彌陀佛。我代表少林寺來，為的是要糾正一樁天大的誤會。我懷疑這兒的一名囚犯被誤指為意圖行刺歐優袞大人。我可以跟他談談嗎？」和尚說。獄吏瞥一眼德敬，輕蔑地擺手要他走開。

「沒法子！你所說的人是一個定讞了的刺客。除非歐優袞大人親自下令，沒人能停止他的處刑。勞駕你移步，和尚先生。」

「我只要跟他聊聊，不是來惹事的，可以嗎？」德敬問道。獄吏起了疑心。

「你為什麼要跟他談話？你跟這個犯人有私交？」

「那倒沒，我只是要知道真相。我也求你有憐憫在他，畢竟他不久就要被處刑了。」

「和尚，你的要求真不尋常。我不知道你為何不能見他；而同時，我也不知道你為何該見。」」獄吏說，一邊搜和尚的身看是否藏了武器，然而除了一個卷軸其他什麼都沒有。獄吏把卷軸拿走，當著德敬的面打開，德敬毫不抵抗。

「這是什麼？」

「是我們少林寺的武功圖解，你看就知道，它是不會傷人的。」德敬答。獄吏匆匆瀏覽一遍後，打量著和尚。

「你打算把它交給犯人？」

「不是，那是要給別人的。我少林寺的一個弟子。」

獄吏瞄了德敬一眼，再看看捲軸後便把它捲起來，還給德敬。德敬喃喃道謝，把捲軸再放入腰帶中，同時，獄吏退到一旁。

「好唄，你可以進去，但有一個條件：就是我必須全程在場。說幾句話當沒問題，他反正是個死人嘍。」獄吏說，招來一名警衛暫代他的工作。德敬隨著獄吏進入監獄，走下一列階梯，到分成許多牢房的地下室。他立刻掩住鼻子；污濁的空氣、霉味、排泄物、老鼠的惡臭直沖他的鼻孔。獄吏在一間小牢房前停下，牢房裡面傳來一陣奇怪又刺耳的拍踏聲，挾著啃蝕的聲音。獄吏搖著柵欄。

「醒醒！醒醒！你有訪客。」

一片吱吱聲挾著地上傳來的小腳掌疾跑聲，使德敬不由自主地抬起一隻腳，讓成群的老鼠落荒而逃，牠們毛絨絨的小身體在他的腳邊扭動，像一窩子長毛的蛇。和尚做了一個噁心的表情並看一眼獄吏，他倒完全沒事般。現在，地面上露出了一個食盤，上面殘留著裝著食物殘渣的碗碟，半被螞蟻、毛髮與老鼠屎淹沒。一個碟子上是一副啃得精光的雞骨架子，旁邊的碗上，則橫躺著一條被噬食乾淨的魚骨。已經變硬的髒飯像雪花般灑在地上。

「嗯？」黑暗裡一個聲音咕噥著。牢內太暗，德敬什麼都看不到，而且不管那個人是誰，他把自己塞在最黑暗角落裡墊高的稻草上。

「我說你有訪客。一個和尚。」獄吏說，指一下德敬。牢中傳來一個人跳下來又向前衝的聲音，是那麼的孔急，差點兒在食盤上滑一跤。他拼死命地把頭伸出柵欄。

「一個和尚？是你！」

「阿彌陀佛。」德敬唸著佛號，「我有一個感覺，就是你。蔡先生，對不對？我是德敬，你記得嗎？」但蔡正武突然猛搖牢房，把門差點兒由合頁搖掉下來。

「就是你們這些騙子要我到中岳廟。好了，現在他們要把我斬首示眾。我對老天爺發誓，我要把你們也拖下水。你們這些佛教敗類！」他喊著，把他的胳臂猛地伸出柵欄，恨不得掐死他差一點就觸手可及的德敬。

「蔡先生，最近寺裡發生了若干不尋常的事情，此外我又聽說你因企圖殺害歐優袞大人被捕。」和尚說道。蔡正武緊抓著柵欄的手，青筋漲得像蚯蚓。

「我被下了套，你這個呆頭鵝！我寶貝的矛被踢脫我的手，那一群……」

「穿古銅袍子又戴面具的和尚？」德敬問道。

「沒錯。」蔡正武怒罵，「德敬師父，你有好一隊了不起的黨羽。你們都是一群殺人犯，你們少林寺！承認吧，你們把我遣到那麼遠，就是要你們的面具殺手以眾敵寡來殺我，免得玷污你們潔白如雪的名聲。」

德敬表示安撫地抬起手，但蔡正武仍不絕口地罵。

「都是你們的錯！我的矛被踢掉了，而責任卻落到我頭上。你為什麼到這兒來？是幸災樂禍？還是你打算像個男人，來了結你們沒做完的？」

「冷靜點兒，朋友。我必須先釐清幾件事。」德敬解釋，「你能指認任一名攻擊你的人嗎？像刺青或傷痕？」

德敬的建議，讓蔡正武吃驚。

「你為什麼這樣問？」

「因為我相信羅大師父是主管這些面具人的人。如果你能提供任何線索，我可能可以把他們揪出來。」

「說實話，我已經知道他們其中一人是誰。」蔡正武說。

「誰？」德敬問道。蔡正武沈著臉。

「你把我弄出這兒我就告訴你。」他說，接著指著獄吏，「但請別傷他，說真的，他倒不是壞人。」

獄吏急忙往後退，短棍比著德敬的臉。

「別動歪腦筋，少林和尚！外面都是警衛，此外歐優衮大人的憤怒會讓你吃不了兜著走。日落之前，少林寺便會成為一堆灰燼。」

「請把那個放下，」德敬說，鎮定地把武器推開，「我沒打算用暴力解決問題。我能請見歐優衮大人嗎？」獄吏對和尚搖著手。

「該死的，不行。他不在這兒，而且除非你是一個蒙古人，不然你得提出正式申請，還得地方官署批准吶。」德敬噘著嘴，氣氛一時有些尷尬。

「可能不必那麼麻煩。」一個聲音由他們背後傳來。

獄吏立刻朝階梯那兒兩名正走下來的人行禮。一位是圓滾滾的五十多歲男人，另一人大約三十多歲，他們都穿著傳統蒙古服裝。

「歐優衮大人！乾契努亞大人！我不知道你們在那兒。」獄吏躬身說。

「不必拘禮，朱先生。我在這附近有點事，就過來看看。而且，少林寺的師父啊，請恕我們偷聽你們的談話。這是我的習慣，尤其事關冤獄。」歐優衮望著德敬說道。乾契努亞一言不發地走到蔡正武的牢房前，亮出他的彎刀，往牢房的鎖劈下去，牢門應聲而開。蔡正武吃驚到必須死勁地捏一把自己，才不會以為這是蒙古人先縱後殺的把戲。他步出牢房，虛弱又疲乏，滿腹狐疑地望著歐優衮。

「一個雙手被縛的人怎算重獲自由？」蔡正武說，抖著他的鐵鍊。

「答案尚未揭曉呢。」歐優衮答，引著他往樓梯上走。

「如果我是你，我可不會抱太大希望。」乾契努亞譏諷著蔡正武，做了一個砍頭的動作。

歐優衮也對德敬點點頭。

「少林寺的師父，讓我們一起去警衛室談。我向你保證，談話不公開。」

除了警衛外，他們四人都離開了牢房，進入上面的警衛室。

當確定所有的窗戶都關嚴後，蔡正武被安排坐在一張凳子上，其他的人都站著。

「在我們談手頭這樁事之前，我有你們方丈的一些消息。」歐優衮說道。

德敬點點頭。

「福裕方丈。他近況如何？」

「我們現今發現，方丈之高熱與其後之癱瘓實乃兩不相干。你們和尚不知道這一點，所以退燒藥於事無補。一直到我們唯一一位曾受過道家內功訓練的大夫找出了真正的原因。你們方丈的表癥，乃因肉身受到了傷害。」

「太令人難以置信了。誰會這麼做？方丈是我們的大家長。」德敬說，無法相信。

「我們也不知道。不過他的癱瘓是被一位高手點了特別的穴道所致。另一方面，他的高燒也像是被蓄意引起的。我們相信，此舉為的是要轉移他是被某個對武功有特別修為之人暗襲的真相。」

德敬沈吟著。

「被點了穴？」德敬說，還是不敢相信，誰會點少林寺方丈的穴道，「少林寺不會不知道有人來襲啊？方丈被眾人敬愛，又很少踏出山門一步。我幾乎可以確信攻擊方丈的人該是寺裡的和尚，但會是誰呢？」

「德敬師父，我希望你能幫我們解開若干迷團。」歐優袞答。師父點點頭。

「蒙古大人啊！我本人也被矇在鼓裡。我被我們宗教外表上的聖潔迷了眼。我也是不久前才意識到十八銅人的威脅，他們該是最近才又崛起的。尤其是近來，我們寺院之中藏有更多未知之秘，遠超出我的預料。」

歐優袞停下來，「銅人？」

「是很久以前一幫佛教徒戰士。傳說把他們塑造成精英護法，曾一度英勇地捍衛我們的寺院。但他們應該已被解散，不知怎的又死灰復燃。我就只知道這麼多，所以我想問蔡先生幾個問題，希望他能給我多點兒線索。」

「原來是你們的銅人要殺我。*那*也是*他們*幹的。」蔡正武說，一邊站起身，一邊憤怒地指著歐優袞臂上的傷，然後瞪著德敬，「在我合法的離開這個臭坑以前，我不再告訴你任何事。」

「閉嘴！漢人渣。我等不及要看到你的頭滾在我腳下。」乾契努亞說。歐優袞把年輕蒙古人推到一邊，對德敬說：

「德敬和尚，你把事情原原本本地告訴我吧，包括你來此真正的目的。」

「歐優袞大人，少林寺寺內某些我不再信任的和尚，已經把他們的勢力悄然滲透到鄰近城鎮的官員中。感謝你撥冗傾聽，但在我能夠百分之百確信您未與羅湖站在同一陣線前，恕我無法透露更多的細節。」德敬說道。

「我了解。如果我判斷得不錯，我敢說你希望這個蔡先生得到自由後，你可以問他個清楚。你看起來很真誠，德敬和尚，但我感覺你沒告訴我全部的故事。我們蒙古人通常不輕易釋放一個定讞的殺手，但我願意聽你的原因，只要你說實話。」歐優袞答道。

德敬疲倦地望著這個聰明的老蒙古人。

「你全盤托出吧！」歐優袞催他，「那些銅人們，還有他們跟少林寺的瓜葛。每一件事。」

歐優袞坐在桌子旁，一手捧著一杯茶，另一手放在自己的腰帶上，聽德敬述說完去年發生的事：十八銅人、止聾、羅湖、喜鳳及所有相關事情。甚至是白老虎的出沒、神龍在少林寺上空盤桓等，即便它們非常難以置信。

他唯一沒提及的就是南宋皇帝度宗那一段，這個師父知道，聰明的話最好別說，而且它似乎怎樣也沒跟銅人沾上邊。

「少林師父，難道你希望你的連篇鬼話能讓我們心軟？」乾契努亞繞著桌子踱步，一邊摳他的指甲。德敬毫不退縮。

「我說的都是實話。」

「眾神在上！一隻會說話的大老虎？而且這個鬧劇都因為一名常往來的賣雜貨女子。少林寺的師父，我得承認你想像力超豐富的。」乾契努亞喀喀地笑起來，但看到歐優袞嚴厲的眼光便止住了笑。老蒙古人抬起一隻手。

「德敬，你對你弟子的慈愛是無瑕又可理解的。我不懷疑你的動機。」他在德敬的眼中看到了誠實，「這個『止聾』該像是你的兒子。」

「他確實是。」德敬躬身答，「哪一個父親不盡全力幫兒子找生路？」

歐優袞點點頭，陷入沈思。

蔡正武對他說：「你看，歐優袞大人，誠如德敬所言，那些銅人才是罪犯。我是無辜的。現在請讓我走吧！」

歐優袞不自覺地搖晃，像似難下決定。

「我到底要說多少次？一千次都是，不行。」乾契努亞說，把彎刀對著蔡正武的喉嚨，「永遠永遠不可相信你們漢人。」

一隻手把彎刀推開。

「你再抽一次刀，我就讓你後悔。」歐優袞凜然下令。乾契努亞收刀入鞘，罵著髒話。歐優袞回轉身來，指一下蔡正武。

「德敬師父，我知道你需要這個人，但我們亦有不縱放一名定讞的殺人犯的理由。倘若百姓得悉我們蒙古人縱放一名漢人罪犯，我們的威望何在？」

德敬撲下身叩首。

「歐優袞大人，求求你。」

蔡正武也這麼做：「求你。我是無辜的。你當放我走。」

但歐優袞沒作答，還在想辦法。

「哼！不過是在可憐的浪費時間罷了。」乾契努亞抱著胳臂生氣，「一個棒極了的故事，但改變不了什麼。」

歐優袞由椅子上站起來，離開桌子，頓了一下，才宣佈他的決定。

「放他自由！」

乾契努亞急轉身：「歐優袞！什麼？」

「謝謝你，謝謝你！」德敬說，爬起來。

「你瘋了。」乾契努亞抓住歐優袞的手腕，「真是豈有此理，他想殺你！他是一個漢人。」

「乾契努亞，我已經做了決定，你只能服從。別忘了，我曾一度幫助過你的父親。」歐優袞提高了聲音。

「那我們往全省發出去的傳單怎麼辦？」乾奇努亞嚷起來，「老百姓會知道，歐優袞。他們會知道我們放了一名漢人。他們會起義、暴動！輕饒一個人，其他人會蜂擁而至。」

「但我們也將如往常般地再次控制局面。你何時變得那麼怕他們？乾契努亞。」歐優袞也反駁回來。乾契努亞拔出刀。

「你敢！我才不管你是否幫助過我父親，縱放這名南方渣滓，你會令我們先祖蒙羞。」

一個鐵器噹啷聲，讓德敬與蔡正武不禁眨眼。他們定睛看，便看到乾契努亞彎刀的刀柄正在微微晃動，可它的刀刃已埋進牆中。歐優袞拿著自己的彎刀走上前，乾契努亞只能慢慢後退。年輕蒙古人怒不可遏，握著扭傷的手腕，憤然衝出房間。

「你會沒完沒了的，歐優袞！我要向大汗報告。」年輕蒙古人留下這句話，衝過幾名聞聲而來的警衛，就離開了。

德敬開口了。

「老天爺吶，我希望你沒事。」

「別管他。」歐優袞說，搖搖頭，「他一向是一個驕傲的愣小子，這正好殺殺他的銳氣。順道一提的是，可不是只有你們少林寺才有快手。」睿智的蒙古人插刀入鞘，表情嚴肅。

「德敬師父，你當知道，此次是網開一面，下不為例。」

德敬躬身，「我明白，感謝你的好心腸。」

德敬、歐優袞與蔡正武一起步出監獄，走入汴京陽光普照的街道。耀眼的陽光讓他們不禁抬手遮眼。

「臨別之前尚有一言，」歐優袞說，舉起一杯米酒，「做為一位殺敵老將，我有一事相勸。你的寺院雖奉行不殺之戒，然若真與銅人交鋒，你必須痛下殺手。」

德敬搖搖頭：「我永遠不能那麼做。生命都是珍貴的，蒙古人吶！」

「如果你不殺他們，他們一定會殺死你，並活著繼續去殺別人。你告訴我少林寺園遊會那天在板車上的屍體，如果那真是那些銅人所為，那麼那些人就不再是人，而是被洗腦的兇手。你必須把他們剷除。把它想像是撲殺一隻狂犬，是正義的行為。」

「我辦不到，殺戮招致更多殺戮。我的蒙古友人，另外還有一個法子就是謙遜。阿彌陀佛。」

德敬行完禮與蔡正武一起走開，臨別時，他們再次向歐優袞表示真摯的謝意。歐優袞把一根手指伸入杯中，沾了點米酒，往天空彈一彈，又往地上彈。*我希望你知道你在跟什麼樣的人打交道，德敬*。他招呼一名巡邏的獄警，要他準備紙筆。

「遵命！歐優袞大人。」

「把我以下的命令付梓，傳單印的愈多愈好。」歐優袞說，「犯人昨日死於獄中，原訂的死刑執行自當取消。」

第29章

德行值得敬佩的父親

一匹馱著兩個人的馬在河南鄉間急馳，牠全力衝刺地跳過一條小溪，馬蹄在黑夜留下一道腳印，然後牠躍上一條幹道旁的陡坡，向少林寺方向去。

短暫地把眼睛由前面的路移開，德敬師父瞥一眼他身後的旅客。

經過歐優袞監獄的折磨之後，蔡正武極其疲憊又營養不良，沒辦法全程保持清醒。他又飢腸轆轆，而回程需爬四十公里的坡。不管怎樣，德敬沒打算在野外過夜，而且蔡正武亟需洗個熱水澡、吃頓好飯及多天來首次無憂的好眠。德敬停下馬，用提燈把子輕輕戳，將昏沉沉的蔡正武喚醒。

「蔡先生，你還好嗎？」

「我還沒死。」蔡正武抱著肚子哼，「雖然我離開那兒前該吃點東西。」

「如果你好好吃你的牢飯，你當更有元氣。」

「屠刀懸頂，哪個人吞得下飯。幸好幾個時辰前，你那麼好意地把你的午餐讓給了我。」

德敬點點頭。

「那是我起碼能做的了，但一個小饅頭怎麼夠。你只剩皮包骨了。」

「我們快到少林寺了嗎？我們已經騎了好幾個時辰的馬。」

「快了。」德敬答，「但在那之前，我得先到五乳峰山腳停一下。我得交一個很重要的東西給我的弟子止聾，還有，我將把你留在他那兒，因為看起來，不是每個少林寺的人都信得過。」

「你不相信那些和尚們？」

「就現在來說，除了止聾與君寶，我不敢相信誰。我希望你說的話，能解開銅人之謎。現在你既然醒了，我想知道當你在中岳廟被襲擊時，你看到了什麼？」

「沒問題。你能把速度放慢點兒嗎？我的屁股像有人在上面砸石頭；牢獄的日子真的讓我一丁點兒肥肉都不剩。」

德敬雖然擔心守望止聾的少林寺護法可能撞上他們，但他還是決定順著蔡正武的意。老和尚放慢馬，讓牠小跑步，邊行邊聽蔡正武講述他與銅人的激戰。德敬仔細地聽，偶而發問，但似乎找不到破口，直到蔡正武描述到後來的打鬥。

「……他逃了，但我戳破了他的袍子。它露出了一個印子，德敬師父。」蔡正武指一下自己的腹部。

「一個刺青？」德敬問道。蔡正武搖搖頭。

「一個上勾拳的印子，非常清楚還微微發青。我認得我自己的手跡。」蔡正武說。

「你指控的是宜和？那個在少林寺與你比劃的和尚？」德敬問道。

「應該是。我不記得他的名字，但如果他是那個與我比劃的和尚，那麼就是他。」蔡正武答，把他的手握成一個拳頭。他接著說：

「我師父教我的招式源之於『推刺』拳法。我全力施為的*崩拳*，應能造成對手外在與內在的傷害。那個傷痕還在，就在我記得的地方。德敬，我確信，他就是其中一個銅人。」

德敬不相信。

「沒道理啊。宜和是我最好的弟子之一，他幹嘛要去做銅人？我當了他九年的師父。」

「就是他。」

少林師父頓了一下。

「我會查個水落石出的。來，讓我先把你放在初祖庵。」

他的燈籠閃了一下。

老和尚警覺地四下一瞥，覺得沒啥異狀，便再策馬往前，但就在馬匹拔腿馳騁前，一股暗勁衝著他右邊來。

一個飛腿踢到了和尚，把他踢下了坐騎，摔到草地上，燈籠滾到一旁。他的手本能地去碰頸子，感覺到頸子緊緊繞上了一條冰涼的鋼節鞭，而且他正像一具屍體般被拖行在地上。德敬知道大事不妙，他想開口喊，但發不出聲。

另一邊，蔡正武也發現自己與一個同時間冒出來的黑影子人搏鬥。被摔到地上的南宋武術家，奮力舉臂抵擋連番打到他身上的猛拳，但被打飛至一旁的樹幹。緊接著，他的腹部挨了一記重擊，令他直不起腰，痛得作嘔。最後一個膝蓋頂上他的下顎，終於將這名虛弱的人徹底擊倒；他狠狠地摔到地上，濺得一草地血。

德敬抓牢了鋼鞭，一翻身，便站在雙腳上，並用盡全力拉扯這根鞭子。鞭子被扯得緊繃，突然嘣地一聲響，將一名身著銅袍的人拖得狼狽倒地。德敬極力望進這名偷襲者的眼睛。那雙眼藏在一幅雕刻成魑魅魍魎的黑色木質面具後，閃爍著殺氣，是暗夜中另一個世界的惡魔。德敬轉身，匆匆四處看。

「蔡正武，你沒事嗎？」師父喊，瞇著眼瞧。但黑面具人已由地上爬起來、欺近，快拳接踵而至，不讓德敬有時間找被打倒的南方人。

少林師父躲開了拳腳，乘勢抓住這個人，給他一個關節鎖。

「住手！你是個佛教徒啊！」

黑面具人相應不理，掙脫後又開打。德敬架開他的拳頭，轉一圈，向對方踢出一個強有力的反向迴旋踢。

黑面具人也回報以一個相似的迴旋踢，搧得夜風呼呼作響，風動草偃。

兩人的腿彼此掃擊，恰似戰場上兵刃交擊般的鏗鏘。德敬改以掌擊，將黑面具人擊飛至荒草之中。師父再朝蔡正武所在的方向望去，他正被不是一個、而是兩個銅人猛踹在土裡。少林師父大步衝過去，以一敵二地加入戰圈。他一腳將一名銅人踢開，剩下的銅人像是深深地盯了德敬片刻後，才繼續出招。德敬架開朝他肚子全力踢出的一腳，緊接著又閃過另一腳，這才回以一招膝擊，卻被銅人成功架住。德敬一聲怒吼，再度撲上前，朝敵人出拳。

砰！銅人被打得向後退了一段距離，在草地上打滑。在這個過程中，他的袍子被扯裂了，露出了一個修長卻肌肉發達的身子，腹部偏側，有一道非常明顯的拳頭印。少林師父心中一沈。

「宜和！你是宜和？」

銅人止滑剎住，立即翻身站定，看了一眼被破袍子襯托出的肚子上的拳頭印。抬起手，他把破爛的衣服撕掉，露出一個壯碩的上腹，接著手伸進他的腰帶，拉出幾節鐵鍊。

一條鋼鞭。

旋轉著這個武器，胸膛赤裸的銅人把它向德敬甩去。老師父的右手立刻被它繞上且被往外扯，手便沒法動。

又一條鋼鞭甩出來，這一次是由黑面具銅人來的，它由空中呼嘯而來，像蛇般把自己捲上德敬的左手，並用相同的方法往外拉。

師父的兩臂被向外扯，痛得齜牙裂嘴，悶著聲哼。

第三名銅人欺近，打算對準德敬的頸子施以致命一劈，但少林師父突然彈出一腿，往逼近的敵人踢了一塊石頭。飛出去的東西，彈到進擊者的脖子下方，打斷了他的鎖骨，他便沒法再上前。

第三個銅人痛得跪地呻吟，敗下陣來。不管怎樣，這個師父仍離勝利尚遠。

使鋼鞭的兩名銅人繼續用力拉。「啊！」德敬痛得大叫，感覺他的手臂疼痛加劇。

「你們這些被羅湖操縱的人。」師父喃喃地罵，「你們的價值擺在哪一邊？要知道你們正在歪曲我們的信仰啊！」他說，他的手臂已被扯到極限。銅人們默不作聲。德敬遭受極大的痛楚卻故意表現得沒大事，反而轉身對那個正扯著他的右手、裸胸的銅人說：

「宜……和，真的是你。為什麼？那個面具不適合你。我們不過是生命輪中滄海的一粟，當盡我們最大的努力逃避輪迴。痛苦與折磨有什麼功德？」兩名銅人加重力道，一節節地收緊鋼鞭。德敬被迫跪倒，頸上的青筋直冒。這位師父呻吟著，雙臂好似要被硬生生扯得脫臼。

黑面具人感覺背後有動靜，遂騰出一隻抓鋼鞭的手，轉身抓到了一根乾燥的棕色東西。

原來是蔡正武正舉起一根斷裂的樹枝要戳下來，尖木頭就快戳到黑面具人的頸子。

「哦，不好。」蔡正武喊，與黑面具人四目相對。

德敬感到鋼鞭的力道減弱，便抓住鋼鞭猛地一抽；鋼鞭遂由黑面具人手中滑下來。德敬舞著這條不再受控制的鋼鞭，用力地甩，往另一個銅人的腳踝繞去並用力拉，絆倒了那個壞蛋。

眼見兩名對手倒地，德敬跳到受傷的蔡正武面前，正好抓住黑面具人踏向南方人臉的腳。

德敬對他們說：「停止這種無謂的屠殺，我們有……」

砰！黑面具人反腳一踢，把德敬踢得臉朝後甩，打了個趔趄。先前沒了袍子的裸胸銅人也由後出拳。德敬站不住了。第三個銅人也加入圍攻之列，把德敬打得吐血。三個銅人同時進擊，蔡正武只能由他被擊倒的地方，眼睜睜地看著，卻無計可施。

「德敬！」

由這團混戰中暴出一聲大吼，三個面具人被打到遠處的草叢裡。少林寺師父站在那兒，喘氣，全身是傷，但還活著。他喘得一直咳。

「你們別走上這條路。你們可是少林寺的和尚吶！你們的本份是珍惜生命而非毀滅它。」他說，走到裸胸的銅人躺著呻吟的草叢前。

「宜和，拜託。我知道你在那兒。身為你的師父，我命令你住手！」德敬又說一句，走得更近。裸胸的銅人跳起來，抽出一把塞在他腰帶內的匕首。德敬躲過接下來的一刀，再用擒拿關節鎖鎖住這個銅人的手，並順手扭掉他的武器。間不容髮地，德敬接住半空掉下的刀，拿它比著銅人的喉嚨。

「大家退後！」德敬喊，每個銅人都不敢動。師父面對著這名裸胸的銅人，企欲看到面具後真正的人。

「我們不是殺人兇手，宜和。我拒絕再與你打鬥。」德敬說，把刀丟在地上，「我不知道你怎會走上這條路，但你仍可選擇。把你的銅色袍子退下，回到穿上袍子前的你。宜和，你不是羅剎！」

裸胸的銅人猶豫了一下。

德敬繼續說：「你的肩膀還沒全好。丟掉那個面具，停下手來。讓我包紮你的肩膀，宜和。阿彌陀佛。」

他們兩人兜著圈子繞，不知另一人說的是否真心話，直到德敬用腳點著掉在地上的匕首，把它輕輕踢到裸胸銅人的腳前。

「我所知道的宜和是一個好人。如果我錯了，只能證明為師的我看走了眼。果真如此，現在就結束我的性命吧！」德敬言畢，坐到地上，雙手合什，閉上眼睛。

裸胸的銅人握著匕首，朝門戶洞開的德敬走去。

「……師父……」

聲音很小，充滿了罪惡感。這個銅人說：

「我回不去了，師父，我殺了人。」

德敬跳起來，抱住裸胸的銅人，那銅人也抱上來並扯下他的面具。真的是宜和。

「孩子，雖然你做了錯事，但你現在能放下屠刀，我為你驕傲。阿彌陀佛。」

「阿彌陀佛，師父。」

蔡正武由他躺著的草地那兒，熱切地注視這一幕，但傷得太重沒法動。

「你必須告訴我，宜和，其他的銅人是誰？」德敬問道。宜和抹一下臉答：

「我不知道，是羅湖招募我們的。我是他們中唯一的資深武僧。我們……」

德敬突然大吃一驚地猛地往後晃，因為黑面具人正從旁邊戳出一根手指深深點入他的一個穴道，讓這位師父暫時動彈不得。黑面具人再空翻滾躍入半空，落在宜和身後，深吸一口氣，手臂往後曲，拳頭往前推，往宜和的脊椎打去；骨頭粉碎聲清晰可聞。

震驚的和尚蹣跚往前，倒在德敬腳邊。

「宜和！」德敬哭喊出來。

這名弟子半張著嘴，好似僅微微被這一擊嚇到。他的眼仍開，但已失焦，他的舌頭掉出來且沒了呼吸跡象。被麻痺了的睿智老師父什麼都做不了，只能震驚地瞪著宜和的屍體。

宜和死了。

萬分悲慟的德敬試圖挪動身體，去到他倒在地上的弟子身旁，卻發現自己怎麼也使不出勁；他氣急敗壞地抖著手，雙腿像被釘在地上，整個身體僵硬如石。他望著宜和的背，簡直無法想像，這些銅人到底受了什麼樣的訓練，能對另一名少林寺和尚痛下殺手？德敬苦著臉，當一種酸痛通過他的四肢百骸時，點穴的效果一下子發作起來，由四肢到指尖、腳尖，一陣陣的刺痛。他的呼吸及眼睛尚能正常運作，但身體其餘部分變得滯重、沒反應，且某些部位特別的疼，這是他生平未曾感受過的最嚴重的針刺感。

黑面具人沒事般地走向德敬，手伸進這個師父的袍子，拿出一個卷軸，確認後才放入懷裡。他把宜和的屍體甩到自己肩上，轉身，躍入林中。他那受傷的同伴也撫著鎖骨，尾隨在後。

蔡正武爬過來，臉上皮破血流。他喘噓噓地站起來，挨近仍被僵在同樣姿勢、有點兒搖晃的德敬。

「德敬！你能動嗎？」

師父皺著眉頭。

「一點點。」他說，還在晃，「還須要一陣子它的效果才能完全散去。我必須麻煩你扶我坐上馬。」

受傷的蔡正武點點頭，把師父的一隻手臂繞上自己肩膀。兩個受傷的人靠著周邊的樹木支撐，慢慢地走。德敬麻痺得太厲害，沒法再駕馬，所以這個工作該勞駕蔡正武。

不幸的是，他們搜索了一陣子，只找到被割斷的拴繩，而不見馬兒，不用說這又是銅人們的傑作。這兩個人在傍晚的森林中，一腳高一腳低地勉力前進。他們方才的打鬥，讓他們渾身是血又疲憊。在路上耗了半個時辰後，德敬的四肢才稍能使喚，終於能走動，即使走得很慢。地平線上，一小列山高塔似地籠罩他們面前剩下的一點點森林。

「這些樹外正好有一條路。它似乎直通那些山丘。」蔡正武說，指向微光中的地平線。

五座小山矗立在眼前。

「那是通往五乳峰山腳的路。」德敬聲音沙啞，「快，蔡正武，我們必須儘快到那兒。」蔡正武看一眼德敬，提起燈籠去照和尚的臉。

「你的聲音怎麼了？」他問道。德敬突然一陣抽搐，倒下來。蔡正武即時抓住和尚的腰帶。

「德敬！」

「別停腳！」德敬說，猛咳，「我們必須到這些山丘的山腳，那兒就看得到初祖庵。」不知為何，這位師父的情況一下子惡化起來；他無力地揪著自己的胸，嘴角也滲出了血，像是正忍受著極大的痛苦。蔡正武看著，知道大事不妙。

「是你中的那記點穴嗎？是它阻礙了你的血行？」他問道，十分擔心。德敬搖搖頭。

「不是，穴道有很多，我被點的不是致命的穴道。我也不明白。」和尚說，一隻手揪著前胸，另一手搆到後背。他又開始抽筋，拼命咳，朝地上狂吐著血與黏液。蔡正武嚇呆了。

「德敬！」

但師父表示不在意。他的鼻孔也開始滴出更多的血。

「我們必須趕到這些山的山腳，快！」

「師兄，不可以這樣。」

止聾坐在環繞初祖庵的草地上，喝著一杯綠茶，對坐在他面前雙手搭在膝上、雙眉緊鎖的君寶，擺手表示拒絕。

「唉呀，止聾師弟。那不過是一樁小事，真的。」君寶說。

「君寶，你是我的兄弟。我不要拖累你。」

「你也是我的兄弟，止聾！」

「師兄，你的時候還未到。」止聾試著解釋，「你不能因為我而離開少林寺，我不想拖你下水。」

「欸，我們兄弟一場也經歷過風風雨雨。」君寶據理力爭，「我怎能眼睜睜地看著我的小兄弟被一幫殺人的還俗和尚凌虐殺害！我怎能袖手旁觀？」

「君寶，這是我的決定。我不想你因此受傷。」

「我也不想因此受傷，而我也不會受傷！欸，反正你的決定就是我的決定。」君寶反駁道。止聾按著君寶的肩膀。

「君寶師兄，我一個人進入密室得了。我為什麼要一個人承擔有許多理由，但我感激你這個提議。在我一生中，你已經幫我幫夠了。若此次你再來幫我，會令我非常悲哀。因為我知道，那並非你真正要走的路。」他說，看起來既感激又難過。

「你胡說什麼吶！當然那也是我要的。我要你活著！就那麼簡單。」君寶翻著白眼說，但止聾還是非常堅持。

「你讓我把話講完嘛，師兄。」止聾解釋，「你還是非常熱衷學習拳法，如果你現在離開，你將永遠沒機會學得*看家拳*，或任何護法們的絕招。如果因為我使你錯失此等良機，我會更難過。別只因為我想跟喜鳳一塊兒而重新規劃你的人生。」

君寶搖搖頭。

「不行，即使我真想學這些功夫，師弟，你的安危還是第一。而且，如果你出了什麼事，我還會想待在少林寺嗎？一想到我們寺裡的哪個人可能是銅人，而且也可能對你下過死手，就讓我想吐。」

「君寶，拜託啦。你對我真沒信心吶。如果我果真過得了關呢？那不就萬事大吉嗎？」

君寶揚起眉毛，想不到在這個時候，止聾還如此樂觀。

「難道你仍然認為我註定會輸？」年輕一點的和尚問道。

「止聾……老天，你能不能不那麼不切實際？」君寶有氣了。止聾微微地笑，那個笑容離自信甚遠，但終究還是一個微笑。

「師兄，難道你寧可我沉溺在絕望中？」

「我不能讓你單槍匹馬去格鬥啦！我不再信任大師父。止聾，你說得不錯，我不信你自己一人能過得了關，因此就請你忍耐著點兒，讓我跟去吧！我只是就事論事。你簡直頑固得像頭驢子。所以讓我再次申明：我要跟你進去，讓我們一起面對那些銅人。」

止聾正打算以另外的方法再試著說服他的師兄，但遠處林中傳來一陣騷動打破了靜寂，隨之該方向某處又傳來遙遠的人聲。

「一定是那些討厭的護法，」君寶喃喃罵道，「大驚小怪的，我來這兒一路上就被他們搜過兩次身。」兩名和尚站起來，看到他們前面的樹林冒出一小隊少林寺護法。止聾向他們揮手，但得不到回應。君寶繃緊了神經。

「小心，師弟。」

「等等，」止聾說，「他們簇擁著一個人。」

和尚跳起來，向樹林邊跑去。

「止聾師弟！他們佈了弓箭手啊，你瘋了嗎？」君寶喊著，自己也衝出去。他們兩人跑了一會兒，直到止聾瞄到了遠處那個熟悉的臉龐，令他中途停頓了一下，但他隨即彈起來，向那群和尚全力衝刺。一名少林護法由那群人中跳到前面，棒子對著止聾。

「止聾和尚！退回初祖庵！」他喊著，擋住去路。止聾極力撥開他的棍子。

「請讓我過去，我的師父受傷了。」他指著說，但護法們立刻圍成一個半圓，將止聾擋住，逼他走開。君寶站在他身旁，也擺出架勢。

「冷靜點兒，兄弟們。止聾又不是要逃。」他說。

「你們都下去。我要跟我的弟子說話。」一個微弱的聲音說。少林護法慢慢讓開，露出一個渾身是血，幾乎站不住腳、勉強被一個瘦削的男人撐著的德敬師父，在場亦有若干和尚曾見過那個男人。止聾跑上前，接住由蔡正武肩上滑下的老師。

「德敬師父！」

「止聾……我……要死了。我沒太多時間。我有話對你說，就我們幾個。」德敬大口喘氣，血由嘴角一直滴。君寶解下自己的腰帶墊著老大師的頭以後，就彎腰去幫助同樣受傷也隨時要倒的蔡正武。

「阿彌陀佛，陌生人。感謝你把我們的大師扶回來。」君寶說。

「和尚，該感激你們大師的是我。」蔡正武邊咳邊答。

止聾像崩潰似地對少林護法們說：「我請求你們好心尊重德敬師父的願望。我現在就把他帶回初祖庵。」護法們恭敬地低頭後，便消失入林中。

止聾抬著德敬進入初祖庵大殿。君寶也扶著蔡正武尾隨在後。他們清出一張大桌，立刻輕輕地將德敬放在上面。這個師父牙關咬得喀喀響，痛得拱起身子，抓著前胸後背，好似胸腔裡得了什麼惡疾。止聾解開德敬的腰帶，掀開他的僧袍，卻不見任何外傷，直到他們一把德敬翻過來，止聾與君寶兩人嚇得眼睛都圓了。在老和尚的肩胛骨下，有一塊像鞋子般大的烏黑印子，在脊椎處鼓出來，像一堆水泡。

「天吶！師父，倒底發生了什麼事？」止聾問道。

「我們被埋伏了。他們的武功非常高。」德敬答。

「誰？誰能下此毒手？」

老大師抓住止聾的手。

「孩子，只要你答應我一個條件，我就告訴你。不管情況如何，你絕不能替我報仇。」老和尚正色地說。止聾簡直不敢相信自己的耳朵。

「但是⋯⋯」

「答應我！」

止聾點點頭，「我答應你⋯⋯師父。」

德敬面現笑容，劇烈地抖。

「止聾⋯⋯我們中了羅湖銅人的埋伏。他們是來搶聖雷師父的祕笈。」

「聖雷師父？」止聾問。

「他是我的師父，也是羅湖⋯⋯與悟元的師父。」德敬說。止聾點點頭，記起來前不久福裕方丈教訓他時，曾提到了悟元的名字。*那個為女人輕生的和尚*。德敬呻吟著，吃力地呼吸又抽著筋。

「君寶師兄，你能幫他嗎？」止聾問，「可有道家的法子幫老師順順氣？」君寶也是一臉悲戚。

「我會針灸，可我沒帶針。而且以他目前氣的運行看來，某些處置可能適得其反。我只能盡我所能。」他靜靜地答。止聾扶著德敬坐起來，君寶搓著手，在德敬的某些穴道上揉壓，讓被折磨的師父疼痛減半，臉色也柔和下來。

「師父，這只能暫時舒緩一點兒疼。原諒我沒法做得更多。」君寶無能為力地說。

「你已經盡了全力，君寶。」老和尚微笑道。止聾捏一下君寶的肩膀，再轉向德敬。

「師父，一個祕笈為什麼能引起這麼大的事？」止聾問道。

「那是許多年前的事，止聾。羅湖是我的師兄；悟元是我們的師弟。我們三人情同手足，在聖雷大師手下受教。聖雷師父暨睿智又擅長創新，止聾。

他甚至自創了兩套截然不同的拳法，就是雷虎爪與風龍掌。第一套的雷虎爪，乃聖雷於生命激戰時刻所創，極盡奮搏之能事，而第二套的風龍掌卻是經年累月之後，聖雷身心達到沉澱平衡之際，方始領悟之套路。最後，聖雷決定將虎爪功傳給羅湖，風龍掌傳授悟元，視成效，決定是否將兩套拳法納入少林寺的教材中。」

「羅湖是學習雷虎爪的最佳人選。在相對短的時間內，他已將雷虎爪練得滾瓜爛熟，爐火純青到遠超出聖雷的預期。在羅湖的手中，雷虎爪比任何少林寺的拳法都雷霆萬鈞，但它也無情、殘暴，而且似乎使修練此功的人，性情變得好勇鬥狠，雖然這也是他氣力的源泉。聖雷震驚於如此可能的後果，當下決定虎爪功本身就是一個錯誤。」

「另一方面，聖雷對悟元的進展愈來愈感興趣。風龍掌看似雲淡風輕，卻不容小覷。它屬於武術中的柔功，舞起來行雲流水。君寶，我想只有你自創的招式稍可比擬。」德敬說，抬起一根手指指著喃喃地唸阿彌陀佛的君寶。

「真正衝突的開始，」德敬說，「始之於聖雷決定要羅湖與悟元切磋一場，看看兩者招式的優劣。經過一場難分難解的比鬥，羅湖被打敗了。風龍掌好似自然就能拆解雷虎爪的大部份招式。羅湖極少落敗故暴怒難遏。他要求師父也傳授他風龍掌，但被拒絕。他遂指責聖雷師父故意教他次等的武功，而把較強的功夫留給悟元。現在回想起來，聖雷可能有意如此以防患未然；羅湖從年輕時，就脾氣暴躁得出了名。」

止聾點點頭。

「羅湖懇求聖雷對虎爪功再多琢磨，但習練此功可能使人產生攻擊行為，著實讓我們的老大師不安。聖雷因此不但決定我們少林寺最好永不採納這種武功，反而致力於鑽研風龍掌，把它改進成對付雷虎爪的武術。」德敬說。

「德敬師父，那你呢？聖雷沒教你其中一種功夫嗎？」君寶問道。

德敬咳著，搖搖頭，「沒……他沒有。」

他們還來不及問為什麼，德敬抓住了止聾的手，捏著它。

「止聾，師父聖雷把他的風龍掌記在三卷卷軸中。只有擁有這三卷卷軸的人，才能得知這套武功的全貌。他把一卷卷軸給了悟元，但當他為那個胡蓮女子格鬥後，便不翼而飛。還有一卷也不知去向。最後一卷本該在聖雷死後放在他的墓碑中，但那只是掩人耳目。師父聖雷知道羅湖以後定會打破石碑，盜去卷軸，所以把卷軸交給我保管。數十年來，聖雷風龍掌剩下的卷軸之一，就被我埋在少林寺附近一個鎖著的箱子裡。」

德敬皺著臉，抹著嘴邊的血。

「羅湖知道我會來把卷軸交給你。他知道在格鬥試煉時，卷軸中有破解他的虎爪功之鑰。欸，他的銅人們找到了我，在我到你這兒之前，卷軸就被奪走了。」

德敬又痛得齜牙咧嘴，拼命喘氣。止聾靠近他，怒火中燒地問：

「誰把你傷成這樣？師父，他們用的是什麼手法？」

「戴黑面具的那個。」德敬氣吁吁地，「我低估了他……他先以*點穴*[34]使我動彈不得……然後殺死宜和……它也擊中了我，然而我當時並沒感覺到。那個人會使陽光手，止聾，你要提防。」

「陽光手？」止聾喊。

陽光手是少林寺七十二絕技之一，在和尚間並不特別受歡迎，因為它主要是為了表演或練快手。其方法是先把一根蠟燭放在一米遠，僅憑拳風便須將其熄滅。得心應手後，則可將蠟燭移至更遠之處，直到練功的人能熄滅它為止。如此這般，有時也可加更多蠟燭。如果一個人一旦能由房間這頭熄滅房間那頭的整排蠟燭，那麼這種功就算練成了。

德敬繼續說：「陽光手如果佐以……正確的氣功技巧，則變成出乎尋常的致命。當它擊中宜和時……我尚無不妥……他們殺掉宜和……因為他想退出。一股催枯拉朽的氣通過他，擊進我的胸……我的胃……心臟。當時我並不知道，直到稍後。」德敬已經口齒不清了。止聾握住飽受折磨的大師的手。

「師父，請保留你的氣，護法們馬上便會帶著必須的藥品來。」

「我恐怕等不到那個時候了。我的身體……知道何時它已回天乏術。」德敬一直喘，「止聾、君寶，我還有話要說。」

兩個和尚滿臉悲淒地聽。

---

[34] 點穴：攻擊動脈上方的加壓止血點。

「現在，喜鳳應該已經告訴了你，我們這一邊……羅湖在北方平原如何救了她的事。許多年前，聖雷大師、羅湖與我碰巧遇到一個家庭正被馬賊糾纏。雖然我師父與我均也出手相救，但在喜鳳被強行擄走之際，是羅湖勇於拿起敵人的矛、擲出去，救下了她。那時她只是一個孩子，但在那之後許多年，她的家庭與聖雷師父、羅湖、我都保持著聯繫。」

德敬拍拍止聾的手。

「抱歉，止聾，這段往事，我一直沒告訴你。聖雷臨死前囑咐我別對寺裡的和尚談喜鳳的事。他料到她將成長為一楚楚動人的女子，讓寺裡其他和尚對她的存在發生興趣甚為不妥。我先前完全不知道羅湖逼她下嫁的事，一直到最近，約莫跟你同時間發現。所有的事層層相扣……天哪，我真瞎了眼。」

「師父……」

「而且，」這位師父又了加一句，「你知道，我從沒真正反對你追求她。」

止聾大為吃驚。

「我知道當初我確實不贊成。但當我看到她是那般地愛你，我的心就軟了。在我們的教導中，我相信我們能破的唯一的一條戒律，就是情欲。只要是真心相愛，我都能接受。唉，如今真正的愛情已不多見。」

大師示意兩名和尚靠攏來。

「你必須活著走出密室。把寺院拋在腦後，忘了它。忘了我。把羅湖和他的銅人打敗，與她開始新的生活。倘若你不如此做，他會來硬搶。」

「師父，我永遠沒辦法忘記，而且我也不想跟任何人打，更不願與我的同門師兄弟交手。」止聾說。對此，德敬僅僅用雙手握住止聾的手。

「止聾，有好長一段時間，我一直質疑我們習武的目的是什麼？禪拳一體，禪修與拳頭水乳交融合而為一。一個淨化我們的心靈，另一個保護我們的形體不受傷害。這就是為什麼我們需要兩者以生存。我們僅可於自衛與護人時出手，切勿因虛榮、怨恨或殺戮而動拳。止聾……君寶，我的孩子們。也許有一天，我們的功夫不再被需要，但不是現在。人類，其實內心深處，還是一種未開化的族類。」德敬的臉，有一會兒，又扭曲成一個苦臉。他下面的話說得更慢。

「嗯……止聾……去把那些祕笈找到。」他說。

「德敬師父！」

「聖雷曾經告訴我，」大師的聲音微弱得像耳語，「我們寺院的精髓，就是風龍掌後面的力量。」

這時，德敬的表情像似柔和下來，雖然他仍然清醒，但痛楚已由他臉上消失，代之而起的是一抹喜樂，一個臨終溫和的微笑撫慰著他的嘴角。老和尚再也感覺不到他自己肉體上的痛。他輕輕地笑起來，其他的思緒亦不翼而飛，因為他認出來，站在門口的訪客是誰。

笑逐顏開地，德敬開口說話：

「我看到他！」

止聾握著德敬的手，感覺大事不妙。

「德敬師父？」

「是聖雷師父！他回來了。我親愛的大師在這兒了。」

最後一次，德敬抬起顫抖的手，指向門口，但景象遠遠不是一位睿智的老和尚在那兒耐心等候，而是一小隊少林護法帶著醫藥用品衝進屋內，圍著桌子。當他們解下各種藥材及藥汁囊時，止聾把著德敬的脈，希望能感覺得到脈博。屋內所有的人都沈默了下來。止聾的眼淚像決了堤。

「德敬師父！」

三天後，德敬的遺體以佛教禮火化。少林寺及附近寺院來了三百多名尼姑與和尚出席葬禮。為了尊敬死者，止聾的監禁被暫時解除。他被允許陪著喜鳳再次在少林寺待上一整天。

羅湖給的官方說辭是，德敬遭到一幫悍匪異乎尋常的埋伏。止聾與君寶對德敬死因的說法得不到太多支持。相信他們的和尚忌憚銅人的報復不敢有所作為，而寺裡大多數其他人拒絕相信並誓死捍衛少林寺清譽到底。當少林寺和尚們參加完葬禮後，止聾、君寶及喜鳳還留在德敬的墓碑前祈禱，直到日暮。

「都是我，都是我害師父的。」止聾低聲說，一直流淚，「原諒我，師父！如果沒有我，你到現在還活得好好的。」

「他們怎能這樣，」喜鳳邊說邊抹著淚，「對待一個像德敬這樣與世無爭的人。」這句話說到止聾的心坎。他握緊一隻拳頭，心中燃著沈默的怒火，搞不懂為什麼上蒼容忍殺人的銅人逍遙法外，卻取走像德敬這樣永遠為人不為己的溫良的靈魂。

「止聾師弟，銅人們現在有了一卷卷軸而另外兩卷不知下落。」君寶說。

「你能幫我們找嗎？」喜鳳問。君寶滿臉悲哀。

「我沒辦法吔。從明天起，我被派到鄰省當一個星期的護衛。」

「沒關係。」止聾說，在德敬的墓碑前又恭恭敬敬地叩了一個頭後，站起身，「不管怎樣，似乎沒人知道其餘卷軸的下落，包括寺裡。」

喜鳳也站起來。

「我們有什麼線索嗎？」她問。

「沒有，總之，我要想法子找到它們。」止聾說，滿臉堅決，「德敬師父不能白死。我一定要排除萬難，學得風龍掌。」

第 30 章

兩處巢穴 兩齣戲

在熙熙攘攘的汴京城，一名中年婦女把手上的算盤撥正，瞥一眼插在桌上只剩一小截香腳的香薰。在她的注視下，剩下的香腳一燒成了灰，她便提著漢服袍子跑上樓。那兒，一個滿臉痘痘的年輕人正駝著背靠著一面牆站立。他喘著粗氣，眼睛漾著恐懼，腦門上有一塊瘀青。女人停下來，幫這個男人整正衣領，撣去上面的一點灰，並拿一方手帕輕沾他像剛下了油的油鍋那麼亮的頸子。

「我以為你是有經驗的老手。」她說，覺得自己上了當。

「可不是對抗那等事物啊。」男人氣噓噓地抗議，手指著門那一邊的什麼，「他小時候大概喝的是豹子奶。」女人嘆一口氣，走到門口，偷偷朝裡面瞧了一眼。她再轉身對著這個男人。

「欸，我可是付錢請你來辦事的。你不必動手打人，但起碼，嗯，把他趕出門！」她說。男人指著自己額頭的皰。

「我試過了。看到嗎？看清楚點，這就是結果。」他一本正經地說，「他還說他可是手下留了情，因為他以前也當過色情行業的打手。」

「打回去啊！」女人求他，「你不也是打手嗎？難道你不會一點兒功夫？」

男人搖搖頭，汗珠濺到女人臉上。

「那是一個常有的錯誤觀念。不是每個打手都是武林高手。」

「很好，我可是付錢請你當打手的，你自己看著辦。拿出你對付打手的彈跳功吧！」但這個男人一動不動，相當固執。

「我這可是因公受傷，該先拿賠償。」他揉著他的皰說。女人斷然地指著門。

「所有都已包括在你的薪資中。現在給我進去！」

男人不情願地動了動，往汗濕的手掌吹些冷氣，在原地跑步。

「如果你受了傷，我請你吃晚飯怎樣？」女人嘆口氣說。男人點點頭。

「好，看我的！」他大喊一聲，全力向房門衝刺，但在打開房門前停住了，又轉身衝回來，一臉窘相。女人白了他一眼。

「那是幹什麼？去啊！」

「我正在開始進入狀況，得！」男人又說一句。他後退數步，上下跳動、擺動肩膀，再埋頭向前跑，臨門前一個急煞車，停住。清清喉嚨，他拿出吃奶的力氣拍門。

「時間到了，你這個雜種，又臭又醜的……」

一隻碩大的手把門板打穿了一個洞，抓住男人的脖子。

「你說我醜？」門那頭一個粗聲粗氣的聲音說道。男人透不過氣，感覺脖子上的手指頭在收緊。

「我當然沒。」他尖叫起來。那隻強有力的手懸空停了一下，手臂便縮回到門後，把嚇呆了的打手硬生生地扯過幾條木板，房門也碎了。接下來是一聲悶哼，挾著一名年輕女子的尖叫。

女人勃然大怒，跑進房間——如果那還稱得上是房間的話。

室內每扇窗戶皆已破碎，地板上到處是衣服，椅子被翻倒了，空氣中瀰漫著香水與酒精味兒。然而，最觸目驚心的景象，莫過於在房子中央糾纏的人。一名年輕女子爬在地上，在那兒又踢又喊，其裸露的胸前帶有鞭傷，她正在試圖掙脫一個褲子已經褪下的巨無霸的掌握。年輕的妓院打手乍看之下不知到哪兒去了，直到中年女人發現到他被巨無霸像沙袋般重的腳釘在地板上，正在那兒呻吟。

「這個沒五十道菜是擺不平的。」年輕的打手連話都說不清楚，想抽身卻扳不動。中年女人大步走過去，點著巨無霸的肩膀。

「時間到了。」

巨無霸瞪著她，臉色一沉。

「胡說！」他反嗆。年輕的女子趁機踢開他的手，扯緊袍子，哭泣著跑出房間、跑下樓、逃到街上。

中年女人抿著嘴。

「我又少了一個女孩。現在可以勞駕你離開嗎？」她說。巨無霸提著褲子。

「我走才見鬼嘞！妳騙我。妳說她是第二個西施，可她笨手笨腳，又什麼地方都不讓我碰。退錢！」

「那我怎麼辦？你打她，現在她跑了。」女人也喊起來，「你還想要我還錢？你瘋了？我損失的比你多。」

「干我屁事。她根本及不上原來的西施。我可不要次等貨色！」巨無霸據理力爭。

「玉婷已不在這兒工作了。」女人沒好氣地答，「別再吵了。我剛剛又走了一名女孩。你沒玩得盡興。我們算扯平了。」

「不，我們沒有！」

「我們有！」

「我們沒！」巨無霸聲如雷鳴，往牆壁捶了個洞，腳板也離開了在地上（裝死又裝得不像）的年輕打手。躺在地上的打手從眼角瞄到砸破的破洞及落下來的木屑，仍一動不動地詐死。中年女人毫不退縮地走向巨無霸，直到她向上看得到他厚實的方下巴。他伸展他大塊的肌肉，拿起靠在梳妝臺的一柄舊的大鐵鏟，用它抵著女人的面頰，極盡挑釁。

「把錢還我，你這個老巫婆。妳知道，我曾用這兒的這個東西把鱷魚一劈兩斷。」他威脅著，把鐵鏟更往她面頰壓。

這可把女人惹毛了。

快如閃電，她幾乎是把自己直接往鐵鏟撲，膽大得出乎在場所有人的意料。她把鐵鏟搶到手，猛地一鏟朝巨無霸的臉揮去，轟地一聲猶如鐵錘擊巨鐘。餘音在室內迴盪，魁梧的漢子也絆倒在梳妝臺上。天旋地轉地，他只想站穩，但腦子卻像一碟晃動的茶凍。

「嘿！給我那……」

女人舉起雙手，像伐木工人般死命敲下去。鏟面打到巨人的寬額，吭的一聲如同空谷回音，引起路上行人注意。巨無霸兩眼發白，閉上眼睛，跪倒在梳妝臺上。兩者都晃了一會兒，終於摔在地板上撞成一堆。看著倒地的巨無霸，年輕的打手一骨腦兒地由地板上跳起來，踢他，看他沒動靜，年輕打手踢得更起勁。他不停地踢，直到他自己喘不過氣。

女人兩手抱頭，狀甚後悔。

「我搞砸了。」她低聲說。

「既然他起不來了，我，嗯，就去樓下……總要有人看著門，是不？」臉上長痘痘的打手說。

「等一下，你得幫我把這個人抬到杏林胡同去。我本沒打算把他打得那麼重。」女人說。她曾給自己定了規矩，永遠不打人，除非別人先動手。她兩肘夾得緊緊地，掩藏自己渾身發抖。

「看不出妳還真有兩手，牡丹姐。」打手說，搔頭摸耳地，「妳怎麼辦到的？向少室山的和尚學功夫嗎？」

「哪有。」女人說，略為不樂，她的花名怎能被亂叫？再怎麼說，她是他的老板。

年輕打手兩臂各夾一隻巨無霸的腳，拼死命地拖，但沒能挪多遠。*喲，他重得像一頭牛。*

他轉身對牡丹姐說：「那真可惜。我看到妳的櫃子裡有一卷武功秘笈，所以我還以為妳曾是少林門下的女尼呢。我看過不少贗品，但妳那兒的那個倒像道地的真貨。」打手氣喘噓噓，勉力再將那巨無霸拖移幾寸，「當然我可能弄錯了。」

自己的隱私被人侵犯，讓牡丹姐火冒三丈。

「你幹嘛？沒事偷窺我的房間？」她問道。年輕人滿臉無辜。

「每個人都看得到。牡丹……不，老闆，走廊上就看得清清楚楚。不知道妳打哪兒拿到的，不過看起來值得收藏。為何不折價把它賣掉，它該值幾個錢。」

「不關你的事！把他拖到樓下去，然後去門口你的位置站好！這次看起來凶一點！」牡丹姐說。

打手皺著眉，重新再回去拖巨人下樓的工作，出了房門。

「等等。」他說，離開昏迷的巨無霸一步。牡丹姐探出頭。

「又怎麼了？」

「他醒來怎麼辦？」年輕人問道。牡丹姐把凹陷成巨人前額形狀的鐵鏟遞給他。年輕打手接過鏟子，繼續把這個大漢往樓梯下拖。牡丹姐轉身，直接回到她位於走道中間的小臥房。一進了房，她便關上房門，打開她的木頭櫃子。櫃內的灰塵撲鼻而來讓她打噴嚏；擺在櫃子最中間是一卷翠玉卷軸，雖看起來陳舊泛黃，但字跡仍然清晰。

牡丹姐把它拿在手上，輕拂軸上數十個詳盡的圖解及旁邊文字註解上蒙著的一層灰，仔細地看，毛筆字的筆劃蒼勁有力。老女人摸著它，緬懷起多年前的往事。多年前，當她年輕又少不更事時。

打手的聲音由外面傳來。

「老板？我需要錢給他看醫生。老板！」

牡丹姐把卷軸捲起來，仔細地放到她漢服內的口袋裡。她再打開她床頭抽屜，拿出一小卷紙錢，數了數票子，撥了會兒算盤，得到一個總數。她閉上眼睛，緩緩地吐出一口氣。她的生意快破產了。打手又在喊了。

「老板！」

在去少林寺的山路上，剛結束寺外公差的君寶肩上背著個跳上跳下的大背包，急躁地往山門跑。

「嗨！」辛鼎把他的棍子放到一旁，「你提早回來啦。」君寶向護法點點頭，匆匆走進山門。

「我有好好辦事。」君寶說，指的是他這次的公差。辛鼎咳了一聲。

「慢點，君寶，你要去哪兒？」

「去把行李放下來。我得去看看止聾師弟。」

護法搖搖頭，「你那個待會兒做。羅湖有令，你得出差遠行。」君寶停下來。

「你當真？」

「你真幸運，」辛鼎說，「看來最後只有你可以旅行了，到北方省份好好走一趟，可沒多少和尚有這種機會。」他出示了一張蓋了少林寺官印的手

寫便條。君寶打開它，唸了一遍，臉色一沈。

「可我現在不想旅行。」

「那你得跟羅湖說去。」辛鼎指著千佛殿說，一邊走回他的崗位。君寶把字條揉在手中，跑回宿舍，把他的背包扔在門口後，就朝千佛殿去。他把門猛地打開，喘著氣。

「這是什麼意思？」他問道。

羅大師父正伸長著手，拿著一根蠟燭，去就一個幾步遠的燈芯。

「我不要遠行。我就待在這兒。如果你以為我會聽命，你自去做你的千秋大夢吧！」君寶說道。

羅湖把蠟燭插在一尊大佛前，轉過身，雙手握成岩石般硬的拳頭，瞪著君寶。

「君寶，這是我的命令。你敢違抗便是大不敬，所以我再說一次：你須護送我們一批行腳僧去北方。」

「我不去！」

羅湖瞬間欺近，給這個桀驁不馴的弟子一個大耳光。那一揮之力猛得把君寶打到地上，腦袋發暈。他站起來，抹掉嘴上的血，像方才那樣站著，昂首直視。羅湖把他的錫杖重重敲在地上，抓著君寶的領口。

「你與你的師弟一般無二，同樣囂張跋扈。如此傲慢，是會挨方丈鞭子的。」

「而方丈也會將你及你的同黨因謀殺德敬師父抓起來！」君寶說，瞪著羅湖的眼睛，「他死的時候我在他身旁，止聾也在。你沒資格再當少林寺人。」君寶說。虎臉和尚瞪眼怒視著這個弟子。

「德敬還告訴你們什麼？我們的神童？」羅湖問，語帶諷刺。

「夠多了。聰明的話你就別小看止聾，大師父。他是一個你過去或未來都望塵莫及的佛教徒。」羅湖又丟出一拳，但被君寶擋住。他們兩臂相撞，勢如雷霆，互不相讓。

「止聾師弟不會一個人去密室，」君寶說，「我會跟他一道去格鬥，而且我們會活著離開這兒。福裕方丈也已開始康復，寺裡還有其他比你所知更聰明又勇敢的人。遲早他們會知道你的祕密，包括德敬究竟怎麼死的。還

是你也打算殺他們滅口。羅湖？」

羅湖的眉頭沉下來。

「神童，你的父母親快撐不下去了。他們破爛的路旁小客棧沒辦法管他們溫飽。」

君寶的眼神一下子殺氣騰騰。

「你如何得知？」

「他們單靠那個維生也太慘了。神童，我好像看到了一場火？冬天來時，你的雙親註定要死。他們要不凍死在路旁，要不就餵了野狗。」

「你！」

君寶向羅湖衝上去，但狡詐的老師父早有防備，一眨眼，君寶便被擲到牆壁，把牆壁震裂了好幾尺長的縫。君寶雙腳一翻，站起來，被盲目的憤怒沖昏頭的他又挺身進擊，但羅湖再一次利用年輕和尚的衝動，算準時間，給他結結實實的一腳。君寶被踢得往後倒退，直撞到一根柱子，才痛得彎下腰。他咬牙切齒，知道自己犯了錯。

太沉不住氣了，你這個白癡，君寶！

「誰比較重要，神童？你的師弟還是你的家人？」羅湖怒吼。君寶站起來，揉著肚子。受傷和尚的僧袍上有一個羅湖清清楚楚的鞋印子。

「你不是人。」君寶憤聲說、弓著背。

羅湖往前跨一步卻突然停下來，感覺到一股溫熱滴到嘴唇，是血。他用手背壓著鼻子、堵住鼻子的血。君寶站在那兒，對自己匆忙還了羅湖一擊，感覺起碼扳回了一城。

「我會愈來愈強壯，大師父。」

「我也會。」羅湖咆哮，「神童，這是你最後的機會。護送行腳僧們去北方，你的雙親或許尚能存活。」

君寶咬緊牙關，憤怒於羅湖對他的脅迫。

「我暫時聽你的，陪行腳僧們到北方去。」

第31章

好醫生，壞醫生

「夫人，這位是妳的丈夫嗎？」

「他只是一個朋友。」喜鳳答，拍著凱先生的肩膀。助手掩著鼻子退後一步。

「他呼吸帶股兒酒味。」助手說，仔細地望著凱先生的嘴，「沒胃口？沒精神？失眠？」

「哈！我吃得像頭獅子、跑得像匹馬兒、睡得像個嬰孩。」凱先生答，當酒鬼讓他沾沾自喜。助手虛應故事地點點頭，在一本便條紙上匆匆寫了什麼後，對凱先生草草地躬了一下身。喜鳳打個岔。

「說實話，他沒生病。」

「嘢，我沒病。」凱先生說。

助手抬起眼睛。

「那到底是誰病了？」

「我們只想跟莊大夫談談。」凱先生說，手中捏著一個該醫館分發的號碼牌，上面寫著七十六號。助手為難地搔著頭。

「他只看病人，而且每看一次必須先付五十文，不足之數診完再結。」

喜鳳點點頭，指著凱先生。

「那樣的話，他來醫他的酒癮。你看，我是他妹妹。」

「你不是，而且我沒病也沒痛。」凱先生嚷起來，對喜鳳怒目而視。喜鳳聳聳肩，拍著助手的手肘。

「他相當頑固，但我真心希望他能好起來。」她悄聲說。凱先生匆匆咕嚕一句「我聽到了」但沒人理會。

「我瞭解。」助手答，丟給喜鳳一個會心的眼神，「我會馬上稟報大夫。」喜鳳由她的錢包拿出一疊鈔票，助手躬身收下後，走到隊伍中下一名患者。現在已近日暮，是德敬葬禮後的隔天。喜鳳與凱先生兩人自中午就開始排隊，休息時兩人輪流佔著位子。喜鳳望著醫館大門，離她現在所在位置不過一石之遙。這家醫館是河南規模最大設備又最完善的醫館。它像個迷你城市，助手、病患及護衛在其中萬頭攢動。它之所以人氣鼎盛，全賴莊泰義大夫之盛名，一個富裕、禿頭，被贊揚為河南最靠譜的大夫。他因此忙得分身乏術，預約的人多得不得了，逼得開封府尹不得不禁止預約，如此更助長了需求，黃牛亦應運而生，使場面更加混亂。現在，這家醫館採行嚴格的先來先看制度，並有一群護衛負責防止推擠及插隊。莊大夫自己是一位十分忙碌的人，至於醫道，勤苦尤甚。日間值七個半時辰門診，夜間則執筆撰寫醫學論文，常常不眠不休，吃不到一頓好飯。

凱先生向醫館方向伸出手，好似在歡迎一位久不見面的愛人。

「就快了，我的小甜心。」他咕咕地講著情話，接著轉身對喜鳳說，「我倒希望周大夫說的是真話，不然的話，我們可整整浪費一天的時間。順道一提的是，我對我的酒癮沒那麼在意，謝謝妳多管閒事。別到處嚷呼，好似它會毀了我。」他哼了一聲，大姆指向醫館比了一下。

「說到這兒，要求一位像莊大夫那麼忙的人幫忙確實有些不妥，他已忙得不可開交了。我有個感覺，他是不會幫我們的。」

「沒辦法啦。我們只好試試看唄。」喜鳳答。

「那個混蛋周大夫，」凱先生嚷著，一邊摩拳擦掌，「如果他擺我們的道，他就是下一個來這兒排隊的人。」

半個時辰前，在汴京的杏林胡同，好奇的大夫們因隔壁醫館愈演愈烈的騷亂，紛紛把頭伸出自己醫館窗外一探究竟。一位穿著高級長袍新貴模樣的漢子，由一間破爛的醫館暴怒地衝出來，後面緊跟著一個老人，正竭盡全力地跟上他的步伐。他們兩人吵得喧天價響。

「你說三十文該夠了。」新貴漢子說，臉紅脖子粗。

「價格是浮動的。我從沒說價錢不會變，不是嗎？」

「你是個騙子！」

「這就是所謂的物價上漲。三十文絕對是最蹩腳的服務。我的醫術先進卓絕。難道你寧可冒險找差的？」

「接著你說它值四十文，後來又是五十，又漲到六十。簡直是不要臉的搶劫！」新貴忿恨地說，一把合攏起來的扇子在這個出爾反爾的老人面前抖著。老人左顧右盼，若無其事。

「嘿！漢子，我總得過日子吧。我給你最高級的針灸，別地方找不到更便宜的了。你現在不是活蹦亂跳？所以，請付錢！」

新貴漢子咬牙切齒地打開錢包，摸出幾張紙幣。

「喏，三十，高興了吧！」

「不，五──我是說四十五。你長篇大論的漫罵害我損失了好多顧客。」

老人感覺額頭挨了一記，並發現自己已經滾到街上。他向上看，新貴漢子正揉著腫痛的拳頭走開，口中怨天尤人。皮包骨的老人搓著抽痛的頭，低聲咒罵，轉身，正好看到另一名斷臂男子冷眼旁觀了整場丟人現眼的騷動。幾乎是瞬間，老人表情來個一百八十度大改變。他向這名受傷的路人迎上去，帶著淺笑。

「嘿！孩子，幹嘛不到我的醫館接受最好的診治？只要三十文就可以敷一次癒骨膏。你意下如何？」他說，指著受傷男子的胳臂。受傷的男人窘得一聲不吭，掉頭就走，附近其他人也多做鳥獸散。

老人百般無聊地嘆口氣，搔著左襟內側，走回他的醫館。

當他一走進去，他赫然發現掛號處坐著兩個人。一個年輕貌美的女子及另一個腰帶上掛著一個大葫蘆、魁偉的髭鬚男。女子站起身，注意到周倫臉上皺著的眉頭。

「周大夫？」她問道。但老人頓了一下便匆匆大步走過，一邊揮趕著這兩人，像他們是兩個惹人厭的孩童。

「我們關門了。改日再來。」

「周大夫，你記得我的！我是喜鳳。止聾和尚幫你買到了你需要的藥治你的病，你忘了嗎？」喜鳳好聲好氣地說。周倫急忙把他拔罐的竹杯掃到一個大盒子裡，把掛號桌上「開診」的牌子合上。

「沒印象。我不擅長記人的臉。你們可以離開嗎？」他說，比著外面的街道。喜鳳向凱先生遞個眼色，他點點頭。酒鬼由他的葫蘆吞下一口枸杞酒、去拉上窗子後，才筆直朝門口衝去，靠在門上——正好趕上大夫笨手笨腳地想逃。經過怎樣也無法把凱先生水桶粗般的胳臂撬開後，周倫退到屋內一角，低聲咒罵。凱先生咧嘴笑，胳臂使勁壓在木板門上，它便發出不勝負荷的聲音，好像一片門板就要剝落似的。

大夫陰沈著臉。

「好啦！我記得妳啦！就是妳與那個和尚，對不對？叫那個磚頭臉的放過我的門。這整個地方都快塌了，真是的！」周倫怒聲說。凱先生道個歉就在周倫身邊地上坐下，大聲打著嗝，還請這名不知所措的大夫由他的葫蘆喝口酒。周倫滿臉不悅，只想離這個大酒桶愈遠愈好。喜鳳躬身說：

「你看起來挺健康的，周大夫。該是止聾買的藥救了你的命。」

「欸，別誇大其詞。漂亮的妞，是我自己救了自己。他只是把該死的藥送來而已。每個白癡都做得到。」周倫說。

「然而沒一個白癡會自找麻煩。當沒人願意幫忙時，止聾不但給你送藥，還……自掏腰包，而且他那時根本不認識你。他救了你的命，現在他需要你的幫助。」

周倫垂頭喪氣。

我就知道。

「我們需要一位大夫。」喜鳳娓娓道來，「當止聾打出少林寺時，必須有人照料他的傷。他馬上就要上陣。我們須要你跟我們一起，以確保他有醫藥上的護理，直到我們抵達洛陽。」

「為何去洛陽？又為什麼找我？登封與伊川多的是醫館與大夫。他們就近，設備又齊全。」

「不能吶，周大夫。臨時找不到大夫，那些地點又不安全。我們需要一個能沿途照顧止聾去洛陽的人。」

周倫一言不發——他可不想捲進這種事裡，但他確實欠止聾一份大人情。他得趕緊想出對策。

「喲，那妳真的得另請高明了。」他說，舉起雙手，狀似投降，「我是一個紀錄不良的爛大夫。妳當真要我來照顧妳的和尚朋友？妳再考慮考慮，漂亮的妞。」

喜鳳不知道這個大夫的話是否屬實，但她確曾聽過城裡有關周倫擺爛的傳言。她似乎有些遲疑。周倫清一下喉嚨，拳掌對擊，記起了什麼。

「等一會，莊大夫！對了。你該去找那個傢伙，而不是像我這樣被人唾棄的老梅干。更何況，他欠我一個人情，那個狡猾的混蛋。」

喜鳳與凱先生面面相覷。太不可能了，哪有人會欠周倫什麼情，除了一個大耳光子外，更別說是譽滿全城的莊大夫，但喜鳳決定先問個清楚，再決定要不要聽他的建議。

「周大夫，莊大夫可是這個城市頂尖的名醫吶。」

「沒錯，沒錯！他是比我好，那又怎樣？他只是運氣好罷了。」周倫喊道，明顯地不願被人提及這一點，「但他確實欠我的情。妳與妳醉熊般的朋友應立刻去他那兒求助。他不會放過這個機會的。」

「那診金怎麼辦？嗯？你以為我們付得起莊大夫的天價？」凱先生說，喜鳳也點點頭。大家都知道，莊大夫的診金與他醫療的品質一般高。

「沒問題。如果你提起我，他不會收你們的錢的。他必須幫這個忙。」周倫氣急敗壞地喊。凱先生聳聳肩，拇指比著莊大夫醫館的方向。

「讓我們去問問看，喜鳳。跟莊大夫談過後，我們就知道了。起碼他的誠實有口皆碑，而且他真的有在救人。」凱先生翹起大姆指指一下周倫，「不像某些人。」

對此，周倫頓足不同意。

「救人？你還真相信啊。」

凱先生做了一個不信的表示。

「我有沒有聽錯？臭屁大夫，大家都知道莊大夫救了許多人。你要我別信，像是你在胡說八道。」

「那你不過是隻坐井觀天的青蛙，不知道井沿外的世界。」周倫反駁，「我告訴你，莊泰義不像你所知的那般慷慨，而且他肯定是害死過人的。」

「好啦。」凱先生說，「聽起來像是誰在嫉妒吶，喜鳳。」

「別以為你們比我知道的多！」周倫說，「莊泰義不是你們想的那樣。這兒的人只看到他好的一面，但我瞭解他比你們誰都多。我跟他是舊識。」

凱先生不解地搔著頭。

「所以你到底是說他是一個殺人犯，還是一位漫天開價的大夫？」酒鬼問道。周倫搖搖頭。

「兩者都是！我承認，他的醫術不那麼爛，但你們可別誇他樂善好施或華陀再世，像他是個聖人似的。」周倫嗓門粗起來，激動地搖著手指。喜鳳與凱先生不知如何作答。

「現在去，去告訴他是我讓你們去的。天哪！跟你們兩人攪和，搞得我頭都疼了。」周倫沉著臉開門謝客。喜鳳與凱先生交換個眼色，離去。

周倫等他們走後，乾笑幾聲，翻著白眼。

「哼！現在的人哪，期望你以整個世界來回報他。只有精明的人才不會被佔便宜。」他喃喃自語，打開窗子。揉了一下自己的眼睛，他把他的醫療器具掃到一個袋子。*我會幫忙才見鬼。我敢打賭，那個和尚與他的女朋友在幫我拿藥時就計劃好了。至於莊泰義那個無賴，他該不會照辦。我可不急著再看到他——或另外那兩人的臉。最好快點兒離開，免得他們又回來了。*他把「休診」的牌子掛在門外，鎖上了門（其實不鎖也罷，因它早被白蟻蛀了個夠），撩起他骯髒的漢服，腳步輕快地走。但當他一走到杏林胡同口，周倫就聽到一個像久沒上油的板車咿咿啞啞的聲響及陡然拉高的喊聲。路上的行人與馬匹紛紛走避，讓某個人穿過去。

當這輛板車通過時，周倫看到一個失去知覺的大塊頭，成大字形躺在鋪了一點稻草的車子後面。這輛車居然沒掛馬或牛；整輛車正由一個弱不禁風、臉上坑坑疤疤、一邊眉頭腫個皰的年輕男人拉著，同時一個濃妝豔抹的中年婦女在後面推。雖然只是一瞥，周倫已捕捉到這個婦女眼中的憂心。他咧嘴笑起來，在他的同行出手之前，他得趕緊搶到這筆生意。他跑起來，一邊喊。

「等等！我是一個大夫！」

「牡丹姐！」年輕打手低聲喊，已經快虛脫了。

牡丹姐轉身，看到一個像竹竿那麼瘦的老人，正沿街向他們跑來，一邊嚷著什麼。她作勢要打手暫停，並躬身行禮。

「大夫，你來得正是時候。我這個顧客碰傷了頭，你能醫嗎？」她指著昏迷的巨無霸說道。周倫審視著他，匆匆做了一個診斷。

「夫人，他的情況並不樂觀。他臉部的傷岔了他的氣。唯有到我醫館用我獨門的艾灸及藥膏才能醫好他，要不然他恐怕永遠醒不過來囉。」醫生回答，假裝憂心忡忡。

牡丹姐似乎很意外。

*太好了！*詭計多端的老大夫暗忖。

「好的，但我必須有言在先，我沒有很多錢。」她說。周倫當場就打算掉頭走人，但他已阮囊羞澀，沒得挑。

「診金多少？」牡丹姐問。周倫的瞳孔飛快地閃過她手中的小握鈔票，擺出面有難色的樣子，像是他將打一個天大的折扣。

「三十。你們像是好人，我就吃點兒虧吧。沒人可在杏林胡同找得到更便宜的診金。讓我們先回我的醫館，要不然就來不及了。」

「好，我們去。」牡丹姐答道。

周倫點點頭，領著板車回他的醫館。他又一次為了可能是他此星期的第一筆進帳，枉顧他的誠實。*先拿三十文到手，但我敢說，她那拉車的奴隸也該有幾個小錢可以貢獻，一共該可拿——*

「七十六，七十六號！」

「是我們！」凱先生邊打呵欠邊揮手，「是時候了。來，喜鳳！」

他們兩人穿過像蟻窩中的螞蟻般、向四面八方跑著的許多助手及學徒，終於被請到一個擺了許多張桌子及活動病床的大廳。牆上掛著大掛畫似的大張肌腱圖、神經圖、骨骼圖及易經八卦圖。觸目可見的台子上，放了一盤盤的罐子、燈芯、拔罐杯、針灸針、石頭、量秤等等。助手們穿梭其間，或整理托盤、或拖地、或和藥。

「請坐。我很忙。」

正是名揚河南的神醫莊泰義在說話。他坐在一個墊著軟墊的大圓椅上，作勢要這兩人坐下。莊泰義看起來像是被關在一個雞籠子裡般，因為他的頸子往前伸、肩膀就看起來垂；方下巴上是一個豆子般大的小頭，戴眼鏡，額頭上綁著一條毛巾。他的身後伸過來一隻手，力勸醫生呷一口熱騰騰的梅子茶，另有一隻手像蛇般的繞過他的臉，擦乾他脖子上發亮的汗水；還有五雙手按摩他的肩膀及四肢。喜鳳與凱先生看到莊泰義一邊幫人診病，一邊還接受如此無微不至的服務，都覺得好笑，不禁偷偷笑起來。

被侍候得像個小皇帝嘛！我想知道他們中哪一個人負責擦他的屁股，凱先生暗忖。莊泰義把他那超厚的眼鏡片往上推免得滑下來，邊細讀方才其中一名助手寫的便條邊眨著眼。匆匆忙忙地，這個大夫指示凱先生坐到就近的一張木椅上。

「你真是個大塊頭。請坐。」

「莊大夫，我……」

「我知道了。原來你是個酒鬼。」大夫說。他把他的助手們擋開，伸手去探凱先生的脈，「讓我看看你的嘴。嗯，牙齦發黑，舌苔泛白……指尖，也是黑的。不妙不妙，你的肝汚濁得像一灘泥。」

凱先生還來不及作答，大夫打個響指，招呼一名助手備著紙筆走上前來。

「病患的脈象及面部表徵，顯示患者肝臟有恙，該與他的酒癮有關。我現在開一劑龍膽草汁搭配葛根煎的水喝，該能遏止他的酒癮。」莊泰義口述。助手振筆直書，以令人咋舌的速度，寫就一份藥方。凱先生輕咳一聲想說個什麼，但莊泰義伸出一隻手，表示*我就要來處理你了*，同時間，另一名助手訓練有素地遞給他一個綠布大包。莊大夫把布包打開，一手按住凱先生的頭，將其仔細對準燭光照明。

「現在別動。我要在那兒插幾根針……」

「住手！」酒鬼大喊起來，就去抓大夫的手，但感覺到像燒灼般的刺痛。三根針灸的銀針已插在他手上。

「哎……喲！」凱先生慘叫起來。助手們爭先恐後地去拔針；他們每抽一根，凱先生就大喊一聲。

「包青天在上，喜鳳！妳幹嘛不插嘴，告訴他我們為何來此？」凱先生火了，對喜鳳橫眉豎目。

「對不起，凱先生，可能我是真想看看他怎麼治你的酒癮。」喜鳳實話實說。凱先生只能翻白眼。

「別讓人看笑話，大塊頭。」莊泰義大夫說，拿起另一根針，「相信我，只要你別動，你幾乎感覺不到什麼。只是輕輕戳一下而已，但行針後，你將全身舒坦。」但凱先生立即躲到低頭致歉的喜鳳身後。

「莊大夫，凱先生在此並非為求醫。那只是我們來見您的藉口。我們需要您的幫忙。」喜鳳說。

莊泰義聞言大感意外。

「妳說什麼？」

「我們最初是找周大夫幫忙，但他要我們找您。他說您這個河南頂尖的大夫，欠他一份情。」喜鳳雖如此說，自己也不能確定。莊泰義示意他的助手們退下，定睛看著喜鳳。

「還有呢？他還說了其他什麼別的？」他一本正經地問。

他們真的認識，可見周大夫不完全在說謊，喜鳳暗道。她繼續解釋。

「他還說了一些不甚悅耳的話。尤其當凱先生提到您在這個城市的名聲時，他更是火冒三丈。」

莊大夫取下他的厚眼鏡，疲倦地揉眼睛。

「邱助手，妳能告訴其餘的病人重新編號嗎？今天就看到這兒。」他說。助手們躬身退出。大夫給自己倒了一杯香片茶。

「你們不趕時間吧！」他問。喜鳳不好意思告訴他實情，只能搖頭並躬身行禮。醫生把他的椅子拉近。

「你們須要什麼樣的協助？」他問。喜鳳解釋她如何需要一位大夫，在由少林寺赴洛陽迢迢途中，照料止聾的傷，同時也簡短說明目前的情況。當她說完時，莊大夫點著頭，已然了解，但卻搓著頸子，陷入深思。喜鳳感覺到他似有難處。

「您能施以援手嗎？」

「年輕的姑娘，在我回答妳的問題之前，我必須問妳，妳相信周大夫告訴妳的是實話嗎？」莊泰義問道。

是凱先生回答。

「當然不是，門兒都沒有。」

「他確實沒說真話。」大夫邊拿毛巾擦他的眼鏡片邊說。

「所以您根本不欠他什麼情。」凱先生說，「我就知道，我們上當了。喜鳳，我們走！」。

莊泰義站起來，擋住他們的去路。

「請讓我換個說法。周大夫說我是河南最好的大夫對不對？這不是真的。其實最好的大夫一直都是他。」

第32章

昔日的一朵梅花

「爹爹！繃帶！還有橘子。」

一個小女孩跑向她那忙著為最後一位病人收尾的父親。

「爹爹！」當女孩聽不到父親答應時，又喊了一聲。

「這就好了，梅花。」她的父親說。孩子跑進她父親的診療室，她拍在地上的腳步聲像隻小兔子。當她望著她的父親為一位骨折患者手腕綁上繃帶時，她立刻由她提著的籃子中拿出一個拴扣，遞給她的父親。她的父親以一個頷首表示認可。這個病患笑了起來。

「像是她與您心意相通，周大夫。」

「她是我的小天使。」周倫微笑著，用拴扣扣住最後一截繃帶，「當老天爺將我的妻子帶走時，他卻留給我一個世上最好的女兒。」周倫說著，看一眼他醫館一旁一個小神龕。一幅他過世老伴的大畫像前，供著香燭及一碟供品。他拍著小女孩的頭，從她的籃子拿出一個橘子，微笑著遞給病人。

「這是給你兒子們的！他們的燒該退了吧！」

「哦，您不該這麼做，周大夫！現在水果貴得要命，而且您老給我折扣。我已欠您太多，真不能再接受這個。」

「又來了，又來了。你這幾個月常來診病，經濟負擔必定不輕。更糟的是，你又跌斷了手，所以今天的診金就免了罷。別推托啦。」周倫說。

病患接過橘子跪下，向好心的大夫致謝。

「謝謝你，周大夫！您是大夫中的菩薩；其他的既冷漠又吝嗇。」他說。

「哎呀，」周倫吐一口氣，微微笑，「別管他們了。你只要快樂地過日子，小心別再滾下坡，就算報答我了。」那個病人千恩萬謝，飄飄然離去。

周倫覺得長褲被扯了一下，遂彎下腰，把他女兒抱上桌子。

「吝嗇！吝嗇的爹爹！」梅花說，模仿方才那位病患臨別的話。

「梅花，那樣說不好。」周倫說，搖著一根手指。

「我只是學他的話。你為什麼吝嗇呵？爹爹？」她問，對此，她的父親和藹地搖搖頭，拍著自己的胸膛。

「梅花，他是說我不吝嗇。他講的是別的大夫。」他說，對女孩會意地眨著眼。

「那麼，爹爹，什麼是吝嗇？」梅花問道。

周倫搔著頭，不知該如何解釋其中差異。

「吝嗇表示當某人不樂意把東西給出來。」他解釋。

「但你給出很多東西，你是……」

她頓了一下，不知該用什麼辭兒。

「慷慨。」

「對，」梅花說，「慷慨。慷慨的爹爹！」

「我也希望是這樣，」周倫笑起來，「但你知道，孩子，大多數的人有了錢才變得慷慨。這是自然的外溢效果；妳爹爹錢賺得多，所以我們得以三不五時讓可憐的病患喘口氣。」

此時，另一位大夫，比周倫年輕且多幅眼鏡，由走廊走到周倫診療室對面的掛號處。另一位患者、一位懷孕的婦女，向年輕的大夫恭敬地鞠躬，付出一大疊鈔票後才離去。年輕的大夫向離院的病人點點頭，立刻把錢放進醫館的錢櫃。他粗粗點了數，皺起眉，大步步入周倫的診療室。

「周老師。」他喊，腳步帶著氣。周倫把他的女兒放回地上，轉身面對他的學徒。

「泰義，孩子，坐下來跟我們喝杯茶吧！什麼事惹惱了你？」

「您是不是剛讓另一位病患離開？不必付錢？」莊泰義問，盯著他看。周倫輕咳一聲。

「哎——呀，又來了？他不過是今天第一個，別大驚小怪啦。」

「第一個？」莊泰義問道，「那昨天呢？還有前天？我們不能免費看診，您不了解嗎？他們會習以為常！我們不是慈善事業。」

「我們沒人是。你看，這就是我們的問題所在。而且你最後向那位可憐的孕婦收多少？」

「僅夠我們的醫館開張大吉罷了！」莊泰義說，「老師，我們的工作不是去同情他們。我們是大夫。」

「沒錯，我們的職責是幫助人。」

「但不是免費！」莊泰義反駁，「周老師，您有考慮過這樣對我們那些富裕的病人多不公平嗎？一旦消息走漏，他們也會要求免費。我們的醫館、我們的聲譽，會變得狗屁不值。收點兒錢有什麼錯？尤其您馬上要去義診，您竟然還如此！」莊泰義說，非常不高興。

「泰義，你該學著慷慨一點。我蠻驚訝你跟我學了這麼多年，卻沒領會到這個。」周倫說。梅花倒了一杯茶給莊泰義。

「莊哥哥，別生氣。」她說。

「的確。喝乾了它，泰義，孩子。我只偶而免一次費，別擔憂，開心吧！」周倫笑嘻嘻地說。

「謝謝妳，梅花。」莊泰義說，向女孩點點頭後，再對周倫說，「這絕非『僅此一次』的事，要不然我也不必在此多費口舌了。我們的醫館理當至少再多掙三分之一的利潤。您正在自掘墳墓！」

「那只是一個善意的行為。」周倫解釋，「你如果真不滿意，大可找別的大夫實習。譬如說蘇大夫。你也知道，他是如何經常拿學徒當試驗品。」

莊泰義舉起一隻手，「周老師，我當然要跟您學，您的診斷是汴京數一數二的。我只是要求您從今以後向每個病人平等收費。」

周倫嘆口氣，望著窗外，「這樣吧！再幾分鐘我就得走了，所以這整間醫館都是你的，隨你的意把每位客人都榨乾吧。恕我失禮，我現在得開始收行李了。」梅花把周倫的箱子拿來，他們兩人便著手把醫藥補給放進去。

「好，如果您的任何佔便宜的病患回診，我將收兩倍診金。他們起碼得補我們那麼多。」莊泰義答，並伸出兩根手指強調自己的決定。

「我不在就隨你高興唄，但你絕對不能讓梅花受到任何傷害。」周倫叮嚀，「答應我，你會如同對你自己的親妹妹般保護她。」

「哦，這您放心，老師。梅花是個乖女孩，」莊泰義說，對她擠擠眼，「我保證，我會照顧她的。」

周倫把那個裝滿藥草、醫療器材及檔案的木箱拖到前門後，招呼那名年輕學徒上前。

「泰義，你還來得及改變主意。跟我來，幫我一起幫助別人吧！我上次在那兒，他們缺人缺得厲害。大家一定很高興看到你的。」

「總得有人看著您的醫館和梅花。」莊泰義答，毫不帶勁。

「那倒不必擔心，」周倫拼命勸，「不管怎麼說，清潔工會鎖門。來吧！這是個好機會……」

莊泰義搖搖頭。

「周老師，我不相信做白工這檔事。它太可笑了。」

「善有善報，不是嗎？」

「善行從沒能掙口飯吃。」莊泰義說，記起他貧困的童年，「好啦，我保證，當您不在時，我會盡全力維持這間醫館的運作。」

周倫似乎有點兒失望。

「那麼七天後再見。記得去買點兒人蔘。梅花！爹爹回來時會給妳帶些好吃的小點心，好嗎？」周倫邊說邊開了門。梅花拼命揮手，望著他的爹爹消失在汴京熙攘的街頭。

莊泰義關上了門。

「你為什麼不跟爹爹去？」女孩問。

「我不想，別誤會。我尊敬他的所做所為……很少有大夫能那樣。但我的家庭背景跟妳的大不相同。」

「嗯，」梅花微笑道，「不同的爹爹。」莊泰義點點頭，以一位睿智聖者的胸襟，看待一個孩童的童言童語。

「嗯，妳說的不錯，但我指的是別的。」他笑嘻嘻地說。此時，門外的敲門聲引起了他的注意。

「周大夫！」一個男人的聲音。

莊泰義去應門。一位身穿*中統* [35] 標誌盔甲的士兵站在門外，旁邊有一輛蒙古馬匹拉著的官府大馬車。

「真不巧，周大夫出門義診去了。我是他的助手，河北來的莊泰義。」

「誰都行，」士兵說，「縣令的女婿得了重病，我們亟需你的服務，人命關天拖延不得吶！」

「但我沒法離開這兒。」莊泰義看著梅花說道。

「我們請了汴京的每位大夫，沒人醫得了。周大夫是我們最後的希望，他不在就是你了。快！莊先生，救人如救火呀！」兵士說著，遞了一個麻袋來。莊泰義解開帶子，看到裡面塞滿的錢，足夠這個醫館過一年。士兵指著麻袋裡面。

「只要能把病人醫好，縣令的賞賜是它的三倍。現在，如果你能立刻動身，這些都是你的。」

這句話正中莊泰義心坎。他急忙抓著他的藥袋，直奔藥櫃，打開許多抽屜，什麼藥都抓一點，迅速打成一個包袱。他蹲下身，握著梅花的手。

「我要出去一會兒，不知多久，但天黑以前會回來，好嗎？別跑到醫館外面，也……」

「不隨便開門。我知道。」梅花說，聽起來有點兒泄氣。莊泰義不願把她一個人像這樣留在家，卻又沒法拒絕發一筆意外財的機會。它亦會帶來好名聲——如果他成功的話，這家醫館極可能獲得蒙古人、甚至是忽必烈本人的認可。

「梅花，我會儘快回來。」莊泰義大聲說，把一個「休診」的木牌掛在門上。小女孩坐在一張凳子上，揮著手。

「再見，莊哥哥。」

---

[35] 中統：忽必烈統治的1260–1264年代稱中統。1264年後稱至元，其後又稱大元／元（忽必烈王朝的官方名稱）

五小時後，汴京大部份的醫館早已關門歇業，周倫的醫館差不多仍像白天那個樣子，只是這時候，從窗戶外可看到一個燈籠亮著微弱的光。梅花耐心地雙手抱膝，靠著掛號台坐著，不知她的父親與莊哥哥現在在幹嘛？

醫館外傳來一陣馬蹄聲，接著是一個人跳下馬車噗的一聲。門鎖轉了兩下，大門吱呀地被推開了。

「梅花？梅花？」

孩子舉起燈。

「哥哥？」

「我好累。」莊泰義說，緩緩掩上了門，「女佣幫妳準備了晚飯嗎？」

「有的。哇！莊哥哥，你真去了好久，你醫好了他嗎？」

「很不幸，我沒有。不過起碼我發了一筆小財。」莊泰義驕傲地把一袋錢舉得老高，像是中了彩券。打著呵欠，他碰也不碰熱在石板上的晚飯及湯。

「好了，我明天再吃吧！我得睡覺。」他早早上了床。

第二天，他倒下來了，得了肺疫病。

他病得無法起身，只能躺在床上，讓梅花及其他數名大夫搜盡了整個藥櫃，幾乎用完了所有的退燒藥，而且儘管半打多的大夫絞盡了腦汁開藥方，莊泰義的病情仍一天天惡化。後來，梅花在莊泰義的指示下，以一個孩童的體力，長時間的準備藥膳。四天三夜，定時餵食。生病的大夫繼續苦撐，頑強地與病魔博鬥。

第五天晚上，莊泰義的高燒已破表，他的關節酸痛，肺中濃痰堵塞，呼吸艱難。清晨時分，在清醒與昏迷間，透過他神志不清的雙眼，他看到一位發光的女人，穿著金光閃閃的袍子，璀璨如岸邊的細沙。女人安詳地笑，端著一個銀碗，站在莊泰義面前。他的眼角微顫之際，這個女人便由眼前消失了，而他卻看到了梅花。梅花小小的身子狀甚疲倦，又披頭散髮，正端著一碗熱騰騰的粥站在他床邊。她小心翼翼地跨過地上半開的一本《傷寒論》，把食物放在床頭櫃上。虛弱的莊泰義劇烈地咳起來，望了一眼枕邊堆積如山的藥碗。

「梅花，我們還有解毒湯嗎？」他問。小女孩搖搖頭，舀一匙粥餵到他嘴裡。他慢慢地嚼。

「唔，這是什麼？」

「藥粥打一個蛋。」梅花說，已精疲力盡。

莊泰義喘著氣，看著粥，不知道她到底在裡面放了什麼藥。雖然他發著燒，但這碗粥確實嚐著藥味，只是他現在的嗅覺不如往時，而且他發燒的腦子也不靈光，沒辦法辨別裡面加了什麼藥。

「什麼成份？」

「剩下的藥及藥櫃裡的一些東西。」梅花答，又擰了一條濕毛巾搭在他滾燙的額頭上。莊泰義用一邊手肘撐起自己，彎著手臂指著碗。

「梅花，使不得。中藥必須按照嚴謹的組合。份量有一定的比例。你記下了藥方嗎？」

「莊哥哥，現在別管那麼多，快吃！」梅花催他，一派孩童的天真霸道。*值得一試*，莊泰義暗道，吞下最後一口粥。他倒回枕頭上，在闔眼前，他最後看到的是梅花端著空碗走回廚房的身影。

一天半以後，他被外面街道上牛車載貨忙碌的車輪聲吵醒。他伸出手，打開窗，咳了起來，竟是他此星期第一次咳得如此輕鬆。他探探額頭，高興地跳下床。病魔已不翼而飛。

「莊哥哥！」

一聽到這個聲音，他猛地轉身，把小女孩一把抱入懷中，抱得緊緊的。

「我活過來了。都是拜妳所賜。」他說。梅花面有倦容，但也是欣喜。

「爹爹剛剛回來。」她喃喃地說。

「泰義，你沒事真好。」是周倫在說話。莊泰義立刻向他們兩人叩頭。

「周老師，您的女兒救了我。」

「泰義，孩子，起來。梅花只是做她當做的事。」周倫急著去拉他，「另一方面，我今早一回來，縣府便告知了我。你答應診治他罹病的女婿勇氣可嘉，雖然我質疑你真正的動機。嗯？」大夫半皺著眉，舉起元兵給莊泰義的那袋錢。

「他們說，你一看到錢便不再猶豫。我不喜歡比較，莊泰義，但上星期我義診了八十多名病患，而你卻收下這個。縣令的女婿死了，對不對？你卻緊抓著這個錢袋子，似乎只有它才是一切。你和我是該好好談談了。」

「我太慚愧了，周老師。從今以後，我保證會像您及您的女兒那般慷慨。」莊泰義說，再也不做名利的奴隸。此時，傳來砰的一聲。

是梅花。她倒在地上，一動也不動。

「梅花？」

是惡作劇嗎？不可能，這個女孩純淨得沒一絲歹念。周倫與莊泰義立刻衝到她身旁，檢視她——她已不省人事。

周倫摸她的頭，擔心莊泰義的病已經傳染給她。

「傷寒藥！強效的！」他喊。莊泰義點點頭，由那個錢袋抓了一把鈔票，便衝出門。

●— — — — — —●

莊泰義由一家醫館跑到另一家醫館，又造訪無數的藥房，尋找最新鮮的藥草及成藥。一旦買到，就立刻跑回周倫的醫館，但不旋踵，又出去找更多的藥。中藥草包羅萬象，有的珍稀藥材店家往往惜售。莊泰義把錢亮在店家面前，付雙倍價只求買到市場上最好的貨，同時希望他上一輪買的藥汁此時已發揮藥效。當他第五次返回周倫的醫館時，已接近子時。滿身是汗，莊泰義吸一口氣，推開梅花的房門。那兒，周倫坐在他女兒身旁，就著燭光研藥。地上擺滿了藥碾子、藥缽、搗臼及傳統中藥器具。

周倫望著莊泰義，他的眼睛因憂慮而疲憊。

「她的燒一點兒沒退。我一直想不透，她到底用什麼藥救了你？」周倫說，抹著額頭的汗水，「我檢查了藥櫃的每個抽屜，就是看不出個所以然。有的抽屜空空如也，但原先裝著的是醫治別的病的藥，有的抽屜跟我走前差不多一個樣。」周倫疲倦地望著剛解開地上大布袋的莊泰義。

「人蔘？你已經買了些啊！」周倫說。

「沒錯，但這個是最上等的。我花光了所有的錢才買到。」莊泰義答。周倫點點頭，再回到仍然昏迷不醒的梅花身旁。整個晚上，大夫與學徒均不曾合眼。他們或針灸、或灌藥，嘗試了各種方法，但這個孩子只是不停的翻來覆去，甚或含含糊糊地說胡話。對周倫或莊泰義來說，這不啻是他們生命中最長的一夜。

幾天後，在清晨第一道曙光下，梅花死了。

莊泰義頹然地倚著牆，腦筋一片空白。周倫則面無表情。老大夫坐在椅子上，盯著女孩死灰的臉，不願置信下是極度的驚恐。

當老天爺帶走我的妻子時，我歸之於天意，可現在祂們又拿走了我的女兒。

他的肩膀聳動著。莊泰義走向他。

「周老師。」

「世上有那麼多人，我又救人無數……這就是老天爺給我的回報？」周倫說，抖著下巴，「這是個玩笑，是上天在捉弄我。」周倫突然揪住莊泰義的袍子，把年輕學徒死勁扔向一個書架。莊泰義和傢俱一起摔在地上。

「你幹的好事！都是你害我們的！」周倫哀喊，怒不可遏地衝到藥櫃，把藥櫃推倒。發瘋的大夫抓起昂貴的人蔘往牆壁擲，把醫學掛圖撕成碎片，一邊大聲咒罵。莊泰義上前勸阻，但被他一個肘擊打到地上，不久，大夫與學徒便拉拉扯扯扭成一團，過程中撞開了大門、滾到早晨忙碌的街道。這個情形招來了若干旁觀者及路人的好管閒事，一小隊巡捕很快地把兩人圍住。

僅管周倫死命掙扎，兩個男人終於好不容易被分開了，汴京巡捕立刻把兩人制服住。周倫把自己掙脫，滿腔憤慨地向天空抖著拳頭。

「去死吧！去死吧！」他厭惡地望著藍天，淒厲地喊，接著指著莊泰義，「還有你。從今以後，這兒不歡迎你。出去！滾出我的醫館！滾！」

莊泰義無能為力地看著他的師父，然後看著聚集上來的人群。

「滾！」周倫大聲咆哮。

莊泰義愧疚不已，他無法再面對周倫的逼視，只能轉身走開，不再回頭。

「所以你以後就沒再跟他說過話？」喜鳳問道。莊大夫擦淨他的眼鏡又輕拍自己變得淚濛濛的雙眼。

「我能說什麼？我試了三年，每週都去找他，但他不見我。」莊泰義說，「當我偶然在街上碰到他，他躲我躲得像見了鬼似的。他對我的憤恨與日俱增，到最後我只好放棄。」

「包青天在上，我們真想像不到。」凱先生說。

「你們也猜得到事情怎會走到這一步。現在的周大夫與以前的他判若二人。以前那個樂善好施的他已不復見，代之而起的是一個尖酸刻薄、貪婪愛財的騙子。他重操大夫舊業，卻已完全喪失了行醫的熱忱……說句讓人心酸的話，他變得……嗯，非常狡詐。名聲壞到甚至有人組織自救會，發起撤銷他執照的活動，讓他終生不得行醫。屋漏偏逢連夜雨；他的業務遂一落千丈。可悲的是，現在幾乎沒幾個人記得他以前的好名聲。」

「他被吊銷了執照？那他行醫不就犯法嗎？」凱先生說。莊大夫點點頭。

「沒錯，這就是為什麼這個可憐人前陣子遠行的原因。他前往較少人知曉其惡行的地方謀生。告訴我，年輕的女士，妳是怎麼認識周大夫的？」

「我是去年在城門口外遇到他的。他那時染了惡疾奄奄一息沒人理會，是止聾去幫他買藥救了他。」喜鳳答道。

「誰是止聾？」莊大夫問。

凱先生做了一個打氣的姿勢，「是她的……你知道。」

「年輕的女士，妳未婚夫的行為雖然可貴卻也過於幼稚天真。通常乞丐是不能信任的。不過我還是感激他的義舉，救了我最尊敬的師父。」莊泰義大夫說。凱先生吞下一口酒，並請大夫喝，他搖頭拒絕。

「如果我想得不錯，你當樂意幫我們，是不？你當回報周大夫的恩情。」凱先生的語氣略有你別令我失望的意思。

「很抱歉那不可能。忽必烈下旨我得一直待在城裡。我雖可上表正式申請，但批准下來得花一、兩個月。我基本上像被軟禁在此，真的幫不了忙。」莊泰義大夫說。喜鳳與凱先生點點頭，相當失望。

「或許你可派一名你的助手、像你一樣棒的大夫。」喜鳳問。莊大夫再一次非常抱歉地搖頭。

「唉，我最好的助手們都到其他城鎮開醫館了。現在我這批手下無人可獨當一面。我不會推薦這附近任何一個人，除了周大夫外，雖然他對我的怨恨，讓我無法勸說他。」莊大夫拍淨手，打開若干藥屜，選出許多中藥，整齊地放成一堆。

「我只能資助妳這些藥草，但我無法抽身，對不起。」

喜鳳躬身道謝。

「我明白。謝謝你，莊大夫。

第33章

魚目中的真珠

「我沒多的錢。」牡丹姐氣急敗壞地說，與她年輕的打手站在周倫的醫館內。他們旁邊的診療台上躺著的，是那個被打昏的巨無霸顧客，仍不省人事，但他的頭上已紮妥繃帶。牡丹姐指著他說：

「你明明告訴我診金只要三十！」

「那是底價。我根據病患的體型另外加價。」周倫狡辯，雙臂交叉在胸前，「看看他，他難道不抵兩名病人？」

「這是我聽過最不合邏輯的廢話。」牡丹姐說。她駝著背擠在周倫破爛的小醫館內，手裡緊緊揑住她最後一點現金，與周倫大眼瞪小眼。

牡丹姐那個魁梧的、被鐵鏟打昏的受害者像是在微微抽動，可大家都沒注意。

「我可從來沒說三十是最後的價錢，所以給我三十五文我們就收工吧！。」周倫催著，但牡丹姐對她的保鏢打了個手勢。

「開什麼玩笑。讓我們去找別家醫館。再見！」她說，把她的錢塞進她漢服的口袋裡。周倫瞥見一件拋光的長型物件，帶著奶綠色光澤。

「一個翠玉卷軸？哦……呵！別忙，女士，妳的日子無疑地過得不錯。現在請妳好心的付四十文，我們就可以永不碰面。懂嗎？」周倫沒好氣地說。

「我會才見鬼！你說三十，就拿該死的三十，要不一文都沒。」牡丹姐說，打開她的錢包，非常不樂意地遞出相當於三十文的鈔票。

可就在她如此做時，大夫把她的手拍開，由她的口袋扒了卷軸就跑。一眨眼，他已到了門外，拼命地在跑。牡丹姐與她的保鏢嚇呆了。她大喊著立刻追上去，但發現自己被擋在路上的行人與馬匹中，沒法跑得更快，而她的保鏢一馬當先，大口喘著氣。

倒是周倫，儘管比另外兩人年邁，但對逃跑可謂經驗豐富，不管追捕他的是不滿的病患亦是惱火的巡捕。他繼續沒命地飛跑，一手把玉軸攥在懷裡，另一手握住他灰白的鬍鬚，免得它飛進他的眼睛。他朝肩膀後瞄一眼，看到那個女人的保鏢遠遠落在後面。管他的。這個大夫深信自己是被逼得走頭無路才去行搶，認為自己是諸多冤屈的受害人，所以對做此等事毫無愧疚（甚至還沾沾自喜）。

轉了一個彎，周倫突然來個急煞車。那兒，一隊元朝巡邏兵正從前面街道行來。帶頭的人穿著高階權貴衣裳，十分面熟。原來他正是當日下午稍早時分，給了周倫一拳的病患。這名權貴楞了一下，再看周倫一眼，便拼命抖著手臂指著吃驚的大夫。

「就是那個騙子！他就在那兒！就是那個想騙我錢的大夫。」他喊。元兵隊長點點頭策馬跑來。周倫面色發青，往後倒退，撞到一個賣滷豬蹄的攤販，便跌到地上，滿身濺著油膩膩的滷汁。周倫撇下爛攤子不管，一骨碌爬起來，循來時路往回跑。轉個彎，他前面赫然就是那個女人的保鏢，正一拐一拐跑來，喘噓噓地。

「你往哪兒跑？」妓院打手上氣不接下氣，「把……把我們的錢還來。」

周倫飛奔過這名精疲力盡的年輕人，一手拼命往他醫館的方向指。

「回去！回去醫館！」他扯著嗓子喊。保鏢望了周倫一眼，再回頭看見一隊來勢洶洶、拉開了劍、大聲呼喊的元朝巡捕逼近來。他不知道他們是衝著騙子大夫來，還是衝著牡丹姐。年輕打手暗忖此時不溜更待何時，明天有的是好工作，而且如果這是什麼預兆，那他大概選錯了邊站。揉著他額頭的傷，他晃到旁邊的巷子，像事不關己的離開。

●— — — — — —●

當周倫快接近醫館時，他匆匆混入閒人與行人的人潮中，打算就此消失不見，但沒成功，因為他撞上了一堵牆，摔得眼冒金星。他搖搖頭，跪在膝上，這才發現，所謂的牆，不過是一個頭上包紮了大塊繃帶、看著面熟的巨大漢子——他的巨無霸病患終於醒了。

「這個該死的魚秧子是什麼人？」巨人抓住周倫的衣領，哼一聲問。詭計多端的大夫被他提得兩腳離地，仍一臉笑。

「哈！看來你好些了。」周倫冷汗直冒地說。巨無霸皺著眉，放開手讓大夫掉下去。玉軸由周倫的口袋掉出來，沿著路滾了滾。

叮咚一聲，它停到一個女人的腳邊。不就是牡丹姐嗎？她正在找她的打手。

她彎下腰，把這個東西攥在胸前，這才看到巨無霸與周倫。

看到她，巨無霸臉色一沈，把大夫一把推開。

「終於被我找到了，你這個老虔婆。」他邊說邊摩拳擦掌。

巨無霸的分神來得正是時候，周倫悄悄轉個身，蹦蹦跳跳地走開。與此同時，巨無霸朝牡丹姐逼近，他的臉上燃著一把地獄之火。

「妳敢用我的鐵鏟打我，妳得付出代價！而且把我的錢還來，快！」巨無霸此時才看到那卷玉軸，便向牡丹姐撲去，把她壓在牆上，試著把這個東西扭下來，此時看熱鬧的人已圍成一個半圓。巨無霸由她手上硬生生地把玉軸搶走並展開來看。

「這什麼東西？一幅蹩腳的功夫指南？」他咆哮著。

一個聲音，凌駕於喧囂的人聲。

「大家，讓開！」

群眾讓出一條路給元兵巡邏隊及被他們抓到的周倫。周倫的手腕上了一副噹啷的鐵鍊，可見他根本沒跑遠就被逮到。一名士兵把這個沮喪的大夫往前推。

「哇，真不敢相信。」巨無霸邊說邊行禮，「沈隊長，你來得正是時候。」

元兵隊長也上前回禮。

「老博，我的老伙伴，你幹嘛在這兒？你好像不太開心。」

「沒錯，我正打算去找你……這個老鴇想苛扣我的時間。而且她還用我的鐵鏟打我哩！」巨無霸邊說邊指著他的頭。沈隊長瞪著牡丹姐，不懷好意地咧嘴一笑。

「女士，妳犯了一個天大的錯誤。把這個女人也抓起來！」他大聲下令。牡丹姐旋即發現自己也被掛了鐵鍊，且被趕去跟周倫站在一塊兒。巨無霸調皮地向他們搖著手指頭。

「嘿！先生姑娘們，今天算你們倒霉。」沈隊長大聲說，看著周倫，「就由你開始吧！大夫，你的執照。」周倫知道說謊也沒用。

「我沒有。」

「你無照行醫，」沈隊長大聲斥責，嘴角帶著一抹獰笑，「罰你的醫館充公。」另一位士兵走上前來，當場就在周倫醫館的門上貼上*沒收充公*的封條。周倫倒抽一口氣。

「豈有此理！你不能僅僅因為我不再有執照而拿走我的醫館。」

「不再是你的醫館嘍。」沈隊長糾正他，「你可以把它買回來，不過我懷疑在付了罰金後，你的錢還夠不夠。」周倫氣得牙癢癢，恨不得把這個愛拍馬屁的隊長架在火上烤。幾名元兵把他往後拉。

「放開我！我只是想掙口飯吃。」周倫尖叫起來。

沈隊長一把抓住大夫的鬍鬚。

「就是像你這種騙子拖累了我們的經濟。至於妳，」他指著牡丹姐，「妳打了我朋友。這位博先生可是一位退役將軍，所以妳得付一大筆罰鍰。讓我們把這件事簡化一點；只要你們各付兩百文給我的朋友和我，我們就放你們走。」

牡丹姐發起抖來，她根本沒那麼多錢。沈隊長聳聳肩。

「太遺憾了。你們兩人只好去牢房蹲囉。」他粗聲下令，「走！」

元巡邏兵將武器比著周倫與牡丹姐，領著他們在眾目睽睽下上路。

● — — — — — — ●

「外面在吵什麼？」莊大夫皺著眉頭，站起來朝窗外看。

喜鳳與凱先生也站起來，向大街望去。只見行人們因為一陣像尖叫比賽般的聲音而急忙讓路。聽起來像是一個男人和一個女人扯著嗓子怒罵，雜著踢腿、拖腳的聲音。凱先生頓了一下。

「你們聽到嗎？聽起來像是……」

「周大夫？」莊泰義大夫不敢置信地說。他跑到門外，那兒，像一對罪犯被強行拉扯著的，是他以前的師父與一位上了年紀的女人。他們兩人都銬上了鐵鍊，呼天搶地的被一小隊元兵戳著走。

「別推我！」周倫踢著士兵們，「你們膽敢如此對我？我曾為這個城市賣命。」

「閉嘴！」

「你們以為我為什麼帶他來就醫？」牡丹姐哭得一把眼淚一把鼻涕，指的是她送巨無霸就醫一事，「可憐可憐我啊，我畢生的事業已經在走下坡囉！」

「安靜點！」一名士兵咆哮。莊泰義扶正眼鏡跑出去，把自己擋在眾人前面。

「請大家止步聽我一言！」

沈隊長皺眉不解。

「這不是莊大夫嗎？」他說，「您跟這件事有什麼關係？」

「沈隊長，為什麼把這個人用鐵鍊拴著帶走？」莊泰義指著周倫問道。沈隊長行個禮，恭敬地回答。

「這兒的這個騙子企圖訛詐幾個病患的錢，而且他還無照行醫。以您的水平，當知道他該受何等刑責。他是一個騙子、小偷、醫學界的敗類！這種人該待在牢房而不是醫館！」

「沈隊長，我求你，放了他。他是我的師父！」莊泰義說。

聽到莊泰義如此說，周倫的眼神似乎柔和起來。

「恕我直言，莊大夫，您這麼說真令人難以置信。」隊長答，「現在我得把這個騙子帶回監獄，失陪。」

「等等，他曾經有一張證書，曾經有。」莊大夫說，「當我還是他的學徒時，我每天都看到它，就掛在我們醫館的牆上。」

沈隊長停下來。

「莊大夫，我喜歡您。您是唯一一位關心內人健康的大夫，但規定就是規定。多年前他的仁心仁術，不能做為現在無照執業的藉口。」

只見莊大夫衝回他的醫館，一手拿起一隻大毛筆，另一手撕下他醫館牆上懸掛的大證書。戴眼鏡的大夫回到外面，把文件伸到沈隊長面前。

「這是我的證書，但它現在是周大夫的！」莊大夫說，大筆一揮，把自己的名字塗掉，寫上周倫的姓名。沈隊長大吃一驚。

「莊大夫！您知道您在幹甚麼？」

莊大夫把這張重寫的卷軸舉在空中。

「這張證書現在屬於周倫。」他高聲宣告，「這意味著我現在是無照行醫，難道你也要逮捕我嗎？沈隊長？」莊泰義伸出雙手，像等待上銬的罪犯。這名隊長有點兒窘。

「莊大夫，」沈隊長說，指著周倫的頭，「此人難道如此重要，值得您以您的名聲換取這個怪老人的自由？」

「否定這個城市一位它需求孔急的人材，才是更大的罪惡。這個城市每天有好幾百位病患，卻從沒足夠的大夫診治。你也知道情況變得多嚴重，不是嗎？」莊大夫說，毫不讓步。隊長瞠目結舌了一下，終於不情不願地大聲命令士兵解開周倫的手銬。

「如果我聽到他再去騙人，我會把你們兩個都抓起來。我可不是說著玩的。」他說。重獲自由的周倫瞪著這位隊長。

「必須這麼麻煩你才信，嗯？」周倫惡聲惡氣地說，怒容滿面，接著轉身抓住他前學徒莊泰義的袖子。

「至於你，莊泰義，這並不改變我們間的任何事。別以為你就可以順著竿兒往上爬。」

前學徒舉起雙手，說：「周老師，您可以為當年的事繼續恨我。我沒辦法使您的女兒死而復生。沒有一天我沒希望當年的慘劇從沒發生過。但我求您回報喜鳳與止聾幫助您的恩情吧。」

站在巡邏隊鐵矛陣中的牡丹姐，聽到他們對話中提到的一個名字，耳朵立刻豎起來。她蹣跚地走到前頭，鐵鍊鏗鏘作響。

「止聾？你是說少林寺的止聾和尚？」她問道。凱先生、喜鳳、莊大夫及周倫都轉頭去看這個女人，十分意外。

「妳認識止聾？」喜鳳問道。牡丹姐點點頭。

「哦，原來妳就是他心儀的對象。」牡丹姐說，打量著喜鳳，「哇，好個漂亮的女子。他是一個幸運的男人。」

周倫輕咳一聲，指著牡丹姐。

「欸，巡捕大人，既然你還在這兒，我要向你檢舉這位一毛不拔的女士還沒付我包紮*他*的錢。」周倫抗議，向那個巨無霸比一下。

沒人答腔。

「怎麼？」周倫發怒了，「你們不是混蛋的官府嗎？你不會讓她霸占我的錢吧，是不是？」沈隊長忽地轉身，對著這個不知好歹的大夫。

「哦，去死吧！你這個老賊！你最好開始對莊大夫俯首帖耳，要不然我可能會改變主意。至於妳，婊子，閉嘴！我們得走了。」沈隊長厲聲說，推著牡丹姐，而周倫仍在那兒咋咋呼呼。當這隊人走開時，喜鳳出聲了。

「隊長，你為什麼逮捕這個女人？她做了什麼？」她問道。沈隊長皺起了眉頭。

「姑娘，不關妳的事，但未免失禮起見，我只能告訴妳，她因傷害我的朋友被捕。」隊長答，一邊向站在近處的巨無霸點個頭。

「她該付罰款即可。」凱先生說。

「罰鍰四百文，可惜她身上沒那麼多錢。」沈隊長冷冷地回答後，轉向他的巨無霸朋友，「老博，你幹嘛不告訴他們，她身上有什麼？」

「不過是一卷無聊的功夫卷軸。」巨無霸說。

「她這樣的老虔婆怎會搞那種扯蛋？」隊長狂笑起來，「她準是偷了哪個顧客的，無疑的是哪個變態的功夫人。」

「什麼鬼東西，」巨無霸加油添醋地說，「狗屁不通寫什麼龍形功。胡說八道什麼吶。古軒街那兒有的是騙子兜售這種垃圾。」他邊說邊嘲諷著牡丹姐，「婊子，妳就練功打出監獄唄。」

*龍形功？*喜鳳暗道，*可能是風龍掌！*她對莊泰義說：

「莊大夫，凱先生，我們也必須幫那個女人得到自由。我想她的東西可以救止聾的命。」

凱先生問她：「喜鳳，妳確信？妳也才第一次看到她。」但喜鳳已經提著袍子去追那些巡邏兵。

「沈隊長！」她喊著。沈隊長指示暫停，嘆一口氣。

「現在又有什麼事？」

「還這個女人自由。我幫她付罰款。這兒有六十四文，是我現在身上所有的錢，餘額將在此週內付清。」喜鳳說，把她的錢包交出去。沈隊長拿著它點了一下，不屑地望著喜鳳。

「這可不是四百文，美人，得了吧！」

喜鳳還來不及回話，一個裝滿了紙幣與銅板的大錢包吞沒了她的小包——是莊大夫慷慨解囊。

「點一點，」莊泰義說，「這兒大概有三百四十文，兩筆加在一起該有四百。現在請放了這位夫人。」

每個人都啞口無言，其中最驚訝的莫過於牡丹姐，只因為這種無私的行為，反映出了幾個月前她幫助止聾的那一幕。這兒不只一人，而是兩位素昧平生的人掏錢幫她。生平第一次，牡丹姐感到納悶，與她一向負面的感知相去甚遠的，是否這世界尚存有一絲良善。巨無霸把錢包一把搶去，數著鈔票，驚訝地挑起一邊眉毛。他把錢塞進腰帶裡，跟沈隊長交頭接耳後，沈隊長便招喚一名士兵上前。

一陣吭啷聲，牡丹姐的手銬被解開了，並被粗手粗腳地卸下。

「哼！婊子，原來妳是有靠山的。」巨無霸說。

「現在可說是皆大歡喜了。」沈隊長說，瞪著莊大夫與喜鳳，「我不知道你們在玩什麼把戲，但你們在玩火。今天的事就此作罷，但如果我再看到你們任何一人搗蛋，牢房伺候。」

「沈隊長，謝謝你。」喜鳳、凱先生與莊大夫躬身致謝。元兵終於離去，杏林胡同又如往常般，立刻擠滿了忙碌的人群。他們來來去去，對不久前才發生的事毫無所悉。

「莊大夫，給出那麼一大筆錢，您真的沒問題嗎？」喜鳳再次低頭致謝。莊泰義擺擺手。

「別提了，我沒事。」

「但你甚至不認識我。」牡丹姐有異議，「我的意思是，謝謝你，但你及這位年輕女子真的不必這麼做。我只是一個陌生人。」

「是喜鳳姑娘先插手的。」莊泰義解釋，並向喜鳳頷首，「喜鳳姑娘，妳的語氣很急。我希望妳沒弄錯。」

「妳為何幫我？」牡丹姐問，友善地望著喜鳳。

「我猜少林寺遺失的一卷卷軸大概在妳那兒。它是解說風龍掌的武功祕笈。止聾亟需要它。」喜鳳回答。讓大家吃驚的是，牡丹姐伸手入懷，拿出了那卷軸。

「這個曾是我最寶貴的東西，但如果它能派上用場的話。」她抖開它，露出一幅一米長的功夫指南，上面是詳細的插圖與毛筆字註解，還蓋了少林寺官印。

「畫得真好。」凱先生發表意見。

喜鳳欣喜若狂，伸出一隻因興奮而顫抖的手，對這個老舊文件上剛勁有力的書法驚嘆不已，它寫著：*少林派風龍掌，第二卷*。然後底下是更小的字：*第七代龍虎功師父釋聖雷書寫與修訂*。

「少林寺風龍掌！妳怎麼會有……？」

「我現在不想提。止聾有麻煩嗎？」牡丹姐問道。喜鳳點點頭。

「他想離開少林寺，但打不贏通關走不了。我希望這個會對他有用。」她回答，還在狂喜。

像是突然記起什麼，她猛地擺頭四望。

「周大夫在哪兒？」

「我逮到他了！」凱先生喊著，正費力地走向他們，一邊拖著一個怒容滿面又一直想要掙脫的周倫，「這個鬼鬼祟祟的老臭鼬正打算溜走。」

「放手！」周倫嚷著，終於掙開了。奇怪的是，這一次他倒沒逃，只是把背對著他們，像是拒絕甚至朝他們那個方向呼吸。

「周老師。」莊泰義喊他。周倫對他的前學徒回以一個嗤之以鼻。

「有什麼事？」

「拜託，老師，把您的苦毒放下。他們須要你的幫助。」

「苦毒？」周倫勃然大怒，「你可真會把那個字眼亂套。你可知道當你盡心竭力幫助他人時，卻得眼睜睜地看著你的家人一個個向死亡屈服的那種感覺？你怎有資格指控我『不幫忙』？」

「老師，我希望那天死的是我而不是梅花，但我無法改變過去。」莊泰義說。周倫忽地轉回身。

「我也沒要你那樣！我要的只是別讓我看到你和這些要求我『幫忙』的螞蟥的臉。在我輝煌的歲月裡，我已經做了夠多的好事。」他喊著。十年來的傷痛在他的臉上刻下深深的皺紋；抹去嘴角的唾涎，周倫指著他以前的學徒，說：

「上蒼捨棄了我。他們無疑的更青睞於你。莊泰義，你多金又事業有成……而我現在一團亂，你這個畜……」周倫踢起一團塵土到莊泰義的鞋子上，氣得喘噓噓。

「我永遠都不要跟你有任何關係。你不是我的學徒，你是一個掃帚星。今天我根本不需要你的幫忙，莊泰義，我自己也有法子脫身。現在，你們都給我滾開！」周倫最後一句話也是衝著喜鳳、凱先生與牡丹姐說的。他現在無能為力報答別人的恩情，不公平的感覺又讓他頭昏。憤怒的老大夫避開眾人的眼光，冷冷地穿過大家，大步走入汴京的街頭。

第 34 章

泰山大挪移

「爹爹，他為什麼不吃東西？」

在周倫的診療室內，梅花、周倫和當時仍年青的莊泰義坐在診療台兩旁的凳子上。一名十六歲的男孩，正靜靜躺在台子上。他的眼神空洞，渙散，但他並非失明。男孩著急的雙親也在一旁觀看，憂心忡忡。男孩緩緩地呼吸，面向著天花板。在周倫的指示下，梅花用筷子挑了一點兒白飯放進男孩的嘴巴，但他奮力地把它吐出來。

「他還是老樣子。」男孩的母親說。

「你不是說針灸能刺激他的胃口嗎？那為什麼他仍拒絕吃固體食物。」男孩的父親抱怨。周倫搔著頭，在一張紙上寫著什麼。

「抱歉，不是人人對治療的反應都一樣。但是六天不吃一點兒東西，」周倫說，「這麼長的時間忍住不吃倒有些過頭。他特別愛那隻狗嗎？」他看著這個已經瘦得凹陷下去的男孩說。

「他們是最好的朋友。」男孩的母親回答，指的是男孩最近去世的寵物。莊泰義走到藥櫃，抓了一小袋藥草，另外又裝了一竹筒野蜜，封好。

「我這次配了更強的開胃藥，」周倫說，「但考慮到他虛弱的胃腸，所以劑量已稍減。喝的時候再兌點兒水。希望能改善他的厭食狀況。如果沒效，我只能再行一次針。同時，如果他有進食的意思，那麼試著給他一點兒稀粥。」

雖然這一對父母已經試著給他們的兒子各種流質食物，他們還是點點頭，拒絕放棄。在付了半價的藥錢後，周倫向他們道別，而莊泰義坐在掛號處

拿著毛筆，正在扼要的記錄當日的行醫日誌。他翻開前一頁，搓著下巴沈吟。

「周老師，這是他第二次就診，但這男孩一點兒不見好轉。」他指出。大夫探出窗外，看見孩子的父母正小心翼翼地領著兒子穿過人群，走在杏林胡同的大街上。

「我知道，這個可憐的孩子有心事。我們不能怪他鑽牛角尖。」他說。

「爹爹，你可以醫好他的腦筋。」梅花建議。周倫點點頭，若有所思。

「醫藥沒辦法醫心病，梅花，即使我希望它能。」

「那是腦筋的事，不是心。爹爹胡塗了！」小女孩咯咯笑。周倫彎腰握住女孩的小手，點著頭。

「梅花，有時候，它們是同一件事。當腦袋每天想一樣的事，不久，它便變成心裡的事。有些人的心已變硬了，梅花，他們的心沒法體會太多，所以在某些方面較少受到影響。但那些敏感的人，他們的心是軟的……他們感受得更多，而且很久都走不出來，尤其是遭遇打擊時。災難會讓他們無法繼續前進。」

「他們只是意志薄弱。」莊泰義聳聳肩。

周倫搖搖頭。

「意志薄弱？倒不全是。莊泰義，孩子。敏感的人是特殊的一種人。他們所看所想的比較細微。他們的視野更廣闊、心思更細膩。我確信，它在某方面也會讓他們得到益處。但在這個情況下……」

梅花拉長了臉。

「所以我們醫不了他？」

「大概沒辦法。除非他自己決定放下。」

●——————●

一個夢。梅花。莊泰義。那是好久以前的過去。

他最後一次作夢是什麼時候？更別說夢到一段至今他完全拋諸腦後的記憶。這個夢的意義何在？一片眼皮顫抖著。

周倫坐起來。

他處身在一個小房間，躺在一床塞了稻草的軟墊上，耳中是暗夜的靜寂。他左右兩邊有許多五斗櫃，裝滿了成疊的乾淨罩袍及毛毯。一個櫃子頂上燃著一根浸過香料的香，為的是要窗外的蚊子聞香卻步。

理直他已被壓扁的鬍子，周倫掀開毯子，才發現不知誰已把他的鞋子補好並整齊地排在地板上。感到驚訝的大夫不知自己身在何處，唯有一件事可以確定，就是：這間房間十分清潔、舒適，而且是他從沒見過的。所以他到底見鬼的在哪兒？他所能記得的只有日暮時分，他跌跌撞撞地走出了汴京城門。他可能被迷昏綁架了？但綁匪在哪兒？這個地方又太乾淨，不像綁匪的巢穴。

他大抵是已經死了。

他低身就腳，去拿鞋子——就這樣停在那兒。

他的腳是臭的。

人死後，腳還會臭嗎？有何不可？但如果腳還是如生前一般臭，那來世又有何可期？周倫把線香拿來，用它的香氣薰他的腳。感覺好點兒了。大夫去拉門，把它打開，房間霎時浴於刺眼的強光下。他不自覺地瞇起眼睛，只見黑色與灰色的身影像鬼魅般在他眼前快速閃過。

「周大夫！」

當周倫的視力適應了強光，他看到凱先生與喜鳳兩人都穿著白色圍裙，看像是在合藥。四下瞧瞧，大夫赫然發現自己處身於一間點著許多盞燈、亮如白晝的大木屋中。觸目可及處，到處都是助理大夫、實習生、醫科學徒與助手，正忙著處理許多不同背景的病患。他好似闖入了一家小型醫館。

凱先生把搗臼搗得砰砰響，一邊刮起臼底已成糊狀的藥，並向周倫揮手，同時間喜鳳把她的搗臼遞給一位助手，邊跑過來邊搓著她自己的手。

「早安，貪睡蟲！」喜鳳說。丈二金剛摸不著頭腦的大夫指一下周遭。

「這些該死的人是幹什麼的？我這在什麼地方？」

喜鳳還來不及回答，周倫已突然跑開，像一陣暴風似地衝過大廳，想找到出口。經過幾次往返的此路不通後，他終於找到了他認為是前門的入口。閃過幾名新來者，他出去到黑暗中，踉蹌不穩地在凌亂的草地上跌跌撞撞。冷不防這位逃跑大夫的袍子被一隻手扯住，拽得很緊。

「周老師！」

是莊泰義大夫。周倫瞪著他。

「天哪！怎麼又是你？你幹嘛不離我遠點兒？」周倫哀喊著，拼命扭。

「周老師，我們人手不足。在您離開前，您能幫忙看看這個孩子嗎？」莊泰義邊問邊把一位抱著孩子的婦女推到前面。這個哭哭啼啼的小女孩大約三歲，臉上有一片嚴重的皮疹。周倫抬起眼，看到大門口豎著一面招牌：梅花義診中心。他簡直不敢相信自己的眼睛。

「這兒不是城裡？我們在森林區嗎？」他說，四下望。他大概在汴京城外圍，而且根據天上的滿月，現在該是午夜過後。

「我們到處找您，終於在這附近找到熟睡中的您。這兒是我的另一間醫館。」莊泰義說，「等一下我再告訴您詳情，但您可以先看看這個女孩嗎？」周倫觸目所及，到處都是病患及他們憂心的家人，或騎馬、或駕車、或乾脆步行，在月光下絡繹不絕地前來。周倫朝莊泰義肩膀後面望去，看得到每一位可用的大夫都抽不開身。他再回頭，看到站在他面前的女人正搧著孩子的臉，想讓發炎別更糟。他搖著一隻手指對莊泰義說：

「聽著，莊泰義，我……」

周倫話還沒得說完，莊泰義就被一位助手拉走。臨去前，這個前學徒送出一個最後的請求。

「您是最棒的，周老師！請幫他們的忙。」莊泰義邊喊邊消失在一堆大夫後。

「這些疹子讓她睡不著。」女人哀求他，把啼哭的孩子抱到周倫面前，「你能讓她不要抓嗎？」周倫抬起一隻手表示拒絕。

「欸，欸，夫人，我不在這兒工作，而且我真的必須回去城裡。」

但當他注意到這位母親臉上的表情時，周倫的聲音就沒勁了——雖然他的心隨著時間推移變得相當剛硬，然而父母親對他們孩子的關懷，卻是他永遠沒辦法完全忘卻的。他沉著臉，看了一眼他的小病人，孩子已停止哭泣，反而驚奇地盯著周倫粗獷的老臉。

「好吧！那我就給這個，嗯，你的小毛孩開點兒消炎藥膏。診金五十文。」周倫說，不知他是否該開個更高的價錢。

「但這兒是不收錢的！這是一間慈善醫館！」女人指著門口上面的招牌說。周倫意識到她說的沒錯，便垂頭喪氣地認輸。

「當然。」他回答得有氣無力。

一個時辰後的寅時，最後一位病患才剛離去，木屋的地板正被刷洗中。周倫坐在一張凳子上，駝著背抵著牆，精疲力盡。有人給他端來一杯熱茉莉花茶。

「謝謝！」周倫啞著嗓子道謝，揭開杯蓋，一口喝乾了它。喜鳳在他對面坐下，捧著自己的茶，一邊向正要下班的一名助手揮手道別，然後微笑地看著周倫。

「你跑走後，我們整個汴京城的去找你。我們幾乎放棄了，直到莊大夫在城外的草叢裡找到熟睡的你。你幹嘛跑去那兒？」她問道。周倫現在比較平靜，但他身心俱疲，根本懶得答。

「莊泰義那個惡棍在哪兒？」他故意答非所問。喜鳳順著走廊指去。莊泰義站在一個梯子上，拿著抹布和一桶肥皂水，正擦拭著入口處的招牌。

「他成立這第二家醫館，為的是記念你的女兒。」喜鳳說，「百分百公益。不收費、不營利。你看到的所有大夫及助手都是自願幫忙的義工。凱先生與我本該走了，但我們決定留下來幫個忙……他們忙翻了天。」

「一點兒沒錯，喜鳳，我的胳臂開始求饒了。」凱先生開著玩笑，朝就近的一張凳子坐下，嚼著米餅。周倫站起來，道聲失陪，就走到外面，正好是莊泰義踏下梯子的時候。

「周老師，謝謝幫忙。」莊泰義說。

周倫哼了一聲算是回答。

「是你一個人把這間醫館蓋起來的嗎？」他問。

「是的，已經有好幾年了。我希望晚上有另外一家醫館專門應付急診。我把它當成我的第二份工作，只要我白天的工作不那麼累。」莊泰義說著，取下他的厚眼鏡。揉著眼睛，他微笑地對周倫說：

「那您覺得怎樣？老師。」

「被剝削啊！」周倫發著牢騷，「我白白的看了一個時辰的病。不過這一次，還不算太糟啦。」

「了解。」莊泰義答，「如果是有給職的，您會覺得好些嗎？」

「我不知道嘢。」

這樣的回答，連周倫自己都大吃一驚。他尷尬地想把臉藏起來。儘管多年來激烈的抵抗，他感覺自己堅硬的老心開始融化。那種感覺如風平浪靜，又讓人昏昏欲睡——彷彿是一座充盈的水壩，終於能泄洪般的解脫。

周倫皺著鼻子，嗅了嗅周遭的空氣，便朝外跑。

「我知道這個地方！」他喊著，往黑暗中跑去。

「包青天大人哪，他著了什麼魔？」凱先生喊著，也衝出門。他後面跟著的是喜鳳與莊泰義大夫。他們一起沿著與汴京城城牆平行的一條泥土路奔跑，僅數丈間，在小心地繞過一條裸露的樹根後，周倫在一株大樹下猛地彎下腰，對著一個權充做墓碑、豎起來的小石塊跪下來。

石頭上刻有「梅花」這個名字。

梅樹綻放的花。

周倫的手掌刷過頭上許多盛開的花朵。浴於月華中的梅樹，在深夜的微風中沙沙作響，彷彿在向遠方的城市打招呼。周倫嘆了一口氣。當梅花下葬時，這棵樹僅是一株小樹苗；現在它已長大成一棵燦爛奪目的大樹，堅忍屹立於苦寒中，在冬春季節帶來繁花似錦。在場的人站在綻放著美麗短瓣花的梅枝下，陶醉於此樹的清香，每一朵花都盈溢出周倫女兒的音容。

「當您負氣走出去後，我們到汴京城各處找您。」莊泰義說，「直到我記起這個地方。我們發現您就睡在她的墓旁。還好我的醫館就在附近，我們不必扛您扛太遠。」

「我敢說，你還睡得真死。」凱先生加一句，聲如洪鐘般地笑起來，稍微帶點勁地拍一下周倫的背。

大夫撲到地上。

「哇，是我的錯。」凱先生說，去扶他。

「周老師，您已經證明了您仍然是一位好大夫。也請再次找回您自己悲天憫人的胸懷。不是為我，是為他們。」莊泰義指著喜鳳說。

周倫沒作聲。

「莊泰義，你這個狡猾的畜生。」周倫喃喃地說。

喜鳳也躬身請求。

「周大夫……」

「少來這一套！」

大夫挨著梅花的墓蹲下來，還是不願面對眾人。

「有夠賤！別問了！別當著我女兒的面！」周倫說，淚水盈眶、聲音哽咽。他把他的胳臂繞上她的墓碑，緊緊地抱著它，瞪著地上的泥土。

慷慨，慷慨，爹爹。

周倫匆匆低罵一聲*混蛋*，把眼淚擦在他的袖子上。

「我……哦……」

眾人注視著，摒息以待。

「哎喲，好啦，我幫！」周倫嚷起來，非常不好意思的樣子，「但我要先講清楚，我這樣做絕不是我想做，而是為她，為了梅花。但你必須讓我……我的意思是，你必須在你所謂的慈善醫館給我一份有薪資的工作。我說得夠清楚了嗎？付薪水！哼！」

喜鳳與莊泰義大夫兩人一起擁抱梅花義診中心最新的成員。

「周老師！您永遠都別走！」

幾天後，初祖庵前的綠草嗖嗖地在搖擺，原來是光頭上已冒出一片墨黑髮渣的止聾正在練一套少林拳法。他的腳往下跺，腳步往地裡鑽。他的拳頭在空中呼嘯。他踢起的腳帶出一陣小旋風。他的眼睛燃著火。

初祖庵的屋頂上，一個年輕的男孩出聲喊：

「止聾師父！嗨！」

「來了！」止聾說，把練功停下，回應這個男孩。他正是蘊龍，是當天早上才被凱先生送到那兒——當然是在得到羅大師父令人出乎意外的首肯後，少林護法才予以放行的。事實上，除了喜鳳與君寶外，羅湖刻意對止聾之其他訪客無太多限制，甚至還讓蔡正武待在那兒。少林寺已開始有些流言，羅湖不希望他被看起來像與一個可能只有幾週好活的前弟子有什麼深仇大恨。而且虎臉師父也知道，雖然至少尚有一卷風龍掌功夫卷軸散佚在外，但在剩下的幾週內，誰能尋得到它又把它送到初祖庵的機會可謂微乎其微。

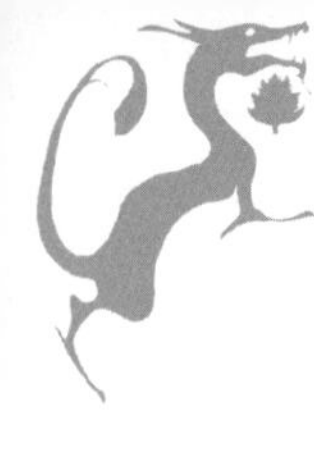

止聾向木屋跑去，順手撿起草地上的一把掃帚，撐竿一跳，就把自己翻到蘊龍所在的屋頂那兒。蘊龍兩腳跨在屋脊兩邊，正極目追蹤地平線上一隻飛翔的鳥兒。止聾用手擋著陽光，也眯著眼瞧。

「那隻兜圈子飛的，會不會是你說的紅鳥？」蘊龍指著那隻飛禽，問道。

「那只是一隻普通的鷹隼。」止聾答。蘊龍點點頭，有點兒失望。他只想能幫點兒忙，總比在這兒乾等著他的義父由汴京回來的好。

「嘔，我雖不想麻煩你們，但你們哪一位能幫我抓住那個嗎？」另一個聲音粗裡粗氣地喊。此人正是蔡正武，他渾身包了繃帶，被擺在庭院中一張椅子上，正全神貫注地看著青草中的什麼東西。止聾與蘊龍溜下屋頂、落到草地上，才發現這位療傷的南宋武術家，正盯著在他椅子附近草地上休息的一隻青蛙。這隻兩棲動物的眼睛像視而不見地在想什麼，頸子一漲一縮的，像一隻巨大的變形蟲。

「牠肥得很。」蔡正武舔著嘴角，伸出一根手指，「噓，別把牠嚇跑。止聾和尚，你願意動手嗎？」

「你該不是要我殺了牠吧？」和尚問。

「當然是。我什麼都沒得吃，只有糙米飯和青菜。我需要吃肉！」蔡正武說。止聾不知如何是好。此時蘊龍已悄悄由後面向青蛙爬去。

「止聾師父，我們可以把牠殺了給蔡叔叔吃嗎？他可以好得更快。」男孩解釋，雙手一把抓住了青蛙。

「阿彌陀佛，為何不饒了牠，改吃別⋯⋯」

男孩拿一把大菜刀剁下去，青蛙的頭像一個亂衝的沖天砲應聲飛出，正中毛骨悚然的止聾的面頰，把這個和尚驚得跳起來。

蔡正武舔著嘴唇。*終於有肉了*。

止聾喃喃地唸了幾句經，覺得他們開心得有點兒過份。

「止聾和尚，功練得怎樣？」蔡正武忍住笑，說。

「還得加緊。那你的傷呢？蔡先生？」止聾問。

「每秒都在癒合。」蔡正武答，望著自己身上的繃帶。止聾拿起一滿壺水喝。

「我必須在月底前儘可能把風龍掌練熟，但我完全沒概念，不知道該往哪兒出掌。」和尚說。

「聽起來像在白費時間。如果你問我，你就練熟你已經會的去格鬥。別再想風龍掌了。」蔡正武說，往空中揮出一拳。止聾搖搖頭。

「德敬師父說那是唯一能擊敗羅湖的武術，而且還……」

「短短兩週去學一套全新的武功尤如痴人說夢。和尚朋友啊！何況是你毫無所知的功夫。把你會的練到爐火純青吧！一個夠格的江湖俠客，不會怕才練幾週新招的對手，更別說那個招式還是猜來的。止聾和尚，尤其在時間緊迫時，學新招緩不濟急。坦白說，對付那些銅人殺手，我仍認為你已精煉的舊招最為利鋒。」蔡正武建議，並低頭為他的插嘴致歉。

「我明白你為何會這麼說，但我在少林寺專練的是鐵掃帚功，它是一套強勁的腿掃之技，」止聾說，「然而那天一個銅人吃了我一腿眉頭也沒皺一下。此外我還得跟羅大師父對打，他該是他們中武功最強又更有經驗的。他速度比我快，力道比我狠，準確性與耐力皆勝於我，我會的招式他都知道，即便他未必練得如我熟練。」

和尚握緊一隻拳頭，扮個苦臉。

「如果只用少林寺傳統功夫與羅湖對招，我當無勝算。對他，我必須用新的技巧、一個他不熟悉的武功。風龍掌是唯一他未曾練過的技法……雖然他曾目睹其施展方式。」

蔡正武吐一口氣，陷入深思。

「那該給了他多少起步的優勢？可能只要被他瞄一眼就夠了。更何況他不是已經有一卷祕笈？可恨，就他所有的，我們可以斷定，他了解這個風龍掌比我們多，因為我們一無所知！」

「他可能知道的比較多，但他不能打。德敬師父說羅湖沒辦法學它。」止聾回答，不知道為什麼會這樣。

「別管它了。我的意思是，花寶貴的時間試著教自己一套新招，沒師父指點是行不通的。那只是做白日夢。這一點你當沒異議。」蔡正武說。止聾無言以對，他當然知道要在兩週內悟出一種謠傳的傳奇武術是有局限的。尤其他從沒看人比劃過、沒有祕笈、沒有師父——聽起來毫無可能。難怪蔡正武要跟他唱反調。

「止聾和尚，理智一點。你自己要悟出風龍掌的機會太渺茫了，而且即使你做到了，你需要比兩週更長的時間去練得得心應手。你太好高騖遠了，還是堅持你最拿手的武功，同時指望君寶能跟你並肩去作戰。」蔡正武苦口婆心地勸。止聾搖搖頭。

「無論怎樣，我與羅湖終須一戰，而且我一生皆仰賴君寶師兄庇護，我不願再把他捲進來。」和尚說。

此時，蘊龍由木屋跑出來，抓著兩根去了皮、在廚房爐子上烤得有點兒焦的蛙腿。少年人遞了一根給蔡正武，自己留一根。

「此味只應天上有。」蔡正武邊嚼邊含糊不清地說，「孩子，你在哪兒學會這麼樣料理青蛙的？」

「男孩子總得學，我以前是過過苦日子的。」蘊龍也邊大口吃肉邊笑著說。正當他們狼吞虎嚥他們剩下的青蛙大餐時，止聾看到一大群鳥兒由前面遠處的樹林中飛出來。

原來是躺在一匹馬背上、面孔埋在馬鬃中的凱先生。他後面緊跟著的是坐在由另一匹馬拉著的板車上的喜鳳。女子身旁還坐著另一位意想不到的訪客——牡丹姐。雖然完全不構成威脅，喜鳳與她的馬車還是被由附近樹林中出現的若干少林護法徹底搜了個夠。蘊龍朝他父親跑去，而止聾在後面扶著蔡正武，慢慢走過去。

「天哪！一個和尚怎會結識到她？命運真會捉弄人吶。」蔡正武悄聲說，驚訝於喜鳳的美貌。止聾僅能謙遜地點個頭，便立刻把注意力轉向兩手垂在馬身兩側的凱先生。凱先生的坐騎嘶叫一聲，拱一下，把鼾聲大作的酒鬼丟到止聾伸出的手臂中。

「呵！凱先生。」止聾喊著。

酒鬼胸前一串空葫蘆碰碰作響，滴了幾滴酒到草地上，而他一隻毛茸茸的大手還在摸一罐廉價酒。凱先生張大鼻孔，打了個酒嗝，絡腮鬍子像浸在酒水中。他大聲地砸著嘴，鼾聲如雷。

「睡得像個天使。」止聾下了註腳。

「看是什麼天使。謝謝你，孩子。」牡丹姐說，讓蘊龍扶著她下了板車。

「牡丹姐，妳怎麼會到這兒？」止聾問道。

老鴇害羞地點點頭。

「關於那一點啊，止聾和尚，我有些事要跟你說。」

「當然，進去喝杯茶再說吧！我這兒相當簡陋，切勿見怪。」止聾說，開門請他們進屋。

一名少林寺護法擋住了他們的路。

「慢點，慢點。」他說。隨行之眾明白其意，遂無異議地接受搜身。另一名護法看到牡丹姐口袋的玉軸，解開看了看，又遞還給她。

「你們可以進去了。」護法說。牡丹姐躬身致謝。

「謝謝你。」

又一名護法抓住止聾的手臂。

「你只有半個時辰，沒得多的。」

「知道了，感激不盡。」止聾說，領大家進屋。他關上門，看到護法們向他們的崗哨走回去。

屋內，大家坐在地板上圍成一個圈，讓止聾把牡丹姐及其他人等介紹給蔡正武（他向喜鳳打招呼時面紅耳赤）。在幫凱先生蓋上一床毯子、每人都有一杯茶後，喜鳳便把這兩天在汴京發生的事向眾人述說一遍；包括去周倫的醫館，與牡丹姐巧遇，還有在汴京城外莊大夫的慈善醫館當義工等等。

「周大夫今天累得沒法跟我們一起來，但他答應你打完通關後照料你的傷，」喜鳳說，「還有凱先生同意借我們幾匹馬。牡丹姐也慷慨捐贈她的馬車，它大得夠載我們全部去洛陽」

止聾向牡丹姐深深致謝，也向其他每一人道謝。

「你們的好意令我萬分感激。謝謝你們所有的人。」

「止聾和尚，我必須給你另一樣東西，」牡丹姐說，「希望那個東西能彌補昔日我對少林寺造成的損失。」

「損失？」和尚不解。

牡丹姐向止聾遞出那個卷軸。年青的和尚接下它，好奇地審視綁著它的繩子。毫無頭緒地，他解開繩結，輕輕地抖，把卷軸攤在桌上。

止聾楞住了。養生湯大全？

中年女子微笑起來。

「我自己最喜歡的是當歸雞湯。」她說著，指著其中一幅插圖，「一道簡單的菜，卻有許多不同的味道。在它不同層次的味道中，藏著許多祕密。」

她把手卷的錨點與木棍拔開，拆掉引首，上面那層煲湯食譜就整個剝離下來，露出底下一張古老的文件。一系列止聾此生從沒看過的功夫圖解就展現在他眼前。

「風龍掌！」止聾看到上面的毛筆字，喊起來，「妳怎麼會有？即使是我，也直到最近才知道它的存在。」

「是很久以前人家給我的，」牡丹姐答，「我總想著有一天要還給寺裡。」她的話中有話，讓止聾抬起了眼。

給？

「牡丹姐，我還沒機會請教妳真正的姓名。」止聾問，但突然意識到她是誰了。

「我猜你現在知道我是誰了。」牡丹姐低聲說，「誰告訴你的？方丈？」

止聾點點頭。

「牡丹姐，沒關係。我對妳沒成見。妳永遠都是我的朋友。」

蘊龍與喜鳳全神貫注地聽。

「我想你們一定都想知道我接下來要說的。」中年婦女說，抬起一手表示沮喪，並深深吸一口氣。止聾一隻讓人寬心的大手放在她手上。

「如果妳不舒服就別說了……」

「不，我該說出來。它折磨著我已經很久了。」牡丹姐對著大家說，「直到今天，少林寺的老和尚們還恨我入骨。」

「悟元和尚愛上的女子就是妳。」止聾說。

「是的。」牡丹姐說，提及上述的和尚，明顯地令她不自在，「那時我很年輕。有一陣子，我以為我也愛他。」

她嘆一口氣，遮住眼睛。

「他很貼心，僅此而已。說句實話，和尚除了功夫與禪修還會什麼？那種本事在我們的社會賺不了錢。止聾和尚，我無意冒犯。」牡丹姐說，看起來相當抱歉。和尚不以為忤。

「如果妳知道他沒可能與妳天長地久，為何還繼續跟他交往？」喜鳳問。

「因為我享受他的陪伴。」牡丹姐悲哀地說，「被一位強壯的年輕人仰慕，任何女子都會沾沾自喜。鄉下是一個寂寞的地方，悟元是少數幾個跟他一起令我覺得安全的男人之一。他會錯了我的意，告訴我他將挑戰一些危險的考驗以離開少林寺。我心裡焦慮，但他一再保證他將活著出來……聽起來相當殘酷，然而我不願將我的餘生浪費在一個一文不名的和尚身上。所以我就在他進行格鬥的前一天晚上，悄悄地溜走了。」

大家都沒作聲。牡丹姐搖搖頭。

「我最好把其餘的也告訴你們。我離開他後，嫁了一位都城來的錢莊富賈，而其後好幾年，我確實把悟元及少林寺拋諸腦後。至此，你們一定認定我是一個多麼冷酷的女人。」

「那你為什麼又幡然醒悟？」蔡正武喃喃地問，抿著茶。

「我被休掉了。」牡丹姐低聲說，「結婚六年後，我那財大氣粗的前夫決定要一位更年輕貌美的伴侶、一個他在南方結識的胸大無腦的歡場女子。那時我才突然意識到，他從沒對我溫聲細語、從沒付出關懷，更從沒一絲感激……諷刺的是，他指控我的也是同樣的事。我被趕出他的家門，免得礙到他的新歡。那時我才真正了解到悟元有多愛我，而我欺騙他是多麼罪不可赦。」

蔡正武舉起一隻手。

「牡丹姐，就拿我來說吧，倒能了解妳為什麼沒選悟元和尚。」他說，「倘若我可以多說幾句話。妳的前夫聽起來雖然不太有情，但他起碼給妳錢財、食物及可遮風避雨的住所。我認為，你不再需要任何別的東西就已經有快樂的人生了。金錢能買到快樂。妳沒看到那些權貴的夫妻？他們一向心滿意足，從沒想到跟其他任何人交談，除非對方來自同樣富裕或更富裕的的背景。」

牡丹姐慢慢搖頭。

「年輕人，你只說對了一半，但持久的快樂並非單靠金錢，因為金錢永遠不持久。當我了解到這一點，我就想去少林寺向悟元道歉。」

她悲哀地嘆口氣。

「太遲了，我已晚了六年。」

止聾靜靜地點頭。*她原來真的回到少林寺過，難以想像她被怎樣地對待。*牡丹姐低頭盯著地。

「你們的方丈一眼就記得我。哇！他罵得我好慘。」她說，「他罵我是個蕩婦。我試著道歉，但他僅告訴我惡有惡報……他說的一點兒沒錯！我的行業剝奪了我所有的尊嚴。」沒人吭聲，因為在場諸位現在已經非常清楚牡丹姐幹哪一行。

「妳還沒告訴我們，妳是怎樣拿到風龍掌祕笈的。」蔡正武提醒牡丹姐，又探身過去拍一下蘊龍的背。這些大人話題讓小孩子覺得格格不入，要說有什麼的話，它已經讓這個少年人開始覺得厭煩。

「悟元在進入少林寺試煉之前，把它交給了我。」牡丹姐說，「這是我們之間部分的約定。他打完通關後，便會再來找我取回，做為交換，我也放了一個小信物在他那兒。但既然我們從那時便不曾再見，我便沒機會把卷軸還給他或寺裡。我想現在該是天賜良機。」

「牡丹姐，感謝妳保存它至今。」止聾稱謝。中年婦女微微頷首，如釋重負地啜著茶，好似她終於與數十年來縈繞她心頭的愧疚和好了。她疲憊地望著喜鳳。

「數日前，就在我的生意即將破產之際，天幸我得與喜鳳相識，要不然我正打算把這卷卷軸賣掉，雖然捨不得，但我已山窮水盡。」

止聾不知道該如何感激老天爺才是。在那命定的一天，他被引至風月小巷，在牡丹姐的嘲諷中略感羞赧，當然，最重要的，還是結識了喜鳳。離開他以前少林寺那個大家庭已不再那般傷痛；他似乎已找到了另一個新的家。蔡正武以中指沿著卷幅上詳盡的圖解劃過去，困惑地望著和尚。

「止聾，這卷沒講全。德敬不是說有三卷嗎？而我們只有一卷。能行嗎？」

「值得一試嘍。就這麼說吧，有三分之一祕笈總比什麼都沒強。讓我們好好利用它唄。阿彌陀佛。」止聾說道。

一位少林護法敲著門。

「時間到了。你們都該走了。」

點點頭，止聾匆匆與大家道別並向大家叩首表示他的感激後，便與蔡正武一同回去初祖庵。能短暫放下格鬥試煉的壓力，著實令他謝天謝地。

第 35 章

真財富、真朋友

一天後，止聾正幫受傷的蔡正武換完藥並包紮好了新繃帶，一陣沉重的腳步聲讓他往初祖庵窗外瞥了一眼。他把門猛地打開。

「君寶師兄！」

一隻長箭咻地射入前庭，離君寶站著的地方不過數米。止聾看到樹林周邊又被少林寺護法圍成一圈，他們邊拿著燈籠邊密切地監視著，已拉開了弓。

君寶低聲咒罵。

「那些笨護法老以為我會偷偷帶進什麼東西，或我來這兒幫你練功。」他說，一邊向他們揮一個讓他們放心的手勢，「讓他們再小題大做會兒吧。你還好嗎？止聾師弟？蔡正武在屋內嗎？」

「我很好。是的，蔡正武正在裡面休息。」止聾說，「已經相當晚了，君寶師兄，你要喝茶嗎？」

君寶客氣地謝絕了，「嗯，止聾師弟，我是來告訴你，從明天開始，我恐怕得離開少林寺一陣子。」

「你要去哪兒呢？」年紀小的和尚問道。君寶坐在旁邊的一張凳子上，解釋羅大師父派他第二天早上出差去北方的安排。

「羅湖那隻陰險的豬。」君寶憤恨地說，「他好大的膽子，居然以他那些被洗腦的狗腿子來威脅我的父母！」

「你做的沒錯，師兄。」

君寶沒想到他會這麼說。

「不是，止聾，那只是他的如意算盤。」

「不管怎樣，師兄，你的雙親應當是你的第一優先。」止聾微笑道。君寶抓著止聾僧袍的衣邊，說：

「這一趟公差來回要十七天。你白癡嗎？我要去十七天吶！羅湖這麼做因為他要你一個人去格鬥。他這麼做因為他要你死！」

「我知道，所以我才不要麻煩你更多。這已變成了我的戰役，是我一個人的。」

止聾表現得毫不在意，反倒讓君寶有點兒受傷。年長的和尚放開了手，把他的師弟推到一旁。

「混蛋，止聾。你難道不知道這讓我多為難嗎？你是我唯一的兄弟啊！我父母固然重要，但你也是。如果我不在時你竟死了，我永遠原諒不了羅湖。而且，」他停了一下，「我也永遠原諒不了我自己。」

止聾點點頭，輕聲笑起來。

「你居然笑得出來？」君寶罵道。止聾搖搖頭。

「君寶，我無意冒犯，但我真高興你這麼說。」他答道。君寶皺起眉頭。

「你以為我在開玩笑？」

「我的師兄站在這兒，居然為這麼明顯的選擇舉棋不定。他是應救其父母之性命，抑或幫助一個無血緣之同門？君寶，能做為你的師弟是我的榮幸，我以能認識你這樣的朋友而非常歡喜，兄弟！」止聾說。他說的一點兒沒錯，大多數的人想都不想當然選父母而非師兄弟。而君寶，拜他的蛋頭之賜，這件事居然令他猶豫不決。止聾彎下腰，抓一把泥捏成團；然後，轉身，往陷入深思的君寶砸去。這個飛過去的東西在年長和尚的大腿炸開來，留下一個黑印子。

「止聾，我在想事情吶。討厭！」

「去你的，師兄！你想太多了。」止聾邊奚落著他邊旱地拔蔥躍入空中，踢出一個飛腿。君寶擋開，反手一個上勾拳。但這拳被封殺得太慢。

止聾被狠狠地打入草中，滾了幾滾，才停下來。

他就此不動了。

「混蛋！師弟！你還好嗎？」君寶擔心地喊。一抹又濕又冷的泥巴啪地拍上年長和尚的臉，把他的嘴及眼睛糊了一團團鬆土。止聾由草地上坐起來，洋洋得意地指著君寶髒了的臉，咯咯笑得像一隻鬣狗。

「連著請你吃了兩道菜，味道如何？」止聾說著，自己也躲過了一團混著草的泥巴。年長的和尚罵了一聲，也笑開了。

「你沒打中。」年輕的和尚笑話他。君寶跳近來，飛出一個側踢，止聾出手架開，戰鬥便開始了。大約半小時之久，兩名和尚像朋友過招似地，沒人出全力，直到一直等待著的少林寺護法又射了一隻箭。

它噗地射入土中，近得讓兩個和尚不舒服。

止聾收起架式，行了一個功夫禮，君寶也做同樣的動作，然後兩人禮貌地躬身唸阿彌陀佛。

「時間到了。欸，如果順利的話，我很快就會回來。」君寶邊說邊拍著他眉毛上的泥，「在我離開時，你想都別想去做那個試煉。撐在那兒，等我回來，知道嗎？讓我們一起解決這件事。一言為定？」止聾不敢直視他。

「君寶師兄，那個不……」

「師弟，沒得商量的。」君寶說，抱著雙臂，相當堅持。

「那好吧。但你也別把自己趕路趕壞了，師兄。」止聾點點頭，答道。君寶笑起來，開始朝少林寺的方向往回走。

年長的和尚再一次回頭。

「記住，如果我回來時發現你已經走了，那麼天涯海角我也會找到你，踢你的屁股。我可不是說著玩的！」

「嘔，住口！快回你的宿舍，免得他們拴了門。」止聾催他。君寶點點頭，朝黑夜裡跑去。

「君寶師兄！」

年長的和尚轉身，回頭看到他的師弟正深深地鞠躬。

「謝謝你！」止聾說，「謝謝你所做的一切！」

君寶微笑起來並揮揮手，內心卻覺得不踏實。當他跑到樹林邊時，少林寺的神童再回頭看最後一眼。

止聾的頭還是沒抬起來。

第二天，少林寺的和尚們又集合開會，他們在正午的陽光下閒話家常，等著羅大師父及若干師父來宣佈被選為雲遊僧人的三名應屆畢業弟子。對屏雀中選的人來說，這是一次難得的機會，能讓他們在勸人皈依菩提之道的同時，又可以遨遊大江南北。

而且又備受尊榮。

除了列於元朝及南宋各個官方機構的禮遇名單內，少林寺武僧的實力及謙遜亦贏得沿途小老百姓的尊敬，有時且可得到好吃好宿的招待。事實上，除了城裡人及盜匪，大多數的人對少林寺和尚無不殷勤款待。最後一點，元朝官府除了批准並保護和尚的行程外，所有費用亦全數買單。

現在，三位中選的和尚站在佛堂前，熱切地訴說他們今年的計劃。宏信和尚打算往南走，欲遊覽峨眉之秀麗山川。衛德和尚高興地誇說他要造訪美麗的琉球群島的計劃。最後一位傳恭和尚，擁有一個好嚐新的味蕾，所以他希望與中國東北的女真族打交道，據說那兒若干僧院能醃出最好吃的鹹菜；那以後，他就會朝高麗的佛寺去，也已等不及去品嚐他們的泡菜了。

還有一個人。

這最後一個和尚的唯一目的，只是陪伴這一行人抵達沿海後，就可以回少林寺。

他走到僧眾面前，無精打采地行禮。

「我很榮幸被指派陪同畢業生兩週的任務。阿彌陀佛。」君寶說，像是一點兒也不帶勁。高師父略顯驚訝，轉身對三名雲遊僧人說：

「宏信、傳恭、衛德，你們三人代表我們的風骨。請為我們增光，切莫玷污我們的名聲。把佛陀的話語宣揚出去，並為你們年少的師弟君寶樹立良範。」言畢，三名畢業生合掌並鞠躬。

「遵命，師父！」

高師父亦轉身對君寶躬身說：

「君寶，少林寺靜待你的歸來。你該把這一次的好機會歸功於羅大師父。因他敏銳的觀察，得知你有遠遊之願。讓我們一起對他致意，感謝其在我們敬愛的方丈因疾告假之際，不懈於事，勤勉無倦。」他舉手邀請羅湖上台。

「感謝你，羅大師父！阿彌陀佛。」

大家都感激地行禮，除了君寶外。高師父勃然變臉。

「君寶？你必須行禮。」他說，但君寶一動也不動。羅湖目露凶光。

「君寶！行禮！」宏信緊張地說。一陣尷尬的沈默後，數名師父怒氣沖沖地衝上小平台，開始痛斥這位已有警覺心的和尚。

「君寶！你的禮貌哪兒去了？」

「別孩子氣！」

「叫你鞠躬，你就鞠躬！」

台下的見習僧及資深武僧們完全無法理解，不知君寶的叛逆所為何來。君寶面無表情，任由師父們執鞭處罰，而這位神童卻絲毫不加抵擋。幾分鐘後，平台上的每一位師父都累得氣喘噓噓，對君寶盯著羅湖的那種異常冷靜卻又冷酷的眼神極為不安。當君寶走過去時，虎眼大師父只是把他回瞪回去。

旋即，這兩人相隔不過數吋，誰也不示弱，讓人不敢想像會發生什麼事。

「羅湖，其他的人可能不知道你搞什麼鬼，但我知道。」君寶說，「當我回來時，我的師弟最好安然無恙。」在場的眾僧倒抽一口氣，他們從沒聽過他如此憎惡的語氣，如此不顧一切地毀壞少林寺無時無刻必須嚴守的、老師與弟子間神聖的尊師重道準則。

「君寶，」另一位師父尖叫，「你膽敢跟我們的大師父這樣說話？」

君寶對他的責罵置若罔聞。

「倘若我師弟有所不測，那麼下一個去密室扳倒你的就是我。到那一步，你將後悔莫及。」君寶說，露出不輕易表現的堅定自信，在場沒幾人膽敢如此，尤其是在凶神惡煞般的羅湖面前。

流氓大師父繼續惡狠狠地瞪著他。

「你也會，君寶。」他冷聲回應，其言語中透露出當機會來臨時，他將毫不畏懼地迎戰這個趾高氣昂的後生小子。少林寺最年輕的神童不再說什麼，他不自在地穿過在場眾人，背起行囊，儀式便在目送四名和尚走出山門後就算結束。

轉了一個彎，領頭的傳恭和尚，年屆三十二歲，然體魄猶如小他十歲的年輕人那般緊實。他搖著他的棍子指著君寶，不以為然地說：

「你看看你，我們中間最年輕又最高竿的鬥士，但你卻表現得像一個沒教養的街頭混混。你吃錯了什麼藥？」

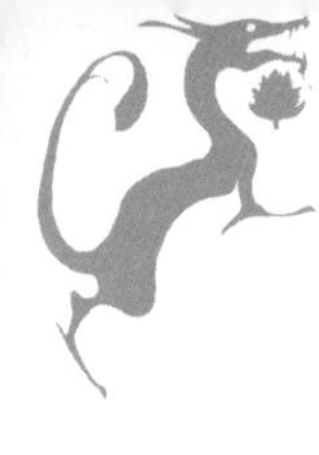

「阿彌陀佛。」嘴裡咬著一根乾梅枝的衛德說，「我同意，君寶，你講的話太目無尊長了。欸，我們都知道他是什麼樣的人，可大師父也是我們的師父。他是一個狠角色，但我們永遠不會因此而與他作對。」

君寶視而不見地望著三名和尚。他們當然一無所知。

「我哪邊都不幫，但我也不贊成你方才的行為。」宏信說。不像衛德與傳恭，他可是一生都待在少林寺的，「而且關於這兒流傳的十八銅人的流言蜚語，我也無意做任何評論。但為了你好，君寶，我可不會與羅大師父槓上。他一旦被逼急了，沒有一個活人可以打敗他。」

「你此話當真？」衛德問道。

「句句屬實。我當了羅湖最久的弟子。」宏信說，「君寶，在比武時你或許有機會可以贏他，但在生死決鬥中，沒幾個人打得過他。」

「請原諒我的傲慢，宏信師兄，我能問為什麼嗎？」君寶問道。

「大師父的意志，比我們任何人都強。」宏信解釋，「他堅定不移又一意孤行。平心而論，你的武功很高，君寶師弟，但你的力量來自於天賦，然而羅湖之力，乃取之於其無法遏抑之強烈意志。我推測，它在羅湖生命的某個節點，以一種極為粗暴的方式，強行影響了他的性格。其深度我不得而知，而且我永遠也不想知道。」

君寶覺得宏信的話不可等閒聽之。

「羅大師父是我們的師父，我們最好維持這種師徒關係。如果他變成我們的敵人，那將非常、非常可怕。君寶，別逼他。」

現在，甚至連衛德與傳恭都一下子沒了聲音。他們已走上了去汴京的大路。

「嘖！宏信，你太誇大其詞了。」傳恭說道。宏信伸了一個腰。

「我也希望我是如此。」

君寶搖搖頭。

「我不能袖手旁觀。我的師弟再幾週將被宰了，而……」

「不干涉或許是上策。」宏信不待他說完，「止聾選擇了他自己的命運。」

君寶跟在三名畢業生後面，內心極度憤懣於他們的消極態度。*現在我才知道，我聽起來是多惹人厭，因為我總是那麼的憤世嫉俗*，他暗道。*止聾師弟，給我撐在那兒，我會儘快回來。*

第36章 跨過朱紅的門檻

「呀！」

止聾的頭往旁猝然一甩，兩臂笨拙地顫抖。這反擊的一拳沒打準，離全身包紮嚴實的蔡正武的心窩只差一線。和尚往後退，踢出的迴旋踢又被躲開了。接著他甩出理應打到蔡正武面頰的一掌，也落了空。

對方反擊，猛地踢出一腳，在和尚胯前戛然而止。

止聾雖心生挫敗但不認輸，也立刻反手擊出一拳，把身體往反方向扭，但終究吃人一推，結結實實地摔到地上。

「三次了？」倒在地上的和尚問。指的是自從他們開始過招，他一共輸了幾次。

「實際上，我該贏了四回。」蔡正武答，「若是真正生死相搏，我不會就此收手。我必然唯恐踢向你胯下的那一腳傷你的不夠，定會再接著踢你的膝蓋。」他伸出一隻手，拉著和尚站起來。止聾搖搖頭。

「不該如此啊。風龍掌理當是躲閃與進擊一氣呵成，但在我出手之際，你的反擊屢次擋著我。」止聾說，擦著他濕髮上流下的汗，看起來有點兒氣急敗壞。蔡正武聳聳肩。這兩名武術家已經比劃了整個早晨和昨天一整天。此其間，止聾差不多已經把卷軸上的內容逐字逐句背了下來，而且嚴格依循練習，除了少一位師父。

一天以後的現在，和尚似乎對蔡正武的每一拳腳，不假思索便能出招應對，然而莫名其妙地始終無法有效持續攻勢。更讓和尚難以接受的是，蔡正武

的體能並非處於巔峰狀態，然而在擋開本應難以預測其招式的風龍掌時，彷彿毫不費力。

對止聾來說，沒有比這更令他失望的事。

止聾迫切需要師長的指正、正確的基礎、詳細的解釋、完整的資料及如何正確應用這個神祕的新功夫，而這些根本不可得。本來滿腔熱忱更滿懷希望，但在這最後的十二個時辰，止聾的表情愈來愈凝重，只能自己一再由嘗試及錯誤中揣摩這個新功夫。這個過程費時又費力，但他別無他法。

「再一次？」蔡正武問。止聾掰著手指，點點頭，還是有點兒糊里糊塗。

「好吧！這一次我就用少林寺教我的招，不用龍掌功了。」

「我不早告訴你嗎？」蔡正武說，「朋友，把你會的練到爐火純青吧！」

也不過短短幾招踢腿揮拳後，止聾一把抓住蔡正武天上飛來的一拳，再輕輕以手肘頂了蔡正武的咽喉。南方人不支倒地，驚訝地喘氣。

「你看，可不是？」他邊說邊揉著喉嚨，「你只要不用龍掌功，就高竿得多。」

和尚點點頭。

「這是我雜著洪拳、通臂拳與羅漢拳……的一種花招。我對大多數的少林招式幾乎由裡到外摸透了。它們已滲入到我骨子裡。」止聾說。

「一旦做你熟悉的事，你看你剛才動得多不費力，止聾和尚。你幹嘛固執得非學龍掌功不可？」蔡正武問道。

「我相信德敬師父。他說龍掌功是我唯一可擊敗羅湖虎爪功的方法。我必須一直練，直到我能得心應手。」止聾答，邊擦著額頭邊回憶他過去幾天一直詳研的卷軸，就是這卷龍迷宮大法。它該是一系列同步的防守與攻擊，如果運用得當，當可誤導對手的判斷。

然而止聾卻發現它滿是讓他門戶大開的姿勢，讓敵人的反攻可長趨直入。

怏怏不樂的兩個人又走回到放了祕笈的初祖庵內，不知該如何再解出龍掌功的神祕。

「你照圖練了這圖上所有的招式，」中指掃過卷軸的蔡正武喃喃地說，「可謂成績斐然了，止聾，但它就是沒用。」

「沒錯，像我方才結束時居然背對著你，那可是自找打挨。其他時候，我的腳步不太容易站得穩。」和尚說著，又再仔細地走一遍過場，「彷彿我總是轉至對我不利的角度。它跟我要的效果不一樣。我要不是錯過了什麼，就是做錯了什麼。」

「我們真的沒辦法知道。就我看來，你的動作無懈可擊。各式姿勢與打擊均符合卷軸的指示。可能還是因為經驗不夠吧？你不過是最近才開始學的嘛。」蔡正武說，聳聳肩。止聾搓著下巴，若有所思。

「我並不那麼認為⋯⋯總覺得有所不足。像是我少掉一些基本的什麼東西，如第一卷必載之教義，或許還必須配合第三卷某些內容等等。」他說著，望著自己的雙掌。

「這裡面也沒指導我怎麼運用我的手掌。對一個理當以掌法為主要攻擊方式的功夫，不是有點兒怪？好啦，我們暫且擱下它不談。現在最迫切的是，我必須找出答案，為什麼我老是以這種不利的角度結束。」他加一句，拍著自己酸痛的肩膀及大腿。他又擺出一個卷軸上的姿勢，向蔡正武點點頭。

「譬如此招式，本應格擋住往我肚子來的一拳。蔡先生，如果你不介意的話？」止聾問。蔡正武倏然欺進，往止聾腹部捶去。止聾依照卷軸之指示完美擋開，但他突然停下來，收起理當去反擊的手。

「按照卷軸，我需將下半身轉過來，似是欲將敵人拉倒。然若我的膝蓋繞至此⋯⋯」

「不行，」蔡正武給他一個當頭棒喝，「你的角度沒辦法絆倒我。關鍵在腳步上，解答在步法中。」

「正是。第一部卷軸該是以基本步法為主，為學習龍迷宮打基礎。這就是我為何一直挨打，皆因為我的腳步不對，如果我能有第一卷卷軸⋯⋯」

「讓我們再把那個記載唸一遍。」蔡正武勸他。他們兩人再繼續琢磨，其中有一行加了註腳：

⋯⋯「龍行步」（龍的步伐）乃入門之基，「棉手」吸收敵方的意圖；練功之人需勤學苦練，因缺此二者永難避敵之銳進。欲至後天之境，則須如天上遊龍，出手飄乎如風。此乃「龍迷宮大法」之要義。

「你說得對。止聾，此卷尚提及另外還有『龍的步伐』與『棉手』兩個部分。但這一卷只有『龍迷宮』的解說，僅此而已。」蔡正武道。

二人再度步出室外。

「龍的步伐應該是腳下功夫，而『棉手』此名，聽起來似乎是手的技巧。這卷卷軸認定我已練就以上兩者，才接著來學『龍迷宮』，而我根本連門坎都沒跨過吶。」止聾說，指的是傳統中國武術的行話。『入門』指的是學習一門特別功夫的基本功，而『至後天之境』表示只有等練功者的基本功已根植於肌肉記憶中，才能進階到另一級別的技巧。

「我只能湊合幾招龍的步伐再搭配棉手。可能隨著更多龍迷宮的練習，此兩種功夫也就水到渠成了。」

蔡正武搔搔他的頭。

「多貼切的辭兒，『迷宮』。像我們這樣猜來猜去，我感覺我們已經身陷其中了。」他說，考慮到他們工作加乘的可悲處境。止聾伸出腿，腳底在草尖上掠過，踩著扭捏的步子，像是在試驗新點子。

「蔡先生，我們當懷抱希望。君寶常說，學習格鬥武術最佳的方法，是讓我們的身體自己摸索出來。我曾目睹一隻飛天的龍，所以那個印象或許幫得上忙。」

「你真好運，有些人終生未能一見龍形。況且龍之行走與飛翔恐有不同。你可記得有什麼是可以參考的？」蔡正武問。

止聾吐一口氣說：「我看到的那一條在少林寺上空的龍，左右地擺動，猶如水中游蛇般前進。」和尚立刻便試著歪七扭八地走起來，像極了一個醉漢跌跌撞撞趕去尿尿。蔡正武驚喜地揚起一眉。

「嘿！它已經開始像個什麼了。」他說。

「如果我的步子再跨大些……配合卷軸上扭轉的動作……」止聾說，一邊將前足向內旋轉，腰部則向相反方向扭。此動作乍看流暢，直至止聾腰板打結，身體扭得過猛，終於搖搖晃晃地摔倒在地上。

「嗨，止聾！」蔡正武喊道。

「還需要改進。」止聾笑著，迅速站起來，「但我可能有點兒頭緒了。」

蔡正武又擺出格鬥起手式，但遲疑了一下。他指著止聾的腿。

「你瘸了。」

「不過就是肌肉拉了一下。馬上就好。你看！」和尚原地一蹦並掃出一個迴旋踢。雖仍流暢，但比他先前的速度就是慢了丁點兒。止聾皺著眉，踢掉鞋、解開綁腿、捲起一隻褲管，露出一個紅腫的腳踝。但真正的震驚，還是當南方人審視止聾的腳板時。

止聾的兩隻腳板因著整週拼命的練習，已經滿是水泡。蔡正武不可思議地瞪著和尚。

「你幹嘛不先醫這些？」

「因為我們沒多少時間了。我就是沒辦法躺幾天等它們復原。」止聾邊放下褲管邊解釋。水泡確實讓和尚覺得疼痛，但他表現得若無其事。現在他更打算漠視腳踝的傷。

對他來說，不啻雪上加霜。

「讓我們把這些包起來。」蔡正武說。不到半個時辰，一捲繃帶緊緊裹在止聾的腳上，底下糊了一層清涼膏。

沮喪的和尚僅只能瞪著自己被撐在小凳上的兩條腿。蔡正武萬分同情地點點頭，拍拍止聾的肩膀。

「感謝你，蔡先生。阿彌陀佛。」和尚說。

那天晚上很晚，在初祖庵大廳裡，止聾皺著鼻子，把薄被拉到他的下巴。清涼藥膏的薄荷味刺鼻，讓他唏唏嗦嗦。奇怪的是，他腳上戳破的水泡，比他在訓練時還痛。和尚手伸進他小床褥的被子下，去感覺他腳底剝落的破爛皮膚。即使隔著層層繃帶，他的皮膚還是痛得像皮開肉綻，而且癢。他試著動一動他稍早扭傷的左腳，似乎還可以忍受，但一旦他加點兒壓，關節便傳來另人不快的隱隱作痛，他的腿便完全使不出力。

*可惡！*他捶著床單。

窗外吹進一陣和風，一根毛筆被吹得滾過數張草寫的字條及圖片。這些東西原本都堆在床邊桌子風龍掌的卷軸上，現在紙張顫抖著，像樹葉般瑟瑟地掃過地板。月華如水由窗戶射進來，少林和尚望著一輪明月，強迫自己無論如何都得解出龍迷宮背後神祕難懂的步法。止聾避開月亮的逼視，彈掉兩顆眼淚。

*我到底在這兒幹嘛？*他看看他的手，又看看他的腳，不滿自己進展的不足與時間的流逝。可能這就是他力所能及；他是否已辜負了他剩下寥寥可數的友人的期望？他又想到喜鳳，和尚覺得慚愧。他可以想像得到，當她看到他現在帶傷、浪費時間又還沒摸到龍掌功邊的驚訝模樣。穿著睡衣的他坐起身，看著房間另外一頭，睡在另一床褥子上、打呼打得有點兒響的蔡正武，在月光下正輕輕地翻身。

南方人打了一個噴嚏；他把他的毯子踢掉了。

止聾溜下床，小心地用他沒受傷的右腳，一跛一跛地走到房間那一頭。當他俯身撿起毛毯時，和尚一眼瞧到蔡正武裹著綳帶的胸膛。這可憐的人兩手半抓著它，像是要保護它別再受傷。

他的肋骨還沒好吶。

和尚把毯子替熟睡的蔡正武蓋上，不由得思想起來。做為一名少林寺資深武僧練招的對手，讓他的肋骨沒辦法快點癒合，但止聾一個人練功不能體會風龍掌的要領，尤其現在君寶又不在。蔡正武也深知這一點，所以拒絕止聾每回停下來休息的建議。他知道幫止聾好好過招，是他對已故的德敬最佳的回報。

一名可敬的俠客，蔡正武無可挑剔的禮貌及自律，源之於南方一間崇尚武德的功夫學校。其超高的標準，甚至可與少林寺平分秋色。

蔡正武該養病而不是過招。只剩兩週訓練就得去為生命格鬥的是我，而他為了我，延誤他的復原。

止聾再跛行至他自己的褥子前，坐在上面。試著起碼在太陽升起前，解出他心中風龍掌缺失的部份。

喜鳳放下一大組餐盒到桌子上，招呼正埋首於風龍掌卷軸、完全不理會菜香的止聾。蔡正武已經在狼吞虎咽他自己那一份，他向和尚的袍子丟去一個小石頭，以喚起他的注意。止聾回頭看。

「知道了，午餐時間。」

「專門為你們準備的。」喜鳳微微笑，「我煮了好多，儘量吃！」

止聾躬身道謝，把卷軸推開。

「小鳳，謝謝你，但我現在不覺得特別餓。」他說。蔡正武挾起一筷子菜，往止聾面頰戳去。雖然不痛也沒傷著，但此舉確實令人不快。

「嘿！你怎麼了？」

「大口吞！你最近吃得像麻雀。」蔡正武滿嘴食物的回答。喜鳳嘻嘻笑，順手拿起一雙筷子。

「止聾，你的下巴沾了飯米。」她說，用她的食具來挑和尚的下巴。止聾感覺他的面頰隱隱作痛，不敢置信地望著這個女子。

「喲！你們兩人是用什麼東西啊！鑲了鋼尖的筷子嗎？」他喊。喜鳳與蔡正武挾了更多食物伸到和尚鼻子下。

「嘴張開！和尚。」蔡正武哄著，「一隊好吃的東西來了。」又一次，止聾感覺到冷又尖的筷子亂戳他的臉頰。

「沒錯，我是為你煮的，吃吧！」喜鳳也來勸，她的筷子輕輕的喀一聲，戳到止聾鼻子旁。和尚簡直沒法相信。

「住手！你們兩個怎麼了？」

「張開嘴！止聾！」蔡正武說。

和尚的下巴又挨了一記。

喀！

喀！

厚實的，渾沌的黑暗。

喀！

那是什麼？

喀！

他的手第一個動起來，去揉臉上的戳記。

喀！

止聾掀被跳起來，勉力張開眼。像是一頭栽進了一桶黑糖漿，他拼命想弄清楚在他面前的一團黑是什麼。

「誰……誰在那兒？」

像許多睡夢中剛被驚醒的人，和尚的聲音聽起來空洞又含糊。雖然他的視線還在儘量調適，他身體其餘部份已提高警覺，他的心也敲得像戰鼓。

「誰在那兒？」他揉著眼睛喊。他感覺到什麼又龐大又強有力的巨物，就正在面前，但他看不到，因為四周一片漆黑，無法辨識。

暗處傳來輕柔的啁啾。它是一個生物的聲音，高亢又雅緻，像幽靈般的若有若無，但其中有一種熟悉感。止聾不敢大意地拿起窗臺上的燈籠，朝大廳照去。

在燈籠的強光下，站得挺拔又毫無懼色的，是一週前的大紅雉。這隻禽鳥此次站得筆直，也直到此時，和尚才真的領教到鳥兒的身高，因為它正與他四目相對。

「是你，我一直覺得你會回來的。你胸上的傷怎麼樣？」

讓和尚大吃一驚的是，這隻壯麗的鳥兒展開牠一邊翅膀，不經意地拂一下牠火紅的胸。止聾嚇得差點兒往後倒。

牠聽得懂！

「如來佛在上。」和尚驚叫起來，「一隻聽得懂人話的動物。如果每一隻野獸都像你，唉呀，一定有更多人吃素。紅鳥先生，你這次為何回來？」

雉鳥呱呱叫。

「你的意思是，肚子餓？」

鳥兒搖搖頭。

「迷路，你迷路了！」止聾說，以為鳥兒會點頭。禽鳥第二次擺牠的頭，並朝和尚點下去，然後翅膀向內捲，又往下迅速一拂。和尚更糊塗了，絞盡腦汁，嘴巴也焦慮地噘起來。

「你拉不出屎？」止聾已沒了靈感。鳥兒惱火地豎起羽毛，但隨即一下子把它收起來，接下來是一個非常像人類表示惱怒的手勢，就是用一邊翅膀輕拍牠的頭。

「紅鳥先生？」和尚不再說話了，因為這隻動物突然在地上耙起牠的爪子，並把頭偏一邊，上上下下地晃動，好似正在打量年輕的和尚。過了半晌，這隻動物打起精神來，一邊搖搖擺擺地繞圈子走，一邊瞧著。當牠走到止聾身旁，鳥兒以喙輕啄和尚之手肘，要他放鬆他的胳臂。不僅如此，這隻動物更繼續用牠的頭猛撞和尚的脊樑，逼得他不得不抬頭挺胸。一隻如此巨大又優雅的鳥兒，其衝擊之力道不啻鐵匠的榔頭。接下來的片刻，牠繼續毫不放鬆地繞著直覺最好別反抗的止聾。冷不防地，一個龐大的複眼展覽讓鳥兒的腦袋相形見絀。它由黑暗中昇起，如深海奇獸般浮上海面。此一景象巨大至極，幾可充盈整個房間。隨著一聲響亮的嗖響，鳥兒收起了牠的尾羽，令人生畏的景象也隨之無影無蹤，留下一時啞口無言的和尚。

好壯觀的尾羽，和尚暗道，*張起來有一面帆那麼大*。鳥兒跳到窗戶前，似乎在查看他們是否被監視。與他們初次見面相較，此次鳥兒已不那麼笨拙。止聾頓時記起自己曾受傷的腳，驚覺自己已能站立並行走良久。他低頭檢視他的繃帶，並把腳跟往地上頓了幾下。奇怪？*我現在怎麼不覺得痛？*

鳥兒由窗戶處轉身回來，單腿站立，並朝止聾的腳點點頭，然後一隻爪子腳朝外一拂，雖未觸及和尚的腳踝，卻令他吃驚地後退一步。鳥兒的這一拂，帶起一股涼風掃過和尚的腳，同時繃帶也像死樹皮般剝落下來，卻無損底下的皮膚。

鳥兒點點頭，像剃刀般鋒利的足距喀噠一聲站回地上。

「真令人嘆為觀止！甚至是一位有十年修為的江湖劍俠也辦不到。」止聾說著，去摸他受傷的腳板。

咦？沒傷了。

止聾把燈籠放在地上，檢視自己腳板的每一吋皮膚。哪兒有皮開肉綻？哪兒都沒。甚至自己幾個時辰前因練功麻麻痛的腳踝，已奇跡般的復原了。沒腫、沒瘀青、沒痛、沒不適——像是它從沒受傷過。事實上，他的腳感覺比以前還好。止聾看著繃帶微笑，聳聳肩。

「初祖庵的療傷膏定是什麼祕方。我真想知道它的成份是什麼。」他喃喃自語。

鳥兒抖著頭，一邊翅膀指向門，呱呱叫。

和尚尚未作答，紅鳥已經牢牢銜住他睡衣的布邊，把他整個身子往門口拽，活像一隻不耐煩的小狗會做的事。止聾幾乎被舉到空中，但他終究穩下來，把一根手指壓在嘴上。

「呵！別慌。你小聲點兒，要不然你會吵醒蔡先生。」他說著，指著房間的另一頭。

他眨巴著眼。另一邊的床褥上沒了人，床單折疊得整整齊齊放在角落。

蔡正武到底哪兒去了？

鳥兒鬆了口並拍拍止聾的肩膀，像是向他保證蔡正武沒事。

「你的意思是……？」和尚問。他再回頭去看鳥兒，「你沒對他做什麼吧，你有嗎？」鳥兒聳聳肩算是答覆，可止聾一點兒也不信。蔡正武怎會在夜半離開卻沒留下隻字片紙。

「這可說不通。蔡正武不知道這兒的路，更別說外面一片黑。我們得馬上去找他！」和尚非常著急，一邊換上他破舊的袍子。但雄偉的紅雉大搖其頭狀甚反對，隨即來扯和尚的袖子，這次相當堅持。這隻動物的無理取鬧，讓止聾略為惱火。

「請讓我走。我必須找到他。」

和尚滿臉詫異——鳥兒已不知去向。

感覺到後腦杓被啄了一下，止聾忽地轉身，嚇得差一點跳得一尺高。

紅雉已偷偷溜到後面，彷彿先前消失無蹤後又神奇地於其後現身，令可憐的和尚不知所措。鳥兒敲著牠的爪子，感覺到止聾的迷惑不解，遂決定用更有力的方法溝通。牠慢慢地向旁邊展開一邊翅膀。

向止聾臉上搧去。

瞬間，房門被吹得幾乎扯斷了鉸鏈，窗子的百頁遮也朝外猛擺，而和尚更被比一個夏日中颱還凶猛的風吹得站不住腳。止聾像被吸入一個黑洞般地被拋入空中，向後滾翻，飛出門外，直到他毫髮無傷地彈到柔軟的草地上才得以停下。當鳥兒滑翔出木屋、無比優雅地降落在離止聾數尺外時，晨曦才剛開始緩緩爬上樹林邊。止聾仍坐在那兒，震驚得無以復加。

多靈活吶，還有那一對翅膀！一翅掃下來，定把戰船的船桅折斷。

和尚迅速地站起來，面對著鳥兒，卻發現身後及旁邊已有其他人影矗立。

原來不止他們在此。

第37章

祢掌心的麻雀

「我覺得有一隻大象伏在我肩膀上。」周倫邊打呵欠邊揉著他佈滿血絲的雙眼。他的助手、一位汴京太醫院畢業的助手在走廊中間停下，請這位昏昏欲睡的大夫喝一杯加了燕麥與芝麻的豆漿。

「待會兒，劉助手。我累得一口都吃不下。你自個兒吃吧。」周倫說著，搖搖晃晃地走向梅花義診中心後面宿舍他自己的小房間。經過整晚的忙碌，治療了兩打病患，在此凌晨時分，他已經站著進入了睡眠狀態，只待一頭鑽進鋪在他新床上軟綿綿的被褥中。當他快到他的房間時，牡丹姐由隔壁房間氣沖沖地衝著他來，一手緊握在圍裙前，臉色蒼白如紙。

「這次又是什麼事？」大夫嘆一口氣。

「這個地方已經淪為毛毛蟲天堂了，」她厲聲說，「都是你把該死的窗子留著大開！」

周倫抬手抗議。

「原來是這些東西惹了妳。幾隻蟑螂？學著忍耐牠吧，妳是個成年的女人吶！」他說，指的是前晚他不經意引起的蟲災。誰知道留下半盤吃剩的梨子會有什麼後果？女人嘲諷般地點點頭，一邊把頭髮理直。

「我是說這個。當我正打算小睡一會兒，這個鬼東西就卡噠卡噠地爬在我的天花板。我差點兒得了心臟病！」牡丹姐說著，晃著一把榔頭，上面沾著好大一隻半被打爛、帶著一絲絲橘色的大蜈蚣。

「妳不覺得太過份嗎？誰說是我讓牠進來的？妳可有證據？你這發瘋的老巫婆。」周倫說。

「因為昨晚我殺死了另一隻，牠正在大嚼一隻死蚱蜢。噁心死了！我跟著牠回到你的窗子。你房裡的窗戶老是開著，牠們儘可大搖大擺地進來！」牡丹姐答。周倫面色一沈，不屑理會。

「哼！關窗不通氣，還有霉、灰塵什麼的。妳是誰？這兒的女總管？妳不喜歡這兒，就回去妳的妓院吧。」

「你怎敢對我如此說話？你這個臭老猴！」牡丹姐喊起來，追著周倫跺腳。周倫雙手蒙著耳，不理女人的指控，沒事般地沿著走廊走去，直到她只能罷休，氣沖沖地離去。周倫進了他的房間，關上門，熱切地望著他面前軟綿綿的、溫暖的床鋪。

一個突起來的圓丘把自己窩在他的床中央。

看到這個，大夫的嘴角便微微地挑起來。抱個枕頭睡覺可不是他願意公開承認的習慣，但不知怎的，他發現每晚胸前抵著個膨鬆、軟枕樣的東西會給他難得的慰藉。他打了一個呵欠。

讓煩惱輕如棉絮，因為現在是睡眠時間。

當他正準備墜入幸福中時，他停了一下，目光掃向床角，隨後四顧房間。他拿起一隻鞋，向最昏暗之處揮去，除了幾絲蛛網、幾隻死蚱蜢、和一隻好酷的螳螂外別無他物。確定房間沒蜈蚣的跡象，大夫轉向仍留著開的窗戶，搖搖頭。*那個笨老嫗！*然後，他掀開被角，潛入棉被的懷抱，身體在柔軟的布料中游動，猶如鯊魚盯緊一條受傷的魚，以那個圓枕為目標。一瞬間，他的手臂已環抱上它，並將他斑駁的鬍鬚埋入那雪白之中。他咂咂嘴，滿意地閉上眼睛。

這個枕頭會動。

周倫啪地睜開了眼。

幾乎是立刻，令人血液凍結的尖叫由兩個大男人口中爆發出來，讓負責清潔的助手嚇得跳起來。一位助理大夫謹慎地直奔周倫房間，不知發生什麼事，一堆助手亦在房門外數尺處不安地聚集。年輕的大夫猛撞房門，卻被反彈之力擊退，令他非常難堪。旁邊，伸出來一隻手，穩住了他。

「小伙子，退後一步。」一個女人的聲音說。

牡丹姐往前衝，撞飛了門那頭的鎖，撞開了門，發現周倫坐在房間一頭，緊抓著他的床單，萬分恐懼地盯著一個乍看像似麵團的圓筒，它在地上動來動去，狼狽得像一根被丟棄不要的捍麵杖。

「天哪！我這是在哪兒？」圓筒大喊。周倫、助理大夫、牡丹姐和若干助手跑過去，才發現那不過是一個穿著睡衣的年輕人，被裹在一床舊毯子中，外面以樹藤綁就。他們剪開樹藤，將其如抖地毯般抖了出來。

牡丹姐眨著眼。

「咦，你不是止聾師父的朋友嗎？那個南方來的人？」

「在下姓蔡名正武，我也記得妳。是牡丹姐吧！」蔡正武說，揉著他被大夫踢的地方。

周倫大步走到他們中間，不解地看一眼牡丹姐後，便兇狠狠地瞪著蔡正武。

「止聾的朋友？天殺的，你在我床上幹嘛？雖然我無意冒犯，但我可沒那種癖好。」

「我也不是啊！這太古怪了……我應該在少林寺附近的一間木屋。這是什麼地方？」蔡正武問道。

經過一番簡短的介紹他現在所在的醫館，蔡正武比其他在場的人沒少糊塗。

「我在汴京？瘋了嗎？我是睡在初祖庵我自己的褥子上。那兒離這兒有一段路。我知道你們要問什麼。不，我不夢遊的，即使我會，我自己也不可能走那麼遠。」他說。

「可能你初祖庵的和尚朋友在你睡著後把你送到這兒。」一位助手說。南方的武術家搖搖頭。

「如果他這麼做，我一定會醒的，何況你們似乎沒人看到我進來這兒。我簡直無法解釋止聾或任何人能把我偷偷帶進來，塞到棉被底下，而沒人看到。」

「嘔，那有什麼難的，蔡正武。」牡丹姐插嘴，同時惡狠狠地瞪了周倫一眼，「這兒某個白癡習慣把窗子留著大開。當我們忙的時候，無論何人何物都可以由後面躡手躡腳地進來。你認為呢？白癡大夫？」

周倫氣得啃手指頭，不理她。蔡正武搓著後頸，苦苦思索。

「我的腳覺得有點兒怪，如同乘坐了好幾小時船。而且我彷彿記得我曾短暫醒來，感覺有什麼絨絨的東西抵著我的臉，像絲絨。」

「還有呢？」牡丹姐問。

蔡正武聳聳肩。

「以後就模模糊糊啦。」

「止聾和尚一定有他的理由把你送到這兒來。可能他擔心你的肋骨。」牡丹姐說道。

「知道他的為人，這個理由說得通。不過這段距離確實遠，而且我也不知道他該怎麼避開護法們的耳目。更何況，如果我不在那兒，有誰能陪他過招呢？」

「止聾，看在老天爺份上，那是什麼？」

「看看牠多大！」

「你沒事嗎？」

止聾忽地轉身，看到六名少林護法小心翼翼地以棍棒比著鳥兒。牠的外觀讓他們全都傻眼，震驚得無以復加。因為沒人看過一隻如此巨大又有神力的雀鳥，更別說還擁有一身如此燦爛奪目的紅羽。

「牠是一個朋友。我想牠不會傷人。」止聾說。其中一位護法走到清晨的陽光中。他是迺誠。

「你『想』？這兒不許養寵物。初祖庵不是動物避難所。」

「牠不是我的寵物。」止聾解釋，「我幾天前才碰上牠。那時牠受了傷。」迺誠嘲笑他。

「別扯了，止聾。你準是向哪個小販買到這麼個稀奇的東西。我一生都住在這兒，可我從沒看過哪種本地鳥兒長得這麼個模樣。」

「別管牠由哪兒來。牠只是一隻鳥，惹不出什麼事。放過我們，回去吧！」止聾說。護法們注意著迺誠怎麼說，他露出一個心照不宣的假笑，開始朝止聾走去。

「要我們回去？正是因你匆忙地撞開門將我們引來的。想跑嗎，止聾？你以為你跑得過我及其他的人？」他說，手持棍棒指向周圍的護法。迺誠的行為夾著一抹偏激的嫌惡。他，因著嫉妒，對這位被唾棄的和尚的憤恨與日俱增。止聾深深吸一口氣，望著迺誠的眼睛。

「聽著，我知道你恨我，但人要講道理。我有任何反抗的舉動嗎？我沒一點兒逃跑的念頭。」他說。迺誠嘲諷地呼一口氣。

「吔？那就有意思了，我認為你正是那個選擇『逃離』我們的生活方式的人。延伸此論，假設你又要翻牆逃逸，又有何不對？狗改不了吃屎。」

止聾感到怒火在血脈中沸騰，然而他一句話也不吭，知道大發雷霆討不了什麼好，反而非常浪費精力。迺誠選擇嫉妒，但不該由止聾去疏導，毋寧說此乃迺誠應自己解開的心結。止聾深深地呼吸，放鬆肩頭的壓力。

迺誠朝地上吐一口痰，將注意力轉向鳥兒，不懷好意地笑。

「至於對這隻長得過大又假說是雀鳥的東西，我才不管這隻長毛的畸形打哪兒飛來，但只要我教訓了牠，牠肯定不會再回來了。滾吧！你這隻啞巴畸形！」他笑著，拿他的棍棒比著鳥喙。

雀鳥的眼睛閃爍著殺意，快如閃電，迺誠被猛地摁到土中。

「什……？」

他往上看，但見鳥兒宛如得到主控權似地，傲立於他的棍棒上。迺誠驚駭萬分，瞪大了眼，沒想到一隻看似笨重的生物，行動如此迅捷，且力大無窮，竟能將一名肌肉魁武的男人扣在地上。鳥兒以牠的鳥爪緊握棍棒一端，神色間似有敵意。

鳥兒喀喀的啼，鳥爪死勁往上一抖，就把這個無禮的和尚送上了天。

「哇啊——！」他邊慘叫邊轂轆轆地轉，像火箭般地射到天上，讓止聾驚恐萬分。剩下的五名護法倒吸一口氣，迺誠現在只是天空上的一小點，但當他掉下來時，他定將命喪當場。他們舉著棍棒進入備戰，握著棍棒的指節泛白，便要朝鳥兒撲上去。

但這隻紅雀迅速自轉起來，翅膀狠搧兩下，把往前挺進的護法們像狂風中的蒼蠅般拍入風中。他們在空中停了片刻，才狼狽不堪地落在十米左右外、柔軟的長草中。

止聾心驚膽戰地望著天空，覺得大事不妙。他一邊望，腦筋一邊瘋了似地急轉，希望能找到法子，減弱迺誠不可避免的重墜之危。此時，紅鳥展開牠巨大的翅膀猛搧，把自己搧離地面兩米高，腳上仍抓著迺誠的棍棒。只聽見卡嚓一聲，鳥兒沿著棍長，以自己的足距，把棍棒的一端橫劈成一對尖叉，棍棒的另一端留著沒動。

嗖的一聲，紅鳥身形一挫，瞬間變得扁平，飛快地切入清晨的青空，推動著一大片黑影由五乳峰上方掠過，其梅紅色的羽毛如同寶石般在陽光下閃閃發光。鳥兒發出一聲清脆的叫聲，看到正往下墜的和尚（或可說是聽到他的慘叫），便急忙調轉方向，再次猛力拍動巨翼，以飛箭般的精準度向下衝刺。

迺誠和尚往下急墜，手腳亂划，嚇得尖聲大叫。止聾與其他五位嚇壞了的護法只能乾瞪眼。一名少林護法喊起來，手指向天際；一抹模糊的深紅正鎖定墜落的護法。那模糊的影子驟然急降，身形迅速收緊，猛地向迺誠撲下，如同一隻巨禽撲向牠的獵物。當牠抓到迺誠後，牠便將速度減慢成緩緩的滑翔，優雅地轉身，並在這個過程中將雙翼伸展開來。沒有一隻活著的鳥能將人類捕抓起來，更別說是一個成年的少林寺和尚。然而這隻雉鳥在數百米的高空，像不費吹灰之力般地拖著一名六尺高的少林寺護法。在地面上的止聾及少林寺護法們終於鬆了一口氣。

「我收回我說的每一句話。阿彌陀佛！阿彌陀佛！」迺誠叨叨地唸，下巴抖得像一片葉子。但鳥兒有別的主意。當牠掠過林梢時，牠突然呱了一聲，把這個嚇得喪膽的和尚像一根箭般扔到前面。迺誠耳邊響起微弱的撕裂聲，驚見自己的腰帶已被綁在他一端裂成兩根叉子的少林棍棒上，而該棒子仍被抓在這隻動物的爪子裡。鳥兒展翅，以要命的高速把自己往前推進，攪得成千上萬的樹葉沙沙作響，接著，牠鬆開牠抓棍子的爪子，把迺誠和尚頭下腳上地摜下樹頂華蓋。止聾嚇得差點忘了呼吸。

「迺誠！」他喊著，立刻開跑。由樹林子裡也跑出大約二十多名護法，加入他們那五位在地上被吹得還有點兒暈頭轉向的伙伴。他們跟著止聾一起跑，跑進一片離樹林東北邊緣十三米處的小空地。那兒，頭昏眼花又面無血色的迺誠哭得抽抽噎噎，被自己的腰帶掛在他的棍棒上，而那根棍子的四分之一，埋進了一顆老柏樹中。

再多半米，迺誠的頭一定會撞到樹幹，撞得開花，像一個爛西瓜。

「迺誠！你還好嗎？」止聾喊，但迺誠什麼都聽不到了。這位好妒的年輕和尚，現在是一個嘰嘰喳喳的半殘，屎尿滿襠。經過一番特技般的努力，少林寺的護法們成功地將迺誠由棍子上解下來，他整個人便落在一堆接他的手上。有幾個膽子更大的護法爬上柏樹，想把棍棒抽出來，但它插得既緊又深，根本扳動不了。不久，他們便決定放棄。一小隊人護送還在渾身打顫的迺誠回寺裡，其他剩下的護法把止聾向初祖庵方向推去。

「繼續走，止聾。回初祖庵！」一位護法說。

「我必須確定你們不再傷害那隻鳥兒。」止聾說。另一位護法答道：

「我們從沒打算那麼做，唯有迺誠容不得牠；是他咎由自取。所以只要你的羽毛朋友安份守己，你就沒什麼好擔心的。還有一件事：我們的大師父已離開少林寺去特訓，他會趕回來主持你的通關試煉。好好練功，止聾，你會用得著的。阿彌陀佛。」

當止聾由林線中走出來時，他一眼便看見那隻雉鳥在初祖庵前面踱步，顯得頗為欣悅。牠急忙橫過廣闊的草地向止聾迎來，隨著牠蹦蹦跳跳地前進，其巨大的尾巴唰唰唰地左右擺動。

「你……你不是個尋常鳥兒，那是無可置疑的。你的速度非凡，力量無人能及且技巧無懈可擊。告訴我：你為何來此？我不相信你是為了上週的事來道謝的。」和尚說。鳥兒的喙吧嗒吧嗒了幾下，下一秒，止聾發現自己正滑到青草中，在草地上滾了十五尺才止住。他跳起來擺出應戰姿勢，但這個動物突然出現在他左邊，鳥爪子飛出一個迴旋踢，以致命的優雅在半空中旋轉；止聾雖然擋住這一腳，卻被推得往後退了相當距離。他揉著自己的上臂，覺得隱隱作痛。鳥兒呱呱叫，又衝進來，巨大的翅端往外橫掃，和尚勉力格開。一刻不停的，鳥兒另一邊翅膀向外彈出來，恰似一個直拳，俐落地拍在和尚左邊身子。

止聾發覺他自己又滑回草叢。他跳起來，擺出長拳起手式，以應付這隻動物不同凡響的行動範圍。也是在同時，和尚注意到鳥兒眼中獨特的神情：它的目光發光發亮，似能穿透人心，像極了幾個月前那條青色的龍與那隻白色的老虎。好似在這三種動物中，青龍擁有最溫馴的眼睛，而最有自信的眼神，卻是出自這隻看似溫和的鳥兒。隨著兩方的交手，止聾漸漸明白鳥兒的若干招式，神似人類的出拳與踢腿。鳥兒的翅膀內掃，威力堪比上勾拳；翅膀前伸，等同刺拳，而由牠翅膀關節來的頂撞，令人想起肘擊。不僅如此，這隻動物的腿比少林寺最強的高手還靈活，而牠的尾巴既可當盾牌又可當平衡器。

是完美的防守與進擊的綜合體。

鳥兒又出招了。止聾，做為一個少林寺資深武僧及鐵掃帚功大師，雖然沒讓鳥兒的腳近身，但仍不免被摔到草叢裡。比劃並沒就此結束：又過了片刻，和尚感覺自己被什麼力量由後方一擠，便被拋得飛起來。鳥兒步伐沉穩，向氣喘吁吁的和尚走來，而那個和尚還死不相信，不過是隻雉鳥嘛，

怎能如此熟悉人類的格鬥？止聾發誓一定要分析鳥兒的每個動作，不管它多細微。他咳出一些樹葉，假意向前衝刺，忽地變為脛踢，這次他邊分著神，更留意著鳥兒的回應。只見這隻雄偉的鳥兒羽毛微微發亮，在牠往外滑出的同時，用牠翅膀上的一撮羽毛朝和尚的肋骨拍了一下，隨後爪子腳快步跨前，絆得止聾往後倒，是一個乾淨俐落的擒摔。

太驚人啦，和尚暗忖。鳥兒上下跳躍挺進，不留情地繼續攻擊。止聾擋架又反擊，但鳥兒總能一溜煙兒地跑開。過了一會兒，雉鳥停下來站在離止聾一米遠，同情地望著他。

鳥兒振翅抖擻，慢慢搖動其一根巨大的翼尖，向和尚叫板。止聾咬緊牙關，再繼續這場「誰被鬼拍到」的奇特遊戲。每一次止聾試圖逮住或至少擊中這隻逐漸後退的鳥兒，皆是差之毫釐。鳥兒倒是自得其樂得很，牠顫巍巍地往斜角滑出，有時就地轉個圈，只使得和尚氣急敗壞，更決意一定得成功拍到牠。他們的遊戲持續進行。

由早上到中午，中午又到晚上。

止聾癱在草地上，身體呈一個大字，精疲力盡地瞧著西下的夕陽緩緩下沉於五乳峰之後。在他面前，初祖庵前面那片廣闊的草地，只剩下一堆堆爛土，露出無數條犁溝。看起來像是一群神經病拿了耙子與鋤頭在地上大肆蹂躪過。

鳥兒棲息在止聾身旁的草地上，尾羽像毯子般覆蓋著地面。牠啪嗒啪嗒地咬著喙，頭兒微斜一邊，一點兒也不累（起碼沒顯疲態），還看起來一塵不染。反觀和尚，尚需調息順氣，滿身汗水及青草的污漬。他拭去臉上塵土，忽聞雲際傳來一陣不雅的隆隆聲。與此同時，鳥兒似乎望向自己的肚子，隨後轉頭望向和尚，像有所期待。

「你是吃蟲子的，對吧！」止聾指著四周，喘著氣問。

紅雉搖搖頭。止聾笑了，把自己由地上撐起來，痛楚令他眉眼緊蹙。他的每一個關節每一條肌肉都像著了火，像極了他第一天在少林寺受訓。經歷近二十載日以繼夜的鍛煉，並未意味著已臻武藝巔峰，時刻有新的境界待他去探索學習。他伸展著背脊，脊樑發出啵的一聲。止聾向初祖庵走去，與他並肩走的是一隻搖搖擺擺的禽鳥。

「我希望你不介意素食？」和尚問道。

「呱！」鳥兒喊了一聲，抖著頭同意。

止聾點點頭。

「我也是。既然蔡正武走了，你可以吃他的份，或者連我的份也行。我累得連嚼東西的力氣都沒有。」當他們走向初祖庵大廳入口時，他說。山門口，已經擺了一大盒熱騰騰的鹹糯米粽及一大鍋清炒茄子，另外還有一小碟醃酸菜，都是少林寺護法稍早送來的。除了監視止聾外，他們還負責送三餐。止聾把食物放在初祖庵大廳的公用桌上，解開粽葉，把粽子遞給鳥兒。鳥兒把粽子向上扔，再一口吞下。和尚覺得牠的動作特別俐落可愛。他舀一些茄子及酸菜到一個小碗，也幫鳥兒弄一份。鳥兒先把食物銜在喙間，繼而吸入喉嚨中。因著如此，鳥兒的下巴下，鼓起一了個大囊，並往下蠕動。鳥兒飯畢，便搖搖擺擺走上牠的枕頭窩中，扯過一張毯子來把自己蓋上，頭捲在一邊翅膀下。止聾，他甚至還沒開始吃，除了留一根蠟燭外，他把屋內所有的蠟燭都吹熄了，冷靜地走向窗戶，把剩下的那隻蠟燭放在窗台上。他在那兒悄悄地吃，用另一隻手揉著肩膀。

他感覺手指被輕輕頂了一下，原來是一隻胖嘟嘟的凸眼壁虎。蜥蜴聞了一下止聾手上拿著的粽子，抬起頭。和尚微微笑，剝了一小塊棕子上的栗子，彈給這隻爬蟲。這一小口糧滾下了窗臺，爬蟲往前急衝，食物已轉而滾向右邊，壁虎像是來不及接到它了。但有如炫耀牠的柔軟度，只見壁虎的身體往旁一折，便搶到了食物，並大口把它吞下去。和尚微微地笑——初祖庵還真住了些身體柔軟的房客。止聾把他的視線移到窗外，再咬一口棕子。

還剩下兩週。他想。

第38章

龍行步

第二天，止聾在睡了整整五個時辰後，天未明即起。鳥兒尚縮頭沉眠，每隔一會兒，其羽絨般的胸膛便輕輕起伏一次。止聾不想吵醒鳥兒，拿起臉盆悄然步出初祖庵，至外頭空曠之地。在那兒，他洗臉的潑水聲當不至那般擾人。

朝露晶瑩，點綴在片片青草尖上。和尚放下臉盆洗臉，並用一條毛巾把自己抹乾。晨曦逐漸灑落，緩緩地為河南嵩山的岩壁鑲邊，將初祖庵沐浴在溫暖而亮麗的春陽中。當止聾擦掉臉上最後少許的水，他注意到水盆旁邊有一個東西慢慢地在扭動。原來是昨晚那一隻壁虎，因為在盆沿下躺了一夜而萎靡不振，當然就直覺地爬向太陽的溫暖，讓止聾看得渾然忘我。

當爬蟲翻身至盆沿平緣上後，就定在那兒一動不動，盡情享受陽光的生命力。止聾繼續凝視，見小壁虎的眼瞼慵懶下垂到幾欲合攏。和尚連一條肌肉都不敢動，深知任何一絲顫動，這難得一見的場面便會提早嘎然中止。感覺到炎熱的太陽已開始灼燒他裸露的雙手，止聾便開始抽身，使得盆中之水輕輕潑到盆邊。這個波動，令日光浴中的壁虎猛然驚醒、失去平衡、跌入水盆中。小動物發狂似地打水，掙扎著浮在水面上。受驚的小壁虎試著脫身，拼命想抓住任何既乾且易牢抓之物，以便爬上安全之地。

止聾將手伸入盆中，撈起那又濕又驚恐的爬蟲。壁虎將牠的尾巴捲上止聾的大姆指，用牠粉紅色如肉塊般的舌頭，舔著由牠大眼睛上如瀑布般流淌的水珠，並開始往和尚裸露的前臂爬行，留下一行濕潤的小腳印。和尚將停駐了小生物的前臂伸直，穩健地走回木屋，行走間特別留意，腳步比平時更為輕盈，深怕這隻小生物再度失足摔下去。踏入木屋後，止聾將手抵在木屋的一根樑柱，注視著那蜥蜴驚慌地奔向屋椽，消失在一道寬大的裂縫裡。

看到這隻動物躲起來後，止聾才小跑回外面，去到青草地上，急著做完至少兩百下踢腿伸拳的晨操。他看見自己前臂上在陽光下閃閃發光的濕腳印時，便慢慢停了下來。

他湊近審視這些印子，突然靈光乍現。他研究這個腳印的模式，注意到壁虎的腳印往外轉的方向，與牠尾巴留下的蜿蜒形跡一致。也直到此時，止聾才看到他站著的這一塊被亂踢開的土。他用他的腳邊，依樣畫葫蘆地順著昨天訓練時留下的犁溝移動。

*哇！我知道了！*他歡呼起來。

和尚衝回木屋，爬到屋頂上，找到一個能夠清晰俯瞰初祖庵入口及林間空地的最高點。站在一排屋瓦上的止聾，觀察他前面的景像，看到陽光在木屋及五乳峰之間沾滿朝露的草地上閃爍，其中若干犁溝的輪廓清晰可見。它與沒被破壞的草地地段形成強烈的對比，把昨日他與雉鳥過招時詳實的軌跡紀錄了下來。止聾伸出手臂，比較壁虎的足印與地上犁溝的網路；簡直如出一轍。他驚訝得差點由屋頂上掉下來。

龍行步──「龍行的軌跡」，乃龍之步伐也！

難怪雉鳥往斜後方不停地快速移動。原來鳥兒一直都在以其行動教導止聾正確的步法，引導著他的腳，直到它們符合龍行步的基礎。止聾靈光一閃，記起那蜥蜴的腳是如何往外呈斜角，雖然牠看起來走的是直線，但牠其實是以一種略為曲折的方式行動，腳往外斜，踩著對角線的步伐。此發現，與他於第二卷卷軸中學得之龍迷宮攻擊心法相結合，是他一直在尋找的另一塊拼圖。他躍下屋頂，向空地中央跑去，急著要嘗試這種新的移動方式。

止聾走到一個大的犁溝前，將左腳向外撇，沿著同樣的對角線軌跡，輕輕探出去。他精準地掌握腳步的角度，同時將相反之手猛地推向旁，猶如招架的動作。此時，他幾乎處於假想敵人約四十五度角的左側。和尚自此理解，此種步伐之妙，能於特定角度下避開襲擊，但閃避動作的本身，似乎令反擊效果大減，因為他的身體正在撤離過程中。他遂回憶起那隻壁虎如何扭身咬到那個由牠嘴邊滾落的食物。和尚沉思，是否龍掌功亦能在相似的情形下發揮效用。

仍在第一步將盡，止聾腳尖略固地面，僅以腳掌丘將身體向內轉。這樣一來，便能將自己迅速轉回戰場，並能對敵人出招反擊。

就是這樣。由閃避到出招，一氣呵成。止聾再次練習此法，此次換成右邊，然後是另一邊，換相反方向。轉動又反擊，再配合幾招出拳踢腳。他高興得合不攏嘴，此時他感覺到肩膀被拍了一下。

正是那隻紅雉。牠站立挺拔，似乎被和尚的進展弄得有點兒糊塗。和尚向雉鳥躬身行禮，心中暗自發誓，將來有一天，他定會解開鳥兒欺近他身後而他無法察覺的本事。鳥兒呱呱叫，擺出自由打姿勢，同時利用牠一邊如油布般大的翅膀關節，打出一個刺拳。

止聾迅速往斜角滑出一足，旋即往內轉，反擊一拳直取鳥兒胸膛。那一刻，和尚幾乎確信他已得手，因為鳥兒已退無可退。

但這隻動物隨即將兩翼如盾牌般向內一掃，護住了自己。

止聾收回拳頭。感覺不像插進一簾軟毛，倒像是捶到一尊鐵砲！這個和尚的一生中，單憑著一雙空手劈過瓦片、碎過磚頭，斷過木頭，但這一次的感覺與往常全然不同。他的拳頭本身不帶多少力道，因他們本意只是過招，但卻痛得不得了。

這是這隻神祕卻又強壯的鳥兒給他的另一個驚奇。

「哇！我還以為我可能將你傷得太重了。」止聾喃喃地說，亂甩著疼痛的手，「你還有什麼壓箱寶嗎？」就在那時，和尚注意到鳥兒之前翅膀上平滑的羽毛，現在看起來又硬又尖，讓人想起魚兒豎起來的魚鱗。牠的每一根羽毛變得更立體又有稜角，宛如層層疊疊的水晶碎片。它們連成一體，便形成一件發光的格子盔甲。但一眨眼，雉鳥像似柔和下來，牠豎立起來的羽毛也軟下來，很快又變成一層蓬蓬的厚毛，並像先前那般柔軟光滑。再也沒有比這更完美的盔甲了：它幾乎覆蓋鳥兒全身每一吋，而且瞬間便能變得硬如鑽石。

即便如此，和尚還是興奮得無以復加；這，畢竟是他第一次成功的一擊。

紅鳥驚訝於止聾的進步，也很是欣慰，便做了一個認可的手勢，是牠第一次承認和尚的努力。

止聾微笑著躬身致謝。這天餘下的時光，人與鳥繼續過招，雙方幾近全力施為。因為和尚現在確信鳥兒承受得住更多傷害；同樣的，鳥兒也逐漸更肯定和尚的進展。

他們一直鬥到日色西沉，間或停下來重新審視和尚對龍行步及龍迷宮的了解。當日暮將近，止聾已不再被錯誤的步伐妨礙，而且他覺得自己對風龍掌整體的體認又進了一大步。

從那時起，就是練習、練習、再練習。

少林寺附近某處，羅大師父在嵩山山脈中的一個小山打坐。月光照射出他與其他若干人的影子。夜幕下的森林之中，陰影於樹木間若隱若現，偶爾傳來一陣陣令人毛骨悚然的低吼。

儘管這些聲響讓羅湖警惕，但他依舊不動如山。

在他腳前，躺了一隻黑熊殘缺不全的屍體。其腹部被撕裂開一道大口，內臟橫流，猶如繽紛散落的裝飾花瓣。一個聲音由大師父身後傳來。

「主人，止聾已獲援手。倘若他得以平安渡過此劫，趙姑娘似已覓得良醫，以助其療傷。」

羅湖還是沒動。

「我們不認為他是個威脅。我們的消息指說，此人乃一無牌照之狡猾密醫。他們也爭取到趙姑娘的酒鬼朋友及向我們挑戰的那個南方武術家的幫助。還有一位當地的妓女也牽扯在內。他們大多既沒本事且各有缺點；我們無需過於憂慮。」此言一出，羅湖露出一絲厭惡之色。

「一個騙子、一名殘廢、一個酒鬼、和一名妓女。好恰當的人渣組合。」他怒罵，尚未意識到牡丹姐真正的身份，「難怪他們跟那個孬種為伍。」

隱於暗處的聲音表示認同，繼而補充道：

「尚有一事報告。近日初祖庵有一隻巨大紅雉現蹤，此鳥之來歷成謎，屢見其與止聾同練武功。我們的護法報告，他們兩人練習之招式，與少林寺所傳武功大異其趣。」

羅湖挑起一邊眉毛。

「這隻野獸武藝高超，三兩下就擊敗了三名少林護法。」聲音頓了一下，「我們是不是該把這個……長翅膀的怪物逐出初祖庵？」

虎臉的和尚沉吟片刻後方才回答。

「無需多事，我們當行之有度。」他說，不相信學習風龍掌這門武學，一隻鳥能提供什麼實質的幫助。當然那不是唯一的理由；虎臉大師父刻意不想引起其他和尚更多的疑心，過度監視和干預止聾的練功，可能使寺中的和尚們質疑羅湖的動機。

報告的人由羅湖的影子中走出來，月光照亮了他黑面的面具。他躬身行禮後，便加入其他跪在羅湖前面的十四個黑影之列。

「今天應該有十八個人，卻只來了十五人。」羅湖說，不耐煩地向黑影們瞅一眼，接著瞪著戴黑面具的銅人，「你為何令我失望？」

「甘達婆（宜和）已亡，降三世明王肩膀的傷尚未全癒，主人。還有⋯⋯」

「你知道我說的是誰，他會來嗎？」羅湖追著問。被問的人頓了頓。

「主人，我們每人接到您的命令便立刻啟程，」黑面具的人躬身答，「但他無法即時趕到，因為他到這兒需要二十多天。沒問題的，雖然我們少了三個人，但我有信心我們能完成任務。」羅湖點點頭，抬起一手，示意跪在黑面具人後的十四名銅人起身。夜風翻卷之際，他們五彩繽紛、凶神惡煞般的面具，好似懸掛在黑暗中。

「少林寺的紀律端賴我們維持。」羅湖說，「我們的行為雖冷酷無情但不得不然。我們的寺院是緊那羅的寶座；而你們是他的短棍。我們尋道途中的叛徒將遭惡報，因彼等猶如夜賊，不配存於世。那麼就以我們的正義之拳，將其與所有阻礙我們的人摧毀。」他望著野熊的屍骸。

一山不容二虎。

他們周遭的樹林傳來野獸的嗥叫。一隻狼形動物被死屍的氣味吸引，謹慎地現身於林間，發出低沉的吼聲。

羅湖單憑感覺，撲上前去，一把抓住野狼的喉嚨，把牠高高舉在空中，隨後，一隻爪子手朝這隻動物的身體挖進去，接著把牠砰地摔到草上。野狼慘叫著，在地上打滾，肚破腸流。垂死野狼的哀號驚動了牠的狼群，冒出來了一隻隻的狼，數數幾乎有三打。牠們繞著羅湖等人兜圈，企欲報仇。羅湖瞄一眼這些動物，深吸口氣，慢慢地伸縮他的手指，直到它們硬得像鷹爪。

野狼們發起了攻擊。

黑夜中充滿了恐怖的聲音；狼群痛苦的嗥叫、樹木上四濺的血跡、骨頭斷裂的清脆聲及一簇簇甩擊到樹幹上染血的毛髮。少頃，勝負已判；地上躺了一打血肉模糊的狼屍，猶如一幅恐怖畫作上凝固的紅漆。羅湖對他的僕人們頷首，望著他們唸著佛經而拳頭仍滴著狼血的景象。

這些銅人──他的銅人們，是無所畏懼、強壯有力、對非我族類一概格殺勿論的打手。羅湖瞪著自己的雙手。

我要把你開膛破肚，孬種。

日復一日，止聾與那隻神祕的紅雉同吃同訓，兩者間似跨物種的共生，亦似師徒相隨，令那些盯著他們進展的少林護法看著有趣。每天早上剛破曉，鳥兒就起來了，等在初祖庵的山門，陰森森地向送止聾早餐的護法打招呼，令人毛骨悚然，隨後才去啄醒那個和尚，有時甚至用蠻力拉他起床。早膳後，二人立刻展開風龍掌的過招，常常跳前躍後邊打邊離開大殿，去他們喜歡的草地上，堅持不懈地訓練。鳥兒可不比任何少林寺師父好混；若止聾不小心犯了一個技術性的規，其後果可是大聲又清楚。有時或因姿勢不端正，止聾便遭鳥兒嚴厲啄擊；但如果他重複犯同樣的錯誤，鳥兒便以牠的翅緣當鞭籐般執行懲戒。所有的這一切，和尚從無異議。大概這個動物，讓他感受到一種資深前輩的氣場，像在幾十年或幾百年以前，在早被人遺忘的時空便已存在。經過一段時間的相處，止聾開始了解到追問鳥兒的來歷無甚助益，因為牠雖懂人話，但牠的溝通方式只有動作和呱呱叫，對描述武術以外的事物，作用極其有限。

他們的溝通亦偶有障礙，只有在那時候，紅雉才會極為惱火地豎起羽毛，拿起一隻毛筆，寫出可媲美書法大家所寫的的毛筆字。然而牠並不喜歡常常這麼做，讓止聾極為氣惱。

接下來的日子，他們不斷切磋，結果每每以和尚認輸做收。這段訓練成為他永生難以忘懷的經歷；紅雉比附近鳥兒的塊頭大得多，但牠的節奏卻難以捉摸，故無法預測其行動。和尚往往因錯判鳥兒瞬間暴增的速度而被放倒。又有時候，紅雉有意慢吞吞，誘使止聾採取攻勢後，才把他摜到地上。不管和尚如何努力，雉鳥像不費吹灰之力，或用硬功或施軟招，把止聾的攻擊閃避或化解掉，優雅又精準。

有時候，他們深入樹林中仍處於監視範圍內的小片區域。在那兒，他們利用小樹幹當木樁，以練習龍迷宮；止聾在其中飛快地交叉穿梭，由一株樹幹跑到另一株，打得它們落葉紛飛舖在林地上。每一株樹幹代表人的軀體，而枝椏猶如敵人的四肢。經過數日的訓練，和尚開始多了點兒信心。沒人比紅雉更了然於心了，牠常常愛理不理地棲息在一株最高的樹上，看著和尚練習，像在評審。

有一次，鳥兒展開牠大得像帳篷的翅膀，飛快地滑翔向一堆青綠小樹，拉近的高度似乎有點兒低，而止聾在下面等候。

只見鳥兒胸有成竹地翱翔於樹木上半截，帶出一陣激烈的劈里啪啦聲。猶如魚兒於蘆葦間遨游，牠飛快又靈活地在樹幹中穿梭，再由樹林的另一頭冒出來，留下身後一片搖搖擺擺的綠樹。止聾由撲天蓋日、紛飛的樹葉中費力地瞧，看到雉鳥在飛翔中故意擊打每根樹幹，將其長翅膀如短棍般揮舞。樹木被擊中後瘋狂地彎曲，幾乎要倒下卻堅不折斷，掃著大圈並發出嘣的聲音。鳥兒飛回來後，又進到樹林子裡如法炮製，製造另一批打轉的鞭人樹。牠又重複了一次這個過程，直到整個地區搖撼得如同颱風過境。止聾感覺自己被輕輕推了一下，回頭一看，看到鳥兒招呼他進去。年輕的和尚進入戰場，踩著龍行步躲過一根搖擺的樹枝，但它抽回時如同它來時一般，狠狠地打到他的肩胛。他倒下去，爬起來，再繼續往前，衣服上增加了更多裂縫。止聾抹著手臂，彈掉他手肘下一個口子滲出的血。

衣服倒不是問題，因為護法每晚替換他的破衣，讓寺裡的供應室愈來愈空。然而身體受了傷則是另一個棘手的難題。如果傷得嚴重，雉鳥便常會拿出一個裝著神祕萬靈藥的銀瓶，每次滴上幾滴，效果立竿見影，令止聾不禁猜想，昔日是否就是此藥汁治癒他的腳傷。這個藥汁聞起來、看起來都不像止聾見過的任何配方。涼如冰霜，清透過水，且莫名其妙地折射出紫色與橘色之眩目光芒。當把它小心地倒入或抹上傷口時，會發出冰涼的吱吱聲。痊癒百分百；一點疤痕都不留，使得和尚不禁考慮是否儲存一些以待日後之用，對此看法，鳥兒是斷然拒絕。

當萬靈液用完時，鳥兒總會飛到地平線外，一去幾小時，直到又帶回來整瓶這種神祕的回生液。知道此藥無虞匱乏後，和尚練起功來便毫無保留。不僅如此，雖然他大部分精力集中於練習風龍掌的各種組合，止聾也沒忘記練他傳統的少林寺功夫。每個下午，他練拳時定夾著羅漢拳、炮拳、長拳、洪拳與其他功夫一起練。更有時候，止聾會特意早起，在初祖庵外或大廳內打坐。每天練完功，他也如此行之，以便鬆懈下來，晚上得能睡個好覺。

一週結束時，和尚對每一招龍迷宮與龍行步合用的訣竅或多或少已得心應手，連續施展數招時已不再像以前那般生硬。止聾腳印下的草地，本來被他踐踏得稀巴爛，現在大部分乾淨又健康。止聾領會得愈多，他的招式愈變得順暢、精準，他的打擊也更俐落。當然，還沒十全十美，而且止聾可以感覺到風龍掌的一大部分還沒到位，但還剩下一個週可以訓練，所以在那之前，他或鳥兒也許可以琢磨出更多什麼。

當夕陽鋪金於嵩山平原時，止聾站在這整週被他利用的那一片青樹林中，每株樹幹都略顯狼狽。垂下的枝椏看得到被折斷的痕跡，一塊塊樹皮在風

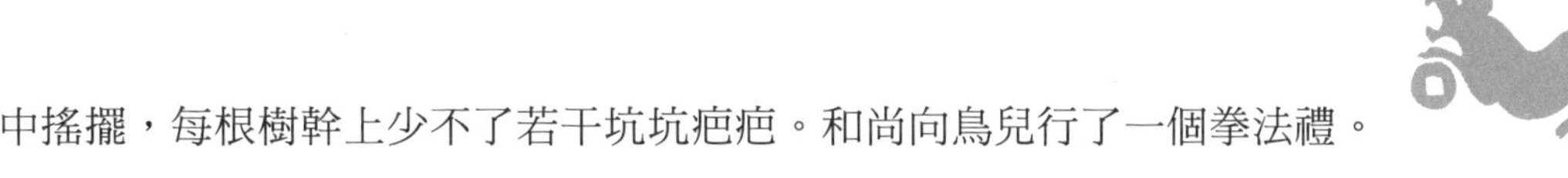

中搖擺，每根樹幹上少不了若干坑坑疤疤。和尚向鳥兒行了一個拳法禮。

「這些小青樹已經受不了了。是時候該更進一步。你還知道別的武功嗎？」

鳥兒假裝沒聽到，一翅膀掃到和尚頭上。

止聾眨著眼。悄沒聲響地，鳥兒已跳到和尚面前叫陣，捲起一根翼尖表示「來戰！」止聾躬身行禮備戰，險之又險地閃過鳥兒迅雷不及掩耳啪的一腳。他及時格擋並往後退，以避開鳥兒前進的攻勢，哪知紅雉利用牠翅膀長的優勢，打出一個刺拳。

止聾使出時間算得正好的龍行步，躲過一擊，同時看到一個破綻。他大喊一聲出拳打擊，拳頭由鳥兒的胸膛彈了回來。

止聾禁不住興高采烈。

我進步些了吧？

兩者再次交手數招，雉鳥決定不再保留而全力施為，幾招便把和尚短暫的自鳴得意打得洩了氣。

一瞬間，他的腳由底下被掃起來，整個身軀也隨之被拋落至草地上。止聾惱怒地站起來，揉著胳臂上鳥兒攔截他的地方。

三根羽毛進了和尚的眼睛，那麼輕柔的動作表示，鳥兒如真心想傷他，不必費力便可取勝。止聾磕磕絆絆地，心慌意亂。

明顯對方已手下留情，然而所受之痛依舊難忍。

他拼命想睜開雙眼，但辦不到。在少林寺的教學中，得意忘形從沒被懲罰到這個地步。一個和尚對另一個和尚，最多只能在離對方眼睛安全距離以外，比著手指做個樣子，決不能真的戳到什麼。但現在止聾的眼睛又盲又痛，不確定自己經過這個高危險的接觸後，以後是否還看得見。他撞到旁邊一棵樹，感覺到樹幹的支撐，便立刻把自己緊貼在上面，這樣一來，鳥兒只能由正面或旁邊攻擊他。

他勉強把還在流淚的眼睜開，淚眼模糊地悄悄往左邊偷瞧一下，再看右邊。他觸目所及儘是波動的斑點，另外手臂上還有一種極輕微的觸感。

「紅鳥先生！住手！我看不見！」他喊，用被淚濕透的衣袖擦眼。但吃了秤錘鐵了心的老雉手不停心不軟。一個迴旋踢猛踢至止聾的腹部，痛得他直不起腰。還是淚眼汪汪的止聾揮出一拳自衛，再次感覺到手臂上那怪異的、如羽毛拂過去的觸感。

鳥兒掃出一腳回應，把和尚像個球般丟出去後，跳到空中，用一個飛腿結束這一局。

止聾被胡亂地拋到柔軟的草中，但他隨即又蹦起來，口中吐出一大堆濕葉。惱火多於挫敗感，他憤怒地擦拭嘴角的血，就去找鳥兒理論。

「我已經告訴你我看不到了，你還繼續攻擊。」他說，還在用袖子背面擦眼睛。氣沖沖的他一把抓過鳥兒塞到他手中的水囊，打開蓋子，用裡面的水沖眼睛。雉鳥咯咯笑。

呱——呱——呱！

「這有什麼好笑？我是真生氣了。」和尚氣得冒煙，瞪著鳥兒。他的視線清楚了一些，可以看得到鳥兒笑得前仰後合。止聾搞不清來龍去脈。雉鳥笑得更大聲。

「我不敢相信你竟會那樣傷我眼睛，之後又耍賤招。如果我也如此對你，你會怎樣？」止聾問。鳥兒用翼梢拍一下和尚的頭，氣得和尚再狠盯牠一眼，但他的眼神逐漸轉為驚訝。

「我⋯⋯」

當鳥兒彎下頭往前正對止聾的臉時，和尚看到一條黑布緊緊包住了這隻動物的眼睛。

*我的腰帶！一定是我的眼睛一看不見就被他拿走的——而我渾然不知。*止聾往下看去確認，果然，他的漢服袍子正敞開垂著。他皺著眉頭，即使他目不能視，但此賊怎能如入無人之境？尤其腰帶本來牢牢地綁在和尚的腰上。少林寺和尚可不綁一條能讓他人輕易解開的腰帶。止聾有點兒發傻——只有到現在，他才開始看到他與鳥兒功夫實力的懸殊。

「你把自己的眼睛蒙上了？」

雉鳥點點頭，微笑。*人吶，你可不是唯一一個看不到的。*

止聾恍然大悟地拍了下自己的額頭。

「方才我手臂上那個毛絨絨的感覺，原來是你用你的翅羽來偵測我的行動，是不是？紅鳥大人啊？」他問道。

鳥兒狠狠啄了一下和尚的前額，留下一個印子。

「哎喲！你⋯⋯」

被尋釁的止聾出手就是一拳。他的拳頭穿過鳥兒擋在身前的翅膀，那翅膀軟塌塌地懸著，像放到外面曬的衣服。也不過就那麼一丁點兒接觸，便足以讓鳥兒以足夠的力道把和尚放倒。

止聾坐在土中，驚訝於鳥兒能夠利用牠感應器般的大翅膀，去「感覺」到對手的攻襲。和尚站起來，繼續搏鬥，一邊留意著鳥兒的動作。每當雉鳥的翅膀輕輕拂過止聾的手臂後，便纏上止聾攻上來的任何招式，並以反擊做收。止聾氣急敗壞地發現自己輕易就被這種輕柔卻有效的招式打敗。不久，紅鳥作勢暫停並把牠的眼罩拿下來，然後搖搖擺擺地走進初祖庵大廳內，指著卷軸。

雉鳥的腳輕輕點著上面的一段，呱了幾聲。止聾唸著上面的字。

棉手。

「你也會棉手？」和尚驚喊起來，不知道鳥兒為何知道那麼多，「怎麼會？難道你認識聖雷師父？」

鳥兒側著頭，促狹地望著和尚，接著搖搖擺擺地走到一個缽，啄著缽裡的水。止聾邊笑邊搖頭。*這隻鳥知道如何走龍行步，現在又會棉手，牠還會什麼？*

「我真希望你能告訴我，你怎麼知道那麼多。」他說。

第 39 章

死要面子還是活得快樂

在少林河延伸出來的一段淺灘，蒙著眼的止聾站在水深及腰的水中，面對著既沖不走他卻又急得足以妨礙他速度的水流。水由他向外伸開的手臂往後面流，而紅雉也棲息在河岸的一塊石頭上，觀察他的一舉一動；附近，一堆少林護法坐在蔭涼下監視。和尚不安地挪動，努力去揣測迫在眉睫的攻擊。他吐出一口氣，跟著氣的感覺走，感覺氣由他的腹部運到了他的手指尖。

紅雉與止聾已經這樣訓練了一段時候。剛開始在陸地上，後來進級到站立在流動的水中。學習龍迷宮與龍行步還算簡單，但這個可是另一個完全不同的世界。對和尚來說，沒有比棉手的訓練方式更異類更有違正統，它可能是風龍掌中最後也最高深莫測的一環。止聾較習慣傳統的少林寺訓練，它們多是利用肌肉的張力，出手快又有力，主要以視覺引導方向。

棉手卻不一樣，它與止聾的格鬥敏銳感背道而馳。

不靠視力，和尚學著去感知空氣密度的改變或水中的漣漪，以辨認對手的位置，但這僅是開頭。因為就在那個剎那，他還必須解讀對手四肢力道的流動，才能相應地防守與進攻，也就是說，他必須要能「感覺」敵人下一步的動作。要達到這個地步，他靠的是有時顯而易見、又有時非常細微的跡象；譬如說敵人肌肉中的蓄勢待發，肌肉平衡的改變，或甚至對方一個回縮的腳步。所有這些都是對手下一個動作的示警，提醒和尚採取最適合的防守與攻擊。聽起來容易，然而在棉手的訓練上，止聾雖不願承認，但他的進展實在有限。

因為只靠他手臂的皮膚與手，他就是沒辦法感覺得淋漓盡致。少林寺多年的苦練，現在成了妨礙；他劈的磚頭、打的沙袋、有氧訓練，把他的手臂練得堅硬、有力、又麻木。他的兩條臂膀對輕柔的接觸反應遲鈍，以至於有時連他自己都懷疑他的前臂到底有沒有皮膚，或僅只是大塊肌肉。所以在過招時，止聾無法好好地感覺雉鳥翅膀像絲絨般的羽毛，或者即使他感覺到了，機會之窗又關得太快而來不及反擊。止聾變得沉默；他一度引以為傲像石頭般硬的手臂，現在變成了累贅，比一雙砢砢硿硿沒反應的榔頭好不了多少。

現在赤腳站在令人舒適的水中，他深吸一口氣，在心中打開自己皮膚上所有的毛孔，把自己身體的濁氣清乾淨，同時掃描眼罩外的動靜。

他把牙關咬緊。

現在離他去密室做最後的決戰只剩一天，而他離棉手的上手還差得遠。他須要更多時間抹掉過去的學習，並再重新調整他的感知。

而這一切，雉鳥也都看在眼裡。牠最近幾天也因著擔心年輕和尚，身上的羽毛都顯得有點兒枯焦。此外鳥兒淘氣的天性也不斷地測試和尚的膽識，有時甚至在訓練過程中，他們就打起架來。當然，鳥兒每一次都是勝利的一方，隨著他們繼續的訓練，鳥兒贏得止聾更多的尊敬。

止聾讓手臂完全放鬆到毫無力道，手掌半舉、指尖微曲，等待對手出招。紅雉不帶一絲聲響地溜入水中，像一隻鱷魚般滑溜又靜悄悄地。一個漣漪輕快地掠過水面，由旁邊給和尚提示。止聾九十度急轉，感覺到肩膀吃了雉鳥一腳，並被摔到浪花下，沒入冷水裡。止聾立刻由水泡中冒出來，咳著，又擺出他先前鬆垮垮的手臂姿勢。他覺得左手附近有什麼細微的動靜，和尚立即反擊，一手劃大圓格開，接著一記掌劈，但被雉鳥的翼關節架住。

鳥兒高聲呱呱叫；止聾也點點頭。

和尚深深地呼吸，兩手緩緩劃圈，同時把自己與鳥兒隔開。河水的湍急與河床的崎嶇，使得此任務極為不易。鳥兒也做同樣的動作、翅膀呈螺旋狀移動，似有若無地掠過和尚的前臂，敦促他去感覺肌肉張力中任何細微的變化。

止聾猛然側閃，正是鳥兒揮翅時，故它僅擦過和尚臉龐。閃得好！但別高興得太早；因為鳥兒接下來的一腳，讓止聾又摔入水中。

咳出一口水，人類蹚著水，禁不住笑開了嘴，對自己終於能躲過鳥兒的一擊而驕傲。半聲表示誇獎的啾啾叫傳來，是他過去一週極少聽到的聲音。

「終於做到了！我的進展怎樣？紅鳥大人？」止聾問道，邊扯下眼罩邊把他濕淋淋的身子由水中拖上來。對止聾的問題，紅雉僅張開一邊翅膀，呱了一聲，示意和尚回去繼續練習。

但止聾已完全垮了。

「哎呀，你得承認，我躲得漂亮。」他說。

鳥兒一聲招呼也不打地，跳過來就捶，一下子就讓止聾招架不住地被推回河岸，噗通一聲滾入河中。鳥兒喀喀笑起來。*已經學夠了？你還早的哩。*止聾由水深處爬出來，身上蓋滿了浮萍。

「欸，幾週哪能達到你的程度。」他說，揪著頭髮上的水，「我也希望能有更多時間，但一個人只能看有多少時間做多少事。」紅鳥收軟牠的羽毛，斷然地望著和尚，像是禮貌地敦促他勇往直前。接下來，止聾發現自己被鳥兒的腳抓著飛上天空，被帶著往不遠的下游去，害得那些監視止聾的護法們也極力跟上在天上快速移動的人與鳥。

和尚覺得自己被隨隨便便地丟在一堆樹枝上；他好奇地往下望，倏地出於本能地貼在地上。

「嘿！」

止聾被放置在一個大深坑的半腰上，四周是水平橫生的樹根。河流想必不遠，因他聽得到流水潺潺，但危險的程度陡然升級，因為和尚透過樹根的間隙窺視，看到坑底似乎是最近發生的一場土石流所形成的傑作。

深坑底部，攤著一輛馬車的殘骸，碎片散落在尖銳的岩石之間。斷裂的輪軸及木條錯縱交織，形成一頂腐朽的皇冠，矛尖朝天。這個巧妙地摻合著自然與不幸的場景，形成了一個怪異的直墜陷阱。任何落入此處的物體，無疑地頓時被向九個方向戳。當止聾尚在觀察時，他看到一個凹凸不平的圓形物，由此令人驚駭的破碎雜亂中向上窺視，然後他才意識到，那原來是某個人米白色的頭骨。和尚心中充滿悲悼，深知即使現在念誦往生咒也已無濟於事，那逝者該早已進入了他的下一個輪迴。

雉鳥滑翔到這堆裸露的樹根上，就降落在和尚前面的空間，令它下沈了一寸多。一個讓人反胃的斷裂聲，讓樹根往下彎、不穩地搖。雉鳥耐心地搧著兩邊翅膀，指示訓練重新開始。止聾省得。

他爬著站起來，儘量別想著掉下去會變成烤肉串的可能。在他如此做時，他腳下的樹根突然上下搖動，任何時候都能讓他往下掉落。止聾吐著氣，擺出棉手的防衛架式，準備接鳥兒的招。

鳥兒洞晰一切地望著這個人類，看著他手上滴下的汗珠、他緊張的手腕和左右快閃的眼睛。

*別分心！*和尚想著，*別重複園遊會同樣的錯誤*。

止聾不安地挪動以漠視下面的危險，他的身子往旁微晃了一分之一吋，當他如此做時，反而沒注意到鳥兒的出招。

和尚頓時就被打得立足不穩，向下摔去。他感覺他的膝蓋已經從底下滑出去，腦子裡瞬間沖過一道寒流。

這一刻來得如此突然，讓人類未能察覺到鳥兒的另一邊翅膀始終在旁邊守護，它往裡彎，宛如一道護欄。

止聾不但沒墜入空無，反而發現自己撞進這個羽毛似的安全網；急湧的腎上腺素讓他頭暈，下一步，他感覺到雉鳥的爪子正由他的胳臂下吊起他，並帶著他在天上飛。

大翅膀搧幾下，鳥兒已經帶他回到少林河，噗通一聲，把面紅耳赤的和尚丟到河岸、幾個少林護法的旁邊。

「喂！」止聾說，「我想跟你說清楚。這種考驗有必要嗎？為何試驗我的膽子？我就要去與十八名少林寺最致命的鬥士戰鬥，還有什麼會嚇到我？」雉鳥搖搖頭，好像在說和尚尚未掌握到極為關鍵的要點。止聾糊塗了。

「如果這不是要克服恐懼，那是什麼？」

紅鳥凝視他片刻，接著張開牠的巨翼，飛到最近一棵樹的高枝。

和尚眨著眼，楞了一下。

「你要去哪兒？」

雉鳥沒答腔也不看他，儘自個兒抖著毛，梳理翅膀下的每根翎羽後，便鼓翼往遠方飛去。

「我們還得再練啊！」和尚哭喊著，可鳥兒已越過樹梢不見了。

止聾站在那兒，嘴巴仍合不攏，不願相信鳥兒就這麼突然一去不返。他朝鳥兒飛走的方向去，小跑過林子，躍過草叢與灌木，一邊搜尋樹梢上有無禽類的跡象，但什麼都沒。他蹦著抱上一棵最近的樹，雙腿環抱著樹幹開始往上爬，直到離地五米。極目四望，他看得到地平線上西下的夕陽，橘紅色的落日餘暉閃爍在群群歸鳥身上，但卻看不見巨大的紅雉。

和尚又氣又不解。

樹幹傳來咚的一聲。

「止聾！今天該結束了。」三名少林護法環繞此樹，其中一人喊著。他們用他們的粗棍棒示意；止聾小心地爬下來。

「你們有看到雉鳥往哪兒去嗎？」他問道，仍然望著天空。

「可能回初祖庵等你吧！」一名護法不確定地回答。

「不可能，牠是往西邊飛的。」止聾答道。護法聳聳肩，大拇指比著路的方向。

「別管那麼多。我們只知道牠飛回家了。是時候你也得回去了。止聾，再怎樣，明天是你的大日子。你該早點休息。」他喃喃地說。止聾點點頭，不知道雉鳥是否教他教厭了，還是牠突然決定有更好的事要辦。

「那隻動物訓練了你好一陣子，止聾。牠也該休息休息了。」另一名護法說。

「我知道。」止聾答，「我只希望我能有機會謝謝牠。」護法們沈默了一會兒。

「你立意良善，止聾。我確信你的羽毛朋友也同意。你可準備好去格鬥了嗎？」又一名護法問。多尷尬又多此一問。止聾竭盡所能，也回答不出任何有把握的答案。前途仍有許多變數，而他也沒能找到一絲確定。他知道憂慮無濟於事，在格鬥前和尚只希望能鎮定他自己翻騰的心、吃一頓好飯、想辦法睡個好覺。

不僅如此，他還需要同伴，需要好朋友給他吶喊加油。他閉了下眼，深深吸一口氣。

「我已盡全力利用我能有的時間。是的，我準備好了。」

●— — — — — —●

半個時辰後，止聾坐在初祖庵大廳的供桌前，因著夜晚已被扣上的窗扉被風吹得咚咚響。儘管這場突如其來的風起雲湧，但這間木屋，僅此一晚，將在一定程度上挑戰佛教的根本精神。

這間屋子現在充滿著舒心的香味，擺在大桌正中央的一炷香正冒出裊裊香煙。一個彌勒佛的銅燭臺，照亮了擺著平常三倍多食物的桌子，若干碟子已半空；上面有附近市鎮買的素菜佳肴，包括止聾最愛的辛辣菜，再加上大量的甜食，多是少林寺平常吃不到的。甜饅頭、糖漬蕃薯、柿子米糕、荔枝果凍、杏仁豆腐及當地以冰糖和樹薯粉做的一道美食，堆在上打的以蒜、薑、芝麻、青蔥，或蒸、或烤，或快炒的素菜旁，再加上一旁只剩半桶仍然冒著熱氣的大桶白飯，混著屋內所有的香味，不免讓人食慾大開。風龍掌卷軸及筆記，稍早已被止聾藏起來，沒一絲痕跡。

桌子那兒傳來一陣大笑，接著是掌聲和某個人摔倒的聲音。原來是披著一張舊毯子當袍子的風耳和尚，他急忙站起來，撇嘴一笑。當他表演滑稽可笑的動作時，他那年少的面孔也半掩在割成條條假裝鬍鬚的抹布後笑開了。

他與竹哥半刻鐘前才到，是在得到許可，准許他們在止聾的最後一晚，與他在初祖庵吃頓晚飯後。隨即一隊少林護法便端來了足夠餵飽一隻獅子的食物。竹哥與風耳決定善用這個機會，把止聾的心思由格鬥試煉移開，所以他們賣力地表演一齣他們利用閒暇時間編排的一齣喜劇。那是一部改版的滑稽小品，講的是少林寺禪修最早的祖師、印度僧侶菩提達摩及他的第一位弟子慧可的故事。非常不同於一般將菩提達摩美化為一位悟道的聖者，菩提達摩在這兒被描述成一個無知又愣頭愣腦的流浪漢。因為他的中文不好，所以在他求人指點返回印度之路的過程，往往以災難做收。他被逐出少林寺後，勉強找到附近一個洞穴棲身。在那兒，他偶遇一位也被描述成不甚高明的漢人和尚慧可。這個版本中的慧可是一個人生無甚目標、由兵士皈依佛教的佛教徒，本來只愛錢。但當慧可決定飲用菩提達摩洞穴附近若干小溪中一條溪的溪水、卻不知道那個印度人前一天在那個小溪洗過澡後，便有了迷幻式的改變；慧可變得神志錯亂，出現幻覺。對他來說不幸（或幸）的是，那條溪不久便乾涸了，慧可的幻覺亦不翼而飛。慧可深信菩提達摩知道這個「神祕」之泉的祕密，便死纏著這個印度人，帶著他四處歷險，闖出一堆無心之禍。

這個諷刺小品，因許多插科打諢而十分有趣。

結尾是，兩個人一事無成地回到少林寺，卻驚見寺院人去樓空。原來寺中眾僧深信此兩人為不祥的掃帚星，早已逃之夭夭。

劇終，止聾拍著手：「再來一個，再來一個！」

風耳與竹哥一鞠躬，害羞得抬不起頭，一邊脫下身上的戲服。

「你覺得怎樣？止聾師兄？」

「太好笑了。你們兩人該去當喜劇演員！」止聾答道。

「這是我們好玩湊的啦！風耳先有這個念頭，我們就從那兒開始。」竹哥說。

「當羅大師父得悉這個短劇是拿我們寺院的歷史開玩笑後，就禁止我們排演。師兄，但我們認為你不會在意。」風耳喃喃地說。止聾微笑起來，拍著兩個孩子的背。

「我笑得肚子還在痛。風耳，竹哥，謝謝你們。你們兩人是最好的師弟。」

兩個小和尚靜了下來。

「止聾，我們……」

止聾揚起一邊眉毛，笑著。

「什麼事？」他好奇地問。竹哥有點兒吞吞吐吐。

「抱歉，我們一直沒來看你，而明天……」

「他們不讓我們來。」風耳插嘴，「他們說如果我們再跟你說話，會受處罰。羅大師父說他會打我們。」

止聾點點頭。

「你們兩人現在在這兒就是最棒的了。說實話，我在寺裡還能有朋友可真幸運。所以我必須謝謝你們兩人不但來這兒，還演了那麼了不得的表演。」

他給他們兩人一個擁抱，然後招呼他們去餐桌。

「現在，來，吃完它！你們兩人根本沒吃什麼。」兩名小和尚你瞪我我瞪你。

「師兄，那些主要是為你準備的。你需要精力。」

「嘢，」竹哥也說，「別擔心我們。」

「胡說什麼吶？我一個人哪吃得完？你們兩人正在發育，更何況你們多久才吃得到甜點？」止聾說著，把一盤盤的食物推過去。晚餐時，兩個小和尚委實吃得非常少，淺嚐幾口便客氣地稱謝，但卻盯著食物死瞧。止聾太清楚這種感覺了——當他還是青春期的孩子時，他每晚飢腸轆轆地上床，總夢想著一盤盤甜點及油炸食物。

「我知道你們兩人還沒吃飽，所以，來，繼續吃吧！我已經吃了我的份，再多就會消化不良。」止聾說。竹哥與風耳坐在餐桌旁，彼此緊張地望一眼後，才輕輕地舀一份甜點到他們碗裡，細細品嚐一口提供他們元氣的美食。

轉眼間，他們便狂吃狂喝起來，津津有味地整碗掃光，猶如蝗蟲過境。逼得止聾在他們飛濺的食物渣中躲來閃去。

半刻鐘後，兩名小和尚已把桌上的食物一掃而空。

「這怎麼行。拿更多的食物來！」止聾大聲說，跑出門攔住一名少林護法。竹哥暫時停了下來，看到止聾在向護法說話，而風耳正在刮一碗淋了蜂蜜的茶凍。

「天哪！止聾師兄看起來一點兒也不擔心。你覺得他是裝出來的嗎？」竹哥悄聲說。兩個十歲左右的孩子望向止聾，他正像連珠砲般平靜地唸出一長串甜點的名單給護法，看起來心情相當好。風耳放下他的筷子。

「止聾師兄該已有脫身之計。你等著瞧。」

竹哥搖搖頭。

「風耳！止聾要跟十八個人打吔。如果他……你知道？」

少年人的聲音愈來愈低。他不想讓這件事觸霉頭。

「君寶師兄走前不是跟他見過面嗎？總有點幫助吧，對不對？他可能教了止聾幾套絕招。」風耳說。

「但君寶還沒回來，止聾將一個人進去應付吶！」竹哥悄聲說。他們兩人再一次瞧向才跟護法躬身道完謝、已往回走的止聾，手上抱著一罐杏仁餅乾和一長條紙包的東西。當他注意到兩個小和尚悲哀的臉，自己的表情也不免消沉，但就只那麼一剎那，他立刻又回復到他方才歡欣鼓舞的笑容。

「我點了些甜豆餅，怎麼樣？而且他們還給了我這些餅乾。來吧，讓我們開動唄！」止聾說著，抓起一塊就大口嚼。竹哥站起身。

「我們該走了。止聾師兄，你得早點睡。」他說，食物碎屑由他的嘴角掉下來。

「睡覺？你以為我是什麼，一隻蟬？」止聾開玩笑地說。

「竹哥說的沒錯。師兄，你得蓄精養銳。」風耳說，看起來滿臉絕望，下巴糊滿了茶凍。止聾哼了一聲。

「哎呀！別管那麼多！等我再吞下一輪甜點，我可有足夠的精力跑個崑崙山來回。」他眨著眼說。兩個孩子大吃一驚。這哪像他們那個敏感的師兄？這個人那麼鎮靜，不把明天放在心上。如果他在假裝，那他也裝得太逼真了。

「你們兩個別再拉長著臉。笑一個，拜託啦！」止聾大笑。兩個小和尚再坐下來，糊塗了。此時門口傳來敲門聲。止聾由椅子上跳起來，連跑帶跳地跑下走廊，大打開門，領進少林寺請來的一小團樂隊。柔和的音樂立刻揚起，一輛板車推來了溫熱的豆漿、豆餅、更多布丁和好幾碗彈牙的湯圓甜湯。隨著夜的推移，兩個小和尚也放寬了心懷。只見他們一手拿一碗點心，另一手拿一雙筷子，與止聾同聲歌唱。樂師也笑著加入，帶領和尚們不致荒腔走板。隨著夜未央，三名和尚還得以試試笛子與古箏，結果更有趣。在初祖庵屋簷下的任何人與事，都洋溢著歌聲與笑聲，沒人愁眉苦臉。

就初祖庵來說，那極可能是它神聖歷史上最喧鬧的一晚。

直至丑時，曲終人散，大廳之內殘局滿目，空盤碎渣遍地。燭光將殆，香爐已冷。止聾肩膀上扛著像兩袋麥子般重的風耳與竹哥，在地上的筷子及被亂丟的餐具中穿行。兩個少年人打著輕輕的呼，他們的肚子因多餘的食物而晃動，袍子下的肚皮都吃圓了。三名少林護法站在門口打呵欠。

「好一個派對啊！」其中一人若有所思地說。

「請你們送他們回去後看顧一下。他們可能得吃點兒胃腸藥。」止聾邊說邊把兩個小和尚遞過去。護法點點頭。

「止聾和尚，如果我是你，我會好好合個眼。我們明天午飯後就來，所以請試著睡個覺。記住，我們隨時都有三十多人圍在這兒。別打歪主意。」

止聾望向門外，看到三打多的和尚繞著木屋站成一個大圈，拿著棍棒、弓箭和火把。防衛加強了；今宵畢竟是格鬥試煉之前夕。止聾由他的腰帶中抽出兩封摺疊整齊的信，塞進仍然沈睡的竹哥與風耳的腰帶中。躬身行禮後，護法們唸著阿彌陀佛道別，背著小和尚們回少林寺。

半個時辰後，止聾坐在一扇打開的窗戶前，在半明半暗的月光下，閉著眼睛。揮之不去的失敗及死亡的念頭不斷縈繞在止聾腦中，他只得借用他在少林寺所學的，以禪修來安撫他心中的雜念。

但這一次情況截然不同。

他皺著眉頭，無法進入平心靜氣的境界。他的思緒如脫韁野馬，不停地奔騰，根本無法阻擋。

一剎那的分神，便足以摺倒一位武術家。

夜涼由敞開的窗戶襲來，進入屋內。當他起身關窗時，他看到在昏暗的月光照亮下、鏡子中的自己。

他的臉灰白又困倦，跟幾個時辰前他強撐的笑顏截然不同。

他能騙誰？更別說他自己。

當他伸手去關窗時，他看到少林寺護法火把上搖曳的火焰，像似遠方點點的鬼火，浮在空中。止聾走進睡房，抵著床坐，雙手抱著頭。

我到底做了什麼？

次日拂曉，漆黑雲層籠罩著嵩山山脈。少林寺天王殿昏暗的大廳中，一名負責打掃的和尚為一排蠟燭點火，正是暴風雨開始席捲僧院的時候。他工作得正起勁，一陣強風吹著門，砰地關上了它，也瞬間滅掉了蠟燭。和尚聳聳肩，小心翼翼地再次將蠟燭點燃後，便敲著小鑼，舉另一手唸禱。突然，木屋的一扇窗被碰地搖開，震倒了香爐的香灰，也吹倒了許多燭臺。

天空像在打擺子，馬上要打雷。少林寺所有的和尚都忙著把盆栽往屋裡搬、把房門加閂。附近地區的和尚及旅人眼望著雲層倍增；到了中午，烏雲已敝日。不久，當地居民都決定最好休工關在屋內。其他行經少林河畔的行人亦紛紛到佛寺或道觀打尖，決定待風雨過後再繼續行程。

離少林寺不遠一個不為人知的房間內，羅大師父站在一尊極大的少林寺保護神——金剛手菩薩雕像前冥想。這座雕像雕塑的是一位雄赳赳的男人，握著一根古怪的、如同短棍般的武器，站起來幾乎有十尺高，穿著一件襤褸的、鬆垮垮的褲子，上身被一大圈火焰環繞。當羅湖罩上一件鑲深紅邊的古銅色袍子時，他那滿是肌肉的胸膛在暗淡的燈光下與塑像不分軒輊。羅湖在這個手往後揚、作勢要劈下來的雕像前躬身行禮，接著伸手去拿被雕像凶狠狠地攥在手裡像短棍般的武器。羅湖握住它，一手小心地把它拔出來，另一手握著一個木質面具。

第40章

勇闖六層那羅迦

止聾在初祖庵大廳內打坐時，聽到門口的敲門聲。

「止聾和尚，是時候了。」

被定罪的和尚站起來，打開門。外頭，少林護法們戴著像倒放的大碗般的雨帽，上面已蒙上一層細雨珠。止聾與他們一起離開，感受到有兩打此等人的目光，而且都拿著武器對著他。

當他們進入五乳峰對面的森林時，樹木在即將到來的暴風雨中沙沙作響。在場的可不只止聾與護法們：原來整個寺院已傾巢而出，大家都好奇地想知道那個少林寺有名的密室在哪兒，而且也想目睹止聾步入其中。大多數的和尚與尼姑或撐雨傘或戴雨帽，一邊拍掉身上的濛濛細雨，一邊彼此交頭接耳。

洒誠從地上撿起一些樹枝，開始朝這個被眾人唾棄的和尚抽去。

「止聾，這是你的報應。你罪有應得！」他喊著，旁邊的群眾也附和著「叛徒」、「登徒子」的喊。止聾佯裝未聞。他注意到護法們利用樹幹上綁著的古銅色緞帶確定去密室的路。眾人不久便發現他們正翻越一片離主幹道很遠的荒林，在少林寺西北山腰的一個斜坡上。謝天謝地的是，山丘本身並不太陡，所以大家都還能不太費力地爬，直到他們到達一大片完全水平、有一個大房間大小的平地。護法們立刻便感覺到他們的腳下好似被人動過手腳；從山腳下走上來感覺鬆軟的泥土，一變為硬如殼子般的石質地面，上面蓋了樹葉。刮去上面一層薄土，下面的材質非常的厚，表示它是一塊類似石板的結構。護法們沿著它的周圍走去，掃去更多殘枝落葉。

護法們彎腰靠近地面，研究這個結構邊緣的雜草，直到他們發現有些地方有破土的新跡，少許的鬆土被仔細地堆置在地面一道裂縫的兩旁。這些裂縫隱約呈現出長方形的輪廓。護法們也發現這個長方形輪廓向外的角落，嵌入了一對生銹的鐵環。他們就把各個鐵環綁上粗韌的繩子。綁完繩子後，護法們只要把每根繩子的另一頭甩上一棵懸垂著的堅固大樹，用力拉即可。樹幹被拉得彎腰，樹葉瑟瑟如雨落。繩子繃得死緊，在負重下被拉得呻吟。

「一、二、三！」護法們喘著氣，用盡吃奶的力氣再拉，手臂上青筋直冒。從地底下傳來兩塊巨石互輾的巨響，把整個長方型地段嘎嘎開啟，一吋吋的，露出由一片一尺厚的石板切成的算是門的門。它打開到將近九十度後便停止住了。護法們把繩子在兩邊的兩棵樹幹上綁緊，一大群和尚與尼姑們趁機向洞裡瞄，急著想知道下面是個什麼樣。

「退回去！」一名護法喊著，「止聾！」

罪責難逃的和尚走上前，直接站在洞口。

「你從這些石階走下去直到底。從那兒，再沿羅剎之路走到第一間密室。如果你能活著通過第一關，後面還有五間密室等著你去打通。」

止聾往裡瞧，由裡面散發出的腐朽味兒嗆鼻。他唯一能看見的就是一道石階，往下走約六米後就延伸進全然的黑暗。還好，這個和尚沒有幽暗恐懼症，因為他根本無從知道這條石階有多深，或是他得一直留在黑暗裡摸索，更別提前頭還可能藏著的每一種危險。

「別去！」竹哥與風耳喊著，卻被另一名護法扯住，「止聾師兄！」站在止聾旁邊的一名護法向兩名小和尚舉起手，板起一張臉表示警告。

「一旦我們把你關進去後，除了往前走便沒其他的方法出來。這扇石板門比十頭牛還重，根本不可能打破。」他說。止聾點點頭。

「最後一件事，如果你不幸死亡，我們該把你的骨灰散在何處？」護法問。止聾遙望著峻極峰，那是一個可以把嵩山與伊川縣盡收入視線的最高點。

「峻極。我希望能永遠看得到少林寺與喜鳳。」和尚回答。護法點點頭。

「很好。但請記住，峻極是一個受詛咒的地方。悟元就是從那個高峰縱下一命嗚呼的。但如果那真是你的意願……」他挑起一邊眉頭說。護法示意其他護法走上前，不一會兒，這個萬劫不復的和尚便被數根木棍戳著往前。止聾深吸一口氣，往下踏上了第一階石階。

「止聾師兄，不要去！」竹哥喊著，拼命掙扎。

「我必須去，師弟。」止聾答，更往洞裡走。剛才跟止聾說話的那名護法走到洞口邊，向下看著那個赴刑場的和尚逐漸模糊的身影，已半被黑暗吞噬。

「如果你能順利過關斬將，當你經過獅子旌旗時，你就知道你已經接近盡頭了。我只知道這些。別了！現在你的命運在你手中。阿彌陀佛。」他說。止聾轉身面對入口，看到那個護法比了一個手勢，並聽到繩子被砍斷的兩聲卡嚓響，接著是一聲震耳欲聾的*碰*，洞口的門被重重關上了，也關閉掉了所有的聲音。門外傳來的每一種感覺，包括風的呼嘯、枝椏的瑟瑟、濛濛細雨的淜漉漉都瞬間消失，取代的是在黑暗中迴盪的回音。

和尚站在那兒，縮在石階上，直到他的眼睛能適應黑暗，于是他馬上辨別出底下十米深，有一個微弱的橘紅色脈動。在那之前，一種詭異的混濁似乎包裹在每一層石階的邊緣，非常地模糊；冒然衝下極為不智，所以和尚小心翼翼地前進，每下一級石階之前，必先感覺足尖下是不是硬的地。就這樣一階一階，直到橘色的光幾乎近在咫尺。

只不過，那個光來自更遠的哪個地方。

當止聾走下最後幾級石階後，他來到一個像是由略為不甚平坦的岩石鋪成的石地，像是一個洞穴的地面。他瞇著眼瞧，往那微弱的光走去，看到它的光暈在他身後的石階搏動。當他靠近它時，才發現那不過是一把掛在牆上新燃的火把。他把它拿在手裡，四下一揮，對他的周圍環境有更清楚的看見。

環繞他的是一個很大的山洞式構造，是被自然及人工打造的洞穴。在前幾代的和尚們在它兩邊砌上磚牆的許久以前，它被自然力打了個洞。只有洞頂與地面像沒被加工，充分顯露出它富藏礦物的外貌，因為有許多不規則的拱型結構點綴在洞頂，懸掛在那兒像閃亮的窗簾，每一面上是層層的棕、白、黑色的波紋。當他審視著牆壁時，他注意到有什麼東西反射著他火炬上的光。他把火把往上舉，以便看個清楚。原來由洞穴的圓形屋頂，被放了一面上下顛倒的石板，像極了少林寺的石埤，上面還刻了一小段某種銘文。他湊得更近，遂能看到上面有四個雕刻的象形文，塗了金漆：*羅剎之路*。和尚揮著火把，發現洞穴兩邊牆上現出了褪色了的濕壁畫，畫的是四處遊蕩專門惹事生非搞破壞的惡魔——羅剎。只是他們惡魔般的形像被詮釋得不一樣；遠非世人所認知的是令人生畏、腐化靈魂的鬼。這些羅剎看起來倒像是受害者，他們的眼因恐懼而凸出，他們用滿是肌腱的手指與手臂護著臉，像是要抵擋看不見的恐怖。

他鼓起勇氣往前走。

當他謹慎地行進時，洞穴原本寬闊的牆間距離漸漸往裡縮小到一個地步，有一個地方他兩手往旁平伸，居然能抵到兩邊的牆。也就在此時，他聽到前面不遠一個持續且單調的誦唸聲。止聾停下來側耳聽。聲音非常低沉又沙啞，像是一窩蜜蜂；他愈往裡走，隧道愈往裡面斜，嗡嗡聲愈大。又幾步後，他的手臂已擦到牆壁，而這個嗡嗡聲已進展成一個單調響亮且不止息的轟轟響，讓和尚非常不安，因為現在聽起來聲音又近了好多。它絕對是某種佛教的誦唸，雖然他一個字都聽不清，但令他在行進時感覺倍受壓迫。現在通道只剩板凳寬，他必須側著身子才能擠著走下去。斜著走路的止聾一手把火炬往前伸，儘量往前看。兩面牆現在幾乎要連在一起了，往前已沒路，終止它的不是一面牆，而是一個逐漸縮小的角落。止聾既沒辦法前進，只好把火把往上照，希望能看到一條梯子，但什麼都沒有，而誦唸聲卻吵得不得了，像是由近處哪裡傳來。

當他移動著火炬四處照明時，掉了一點熾熱的灰到地上，直到那時，他才注意到火星往前滾，滾過他的腳，消失在兩面逐漸變窄的牆下面。

止聾把身子蹲下來，照亮下面，發現地上有一個及他膝頭高的隧道。他把他的火距往裡照，看到隧道約莫三、四米長，直接通向一抹奇異的紅光，但更重要的是，嗡嗡聲似乎是由比那兒更遠之處傳來，而且現在吵得不得了。他聞到一股線香和蠟燭味，並挾帶一縷輕風，表示前面藏著某種通風設備。

把火炬留在原地，他趴下身，把自己由頭開始，往洞裡塞。

和尚的胸磨著地，靠自己的手推著往前挪。他吃力地哼出聲，不免驚訝它是如此的窄。半途中，他突然警醒到，可能這個隧道的頂部會一下子垮下來，直接把他壓扁。他搖搖頭，知道那樣的陷阱未免把事情結束得太差勁。

再用力撐一次，他終於來到隧道另一頭。

他謹慎地把頭冒出去，四下張望，注意到一條又大又陡的沙岩坡道，通向一間房間。那房間沐浴於他前一刻才瞥見到的、同樣的淡紅晦澀的色調中。它給房內上了一層色彩，把牆壁染成血紅色，但因著香煙裊裊，景象仍然不清楚。不過總比隧道裡的漆黑明亮多了。在確定坡道還提供適當的阻力後，和尚調過頭，頭上腳下地滑下去，輕輕地砰一聲，掉到了地面。

第41章

第一關：魔獸成群

止聾吐了一口痰。地面蒙上的一層細灰，不請自來地撲進他嘴裡，嘗起來像粉，而且令他眼淚汪汪。他站起來，耳朵的聽覺已被這間奇怪的方型殿堂充斥的誦唸聲淹沒。一邊打量，和尚發現每面牆壁都極其光滑且高到連頂棚（如果還有的話）都消失於黑暗中。他抹著眉頭，極力不顧往他耳朵灌的吟誦。這個低沈不間斷的嗡嗡聲，並非異於梵語中的*唵*，只是這個聽起來拖得更長。在少林寺，這個字是用來安撫的，但在這兒，它聽起來令人焦躁且奇怪地讓人昏昏欲睡。止聾四下一望，看得出這間房間約相當少林寺普通的一個大廳大小，地上且有若干駝著背、兩手放在地上俯首貼耳的石像。在濃密的煙霧中它們趴得那麼低，和尚幾乎沒注意到它們。他迅速一望，地上居然有三排這麼整齊的石像，每個間隔兩米，全部面朝殿堂的前面，一個接一個的磕頭。

和尚轉個身，知道這個誦經聲一定來自他到目前為止還看不到的一群人。他朝殿堂前面看去，一個擺滿了蠟燭、線香與一盤盤水果的大祭壇後，是一尊碩大的佛教神祇觀音的像。房間一邊的牆壁上，刻入了一面牌子，中國十二生肖的浮雕圍繞在「獸慾殿」幾個字上。

底下還刻了一小行告示：

山下有四羅刹，妄圖撤退或戰後驕立者，必遭天劫。

和尚還真猜不出它的涵義。他單膝跪下，轉而注意他身旁最近的石像，並小心地觀察它駝背的姿勢。它原來是一座雕像，稜角分明，卻有一個非比尋常的特色：它在一個普通人的身子上，竟有著一個牛的腦袋。他再靠近些，發現就在它前面的另一尊像，頂著一個鴨子頭，而對面一排最後三尊都頂著其他日常生活動物的頭，包括一條狗、一隻老鼠與一頭山羊。令人不安的是，每個人獸合體的表情都暗示著哪兒不對勁；他們的嘴無力地下垂，他們的眼睛充滿恐懼，像是被逼著磕頭。

止聾往後站，去觀察整個場景，不禁大為詫異地發現，靠近殿堂最右邊的一排石像，居然有兩個醒目的空位。

他皺起眉頭，看到那兒連一尊跪倒的石像都沒，只是一塊光禿禿的空間。

和尚不敢掉以輕心地往前走，一邊狐疑地瞧著他走過的那些跪倒的石像，一邊確認它們都是石頭做的。他用腳試試那兩個空位，像似在想那兒是否藏著一個陷阱。

誦經的轟轟聲突然中止。止聾迅速轉頭，往屋子另一邊望去。

左邊和中間兩排石像，現在有三個空缺。止聾簡直不敢相信自己的眼睛。

方才它們還不是空的。

一聲刺耳的喊叫傳來，止聾往上一瞥，即時看到一個來勢洶洶的斧踢，劃圓向他的臉劈來。

止聾往旁低閃，好險躲過。對方的腳只撕破他的袍子，並在他的肩膀留下一片火辣辣的痛。他跳起來，貼著角落，看到了三個銅人，一個站在一尊石像的背上，另外兩人兇巴巴地站在離他不遠處。和尚的腎上腺素急湧，燭芯的劈啪聲與他不規則的呼吸聲相互呼應。止聾把攻擊者們的臉孔——不，該說是面具，好好瞧了個夠。那三幅面具雖然造型各不相同，卻都與他們的袍子同色，在血紅色的光照下，幾乎變得墨黑。止聾一擺好格鬥起手式，地面上的兩名銅人就向前攻，由兩方包抄。止聾迅速利用一尊磕頭的石像點個腳、旱地拔蔥，躲過了他們如鐵箝般的合擊。但他只躲過一時，因為第三名銅人早料到止聾有此一躍，跳到空中一樣高的地方攔截。

眼花撩亂中，空中攔擊者的拳頭已到，接著一式詭異莫測的踢腿，把和尚打到地上。

止聾趕緊翻身站起來，臉上因那一踢刺刺的痛。

一個尖銳的小東西呼地飛過他，劃破他右臂皮肉。兩名銅人中的一人拉一下這個武器，把它轉回去。它不同於典型的鐵鞭，因為它比一條長的鐵鍊還多了什麼東西。

繩鏢 36 是一種經過改裝的更致命武器。少林寺和尚只有在情況極危急時，才會在鐵鍊兩端加上利刃或鐵球。當它上陣時，繩鏢及它的鐵球表兄弟——流星鎚，雖然摧枯拉朽，卻美得令人目不轉睛。耍繩鏢的銅人又甩起武器，止聾敏捷地橫跨一步，希望能躲到這個武器的揮灑路線外，但面頰仍被輕輕劃到。彈指間，鍊子似的武器被拉回去卻又被更凌厲地拋出來，把它自己捲上和尚的腳踝，拴住他像栓一隻山羊。

踉踉蹌蹌地，止聾打了一個轉，知道另外兩名銅人定不願錯失此出手良機。果不其然；另一個銅人已經朝他衝過來，手半開，一臂與胸齊，另一手護住下腹。止聾防守的拳頭早已待命。

衝上來的銅人低頭躲過這一擊，但他的手指鎖上了和尚的臂膀並拼命地扭，發出*卡噠*的一聲響。

止聾哼一聲，痛苦隨著手臂被扭入一個關節鎖加劇。行凶者接著掌推止聾下巴，露出他的喉嚨，就要來一個致命的剁頸。還好，年輕和尚知道要飛快地轉開，用他另外不被控制的手抓住前來的掌劈，同時也回一記膝頂。

攻擊的銅人跳開了，毫髮未傷。

止聾揉著手腕，暗道：*一名擒拿高手，而且速度驚人*。

喀啷。

他腳踝上的鍊子鬆開了。繩鏢的銅人把鍊子一扯讓武器轉回來，在大家頭上打圈。致命的的尖刃也短暫的在空中繞了一會兒。繩鏢銅人握著鐵鍊像握一根飛釣的釣魚繩，他輕輕扯一下繩子，刀刃便往下直飛，朝止聾的肩膀來。和尚立刻躲到一尊石像後面，盡可能蹲得低。這個致命的飛鏢便砰的一聲打到石雕又彈開，把它挖了一個洞。

隨即，一個什麼皮質的東西拍了一下止聾的頭頂。

---

36 繩鏢：中國武術中的繩鏢，可以接刀刃，或不用。鍊子通常用繩子或帶子。此處的版本採用鐵鍊，倒不常見。

止聾抬頭看到第三名銅人已厭煩於在一尊伏著的石像背上由制高點做壁上觀。他踩過止聾的頭，幾個空翻滾，越過其他石像的背，在空中吆哨賣弄。當他著地時，這個奇怪的打手擺出一個不尋常的姿勢，他曲背弓身、膝蓋與手貼身半折、同時敏捷地左右跳動，既荒謬又胡鬧。止聾瞪目結舌，不知道這個傻瓜的表演是什麼意思。銅人察覺到止聾的錯愕，突然快如野獸般地跳上前，彈出一腳。

止聾即時擋住，仍不免咬緊牙關，因為這一腳的力道幾乎讓他站不住腳。

猴拳！

現在三個銅人都站在石像背上，與和尚面對面。擒拿、繩鏢、猴拳，三種奪命的武功，每一種以它們不同的方式折磨人。繩鏢銅人甩著鞭子，搧開了一些煙霧，且在地上留下了鞭痕。止聾衝上前，知道短距離將減弱這種武器長程的優點。但舞繩鏢的人把武器甩得像一條交叉狀防守的鞭子，形成了一道屏障。

止聾步步後退，身上被劃了幾道口子。

和尚強自鎮定，然而他馬上發現自已已陷入擒拿與猴拳銅人的包圍之中。經過短暫的交手，這兩人退後數步，讓出空間給他們的繩鏢伙伴上場。止聾跳到一旁，喘氣。*他們真像一群狼不斷地騷擾一頭受傷的牛*，他想著，額頭上滴下了汗水。他必須想法子起碼放倒一人，而且要快，要不然他很快就會輸在他們人數的優勢上。

當繩鏢再次從空中呼嘯而來時，止聾只得再度躲到一尊石像後面。鐵鍊擊中地面後，不留片刻，立即以一個斜角騰空，繞過石像。尖銳的刀刃嗖嗖地轉，劃傷和尚的胸。血液滲透了他的袍子，止聾咬緊牙，看到猴拳銅人也近在咫尺。此次，他以逗笑的方式衝進來，止聾踢出的腳落空，只好揮拳自衛，然而都被輕易躲避。猴拳銅人靈巧地跳開，像動物般敏捷地逃脫。

擒拿銅人趁機加入戰團，止聾同時對付兩人，不免左支右絀，而耍繩鏢的銅人站在一旁，飛轉著他的武器，伺機而動。

止聾的下巴受到一擊，擒拿銅人欺身而入，腳一勾，把這個飽受折磨的和尚粗暴地摔到地上，只有喘氣的份。

繩鏢銅人見機不可失，甩出他的鏢，呼嘯地向他地上的獵物飛去。止聾恰好在繩鏢鑽入密殿地板的同時，喘著往旁滾開。和尚抹著嘴上的血，氣喘噓噓地爬到中間那排石像後面，看著銅人們圍著他繞圈子。這不過是第一關的格鬥，已經比他前此想像的難得多。

就目前來看，繩鏢是最危險的威脅，但注意力不能只放到那兒。銅人們不是來單打獨鬥的。止聾咬著唇，眼觀四面，希望能制敵以先。突然猴拳與擒拿的打手由前左與前右撲上來，而繩鏢銅人站在止聾身後，斷了止聾的後路。

止聾轉身就跑，不顧背後門戶大開地對著兩名赤手空拳的銅人，而選擇一頭撞進繩鏢致命的揮灑範圍。鐵鍊啪噠兩聲，在止聾側身留下了傷，打得雖然痛，但沒流血，因為現在他的距離近得沒法讓這個武器匕首般的刀尖近身。繩鏢銅人把武器收回來，準備肉搏，然為時已晚。止聾已然逼近，且不打算放過如此良機。和尚橫跨一步，從邊上猛力掃出一腿，正中繩鏢銅人腹部，把他打得飛到牆上。敵人整個身子摔在一尊蹲姿石像上後才滾到地上。

這樣的結果是，剩下的兩名銅人由後面抓住他，把他舉高過他們的頭並朝地上猛擲。擒拿銅人立刻欺身上前鎖他的喉。暈頭轉向的止聾只能啪地踢出一腿並抓著地上的灰亂拋，這個襲擊者跳著跑開，露出仍在地上起不來的繩鏢銅人。他，令人難以置信的，勉強坐在地上，把武器在頭上旋轉。繩鏢銅人保持著坐姿，併緊兩腿、利用腹部肌肉，成功地把全身彈高離地一吋，揮著他致命的武器往下轉，幾乎擦到地面。止聾跳過它，看著刀刃由他的腳下掃過，直到一隻眼熟的腳踩上了它。猴拳銅人握住鐵鍊的另一頭，小心地避開它的刀尖，開始甩起鍊子來。一節節的鐵環閃著光，在空中形成一道鬆垮垮的弧，下一步，止聾赫然發現鍊子已緊緊地纏上他的頸子。止聾被從遠處勒著，武器的兩頭各由一名銅人扯著。隨著鍊子收緊，他的喉嚨像被綁了絞刑索，僅能用手扒著鍊子。只有擒拿銅人無事可做；他兩手空空踱步上前，似乎對這個受酷刑的和尚在如此情況下能撐多久相當感興趣。

止聾拼起最後的力量，對準擒拿銅人的頭掃出一個完美的迴旋踢，把他打橫地撞進猴拳銅人的臂彎，猴拳銅人因此便鬆了手。纏繞止聾脖子的圈索頓時鬆下來；他立刻把手伸到繩索下，故當繩鏢銅人抽回鍊子時，只有止聾的手指感覺火辣辣地痛。下一刻，止聾看到一團模糊的古銅色袍子從反方向接近，原來是那個擒拿銅人，其面具一側已裂開一道口子，已經站起來並像一頭公牛般衝過來。當他們搏鬥時，這次擒拿銅人的扭抓動作明顯不如之前緊湊，該是他頭上挨了一腳所致。不久，止聾便看到一個破綻。

這是一個巧妙的誘敵之計。擒拿銅人抓住止聾的拳頭並死勁把這隻胳臂扭得轉過來。止聾痛得皺眉，現在他的一臂被扭到身後，而身體被往前推，動彈不得。

繩鏢銅人立即點頭會意，甩著鍊子，加速，準備大開殺戒。止聾雖齜牙咧嘴，但把注意力放到他身上還能動的地方：他的腿。

吸一口氣，和尚盲目地向後踢去，希望能踢到後面把他制住的擒拿銅人。

止聾的豪賭湊了效，一聲悶響，擒拿銅人抱著受傷的膝蓋，痛苦地呻吟，身子不由主地向前摔倒，連帶得把止聾也一起撞到地上。冰冷且滿是灰塵的地面狠狠地打上止聾半邊臉，讓他不免哼了一聲，而且他還被上面另一名攻擊者的體重擠壓在下面。

鍊子聲響破空而至，帶出一個濕答答的聲音，好似切肉刀剁入了一塊肉。還攤在止聾身上的擒拿銅人立刻像抽起筋來。止聾滾到一旁，奇怪剛剛發生了什麼事。

猴拳及繩鏢兩名銅人站在那兒發愣。

他們的擒拿伙伴，在一汪他自己的血裡令人同情地翻騰，虛弱地想拔出他腹部的飛鏢。

止聾趕過來，急著想幫忙。

繩鏢的主人似乎對他倒在地上的伙伴漠不關心，猛力一扯鍊子，把刀刃由他受傷伙伴的身體扭出來，給屋子灑了一遛血。擒拿銅人痛得哀嚎。止聾寒到骨子裡，不忍目睹。

不管怎樣，現在根本沒時間同情。猴拳銅人繼續他的攻勢，嬉戲般地跳來跳去，施展另一輪近身肉搏，止聾馬上開始撤退。繩鏢銅人亦從相反方向進攻，止聾也得立刻改變方向。他現在一邊得應付遠程武器致命的揮甩，另一邊又得提防猴拳者出人意料的攻擊。對手們的攻勢比前此凌厲，止聾使盡渾身解數或擋、或躲、或對招，同時還得留意別絆到他腳邊的屍體。

止聾躲過猴拳銅人的一腳，隨後被逼得抵到牆。這是他們的妙計，一面斷和尚的後路，而繩鏢銅人探手入懷並嚷著什麼；猴拳銅人一聽，馬上輕快地蹦開。繩鏢致命的呼嘯聲成了雙倍，由沉悶的呼呼聲變成攝人膽魄的嗡嗡聲，在瀰漫的煙霧中攪出兩團渦旋。現在有兩條繩鏢獨立作業，讓銅人左右手都不得閒，它們咻咻地劃破牆壁及石像，還把地上一團團的灰塵也剷起來。隨著一聲吼，它們向止聾飛去。和尚往旁跳，勉強與刀刃擦身而過，隨即站回到地上，拼命地喘，現在他的衣服上破了一個參差不齊的口子。眼見機不可失，猴拳銅人又跳回戰場中，一個側踢，正中止聾胳臂，踢得和尚飛過好幾排石像，在地上打滑，並朝石室中央滾去。

當他站起來時，止聾感覺鞋邊濕黏黏的。

原來他的腳踩在倒地的擒拿銅人流出的血泊邊。快如閃電，止聾的手往下解開他那綁在腰上長長的黑腰帶，扯開它。此時兩條繩鏢正朝他甩來，他立刻以他的前臂擋住了它們刺人的抽打。但仍有一條鐵鍊繞上他的左臂與上半身，把他的手臂與身子牢牢綁住。止聾利用他剩下的那隻自由的手，把他的長腰帶拋入血泊中，浸滿了血。舞繩鏢的銅人又祭起第二根鍊子，把刀刃的那一頭甩向空中，像一顆惡魔般的溜溜球，朝他的獵物飛來。

那一瞬間，止聾猛拋出浸了血的腰帶，看著這個黏答答的布像一塊濕毛巾般纏上飛來的鐵鍊，令它力道大減。就那半晌，兩條繩鏢都動不得，一條還綁在止聾身上，另一條牢牢地被捲在滴血的層層腰帶裡。

如果不必再擔心另一個敵人，就太完美了。

猴拳銅人又回來搏鬥。他跳到空中，本欲朝被拴著的和尚的脖子扭下去，但止聾舉起他那隻仍握著糾纏不清著的布帶與鐵鍊的手，而且用力甩起來。

鐵鍊像一根跳繩陡然往上甩，甩到與猴拳銅人的腿齊高，當它打到他的膝蓋時，鍊子便繃緊起來，絆倒了在半空中的面具鬥士。猴拳銅人雙臂亂擺，面孔朝下，直接摔到一尊石像，把它砸得粉碎。

一刻也不耽擱地，止聾快手快腳地把鍊子再往旁甩一次，讓兩條鍊子糾纏在一起。繩鏢銅人隨機應變，丟下解不開的鍊子就衝上來，剎那間距離便拉近了。與此同時，止聾也拼命地甩手上最後的布條，而挺進的銅人已至，飛出了一腳。止聾才剛剛把自己完全解開，便只能後翻滾至空中，銅人的腳咄地往他頭上擦過時，他的胸部正好與地面平行。止聾伸手抓住飛來的腳，挾在自己臂下，自轉一圈，兩隻腳都繞上了銅人的腿，纏緊了；這兩名鬥士砰的一聲，一起跌到滿是灰塵的地上。

止聾雙腿使力，身體盡可能地往後倒，同時銅人也努力想掙脫這個足鎖。*沒了腳，他就成不了威脅*，止聾拼命地想。*我必須儘快結束它！*他更使勁，銅人的呼吸變得更急促又窘迫。止聾貼著地猛扳，脖子上青筋直冒，每個可能的動作都竭盡全力，直到聽到一個非常響又深沉的*喀*，是骨頭被拉出關節痛苦的聲音。

銅人硬生生地哼一聲，他的腳脫臼了。

止聾爬著站起來，頭暈目眩地望著這個現場。

地上倒了兩名銅人，擒拿的死了，繩鏢的現在抱著腳痛得在地上打滾。只剩下一個了。

快得讓人眼花撩亂，猴拳銅人一下子衝向止聾的臉，飛快地耍了幾招像動物般令人眼花撩亂的拳頭後，邊低閃邊五指大開往他獵物的臉上撓去。

眼睛火辣辣的，止聾猛眨眼。

猴拳銅人趁機抓住這個驚呆了的和尚，往後翻滾，並利用這個衝力把止聾擲到牆上。

止聾摔下來，爬在地上，吐著血。猴拳人抓耳撓腮，喜劇效果十足，殘殺令他興奮。他們又纏著廝打。猴拳人以無與倫比的靈巧，淘氣般地在止聾背上蹦蹦跳跳，轉身，對準止聾的臉，給他一個跳空的前踢。

止聾被打得往後摔，鼻子流出血來，倒在地上，一動不動。

*猴*拳銅人露出勝利的微笑。這次格鬥的時間比預期來得長，但到頭來，有多少人能抵擋住三名銅人？

當他轉身走開時，他注意到地上什麼東西在動。一隻手臂不屈服地抬起來，把一個遍體鱗傷的身體慢慢由地上撐起。洋洋得意的銅人變得怒不可遏。*你開什麼玩笑*。

慢慢地，止聾又站起來了，像一名不屈不撓不就死的鬥士。他輕咳一聲，抹去臉上的血。

受傷的和尚暗忖，*或許還有點兒早，但我最好用「它」*。

止聾緩緩放鬆他手臂的張力，把它們擺成幾乎像是垮下來的樣子。

這種非正統的姿勢讓猴拳銅人皺眉頭。它看起來太鬆軟，不夠讓肌肉真的有力氣。

「喂！你那是什麼怪招？」他問。止聾沒回答。

猴拳銅人等了一會兒止聾還沒出手，他遂重新他猴拳的架式，蹦蹦跳跳地向保持靜止不動的止聾挺進。*什麼狗屁*，銅人暗道。*你那個姿勢一點兒力氣都沒有——就讓我扭斷你的脖子來提醒你吧！*攻擊者跳入空中，兩臂往前伸，雙手如同游蛇般往止聾頭邊繞去，一隻膝蓋向前，瞄準和尚無遮掩的喉嚨。在猴拳銅人的手指即將成功扣住止聾、完成其致命之握的瞬間，止聾的頭往對角線轉開。

銅人挪動位置，緊隨止聾的閃躲而移動，，但感覺其耳側吃了重重一掌，打得他頭昏眼花。

止聾轉身，用一個*鐵掃帚*來結束，它掃到對方膝蓋，並狠狠將對手掃到地上。止聾迅速跪下來，一膝壓住猴拳銅人的頸子，並以關節鎖將這個混蛋的兩臂鎖緊。

「投降！別逼我下重手！」止聾喊著。

銅人掙扎著想脫身。止聾更使勁地壓，再問一次。

「投不投降？」

猴拳銅人在他的面具後咕噥地回了一聲。

「我認輸。」

一聽到這話，止聾就鬆了手。格鬥結束令他如釋重負，起碼一下下也好。猴拳銅人爬到殿堂中央排一尊磕頭的石像，並對那個正坐在地上揉著傷腳的繩鏢銅人點點頭。

「止聾，你的表現確實令人驚艷，但別自鳴得意的太早。此處不過是眾多密室之一；真正的考驗尚在後頭。你需一一突破這些關卡，方可踏上前行之路。」打猴拳的人指著屋子中間一尊磕頭的石像。

「你站在那個上面就看得到路了。阿彌陀佛。」

兩個銅人都躬著背保持磕頭姿勢。止聾走到那尊石像，站上它，感覺無甚異狀，但過了一會兒，他覺得石像在往下沉，並發出轟隆隆的碾磨聲；然後，一個力量又把石像往上頂，直到它比其他石像高出一吋為止。

和尚站在那兒，以為會出現通往外面的什麼門，但什麼也沒有。他搞不懂，眼光無意地落在牆上他早先看到的碑文。

……戰後驕立者，必遭天劫。

他才開始意識到他是唯一一個站著的人；剩下那兩名銅人，幾分鐘以前還那麼好勇鬥狠，現在居然卑躬屈膝地跪著，令人覺得古怪。上面黑暗處傳來砼咚一聲，接著是嗖的一陣風。

止聾迅速跳下石像，在最後關頭趴下磕頭。此時整個房間在呼呼碰碰的黑暗中爆炸起來。

當塵埃落定後，止聾感覺背上頂著一塊大石頭。他在石像中爬行，不得不尋找一條出路，直到他找到一個未被碎石覆蓋的空隙，可以讓他站起來，看看到底發生什麼事。

一塊比封閉密殿入口的石板稍小，卻同樣危險的大石板，現在正裂成三大塊，而且地上還散落著一些碎石頭。它一定早就牢牢地安裝在他們上面，只待那個石像被壓得夠力，觸動機關。他此時才恍然大悟，那些磕頭的石像不只在提醒人們謙卑；他得以存活也部份拜它們所賜。

繩鏢銅人靠著牆穩住自己，指著牆上三米高處一個磚砌的隧道，大小僅供一人進入，但也要那個人能先爬得上去。

「下個密室恭候大駕。」

「那你的伙伴怎麼辦？」止聾問，指著靠近屋子中央，仍躺在那兒如石塊般一動也不動的擒拿銅人的屍體。

「止聾，現在不是憐憫的時候。他生前無悔，我們亦無悔。」繩鏢銅人答。

「我們曾發誓全力以赴，置個人生死於度外。你該比任何人都了解。」猴拳銅人也加一句。止聾跪在死亡銅人的屍體旁，雙手合什，誦唸一段短經，祈願此番黃泉送行，尚屬得體。其他兩名倖存的銅人則默立一旁，無言以對。止聾誦經畢，便自供桌之水瓶中大啜一口清水，隨後以殘水輕洗其傷處之血污。止聾唸完了經，從供桌上的水瓶喝了一大口清水，隨後以剩下的水輕輕洗淨他傷口的血污。

接過一名銅人的新腰帶後，止聾連跑帶跳地奔向那個洞，敏捷地蹦跳上平滑的牆面，直到他搆到一個穩固的點，再攀上了隧道的邊。他把自己拉上去後，才回頭望一眼第一間密室的銅人。他們仍站在碎石中，恭敬地低著頭。止聾深吸了一口氣，往隧道走去。

其中一名銅人皺起了眉頭。

第二條隧道自始至終維持著一致的尺寸，加之照明充足，讓止聾心生感激。然而，它卻是往上漸漸彎成一個陡峭的角度，而且不久，他就看到前頭（或者該說，上面）的路，被另一塊石板來示警。它與先前所見之石碑相似，

也是由隧道的頂部往下伸出來的。在陡峭的坡度中，它幾乎變成一個浴於光中的岩架。從下面仰望，一道道的白光由它與隧道牆壁間的空隙照下來。止聾覺得自己像是站在一個位於頭頂上方的遮陽板下，直接窺視著太陽。

上面不遠處，看得到一個一米寬的開口。他手腳併用地抵著隧道的牆把自己往上攀，抓住石板的邊並翻上它平整的石面。它上面刻了短短的一行字。

再行前進，報應迫近！此乃須彌世界之野性也。

他抬眼往上看，遮著臉擋住上面炫目的光芒，待兩眼都適應光後，才見到洞口之後為一面明亮光滑之石壁。止聾攀爬上洞口，進到另一個比先前那間尤為廣闊的密室。

密室內後面的那道牆（如果那算後牆的話），設有四座半高之平台，四名銅人各據其位。

有一人未戴面具，隨意坐於台上，手握小書，一腳悠然擺盪於台外，其面孔模糊不清。

當他瞄到止聾進來時，這個正在休息的銅人便繫上他的面具，把書塞進他的腰帶中。

「我沒料到那麼快就看到你。」他說，「你定是戰勝了四羅剎。他們太不中用了，止聾，我們……卻非如此。」

第42章 第二關：須彌山麓末日的瘋狂

止聾不敢掉以輕心地往前走，逐漸能更清楚地觀察站在密室後方四座平台上的四個銅人。平台旁的牆壁十分光滑，上面有一道光，是一系列反光石片匠心獨具的安排，把外面自然的光引入室內。其結果是令人驚訝的明亮，足以讓室內的事物無所遁形。止聾繼續盯著瞧，看到了第二密室四名銅人不同之處。

雖然他們不亞於第一密室銅人的氣勢，但止聾已經感覺到他們呈現的是另一種挑戰。不僅他們這次共有四個人，且除了一個人外，其餘每人的背上似乎都背著某種武器。他們的面具也不一樣，面具更為巨大，塗抹的顏色各異，象徵著不同的神祇，而且似乎完全包覆住他們的耳朵並蓋住了大半張臉。和尚對它們代表的神祇並不陌生；它們是四天王，佛教大法的守護天神。

一名銅人戴紅色面具，背一把長雙刃劍。另一人戴黃色面具，一邊肩膀後掛著一把大傘。又一人戴藍色面具，手持一把數千年前傳入中國、名為琵琶的弦樂器。為何此種樂器會被銅人使用，只好各人各自猜疑。然而最讓止聾感到納悶的，是最後那位、剛才簡短講了幾句話的銅人。

雖然未見其手持何種兵器，但這個敵人似乎藏了什麼乾坤在他重重疊疊、垂下來的袖子裡交握的雙手中。此人也戴了一個面具，但漆成粉白色，就像他的同伴一樣，不動聲色地代表他所對應的天王。他有一個線條剛毅的下顎，額闊如盾，頭上還頂了一頂皇冠。

藍面具的銅人一手撫著琵琶，開始撥彈。

止聾在旅途中，曾多次聆聽過這首古典名曲"十面埋伏"，然而他從沒料到，竟會於此時此地再聞其聲。尖銳、廝殺、偶爾卻又透出出人意料的澄明。音樂在他耳中縈繞，彈奏的是國與國間衝突時兩軍交戰的戰鬥曲。

但當曲調發生共鳴時，止聾立刻感覺到一種時空錯置。他察覺到他腹內一波波微微的不安；他往後退，發現自己的頭已撞到後面的牆壁。

止聾接著聽到遠處一聲巨響，類似鐵片摩擦聲。

黃面具銅人手持大傘，身後借力一展，突然將傘拋向高空。止聾僅有片刻時間壓制自己後撤的本能，緊急向旁側滾去。但這個要命的傘擦過牆壁，邊轉邊直向他來。止聾非常惱火，身子拼命朝裡偏，如此這般，才好不容易把自己拉離開這個旋轉的投射武器，它擦過他的肋骨，令他狼狽地摔到地上。

雨傘滑開，彈過後面的牆，速度似乎慢下來，終於緩緩飄向躍下平台、正向它走過來的主人手中。

止聾站起來，覺得他被雨傘旋轉刀刃刮到的左肋骨隱隱發癢。黃面具的銅人手向後拉，似欲重施故技。止聾一下都不敢怠慢，躍至空中便展開攻勢。接下來的搏鬥極為緊湊。不管止聾如何踢、打、絆，招招均只擦過銅人這把用輕鐵刀刃交織打造的神祕雨傘。黃色面具銅人倏地收傘後跳，朝平台跑去。止聾見此，窮追不捨。

戴藍面具的銅人往下遞出他的琵琶，把他黃面具同伴抬上一個空的平台。現在是戴紅面具的人上場了。他跳到空中，拔劍，勢如破竹朝止聾猛砍，被止聾躲過。紅面具人橫切過去，逼得和尚再死命地躲，劍刃在離他鼻子分毫前嗖地掠過，削掉了他的眉毛。止聾迅速翻身站穩，也反踢一腳，成功地踢掉了紅面具人手中的劍。令人咋舌是，敵人居然往後空翻，在空中接到了劍，並順勢把它帶進來，朝止聾的臉便刺。

當武器由和尚頭旁呼嘯而過時，一根根斷髮便飛到地上，令他倉皇後摔。紅面具銅人得意地笑起來，再回到他在四座平台上自己的位置。

黃色面具的銅人由制高點瞄準，再次發出其金屬雨傘，如同一面死亡之飛盤，疾飛向止聾。當它逼近時，和尚吸一口氣，翻滾過這個武器，在離白色面具銅人不遠處跳下來。

止聾不敢掉以輕心，不知道這個把手藏起來的敵人要用什麼方法打。

白面具銅人隨意地伸展其雙臂，手掌仍隱於袖中未現。袖筒之內，一物細長且黑色，開始緩緩蠕動。白面具銅人旋轉起他的袖子，袖筒深處突然彈出一道閃光。一個模糊不清、黑色的翻滾物便直奔其獵物的面門。

止聾迅速扳起一臂擋在身前，同時發覺什麼東西纏在他的袖子上，弄得上一個密室致命的繩鏢似乎像孩童玩意兒。

在燈光下，一個發育成熟的中國眼鏡蛇的圓圓頭，光滑又發亮，正邪惡地咬著止聾的衣袖。牠的毒液滲入布料中，像恃勇鬥狠的標誌。止聾嚇得猛然縮手，衣袖被爬蟲的下顎撕碎了。那一剎那，毒蛇膨脹起牠頸部的皮褶，邊發出嘶嘶聲邊往後退，滑回白面具銅人的前臂。

止聾退了回去，以標準格鬥姿勢站定。同時面對一柄劍、一把鋼刃傘、一條毒蛇，單憑他的雙手，可不是好玩的勾當。

只有那個戴藍色面具的銅人，靜靜地坐在他的平台上，撥弄他的琵琶，目前看起來無害。他們四個人由他們的平台虎視眈眈地望著止聾，猶如唱四重唱的禿鷹，只待他們的獵物不支倒地。

黃面具銅人跳下來，轉動他的傘柄，再一次把它旋轉入空中。止聾嚇得發傻；它不是直線飛來的，而是呈曲線。就在它將把止聾切成兩半時，止聾往下撲，穿過它，直到白面具銅人的平台附近才止住滑勢。嘴角還拖著毒液的眼鏡蛇，由牠主人的手中像飛鏢般射出來，張開巨吻，快如閃電。止聾向後跳，避開蛇吻，但背後受黃面具銅人一腳，把這個氣急敗壞的和尚打得跌跌撞撞，朝紅面具銅人的平台摔去。止聾勉強躲過朝他揮來的一劍，但仍不免皺眉頭，感覺到他胸前一道討厭的傷口引起的刺痛。他的腿因精疲力盡而發抖，便靠著牆穩住自己，喘著粗氣，此時銅人們又回到他們在平台上的位置，伺機待動。

這不成，止聾暗道。*只應付他們的攻擊便令我疲於奔命。他們像貓耍耗子，終究會把我玩死*。止聾感覺到被毒蛇毒液浸溼的袖子搓著他的手臂，令他的皮膚一片灼熱。那隻爬蟲動物盤在牠主人手上，嘴上還掛著半片撕碎的布，氣勢洶洶地正發著嘶聲。其兩旁，紅面具銅人亮著他的劍、黃面具銅人致命的雨傘蓄勢待發。

止聾朝他們正面衝上去，預料雨傘會先發動；果然，雨傘已向他直飛來。和尚往上躍，一足點上雨傘的傘尖。和尚憑著多年的苦練，時機拿捏得宜，由那兒把自己彈得更高，往武器尚未轉回的黃面具銅人飛去。

黃面具銅人朝尚在空中飛的止聾踢出一腳，擋架。

令人嘆為觀止的是，止聾雙手抓住這一隻踢進來的腳，自己也猛踢一腳反擊。黃面具銅人與止聾兩人互踢的腳，僅以毫釐之差由相反方向擦過對方。黃面具銅人的面具被打個正著，掉下來，露出一張面帶傷疤的男子面容，其下巴鬆垮、雙眼無神。

露出真面目的銅人被摔到後面的牆，由他的平台砸的一聲掉到地上。止聾趕過去，本欲接著給他決定性的一擊，但突然看到這個落地的鬥士一顫並蒙住雙耳。幾乎就是立刻，藍色面具的銅人開始以一種特異的手法撥著琴弦，琵琶所奏戰鬥樂章之節奏愈發狂暴，將此音樂扭曲成異常古怪之物。

止聾頸後的汗毛直豎，胃腸似乎跳到喉嚨；一陣陣的不安幾乎窒息了他。他的平衡感被粉碎到作嘔的地步，難過得如同被放在同一個定點轉了幾個時辰。搖搖晃晃地，和尚倒在地上，呻吟。黃面具銅人看似也受到相同影響，但也同時瘋了般地朝他掉下的面具撲去。

止聾瞇起眼睛。此刻他方才了悟，這些銅人們的面具，那全然包覆的奇特設計，它們真正的目的為何。

把暈眩感擱置一旁，止聾與那無面具的銅人拼力衝向殿堂中央，爭奪落於地上的面具。那個地點離止聾較近，迫使其他銅人離開他們的崗位，趨前阻攔。

他們奔過來，飛腿朝止聾的背部踹，將他打趴在地上。與此同時，他們那個失去面具的伙伴也跳高起來，旋轉手中雨傘，再次將其投向止聾。倒臥於地、又因琵琶的樂音還十分作嘔的止聾，急忙將衣袖握緊，雙手往旁一撥，千鈞一髮地轉移了這個致命拋射物的方向，而其手中的衣袖亦被割得稀爛。雨傘像剃刀般銳利的邊，嘎嘎地刨入堅硬的石頭地，它尖銳的刀刃，就停在止聾臉前不遠。白面具銅人與他紅面具的同仁逼近，亟欲就此結束這場打鬥。止聾一腳抵住雨傘的傘罩，用力一推，也把自己推得昏昏沉沉地滑過地面，躲掉了紅面具銅人接踵而至的兩劍。

手臂纏繞著眼鏡蛇的白面具銅人急速衝來追逐。止聾手中感覺到某物，便迅速合攏手掌，握住了一個像果殼般的東西，光滑又輕。他的視力尚昏花不清，便將此物撈起來，正是致命的毒蛇把自己展開，準備發動攻擊的時候。

當塵埃落定，止聾的形象便一目了然，他趴在地上，一條手臂上還拖著一隻嘶嘶響的蛇。興高采烈地，銅人們放鬆下來，他們知道毒蛇毒液的利害。

但和尚不是一動不動，他動了起來。

止聾站起來了，現在戴著黃色的面具。他拍拍身上的灰，再也不受琵琶令人作嘔的低頻率音壓的影響。這也恢復了他的感覺統合，因為被他緊緊捏在手裡的、就是那隻翻騰的蛇。爬蟲張著嘴亂咬，扭動，並嘶嘶作聲，沒有比被如此對待更顏面盡失的。銅人們一見及此，便都停下來，猶豫著不敢靠近。蛇發出更大的嘶嘶聲，令人吃驚地張大牠的顎，噴出一股近距離的毒液。還好，毒液沒對準，只濺到止聾沒遮掩的手肘。毒蛇繼續嘶嘶生氣，止聾注意到一片他的破爛袖子，正被一顆毒牙勾住，吊在爬蟲嘴邊，吸飽了毒液。和尚用他空著的手，迅速地把這片濕布翻過眼鏡蛇的頭，把它拉得完全蓋住爬蟲的眼睛與上顎。

被激怒的蛇膨脹起頸部皮褶，比前此掙扎得更死勁，但和尚緊緊抓牢牠，且儘快地把布片打了一個結。

感覺到毒蛇有力的身體正由他手指間溜走、快要掌握不住牠時，止聾乘勢把爬蟲往銅人們拋去。眼鏡蛇橫衝直撞，即使看不見還是對銅人們嘶嘶猛咬，逼得他們貼著牆。止聾由所在的角落，驚愕地看著毒蛇繞著屋子中央兜圈，只要牠能感覺到什麼動作就咬下去。

一聲金屬鏗鏘響起，舞傘的銅人轉動他的武器，並把它拋出去，想把這隻無法控制的野獸除掉。

「不行！」白面具銅人大喊一聲，由屋子反方向衝出來。他跳進來，抓住蛇的尾巴，死勁地把牠的頭由雨傘旋轉的刀刃下扯開。如此一來，白面具銅人自己便以身曝險。

當金屬雨傘將白面具銅人的上半截腦袋——包括白面具、頭顱及一切——鋸掉的那一瞬，止聾把頭偏一旁，不忍目睹，但其哀號聲仍令人不忍直聽。迸裂的血及組織濺到牆壁上，敵人殘缺不全的身子在晃了幾步後，終於不支倒地，仍在抽搐著。那隻毒蛇，現在被拋到密室後面，它往前蜿蜒遊走，直衝向仍貼著平台下牆壁、剩下的銅人與止聾來。

對同伴如此的慘死表現得毫不在意，黃面具銅人奔跑著追逐自己的雨傘，接住後，他迅速將其轉向他的伙伴。雨傘鎡鎡作響地在空中旋轉，他們依次接力，如同利用跳板一般，轉眼間，除了一個他們自己人外，現在他們全數降落於平台上。雨傘仍然浮在空中，不時咻地擦過牆壁。止聾退回到一個牆角裡，還在為方才的血腥場面非常反胃。他看到平台上的空位，便向由對面滑翔來的雨傘奔去。把自己置身於毒蛇盲目亂咬的範圍之外，和尚等待著恰當的時間往上跳，打算利用此武器罩子的反彈力，登上平台。

但銅人們可不想傻站著，讓一個後生小子如此明目張膽地利用他們神聖的武器。藍面具銅人向紅面具銅人點一個頭，他們便互相握住對方手腕，牢牢抓緊，形成一條短的人鏈。紅面具銅人在他的平台上站穩後，把藍面具銅人往前面的空間甩出去，好似張出一面網。當止聾由雨傘跳下來時，藍面具混蛋正由空中盪過來，把他的琵琶權當短棍。止聾貼緊兩臂，硬生生地承受了天外飛來的一擊，被打落在離那條暴怒的蛇不遠的地上。和尚痛得皺眉，雖然傷得不太重，但確實讓他好一大片上臂抽痛。

毒蛇嘶嘶地猛撲。

止聾躲過毒蛇一個接一個的蛇吻，拼命往後退，然後急轉身，三步併兩步地蹦上毗連的牆壁，靈敏地以腳底刮著牆壁，沿垂直的牆壁呈對角線向上疾走。利用他小時候學的輕功底子，止聾得以登得剛好夠高，終於落腳到屋子裡最後一個空著的平台。

止聾站上它，瞪著他旁邊、各站在自己平台上三名剩下的銅人，同時底下的地面還遊走著一隻被激怒的眼鏡蛇。和尚無疑地偶然幫自己佔據了一個戰略性的位置。因為他站著的平台被塞在角落，不虞擔心背後受敵。銅人們的平台都建在同一面牆，一個接著一個，所以即使他們要打過來，也難保不自己人擋到自己人。

現在靠止聾最近又最沒被阻礙到的威脅，當屬藍面具銅人。對情況的丕變，他似乎毫不擔憂。他解下他的琵琶，把樂器往前戳，戳得夠近，但不是去打止聾的腹部。止聾出於本能去搶這個樂器，但藍面具銅人僅兩手一抬，把琵琶往上打。

此舉令止聾出乎意料，琵琶刮到他的下巴，使他好不容易到手的面具飛過幾個其他敵人的頭頂，直接落到舞雨傘銅人企盼的手中。

那個敵人如釋重負地拿回他的黃色面具，一下子就套上了它，並把他雨傘的鐵骨往牆上一敲，向他的同夥表示可以開戰囉。

藍面具人暗道，*讓我們看看你這次怎麼逃*。他把他的琵琶轉回，擺出演奏的姿勢，就要送出另一個令人作嘔的獨奏。

止聾知道它的厲害。不待這個銅人手指撥到弦上，和尚就已經跳起來，飛出一腿，把這個要人命的演奏家踢下他的高枝。止聾落腳到新空出來的平台上，目睹藍面具銅人仰面跌倒，翻滾中撞上了毒蛇。當蛇迅速捲上他的身子、毒牙狠狠嵌入他的手臂時，琵琶亦從其手中墜落下來。藍面具銅人呻吟著，拼命想把毒蛇扯下來，結果卻是自己一再遭蛇吻。

兩個了，止聾暗道。

*鏘！*黃面具銅人跳上前來，把傘一收，後舉，就要來刺。

止聾馬上往後跳，回到他最初站的那個角落平台。他飛快往下一瞥，看到藍面具銅人與眼鏡蛇仍難分難解地廝鬥。

黃面具銅人猛吸一口氣；頸子、肩膀及手臂上的青筋像醜惡的蜘蛛網般鼓出來。哼了一聲，他將雨傘指向止聾，並把這個東西平舉起來，像一根曬衣竿。

紅面具銅人狡猾又靈活地由後面跳過來，空翻滾過黃面具人的肩膀，並四平八穩地落在雨傘的傘頂架上。

完美的平衡著，紅面具敵人前後腳交錯，靈巧地跑過整根雨傘，就往止聾衝來。令人咋舌的是，這整個過程中，黃面具銅人的手保持百分百水平，毫不費勁地撐著武器與他伙伴的重量，抖都不抖。

紅面具銅人跳入空中，劍往前刺。

被擠到角落的止聾沒辦法只能迎戰。他往上直縱，向紅面具銅人掃出一個新月踢。這一踢之力，不只把劍踢到一旁，還干擾到紅面具銅人的來勢，把他推離平台區，向毗連的牆壁去。

快得像隻黃鼠狼，紅面具銅人側翻身，兩腳輕輕點在牆上，輕靈地跑過牆壁，如履平地。一面牆跑完了，又跳到另一面毗鄰的牆，沒一丁點兒要滑落的樣子。像是地心引力對他不發生作用，他如此跑過了屋內的三面牆，並迅速翻回他原來的平台上。

止聾震驚得說不出話。走牆，它本來就不是一門好學又學得好的功夫，而且即使練得成，在牆上的時間最多不超過一瞬息左右，絕對不夠讓任何人跑過一間屋子的三面牆而不掉下來。所以單只論這個銅人的敏捷與速度，在和尚前此的對手中，無人能出其右。

黃面具銅人轉起他的傘並把它送出來，逼得止聾再旱地拔蔥直縱。雨傘像一輛死亡飛車，咻地劃過他背後的牆，打得沙土與碎石四濺。止聾遮著眼往上看，看到上面銅袍一閃，黃面具敵人翻過他的頭，接到了武器。他把雨傘朝下，把他整個體重直接朝止聾落下。止聾也本能地撐起兩手招架，搖搖擺擺地單膝跪下。

被釘在那兒、無路可逃、又不能動，止聾瞄到紅面具銅人由最遠的高台衝來，劍已出鞘。他的胃在翻騰，*我命休矣*，直到他感覺頭上雨傘的重量有

些許挪動，雖然只那麼一剎那。該是上面的黃面具銅人為了要達到更好的槓桿效果，可能動了一兩腳。止聾肩膀一歪，把抱著雨傘的銅人倒到下面的地上，接著轉回頭，正好看到紅面具銅人的劍光。

和尚沒辦法，只得跳下他得來不易的高台，到下面的地上去。當他小心地著陸時，紅面具人的劍正把它自已深深插入牆壁中。

整個房間都是憤怒的嘶嘶聲。

止聾與黃面具銅人都在下面的地上。他們在眼鏡蛇的各兩邊，緊貼著牆。這隻眼鏡蛇現在盤繞在渾身滿佈了蛇吻、藍面具銅人的胸膛上。

藍面具混蛋抽搐著，呼出一聲粗氣，便歸於沈默。

高踞在屍體上的眼鏡蛇，伸展牠像叉子般的舌頭，轉向此二人。原本綁在爬蟲兩眼的布片，在扭打中已被摩擦脫落，讓牠又恢復眼觀四面的功能。牠立刻把牠拳頭般大的頭對準拿著雨傘當屏障的黃面具銅人。看到蛇往他那兒遊去，戴面具的敵人拿武器大力一揮，把爬蟲打得橫過屋子。

止聾滾到旁邊，閃過了這條天外飛蛇，望著牠毫無損傷的由後面的牆壁掉下來。在翻滾中，和尚撿起藍面具銅人扔掉的琵琶朝爬蟲揮去，希望揮幾下能把牠擋開。

被打的蛇火冒三丈，鼓起牠的皮褶，一下子朝那把琵琶撲去。

嘶嘶聲立刻變成躁動的咆哮，伴隨著一條胡亂擺動的皮革般的身體。止聾也拼命地抓牢他手中的琵琶。毒蛇致命的毒牙緊緊地鉤入樂器的弦線中，如此意外的陷阱，看起來十分穩妥。和尚把樂器甩到一旁，毒蛇的身體還在與它難分難解。

不管怎樣，黃面具銅人已然恢復。他跨過他倒在地上兄弟們的屍體，把他的雨傘甩出來。止聾跳起來，仍不免讓旋轉的刀刃刮到他的鞋底，削下薄薄一層底。雨傘斜擦過附近的牆又反彈到另一面牆，終於後繼無力，在止聾及黃面具人中間的地上彈了一下，停了下來。

雙方都向這個武器撲去，剎那間，便有幾隻手指碰到了傘柄，黃面具銅人冷笑一聲——隨即痛得大叫。

雖然止聾的手稍遠於傘柄，但他卻近得足以以一記前踢，踢到雨傘刀刃的刀背。黃面具銅人沒料到這著，他的手指還沒來得及抓穩，止聾已把雨傘踢出他的掌握並轉回向他。一瞬間，利刃打造的傘緣便切進了他的肩膀。

受傷的鬥士喘著氣，極力想把雨傘扯開，鮮血由他的傷口泉湧出來。

砰！

黃面具銅人的後頸被打個正著，倒在地上，失了知覺，血仍不停地冒。

止聾退後一步，搓著一手，對情況的轉折十分欣慰，要不然他如此取巧的行為如何能湊效。和尚輕輕地咳，往上面瞧，不知道最後的銅人拔出了他牆上的劍沒。

劍鋒*嗖*地破空而至，倏地由止聾的指尖拂過。出於本能，他立刻把手縮回來，才發現他的指甲尖快斷了。

止聾把自己撲倒滑過地面，間不容髮地躲過了這最後還沒倒下的敵人：紅面具銅人，他不停地追，拿著他標誌性的劍大揮特揮。止聾往後退來退去，眼見劍刃在地上鑿出一個個洞，直到一個又薄又有彈性的東西撞上他的手。原來是他剛剛才丟到屋子一邊、不要的琵琶。那隻眼鏡蛇還像方才一樣，仍在拼命地擺動卻又掙脫不了琴絃的桎梏。

止聾不假思索，抓住此樂器的把，將它如短棍般亂揮，正好及時來擋紅面具銅人的劍。兩種東西交錯而過，雙方都沒正中對方，卻令紅面具銅人剎那間歪了一下，止聾的影響較少，尚有稍許時間踢出一腳，正好踢中銅人的頭，把他的紅面具由他臉上打掉。

一切遮掩皆無，這個銅人瞪著止聾，兩人面對面。

*佛祖啊！*止聾暗道。

不是瘢痕、年齡甚或那同樣的冷漠、鎮定的表情，讓止聾再多看一眼。談到表情或傷疤，他的臉跟止聾早先好好瞧到的黃面具銅人的臉並無兩樣。如果有不同的話，他的臉似乎曾傷得更重，尤其在兩頰。但兩頰下冒出的那張又柔軟、又小巧的嘴，潤滑得不會是一張男人的嘴。紅面具銅人根本不是一個男人；他是一個*她*，極可能是被少林寺招募來的一名功夫女尼，或甚至就來自鄰近的一個尼姑庵。止聾有點兒不安，她看起來像是喜鳳的年紀，即使在她的瘢痕及禿頭下，仍展示著相似的青春。

女人大喊一聲，挺身向前，劍招凌厲異常，逼得止聾繼續用琵琶格擋。碎木屑一塊塊掉在地上；樂器正以眨眼的速度被削短。和尚知道，只待敵人的劍再直接一劈，它就會變成柴枝了。

又是一劍嗖嗖破空而來，直指止聾的頭。他舉起琵琶，感覺腳旁輕輕噗的一聲。曾被夾在琴弦中無法脫身的眼鏡蛇，蛇身被砍斷了，只有牠的頭還

在，且繼續朝琴弦噴毒液。止聾大吃一驚，腳踩在蛇的碎屍上滑了一跤，向後倒。他倒吸一口氣。

不好！我倒下了。

女鬥士高舉著劍，撲上來，劍往下劈。

孤注一擲的，止聾把破裂的琵琶往前推，正好迎上敵人的刀刃。她這一劍，劈得碎木渣亂飛且砍斷了許多繃緊的琴弦。琴弦一被砍斷，便像被綁緊的纜繩被砍斷的剎那，飛彈出來，把沾滿蛇毒的弦，狠狠甩進女銅人的臉。

一聲含糊不清的尖叫貫穿全室。

她跌跌撞撞地，一邊抓她的臉，一邊又喘又吐。止聾，僥倖的是銅人的劍鋒在離他胸前一線停住，丟下仍卡著劍的琵琶便往銅人跑去。但她已不支倒地的呻吟。她試著再站起來，卻只能痛得大叫，搓著臉。注意到止聾靠近，她伸出兩指直指和尚的眼睛，但他早有防備，一把抓住了她的手。

「住手！我只是想幫忙。」，止聾說。

她的呼吸變得更急。像是已經認命，她的眼神柔和下來，並往旁邊滑下去。止聾接住了她。

「姊妹，別動！一動毒液會更往內臟深處走。妳快打坐！」

「沒用的。」她低聲說，「那隻蛇吸收了四種毒。牠的毒性比其他的強數倍。」

「四種毒？」止聾問，「解毒劑在哪兒？」

女人搖搖頭，她的呼吸一下子慢下來。止聾靠向她，他的心中有諸多不解，亟欲為這些瘋狂找答案。

「妳為何走上這條路？為什麼？」他問。女人瞪著眼像是視而不見，一隻手指指著她右邊的牆壁，另一隻手放在胸前，呈單手禮佛姿勢。咽著唾液，她吐出最後幾個字。

「你去憤怒之宮的通道就在那兒。止聾，珍惜光明，因有光明的地方就會有黑暗。在那裡，你就會知道一個盲人之死。阿……彌……陀……佛。」

她閉上眼，癱下來。止聾找她的脈搏卻探不到。他往後倒，一屁股坐在地上，發現自己不能也不想起來。接下來幾分鐘，四周一片靜寂，止聾繼續瞪著那個沒有生命跡象的女屍，根本感覺不到他自身傷處的痛楚。不知道這些銅人會鍥而不捨到什麼地步。而且為何她死得這麼快？那個藍面具銅人不是撐得比她久得多——而且他還被咬得更慘？它的解毒劑是什麼？止聾望過去，看到白面具銅人，他被打爛的面具還包著一個被人以最令人毛骨悚然的方式劈開的頭殼；藍面具銅人身中蛇毒的屍體痛得都縮了起來，佈滿蛇吻。黃面具銅人仍不省人事，但他肩上汩汩流血的大傷口需要緊急處置。最後，止聾凝視著這個女鬥士，看著覺得特別可憐，因為她那佈滿傷痕的女性面孔，在死亡中，變得非常柔和。

和尚閉上眼睛。

輕輕地把她放下，止聾給這些去世的人唸了一段阿彌陀經，對每一個人行禮後，才檢視這個房間的這面牆。

有一條精密的裂縫繞著它，像是一道小門的形狀，但卻看不到門把或任何可握牢的東西。止聾由它中央謹慎地把它往裡推，也如此試了其他地方，卻毫無作用。和尚氣餒地再摸一次像門一樣被切割的邊，且把手指探進上面的凹槽，摸到裡面有一個小洞，大得足以放進他的手。他用力往下壓，聽到密室裡回蕩著嘎吱的聲音，同時部份的石壁也一吋吋地打開了。他重複這個動作，這次更用力，看著它滑到地底下，開啟了一道被隱藏的地道。

第43章

第三關：下行以謙卑

一團團陳腐的灰塵飄入密室，嗆得止聾忍不住咳嗽。止聾把塵埃揮開，拿一段他的腰帶掩住嘴便踏進密道。在走過前一個密室光亮尚存的範圍後，他發現自己處於全然的黑暗中。他用他的手摸索著前進，和尚發現自己在一個圍起來的立方體似的空間內。

根據他的腳步由牆壁傳回的回音判斷，這個新房間的面積肯定較小，天花板也比前面的密室都來得低。止聾皺著鼻，聞到塵埃中夾著腐敗與刺鼻的味道，讓他想起鹹魚乾。一個輕又小的東西撞了一下他的頭。

和尚皺著眉，仔細檢查這個擋路的東西，在黑暗中摸著它。原來是一盞油燈。它的燈芯像只是垂在那兒，並未點燃。止聾把它撥到一旁後，看到幾米外，有一盞引人注目的光暈。走近一看，方知是牆壁上一個小洞中點著的一根小小的蠟燭，正發出悶悶的光。和尚猶豫了一下，才決定這蠟燭似乎特意為他準備。他慢慢地走去，把蠟燭拿出來。

完全沒任何警訊，一堵石牆滑了過去，擋住了入口，斷了和尚退路。過了片刻，若干重木齒輪輾軋的聲音由四方轟隆隆傳來。他面前一段牆壁開始穩定又搖搖晃晃地滑開，然後又突然停住。從遠處吹來清涼又乾淨的空氣，表示前頭是一個空氣流通的大空間，裝置了更好的換氣設備。止聾拿蠟燭去點燈芯，希望能用它照亮前面的路，但卻失望地停下來。鍊子短得沒辦法再拉。和尚跪在新大門的入口，睜眼瞎子般地摸索外面的地。

止聾的指尖覺察到一塊桌子大小的石架，幾乎照不到油燈的微光。這壁架光禿禿的，無任何欄杆或阻隔，然而在其前方，岔出一條結實且灰蒼的棧道，延伸進黑暗中。估計從這裡大約走二十米，一根孤零零的蠟燭架在遠處閃爍，在一個半圓形的平地上照出一圈顫抖的黃色光芒，背後是一堵牆，其他的東西就完全看不清楚了。止聾好奇地撕下一片衣袖，藉著油燈的火點燃後，把它丟下灰暗棧道旁黑漆漆的地帶。

火往下沈，它的亮光輕快地飛了一百米左右才停。

和尚由開口處轉回，再回到這個小房間內，觀察審視下，又看到其他的驚奇。

原來它每一面牆都擺滿了各種鋼鐵類的兵器，大多是砍劈與戳刺類的，包括一些他只在少林寺藏經閣的文獻中才讀過的古代兵器。一排排森冷的金屬在燭光下發亮，其中有狼牙棒、戰劍、短劍、柳葉刀、青龍大刀、蒺藜、各式各樣的斧頭、匕首、飛刀、彎刀、矛、甚至還有鎌刀。其中有些看起來有幾百年歷史，但除了柄端有些許潮損外，每一片刀刃都被保存得很好。止聾手摸過一列列的鋼鐵，看著他自己的影子映照在每一片刀刃上，不免驚訝它們像明鏡般的拋光。當他走近其中一把劍時，他的袍子輕輕絆在一根戰戟的戟尖，竟乾淨俐落地被割下了一片衣料。

有一部份牆壁特別突出：它是一片空白的牆壁，不比食盤大，在油燈的照亮下，十分明顯。

原來它是一塊倒立的石碑，與他之前碰到的相似，不過這一片是往牆裡面平刻進去的。止聾彎腰靠近，唸著上面的銘文。

尚未喪膽者，乃因果報未至。逾其鐵牙輾喉，暗影將吞噬諸物。當堅定不移，選擇護身之兵，則密室之門啟時，汝僅有燒盡冥鏇之頃。及其時，諸門俱閉，此地將成汝之長眠之所。

止聾停住了。出口出現後已多久？不久，大約不過兩、三分鐘前。突然整個房間像與之呼應似地又開始震動，灰塵與沙土齊下。他前此聽到的隆隆的機械聲又回來了，只是這次它往相反的方向輾。

一點不假，剛剛才打開的那面牆，正轟隆隆地要把自己關起來，它關得很慢，因每震動一次，它才挪動幾吋。和尚把自己向開口撲去，用盡全力往兩邊推，也沒辦法使它停止。他抓了幾根牆上掛的矛，把它們卡進去，只

見它們被斷成幾節。和尚的心在胸膛內打鼓，他又抓了兩把斧頭，匆忙中還打翻了油燈，潑了一些燈油在他的袖子上。他撲下去，將這兩把武器撐在入口兩旁。現在入口只剩窗戶大小，斧頭撐了一會兒就開始彎曲，在壓力下捲起來。止聾無暇再想，俯衝過開口，摔在外面那個小石架上，瞪著愈來愈窄的開口。

我必須選一樣武器！

狂亂下，和尚向裡面伸進一條手臂，摸索最靠近的牆。此時，兩把戰斧的手柄已開始龜裂，迸出碎木片。最後，他的手指終於抓到一把劍的劍柄，握緊了它。和尚把手臂由剩下的開口抽回來，正值門砰然關閉，將戰斧壓碎為木條與碎鐵片時。

鐮！

開口也夾住了劍，讓劍把往下三分之二處動彈不得。止聾換手重握，又換位置，以便達到更好的槓桿角度。他拚了吃奶的力氣拉。

啪，武器應聲折斷，刀刃像餅乾般被壓碎了，碎片亂撒。和尚沮喪地瞪著這把武器，繼而將剩下的無論何物一概扔入深淵。*我的武器白拿了*。

和尚調息順氣，慢慢把他的腳往前挪，直到他站在灰色的棧道前。間或不顧面前的漆黑，而定睛於前頭點著亮的平台。他輕輕邁出一足，腳指一往下壓，便聽到木頭響亮的咿啞聲。一陣微風由下面看不到的地方傳來，提醒和尚小心下墜的危險。腳步輕輕地一足放在另一足前，一邊把雙臂外伸保持平衡，和尚走在老舊的木條板上，同時還得留意深不見底的兩旁。他的感官全開。當他前進時，他的眼睛也左右掃射，以防突然蹦出什麼看不到的危險。

走到半途時，止聾聽到一個令他心裡所有警報系統大作的聲音。那聲音比細語更微，但對一個感官升到最高點的和尚，不啻平地一聲雷。

遠處，一種繃緊的弦音，比最微乎其微的聲音還低。

儘管一波波由底下深處往上飄的冷氣團及他腳下木頭的聲音，止聾立刻知道，在這個弄成黑漆漆的山洞角落，鬼鬼祟祟藏著什麼。

那一刻，整個房間突然有了生氣，兩打以上的弓弦轟地齊響，排山倒海的箭凌空由他左邊不停地射進來。

無數的長箭短箭朝他嗖嗖來，止聾在棧道上飛奔，踏破多處薄弱的地方。他在腳下的木板垮掉前，奮力一躍，正好跳到前面點著燈的平台。他一把將蠟燭臺抄到手裡，正是一場不折不扣的暴行撲天蓋地朝他來的時候。止聾背貼著牆，飛快地旋轉他手中的燭臺，轉出一渦氣流，打斷且揮開向他飛來的如潮湧般的箭。一隻箭得隙而入，火燒般擦過他的膝蓋。止聾轉動速度加快，只聽見數百箭矢呼呼撞擊那旋轉屏障的聲音。連發箭又持續了好一會兒便嘎然停止，如它開始時一般突然。

止聾心跳如鼓，放下燭臺，檢視自己。令人驚訝的是，他沒被刺穿，除了被若干他沒能完全擋開的流箭造成的擦傷。膝蓋的傷外，還有下巴旁一個及手指上幾個小傷口。倒是燭臺整根棍子被砸得坑坑疤疤，還插進了幾根箭，但還好沒斷。

眼前亮起一列火把，照亮了房間的另一頭，也揭露了方才攻擊他的武裝力量。

一個大約十三米寬，以枕木架成的大腳手架赫然聳現在不遠處。那兒，四名銅人靜靜地站著。三人拿著木弓和箭。另外一人用的是複合式弓，胸前掛著一排排箭夾。他們四人都站在奇怪的堆高機般的機器後，機器底下裝著四個木頭輪子，可靈活移動。它們是要來增援一個用交叉的木頭搭起的奇怪的架子，上面裝置了若干像十字弓般的武器，這個武器只靠一根繩子便可同時推出五連發短箭。每一台武器上各安裝了半打多的十字弓，全部朝外，像是一個炮兵排。即便如此，止聾看到銅人們的雙手也不得閒，他們還有自己的箭要發。和尚這也才注意到他們每人都一膝微彎地踩在一個踏板機上。踏板機再連上一些嵌齒與滑輪，沿著大腳手架底盤，往上通至各弩機陣。這種萬箭齊發的攻擊甚為有效，操作的人只要用一隻腳，空出的手還可再引弓射箭，增加射程內射出的數量。止聾向地面看去，地板上為數眾多的長短箭，幾乎淹沒了他的腳。

「為何在遠處放箭？別躲在黑暗中，有種出來與我面對面。」止聾指著他們說。

「叛徒還不是一樣，他自己才是要跑走的。」一位銅人說道。

「止聾，你將如你所願。讓我們在憤怒之宮見。」又一人說。說罷，他們背後的那道牆便往旁滑開，露出一道近似某種的樓梯。銅人們魚貫而下，消失於視線之外，留下止聾困在這個奇怪的像小島般的平台，不知佛祖當

如何指點他前進。和尚閉上眼，唸了幾句經，又做了幾次深呼吸鎮定神經後，才開始找路子下去。

當他的眼光往下望時，他注意到一件直到現在他都沒留意的事。因為儘管他拿了蠟燭臺而且把它飛著轉，地上光照的範圍並沒改變。照說這些個飛轉，早該把蠟燭的火滅了才是，但為何每件東西還是像原來一般亮？到底光從哪來？止聾立刻檢視他手中的燭臺，用手指觸摸棍棒兩端，才赫然發現他其實拿的是一根普通的木頭棍棒，少林寺到處用的都是這種。這根棍子上並無插入蠟燭的裝置，也沒有任何普通燭臺當有的木頭腳架。和尚百思不解，於是轉而望向他早先拿出它的地方。

真正的蠟燭架根本沒動過；它一直默默地在那兒提供光亮。所以，如果蠟燭架沒被移動，那麼這根棍棒又由哪兒來？止聾好奇地走過去，才發現所謂的「架子」，只是一個鋼鐵結構，由一片彎曲的薄鐵片當成桿，底下連著木頭腳架，上頭是一列蠟燭。止聾摸著這金屬片的內側，看到裡面有幾個小卡榫，為的就是要把一根棍棒安放在裡面，讓人看不出來。棍棒推到卡榫上很容易地就嵌在那兒，但也只要一拉就可輕易拉出來。遠遠看，它看起來就是任何普通的蠟燭臺，當然更不可能有人會知道，它藏著一個可令如潮湧般箭矢失效的武器。

止聾把一方地上的箭矢踢開，聽到它們嘩喇喇由平台邊掉下去。如果他使的是一把劍或任何其他武器而不是棍棒，他現在早已成了人肉針插。他繃著臉，把更多箭矢掃走，看到底下的地面有一塊淡褐色的印子。血，*定有另一名和尚命喪此處*。他暗忖。

他一腿發軟，突然跪倒，疲勞令他頭昏。他這樣一口氣打下來，到底打了多久？感覺像好多年，其實或多或少大約不到半個時辰。前此，他的腎上腺素奔流不息於他的系統中，像暴風雨下浪濤洶湧的海洋，抑壓住他精疲力盡的感覺，但它現在開始逐漸用盡。止聾振作起自已，拄著棍棒，朝平台上唯一的一堵牆走去。當他接近它時，牆上投射出他的影子。

走近它後，和尚才看到它其實是一面平滑的牆壁，只是上面被箭矢打了無數坑坑洞洞。牆壁的拐角處像被截斷似的，卻往後面折過去，恰似一幢建築物的側邊，隱匿於黑暗之中。牆面是一大片雕刻，止聾往旁移動，露出一面浮雕，與初祖庵石柱上的那些作品沒啥不同。但這個作品雕鑿的是一個男人大小的*金剛手菩薩* **37** ，也有人稱它為緊那羅，是少林寺的守護神，一直在嵩山山脈上空嚴陣以待。它令人嘆為觀止，但少了一樣非常重要的細節——此神的手是空的，它那最具代表性雷霆萬鈞的武器居然不在。

止聾望著他自己手中的棍棒，並觀察這尊浮雕。金剛手菩薩的手是銅做的，但比之它身上其他部位，看起來更立體。它每一根手指的指結都明顯的一節一節，該是內部有鐵絲加工，才能如此柔軟。和尚小心翼翼地把棍棒放在緊那羅浮雕的手中，很驚訝地發現當這個機械手指被推向內時，竟然有一絲抵抗，然後手指又彈回原來的樣子，握牢了這個武器。接著是喀噠一聲，雕著浮雕的整面牆立刻便打開了一條縫。止聾輕輕地把它推得更開，裡面是通往一道木梯的一條走道。那個木梯更往下通向一條幾乎沒照亮的石頭窄路。

再下去，它終止於一道石階，延伸入黑暗中。

與此同時，止聾感覺到一股濕氣，空氣中停滯了冰涼，可能來自一座地下極深的蓄水池，但他不能確定。他希望下一關別浸在什麼水裡。止聾走下石階，一邊用手拂過他左邊弧形的牆，一邊聽著他自己的足音，在黑暗中往下走。

---

37 金剛手菩薩：是大乘佛教中代表保護及佛陀權力的神祇，通常被供奉在少林寺。後來和尚們把它的名字由金剛手菩薩（Varapani）改為緊那羅王（King Kimnara）。

第 44 章

第四關之一：憤怒之宮

異常之黑，比先前任何一條通道都暗。

這是和尚沿著螺旋狀梯階下行時，心中唯一的念頭。石階沿著弧形的牆壁搭建，宛若置身於巨大圓筒之內。每步踏的皆是塵埃，周遭籠罩一片漆黑，且梯階無任何扶手。所以當止聾往下走進這個洞穴的更深處時，他特別小心別靠近階梯的外緣。和尚奇怪寺院如何能在此山腹中構築如此繁複之密室網，卻不見諸文獻。此等工程必定曠日費時，需眾多工匠，且採用非尋常所知之技術。

止聾更往下涉險，又繞了幾圈弧形的牆後，走到一個堅硬又平滑的隆起，有一面鼓那麼大。

他用足尖試探，繼而俯身，雙手探摸以求精確知其大小。自信其地堅固足以負重後，乃踏之進行，又往前摸索；那兒更遠處又有一塊堅硬微彎之突起，繼而又一石。石階已絕，惟見弧壁上一系列參差不齊凸出來的石塊。於幽暗之中，由此石塊小心地渡到另一個石塊，雖危險萬狀，亦非不可行。這正是止聾在做的，直到數分鐘後。

當他再度謹慎地把腳掃出去時，和尚發現前面空無一物。

他吃了一驚，懷疑自己是否走錯了路，或者此梯階工程別有用意，故意於此處打住。他跪下來，摸索腳下石板之邊緣，但看不到也摸不著任何於此深淵可用之物，而且離底部還不知多遠，所以盲目往下跳根本不是選項。他靠著牆，伸一下腰，向上望著這間圓形大殿的頂棚。

一道微弱的金色光暈高高照，淡淡的照亮半時辰前、他面對排山倒海箭矢的那個平台的邊緣。由止聾的位置來看它，其光影宛如月全蝕。止聾推測由那裡到他所站的地方，大約有幾層樓高。他只好再度彎腰，研究他腳下的石板。他的手指輕掠過石頭上若干鑿刻的筆劃，並去探觸其最外緣那個圓形的、幾乎是半球體的邊緣。

他正好站在一個刻有短文之石碑上。他摸著短文上的筆劃。

憤怒為暗，惟智能破之。

一股暗勁彈過他的耳朵，和尚立刻去摸他的耳垂，發現它在滴血——他的耳朵被割傷了。他馬上貼著牆，擺出標準格鬥起手式，然而某物堅韌又輕薄，勾上了他的腳，且把他用力往下拽，拉得和尚摔下石頭，往下面悶燒著的黑暗墜落。

他的腿被下方以死力拉扯，使止聾以雙足向下的姿勢滑離平台向下墜。這一摔並不太深，而且一感覺自己的腳碰到下面平滑的地面，他即蜷身減輕衝擊。當他站起來時，他悄悄地瞥一眼周遭，它仍然一片漆黑。他謹慎地去感覺他腳下的平面，它既厚實又堅硬，大約是被石柱或什麼東西撐著。面對著他前面的空間，和尚知道那個把他拉下來的人就藏在附近。

「現身吧！」止聾說。片刻後，迎接他的是站在他面前一名孤立的銅人，臉旁的一把火炬正靜靜地放出光芒，照亮了部份的他。銅人面戴木質面具，面具嘴角伸出一對獠牙，顯得堅毅而威嚴。銅人抬起雙手，構到背後，解下了在他背後交叉綁著的、由他肩膀伸出來的兩根長東西。

對某些人來說，這是一種混合若干金屬武器的雜種，是構想過於繁複的雜碎，故對它敬謝不敏。但在一名老手手上，這一對被稱為勾劍，又名雙勾或老虎勾的武器，是為劍法最高深的劍客打造。它大約有一條胳臂長，直又薄的刀身上，是利可斷金的單刃。整把武器最不尋常的是它的劍尖，向內彎成一個鉤子，劍如其名。一個半月形的護手與劍柄平行，上面朝外磨利的兩端像一把打開的剪刀。此外這兩把劍的劍柄沒有刀首，代之的是匕首尖。格鬥時，如何活用每一個致命的刀尖是致勝的關鍵。因對手光揣測究竟該防禦這武器的哪個部份就夠他們傷腦筋。勾著的劍尖可撕裂或戳爛敵人，或阻擋任何的進擊——不論是劍、矛或拳腳。劍的利刃是用來對付

敵方的劈砍。它半月形的護手不但可壓制或抵擋近身的攻擊，那一對磨利的尖頭更足以造成敵人一個不好受的切口。如果那還不夠，被這把劍柄柄端的匕首快快戳一下，定可戳個深口子，讓對方見血。

知道是什麼把他拉下來後，止聾立刻側著身子，以減少曝露的面積。與此同時，這個站在深淵中央、一個高塔似的架子上的獠牙面具銅人，舉起他的火炬。

銅人不發一語，把火炬往前拋。

它落在止聾腳前不遠，滾到止聾所在走道靠內側挖鑿的一圈淺槽，引燃了淺淺的一道火。這道火沿著左右兩邊完美的彎道燒過去，直到相接成一個橘紅色的圈，照亮了密室，也照出被排列成一個圓環狀、各式各樣的屍體。和尚頓時大吃一驚，*如來佛啊，這兒怕不有一打人吶*。

然而卻並非如此。和尚眨著眼，才看到這一大堆屍體原來只是雕像，不是人。不像第一間密室的人畜同體，這些雕像並非以人或獸為題材。相反的，這些雕像多臂膀，每臂皆執武器，身子看似有力卻精瘦，且套著一條鬆垮垮的褲子，以毛巾綁就。他們赤裸的上身伸展出六條手臂，頸子上是一個非常顯眼的頭，有四張臉，每一面臉或橫眉豎目或露齒咧嘴。他們的名字是阿修羅，是神祕的半仙一族，本來是希臘神話中大力士的東方版。有些佛教徒把他們歸類於最下層的羅剎（妖魔）等級；其他人指出阿修羅本是墜落的天使，他們退下了他們的榮耀，耽溺於*污穢* [38] 中不可自拔，而變成了魔鬼。

但這兒的阿修羅雕像，卻遠非止聾以前在眾多僧院所見的、那種充滿挑釁、懾人心魄的形象；相反的，他們似乎凝固於痛苦之中。他們舉著手，好似在抵擋看不見的威脅，他們平素筆挺的腰桿，今因痛苦而蜷曲，而他們獠牙的嘴，被扭曲成痛苦的呻吟。此外他們的身體更塗有象徵各種創傷的漆，如流血的雙眼、折斷的四肢、被打碎的下巴等等。止聾也注意到，雖然每尊阿修羅雕像均手持彎刀或木棍，然而其武器或破損或已折斷，可能是要強調他們的對手是如何凶猛，無論敵人是什麼。

火舌舔著雕像的腳，增加了止聾對這個既黑且深密室環境的確認。這個圓環狀平台直徑大約八米，雕像主要安置在圓環內、外緣，全都像是浮在黑

---

[38] 污穢：指的是苦惱。

暗中。他也能看到上面、前一個密室箭襲的箭矢，一堆堆的被匆匆掃到旁邊並推到平台邊緣，以清出一條路；其他箭矢則仍困於在雕像的臂彎或縫隙中。

勾劍銅人堅忍地站在圓環中央，其身形於黑暗與火焰中忽明忽暗。他所高踞的石塔，乃是由諸多在痛苦中扭動、彼此糾纏的阿修羅雕像堆疊而成的。

它幾乎像是佛教世界的恐怖屋。

勾劍銅人插劍入鞘，在他恐怖的石塔頂端的一個石頭蓮花座上坐下來，盤起腿。

「憤怒之宮即是阿修羅的墓地。我等乃五大明王，我們的使命就是要以正義之拳將叛徒們擊潰。」他說。五大明王？止聾終於明白這個勾劍銅人想要模仿的，是哪一位憤怒的神祉。他的獠牙面具，不就是照著矢志不移捍衛佛教智慧——不動明王的臉譜繪製的嗎？銅人向他蓮花座的旁邊打個手勢，幾個躲在雕像圈中的人便現了身。

「止聾，我們對你沒成見，唉呀，但你必須得死。」他說道。

其他三名少林銅人，就是不久前向止聾萬箭齊發的人，從阿修羅雕像後走出來。令人驚訝的是，一人就藏在和尚前面，近得令和尚不舒服，而其他兩人在圓環的左右兩邊。止聾可以看見他們也戴著與五大明王對應的面具，而且他們在圓環上站的位置也代表南、東、與西邊，只有北邊、最後面的位置還空著。他們三人加上在密室中央高塔上的不動明王，止聾簡直不知道他們將如何出擊，畢竟空間有限，大家要怎麼一起打鬥？而且不像不動明王有一對勾劍，其他的銅人似乎還掛著他們方才使用的弓，雖然他們的箭筒大多已沒了箭。

不知該怎麼辦，止聾瞥一眼這個狹窄平台外黑暗的地方，想知道它們是個什麼樣。

不動明王銅人舉起一手，指著後面。

「在我後面是另一個密室的入口。不幸的是，你唯有通過這個平台才能進去。你使出渾身解數吧，雖然那改變不了什麼。」他說，站在他中央的高塔，一邊指著圓環的左右。

止聾點點頭。和尚站在圓環的南邊，所以第一場架該是與站在南方位與他只有一臂之遙的銅人打。止聾深深地吸一口氣，預備好身心再投入戰場，

一邊思索著該如何出手。平台的圓環設計，加上照明又不夠亮，使得在這個狹窄的圓形跑道上跑十分危險。此外他不僅需留意同平台上的三名銅人，更需關注現在暫時在他們中央位置、彷彿築巢的不動明王。

一聲招呼也不打的，南方位的銅人突然跳向止聾，打出一系列快拳。和尚擋了些，但也不免挨了兩記，身上弄了點傷。

另一名銅人由平台東方位跑來加入，匆匆踢出一連串快如閃電的低踢。

止聾也施以反擊，使出他羅漢拳與太祖長拳所有基本退敵招式，但招招都被對手躲過，對方還抓到了和尚的反踢，不帶一點兒差錯地把它撥開。止聾失了平衡，摔倒了。

不動明王咧嘴笑起來。

「止聾和尚，你實在太天真了。此房間內之每一銅人，皆曾為經驗豐富之少林護法。在此處，標準拳路毫無用處，世上沒什麼我們沒練過。」止聾爬著慢慢站起來，知道他們用的是少林寺最深奧的拳法之一，「*看家拳*」。

從一開始，這個名字其實是誤導人的。

最初，看家拳是由少林寺早已有的十三種最精選的短程功夫組成，是一種徒手打擊功夫，只傳授給一小撮護法及師父，以防守寺院被外人入侵。在這方面，它在功能上與少林寺所用的其他武功並無不同，像任何層級的和尚皆可學的羅漢拳與砲拳，也足以捍衛少林寺抵禦任何外來的威脅，通常是土匪或強盜。

然而隨著時日推移，少林護法發現他們偶爾要對付的對象，不僅僅來自寺外，竟然有時來自寺內。看家拳遂被重新檢視且增加了新招。這一次它的目的，其實是在防範少林寺自己的和尚——從而，他們的武藝——逃離到外面的世界。諷刺的是，如此一來這種功夫便著重於如何有效地打擊一名武功高強的對手，包括那些熟悉少林寺核心功夫的人。基於如此用意，看家拳便一代傳一代，僅只傳給最忠心的少林護法。

甚至連方丈福裕都曾對看家拳讚譽有加，他說*任何接受過完整的羅漢拳或洪拳訓練的和尚，應付野蠻、沒練過功的盜匪遊刃有餘，但對一名變節的和尚，我們得感謝我們的看家拳*。

止聾自己做為一名資深武僧，他學的本就比那些見習僧多，但他從沒學過看家拳。即便如此，他非常清楚它們的特質，也知道靠他所知的少林寺基本功，不足以贏。

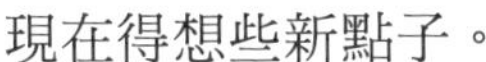

現在得想些新點子。

和尚咬緊牙關，匆匆一瞥他的前面及右邊，那兒的兩名銅人離他最近。和尚轉身便往圓環相反方向跑，直接向位於西邊的銅人去；這個惡人匆匆趕來，急步迎戰。但止聾並沒應戰，反借勢急轉，去抓住一尊正好位於內緣、最近的阿修羅雕像的頸子，借力使自身縱身一躍，並利用握緊的手將自己的身體轉一圈，再迅速落回平台上，且在正趕前來的對手身後。

這種技倆哪一個銅人沒見過。當止聾落腳到圓環道上時，西方位銅人僅只轉個身跑回去，衝上來便打，一腳踢到年輕和尚的腹部。此時，南方位的銅人也衝上來了，只見西方位銅人一膝跪地，快如彈指，南方位銅人跳過他蹲在地上的伙伴，也踢了止聾一腳，讓這可憐的和尚頓時昏頭轉向，身不由己地被推向反方向奔來的最後一個混帳家伙的路上。

當然，這也並非什麼了不起的把戲；東方位的銅人早已轉身，朝與他的伙伴相反的方向跑，直到圓環道把他繞回來，正好堵住了他的獵物。

不甘心被困，止聾硬著頭皮往前衝，肩膀硬朝著那個擋路的敵人撞去，但眼下挨了一記肘擊，皮開肉綻。

溫熱、黏答答的血由和尚的臉滴下，他的頭也昏眩了片刻。他東倒西歪地停下來，勉強靠著一座雕像站穩，望著三名銅人鬼鬼祟祟地接近。*我在少林寺學的每一招一出手就被拆解，而且我也不能用風龍掌，這個平台窄得無法施展；此外，雕像也擋著路*。

密室中央傳來一聲尖銳的*錚*。

格鬥甫一開始便一動不動的不動明王，霍然起立，兩把勾劍出鞘。他手腕一抖，將兩劍勾連在一起，化作一把長雙節武器。伴隨著一聲大喝，他將連結的勾劍水平甩出一道弧線，直取止聾而去。兩劍合一，長度恰巧達到圓環內側邊緣，逼得止聾急忙躍起，避過劍柄端的匕首。和尚落地之際，只見這雙節武器又由相反方向盪回來。止聾見勢不妙，只能挨著圓環外側邊緣飛奔，躲避這兇器的攻擊範圍。

他正好跑到另外三名銅人的路上。

三名惡人像一群狗，對和尚群起而攻，拳拳如雨點般落在他的面頰和胸膛，讓他喘不過氣，身上更添傷痕。過程中，止聾能做的不多，僅能勉力格擋，直至其中一名銅人一掌劈來，將他擊倒，和尚滑行了數米才停住。

止聾第一個念頭就是儘快站起來，但一聲金屬的鏘聲，令在平台上的面具惡人們突然遲疑起來。

原來連結著的勾劍又狠命地掃來，止聾的手肘處立時被劃出一道血痕。他悶哼一聲，仍奮力向前衝去，卻撞上另一名銅人，隨即迎來對方的一記迴旋踢。

止聾只覺後頸寒毛直豎，驀然驚覺此地段並無阿修羅雕像可供依靠。他眼見自己即將墜下平台，落入空蕩的深淵，不免咬緊牙關，*完了*。

但在地心引力工作之前，一條強有力的手臂伸出來，抓住了他。

和尚搖搖擺擺地，懸掛在平台邊。

「我們別讓這事變得太容易。」這個銅人說，踏在那道著火的平台內溝附近，一手扯著止聾的胳臂。灰燼與燃燒著的箭桿嘩喇喇地由平台邊滾下去，照亮了密室的底部，展現出一幅恐怖的景像。

下面大約四米深，火灰照亮了成打晶瑩剔透之錐狀物，宛如自地面長出的玻璃冰槍。這些石筍，每座大約一人高，錯落有致，把下面改造成了一個參差不齊的石矛之海。對於任何一個不幸墜落圓環平台的人，恰是一個自由落體之死亡陷阱。

「我們不能讓你死得那麼早。」銅人說。砰的一聲，止聾被摔回平台上。救他的銅人似乎流露出一抹靜靜的、自以為高人一等的得意，宛如救了一隻正被雨水沖走的螻蟻。

不動明王銅人向平台上的銅人打一個暗號後，一劍指向止聾。

「是時候讓你知道你的功夫與我們之間的天壤之別。」

不動明王拿出一個葫蘆，打開蓋子，將其甩向平台凹槽中搖曳的火光。葫蘆撞到地上，滾著，潑出了水。液體沿著挖出的溝渠奔流，火焰也隨之熄滅，將此屋中唯一的光源一併帶走。止聾覺得大事不妙，望著那圈火緩緩地不見，整間密室再次陷入無邊的混沌與吞噬萬物的黑暗中。

和尚心中大驚，立刻摸索周圍，心知圓環平台兩旁參差錯落的阿修羅雕像可作導航之用。他緊貼著最近的一尊雕像，拼命張望，卻一片漆黑，什麼也看不見。他心中焦慮，暗忖下一擊將從何處襲來。

「你總不能老在那兒當縮頭烏龜。」黑暗中不動明王冷聲道。止聾決意偷偷挪動，他輕手輕腳地往前摸索，盡量不發出聲響。

忽然一隻拳頭自暗處襲來，正中他的面頰，隨即左側不知何處又飛來一記狠踢。止聾重重摔倒在平台上，吐出鮮血。心中驚疑不定，這裡漆黑得如暗夜中的一條河，他們怎能如此準確地攻擊？止聾小心捂住嘴巴，壓制呼吸聲，沿著圓環平台緩步挪動，指尖觸到一尊堅硬光滑的阿修羅像。他匍匐前行，貼身靠近，豎耳傾聽，希望能捕捉任何銅人方位的線索。在這密閉的空間內，腳步聲雖不甚明顯，卻未至於全然消失，只需他在恰當的時機全神貫注，即可探得一二。

一隻鞋非常輕地踏下，由他右邊的平台擦過，顯然是有人刻意隱匿腳步。

止聾迅速往那個方向一躍，平側一腳猛然踢出。

他的腳正中一個人的軀幹，那名銅人被踢得向後撞到一尊雕像。止聾知曉機不可失，隨即躍上，欲再補一拳。然而突如其來的連環拳頭自兩個不同方向襲來，拳拳到肉，擊在他身上，痛楚使他幾乎窒息，強忍劇痛，繼續匍匐爬行，一手捂著嘴，綳緊每一根神經，務必使每一步、每一口呼吸都儘量無聲。

片刻後，止聾的臉及胸膛又挨了幾拳，旋即被狠狠地擊倒於地。止聾踉踉蹌蹌，難以自持，但終於把自己撐在一隻腿上，抓住身旁另一尊雕像，方才穩住。他發著抖，*我弄出太多聲音了，再這樣下去，他們會殺了我*。和尚屏息靜氣，一動也不動，感受這靜寂。

沒人出手。

他緩緩地踏出無聲的一步卻停了下來，覺得腳下有什麼東西被壓碎的觸感。他把這個東西撈起來，見其散落了少許灰燼。

原來是這場格鬥剛開始時，不動明王銅人用來點燃平台上那一圈凹槽火焰的火把。止聾於黑暗中摸索此物，發現其設計甚為簡陋，不過是一段木頭綁以浸油之布。他一時不知該如何利用，停了一下，腦中閃過諸般應用之法。縱然此物作為短棍顯得脆弱，他仍將其緊攥於懷中。

一股隱約的、嗆鼻的味道似乎由木頭中散發出來，伴隨著殘留的餘溫，讓和尚想起剛蒸好的饅頭。

雖然火把的火早已熄滅，但底下尚藏著餘燼，大部分被木頭不甚傳導的性質及那破布掩藏了起來。破布因澆了水而變得軟塌塌，已無法再燃。止聾將其如扯腐皮般剝下，繼而以衣袖的邊裹住另一手掌，輕輕捏碎部份已燒黑的木頭，把他的手指沾得都是煤灰。在木頭的若干裂縫中，隱隱露出微弱的光，顯然那兒還存有一點火種。止聾把木頭剝開，搧兩下灰燼，使它原來黯淡的顏色變成一絲黃，同時還散發出一汪被壓抑的熱。在氧氣的作用下，餘燼亮了些許，溫暖撲上了和尚的臉，雖然它還沒辦法用來照明。

和尚的袖子一片黏答答的，止聾突然記起來，它曾在上面的小房間，被潑了燈油。

和尚咬著袖子，撕了一片下來，綁在斷木之上。須臾間，灰燼重燃，化作杯口大小之火焰。。止聾高興地笑起來。有一根火把雖然讓他更容易被銅人們察覺，但這個交易似乎值得，不管怎樣，在如此情況下，他的眼睛和定位感絕對沒他們好。

立刻，一個銅人便瞄準他給他一腳，將火把踢飛；它滾落到不遠處一尊阿修羅雕像的腳踝間。另一腳接踵而至，把止聾踢得摔到平台邊，撞進一小堆箭矢中。木桿斷裂聲充斥全室；止聾伸手抓了滿把廢箭，然後發狂似地搜尋那仍燃著火的木頭。他一眼就看到了它的光。

它就躺在前面的地上，淡淡照出前面的兩名銅人。一名已逼近，另一名緊隨其後數尺。兩人分從不同方向悄然逼近。止聾與兩個惡人呆了一下；火把在和尚與最近的銅人正中間。

止聾猛然一躍，拼命向前奔去，力圖趕在前方銅人之前搶到火把。然而，後方傳來的腳步聲令他不免回頭，果然，另一名銅人亦從後方緊追而來。

他們又要來兩面夾攻！

止聾一直跑，一手緊握著箭桿。他把他浸了油的衣袖包在箭頭上用力擠。在每隻箭桿上絞出幾滴油。後面追來的銅人已非常逼近，和尚可感覺他的腳步就在自己的腳後跟。和尚加快速度，看到前方的銅人亦如此做。

止聾跑到一半，腰桿一沉，身體貼地滑行，腳在前面，乾淨俐落地撞到正向他接近的銅人的腳踝，且把火炬推到更遠處。

對手被絆倒，騰空越過止聾，重重摔在後面的地上。止聾一分鐘也不浪費地站起來，繼續跑去追火把，它已停在靠近第二名銅人的一尊雕像腳邊。

後面傳來兩聲敏捷的彈跳聲，那名在後面一直緊跟著止聾的銅人跳起來，翻過他倒在地上的伙伴，腳步一拍也不慢。止聾咬牙衝刺，他的心臟因著腎上腺素怦怦作響。他的視線放在那個在雕像下、那個差一點就構得上的強光。

前面那位最後的銅人就站在火把旁，耐心地等他的獵物自投羅網。

止聾似乎已不顧一切，更快地往前橫衝直撞，他的鞋底唰唰地刮在地上。站在他前面的銅人咧嘴笑，*這個傻瓜大概慌了*。戴面具的敵人早有準備，

身子微扭，迴旋踢蓄勢待發，定要把這個笨和尚掃到下面的深淵。

當彼此已至交手範圍，止聾突然改變方向，跨下平台。當銅人的腳刮過他耳旁時，他正好把自己呈斜角的拋下平台。自由落體一開始，止聾就伸出一隻手，抓牢了一個堅硬的、鑿刻的東西：一尊阿修羅雕像的腳。和尚抓緊了它，呈圓弧形往下盪，恰似在枝椏間擺盪的猴子，當他接近火把時，就往上盪。在此過程中，他另一隻手早已伸出，箭頭沾油的箭矢直刺發光的木頭，帶出一束生氣蓬勃的火花。他雙腿左右擺盪，聚集更多離心力，止聾藉此盪得更高，由銅人背後悄然盪出來，而此銅人仍兀自沈吟，以為他的獵物已自行了斷。

倏然轉頭面向止聾的他，炙烈眩目的白光一下子映入眼瞼。

猝不及防又早適應了黑暗，銅人出於本能地緊閉了一下眼後，待欲再行防衛，已是緩不濟急。止聾朝他的腹部踢一腳，當場就放倒了他。

平台上另外兩名銅人伙伴也跑上來，打算就此解決掉這個詭計多端的小和尚。

止聾迅速逃離兩名逼近的追捕者，把好不容易到手的火把舉在前面。他又能看得見了，而且可以全速地跑。

不動明王從他屋子中央那個巢穴笑出聲來。

「正好讓我們看得更清楚，好去抓你。」他說。

止聾渾若未聞，繼續快跑，把注意力放到前面一尊阿修羅雕像。它的每一隻雕刻的手，都完整的具備了手指、皮膚的皺褶，乃至血脈紋理。但最重要的是，有些手指半合著，中間留有細長的縫。當快接近那尊雕像時，止聾由他的光束中抽出一支箭，同時瞄一眼後頭。兩名銅人仍窮追不捨，而第三人也正以驚人的速度復原，唯有不動明王勾劍之致命呼嘯聲尚未響起。事實上，壞蛋老大雖然興致勃勃，但目前尚無意與止聾交鋒。他選擇坐在他的高塔上隔岸觀火。和尚疾步靠近雕像，至適當距離，遂將一支燃燒之箭深深插入其筒狀手掌中，緊緊卡住。待箭牢牢箝入後，止聾猛然用力一掰，將箭桿折斷，僅留短短箭頭於掌中靜燃，如此長度難以拔除。旋即，他再次疾奔至另一尊雕像，依樣畫葫蘆，又將一支箭塞入雕像之手中，接著又去下一尊雕像，如法泡製。

不消片刻，此地已然明亮，止聾再無需瞇眼。當他奔向一尊較高的阿修羅雕像時，匆匆低頭一瞥，見手中尚餘三支箭。止聾躍身半空，揮手如揮鞭，將一支箭直插入雕像半張之喉嚨，推入牙齒間，頓使密室更加明亮。

一名追捕的銅人已趕至，側身一腳猛踢向止聾。和尚手中仍握著兩支燃燒的箭，便舉手擋架，然仍如滾球般，被重摔至一尊雕像上。

從一團揚起的灰塵中，止聾抬眼瞧，一邊咳，眼前的景象觸目驚心。

一支燃著火的箭，穿刺過這個銅人的大腿，由另一邊戳出來。令人驚訝的是，惡徒竟仍蹣跚向前，痛得哼聲不止，尚一邊揮拳。止聾忙矮下身，去抓那根由銅人腿後穿出來的箭頭。猛力一拉，和尚把突出來的箭頭掰斷，並順勢把它與最後的箭都插入銅人的胳臂。

戴面具的惡人在他的面具後哀號，三處穿刺傷讓他出了局。

剩下兩名銅人齊來攻打止聾，肩並肩地拳腳交加，不給他們的獵物任何時間還手。

渾身帶傷又無法思考，止聾再度轉身在平台上跑，雙拳總難敵四掌。

坐在巢中的不動明王銅人耐不住了。猶如突然復甦，他抽出他的兩把勾劍，把它們連在一起，但這一次改採另一種修正版。他不再把兩把劍的尖勾相接，而是把一劍的新月型護手插入另一劍的劍勾。這樣一來，勾子那一端往外伸，而非通常的圓頭匕首。此連體之物再度啪啪作響，飛旋於空中，繞著圓環平台掠過，咻咻地飛過兩名銅人，嗡嗡地朝止聾接近。

一名銅人奔跑著躍起，將自己往劍勾撲，抓著它，猶如攀籐般地盪起來，盪得超過他的獵物，並於前方道路上跳下來。止聾急忙剎住腳步。他此刻夾在兩名銅人中間，無路可逃。不動明王見狀，得意地笑起來，解開雙劍，坐回去他的高塔。

又被圍堵了，止聾擺出格鬥起手式，不知道哪個銅人會先出手。

他們同時由兩邊打來。和尚剛開始還竭力防守，但只要他把注意力由一邊轉到另一邊，就免不了挨打。一名銅人的膝蓋猛頂入止聾腹部，痛得他直不起腰；另一名銅人欺近，揮出一拳，把頭昏眼花的和尚推到更遠的圓環外緣。

止聾氣喘吁吁跌跌撞撞，希望能重新站到一個好位置，卻發現自己離邊邊不過數公分。

他呆住了。

兩名銅人以鉗形包抄，順勢由兩邊同步踢腿，正中和尚胸膛。這兩腿的力道，把止聾乾淨俐落地踢下了平台。

兩名銅人望著他們的獵物被吞噬進地下深處。

但，卻靜得出奇。

大惑不解的兩名銅人走近圓環平台外緣，期待能聽到止聾被插在下面石頭矛尖時痛苦掙扎的聲音，然而既沒哀喊，也沒一個大男人墜落下去的聲音。他們聽到的，是一個他們都沒料到的聲音。

一聲低沈的*錚*，接著是更響的*鏘*。

不動明王突然嚷起來，指著兩名尚在平台邊緣向下窺視的銅人背後。

「在你們後面吶！」

如同鬼魂現身於暗影，止聾活生生自兩名銅人背後之空中顯現。二人調頭稍遲，尚未看清來者，和尚雙足已如閃電般彈出。一足砰然擊中一銅人之面，另一足粗暴踢中其同伴之肩。此二足力道綽綽有餘，二銅人立時乾淨俐落地被踢下平台，墜入地獄。止聾落至平台之時，下方深處傳來皮肉穿透之聲，繼之以恐怖之慘叫。那種煎熬的叫喊，令止聾不寒而慄。

不動明王銅人由他的巢穴中站起來，再也笑不出來，同仁的折損令他震怒。

「賊子！那是納迦的繩鏢！」他說著，亮出一把勾劍。果然，此物正是一條繩鏢，現在緊緊纏在止聾手上，它可不再只是他從第一間密室順手牽羊的紀念品。他的直覺告訴他，此物日後必有大用，今次果然應驗。當他摔落下圓環時，他僅有片刻時間，迅速探手入懷，把繩鏢套上最近的阿修羅雕像。幸運的是，繩鏢的鐵鍊牢牢地套上了雕像的腳，讓和尚得以在平台下像鐘擺般搖擺，把他擺盪到兩名銅人身後。

不動明王銅人暴喊著躍至空中，空翻滾、乾淨俐落地跳到圓環平台上，瞬間欺近，毫無半點失誤。這個敵人立刻撲上來，雙勾劍在胸前交叉，猛然向下劈去，一片刀光劍影。

止聾拼命退，盡力避開此種武器多利刃之攻擊，但很快便疲憊不堪。不動明王銅人怒喊著，一支勾劍垂直揮下，勾住他獵物的手並猛力一拉，把疲倦的和尚拉得倒下來，正好倒向另一把勾劍劍柄匕首的來路。武器在止聾眼前閃著光，逼得他儘量把身子往裡縮，但鋼刃仍劃開了他肋骨的皮肉。竭盡全力好不容易逃過一死，止聾爬在地上，咳喘難以自持，汗水與鮮血滴滴答答。不動明王銅人踢出一腳，把這個累垮了的和尚踢到平台邊。

不動明王銅人奮身一躍，高舉雙刃，就待砍下。

止聾發現自己正在一尊雕像腳旁，而它腳上纏繞了一根鍊子，便意識到它正是不久前他擺盪過的那尊雕像。他把垂下的鍊子抓到手中，在敵人的雙勾扒到地上的同時，他整個身子已經滾下了平台邊。

下墜一小段距離後，鐵環便繃緊了，幾乎將止聾的肩膀扯得脫臼。和尚哼了一聲，吊在黑暗中，望著不動明王銅人由上面不屑地瞧下來。

止聾，爬上來，你就只有死！

止聾瞥一眼下面，卻見上方之光難以透至地下深處，使他無法窺見底部，而且拉力開始令他的手指不堪負荷；他沒辦法再久吊在那兒。

他動一下腳，注意到有什麼東西蹭著他的腳底。和尚輕輕搖擺他的身體，謹慎地把腳伸長，感覺它刮到一個粗糙的錐狀物。止聾小心地放鬆握繩鏢的手，由手掌放掉兩節環節，把自己再放低點兒。從那兒，他能把兩隻腳貼著一個突出來的東西，感覺它的成分，讓他想起了石灰岩。

這個東西當然是朝上伸、龐大的石矛群中一座高一點的石筍。和尚把他雙腳活動的弧度加大，便能察知四周尚有若干石筍存在。高度雖參差不齊，但空間卻正足夠一個大人擠進去。止聾用他的雙腳挾緊最近的一根長刺，縮小搖擺，再滑下繩鏢的幾個環節。每次下降一點，把他的腳沿著多砂的、像樹根般的牆滑下去，直到繩鏢的最後一節。

當他最後一次抬頭看時，和尚看到不動明王銅人舉起一把勾劍，準備把繩鏢砍成兩半。

戴面具的危險人物還來不及砍，止聾已鬆了手。

和尚墜入黑暗中，順著石筍溜下去，手腳磨擦著石筍的粗幹，同時拼命偏著頭，以避開石筍尖銳的筍錐。

第 45 章

第四關之二：別詛咒黑暗，點根蠟燭吧！

在平台邊高高在上的不動明王銅人看到繩鏢變得鬆垮垮，緊接著下面幽深處又傳來碎石般的聲音及低沈的一聲啪。他惱怒得冒火，轉身就走。止聾擠在離圓環平台幾乎兩層樓低的下面，目不轉睛地望著他走開。他最初以為，在全然的黑暗中，擠在若干尖銳的岩石形成物間，可不是個好待的地方，但止聾發現密密麻麻的石筍提供許多掩護，對他有利。唯一的障礙就是行動不能流暢；如同戴著眼罩在遍植樹木的森林中行走，但它的優點似乎大於這個。止聾溜進深坑更黑的角落，艱難地匍匐過更多石筍。繞過大的，爬過小的，儘量悄無聲息。

咚。

整間密室為之晃動。止聾往上看，知道這個震動是由上面來的。

硑。

這次聲音更響，是由平台邊附近傳來。和尚繼續爬，得空便往上瞧一眼，*現在他在幹啥？*

不動明王銅人正忙著創造他自己的解決辦法。他用他起老繭的腳，對著一尊阿修羅雕像的腿連續側踢、將它膝蓋以下踢出長又深的裂痕。他的獠牙面具也隨著這種結實的撞擊震動。他繼續地踢，整個平台天搖地動，落塵如雨，落到下面止聾躲避的石筍群上。雕像的膝蓋終於粉碎，整個上半身移位，與它的基座分離。不動明王銅人獰笑著，以勾劍勾住雕像之臂，猛力一拉，使斷裂之石像軀幹旋轉於空中，猶如橫飛。面具惡人不差毫秒，

縱身躍離平台，蹦上石像，一足踏其胸膛，另一足踩於下腹，與雕像一同墜入深淵。

止聾默不出聲地瞧，看著不動明王銅人的面具往下落。

若干石筍被壓裂了，止聾把自己緊貼坑洞的牆壁，心知敵人就落腳在附近；和尚只能拼命往黑暗深處躲避。

不動明王銅人現在站在尖石堆中，已從雕像上下來了。那個雕像現在倒臥在附近土坑地上，留下一地被壓碎的石筍與碎石。銅人此時心中不再擁有一份周遭環境的地圖，只能完全仰賴自己受過訓之敏銳，在此石頭森林中獵殺其獵物。他攥緊兩把武器，走在尖錐間，如同捕獵之獵人。

密室另一端，止聾擦過一小塊擋路的石頭，他立刻屏息。聲音雖不算大，但此物在地上輕輕一刮，卻清晰可聞。

不動明王銅人迅速採取行動。胳臂運氣，用他的勾劍吊起一段破碎的雕像猛擲，讓它朝著方才磨擦聲來的地方旋轉飛去。

它撞過一堆石筍，粉碎了它們，並留下一列浩劫，離止聾藏身處不過數尺。

不動明王銅人歪著腦袋，對他擲物之路線若有所思。他細心聆聽，又留意被剷平之路上所傳來空氣濃度的變化，卻未察覺異常。吐著怒氣，他伸手入袍中，取出一截樹脂。他將樹脂胡亂塗於附近一石筍之錐頂，接著將雙劍放在上面，兩下一敲，敲出一個火花。

幾乎是立刻，石筍尖冒出一個火苗，因著樹脂，很快成為一個緩慢卻穩當的火，提供著光亮。

不僅如此，不動明王銅人左移數步，旱地拔蔥縱入空中，拿他的勾劍劃大圓，把周圍尖銳的筍錐錐頂都剷平。他再垂直往上跑上一尊最近的石筍，縱身飛上一對他剛剛削平的尖刺，身體晃都不晃。惡人靈巧地又跨上別的削平了的尖刺，眯著眼瞧，直到看到他的獵物。

「你往哪逃！」

不動明王銅人猛撲過來，雙勾劍由上往下劈。止聾閃開，把自己撲到旁邊狹窄的石筍叢中，感覺到一個金屬勾劃過他的下背，不免悶哼一聲。一抹冷笑掛上不動明王銅人的嘴角。瞬間，第二把勾又勾牢了止聾腋下；和尚立刻便被甩到空中，身子不由自主地轉。恢復控制後，止聾空翻幾下，落在被削平的石筍區。他雙足剛立於新削之平頂，不動明王銅人已跳到他前面，像貓咪站在籬笆上那般靈巧。

*咻！*密室內充滿了勾劍的呼嘯。和尚跨到其他石筍上躲避刀鋒，耳中是刺耳的劍音。兩名鬥士縱入空中，快如閃電地出腿，你踹來我踢去。

止聾跳下來，他的腳發麻。

不動明王銅人決定朝和尚的膝蓋下手。

頃刻，止聾的腿便被釜底抽了薪，令他往下墜落。他迅速伸開兩臂，成功地抓到兩根石筍被削平的筍頂，同時另一隻腿撐在一根削平了筍錐的筍柱。這個位置讓止聾相當無奈；一根又小又尖的石筍，正好抵在他身子下面。他倒抽一口氣，繼續懸在那兒，拼死命不讓身體繼續下沉。

一隻腳踩在和尚手上，用力碾磨。

止聾發出呻吟，絕望的汗珠由他的臉側滴下。他看到不動明王銅人站著盯著他，腳跟高高抬起，這一次瞄準的是他的軀幹，就要再踩下來。

止聾奮力一博，將他剩下可自由活動之腿猛然掃出，側擊不動明王銅人，使其撞上一根碩大石筍。止聾分秒必爭地立刻翻起身，跳回土坑地上，卻只見戴面具的惡人又活蹦亂跳毫髮未傷，正掃出來強有力的一腳。

這一腳的力道，把止聾打得撞進若干石筍的筍柱中。和尚站起來，皺一下眉頭；他的膝蓋裂了口。

他再回首覷敵，卻見室內再度暗下來，無法辨其行蹤。

那唯一一根提供亮光的石筍現在倒在地上，因止聾方才承受銅人最後一擊時，把它撞得粉碎。又一次沒了亮光，和尚一動都不敢動，小心翼翼地別弄出什麼聲音。

但不動明王銅人冷笑起來。

雖然他不再有樹脂點火，但他在黑暗中偵察的能力比誰都訓練得多。更重要的是，他現在已搞熟了這個土坑的環境。不動明王銅人有把握止聾前此不曾受過黑暗訓練。他在尖刺間蛇行，兩把勾劍蓄勢待發。

幾米外，止聾伸手摸過一堆堆碎裂的石灰岩，突然驚覺地把手收回來。

一個寬大又套著布的東西擋著他的路──原來是那兩個由上面平台摔下來的銅人之一。此人面朝下躺臥，胸部被一根石筍穿透，已無威脅。止聾的手觸及屍體肩上掛的弓，他把弓拿過來，又爬過死屍，摸索著尖石底部，成功尋得三根由上面箭陣掉下的散箭。

在第二次的黑暗中，這些箭當能解和尚的難。

止聾悄沒聲息地，把三根用過的箭桿一根根夾在他的手指間後才把它們架在弦上。他已經來到環繞這個土坑的土壁；轉身，他把自己貼著它，箭已上弦，被他如鉗子般濕黏黏的手緊緊握住。

一股熟悉的溫暖在他腳踝旁搏動。

和尚立刻彎下腰把這個東西撿起來，發現它竟然是之前被丟掉的那截木頭，現在滾到了平台下。它現在比先前更脆，而且止聾早先戳過它的地方已經少掉了一大截，但最重要的是，木芯之餘溫猶在悶燒。和尚把撕裂了的袖子揪成一團，擠著殘留在衣服中的一丁點油，但什麼都擠不出來。和尚再更死勁地擠一次，總算給他攢了兩滴珍貴的油。

他深深吸口氣，鎮定自己的心，大姆指摸著這截木頭脆弱的外表。

*我若將這些縫隙剝開，可得更多光亮，然如此一來，他（不動明王）便會一眼看到我。若不如此，我絕對無法看見他，況且他遲早總會找到我。*止聾再一次向他面前的黑暗望去，一手握緊裝上了箭的弓，一手拿著剩下的木頭。*若我真能看見他，哪怕只有剎那，且還得留心擋路的諸多尖石頭，我能否以此弓一箭中的？*

和尚張開眼，把最後的油滴在木頭上。

它燃起了一個小火；他慢慢地把起火的那頭壓在地上，以隱藏它示警的光。汗珠由他額頭滴下。

阿彌陀佛。

快如閃電，止聾站起來、甩出手，把這截燃燒的木頭拋過黑漆漆的土坑。

飛轉的火圈像閃電般照亮了一下周遭，近距離掠過由陰影中衝過來的不動明王銅人，瞬間令敵人曝露於光中。

瞄準目標，止聾躍入空中，拉滿架了三根箭的弦。

放箭。

一箭彈到一根石筍，另一箭掠過銅人耳下，劃破他頸子的衣邊。

第三箭，也是最後一箭，穿過敵人鎖骨下方，令他踉蹌後退。不動明王銅人按著傷口，竟未注意幾尺外，一個身影正向他衝來。

黑暗中，一隻腳猛然蹬出。

不動明王銅人完全沒察覺，硬生生受了一腳，往旁飛去，在震驚中，撞到一座特大的石筍，敲裂了他的面具；這個壞蛋呻吟著，仍力圖鎮靜。眼看這個威脅茫然發昏卻在恢復邊緣，止聾便不停手，出手能多重就多重。*把他打倒，要不然他只會起來殺了我*。和尚靠得更近，拳腳交加，每一招都把這個已糊裡糊塗的銅人打得無法招架，讓他更昏頭昏腦。鮮血開始由此惡人的不動明王面具的裂縫中滲出來，不久他便癱在地上，啜泣不止。

止聾旋身一轉，蹲下身來，貼地掃出一記鐵掃帚功的掃踢，將對手掃得躺平。和尚隨即抓住銅人衣領，鐵拳連環捶，打掉了銅人下半邊的面具。

惡人發出最後一聲呻吟便昏了過去，臉上血肉模糊。

在檢查這個倒地的敵人是否仍有呼吸後，止聾咳了幾聲，放下了心，靠在一座石筍上喘氣。

他又活過了另一間密室。

利用從雕像腳下垂下的那一截繩鏢，止聾爬回上面的圓環狀平台。

一到上面，止聾望著在此坑中倒下的銅人們，對他們躬身行禮，也為此役陣亡的人唸了一段經文。

當他向密室的後面走去時，一陣火辣辣的感覺由他的腸胃衝上來。那種令人作嘔酸腐的味道燒灼著他的喉嚨。他跪下來，乾嘔，把胃酸吐在地上。他上氣不接下氣地拚命吐，只想把他口中散不掉的恐怖味道吐光。他知道，這些密室正一步步地在要他的命。

我必須繼續前進。

深深地呼吸，平靜心神，止聾繼續前行，直到路的盡頭。那兒，一扇竹子編的門就在眼前。止聾把門推開，發現自己正瞪著建在屋子後方、另一座倒立的石碑。

更行更深下地獄！寒極凍裂肉，熱極灼傷皮。

靈界之中，死有千百形，最淒之者，無形也。

冰冷如刀，猛然撲上止聾的皮膚，令他不禁打起寒戰，猶如寒冬黑夜來襲。然而這冷意來得突然，去得也快。和尚往旁邊望去，看見一小隔間內放置著一套乾淨的少林寺僧袍。它的後面，是由頂棚懸掛下來的一個吊籃般奇怪的裝置，構造像一個箱子，綁著一系列繩索，像似以前礦坑施工遺留下的物品。隱隱約約在它底下的，是一個大得容得它下降的大洞。和尚探頭細瞧，看見鋪平的地面及若干燈籠放出的溫和光暈。*最起碼我能看得到了*，他想。把他襤褸的衣服脫下換上一套新裝，和尚踏上吊籃，拉著繩子操縱，慢慢降到底下的房間。

第46章 龜甲族飛來的橫禍

「阿——啾——！」皇帝打著噴嚏，將些許滾燙的熱湯噴到賈丞相臉上。在一間擠滿太監、舞姬、廚役、樂師、僕人與侍衛的大廳中，南宋皇帝度宗無精打采地坐在龍椅上，正享受一場奢華的盛宴。今天真是一個不如意的日子，因為只有三打多的珍饈點綴天子的菜單，它們都盛在預熱的盤子上，免得食物變涼。當侍女暫時放下工作上前收拾髒亂時，跪在地上老奸巨猾的老丞相微微地笑，一邊擦著他沾了湯的鬍鬚。

度宗視而不見，作勢要侍女再盛一碗。

「皇上，見您食慾恢復，臣甚慰。」賈似道說，背彎得都快斷了。

度宗抽了抽鼻子，伸手指著他。

「賈丞相，希望你上奏的是吉報。告訴朕，你已找到把喜鳳由那幫色和尚手中接出來的法子。告訴朕，當我們談話之時，她已在上天庇佑下，啟程來她命定之所。」

「臣惶恐，此事誠屬不易。」賈似道嚥著唾液、冒著汗，「皇帝陛下的新嬪妃還得稍候。自從我們橫越北方的消息傳開後，各省駐紮的元軍都提高了警覺。」

一片死寂，唯有侍女用鐵筷分離骨肉時，間歇之輕響。多汁的肉片浮在湯面上，像池塘上聚攏的百合花。

「那孔觀呢？」皇帝問道。

「到目前為止都沒他的消息。恕鄙臣直言，皇帝陛下，我們必須接受他及田侍衛兩人都對傳國璽起了覬覦之心的事實。兩人到最後爭個你死我活一點都不奇怪。」賈似道指的是在雲龍山發生的事。

「所以啊，這件事孔觀也有份，怪不得他後來也跑了。」度宗發著牢騷，握拳捶了一下龍椅的把手。自從皇帝由他那灰頭土臉的河南之行回來後，他便陷入一時的自艾自憐，明顯的沒事動不動發脾氣。回程中經歷之諸多啟人疑竇的事件，使度宗對自己受命於天的信心受到更大打擊。因為不僅命定的傳國璽被奪走，且在他們離開連雲港前夕，孔觀大人竟也不告而別。唯一一個讓日子不至於全然陰沈的，就是喜鳳即將入宮之期待，想不到現在甚至連*那個*似乎也已被殘忍地延了期。

度宗皇帝鐵青著臉；簡直太豈有此理。

更糟的是，他竟然沒辦法抓到罪魁禍首施以嚴懲。那些膽敢觸怒龍顏的，不是冒犯天威嗎？聖意是神聖的，誰能質疑？度宗急於見血，當每一個害他倒霉的背叛者都被一網打盡抓來處斬，方能令他龍心大悅。

也就是說，如果哪一天有辦法把它們抓來算總帳——然而抓一隻烏龜比抓一個人難多了，而且眾所周知，度宗不是一個有耐心的皇上。因此，這位企欲復仇的皇帝陛下往往將他沒發洩的怒氣轉移到他可憐的僕人身上，到目前為止，已有三名僕役因微不足道的小事被軋斷了右手。

還好，賈丞相有幸為度宗寵臣之一，要不然皇帝陛下定能想出另一些新點子，名正言順地再讓一名截肢者亮相。事實上，另一個更緊急的事是，忽必烈的漢蒙軍正緊鑼密鼓地攻打襄陽城最後的防衛，但賈似道可沒打算讓這個消息傳到度宗耳朵。此消息在日後南宋僅餘之短暫歲月中，總是陰魂不散地不斷困擾著宋王朝。然而現在，賈似道還是像個母親一樣掌控一切，同時度宗仍如以往般的漠不關心——如同他們一向的模式。

「她是上天賜給陛下的。要她跟那些臭和尚比鄰而居還真冤枉。皇帝陛下，一株梅樹在沙漠怎能開花？」賈似道說道。

「說得好。」度宗點點頭，「朕一定要得到她。她不會——朕的意思是，她絕對不會拒絕天子之意，不是嗎？」

這個問題讓皇帝罕見的缺乏自信露了底。丞相大人儘管躬著身，仍挑起了一邊眉毛。

「萬歲的聖上，史上沒有陛下想要的女人能拒絕陛下的魅力。這是眾人皆知的。」賈似道說，十足的馬屁精。度宗淡淡地笑，從賈似道之言中再次

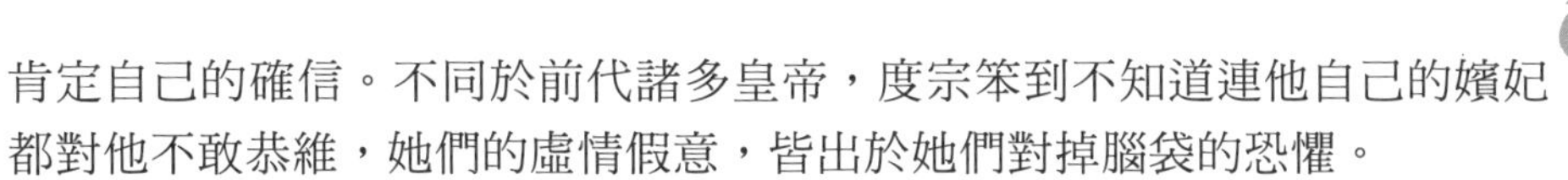

肯定自己的確信。不同於前代諸多皇帝，度宗笨到不知道連他自己的嬪妃都對他不敢恭維，她們的虛情假意，皆出於她們對掉腦袋的恐懼。

「朕知道。」皇帝說。

「臣向您保證，陛下，這名女子及您的國璽是我們最緊要的事。」丞相大人不忘加一句。皇帝點點頭，又喝一口湯，默默地嚼著。

「談到朕的國璽，朕那個小叛徒怎麼了？」他問道。

「陛下的命令已經下達邊界以南的各個供應商。此外，我們在北邊的密探也已滲透了大部分的養龜場，但至今並無任何線索。」

「那表示他們未盡全力。朕會論功行賞的。擬旨！傳令下去！天子懸賞補捉一隻龜，牠的顏色漆黑如暗夜，限期十日，有違皇命者，扒每個密探全家人的皮。」

「陛下請三思，如此一來，將逼得我們在北方的密探叛逃到敵營。他們叛逃易，因他們本來就在忽必烈的疆土上。陛下，我們已盡了全力。臣建議，我們是否就將此事交由上天裁決？」賈丞相提議。度宗不絕口地罵。

「朕已等得一肚子氣，而吃這些東西也無法解朕心頭之恨。復仇應嚐起來可口，更多的開膛破肚！處決！砍頭！剝皮！為什麼朕就只能吃這個小叛徒的家族，而不是親眼看著牠的蹼掌被一一剁下來？」他怒吼著，粗魯地拍一碗滾燙的熱湯。那碗湯飛過大廳，把美味佳肴灑得到處都是。僕役們大氣都不敢出。賈丞相猛地轉身，對著一旁跪著叩頭的侍女們，大動作地招手，命她們著手清理。

「快！再端一碗湯來！你們這些沒用的人渣。」

以創紀錄的速度，一台鑲著金邊的餐車被推到這位陰沈著臉的皇上面前。當另一碗美味的鹹湯由一個滾著開胃泡的大土甕中舀出來時，度宗提不起勁地嘆一口氣。那個土甕中，是由雞爪、海蔘、香菇、冬瓜、金華火腿、干貝慢火熬煮的高湯。它飄出的香味，令在場所有的人飢腸轆轆。最有趣的是，湯面上居然晃蕩著若干龜殼，在一截截斬下的龜掌中載浮載沈。看得出來，在此場合，它似乎是這盅湯裡主要的肉品。鮑魚與魚翅全撇掉了，這在御廚擺出的湯中倒不尋常。當這盅湯熱騰騰地上了桌，皇上不情願地瞪著它油亮亮不透明的湯，又嘆口氣。

這是度宗向龜族展開恐怖復仇的第一步。自從那隻奇怪的黑烏龜把傳國璽圖紙盜走的那天起，任何有殼的東西只要被皇帝看到就會引起他一陣失控

的大發雷霆。對他來說，每一隻活著的烏龜都當格殺勿論，因為牠們與那個竟敢犯下如此潑天大禍的小賊有親戚關係。就連御花園水池中的烏龜亦不能倖免。此外，度宗一到了南宋海岸便立即傳旨，他每天什麼肉都不吃，除了烏龜肉，雖然他也馬上就發現，它的氣味不合他的意。為了讓它更易於下嚥，他命令御廚熬最奢侈、最豐腴的湯，再加上各式各樣其他食材，精心調配，以蓋住烏龜的魚腥味。經過一名廚子因無法勝任而遭閹割後，度宗總算能坐在一盅湯前，而它裡面的龜肉，嚐起來不那麼像它本來的動物了。

侍女輕輕吹著一滿匙湯後，才輕巧地把一匙有營養的肉湯，餵進度宗的喉嚨。

「這個題目太沈悶了。讓我們別……再談這個叛徒。」皇帝說著，把這個話題揮開。「朕要她，而且，她也要朕。當你的軍隊帶回朕的河南美人時，朕命令你安排一個盛大的儀典。嬪妃的身份還不夠，她理當取代*楊淑妃* [39] 的位置。」

「遵命，陛下！臣擔保，那個儀式將令人世代難忘。」

「最好如此。」度宗語帶警告，「朕現在諸事不順。你雖然是朕的國師，但你仍是一個普通人。賈大人，如果你曾肩負朕一半的責任，你會縮得像隻煮熟的蝦子。現在，讓我們討論迎接她慶典的細節吧！來，朕得力的臣子，讓我們共進膳食。」

皇帝向他的僕役微一頷首，他們立刻搬來一張小桌，桌上擺著細磁餐具並插著幾株芙蓉花。一個毛絨絨的座墊權當椅子，而另一名僕人端來一個食盤擺在賈似道面前，上面翠玉大杯中的紅酒，微微發光。

度宗舉起酒杯。

「乾杯！丞相大人。」

「乾杯！皇帝陛下！」賈似道說，大口吞下酒杯中的內容物。

丞相大人似乎嗆到了。

這是什麼？

---

[39] 楊淑妃：宋朝皇帝除了正宮皇后外，還允許有一批妃與嬪。當時一位姓楊的婦女被封為度宗的「淑妃」。

度宗咧著嘴笑，期待丞相即將提出一句謹慎措詞之疑問。但賈似道全身僵硬如同一座冰雕。這所謂的「酒」，既不順滑、又沒酒香、更不暖喉。它嚐起來黏糊糊又冰涼，更帶一絲像金屬的什麼——像鐵。

「皇帝陛下！這個是……血？」

「自從朕最近遭受的背叛，朕的御醫建議朕進些龜血。他說龜血既補身又壯陽。朕自己可沒辦法喝它，所以與其拿它餵豬，朕之睿智認為把它賜予丞相更為適當。愛卿，你的皇上待你可不薄，你認為如何？乾了！」度宗勸著酒，並從他自己的杯子啜了一口酒，那個，不用說，裝的是貨真價實的酒。

賈似道覺得想吐，但沒選擇，只能遵命。他以一生職業生涯所訓練之禮儀，躬身行禮。

「遵命，天子，臣永遠是陛下最忠實的僕人。」他說著，兩手抓著玉杯，不露一絲勉強。他關閉掉所有惱怒的念頭，將杯中液體舉至唇邊，把血液吞得一滴不賸。他那原本稀疏灰白的鬍子，渲染上了一塊淡紅色的污漬。

第47章

第五關：角與蹄的地獄

當吊籃碰到地上時，迎接止聾的地面鋪著類似大理石的斑駁白磚。此房間較之前任何一間令人感覺幽閉恐懼之密室都大得多，大約有三間少林寺大廳並排著那麼大，而且它的頂棚比和尚的頭高了大約五米。四面牆壁向橫延伸，形成一個菱形形狀的大房間，頂棚及旁邊還開了幾個通風口。地上的大理石地面是一大幅褪色的畫像，畫的是天龍八部──在佛教大法中又稱佛教之道憤怒的八大護法神，而頂棚上掛了幾盞沒點亮的、貼著地獄封條的紙燈籠。四面牆壁上繪有巨大的彩色壁畫，畫的是人與動物在佛教其中六個地獄中受酷刑的情景。三種刑罰是各種冰寒刑，另外三種與烈火有關。

止聾把視線移到更遠，看到一座陡梯通往房間後面的角落，朝著一個小平台去。那兒擺著一張桌子，像是什麼權威人士要在那兒演講。樓梯的每一台階都刻了四個字：閻王寶殿。

那兒，泰然自若地站在桌子後的，就是那個黑面具銅人。止聾現在恍然大悟，明白這兇手面具背後所代表的意義。

在佛教的傳說中，閻王或閻羅王，是靈界的黑臉護法神，但他也擔任另一項更可怕的工作。作為一個判官，是他決定脫離了肉身的靈魂的歸依，並常常把那些惡貫滿盈的人丟下其中一個地獄，直待他們滌除了罪孽，方可投胎轉世。止聾立即繃緊全身，雙手捏成憤怒的拳頭，恨透了這個害死了德敬師父的人。一時忘記了自己的疲勞，和尚步下吊籃，走到離閻羅王銅人不到十米處，憤怒地指著他。

「你殺死了德敬師父。你也是佛教徒，怎能殺死像德敬那般正直的人？回答我啊，你這個冷血的魔鬼！」止聾問。閻羅王銅人像是在他的黑面具後獰笑，反而招手示意年輕和尚上前打鬥。止聾覺得他的手勢無禮又冷血。他氣得沒法控制自己的情緒，怒火中燒，只想著該怎樣教訓這個殺人犯。閻羅王向陰影中招手。

喀啷！喀啷！喀啷！

聲音似乎由台階的兩邊傳來，混著輾磨聲、潑濺聲與踩踏聲，好似若干雙靴子正重重踏過被水淹沒的碎石。當地面開始動搖時，兩個異常龐大的身影在燈光下愈來愈大。

兩座笨重的雕像（或原來和尚以為的雕像）像行軍般進入場景。止聾心生畏懼，望著這兩個奴才在他前面不遠止步。他們站起來有一株青壯的樹那麼高。

天吶！好大的巨人。

可不是嘛。止聾站起來身高將近六尺，但跟這兩個龐然大物比起來，僅及其手肘，更遑論其胸膛寬如門扇。確切地說，甚至是這兩個生物龐然身材上的肌肉，都讓止聾相形見絀；他們既壯實又充滿爆發力，宛如船上安放加農砲的砲房。不像其他的銅人，兩名巨人的上身並沒罩袍子，相反的，他們穿著大件棕褐色皮革背心，肩上的吊帶交叉綁在胸前正中的一個環上。他們強壯的長腿，每一根都有少林寺餐廳的條凳那麼粗。他們大腳上穿著的草鞋，有餐盤那麼大。還有他們的臉！他們的面具並沒繪成擬人的神祉，面具上雕刻的表情也無一絲不悅。因為他們是來宣佈一場興高采烈的大屠殺，而非表達憤怒。他們的面具既寬且大又往前凸，很有藝術性地分別畫成一個牛的頭、一個馬的頭。

它們是眾所皆知的牛頭與馬面，是來自地獄的人鬼同體劊子手。根據中國的佛教信仰，它們曾是農場上的動物，被當畜生對待、被利用、被糟蹋，服役一生後，最後還被他們的人類主人殘酷地處理掉，因此這兩種動物以被任命為地獄的鬼卒而欣喜。傳說中，當此兩種快快不樂的動物一下到地獄後，便渴望復仇，於是被賦予似人的身體，以方便執行任務。牛頭馬面因此以逮人及折磨有罪的靈魂為樂，尤其喜歡抓人到閻羅王面前受審。這也恰當地反映到兩個巨人的面具上；馬面裂著嘴卑鄙地笑，而牛頭更是色咪咪的，讓止聾光看著就起雞皮疙瘩。

兩個巨人手搆到背後，解開肩帶後護套裡的東西，如此一來，他們的臂肌便鼓起來。他們拿出兩種碩大的武器到前面。馬面的武器先亮相：他的是

一把巨大的單刃刀，看起來像是一把加大尺碼的切肉刀和大刀的混合體。它的那片刀刃雖重但十分有用，再加上特殊設計的九個中等大小的環，扣上刀刃對邊等數的九個洞，和尚們稱之為九環刀。刀刃本身又寬又大，微微地彎，箝在一個大圓盤形護手上，刀柄很長卻堅固，柄端是一個金屬環。止聾通常看到軍兵或強盜才執這種武器，然如今馬面揮舞的這柄更為巨大，看起來沒一個普通人舉得起來。至於刀面，它本身就大得足以當餐桌使用。

最異乎尋常的，可能是馬面腳邊一塊長方形的冰坑。它佔據了地面上一個特別挖空的地段，看似有兩層樓房深。止聾方才了悟，這個密室必是環繞著一個早被當地人遺棄的冰穴建造的。他不知道那個要用來做甚麼。

另一邊的牛頭，手裡握著兩個大鐵錘。每個大鐵錘就是一根粗鐵棒，一端頂著像西瓜那麼大的鐵球。止聾也曾看過這種武器，雖然尺寸遠不及此。止聾忖度如此大鐵錘可能的重量，結果令他心驚。在少林寺，「雙錘」通常不是一般和尚的首選，因為兩個武器都太笨重，又不好隨身攜帶。不管怎樣，它們摧枯拉朽的能力，在戰場上卻屢試不爽。當士兵欲以蠻力來開路時，這種武器便是他們的首選，因它能把擋路的任何東西擊碎。不如劍的快，亦不及矛的長距離，雙錘卻是一擊便成泥的近距離武器。它們揮出的力道，可把盾牌、武器、肉體砸爛，故而聲名大噪。牛頭鬆了手，讓這兩個雙胞胎武器滑到地上，地面被打得砰的一聲響。這個武器它自己展現出了一個玄機；在它兩個鐵錘靠近鐵把手的地方都有一個開關，而且一個錘頂中間還有一個明顯的凹洞，它像是刻意開的，而不是意外被打壞的結果。

另一錘的錘頂倒十分光滑，看不出一點瑕疵，起碼看起來是這樣。

牛頭活動他粗大且滿布青筋的手指，抓起雙錘的手把，把它們由地上舉起來，恫嚇地比著和尚。

止聾擺出標準格鬥起手式，並審視這兩名巨大的敵人，希望能找出他們的弱點。當和尚繼續瞪著他們碩大的武器時，牛頭與馬面慢慢逼近。止聾決定先攻為上，縱身向前，朝馬面猛攻，捶了一輪拳後迅速擺手退回。

止聾揉著拳頭，瞪著這個反應全無的敵人。

馬面兩手牢握九環刀的刀柄，猛然衝上來，像農夫用鋤頭鋤地一般，大刀猛然朝地上砍。止聾往後跳，當刀刃砍到他前面地上並鑿進地面時，他的頭髮嗖嗖地擺過去。砰！和尚從沒看過一把大刀如此不費吹灰之力地把石頭地面砍出如此一道口子。

牛頭也由後方攻來，止聾低身躲過他的錘子，並乘隙欺近，猛踢反擊。

他覺得好像踢到一塊巨石。

感覺不痛不癢的牛頭，揮起他另一個錘子，畫一個大圓朝和尚的頭頂錘下，希望把它砸成一個爛水果。止聾往旁滾，在它砸到地面時，即時閃過。錘子在如雷聲中，在地面留下網狀的裂縫。

和尚一骰轆站起來，驚於這兩個巨人之超凡力量，心中暗忖他們是否真能被擊敗。他們唯一可能的弱點，就是他們的速度乏善可陳——不過那也似乎沒啥大不了，因為他們似乎不畏痛楚，對大多數落在他們身上的擊打滿不在乎。止聾望著他自已的手，那雙擅長劈磚擊木的手，現在隱隱作痛。他搓了它們幾下，感覺不那麼腫了。

牛頭馬面彼此點個頭，這次他們同時進攻，由牛頭猛揮雙錘領先。止聾左閃右避，當它們由空中重重捶下來時，他即時閃避並躍起，避過致命揮擊，卻沒留神馬面由相反方向偷偷潛進，大刀一揮，九環齊鳴。

冷硬的鋼刀在和尚背後劃了一道，將他砰地推到空中。其力道讓他往台階的方向飛去。他的手臂亂擺，正好落在台階前。止聾急忙摸他自己的背，發現只是一大片挫傷而鬆口氣。馬面現在尚未打算把年輕和尚一劈為二，反而選擇用他大刀的刀脊，把和尚推到台階上。

閻王銅人對兩名巨人比個手勢，命其退回密室兩側他們的位置。他們遵命照辦，拖著草鞋磨地的聲音撤退。止聾往上走，直到樓梯半途，與閻羅王銅人面對面。他發現這個敵人的大小與他相似而寬心，進而希望他的功夫也如此。

我必須留意他的「陽光手」。他暗道。

閻羅王躍過桌子，便往止聾踢。其力道撞到年輕和尚的手臂，把他往後推。下一步，惡人的黑面具已至止聾眼前，連續揮出幾招拳法。砰！咚！止聾一階兩階的往下退，手上不停地與閻羅王過招，腳下不停地退，與此同時，牛頭與馬面則在樓下耐心等候。

在與閻羅王交手時，止聾或封殺或盡力招架，然而仍保持冷靜，因他感覺閻羅王尚未盡全力。*他只在等待一個更大的破綻，我必須先他一步，並採取正確的措施*。止聾暗忖。

閻羅王突然加快節拍，伸出一緊握之拳，唯食指獨伸向外。止聾見狀，急忙橫臂護胸，勉力跟隨閻羅王之速度。

彼時，閻羅王之指尖已變得堅硬如鐵。其臂膀急轉，半途如蛇般側滑，繞來繞去，忽然戳向止聾手腕與姆指間之一穴道。

和尚的整隻手頓時痛不可當，痛楚由手腕蔓延至全臂，防衛頓時遲滯，時間長得足夠讓閻羅王再加上一記背手拳。其衝擊力把止聾打到空中，撞掉一個頂棚上掛著的紙燈籠；人與燈籠雙雙掉到地面。和尚雖然摔到地上，卻未失神志，他跳起來站好，揉著已麻痺的手。

止聾臉上寫滿苦痛，試圖動作手臂，然手似乎不受控制，疼痛愈發劇烈。他咬緊牙關，此時方意識到閻羅王之點穴功絕非僅限於胸膛。他見機行事，全身諸穴，隨手即點，靈活變換。

人體各處，幾乎遍佈數百穴道及經絡，一旦點中，它能造成任何情況，或令肢體疼痛麻木，或使全身暫失功能。和尚皺著眉頭，知道其胳膊上之麻痺，起碼還要數分鐘方能完全消逝。

閻羅王猛吸一口氣，把氣由丹田提上來，並把一隻灌滿氣的拳頭放在胸前。吐著氣，閻羅王由六米外，把拳頭向止聾啟動，逼得和尚立刻向旁閃，卻仍不免感覺到一股看不見卻像鬼魅似的氣由他肩膀擦過。當它通過的那一剎那，和尚感覺到一股炙熱又刺骨的風，與他以前的任何經歷完全不同。

掉落在附近地上、被止聾撞落的燈籠，承受了凌空而來的這個衝擊，搖晃得像一把滾開的茶壺，把壺裡的液體攪成一場風暴。

少頃，射進它的氣爆炸了，炸裂了燈籠，並把它的內容物濺到方圓兩米。止聾聞到了它的味道。

油。

此時，牛頭自觀戰之地步出，行至屋子中央。

巨人將其雙錘拿起來，按壓右手錘柄上之機關，錘子遂起了一連串變化。首先，從錘球頂端卡噠卡噠地滑出一段手指長的打火石，還夾著浸了油的棉芯。在這個過程中，因火石刮過放置它的匣子，而點燃了棉芯。止聾也注意到在棉芯前面，正好有一個漏斗狀噴嘴，它巧妙地藏在錘體內數吋，猛一看還真看不出來。棉芯一旦點著，錘子的前半截居然如切開的橘子般，裂開成四等分，將先前此武器穹頂形的硬殼，往前推出，猶如四片花瓣。這些東西向外面移，就浮在那兒，而棉芯在中央燃著；同時，下半部逐漸變窄的錘也裂成四片，但這次是往裡陷而非往外推。又一聲卡噠，錘子的手把像是往上滑了點兒，其形狀宛若待用之幫浦。

唯獨位於錘子中段的凹洞保持原位。戲法還沒完嘞。

另一把鍾子亦經些許變形。觸動其對應開關後，手柄微轉，底下露出一姆指般大小的小洞，伴隨啪噠聲，各部件歸位待命。

牛頭接著把兩個武器連在一起，呈一個山谷的形狀。他將左錘的手把基部緊箝入右錘圓錐形的凹槽中，把油管與活門對準鎖上，發出喀的一聲。牛頭把這個夯不啷鐺的大雜燴，對著止聾。他手握左錘把手同時將右錘把手往上推，使勁地抽著一個內部泵膜，由噴嘴推出不少可燃的液體。

止聾見火焰如洪水猛獸般湧來，他先低身閃避，然因爆裂燈籠之油已瞬間點燃，將一小片地面熊熊地燃燒起來，他便匆匆往後跳。

鏘！

屋子遠遠的左邊，另一個巨人也忙著他自己的設計。

馬面拖著他的九環刀在冰坑上劃過，把刀拔出來後又再次把刀砸下去，直到他的武器埋入地面半截，隨後他便把它死勁扳起來，挑入空中。止聾不禁駭然。

佛祖啊！

像是揮著矛尖上戳著的野味，馬面高舉起他大刀刀尖上穩穩插著的那塊刀工工整、如門板大的冰塊。馬面舉著它，向後借力、繃緊；再死勁地往前擲，把冰塊甩出來。

冰塊飛過房間，摔下來正好掉在止聾前面的地上，他沒料到冰塊下落得如此迅速，其碎裂之衝撞力驅使大塊冰沿著地板急滑，速度之快，僅需擦過亦足以將年輕和尚撞倒，同時若干小冰塊也乒乒乓乓砸到牆壁。止聾的腳被絆了一下，他簡直不相信它竟能造成如此大的力量；他滾了幾滾，安然落地。若此冰塊直接打到他，他所受的傷害定不堪設想。

不約而同地，一陣灼熱由右邊來。

一道火焰爆發開來，在地上留下一灘灘的燃油。止聾喘著氣，因亢奮而發抖，他再次處於敵人長程武器攻擊範圍之內。馬面與牛頭可以自由地由遠處使用他們遠程的武器，如果止聾決定縮短距離，他們也可改為發揮他們的蠻力。此外閻羅王也毫不遜色，近距離他可用點穴，長距離時，那個已充氣的致命陽光手便能派上用場。

他們像是什麼情況都有一套阻嚇人的法子。

兩個大巨人提著他們特大號的武器，準備再進行另一輪遠程進攻，但閻羅王由樓梯走下來，指示他們暫停。止聾不敢輕敵，深知兩名巨人絕不會對

相較於他們只是一個侏儒的人如此俯首帖耳，除非這個侏儒有他自己獨特的一套。

他們收起他們的架式，改為觀戰，牛頭與馬面讓位給閻羅王通過，還特意把他們的遠程武器準頭移開，以免間接傷了他們的伙伴。止聾握緊拳頭，擺出格鬥姿勢。與閻羅王近距離單挑，表示可以不受巨人們冰與火的攻擊，而且聽起來絕對比同時以一比三打好。

閻羅王衝過來，用他已堅硬的手指尖、有時甚至利用一些指關節，戳來點去。止聾疲於招架，能閃就閃，儘量保護著胸、頸與頭部。所以這些點穴只點上和尚手臂及肩膀若干次要穴道。

這種痛有如觸電。止聾出拳反擊，然而他現在兩手一陣陣麻，打出去的拳頭一拳比一拳慢又拖拖拉拉，閻羅王輕易便可抵擋。有鑒於此，止聾換成踢腿，成功地踢到閻羅王的外臂，該把它傷得不輕。

閻羅王的眼睛在他的黑面具後冷冷放閃，他留了心，再度迎戰，一把便抓住止聾踢來的腳，僵硬的姆指便重重地點上和尚腳踝附近的一個穴道。

熾熱的痛在止聾的腿上流竄，令他不支跌倒。閻羅王抬起一足，準備狠狠地踩下去時，年輕和尚轉動下半身，於地面位置迅踢上去，以腳推敵人足掌，借其之力，在地上滑了一下才撞到牆。年輕和尚痛呼一聲，強忍住手臂及腿部麻木之苦。雖然閻羅王沒朝致命穴位下手，然而止聾的四肢確實需要幾分鐘方可恢復。和尚喘吁吁地又重新站起來，採取守勢。

閻羅王深深吸氣，兩手放在老地方，由一石之遙，陽光手蓄勢待發。

止聾沒辦法即時閃躲，只能旱地拔蔥往上跳起，跳到上面的一列燈籠後，希望它們能幫他擋擋。

閻羅王甫一吐氣便揮拳，飽含內力之拳直推止聾。凌空勁穿透數個燈籠，燈籠破裂後油洒地面，形成一灘灘油漬，使年輕和尚被迫進一步後退。

閻羅王像似十分不樂，決定再次出招。

當閻羅王欺身逼近，滿載內氣的手指欲向止聾胸前數穴點來，止聾望著地面，轉前腳，向外扭，不待閻羅王真的點到，止聾不知怎地，已朝斜角滑出，像在軌道上滑行一般。

和尚採著龍行步，不但躲過閻羅王的攻擊，還適時拍出一掌。劈啪一聲，驚得進攻者身不由已地後退。閻羅王臉上墨黑的面具由中間乾淨俐落地被打裂，滑落至地面，摔成兩半。止聾倒吸一口氣。

一對他非常熟悉的、像老是睜不開的眼睛，由一個大他十五歲的男人臉上瞪回來。這個無精打采且永遠半睡半醒般張口呆笑的表情，完全不符和一名功夫殺手的形像。

「浩平師父！」止聾不敢置信地喊。

浩平只是瞪回來，撲克臉上仍無表情。

「為什麼殺死德敬？他是你的同門！」止聾問道，傷痛欲絕，亟欲找出答案。浩平擺出格鬥架式，挑釁著年輕和尚上前一戰。

「打贏我我就告訴你。」

浩平又攻上來，止聾以龍行步應戰，滑開對方來的攻擊，再以反踹防衛。

然而浩平可不在同樣的地方栽兩次跟頭。漫不在意的師父俐落地擋開止聾的腿，接下來一拳直接把止聾打到牆上，立刻扭轉了形勢。

*你的招式沒用！*浩平暗樂。

止聾靠在牆上一大條裂縫上，聽到德敬的話在他腦中迴響，*風龍掌是特別只為對付雷虎爪而設計的*。

浩平急退，並向暗處招手。

牛頭舉著他那大雜燴的鐵錘噴火器，在止聾腳旁潑下一片油火。和尚為了避開火舌往後退時，反方向一大塊冰由天而降，止聾眼睜睜看著冰塊由他的鼻尖擦過。

牛頭看到一個破口，遂泵浦更多的油到他的火器中，噴更多火焰到地上，把止聾封在一堵吱吱作響的火牆內。

年輕和尚現在被一籠烈焰擋在後面。在火圈內，他必須踏在當墊腳石的兩塊冰上，才能把頭露在火上，準備招架銅人們下一步動作。牛頭往後退。

遠遠地，浩平向馬面點點頭，這個巨人給他一個會心的表情。馬面拖著他的大刀，由冰坑又挖出一塊新冰，把它平放在地上。然後，他連跑帶跳彈起來，躍上冰塊；這個衝力，讓他恰似熱鍋上丟下的一塊豬油，溜過沾了油的地面。將近他的目標時，馬面把他碩大的刀放低，在地上劃出一道口子，減低他接近的速度，鐵器磨擦著石頭地，直到他正好停在火籠前。

止聾看到這個巨人像高塔般矗立在火舌上，九環刀青光一閃，正要穿過火牆，把他開腸破肚。和尚翻滾避開刀勢，於其後數尺之處落下，但猶困於

火牆之中。馬面哼了一聲，刀面一轉，將它直接懸在火上，撐平，恰似一面烤盤。此時，一團古銅色的影子飛起來，穩穩地落在刀刃上。

浩平現在站在大刀刀面上，向止聾望下來，一臂蓄勢待發。

被困在那兒，又沒辦法擋住即將來的淩空內勁，止聾做了他唯一能做的：把手中捂著傷口的小冰塊，孤注一擲卻徒勞無益地拋出去。

浩平另外那隻空著的手揮出來，把這個拋來的東西打歪，讓它往上方去。

喪心病狂的師父手上可不停著，一拳往前轉，旋轉出陽光手，推出一股毀滅性的能量直衝止聾胸膛，由那兒再滲透到他的內臟。和尚立刻便痛得跪在膝上，因敵人這股催枯拉朽的氣正擴散及他的肺、心臟與脊椎。這種最不舒服的痛楚，隨著每個呼吸愈來愈難忍受。止聾把血咳到地上。

由被架高的位置，浩平交叉雙臂與他那兩個動物頭的伙伴一起聚攏來，旁觀止聾的死。

一個滴答的聲音。

懶眼症的師父往旁瞧，看到一個污點，正沿著他的肩膀往下流，沾汙了他古銅色的袍子。原來他方才擋開的碎冰塊，砸破了上面一盞燈籠。

大量的燈油一下子沖破了燈籠已不勝負荷的外緣，一瀉而下，把浩平及馬面的大刀淋個濕透。刀下之火應聲而起，熾熱火舌吻上了刀面。浩平急著跳開，反而滑了一跤，並往環繞著止聾的熊熊熔爐掉下去。

但在他碰到火焰之前，止聾的腿穿過火牆，踢著他，改變了懶眼症師父墜落的方向。浩平不但沒掉入火中，反而毫髮無傷地站在乾燥的地上，全身淌著油。他轉身瞪著這個剛剛救他免於活生生葬身火海的人。

止聾趴在火焰牆邊，因胸膛內的痛楚而大口喘氣，嘴角也不停地滴出血來。方才他奮力一踢，只使得浩平陽光手所造成的傷害加劇。止聾完全使不出勁，再次倒在地上，無力地扭動。

浩平看到近旁有一塊桌面大小的冰塊，便輕輕用腳踢著它，把冰塊滑過密室的地面，直到它溜過環繞止聾的烈焰，滅熄了一個大得足以讓一個人通過的口子。馬面與牛頭舉起他們的武器，準備了結這個年輕和尚。

「大家都別動！」浩平說著，由兩大巨人中間跳過去。懶眼症的師父大步走向前，扭開一大葫蘆的水，把它灑到火裡。當相當的火被撲滅後，浩平走進去，抓著止聾的後頸，瞄準好一個強有力的刀手，隨時可劈下去。

「你笨嗎？幹嘛救我？」浩平問道。

止聾咳著血，冷冷地望著這個銅人。

浩平頓了一下但態度仍十分強硬，「我殺了你最喜愛的師父，如果那還不夠，現在我又來殺你，難道這都不算什麼？」

「沒錯。」止聾大聲說，「自從你殺他那一刻起，我就巴不得你也一命嗚呼。甚至是現在，我還是希望那天死的是你，死的是殺人的兇手。」他看起來非常悲哀，「但現在？今天已經流了這許多的血，我已然厭倦。」

「戰鬥哪能不流血。」浩平往四面一指，說，「難道這是你救我唯一的理由？不想看到更多的血？」

年輕的和尚搖搖頭。

「德敬師父臨終之際，要我發了一個誓，囑咐我絕不能為他報仇。不管你對他做了什麼，他盼望無人因此受害。所以即使我心中何等希望你殞命於火海，我也不能讓此等慘劇發生。」

止聾痛得齜牙咧嘴，感覺浩平陽光手的效果讓他身體愈來愈糟。下面的話他說得很慢。

「你的死不是德敬師父所樂見。」

浩平沒答腔。他吸入滿口的氣並將之導至腹部。懶眼症的師父運勁到他手臂的各條肌肉，抬臂，準備好最後一擊。

止聾閉上眼，知道自己沒違背德敬的遺願而心平氣和。

浩平的刀掌由空中劈下，卻突轉方向，手掌開展，往止聾的上腹部拍去。止聾先是全身打顫，繼而感覺到舒適的溫熱，因為浩平正以一種特殊手法搓揉止聾的背部，疏通他體內逆行之氣，並將年輕和尚自身之氣行復原。當止聾自己的氣再度暢通無阻後，那折磨他橫隔膜的痙攣便隨之消散如潮去。浩平又拍著年輕和尚背後某些穴道，接著飛快地幫他按摩。

「我已經幫你打開了氣結。」浩平說，扶止聾站起來。年輕和尚瞪著老師父的臉，不知這是否又是什麼詭計。浩平的眼中流露出淡淡的尊敬。

止聾一言不發，不敢掉以輕心地走過他，向通往等待他的最後一間密室的樓梯走去。

浩平停下來，陷入沉思：*我前此認為，唯有靠強壯的體魄、耍陰謀詭計、當然還得有一身功夫，方能打敗少林寺銅人。我錯了。謙遜為懷、堅定的*

信念及一顆悲天憫人的心，比一個鋼鐵打造的拳頭更有力。德敬，讓我向你及你的弟子致敬。

喀啷！

馬面與牛頭站在樓梯前，擋住止聾去路，武器在握。

浩平揮著手。

「讓他去下一個密室，這是我的命令！」

但兩名巨人不願讓步。牛頭先攻，揮著雙錘向止聾打來。

「小心！」浩平將止聾一把推開。雙錘威力驚人，像落錘破碎機般，把石頭地打得粉碎，並在地上搗了兩個大洞。在一陣如暴風的石屑中，止聾摔到地上。

止聾非常吃驚，看著浩平，不知道這個奸詐的大師為何又幫了他。

「就算是補償吧！」浩平喃喃說道，拍著年輕和尚的肩膀。

馬面從反方向殺至，大刀往下砍，逼得止聾與浩平翻滾逃開。巨人轉身，把他的刀身扭過來改變它的軌道，刀鋒直指止聾退路。止聾氣得扼腕。

糟糕！我躲得太早了！

大刀離他一寸，停住了。

三股勁氣乘虛而入，命中馬面長手臂上若干穴道，他上半身的行動頓時遲緩下來，身子也開始搖搖晃晃；悶哼一聲，大刀由他手中掉下來。

攻擊他的犯人疾如風似地繞了一圈又一圈，在馬面身上點了更多穴道，好似一窩黃蜂，朝巨人的背、側身及胸前叮。那個人竟然是浩平。

新仇加身，馬面發著抖、動不了又紅了眼，欲朝前此的盟友撲上去卻力不從心。

屋子那頭亦傳來一聲同樣憤怒的大喊。

牛頭被浩平的倒戈氣得怒不可遏，更見兄弟遭逢重創，不禁怒吼一聲，衝向止聾與浩平。巨人將雙錘相接，復啟炎焰功能，噴出最後尚存的油火，把心中的憤怒以一道紅色烈焰噴出。

止聾與浩平聯手撿起丟在地上的九環刀，拉緊環子，去躲在平的刀面後，正好擋住牛頭的武器噴向他們的烈焰。火舌舔上它又往四方紛飛，恰似一朵風中躁狂的紅花。一道道的火喧天價響地朝著金屬片燒去，卻沒辦法燒到躲在後面的兩個人，但刀子卻開始燙得像炒鍋。牛頭往前挺進，火勢愈發不可擋。兩個和尚感覺他們的腳已慢慢地被往後推。

已經無法再擋多久了。浩平乘隙瞄了一眼還在一旁、仍然無法動彈的馬面，再瞥一眼繼續挺進、炎焰機威力全開的牛頭。止聾先是不解，繼而恍然大悟，知道這個詭計多端的師父在打什麼主意。

「浩平，不可！」

浩平不再拼命擋火，他把大刀的角度偏斜了，那麼它便以一個傾斜的角度對著噴進來的火。其結果既冷酷又殘忍。一波波熾熱的火焰掠過已焦黑的刀面，立刻便席捲了馬面全身，以最殘忍的方式，把這個巨人點燃。被火燒著了的巨人慘叫著，笨拙地掙扎了幾下，在痛楚的狂怒下，亂擺著他還能動的部份身體。止聾嚇呆了。

「老天爺吶！」

馬面搖搖欲墜地向前挪動，全身是火，只想把和尚與浩平拖進來，來個火熱的最後擁抱，然而兩人機敏躍開，避過巨人笨重的步伐。止聾心生憐憫，目睹此燃燒的敵人終於不支倒地，成了一座冒煙的小山。

和尚立刻跑過去，忙著滅火，用他的衣服拍火。

「來滅火！快！」他喊著。但一隻手伸過來，拉著他的腰帶。止聾糊塗了，回頭一看，是浩平。

「啊啊啊啊啊啊啊啊！」

牛頭悲痛欲絕地哀嚎起來。

目擊自己兄弟之死，實為不可承受之痛。不把站在自己面前的兩隻害蟲除掉誓不甘休的牛頭，又把炎焰機換成雙錘功能，衝上來。止聾與浩平急忙閃避，看到地上及牆壁被打破了幾個洞；浩平不慎被地面凹凸不平的石塊絆倒，摔了一跤，但他仍扳著九環刀。

牛頭儘全力一揮，錘子往前飛，打到了大刀，鏘聲震耳欲聾。浩平被打到屋子另一邊。大刀雖然被震得厲害，但沒由師父手上掉下來。

牛頭現在把目標轉向止聾，雙錘亂下，留下另一片狼藉。起先，年輕的和尚猶可彎腰低頭閃躲，後來便不免有些小磨擦。即使僅只擦過，其力道亦足以撼動止聾的平衡，他終於仰面倒下去。

巨人怒吼著，像一個伐木工人般挺直起來，舉起他的雙錘向和尚砸下去。

浩平俯衝進來，把九環刀舉在年輕和尚頭上，希望能擋住牛頭武器的衝擊。

止聾喘著氣，抬起雙膝猛踢，死命地推九環刀的刀脊，把它推得往上划，急急地迎向鐵錘。一個尖銳的嘎嘎聲，接著是一個笨重的咚。

兩個鐵球，由其根部被切斷，各自掉落在止聾頭側兩旁。

發現手中所握僅為兩截無用之鐵桿，牛頭立刻把它們一丟，轉而向九環刀撲去，把刀硬由浩平手中扭下來。止聾上前幫忙，被巨人用力一推，拋到老遠。

砰！浩平出手了。他向牛頭的面頰擊去，把巨人的公牛面具打飛到地面另一邊，露出底下那張咬牙切齒的臉，已氣得糊塗了。巨人怒吼起來，開始反擊。

老師父躲過接下來的刀鋒，也乘隙反擊。他輕輕踢出一腳，擦過了敵人的眼睛。嘣！牛頭呻吟起來。止聾在地上目睹他有點兒恍惚地揉著雙眼。

「浩平！點他的穴，快！讓他不能動。」年輕的和尚喊。懶眼症的師父沒答腔，反而去撈起地上一個斷掉的鐵錘。

止聾又喊一聲。

「浩平！」

浩平的表情冷硬如鋼，拿著這個壞掉的鐵錘往牛頭的臉上揮過去，把巨人砸得很慘，發出像玻璃破碎的聲音；如噴泉般的血便由敵人的嘴巴鼻子湧出來。

「住手！」止聾尖叫著，跑上去。

師父將鐵錘丟開，看到巨人手裡還握著大刀。浩平拉住大刀的一個鐵環，握緊，跳到牆上，繞著牛頭飛奔，把刀刃拉成一個大弧。下一刻，浩平跳到地上，刀刃一甩，將它深深嵌入牛頭的頸項。

大吃一驚的牛頭，眼珠子蹦了出來，鮮血亂噴。

他的眼睛逐漸失焦，身子滑向一邊，倒在地上，正好倒在他兄弟焦黑的屍骸旁。浩平如釋重負地吐了一口氣。止聾向屍骸跑去，檢查是否還有生命跡象後，憤怒地瞪了這個師父一眼。

「你何必如此？」

浩平不安地動著，眼睛看別的地方。年輕和尚站起身來。

「他們是你的同志，曾與你並肩作戰，你難道一點兒感覺都沒有？」老師父終於轉身，與年輕和尚面對面。

「止聾，你寧可死的是你嗎？」浩平問。

止聾沒答腔。

「我不要殺人，免得變得像你們一樣。」

「那你永遠打不過我們。威脅愈大，你愈要抓住每一個機會了結他們。你認為我為何殺了德敬。」浩平說。

「該說是因為德敬師父，而不是因為我，你才沒被活活燒死。你沒人性！」

「也就只那麼一次啦。」浩平喃喃地說，開始有點兒不耐煩。他指著倒下的兩個巨人，「每一個敵人想法都不一樣。你的行為一點兒也改變不了他們。如果沒有我，你現在也死了。所以從現在開始，你最好痛下殺手，要不然你將害死我們兩人。」

止聾不讓步：「我永遠也不會那樣。」

「你最好改。」師父警告說，「他……」浩平指著最後一間密室的方向，「……是不會被影響的，你知道我在講誰。」

年輕的和尚轉開，去跪在兩名巨人的屍體中間，「他們死得多麼痛苦。」他握著兩個陣亡巨人尚留餘溫的手，唸了一段經文，看起來悲痛欲絕，情緒上再也無法承受。他厭倦地站起身，臉上沒一絲表情，不知道來了這個新同盟是禍是福。且先不論年輕和尚對浩平冷血的邏輯無法苟同，此外，一想到這個狡詐的師父必須為德敬的死負責，更令他心寒。

浩平也十分惱火，對他來說，年輕和尚的無私精神，立時便證明是戰場上的障礙。

「我們走吧！」止聾說，向樓梯走去。浩平也面無表情地點點頭。當他們爬了幾階台階，年輕和尚突然發起抖來，向前撲倒，拼命喘氣。痛楚遍佈到他全身，如退潮般抽去他身體每個關節的力量，像細菌感染般向他的肌肉擴散，讓他死命地咳、嘴角滴出了血。先前數場激戰的傷勢，現在一同向他索命。浩平抓住止聾僧袍的衣領，把受傷的他提起來，注意到年輕和尚身上無數的挫傷與裂口。

「如果你現在與他交手，你必輸無疑。」浩平說，伸手進他的袍子褶子裡，拿出一個大葫蘆，看似裝著普通清水。

「喝！」他下著令，邊拔開木塞邊把它伸到和尚面前。止聾搖搖頭，不要。

「沒什麼，不過是水。」浩平又說一句，自己喝了一大口，並再次塞給止聾。年輕和尚往裡面的東西瞧了又瞧，慢慢啜了一口。他的眼睛啪地大張，下一刻，他由浩平手中一把把葫蘆搶來，一口氣喝乾了它。

「好些了嗎？」

「吔，我……」止聾的聲音愈來愈小，正感覺到它的功效。它看起來嚐起來確實像普通清水，但聞起來有一股淡淡幽香，像是泡過新摘的花朵，再多喝一口，他感到傷口處的劇痛已大幅減輕。隨著持續飲用，一種療癒之感漫遍全身每個角落，滌盡了痛苦又注射進了新能量。止聾覺得精力充沛，宛如睡了一個長覺醒來。他懷疑這個水中是否加了什麼神祕的精華液。

「看在佛祖面上，你給我的到底是什麼？」和尚問。

「水啊。」浩平答，「就是初祖庵附近一條小溪的溪水，但這個葫蘆讓它變得不一樣。」止聾往空葫蘆裡瞧，看到它內裡漆成亮眼的銀色，而且還刻了一段梵文。

「我們銅人一向都用它……它有一種神奇的能力，誰一喝了它，立刻就補充了元氣而且痛楚不再，但它只管用一時。我們稱它為*甘露*。」浩平解釋。

「你還有多的嗎？」止聾問。老和尚搖搖頭。

「就那麼多。」

「沒關係，總之，我感覺像被重生了一次。」止聾說，「讓我們走……」

他停了一下，有點兒擔心地望著自己的手。他手上的綳帶還在少少地滴著血，而且他這一動，只令他胸前的傷滲出更多的血且稍稍染紅了他的袍子。浩平清一下他的喉嚨。

「我是說它不讓你痛，可沒說它能治你的傷。而且從現在開始，你接著受的任何傷它也不管用。」

「我會記得的。」止聾說。他走上台階，走上放桌子的平台，去找下一個密室的入口，但怎麼也看不出異狀。當他爬上桌子時，年輕和尚感覺到桌下的地面，極為緩慢地下沉，慢到要花好一會兒才降一點點到地板下。後面的牆壁傳來噠啦一聲響，露出兩段前此封閉的部份，像一面雙扇門般正向外打開，一條跟每個密室開始時相似的走道隱隱約約在後面，雖然更為狹窄，但照明卻格外明亮。

兩個人都沒說話，就向前走去。

第48章

獅子旌旗

止聾不敢掉以輕心地走上一條延伸得很長的走廊，像似一段好遠的上坡路，而浩平在前面腳步沉重地慢慢走，似乎不以為意。對年輕和尚來說，這些走廊可能像前此一樣，藏著什麼機關，可以使整件事情草草結束。浩平轉過身來。

「我告訴過你了，這兒沒陷阱啦！」

「除非我完全由此座地下煉獄脫身，我會信你一個字就是傻子，浩平。」止聾望著前面的路說，「而且別靠近我，我可不想跟殺害德敬師父的惡魔走得太近。」

浩平聳聳肩，轉而專心在前領路。他們經過一段走廊，牆上有若干小展示，是畫在牆上的壁畫，但比上一個密室畫在地上的那一幅小。它們的顏色褪得相當嚴重，看起來是幾百年來疏於照管的結果。隨著兩人深入，他們經過更多的藝術品，畫的是軍隊在古老中國各地的山間、平原或河川交戰的景況。其他有的似乎是虛構的場景，畫的是若干中國十二生肖的動物還有一些神獸。

止聾盯著每一幅畫，企欲捕捉每幅畫中的意涵。在這些斑駁又褪色的畫中，和尚走過一幅沾了污斑像一隻貓似的大畫像。初時他未曾深思，但隨即一怔，往後退了數步回去，去摸這個滿是灰塵的壁畫，又小心翼翼地刮去畫上的斑漬，直到霉斑被除掉，露出整面畫像。

牠是一隻中國獅子，是正義力量的象徵，也是公認的體制捍衛者。這幅畫把牠畫得極為東方韻味。身材粗短而非細長精瘦，這隻獅子獅目突出，鬣

毛翻卷，血盆大口中兩根犬牙中間，是一排怪異的平板牙。止聾想知道，本為繁榮昌盛之先驅的獅子，為何被繪於此處。當他的手掃過這幅畫的邊緣時，他察覺到壁畫的一邊拖著若干隆起的皺紋，像是掛在桅桿上的旛旗。

獅子旌旗。

「我已接近出口了。」

「沒錯，但別高興得太早，最後的密室是最難的。」浩平警告他說。止聾惱怒地望著這個少林大師。一滴汗珠由此人的眉毛滾下。年輕和尚滿臉嚴肅地點點頭，一邊又經過一系列年代較新大概只畫了幾十年的壁畫。這些畫像有十六幅之多，每一幅均描繪一位面龐枯槁的印度智者，或在禪定，或與動物嬉戲，或僅舉手作示。止聾立刻知道他們的重要性何在。

「是十八羅漢。」他說，「他們有十八人，正如同……」

「正如同十八銅人。」浩平接腔。年輕和尚覺得可真諷刺，十八羅漢在佛教傳說中以他們的無私著稱。怎能讓基本原則與前者大相徑庭的十八銅人跟他們的數目一致？止聾東張西望，覺得少了什麼。*牆上只有十六幅畫，其他兩幅在哪？*浩平突然停下來，一個同樣類似的倒立的石碑，稍微擋住了前面的路。自始至終，止聾便不斷見到這類石碑。它傳達的訊息是：

爾今進此洞穴，即使最殘暴的野獸亦退避三舍。

終極之試煉迫在眉睫矣。墮落之輩乎！吾等武藝之最致命堡壘，正恭候爾等大駕。今，往前行乎！讓吾等見證爾之覆滅。

止聾開口說話。

「我們還是有勝算的。」他說，試著改變氣氛。浩平沒答腔。

「你聽我說，」止聾繼續說，「我的體力已恢復，而且我們現在有兩個人，總比一人單打獨鬥強，這你可得承認。」

「我恐怕做了一個錯誤的選擇。」師父喃喃自語。

「別讓它嚇著你。我們一起，力量倍增。」止聾加上一句。

浩平沈默片刻。

「止聾，只有你那麼想。我知道他的實力，你在少林寺看到的根本不算一回事。」

止聾不能否認這個老人的話。他們一起走過石碑，直接進入一個像小池塘般大的圓形空地。原來他們正在一個小深坑的底部，上面四層樓高的地方，光線隱隱穿過黑暗透進來。而且他們也都聞到了空氣中不同的味道。這香味與前此那些通道中礦石味較濃且帶著淡淡燭煙的味道大不相同。不，這個氣味有一種獨特的清新，讓人不禁想起嵩山山脈中、混著郁郁蔥蔥青木綠葉的潮濕空氣。

止聾被由他腳底板傳來的震動嚇一跳。他們腳下的地面正開始搖晃，並每隔一下便往上昇一點。不到一分鐘，地面的搖晃不再，此刻他們與最後一間密室處於同一水平面上。

● — — — — — — ●

他們站在一間被鑿成八角形、非常寬敞的大地洞中央。平滑的頂棚垂著一盞吊燈，上面點著許多蠟燭。更遠處，止聾看到牆壁上一段挖空的空間裡，有一方大鼎；由那兒似乎透出一抹幽靈般的藍光。屋子的左右兩邊，擺了兩隻和尚生平從未見過的最大的動物雕像，均由深色的灰色石頭雕成。即使缺乏顏色，兩尊像仍然被擦得光可鑑人，像才上過釉的瓷器般閃閃發光。它們是一隻大老虎和一條龍，是東方世界最強有力的生靈，被安排在彼此對面行走，像似一對執勤的看門狗。兩件藝術品都強勁有力且被過份地誇張，尤其要強調它們鍥而不捨的肌肉、尖爪子的腳掌與長了獠牙的下顎。不僅如此，牠們的頭被轉成一個角度，正惡狠狠地對著由屋子入口進來的任何人。

一陣風的呼嘯，誘人的充滿了樹林窸窸窣窣的聲音，由大鼎壁爐以外的什麼地方傳來，提醒止聾前頭等待著的自由。

喜鳳。

止聾與浩平兩人被迫擺出他們最有力的格鬥架式，慢慢往前走。他們的眼睛須臾不移地盯著坐在大鼎前唯一的一個人。附近地上有一根像短棍般的玩意兒，它由兩個稜紋的球狀物及中間連結的多節手把組成。

此人抓起此物，壓一下把手上的凹槽。

一端蹦出一個三面刃的短刀，頂端合在一起，形成一個單一的刀尖，表示它也算是一把匕首。此人手一揚，把短刀擲向密室側牆，它戳進牆壁時一直晃動。

「金剛橛。」那個人指著匕首說，「一向專為此密室的銅人所用。用它，死得痛快；沒有它，求死不能。」

止聾不退讓。

「我已打敗了你所有的嘍囉。」

「所有的？第一間密室，本該有四個銅人，而你只應付三個。」陰暗的人影往他們兩人走來，大鼎爐火射出的亮光照出他臉龐的剪影，「而在第四間密室，你在黑暗中只對付了四個人，本來應有五個。」

浩平與止聾繃緊全身的肌肉。

逼近的人影，宛如幽靈般突然猛撲而至，緊抓住浩平的袍子，猛然一拽，使得一向面無表情的師父失去平衡。伴隨一聲震天怒吼，攻擊者緊跟著一記猛烈的前踢，力道之強烈，將浩平踢至半空中。就在止聾目瞪口呆的瞬間，一只孔武有力的手往上舉起，讓浩平落下來的身體刺穿在五根手指尖上，造成浩平腹部極大的創傷。攻擊者的手指猛轉，深深挖入浩平掙扎的身體，在肉體被撕裂聲中，鮮血沿著攻擊者的手臂滴落。

面對如此殘暴的攻擊，浩平驚恐至極，他在死亡的邊緣苦苦喘息，試圖扳開那致命的手指，像一隻插在棍子上的青蛙般掙扎。攻擊者冷酷無情，挑釁般地咆哮，隨後將瀕死的師父猛地擲回地面。接著，他一腳狠狠踩下，將屍體踏得血肉模糊。

連浩平身下鋪了石板的地面都震裂了，鮮血四流。

如此的殘暴，讓止聾嚇得發抖，頸後的汗毛直豎。如此攻擊的速度，無疑是銅人中首屈一指的，而他手上的力道，只有前一個密室中的兩個巨人可堪比擬——然而此敵人僅是普通人體型。當這個人跨過浩平的屍體時，年輕和尚看到一個他熟悉的眼神，在一對虎眼中燃燒。

「羅大師父。」止聾喊道。

對和尚來說，眼前之人不僅是他昔日的大師父，亦是最後一名銅人。羅湖走近來，邊走邊活動著他強壯的胳臂，指頭還滴著血。顏色姑且不談，羅湖的衣服上有一名印度智者鎮壓一頭惡虎的圖畫。止聾認出來，這個藝術

品該是走廊上兩幅缺失的掛圖之一。這個羅漢以馴服最野蠻的肉食貓科動物著名。

「你是賓陀羅！」止聾說，「伏虎羅漢。」

「德敬的仇已報。」羅湖說，「沒人插得了手了。」

言畢，魁梧的大師父丟下一個巴掌大的木頭殼子在地上——表明這個外表被雕刻成一個具備人與老虎特徵的雜種臉、正恐怖地張嘴怒吼著的，就是他的面具。羅湖大踏步走向前，把面具粉碎在他腳底下，拋棄了他在少林寺銅人中代表性的地位。

「我為我自己而戰。」他說，「你準備納命來了嗎？止聾？」

第 49 章

最後一役：龍虎亂舞

在大吊燈的強光及龍虎石雕的威嚴注視中，兩位僧人各自擺出戰姿。止聾焦慮地等待，兩臂僵硬地擺在防守式。屋內的張力開始變濃，濃得化不開，讓和尚覺得濕粘粘、冷得打顫、腦袋發昏。他喘著氣，謹慎地盯著老人的一舉一動，感覺到自己胸腔內如雷的心跳。

羅湖處理掉浩平不費吹灰之力，而浩平又能打敗德敬，可見羅湖的功夫非同小可。

直到現在，年輕和尚自以為他對羅湖武功的實力有相當的了解，但在目睹方才發生的殘殺後，他已沒那麼確定。大師父往前走了一步。

砰！

以一個冰寒般的怒視，羅湖將多年來被壓抑的暴戾之氣盡數向其前弟子顯現。他的意圖撲天蓋地，意欲消磨掉年輕和尚的意志。

砰！

止聾咬緊牙關，心跳得更快，望著老人慢慢逼近。簡直像被催眠，眼睛都無法移開。和尚把呼吸放緩，*現在別讓你的恐懼控制你。面對他，全力以赴，如同你一向所為。*

止聾手握成拳，咬著下唇，以他昔日的大師為目標，率先出擊。為了活命，年輕和尚如連珠炮般向羅湖發起猛烈的攻勢，拳腳在老人的臉頰、頸部與身體上肆意揮舞——或看似如此。大師父在止聾的拳頭中游走，止聾的每一擊都感覺不到肉搏的實感。止聾繼續攻擊，運用其在少林寺所學的各種基本功，如羅漢拳與太祖長拳，當然其中也見機聲東擊西以混淆羅湖的判斷，但都沒用。經驗豐富的大師父知道每一個弟子出手的模式，隨意便能改變戰局的律動。他像大人戲耍孩童般，把年輕和尚逗著玩。

止聾猛然撤退，累得喘吁吁，極為氣餒。

太可笑了！我連碰都碰不到他。

「你真的以為你能贏嗎？」羅湖說。止聾咬著牙，再進行第二輪攻擊，鐵拳連環迸發，攻勢比方才更凌厲，但老人還是招招躲過，不可思議地每一次都預測到它們的來勢。年輕和尚氣急敗壞地踢腿，踢到的只有空氣。*到哪兒去了？*那個老人突然由止聾的眼前消失。

感覺旁邊一陣殺氣襲來，止聾往那個方向踢出一個側踢，正中羅湖的腹部，像是扳回一城。但這一腳卻沒發揮作用。年輕和尚驚訝地感覺到幾根強有力的手指握上了他的腳，正用力地捏它，讓他的腳痛到發麻。他大吃一驚，拼命想把腳扳開，但老大師如箍子般的手指正在捏碎它，一陣陣的壓力，令止聾不禁痛到抽氣。

羅湖鬆了手，手臂一甩，就把這隻腿推開，其力道把止聾推得向後滑。年輕和尚大驚失色，開始領教到老大師神祕力量的真境界。

老虎臉師父由鼻孔深深吸氣，把胸部注滿了氣，並將核心的硬氣引至指尖，隨即猛地跺足，發出的震動把房間晃得如地震般。吐著氣，羅湖胳臂上的肌肉與血管脹了起來，比前此更孔武有力。他將雙臂環抱於如波浪般的胸前，手指收收放放後，垂下雙臂，朝他的獵物走來。

止聾渾身繃緊，不知道他下一個攻擊是否就是那惡名昭彰的虎爪功，或任何羅湖在少林寺練就的許多特別武術。這一刻實在難以預測，因為羅湖的特長包羅萬象，他可隨心所欲自由發揮。

*羅湖在某個時刻定會使出雷虎爪，我必須在他之前一步準備好。*止聾邊打邊盯著老大師的兩隻手。

嚓！

好——痛！羅湖的手倏地伸出，夾住止聾的拳頭，那種恐怖的速度遠超過年輕和尚所能理解之範疇。當老人的手指抓到止聾的手時，一種幾乎非人的力道由他的手指傳來。那一瞬間，年輕和尚察覺到一股奪魄的虛弱迅速在他體內蔓延，好似他的精力正被吸空。止聾竭力抗拒體能及意志力兩者陡然的失速，雙膝不支跪下，而他的手仍牢牢被羅湖的掌握鎖住。

大師父往後挪，稍稍一拽，年輕和尚被拉得失去平衡。一隻已運氣成堅硬鐵掌的手，由上往下猛地朝止聾打下去，像一個千斤重物，把年輕和尚打趴在地上，力量大得連地面都龜裂了。

止聾倒臥於地，眼冒金星，感覺自己好像被一塊滾落的巨石擊中。鮮血由他的鼻孔流出來，劇痛遍布四肢百骸。他拼命地站起來、振作起自己，仍不由自主地搖晃。

羅湖鄙夷地望著這個已衰弱的獵物。

止聾咬緊牙關，連番發出混亂無章的拳腳和撕扯。

但羅湖招招都能避開，或利用他爪子般的手，把止聾攻向他的四肢捏捏放放，就像他前此對止聾的腳一樣，其力道大多時都在止聾的皮膚上留下了傷痕。

老大師突然欺近踢腿，止聾雖在千鈞一髮之際將其擋開一半，但其暴發的力道，把年輕和尚彈到了相反方向，撞上牆。止聾垮在地上，抱著他那被打個正著、又痛又麻的手臂，幾欲作嘔。他顫巍巍地站起來。*羅湖跟我方才遇到的巨人雙胞胎一樣強*。這兩記拳打得更痛、傷得更甚，而且比他任何經驗過的更難擋。羅湖隨時可定乾坤，卻故意拖延時間。此外，此密室並無特殊噱頭，沒死亡陷阱、沒特別的武器、也沒壓倒性的人數來說它是一場不公平的格鬥，然而情況卻比先前更嚴峻。

簡單地說，羅湖的武功，無疑超乎先前所遇密室中任何銅人。不論是力道、技巧、速度、經驗或毅力，老師父就是高人一等。而且他那雙爪子手絕對有什麼神祕的能力，能把所有攻擊他的力道吸乾抽淨。

止聾深深地呼吸，現在是採用他最後幾週所練習的武功的時候了。他極力鎮靜，把雙臂舉在胸前，以風龍掌側身的姿勢迎敵。

羅湖看到止聾改變了他的起手式，便格外留了心，知道自己不能太低估年輕和尚的進展。他全神戒備，卻也不免好奇。羅湖召喚這名年輕的挑戰者。*耍出來唄，孬種。讓我看看你學了什麼。看看聖雷與德敬瞞著我的是什麼*。

老大師快如閃電，一隻手爪就向他的獵物揮去。

止聾看到他出手，便也踩著正確的龍行步法，往斜角移出，躲開揮來的一掌並順勢反擊。但是，哎呀！年輕和尚不但沒讓羅湖的手失準，他發現自己的整個身子被猛地擠來撞去，自己的手也由大師父的胳臂彈下來，猶如遭遇一輛疾馳的馬車擦身而過，止聾好不容易才止住了滑。羅湖逼進來，握成爪子的手又再次揮出另一個致命的一擊，其手腕的佛珠碰撞他的胸膛，發出清脆聲響。年輕和尚知道大事不妙，兩臂交叉護住胸，抵擋羅湖的攻擊。

抨！

止聾被打飛到房間另一邊，撞到牆壁。他頭暈目眩地站起來，無暇顧及疼痛，因大師父已逼近。年輕和尚立刻再擺出風龍掌架式，但老大師身形一矮，遽然躍起。對如此一位魁武之輩，羅湖打破了所有迷思，他靈敏彈跳的閃避方式，恰似一隻大型貓科動物由此岩躍至那石。

羅湖身形疾閃，轉瞬即至止聾背後，高抬一腳剁下來，打算踩碎年輕和尚的腦杓，但他的腳只踩到止聾肩膀，將他打得四腳朝天地滑過地板。

「孬種，你的君寶現在在哪呢？」羅湖喊道，惡狠狠地踱步。儘管全力以赴，依循風龍掌打法了，年輕的和尚不知道該怎麼打敗站在他面前的大塊頭。像是每次他們交手，羅湖就更勇壯，而年輕的和尚卻更衰竭。

止聾抹著嘴上的血，思量著。

其實風龍掌看上去較著重於令人難以捉摸的閃躲，而雷虎爪則是以暴力侵入對手的空間，由它主導的角度出擊，憑藉的是勢不可擋的力量，使敵方的反擊失效。此外，風龍掌中的「棉手」，靠的是軟綿綿的動作穿過敵人的攻擊，而羅湖的招式則以完全相反的方式達到相同的效果，用的是其繃緊的肌肉蓄積的張力。止聾知道羅湖對少林寺七十二絕技的鐵掌功及鐵指功下了多少功夫，那兩種武功一定把老師父的手練得超越了耐力的極限。確實，許多弟子經常目睹羅湖擊打裝得密實的布袋，直到袋內的乾豆子被打成灰，接下來再將同一雙手輪流插進鐵鍋中堆到鍋沿的燙碎石。其他時日，這位大師父或僅以手指尖箝起裝著重石頭的大水瓶，或將其練硬的手指戳入樹中，留下無數大洞在每株樹幹上。羅湖從不自我設限，由裝豆子的布袋到裝磚頭的舊毯子；由裝石頭的水瓶到填滿濕泥的酒桶。甚至他用來練習戳手的樹木，也逐漸被大石頭取代。再加上大師父對格鬥敏銳的感受，虎爪功已臻致命等級，遠遠領先少林寺最卓越的功夫。

羅湖已把這套武功練得爐火純青。

但年輕和尚仍固執地遵從德敬的忠告，即使到現在也沒什麼用。大師父瞪著他。

「你真的以為沒一位適當的師父指點，你能練得成風龍掌嗎？」他輕輕地說。

止聾低頭躲過飛來的一腳，並乘機回以一掌痛擊羅湖面門；又來了，年輕和尚打擊的力道竟再一次神祕地被消耗掉，讓他的拳頭比前此更容易由羅湖的手臂彈開。老師父低吼一聲，一腳又把年輕的對頭踢到地上。

「三週？你花一輩子也不夠！」羅湖厲聲說。他們又打起來，你一拳我一腳，只不過每一招都由羅湖得點。他的虎爪每次都深深扒進止聾愈來愈衰弱的身體，濺得地上血跡斑斑。

大師父一臂繞到身後，企圖以較遠距離聚集內力。止聾看到一個破口。

此時正是用風龍掌的好機會。

如雷霆閃電，年輕和尚迅疾出掌，以一雙龍掌迎向大師父之猛攻，其外臂精準無誤地輕抵羅湖之手腕，只是——

羅湖的虎爪扒進了止聾的臉頰，連年輕和尚的牙齒都被震得格格響。

止聾驚駭不已，他的反擊竟被徹底封鎖，身子重重摔倒在地，臉上鮮血在地上拖出一道長痕。他昏昏沉沉地站起來，感覺溫熱由他嘴唇緩緩流下，流到他胸前的繃帶。他的視力一片模糊，他灰心地反覆思考：*為何我打得愈久，風龍掌就愈弱，德敬師父，我到底做錯了什麼？*

羅湖的虎眼流露出被壓抑的殘暴，等著止聾站起來，再給他一擊，把他打趴到地上。*砰！*

「這一直是我們之間的小問題。」羅湖說，揪著止聾的衣領把他提起來，並把他猛地往牆壁擲去。

大師父跳過來，往跌倒的和尚臉上再加一腳，接著說：「你一直自認為自己『出類拔萃』。只有你才會天真到以為可以超越我。你以為不必靠聖雷師父就能無師自通練成風龍掌。而且當你碰到她時，你認為你才適合她，殊不知她一直是我的人！」羅湖拳起虎爪，往他獵物的肚子重重捶了一拳。

止聾往屋子中央滑去。

「羅……」他咳起來。

「你以為我無計可施？我會袖手旁觀地讓你們兩人走？你怎能如此狂妄？」羅湖大喊大叫，兩臂交叉在他碩壯的胸前，大踏步走來。一聲暴吼，老大師側轉身，把他數月來的忿恨直接灌到他飢渴的爪子手上，以致命的力道，由側邊打來。

這一擊，打到年輕和尚前胸，把他傷痕纍纍的身子往屋子另一邊龍雕前頭的路上猛拋。像一顆砲彈撞穿了它，止聾翻滾著痛苦不堪地停下來，雕像的碎片也往牆壁上猛砸。

真掃興，羅湖暗道，站在年輕和尚旁邊盯著他。

止聾發著抖，已沒辦法撐著跪起來。鮮血由他每一吋肌膚流下，他的兩臂外側也痛到不行；喘著氣，他知道自己沒法再撐多久。*羅湖的力道愈攻愈猛*，他暗忖。勝利的線索其實藏在戰場中，縱然並非一目瞭然。止聾望著地上龍雕的碎片，德敬師父的話再次在他腦中迴響：

我們寺院的精髓，就是風龍掌後面的力量。

精髓？此時和尚記起來某件他已忘卻的事。少林寺傳播兩種東西，一樣是武術，另一樣是在它背後推動它的力量，由無生有。拳頭與禪修。一個強壯的身體與一顆純淨、和平、摒除傾軋、憂傷與消極的心。

而現在，止聾與羅湖的心都不在這個境界上。

但止聾看到了包藏在羅湖拳頭中的憤怒。由老大師心靈深處醞釀起來的仇恨、報復、嫉妒與好勇鬥狠，使止聾了解到為何老大師的雷虎爪會愈打愈勇，更重要的是，為何風龍掌沒用。

大師父的手變得僵硬，不再靈活。

止聾低頭俯視，這才驚覺自己雙手也已緊握成一雙顫抖的拳頭。他終於領悟到這場智力拼圖的最後一塊板子。

外表看起來他一直在跟銅人格鬥，但在他的內心，他正在打另一場不同的戰爭。他沒察覺到他自己一直糾結在一種情緒中，而它最終將束縛住風龍掌。

恐懼。

無論是怕被殺還是怕無法再見到喜鳳，自這場格鬥一開始，這恐懼便與時俱增，它滲透至年輕和尚的思維乃至於——他的功夫。只有一個人，被教導如何利用這種負面情緒來添增自己的能量。他正是止聾現在面對著的虎臉敵手。

只要有恐懼及其諸多假面的存在，羅湖便能將其悉數吸收並轉化為其自身的強大能量。任何負面情緒來者不拒，它能讓使雷虎爪的人打得更猛、更

快、更致命。老人不只靠這種氛圍擷取能力，他還讓它們愈滾愈多生生不息。止聾全明白了。*羅湖的憤恨提供他雷虎爪背後的能量。他愈恨，他的功夫就愈強！而我的恐懼也只在幫助他，因為恐懼正是憤怒及仇恨另外的面相。*

止聾深深地呼吸，把雙手放鬆地垂下來，肩膀也垮著。他必須把自己這些負面情緒放空，要不然風龍將成雷虎尖牙下的亡魂。閉上眼睛，眼前一片漆黑，年輕和尚把他的心安靜下來，卸下那些讓他焦慮的煩憂及雜念。

屋子的另一邊，羅湖看到止聾鬆弛下來的姿勢不禁皺起眉頭。他的虎眼眈眈一刻不放鬆。大師父迅速欺身而上，一隻爪子手砰地往止聾打下去。

年輕和尚撞到牆並倒到地上，但隨即跳起來，一瘸一拐的。血珠子由他的嘴角流出來，滴到他破爛的衣服上，但止聾毫不在意；他輕輕地咳，兩手合什，成拜佛手式。

淨空，我必須淨空我的心。

羅湖怒容滿面。

「你還真是德敬的哈巴狗。」他恨聲說，往止聾臉上踢去。年輕和尚被摔進龍雕的碎片中，但仍站起來，還勉力把一隻手彎成拜佛狀。止聾把自己振作起來，眼睛在緊閉的眼皮後顫動，一邊深深地呼吸，一邊默唸著佛經。羅湖撲上來，又出拳擊打。

在閉眼的狀態下，止聾抬起一手，多少抵擋了若干的拳頭，但無法完全擋開；他被擲到屋子另外一邊，飽受傷害的身子承受著三分之二大師父的老拳，是他略有進展的表示。年輕和尚打著哆嗦，流著血。*還不夠*，他暗忖，十分氣餒。*我的思慮沒辦法淨空它自己。是因為我充滿了七情六慾？*

羅湖猛撲而來，虎爪、腳踢如驟雨般朝止聾身上落下。儘管心中惱怒，止聾仍保持雙目緊閉、一手禮佛狀。嘶！年輕和尚的側臉被羅湖的虎爪抓破了深口子，在一邊面頰上留下四道血淋淋的傷口；老大師又伸出另一隻爪子手，撕開了止聾的脖子，差點傷到頸靜脈。

我就要來撕爛你的脖子，羅湖暗道，不在乎地彈掉手上黏著的一小片皮肉。年輕和尚抱著傷，一直咳。虎臉大師意猶未盡，向他的獵物撲去，一手圈上止聾的喉嚨，把他以前的弟子提起來，像待宰的牲畜。

年輕和尚繼續一手禮佛，同時無力地去推開他以前老大師的手。

「願你心中有平安。」止聾喘著氣。羅湖挑起一邊眉毛。

「夠了！」大師父厲聲說，手上加力。眼珠子都快暴出來了，止聾把兩隻手圍上來，試著扳開老人的利爪，但羅湖更加使勁；和尚感覺昏昏沉沉，兩手重重地落下來。

就在失去知覺前的剎那，一個小東西由止聾的衣袖滾下來，剛好落在他手掌半開的手指上。在喘不過氣中，他瞥一眼，看那是什麼。

第 50 章

鳳凰的溫暖與老虎的怒火

止聾把注意力集中在他手掌心的小東西，像是走了神。

小凰。

他幾乎看到了她的臉，正在等待的她。

等著我。

他對她的情感，以及她對他的情意，在他心底深處悠然回蕩。儘管經歷痛苦和各式肉體的折磨，這股情感卻清晰流淌，其光輝猶如日輪般燦爛。這種感覺滲透至止聾體內的每一處，使他沉浸其中，將所有恐懼由他的心靈深處滌濯淨盡。

被打垮了的年輕和尚變得完全沒一絲力氣，他肌肉中的張力正漸漸消散。

羅湖皺起眉頭，糊塗了。認為止聾要不是不想再打，要不就是在裝死。大師父把止聾的身體提得更高。

「你在演哪齣戲啊？」

止聾沒反應。

「孬種！」羅湖大喊。但他的獵物仍然十分鎮定，文靜地微笑，儘管仍在頭頂上晃來晃去。羅湖咬著牙，將年輕和尚頭部朝前地從高處拋向密室遠端的石牆。

一個最驚人的變化發生了。

止聾的身體展開了，那麼無懈可擊的動作，可媲美雜耍人令人嘆為觀止的身體協調；他重新掌控了身體的控制權，在空中轉一圈，雙足穩穩地對準牆壁。

當他的腳指點到了石穴垂直的平面時，止聾把一雙腿彎起來像一對彈簧，吸收了撞擊的力道；他看起來像蹲伏在牆上，一點也不符合地心引力定律。然後，就像它發生時一樣流暢，止聾又彈開來，僅用最少的力氣推動自己穿越空中，快速往羅湖飛回去。

老大師非常吃驚，但並非無力抵抗，他緊盯著在空中遊弋的年輕和尚。曲起他的手指，羅湖強有力的胳臂蓄勢待發，只待止聾自空中返航歸來，以虎爪侍候，知道年輕和尚疾飛的身軀產生的慣性，將使其傷害加倍。羅湖虎吼一聲、爪子外張，跺著腳，把地上震破一大道裂縫。

你能活過這次嗎？孬種。

數毫息的距離外，止聾張開雙眼，看到了羅湖大開殺戒的威脅。年輕和尚反應迅速地伸長雙臂，往前旋轉起來，由左向右，發出嗖嗖的聲音。

羅湖感覺一股力道滴溜溜地繞上他伸出去的手，避開了他的硬爪子，像是它們根本不存在似的。這個行動如此細膩卻渾然天成，幾乎像特異功能。當年輕和尚的手環繞上羅湖的手時，老大師大張著眼兀自不信，並立刻試著將手抽開。但，沒用。止聾的手一直繞著羅湖的手臂轉，像一條魔藤，緊緊地捕捉住老人的胳臂。

羅湖張口結舌，見止聾身影如輪轉之模糊影子，正由空中飛來，而且由手旋轉起來一直到腳。旋轉到一半，年輕和尚急降下來，空翻過去，極其優雅地落在羅湖身後，逃過老大師全力的一擊。止聾的兩隻手臂仍緊緊捲著老大師的手，並利用他翻身的力道，把羅湖的雙手扯過去。

年輕和尚猛吐一口氣，將雙手如畫弧般猛地往下甩。

羅湖發現自己被舉得雙腳離地，而且正由止聾身上飛過去。他短暫地瞥見到年輕和尚臉上的沉著鎮定。大師父被狠狠拋出去，亂撞亂碰，不停地滾，撞到密室頂棚，在一陣石屑中，摔到地上。

死硬的老大師瞪著眼，不願接受剛剛發生的事。

即使遍體鱗傷，止聾不再表現出恐懼或氣餒。他的眉目從容，他的舉止自在。他手中握著的東西閃爍著一道光，就是它使止聾的心一心一意，不容許負面情緒停留太久。羅湖全身僵硬。

一根翠玉髮釵。

自從在太室山與山賊交鋒後，止聾便把它留著做為對喜鳳的回憶，甚至在進入密室時都捨不得分開。他合起雙手，輕輕握著這根小髮釵，感覺到她在他身旁溫柔地微笑，並提醒他他為何在這兒。他由自己破爛的袖子撕下一條布邊，繞著髮釵打個結，接著把布條兩端綁牢，湊合著做成一條項鍊，套在自己脖子上。

羅湖咆哮著，揮著致命的虎爪衝上來開打，意欲這一次就永遠收拾了這個年輕和尚。大師父的憤怒比前此更甚，臉上的表情足令一個最窮凶極惡的人打冷顫，但止聾毫不退縮，兩手擺出風龍掌架式。

老大師的爪子尚未完全伸直，年輕和尚已經流暢地往旁踏出去，把一條前臂轉回來應戰。他的胳臂擦過羅湖鼓起的手臂，把毀滅性的力道轉往別的方向。老大師摔得失去了平衡，踉蹌往前，正好摔往止聾接下來踢腿的方向，由側邊踢到了老人。這是他們打鬥以來的頭一遭。

羅湖怒吼一聲，再次發力攻擊，血從咬緊的牙關間滲出。止聾好整以暇，雙臂輕舒，氣定神閒。

羅湖氣得臉色發紫，朝他前弟子殺過去，又一次伸出虎爪，而止聾一足滑向後方，踩著倒退的龍步。把他自己轉向內，止聾抓著對手的上肢，借助對方的動能，縮緊上半身，扭轉肩膀。年輕和尚把羅湖臉朝前、往牆壁摔去，砰的一聲撞了進去。

「呀——！」

七竅生煙的羅湖跳著站起來，感覺眼下隱隱作痛，什麼又黏又熱的東西沾上他的鬍子。多年來未曾受此屈辱，大師父鼻骨被打斷了，其震驚之情無以言表。他眼後那把火燒得更旺，*是可忍孰不可忍*。羅湖衝上來，動作更猛，而止聾等在那兒，兩臂鬆軟地抬著，讓老大師惡毒的意圖沖刷過去，恰似波濤繞過一塊水中巨石。年輕和尚吐著氣，捏緊喜鳳的髮釵，在羅湖闖入時，只感覺到她的優雅寬厚。止聾毫不費力地還擊打進來的拳頭，以一個平掌推進羅湖的腹部。止聾對付老大師的動作比上次更流暢，但卻未徹底擊敗他。

他們繼續搏鬥了數分鐘。

但情勢已然逆轉，現在佔上風的是止聾，而羅湖老在挨打，只是勝利尚不明顯。

受到連串風龍掌重擊的羅湖，被打得滑向後方後才停下來。他往旁邊吐出一口血，機警地觀察。另一方面，止聾又恢復了理智，不帶一絲恐懼。

雙方又打起來。

老大師的頭猛然向左甩去，又吃了止聾一個龍掌。鮮血由大師父臉上流出來，滴過他寬大的下顎，但他忍著，他的眼睛無聲地燃著火。

「她的命是我的。」羅湖說，「要不是我，她們全家早就死了。那天，即使你或德敬都沒法救她。甚至聖雷師父也束手無策。因為你們的仁慈使你們軟弱。」

止聾指責老人：「沒有慈悲才不對。」

「不對？多年前，是我膽敢擲出那根矛，是我的行動讓她活下來。如果我像你們那般軟趴趴會怎樣？」他怒喊著，聲色俱厲地指著年輕和尚。

「你們要不就是怕弄髒手，要不就是個懦夫。」羅湖滔滔不絕，「自從救了她後，我做了少林寺任何一個和尚都做不到的事。是我窮追不捨，直追到最後一個馬賊，用我的拳頭把他們一個個打爛。」他捏緊了他的拳頭。

「也不過一念之仁，我決定饒一個馬賊一條命……他就是劉弟。我只想看看仁慈到底有什麼好。我讓他到太室山來，條件是他決不可再傷害喜鳳。」聽到此，止聾記起來去年春天喜鳳的遭遇，那個山賊頭頭是如何瞧了她一眼，就逃得像隻脫兔。

幾天後，少林寺的和尚們在路邊發現了他的屍體。他的頭被打爛了，躺著的位置離兩名元軍的屍體不遠。

「所以劉弟就是太室山那些山賊的頭目，就是那個後來屍體被發現……」止聾停住嘴，恍然大悟誰是私刑謀殺的真凶。

「是你殺了他！」

羅湖的臉上只有冷酷。

「他自做自受。」羅湖恨聲道，「我只後悔多年前自己一時心軟。除非趕盡殺絕，殺人犯會一殺再殺。我們的世界確實野蠻又凶殘。」他抬起一隻手，把他沾滿血的手指握成一個拳頭。

「在那種情況下，一個人必須鐵石心腸。」

羅湖突然跳向前，踢出一個迴旋踢，年輕和尚急匆匆以龍掌招架，算是暫時把它擋住；大師父注意到些許不同。止聾的掌法仍無懈可擊，但與方才相比已失了力道，它的作用減少了一半。羅湖的眼睛精光一閃。

果真如我所料。

「讓我告訴你一些你死也不想知道的事，孬種。」老大師輕蔑地說，「銅人一共十八名，而我們現在在最後一間密室，所以你總共看到十五名銅人，包括我。」

止聾沒作聲。

「宜和死了。」羅湖目露兇光，「另一人為德敬所傷，還有一人呢？」。

「這事跟我沒關係。」止聾答。

「有關係的。」羅湖冷冷地加一句，「我派他、最後的一名銅人去抓喜鳳。他現在該已逮到她了。」

聽到這個消息，止聾張大了眼。

看到年輕和尚大驚失色，羅湖欺近來大開殺戒，爪子朝他的目標一直扒，而那個目標手忙腳亂地招架。

招招拖泥帶水。

風龍的掌總是慢個幾分之幾秒，使得它的每個反擊看起來既笨拙又僵硬，與它不久前協調又流暢的動作差之甚遠。它也似乎更耗費止聾的精力，一度輕鬆自如，現在頗費周章。

對止聾的每個反擊愈來愈不覺得疼痛的羅湖，往後一跳，叫停，像是有什麼點子。

「你既容易上當又天真。告訴我，笨蛋，你為何相信我會守承諾？」羅湖說。止聾感覺到恐懼如寒冰般的控制，又漸漸滲回他的意識中。

啪！

年輕和尚往後倒，嘴巴流出血。

羅湖站在他上方，一隻沾著年輕和尚血液的爪子手，因殘餘的張力微微顫抖。止聾站起來，不寒而慄地思索羅湖的話。

「我的人早就去到那兒，在你甚至還沒進來地下就去找她了。她是我一個人的，而你將死在這兒，永遠別想再見到她。」

這些話如晴天霹靂。

「但你曾許諾，如果我選擇格鬥，你會放過我們。」和尚倒吸了一口氣，說。

「你居然會笨到相信我。」羅湖口沫橫飛，「兵不厭詐，你知道嗎？」

他的腦袋因明白整件事的來龍去脈而天旋地轉，止聾的手開始發抖——不是因為痛楚，也不是因為困惑，而是因為憤怒。他像一個笨蛋被人逗著耍，當喜鳳陷入險境時，他居然被騙得選擇這條猶如酷刑般的路。他所在意的全沒用了；他的拼死賣命到頭來是一場空。即使止聾真能打贏最後一關，他也將因傷勢過重而無法保護喜鳳的安全。

事實上，他根本無從得知她是否已受到什麼傷害。

止聾覺得噁心，抬眼去看他的敵人。

咦？不見了。

羅湖冷不防地現身，一隻彎成爪子的手砰地往止聾臉上去；年輕和尚也抬起膝蓋往大師父腹部頂——砰！——被擋開了。戰鬥的旋律迅速往羅湖有利的方向轉回去。他們繼續打鬥，不分軒輊，氣嘘嘘地或又掛些彩。年輕和尚的眼睛現在已失去了它們的沉著，隨著時間推移，他發現老大師的攻擊愈來愈難招架。

止聾閃開另一個虎爪，踢出一腳反擊，但老大師把它撥開。

「你的那個酒鬼朋友、那個騙子大夫、那個妓院的婊子，還有那名南方的武術家。我都知道。」羅湖咆哮起來，臉色陰沈。

「什麼？」止聾哼一聲，非常生氣，「他們跟這件事有什麼關係。」

「他們選擇幫你。你們全部都在把她由我身邊帶走。」老大師怒吼道。

「她不愛你啊。」

「她得學！」

「如果不呢？」止聾接著問。羅湖舉起一個拳頭。

「那她也得死。如果我得不到她，那誰也別想。」

憤怒在他血管中澎湃，止聾氣得失去理智衝上去。他前此的沈著在老大師的言語下破功，就如此不加思索地撲向虎臉大師。如此正中了羅湖的下懷。止聾的拳腳招招被封；羅湖插進來，爪子手朝年輕和尚的下巴掃過去。

鉟！

止聾頸子上那條綁著喜鳳髮釵臨時湊合的項圈掉了下來。*不好*。翠玉飾物玎玲玲地掉在地上，止聾彎身去追，卻搆不太到。

他的手還來不及握上它，另一隻孔武有力長滿老繭的手突然伸進來，把年輕和尚的手臂扯開，令他踉蹌。羅湖扯得猛烈，同時一記有力的上鉤拳打到止聾腹部，把他打飛到空中。轉瞬間，年輕的和尚便往下掉，他的眼睛愈睜愈大，猛然意識到自己犯下多致命的錯誤。

喜鳳！

羅湖像隻野獸般怒吼著，把一隻變硬的爪子推進止聾毫無遮掩的側胸，連帶數個月的憤懣，一股腦兒往年輕的和尚戳。其結果可謂萬劫不復：一聲鈍響，止聾被摔到房子那頭，其暴力的程度，令撐到此時所受的任何打擊都相形遜色。一摔到地上，年輕和尚本能地抓住他的側胸，感受到內部仿若被粉碎的劇痛。太可怕了，他的胸膛如同遭受巨錘正面猛擊，駭人聽聞的痛楚隨著每一口呼吸潮起潮落。繼而，一種搔癢、黏稠的感覺在他一邊的肺臟裡橫衝直撞，讓止聾不由得大聲喘息，同時他的側胸也滲出血來。當他咳嗽時，他忍不住抽搐，嘴巴冒出一堆噁心的粉紅色泡沫。止聾揪著他的側胸，不支跪倒，弓著背，連呼吸都難以均勻，因為每一口呼吸都變得愈來愈折磨人；他已瀕臨昏厥邊緣。

近旁的虎臉大師大聲吐著氣，把變硬的氣由滴著受害人血液的兩隻爪子手釋放出來。

「我可是警告過你的。」

第 51 章

龍的尖牙，來自於天

止聾掙扎著想站起來，但怎麼都辦不到。他的身體立刻又回到蜷縮的姿勢。他能做的，只是如何對抗劇烈的痛。呼吸變成不可承受之痛，但他卻不得不愈吸愈快。他搖搖晃晃又歪歪倒倒，其實他對痛楚並不陌生，*我到底在少林寺受過多少傷？骨折*、*脫臼*、*箭傷*。但這個比其他任何的都嚴重。說它是痛未免太豈有此理；它已遠遠超出了痛楚的定義。

*啪！*一隻虎爪由上面落下來，就地把年輕和尚打平，無情地令他痛上加痛。

「方才說逮到喜鳳是騙你的，要分你的心還真容易。」羅湖冷冷地說，站在近旁盯著止聾蜷起的身子。老人的臉惡毒又無情，對準止聾的胸部便是一腳；年輕和尚僅能抬起一隻彎曲的腿招架，讓它承受這一擊。隨著一聲悶響的，是隱隱作痛。止聾試著動腿，發現它已經斷了。

羅湖撲上來，爪子往下扒，止聾舉一臂頑抗。羅湖割肉般的爪子與止聾的手掌相擊，揚起一陣灰塵。撞擊力把年輕和尚推過地面，停下來時，喜鳳的翠玉髮釵就在眼前。

止聾一邊哼著，去拿它。

老大師滑過去，超過倒地的和尚，恰停在髮釵旁邊，叫囂著要止聾跑快點。年輕和尚摸到了它，正把他的手指圈上髮釵的一根尖叉。

乒！

羅湖的腳向髮釵跺下去，把它粉碎成奶綠色碎屑。止聾緊閉雙眼，不忍目睹。

「她是我的！」他咆哮著，往止聾臉上踢。鮮血由倒在地上的和尚嘴中湧出來。止聾咳著、跛著腳又站直起來，擺出一個最老套的防守姿勢，就是單腳站立，一手揪著胸膛受傷之處。

羅湖又一次主導戰局。

虎臉師父怒吼著，憤怒如狂風暴雨般釋放出來。虎爪往止聾已遍體鱗傷的身體抓去，造出無數傷口。*呼！碰！嗆！*每打一下，汗珠與鮮血齊噴，令年輕和尚胸部的疼痛雪上加霜。

他搖搖晃晃地、呼吸發出喘鳴，眼睛快失神又吐著血。

老大師怒目圓睜。*是時候該了結他了。*

止聾的腿發軟，僅僅試圖站立便需竭盡全力；下一個虎爪打上來，戰局絕對嘎然而止。

兩方鬥士最後一次擺好架式。

迫不及待要痛下殺手的羅湖，把硬氣導入虎爪的手，使它變得像石頭一般硬，知道勝利在望。

鮮血淋漓的止聾，靠一腿平衡，一臂虛弱地伸出來。

當老大師父衝過來打算先馳得點時，他卸下了些許防衛，因他確信止聾絕無還手之力——確實，鑑於止聾當前的創傷又斷了一條腿，風龍掌當無用武之地。

幾近暈厥的止聾痛得齜牙咧嘴，知道接下來的一擊絕無生還之理，尤其是他沒剩下絲毫能量。他的眉頭一下子抬了起來。

能量？

君寶。君寶總是談到如何儘可能省力……如何借助敵人的力氣。但該怎麼做？

別把你自己繃緊，止聾。讓你的對手打，他要幹嘛就讓他幹嘛。與他的能量一起往後滾——就像他除了空氣什麼都沒揮到。當他步履不穩又門戶洞開時，借力使力打回去。

直到現在，止聾所使的風龍掌與君寶的邏輯相似，但在如何分散對手的打擊方面卻有所不同。風龍掌是在行動間消耗敵人拳腳之力，君寶的方法像是吸收它們，待自身後退或側移之際，藉勢迴轉——「借力使力打回去」。

止聾那位聰明師兄的話，終於讓止聾恍然大悟。

跟他的能量一起往後滾……借力使力打回去。

和尚第二次放鬆他的四肢，把他沒受傷的手舉到前面，半開著每根手指頭攔擊。

羅湖向他衝去，一隻虎爪由空中劃下來。

止聾堅定地站著。

爪子撕進止聾抵擋的手，讓皮膚感受到火辣辣的痛。當老大師的手臂繼續往前時，止聾防守的手臂往外轉，利用羅湖打擊的速度，年輕和尚就地轉起來，在老大師的手臂上輕輕彈一下，並旋回一圈。握手成拳，止聾再晃開，對著羅湖毫無遮攔的頭側，推出一個背拳。

朝大師父砍的拳頭，因加上旋轉力道而更強。

碰！

止聾的每個指節都咯咯響，重重地打在對方的皮膚與骨頭上。

一個對準羅湖耳朵上方的重擊，該會衝擊到他的腦子，也就是說，如果不失手，可把他打昏。

但卻不是這樣。

在最後千鈞一髮之際，大師父抬起另一隻胳臂檔架。年輕和尚的背拳便徒勞無功地打到那隻堅硬的前臂。

止聾的心臟幾乎停止了。

羅湖看穿了我這最後一擊。

「現在，」老大師說，「納命來！」老人就要出手，但晃了一下。

羅湖緊張起來，感覺有什麼不對勁。他吸一口氣，又試，仍不能動。他臉上閃過一絲不解。他的末梢神經突然覺得遲鈍，像是行走在泥沼中。他呼呼地哼，覺得四肢如同綁了鉛錘。

鮮血由老大師頭側流下，讓老大師警覺到那附近哪兒有些微的刺痛，並且逐漸加劇成一道觸電的感覺，往下燒到肩膀、脊椎與腿。慢慢，而且非常艱難地，羅湖抬起一隻手，到處摸，看是什麼東西戳到他臉旁，但只能抬一半，直到他的胳臂也僵成一個不稱手的姿勢。大師父拚命用力，連腳後跟都晃起來，終於倒在地上。他凶巴巴地瞪止聾一眼。

「孬種！你做了什麼？」他口沫橫飛地喊，眼睛飛快一瞥止聾已不再握拳且呈放鬆狀態的手。年輕和尚在斷續的咳嗽聲中解釋。

「我瞄準你的*風池穴*[40]，羅湖，不會要你的命。」聽他這麼說，羅湖就他視力所及極力往旁看。看到他的右耳下方戳出一條細長又參差不齊的尖頭，奶綠色，不比一根牙籤大。那是喜鳳髮釵的一根叉子，被止聾由地上搶走並捏在手指中藏著。羅湖現在明白了；在他擋住止聾的背拳時，正好造成一個機會讓年輕和尚適時轉近，近得足以讓他把髮針彈到那一個要緊的穴道。

這種急中生智竟真能一擊中的，讓大師父極為震怒。他拼命掙扎，虎臉扭曲成一副要吃人的樣子。

「我會殺了你！我會殺了你！」

年輕和尚非常悲哀地望著他以前的師父。

「羅大師父……」

羅湖紅著眼，瞪著他。

「我不想以牙還牙。」止聾說，揪著他受傷的胸，「我希望總有一天你能原諒我，也原諒喜鳳。」年輕和尚歪歪倒倒地跪在羅湖身旁，單手成禮佛狀。

「感謝你在那一天救了喜鳳與她全家。阿彌陀佛。」止聾說著，躬身致謝。

老大師非常吃驚，他沒料到在那種情況下，會聽到這樣的話。

言畢，止聾站起來，轉身，一瘸一瘸地往屋子後的圓鼎走去。他氣喘吁吁地護著他破碎的側胸，每一吋肌膚都鮮血直淌。當止聾拖著他自己往前走時，舊的痛楚開始由他身體的各個角落漸漸回來，表示甘露的神效已近尾聲。前此在各個密室中所受的各種傷害一起反撲回來。止聾渾身顫抖，幾乎倒下，幸好及時把持住。一邊與疼痛博鬥，他告訴自己，*只要再一會兒就好*。

圓鼎放在一個挖空的牆壁中的壁爐裡。大約有一個酒桶大，裝滿著燒熱的炭。它是一個三足鼎，並有兩根奇怪的手把。普通的鼎，左右各有一隻簡

---

[40] 風池穴：Gallbladder（GB）20.

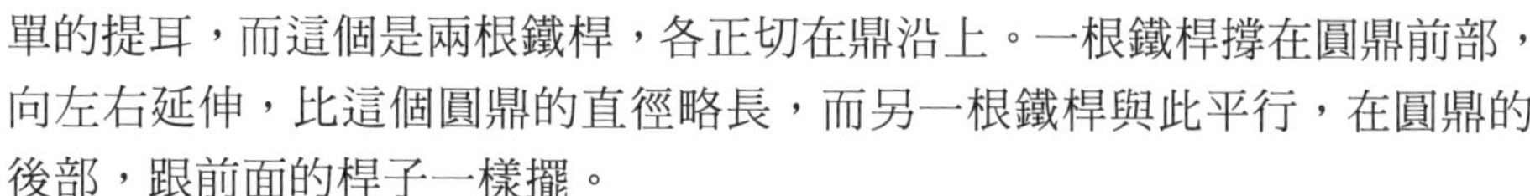

單的提耳，而這個是兩根鐵桿，各正切在鼎沿上。一根鐵桿撐在圓鼎前部，向左右延伸，比這個圓鼎的直徑略長，而另一根鐵桿與此平行，在圓鼎的後部，跟前面的桿子一樣擺。

但後面那根卻是唯一被裹在絕緣物裡的鐵桿。要把整座鼎抬起來，止聾必須伸出兩臂進入壁爐的空間，抓牢後面鐵桿的兩端，這樣，前面鐵桿的兩端將緊緊地壓在他的前臂上。

圓鼎的其他部份，不論是鼎身或鼎足，都被裡面熊熊炭火燒得滾燙。

仔細瞧著圓鼎前桿的兩端，和尚看到頂端其實是以兩片半圓形的金屬板收尾，其直徑約莫普通杯底大小。兩片金屬板均面朝下，正好置於由壁爐頂端兩個洞射下來的兩道光柱下。奇怪的是，這兩束光散發出某種強烈的能量，像是充滿靜電的空氣。他伸出一隻手，感覺兩束光中微微的溫暖。

止聾深吸一口氣，伸出兩手繞過圓鼎側邊，直到指尖捲上了手把。把他的前臂放在前面的金屬板下，止聾用力抓緊，把圓鼎往上抬。

一陣嘶嘶聲，兩片前面的金屬板壓進了他的皮膚，往他的前臂推下去。止聾感覺它燙得像烙鐵，但卻注意到此種感覺中明顯的冰冷多於炙燙。圓鼎搖搖晃晃的，嘶嘶聲愈來愈大，金屬板下冒出蒸氣。一種冰凍的感覺，由他前臂的皮膚，脈衝進他的肌肉與骨骼。和尚跨出壁爐，把圓鼎放在地上。

他的兩隻前臂，現在各被烙上了一個半圓形的圖騰。

遠處傳來一聲巨響，小屋後面的牆壁開始往地下沈，迎入更多山間清新的空氣。當河南灰白色的天空也闖進來時，止聾看到的是一片歡迎他的景色，地獄歸來的自由就在眼前。

止聾瘸著一足向它走去，舉步維艱。

走到半途，他不支倒下，上氣不接下氣又咳著血。他在少林寺六個密室受的每一個傷，像撕裂般地通過他的感官，形成一波波無法想像的痛楚，正在奪走他僅存的力量。

喜鳳！

嘴巴汩汩地流出什麼，他抱著被重擊變形的側胸，勉力前進，在他身後留下一道觸目驚心的血路。

羅湖由後面的地上看著。

老人的眼睛沸騰著憤恨，眼睜睜地望著年輕和尚爬向自由。*去喜鳳那兒！*讓這個流鼻涕的孬種跑掉，簡直難以想像。只要他還睜著眼、只要他還有口氣在，絕不能讓這件事發生。氣得發抖的他，老虎眼精光閃閃像一隻飢餓的野獸，企欲爭脫這個讓人動彈不得的牢籠，以伸張正義。羅湖悶哼一聲，拼命使勁，將他右手的每根血管鼓起來，希望能奪回身體的控制權。他的手指雖能慢慢地動，但手臂其他部份仍反應遲鈍，但老大師不屈不撓，將僵硬的手臂往他頭側埋的翠玉尖叉慢慢靠近。

先幹掉我再說，孬種。

他那顫抖的、沾滿血污的手指，握到了尖叉的頭。

止聾繼續朝洞口爬去，注意力全擺在遠處芬芳的丘陵，享受著潮濕涼爽的空氣撲面的感覺。

後面一陣沙沙響，年輕和尚朝他肩膀後面瞧。

像一具不死的僵屍，羅湖慢慢地且一心一意、步履踉蹌地向著止聾來，決意把這場仗打完。那根刺在老大師頭上的尖叉已被拔出，取代它的是一個小傷口和現在由那兒涓滴流下的血。

止聾氣喘吁吁的，比先前爬得更快，逼他受傷的身體提供更多的洪荒之力搶著爬。匆忙中，他的呼吸變得更急促，他的肺也痛不可遏，令他忍不住呻吟。已無法跑得更快或再打鬥，止聾沒命地只想爬到洞口，而沒注意到外面的人影與喊叫他的聲音。

羅湖繼續蹣跚往前。尖叉雖被拔除，但其影響無法迅速消退，每跨一步，全身便一陣麻，但比之他終結止聾的渴望，這又算什麼。

當走近那堵牆時，羅湖注意到插在牆上的金剛橛，便把它拔出來，攥著這把匕首。

止聾繼續爬，上氣不接下氣。

一隻強有力的手抓住了他的腳踝，阻止他前進。

「你還往哪兒跑？你這沒脊樑的膽小鬼。」羅湖咬牙切齒。止聾雙目圓睜，往後踢，踢到羅湖的下巴，但他的腿沒力，踢得不痛不癢。不管他怎麼踢，大師父跌跌撞撞上來，把止聾壓在他一邊膝蓋下。

羅湖抓著這個瀕臨昏厥的和尚的頭髮，高高舉起匕首。

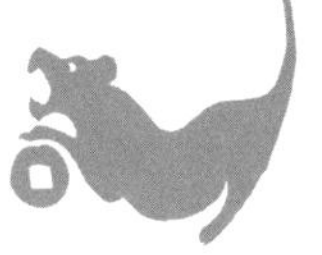

「受死吧！」他大聲喊著，就要往他獵物的脖子砍下去。

危在旦夕間，一根箭飛過止聾肩膀，射入羅湖手臂。老大師往後倒，他的金剛橛也由他手中掉下來。洞口外一個聲音喊。

「羅大師父！住手！」

外面跑進來三名少林護法，衝過止聾，跑去制止住老大師，壓住他受傷的手，並把他制服在地上。其中一名護法向止聾點點頭，指著洞口。

「你的自由得來不易，恭喜你，止聾，我們可從沒料到你做得到。」

與此同時，更多的護法壓在羅湖身上不讓他起來，並試著勸他。

「羅湖！羅大師父！冷靜點！」

但這位虎眼大師繼續頑抗，完全不顧他箭傷的痛。他用勁一掙，把護法都甩掉，促使更多人湧入這狹小的密室；不久，他們的人數成功地把他牢牢壓在地上。護法頭頭轉身向後，對一個在洞口探頭探腦、不起眼的和尚揮手喊道：

「迺誠和尚！」

被眼前的血腥嚇得魂飛魄散的迺誠，跨過成堆的碎石，小心翼翼地走進密室，在一個乍看起來像是一堆血淋淋的爛布前停下。這是一個多觸目驚心的景象。目睹止聾傷重的程度，讓迺誠震驚，也軟化了他心中一直燃燒的嫉妒。他的嫉妒，現在只剩下沈默。

「把他弄到山門去。」這名護法指著止聾說。

「然後呢？」迺誠問。護法聳聳肩。

「然後就沒了。他再也不是我們的問題。」

其他的護法們還在忙著制服羅湖，值得感謝的是，老人現在也非處於最佳狀態。扶著他上了擔架，護法們把擔架抬起來向少林寺小跑回去時，羅湖仍惡狠狠地瞪著眼。

迺誠彎下腰，抓緊止聾的手腕，使勁一帶，便把受傷的和尚甩上了肩頭。他小心翼翼地走出山洞，進入嵩山山脈綠油油的山丘。

當他們沿著一條偏僻的森林小徑向少林寺方向去時，沒人說一個字。

表情木然的迺誠站在少林寺的山門外，面向通往主幹道的山坡並鬆了手，讓被打得稀巴爛的止聾滑到地上。受傷的和尚順著坡道滾了會兒就停了下來，面朝著天，呼吸急促。

「你的東西。」迺誠不帶感情地說，丟下一個布包，正好落在止聾臉旁。迺誠調頭就走，覺得自己沒法正視受傷和尚的眼睛。拍著他袍子上沾的血，迺誠步入山門，把門緊緊加栓。

累垮了又渾身是傷讓他無法再動，止聾只能仰面躺著。他胸側隱隱的痛，讓他皺眉。天上滾滾的黑雲，象徵欲來的山雨。受傷的和尚極目往山路下望，希望能有誰在那兒。

什麼都沒。

他咳著，嘴巴流出了黏液。

妳在哪兒？小鳳？

另一聲霹靂響徹雲霄，比方才那聲還驚人。

第52章

野獸棄兵

嵩山山脈之上的風雨如潑，將少林寺的牆壁淋得濕淋淋，水流成簾，爭先恐後地往各個山丘瀉下。儘管天氣愈顯陰晦，千佛殿外卻聚集了一大群撐傘的僧侶。那兒，一名當地大夫正在處理羅大師父身上的傷。在這種情況下，沒和尚敢私出寺院一步；因羅湖一回來，便匆匆下令所有的人都得留在少林寺內直到第二天清晨，以免有人試圖幫助止聾。

千佛殿外，和尚們不免切切私語，小聲地談論密室內到底發生了什麼事。羅湖不是知道止聾格鬥結果的唯一一人；守在最後密室出口的護法們也略知一二，但他們都已發誓守口如瓶。悲哀的是，大多數的少林人將無法得知那天的真相，因為那可是羅湖要帶進墳墓的祕密。

然而這只會更激起弟子們的興趣。羅湖一直是一名銅人的事實現在再也不是秘密，而且不久和尚們也將猜到浩平亦為其中之一，即使後者的失蹤要若干時日才會為人所知。弟子們圍成小圈圈在隱蔽處私語，謠言散佈得如野火燎原。

「我真想知道到底發生了什麼事。」一名和尚悄悄地說，周圍的人也表同意。只有迺誠特別奇怪地不在場。他，自從一回到寺裡便閉口不言，寧可直接鑽回宿舍。

千佛殿內，一位由伊川縣請來的大夫正忙著往羅湖身上抹上層層草藥膏並插上銀針。老大師的表情焦躁不堪，對殿外護法把群眾驅趕的棍棒聲渾然不覺。大夫清了一下喉嚨，舉著一盞小燈，想瞧個仔細。

「你能面朝著我嗎？」

羅湖不理不睬。大夫嘆了一口氣。

「我真搞不懂嘢，你看起來像是巴不得把誰生吞活剝，那可是讓人不安的。你不是個佛教徒嗎？該不會是你的女人跟誰跑……」

老大師狠狠地瞪他一眼，把可憐的大夫像個球般擲出去。驚魂未定的大夫倒吸一口氣，忙不迭地爬起來就往門外跑。他一頭撞進一個硬得像石板的人。

「賓陀羅！」新進來的人喊道。

大夫發現他面對兩個纏著繃帶卻魁梧的人。他們都穿古銅色的袍子，戴著破損的木頭面具。那面具觸目驚心，足令小童做幾個星期的噩夢。羅湖點頭回應。

一個人對嚇得魂不付體的大夫，往旁一指。

「走！」他說。大夫卑順地跑向一扇半開的窗戶，由底下穿出去。他跑在雨中的步道上，一邊咒罵少林寺是個滋生罪犯的溫床，惹得那兒的其他住民紛紛側目。

「怎麼只有你們兩人？」羅湖問道。一個人先去關上窗，才跪在大師父面前。

「是的，主人，其他的人要不死了，要不傷重。南提摩羅為風雨所阻，但我們在此供您差遣，為維護少林寺的榮譽待命。」一名銅人回答。

「榮譽！」羅湖喊道，「金剛手菩薩的棍棒何在？」兩個銅人低下頭。

「您這次的命令是什麼，偉大的賓陀羅。」兩名銅人問道。羅湖凌厲地瞪著兩個人，沉默了一會兒。

「那個孬種現在躺在何處？」

「在山路半途。一息尚存。」一名銅人答，「我們該去結束他嗎？」

「不。」羅湖說，「等會兒。」

止聾仍躺在山路上，發著抖。水珠嘩喇喇地打在他臉旁，將泥土濺起，形成了無數的小間歇泉。他的衣服及臉，佈滿了一塊塊褐污，逼得他眨眼。又一聲雷鳴由雲端傳來，將整個山坡照得白皚皚，但仍不見喜鳳，也不見其他人。和尚的身體直打冷顫，幾乎快不省人事。對喜鳳的思念，是唯一不讓他墜入夢鄉的原因，但現實情況如此無情，他開始有一搭沒一搭地出現幻覺。

在哪兒？

他左右轉著眼珠，什麼都看不到，除了雨及沿著山路遠處山頂的樹林外。他虛弱地咳，嘴角冒出了一些紅色泡沫，被雨珠沖淡成晦澀的、暗淡的血水。

喜鳳。

止聾又眨了一下眼，這次比上一次慢得多。他的呼吸愈來愈急，他身上的傷口在寒冷中瑟縮。睡眠在向他招手，但他拒絕入夢。他的眼皮愈來愈沉，上下眼皮捉對兒廝打。萬物像罩上一層黑霧，直到那兒只剩一絲視線。仍面向下坡，他張開龜裂的嘴，試著引頸發聲喊。他知道，如果她不快來，他可能就此睡著，永遠醒不來。

勁風挾著暴雨，吹得樹木發狂。一些樹枝掃到地上又擺回去，像是翻騰的巨蟒。暴風雨啪嗒啪嗒響，將所有其他聲音都淹沒了。

山路下的景色像在跳動，伴隨著鞋子踏在泥坑濕嗒嗒的拍打聲。

聲音愈來愈近，但和尚已聽不到；他的視線只賸一條縫，根本無法辨別是誰或何物接近。拼出最後一點力，和尚微微抬起頭。

即使在傾盆大雨中，穿透過來他絕不會弄錯的芬芳，把他由瀕死邊緣喚回來。止聾的眼睛顫抖著張開了片刻。

「止聾！」喜鳳哭著，抓緊他。她全身濕透，披頭散髮。止聾又閉上眼睛，他的呼吸若有似無。他微微地抽動，一直咳。喜鳳抱住他的臉，向遠處喊。

「凱先生！蔡先生！」

南方的武術家先到，後面跟著凱先生。

「天哪！」蔡正武驚叫起來，「我看過戰場上受傷的士兵都比他樣子好，他該不會……你知道我的意思？」

「哦，別擔心那個。」凱先生說，一巴掌拍在蔡正武肩膀，打著嗝，一如往常般的醉醺醺，「他和喜鳳還沒打過砲吶。他的身體定不會讓他死的。起碼不是現在，不會在他們還沒交媾前吶。你相信我。」這麼粗俗的話，讓蔡正武大皺眉頭。

「我們必須把他搬到牡丹姐的馬車。」喜鳳喊道。她扶起止聾的上半身，把她的面頰貼上他的臉。

「止聾啊！」

他們三人抬起受傷的和尚，小心翼翼地把他扛下山路，直到他們站在一輛中型馬車前。這輛車上有一個令人啼笑皆非的名字：「櫻桃亭」。它那色情的裝飾讓它十分顯眼，人們絕不會弄錯它原先的功能——除了牡丹姐的那種行業外，還能是什麼。他們立刻便著手處理止聾的傷，同時間蔡正武也到馬車前面駕馬。當輪子帶起一道道泥水時，馬車便咿咿呀呀地往前、搖搖晃晃往山路下駛。馬車內，喜鳳與牡丹姐拼命扶穩裝著醫療用品的托盤，但當馬車顛簸到窟窿時，那些托盤中的物品便掉在地上，滾得到處都是。

「喂！你們不是需要一名大夫嗎？」一個老聲音在後面不悅地喊。原來是周倫，他狀甚氣惱地坐在一張凳子上，那個樣子倒更適合一名人質而不是大夫：他全身，從頭到腳趾，被粗繩牢牢綁住。喜鳳與牡丹姐抽不出手，只能用最簡短的方式回應，讓這個大夫更氣得不知如何是好。他拼命地掙扎並咒罵，在外面傳來的滴答滴答的馬蹄聲中，拉高了嗓子。

事情是這樣的，這位曾多次企圖逃跑的狡詐大夫，在又一次逃跑時，被凱先生逮個正著。所以最後只好把老大夫綁起來，丟到馬車裡，與莊泰義大夫提供的一櫃子醫療用品放在一起。

「把我放開，快！」周倫喊著，往止聾的方向拼命擺頭，「還是你們要他死？」凱先生打著嗝走上來，開始替這個氣得冒泡的大夫鬆綁，還時不時就著一個水壺喝幾口，呼出的氣飄著酒味。

迅速擺脫了綑綁的周倫咳了幾聲，罵起酒鬼來。

「哼！滾開，你這個滿身酒臭的酒怪。」他粗魯地推開眾人，就想由馬車後面跳出去。

「周大夫！」喜鳳喊起來，大驚失色，「你在幹什麼？我們需要你！」周倫停了下來。凱先生一隻手搭上老大夫的肩膀，打著嗝，一本正經地望進老人雙眼。

「大夫，你答應過的，而且別忘了是誰曾救過你。」

周倫苦著臉。

「我知道啦，混蛋！我恨你，恨你們全部。」他喃喃地說，搖著頭，像鳥兒般發出嘖嘖聲。止聾躺著的桌子旁，立刻便清出來了一塊地方。在此之前，止聾衣服上大部分的泥垢已被牡丹姐及喜鳳清除，讓大夫能把受傷和尚的傷看得更仔細。*老天爺吶，他發生了什麼事？*周倫板著臉檢查止聾的頭、胸、四肢，面色陰沈下來。和尚的身子與大部分的頭，曾遭受重傷害。鼻樑斷了、嘴唇裂開、眼睛青腫。皮膚上的擦傷、到處的刀口子、雙手手指頭上的割傷。這是什麼？前胸一道裂口仍滲著血；需得縫合。一隻手臂腫得像根肥大的大頭菜，表示骨頭可能斷了，而且一邊膝蓋也腫得老高。注意到止聾臉色蒼白，周倫探著受傷和尚的額頭，*他正發著高燒的寒戰*。老大夫把耳朵湊近止聾的嘴邊聽，受傷和尚呼吸時發出咕嚕嚕的聲音；再仔細瞧，大夫發現和尚半邊胸膛動得奇怪。他招呼喜鳳。

「把燈籠拿近點，漂亮的妞，他的胸膛不對。」

掀開止聾的袍子，馬車裡的人都倒吸了一口氣。喜鳳差點兒昏倒。和尚胸前的大口子旁，部分的肋骨全向內塌，被撕開的皮膚下，像是血肉蕩然無存，在正常凸面的外表上，留下一個洞。隨著每一口呼吸，止聾肋骨的整個左側像先稍微往外漲再往內陷，毛骨悚然地與正常胸腔的起伏相反，起碼有一根肋骨戳破了他的肺。周倫知道事態嚴重；他曾見過一名被馬蹄踐踏過的軍人有相似的傷，數個時辰後那個可憐的人極慘地去世。周倫嚥著唾沫，震驚又詫異，為何一個人在如此身體狀況下還能繼續打鬥？光只是疼痛就該令人難以忍受。

喜鳳握著止聾的手，把它貼在自己臉上，竭力忍住淚。她轉向仍在發呆的大夫說：

「周大夫，你可以救他對不對？」

「我……」

「你當然行，你是一位大夫啊！」牡丹姐說。

「哎呀，我只是一名社區大夫！我醫頭痛、足癬、流鼻水、喉嚨痛那等小病。而這個，這個……」他的喉節動了一下，「我不是外科軍醫，我沒辦法。」他看起來相當無奈。

「周大夫，你是我們唯一的指望。」喜鳳說。周倫深深地盯了年輕女子一眼。

「我將竭盡所能。」他邊說邊捲起袖子。雖然還不確定該怎麼處理可憐和尚的肺，但起碼他能先包紮傷口、處理挫傷、把斷肢接上並設法退燒。大夫把手指放在止聾的手腕上，探他的脈搏，表情嚴肅。*他隨時都會走了*。大夫把頭髮在後面綁成一個髻，一手拿著一筒銀針，另一手拿著一杓子草藥膏，便開始工作。

● — — — — — — ●

羅湖坐於室內，耳邊不斷響起瓢潑大雨擊打屋頂的聲音。他心知肚明，與止聾的那場惡鬥，應已將那年輕和尚打得支離破碎，無力回天。

但是這位老大師一點兒都不滿意。他那麼渴望擁有的女人還是遙不可及。他心亂如麻，直覺到這場仗還沒真打完。窗框喀啷響，進來了一團古銅色影子，如落湯雞般；正是倖存的兩名銅人之一。

「賓陀羅，止聾他……」

羅湖瞪他一眼。

「他不見了。」銅人說道。老和尚聽得如此說，衝上前去，把報訊者由頸子提起來。

「什麼？」大師父吼道。

「賓陀羅，他還沒能逃之夭夭。」說不出話快窒息的的銅人答，「我的夥伴已追上去，看止聾逃了多遠。」。

「我命令你們兩人監視他，而你現在告訴我他不見了？」老大師說，目露兇光。他運了氣的手指開始捏銅人的脖子。

「主人，在我們趕到之前，他的伙伴已經來過了。」

「賓陀羅啊！止聾被一輛馬車接走了。」另一個聲音接腔。原來由窗戶又進來了另一名趕得氣喘如牛的銅人，身上濕透的樣子跟他的夥伴差不多。

羅湖放開手，轉身追問：「他們去了哪兒？」

「他們朝往柏谷莊的路上去，應該是要去洛陽。」

「他的幫手是誰？」羅湖問，他的語氣愈來愈可怕。

「我沒看到，但這輛車由馬拉著，搭了車棚，車後垂著布簾，車上還漆著『櫻桃亭』三個字。我拼死命地追，直到他們駛出視線。」

羅湖不再瞧他們兩人，他的臉仍毫無表情，除了他的拳頭不時微顫之外。他迅速地脫下他的袍子，披上一件新的，然後打開屋子另一邊一個高高的櫃子。

「備馬。」他下著令，語氣冰冷，令人不寒而慄。

第53章

蕈傘下的遮蓋

暴風圈迅速擴大。嵩山山脈周邊的僧院與道觀現在多已關門謝客，只有幾家還體貼地豎著招牌。登封的每個小村都下著傾盆大雨，迫使馱貨板車及路上行旅無論如何都得儘快找遮蔽，毋庸說，路邊小客棧可趁機發一筆意外財。由汴京到少林寺的主幹道上，元朝巡邏兵三人組正快馬加鞭在路上跑，急於找地方避雨。

雨變成冰，瞬間就成一場危險的冰雹。

「噢！」他們三人中最矮的老張叫起來，揉著脖子上被一粒冰雹打紅的地方，「這個天氣躲都沒地方躲。」

「不管怎樣，別向上看，它們會打到你的眼睛。」三人中最老練的邱少尉說。他轉身看他的兩名同伴，豆子般大的冰雹由他頭盔的帽緣彈下來。

「還沒看到什麼嗎？我們得儘快找地方躲，這件事再繼續也沒用，我們必須停下來。唷！別慌！」一粒板栗大的冰雹打到他的馬，嚇得這隻動物拱背跳起來。

「你瘋了嗎？邱少尉，我們可是有令在身。」跟在後面的小陳警告，「我們幹嘛放著正事不幹，在這兒東奔西跑，搜尋什麼小賊。但是如果，只是如果，這些作奸犯科的人就在附近，而我們讓他們溜了……那事情可就麻煩了。」邱少尉本打算說什麼，但還來不及開口；大粒冰雹劈頭蓋臉地落下來，打到地上像爆炸了許多小炸彈。他們的馬兒開始亂跳。

「唷！」老張努力控制他的馬，「沒用，牠們要亂踩了。」

「穩住！」小陳喊。冰雹降落聲愈來愈大。邱少尉罵起來。

「我們必須找地方躲，快！」他說著，拼命駕馭他自己的馬沿著被轟炸的馬路跑。他指著前面的路，大聲喊他兩名同伴。

「那兒！快向那家小客棧去！」

馬兒似乎也同意。短程衝刺後，三名騎士小跑地進入一個搭著屋頂的圍場內。那兒已擠滿了其他的馬匹、騾子與牛。牠們都發著抖，似乎被這場暴風雨嚇破了膽。三名兵丁栓牢他們的馬，給牠們一把濕的草料後，就跑進毗鄰的木屋。木屋內亦擠滿了因風雨而滯留的旅人，人多得甚至幾乎擠爆到屋樑。

「我們現在先休息會兒，一旦風歇雨停，我們就得上路。」小陳說道。邱少尉不理他說什麼，兀自東張西望，發現到唯一一張空桌子；三人一湧而上，輪流看著一張破舊的菜單。

他們等了一會兒，老張揮手攔下一名女侍。

「請來三個包子，就是那種包豬肉蘿蔔餡的。」微笑的老張舔著他的筷子。女侍像是十分抱歉。

「對不起，那個賣完了。」

「那麼韭菜炒蛋呢？」老張問。

「沒蛋了。」

「豆腐花？」

「那個也沒了。」

老張一口氣唸了一堆食物，在或不在菜單上，所得的回答都是一聲抱歉的「沒有」。這時候得說點兒逗趣的話了。

「好吧！那是不是麻煩給點兒白飯與一些蒜瓣，另外配些辣豆腐乳及三杯米酒，這總可以吧！」老張俏皮地說，儘量維持著一張笑臉。女侍搖搖頭，老張的笑容垮下來了。

「我們的米和麵條都賣完了，大部分的酒也是，除了茶外。」

「那你們有什麼呢？」小陳問。

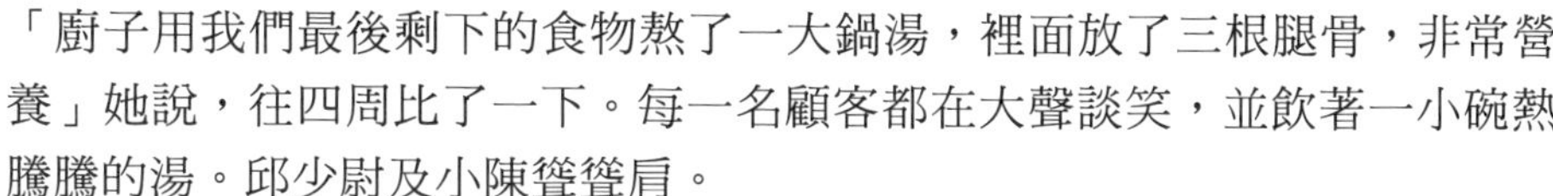

「廚子用我們最後剩下的食物熬了一大鍋湯，裡面放了三根腿骨，非常營養」她說，往四周比了一下。每一名顧客都在大聲談笑，並飲著一小碗熱騰騰的湯。邱少尉及小陳聳聳肩。

「那麼我們也來三碗那個湯吧！」邱少尉說。女侍點點頭後立刻去服務其他客人。

「告訴廚子，我那碗別放香菇。」老張大聲說，但女侍已經閃入廚房。小陳倚著桌子，耳中是冰雹不斷咚咚地敲著屋頂的聲音。

「老張，你幹嘛不吃香菇？」

「我從沒喜歡那玩意兒，嚼起來像皮革。說實話，我八歲以後就沒吃過香菇了。」

「你開什麼玩笑。他們什麼菜裡都放那個。而且像你這種胃口好的人該不會太挑食。」

「每個人都有他們不想吃的東西。」老張意味深長地說，「我的正好就是香菇。我可改了許多，我小時候，所有的青菜我都討厭。」

「談到吃蔬菜，我們要去找的這個少林寺逃犯究竟是怎麼回事？那些和尚都是一堆乖寶寶，他們是連螞蟻都不准踏死一隻的。」小陳抱著胳臂發表意見。少尉也點頭表示同意，一邊搔著癢。

「他們從沒給我找過任何麻煩。第二軍團的賴中尉曾經碰過幾個在風月小巷流連的佛教徒，但很少有少林寺的和尚。他們的清規很嚴。」

「正如我說的嘛，」老張說，「……太奇怪了。我們竟被要求去追捕一個他們自己的人，像是他們該死的沒法自己做。」

女侍來了，端來幾杯茶及三小碗冒著熱氣的湯。

「管他的。這些事不宜追究過深。我看吶，就照著簡報辦唄。」邱少尉答，作勢要老張趁熱喝湯。

「嘢，還有那一封由少林寺大師父傳來的急報。『拘捕或格殺叛教和尚，此人極為危險，並有若干黨羽相助。』太危險到連寺中的武增都無法對付？見鬼啊！他們只是懶。誰願意在下著冰雹的天來這兒？我快餓死了。」老張發著牢騷。

「不管怎樣，這種天氣誰能跑得遠？」小陳說。這個士兵東張西望的，手往他臀部套著皮套的配劍摸去，「逃犯甚至可能在這間旅店裡，誰知道他會偽裝成誰呢？讓我們一個個查吧！」

「別碰你的劍，愣小子，這兒太擠。」邱少尉提醒他，「如果他或他的同黨在這兒，他們早就想法子溜了，但我一直盯著門口，迄今為止，沒人打算奪門逃跑。而且我也還沒看到任何人有丁點兒像個和尚。」

「你記得簡報中怎麼說的？他有可能變裝。而且他的同黨？一位年輕女子、一個老女人、一個中年醉漢、一位南方來的功夫人，還有一個不堪一擊的臭老人。你們看看四周。」小陳不悅地小聲說，比著所有那些有丁點兒像的人。邱少尉嚥一口湯，偷偷向少年兵打個手勢，要他放低聲音。

「放輕鬆，我沒看到有誰像那樣的坐在一塊兒。小陳，你可以暫時先別管，喝你的湯嗎？」他悄悄地說，不喜歡愈來愈引人注目。旅店的老板兼廚子、一個碩壯的男人，指關節上的皮膚有些剝落，肩膀上搭著一條毛巾，隨意地走過來。

「一切還好嗎？」他問。小陳客氣地行禮。

「不盡然，好老板，我們正在找一些危險⋯⋯」

「小陳！噓！」邱少尉低聲說，把少年兵按著坐下。客棧的廚子把頭歪向一邊。

「食物有哪兒不對嗎？」

「有。我請你們別放香菇，你看，這兒有三片。」老張說著俏皮話，一邊往他那碗湯裡面指。

廚子毫不同情地哼了一聲。

這兒每個人都巴不得再要第二碗，而你這個挑嘴的吃客居然期待另一碗免費的湯？

「三片？香菇？」廚子問道，儘量不大發雷霆。小陳嘆一口氣。老張把熱湯端到前面，推到廚子臉下。

「就在這兒。我吩咐一片都不能有。」

「客官⋯⋯」

「你去問問看！」老張生氣了，厭惡地指著它，「這種令人噁心的褐色東西我一片都不想吃。請給我端另一碗來。」

客棧老板點點頭。

我會為你放三個「褐色東西」在裡面。

「是我們弄錯了。」他皮笑肉不笑地，「讓我立刻幫你弄一碗。」他伸手去接碗。

喀啷！

三名軍兵及客棧老板一屁股坐在地上，腳不由自主地抖動，並瞪著他們面前剩下的桌子。老張端的那碗湯，現在只剩下一小片冒著熱氣的陶片，它的內容物灑得到處都是，而原來他們圍坐的那張木頭大桌，像一個過熟的水果般爆開，連桌子中央的柱子都劈成了四條。原本客棧內高談闊論的氣氛頓時鴉雀無聲，只剩若干小聲吸氣的聲音。

「那是什麼？」邱少尉問，爬起來。小陳手伸過去，感覺屋頂上那個剛被打破的洞吹來的冷風，並用雙手捧起一顆球狀的東西。他把它翻個面，用指節輕敲它那光滑卻沾著碎片的球面。

「一顆冰雹，是我看過最大的了。」他喊道。

「觀音菩薩在上，我嚇得差點尿褲子。」老張邊說邊把那個破碗丟掉，「還好它砸在桌子上，沒砸在我手上。」

「管他的你的手，那我的屋頂怎麼辦？」客棧老板哇哇叫，從屋頂新砸破的洞下面張望洞外陰灰的天空。遠處一道閃電挾著雷鳴，然後，大家都聽到了；風中一陣叮叮噹噹，好似若干金屬片互相敲打，鐘鳴鈴響乘風飛舞，讓客棧中的每一位客人都聚攏過來。

雲層突然裂開，一道劈天的閃電掠過長空，一條灰黑的長形物如蛇般蜿蜒，於木屋上空短暫顯現，並帶來一陣如颱風般的強風。每一位在場的人都爭先恐後地奔向門外，不顧冰雹的襲擊，只為一睹天空中那飛龍的雄姿。

小陳與老張站在那兒，大睜著眼，兩手把他們的頭盔往下扯。

「邱少尉！那算是好兆頭嗎？」他們火大地問。邱少尉神色凝重地點頭。

一粒大冰雹由他的頭盔彈下來。

「喔！大家回屋裡去！」他現在完全回過神了，喊道。

每個人都急急忙忙地跑回客棧，在風雨大作中，把自己往裡頭堆。

第 54 章

五心合一，土鍊成金

「癒骨膏，還沒好嗎？快點！」周倫指揮著牡丹姐。她正卯足了勁，抹著額頭的汗，將就用著有限的亮光，小心地按照指示，把藥攪和成黏糊糊的藥膏。喜鳳亦忙不迭地撿拾散落於地之醫療用品，而周倫像瘋子般大聲發號施令；他手上沾滿了止聾的血與汗。大夫表示他需要一些針灸的銀針。

「這兒。」喜鳳遞過來幾根迄今尋得之銀針。

「這些不夠長！我要長的，長的針。孩子！要快！各種東西必須各就其位，要不然止聾就要死了。」周倫說。女子一聲不吭地，迅即俯伏於地，在上下震動的馬車地板上繼續找，直至尋得合宜之銀針。

一隻手繞過來，伸到大夫鼻子下。

「藥膏！攪好了！」牡丹姐氣喘吁吁地說，把搗臼砰地放下。周倫伸一隻手指進去，摸著藥膏，感覺它的黏稠度，接著把它彈到地板上。

「裡面還有一塊塊的樹根，妳這沒用的母夜叉！攪勻它！用力搗！多加點水！此外，去拿些繃帶來，我需要繃帶。」

喜鳳走過來，拿著另外一些針。

「周大夫，這些可以用嗎？」

「哎！妳這沒腦袋的女孩，妳只能找到四根？好吧！」周倫喊著，一把將它們拿去，同時指著他的第二個藥櫃，「現在，去拿一根藥杓及一些消炎膏！那兒，不……是那兒！沒有？什麼？第三個抽屜！由上面算下來！天吶！」喜鳳急忙道歉，轉身尋找正確的抽屜。周倫轉回去，把汗抹在他的衣袖上，儘量去護理止聾的傷，而喜鳳與牡丹姐也瘋狂地亂轉，竭力幫忙。至於止聾自己，可憐的和尚仍昏迷不醒，虛弱地喘氣，嘴角冒著血泡，老大夫得常用一塊清潔的毛巾輕輕擦拭它。牡丹姐又來了，拍了一下周倫的手腕。

「拿去！」她說。老大夫不耐煩地皺眉頭。

「繃帶呢？」他咆哮，「妳簡直一無是處。你是個沒腦子的母夜叉！你難道不知道什麼……呀喲！」

「你敢那麼罵我？你是個性無能的老猴！」牡丹姐也嚷起來，揪著大夫的鼻子一陣搖，搖得他的頭像撥浪鼓。當她放手時，周倫砰地撞到馬車側牆，覺得有一滴什麼滾到他的嘴唇。他一下子瞪大了眼。

「我流血了！」他尖叫起來，把手放在兩個鼻孔前去接血，「哎，妳這沒腦子的老母……」

牡丹姐衝上來抓他，老大夫往後躲。喜鳳趕來勸架。

「牡丹姐！周大夫！我們不可爭吵！」她舉起兩手說道。

砰咚，砰咚。

「聽我說，」喜鳳哀求道，「我知道事情棘手，但我們不能讓我們的情緒左右我們。周大夫，請你對我們多點耐心。牡丹姐與我均非專業助手。現在讓我們同心協力，要不然我們如何救得了止聾？」她眼淚汪汪地，聲音也發顫，淚水馬上就會決堤。

周倫搖搖頭，翻著白眼。

「好，你高興怎麼說就怎麼說。*請*拿繃帶來。」他喃喃地說，不屑地噘著嘴。牡丹姐板著臉看前面。

砰咚，砰咚，砰咚！

聲音由外面傳來，雖模糊卻可察覺，夾雜在馬車往洛陽顛簸行進時的隆隆聲中。

高坐在馭馬座上的蔡正武，一邊抹著眼睛上的雨水，一邊快馬加鞭。傾盆大雨由馬首往下流，瓢潑的水不斷地打在這位武術家臉上。他眉頭緊蹙，

咬牙挺著。凱先生坐在他旁邊，臉往後瞧，一手擋在細瞇的眼睛上，然後急忙忙地轉回來，擠著他鬍子上的雨水。

「包青天在上，他們還緊跟著我們，他們兩個都是。」

「我們該早就把他們甩掉了。你剛才沒喝什麼吧？」蔡正武滿臉狐疑地望著酒鬼。

「我沒弄錯，有人追著我們，不管他們是誰。」凱先生略為不悅，「不然你自己看吧！」蔡正武不放心，一手握緊韁繩，半轉身向凱先生示意，請其接過駕駛之責，以便自己能往後方之路仔細瞧。

「是巧合嗎？」凱先生大喊。

「不太對吶。」蔡正武喃喃地說，捶著馬車。沒回應。他再度加重力道，捶打得更為堅定。

喜鳳現身，她從馬車夫座位後的小門探出頭來，手掌遮臉，以避開如鞭子般猛烈抽打的雨。

「蔡先生？凱先生？」

「趙姑娘。」蔡正武喊，「後面百米左右，有兩名騎士。我覺得不對勁，恐怕有追兵。」喜鳳走到馬車後面，拉開簾子。可不是，後面不遠，有兩個影子正逼近他們。但大雨滂沱，看不出他們究竟是誰。

「他們會是誰？元軍嗎？」

「不知道嘢。當我們經過這座山的山腳便注意到他們了。此外他們的裝束與元軍騎兵不一樣。趙姑娘，無論他們是誰，他們馬上就會追上我們。我們的馬負了那麼多重，是跑不過他們的。」蔡正武說，再次轉身望向後方，喜鳳也如此。兩名騎士現在只有一石之遙，他們肩並肩，穿破雨幕，馳騁而來。

當他們接近馬車時，便分開來，現在他們是什麼人便一目瞭然。

原來是兩個穿古銅色袍子的人，他們各戴了一個佛教怒神的面具，在馬車左右兩邊，與馬車並駕齊驅；其中一人配著弓箭，另一人舉著一把長長的、像大刀般的武器，稱為*關刀*。

「趙姑娘！凱先生！」蔡正武邊喊邊拉著馬。一隻箭射入馬車側邊，深深扎入單薄的木頭，離他們匆匆臥倒的地板不遠。蔡正武開口罵髒話。凱先生扭開一個水囊，大口喝，幾口喝乾了它，便站起來。

「天哪！穿這些花俏衣服的是些什麼人？」

「有關係嗎？」蔡正武沒好氣地說，撈起方才鬆下來的韁繩，「趙姑娘，到裡面去！還有老凱！」

馬車另一旁的關刀銅人調轉駿馬至馬車前，將關刀橫持，掃入馬車車廂之左牆。其平板卻微曲的刀刃，狠狠卡入木頭中後，銅人遂放緩馬步，刀便往後蹭，借助與馬車速度之差異，車廂左側遂被拖出一道不堪入目的裂口。

接著，車廂內天翻地覆。

「發生了什麼鬼事？」周倫大聲喊，看著關刀刺入板牆再狂斬，他的眼睛都鼓出來了。牡丹姐抓起一個瓶子，決意不管另一邊的人是誰，照打不誤。刀刃被扭開了，但過了一會兒，刀刃成直角自下而上斬出一道曲折不平之刀痕，停頓少頃，又復水平割砍。未幾，左側牆面已被割裂成一個不規則的正方形。刀刃再度刺入方形之中央，猛然一扯，將木板牆撕下一塊門板般大小的洞，車廂內景象便一覽無遺。

與此同時，零星箭矢自後窗簾呼嘯而入，射穿了簾子，卻奇跡般地漏掉了裡面的每個人。周倫縮在角落，目睹兩名耍著武器的騎士，一人在窗簾外，另一人則在左側新割開的洞外，嚇得傻了。

牡丹姐爬過來。

「喜鳳！把他由桌子搬下來！」她邊說邊抬起止聾的肩膀。兩個女子把和尚滑到地上後，把醫療桌側翻，並把它抵著後面破裂窗簾迎風招展之處。說時遲那時快——第二輪箭嘣地被放出來，射進血跡斑斑的木頭桌面。

坐在外面領路人位置的凱先生，眼睜睜地看著一波波的攻擊卻無計可施。使箭之銅人與其關刀同夥，輕而易舉地與馬車保持一致速度，並利用山路寬敞的空間，毫不費力地繞著這輛笨重緩慢的馬車轉。

關刀銅人一聲怒吼，再次疾馳向已破損的馬車左牆，意圖一舉將其徹底摧毀。與此同時，其操弓之同伴亦不停歇地自後方放箭。

「耍刀的人又回來了！他將把我們像剝花生一樣劈開！」凱先生面色慘白。蔡正武罵不絕口，一邊手肘搗著身後的車門，向更多箭隻射向桌面的車廂內狂喊。

「趙姑娘！」蔡正武大喊，「要裡面的人全趴下，別靠著牆。」

言畢，蔡正武抖著馬韁，策馬疾馳於這個地獄般的暴風雨中。四輪馬車嘎吱作響，其車輪喀嗒喀嗒地劇烈搖晃。馬車兩邊的兩名銅人對陡增的速度

一時措手不及，立刻便被甩到後面。馬車全力衝刺，在山路上轟隆隆地飛馳，淌過水窪、噴起泥漿，濺得到處都是褐黃色的水。車子顛簸得如此厲害，差點兒把凱先生搖下車。酒鬼抓牢了他的座椅，手指關節緊張得發白。

「看在包青天大人面上，慢點兒，蔡正武！」

「如果我們讓他們追上，我們就完了，即使他們還沒把這個拆成一片片。」蔡正武邊往後看邊喊。毫不放鬆的兩名銅人，再度逼近，不出多久，他們必定追得上，可再隨心所欲繼續打。蔡正武在令人睜不開眼的雨中，極力往前望，此時天際驟起一道白熾裂縫，將前面的路照得夠亮。

山路左側，是一片濃密的竹林，提供了一道如綠簾般的自然屏障，遠至視線可及處。當閃電劃破夜空，瞬間照亮全景時，也照出了一個可供他們利用的機會。在前方約三十米處，竹林中隱藏著一條三米寬的小徑，斜穿至樹林的另一邊。凱先生亦瞥見到了這條小徑。

蔡正武開始引導馬匹朝那隱蔽小徑的入口進發，與此同時，綿綿不絕的箭一直由頭上呼嘯而過。

「蔡正武？」凱先生問，「你該不是在做我猜你要做的事吧，嗯？」

「坐好！」

「不行！」凱先生叫起來，臉色唰地發青，「那個洞沒辦法把我們全部裝進去啦！而且另一邊是懸崖！你會把我們帶得離崖邊太近，那不是找死嗎？」

「沒得選啦！我們跑不過他們！」蔡正武高聲說，「另一邊路窄，敵人應該難以超越或側攻。」

凱先生把自己貼在座位扶手，渾身顫抖，「另外一邊沒路！」

「凱先生，抓緊！」

咿咿呀呀的馬車拖著自己，顛簸不已，駛離了平坦的主道，進入一片高低不平、雜草叢生的地帶，最終消失於那個隱蔽的小徑之中。蔡正武與凱先生被一大堆濕竹猛刷，而車廂內的喜鳳、周倫及牡丹姐努力抓住任何能抓住的物體，還是被摔來扔去，耳中盡是是竹幹撞擊馬車僅賸的木板牆上，砰砰砰的聲音。

在一陣枝葉的彈來掃去後，馬車終於由竹林的另一邊脫身，搖搖擺擺地行駛在不到四米寬、未鋪平的路上。馬車的右邊，是由根根竹子形成的綠條紋牆；左邊是壯麗的群山及環繞他們的道路，包括下流到著名的龍門石窟的伊川。這樣的美景代價不小，因為離馬車轉動的輪子僅幾步遠，一落千丈的深谷赫然在眼前。它是那麼的深，人們可以看到朵朵霧靄由下面緩緩往上升。

蔡正武臨危不亂。他再四下一瞥，便發現配箭的銅人已被甩掉，只有關刀銅人成功地緊跟著他們的馬車轉彎，在後窮追不捨。

在破爛又搖晃的車廂內，喜鳳緊緊抱住俯臥的止聾，免得他亂滾，因為瓶子、陶碗及藥水瓶掉得滿地都是。急救已不再進行。牡丹姐蜷縮成一團，頭上有傷，雙手合什祈禱。周倫也好不到哪兒，被嚇到幾乎語無倫次，只能躲在一個被打壞的藥櫃後面。透過被翻倒桌子上那個窗口，三人默默注視著逼近的關刀銅人。此人脅下夾著武器，刀尖向前，猶如英國騎士的推人桿。

他用力戳，把桌子戳出一個洞，車廂裡的人都尖叫起來。

在馬車夫的位子那兒，凱先生扯著蔡正武的袖子，發狂似地指著那道分隔他們及車廂的門。

「進去打，蔡正武！那個關刀老包會把他們都殺掉。」

蔡正武似乎對此充耳不聞，反而目不轉睛地盯著凱先生肩膀後的某個景象。老酒鬼皺一下眉，轉身向右邊的樹林裡望去，試圖透過快速往後倒退的成百上千竹枝，看清楚那片景象。由縫隙間可以看見，一個影子正在竹林的另一邊疾馳。

凱先生動了一下喉節，*原來我們根本沒甩掉另外那個傢伙*。

背弓的銅人保持跟他們一樣的速度，從綠牆的另一邊窺視著他們。蔡正武嚥著唾液，*他究竟想幹嘛？*這個敵人突然在大路上疾馳，一邊瞄著分隔著他們的那道過不來的高竹牆，一邊站到馬背上去。

一聲大喊，戴面具的敵人跳起來，抓住一根垂下來的竹子。

拉彈的力量把他甩成一個向上的弧，像撐竿跳般越過竹林的林梢。蔡正武與凱先生兩人不可置信地望著這個銅人正巧妙地從對面竹林溜進來相反的這邊，手裡還抓著竹子，讓竹子的竹節一節節的發出呻吟，直到降下來，落腳到馬車的車頂。他放了手，竹子便往上彈，竹林一陣顫抖。

蔡正武罵出聲來。

「拿著！」他說，把韁繩丟給凱先生，自己跳到搖擺的車頂上，去對付銅人。車子上下顛簸，雨如鞭子般地抽打，蔡正武努力地在防水布上保持著

平衡，不露聲色地驚訝敵人在如此情況下的平穩，一邊進入防守架式。銅人也如此，擺出許多少林寺姿勢之一。

一聲喊，兩名鬥士開打。

車廂內，另一名銅人的關刀一揮，就把撐向後面的桌子劈成了兩半，碎木片濺到遠遠的角落。關刀左右揮灑，像一把大切肉刀，在車廂內壁切出大窟窿，把它們弄得幾不堪用。喜鳳與牡丹姐被逼得趴在地上，拼命躲避這要命的刀。

「周大夫！周大夫！」喜鳳喊。周倫還在發傻，當大刀不分青紅皂白地掃向他時，他面色蒼白，雙眼圓睜。牡丹姐嘴裡嘟囔著什麼，由後面衝出來，一把抓住這個目瞪口呆的大夫的領子，把他拖到安全地帶。

「振作起來，你這隻猴子！」她喊著。周倫猛摔回來，撞到車廂側牆。衝擊力立刻又把這個糊裡糊塗的大夫彈回到險路上。他不由自主地踉蹌，正是大刀再次迎向他時。牡丹姐與喜鳳兩人驚恐地望著大夫絆了一交，肉身往大刀上摔。

「周倫！」

他倒在大刀的刀脊上。嚇呆了的周倫無法好好思考，本能地雙手雙腳挾著它，像討人厭的鉛錘般扒在這個武器上。關刀銅人雙手握著刀柄開始亂揮，把刀與大夫一起往牆壁與頂棚撞擊，車子被蹂躪得比前此更甚，但周倫仍掛在刀上，害怕得不敢鬆手，直到他大夫的醫袍被牆上一道裂縫勾住。關刀銅人把關刀的邊往牆上蹭，終於把可憐的大夫刮了下來。

周倫一掉到地上，就往車廂最後面爬去，途中踢走了破桌子的一根桌腳；它滾出了馬車，在急速移動的地面上跳動，咚咚咚失去控制地往關刀銅人彈去。敵人的馬嘶叫一聲，滑了一下，吃力地繞過這個障礙物，驚險地近乎觸及懸崖邊緣，但最終仍舊重新加速飛跑起來。牡丹姐與喜鳳見此靈機一動，紛紛把手邊能丟的東西往下扔，像是斷木頭、竹架子、空瓶子、甚至還有一個水桶。

車頂上，蔡正武正忙著往弓箭銅人打出一波波拳頭。敵人裂嘴獰笑，慢條斯理地化解了蔡正武大部分打擊後才反擊，把南方武術家的鼻子打得見血。兩名鬥士都不敢嚐試任何腿腳功夫，知道在站不穩的情況下，如此做不啻予敵人把自己推倒的機會。

突然，這場格鬥被凱先生的聲音打斷。

「前面是個大轉彎！」他尖叫著。蔡正武與弓箭銅人都聽到了，但已沒時間反應。馬車往一旁歪去，把喜鳳及車廂裡其他人等摔到一邊牆上，整個馬車往旁打滑，直到離深淵一米遠。

看不到的引力開始將蔡正武拉離車頂，他與弓箭銅人出於本能立刻蹲下來，把他們的重心降低。

正在追捕的關刀銅人目睹一切，也立即反應。他喊著他在車頂上的同伴，把關刀往他扔。弓箭銅人搶到武器後飛快一轉，把刀尖往下垂直戳到木頭車頂裡時，正是馬車行至大轉彎的地方。這整輛車子倒向一邊，靠兩個輪子強撐而非平常的四個輪子；同時間，馬車的車頂像書面般地掀開，整輛馬車咿啞作響。

錨定了的弓箭銅人握牢關刀手把，穩如泰山，但蔡正武卻拚命找東西抓。弓箭銅人像一個玩高空秋千的空中飛人，抓住關刀刀柄便搖擺起來，滴溜溜地轉出一個強有力的踢腿。蔡正武的臉被踢個正著，猛地翻過車頂邊緣。

凱先生驚恐地目睹蔡正武彈了一下，就由視線中消失了。

「蔡正武！」

馬車的車頂被扯到極限，終於啪啪啪地猝然被掀飛。大片刺人的雨與落葉打在喜鳳、周倫與牡丹姐身上，把他們淋得濕透。

不一會兒，馬車的內輪砰地又撞回地上，恢復了大家的平衡。

喜鳳尖叫起來。

原來弓箭銅人爬過被掀翻的車頂，在它被風吹落之前，已乾淨俐落地跳進車內。這個敵人怒視著車廂中被嚇壞的眾人，也看到車廂一角喜鳳正抱著昏迷不醒的止聾；戴面具的人便往他們走去，露出正在後面、癱在領路人座位上的凱先生。這個酒鬼正呻吟著，頭上有一道流血的口子。

牡丹姐擲出一個藥瓶，擊中了弓箭銅人的肩膀，瓶子破得粉碎。

敵人猛地轉身，惡狠狠地盯了周倫一眼，以為他就是罪魁禍首。

大夫紅著臉，話都說不出來，只能一再指著牡丹姐，表示，*是她，不是我*。

幾乎是立刻，弓箭銅人欺身進來猛地一踢，周倫就被踢飛過早已破損不堪的左牆，落入下面的深淵。

「周大夫！」喜鳳尖叫起來。

凱先生沙啞地嚷著由後面跳出來，用雙臂緊抱著弓箭銅人，但敵人以肘後頂，酒鬼抵死不放，即使鼻子被撞得流血也不管，他們兩人都倒在地板上，滾著；喜鳳與牡丹姐見此，也加入這場廝打，儘可能把銅人的四肢壓在地上。

馬車外邊，周倫閉著眼、抖著嘴禱告，希望山底不管是什麼迎上來把他打得稀巴爛的，起碼能快點。然而他卻感覺一些土堆磨過他的背與肩，並伴隨著輻條車輪在泥濘地轉動的嘩喇喇聲。他張開雙眼往上瞧，看到不透明的薄霧在上面，不，該說是在他下面，然後他才發現他被自己一段勾在車廂破裂木板上的腰帶拉住，正頭下腳上地倒懸著。腰帶發出抗議的聲音，被扯得已至極限並纏繞在他的兩腿上，卻沒碰到此嚇得喪膽的大夫的上半身，使他看起來像掛在蜘蛛網上、裹了一半蛛網的小餐。當他往下看、雨珠由他的眉毛滴下去時，周倫看到沿著峭壁綿延而下、數百米的岩石與野草。血沖到他的頭，讓他頭昏；知道自己的處境，老大夫一時嚇得說不出話。

「周大夫！」左邊傳來一個熟悉的聲音，「我在這兒吶！」這個聲音竟然是蔡正武。他也一樣，一手拼命抓著由車廂側邊戳出的一小束箭桿，另一手緊握著車頂落下深淵之前、他撈到手的關刀。那些箭桿開始由蔡正武的掌握中折斷，沒法再握了。緊張忙亂中，他的眼睛望向大夫被纏起來、倒栽蔥的雙腿。

「聽好，」蔡正武瞧著那些箭桿說，「我沒法再撐多久。我打算試著跳到你的腳上，所以我要你別動。」

周倫轉著眼珠盯著這個年輕人。蔡正武話中的瘋狂程度，凌駕了前此大夫對高度的恐懼。

「你瘋了頭嗎？我會掉下去的。」周倫呱呱叫起來，抖著一隻手掌表示不行，仍然上下倒掛著。

蔡正武的手順著箭桿又往下滑了些。

「只要一下子，相信我。」他由牙縫中迸出這幾個字。大夫還沒來得及反對，南宋的武術家已躍身而出，生生將關刀投向霄漢。一腳往前轉，蔡正武輕輕點在周倫向上的腳板，接著猛地向上縱，把大夫已繃緊的腰帶拉出一道相當大的口子。

車廂內，弓箭銅人已擺脫了廝纏，正一邊把凱先生制於一臂之遠，一邊狠捶酒鬼的臉，並把喜鳳的頭踩在腳下，壓得她在木板上動彈不得。牡丹姐掛在這個敵人的脖子上，盡她可能地阻止他，包括掌摑、指掐、嘴咬，都不能遏止這個戴面具的危險人物。

但弓箭銅人突然注意到什麼。由馬車被撕開的那邊，一根桿子樣的東西被射入空中，一轉眼，一個灰溜溜的人物也著陸了。

那是正翻滾回戰場的蔡正武。他向前疾縱，搶到空中的關刀就用力捅去。*咚！*弓箭銅人偏一下，驚險地躲過一擊，但袖子卻被關刀鉤破。

蔡正武唉了一聲，他的奇襲未能湊效。

弓箭銅人抓住關刀刀後的桿子，用力一扯，把蔡正武扯得往前撲倒。

噢，糟了，蔡正武暗道，*我死定了*。

有什麼劃破了空氣。

喀啷！

滿身大汗的牡丹姐站在那，執鐽之手仍不由自主地抖，鐽面上正印著一個清清楚楚弓箭銅人面具的印子。

弓箭銅人由馬車後面摔下去，在地上猛彈了幾下終於一動不動；剩下的那個騎馬的銅人即時跳過這個障礙。

蔡正武目瞪口呆地望著這個女人，驚訝於她豪氣卻小小一揮的效果。

「搧得好，牡丹姐！」他說著，把關刀放在地上。牡丹姐面紅耳赤。

「你該看我真生氣的時候吶。哎，你不是掉下去了嗎？」

「我抓住了一些箭，整個馬車到處都有的是。」

「喂，喂！別匆匆忙忙沒時間向英雄道謝，他為了制服那個怪人被打壞了鼻子，而你們卻在這兒坐享其成。」凱先生哼了一聲，捧著他那劇痛的鼻子，一邊被喜鳳扶著站起來。這個年輕女子的脖子及側臉都是鞋印。他們兩人除了被扁外，其他尚好。

「等會兒，」蔡正武說，「周大夫！他還掛在旁邊！還是我該說我希望他還掛在那兒。」他們四人爬到車廂左邊，由邊邊往下瞧。還好，大夫還在那兒，臉色發青，一邊死抓著腰帶，一邊狠狠地瞪著他們。

「見鬼了，幹嘛那麼久？快把我拉上去，你們這些傻蛋！」

他們開始慢慢小心地把他往上拉，因為大夫的腰帶也逐漸地在裂，猛然一拉可能就此拉斷了它。只差幾寸他們便能成功地把大夫拉進車廂時，凱先生往後一瞧，楞住了；他立刻往蔡正武腿上捏了一把，指著後面。

剩下的一名銅人已跑得如此近，滴答的馬蹄聲在他們耳中隆隆響。蔡正武鬆了他握著大夫腰帶的手，抄起地板上的關刀，轉身跳起來迎敵。

「哇啊！」周倫慘叫著，又掉了下去。所幸，大夫沒落多少就停在那兒上下彈跳，磨損掉更多腰帶的纖維。喜鳳、凱先生，牡丹姐忙不迭地往下撲，賣力地拉，以彌補失去的人力。幸好，剛好夠力，不久，嚇破膽的大夫就被拖回到安全地帶。

蔡正武站在破得不成樣的馬車上，注視著鎖定他們來的銅人。他舉起白白得手的關刀，對戴面具的騎士劃大圓掃去，但敵人馭馬功力一流，每次都被他閃過。馬車的一片木頭彈出來，笨重地往敵人飛去。騎士閃避它容易，但卻給南宋武術家一個靈感。馬車一側是深不見底的懸崖，另一邊是枝繁葉茂的綠林。蔡正武將武器往上斜戳，朝樹林邊緣的密竹林切入，當馬車繼續往前跑時，刀刃便同時砍著竹子，大量竹段被劈落，紛紛倒向後方的路上，把弓箭銅人陷入重重綠網中。他的馬失了前蹄，終於倒下。

蒙面的騎士也被摔到地上，打滑。

蔡正武鬆了一口氣，望著落馬的騎士縮成一個遠處的小點，總算拉出他們迫切需要的距離。這時一個巴掌拍在他肩上。

「幹得好，蔡正武。希望你沒斷了什麼！」凱先生說，他很少有這麼清醒的時候。南宋來的武術家無力地點頭。

「我會沒事。你們呢？」

「沒少一塊肉。」喜鳳說，她仍抱著現在全身濕透，且身上都是葉子的止聾。令人驚奇的是，他仍然人事不知，在廝鬥的過程中不曾睜眼，也不知他們差點兒被逮。牡丹姐蜷成一團靠著一面破爛的牆，與弓箭銅人的遭遇戰令她餘悸猶存面色蒼白，但她仍勉強擠出一絲微笑。蔡正武點點頭，四下找另一個人。

「去哪兒了，那個周大……」

一隻沒著鞋皺巴巴的老腳，往蔡正武的徑骨狠狠踢了一腳。

「哎喲！」

「這個還你差點兒害死我兩次的帳！你腦子裡到底對我有什麼怨？嗯？如此對待一個無辜且手無寸鐵的老大夫？我猜你那樣才會興奮，你這個變態、變態的畜牲！」周倫大喊大叫，哭得很慘，無力的拳頭往蔡正武連環捶。喜鳳與凱先生抓著老大夫，而蔡正武怎麼勸都沒法讓情況緩和下來。

「周大夫，我很抱歉，真的！但我還能怎樣？」他說，手足無措。周倫再做最後的一次掙扎，終於住了手，憤恨地認輸，但凱先生還是把他摁在原處。

「我詛咒你們全部，你及你們的十八代子孫，還有他們的十八代子孫。我詛咒你們所有的人！」氣到不行的大夫猛然轉身，手指點著車廂內其餘的人，「都是你的錯，你！還有你！喲，我真不該答應你們這群人來幫什麼忙。我一生中從沒這麼怕過！」他抽抽搭搭地大聲哭。蔡正武舉起一手，想安撫他。

咻！

一個物體由後面遠處迅疾而來，鑽過暴風雨，並被一股旋轉的空氣隧道包裹。這個物體筆直地穿過蔡正武與大夫中間，挾帶著一股強風狠狠地撞擊他們，力量大得把兩人推得一屁股坐倒。碰的一聲，火箭衝破馬車所剩無幾的前牆，差之毫厘地飛過馬兒，令馬兒也受到相當驚嚇。車內的人瞪著這個被劇烈地向外戳破、邊緣還挾著些許破木屑、像食盤般大的洞。不論打擊它的是什麼，那個東西一定是以極快的速度飛來的。

「他們有大砲！」周倫大喊起來。

「不可能，我沒聽到什麼。」蔡正武皺著眉頭說。沒錯，如果它真是大砲，即使在這種雨中，他們一定聽得到它發射的聲響。他們全部往他們後面的路上瞧，然後大家都看到了遠處的一乘孤騎，一名孤單的騎士正馳騁前來，順利地穿過一堆堆落下的竹子。是方才兩名銅人之一嗎？不是，這個神祕的騎士讓人感覺不一樣，而且他的騎術像似遠遠優於目前為止的任何騎士或銅人。他穿著同樣古銅色袍子卻沒戴面具，然而卻能看起來比前此追捕馬車的那些人天壤之別的兇殘。當這個新威脅逼近來時，喜鳳的眼睛對上了他那像鋼鐵般、令人不寒而慄的目光；她立刻認出他是誰。

羅湖！

第55章

叢林之王的復仇

虎臉和尚可不想讓這些好事者悄悄脫身。他一手執轡，身子略往右傾，手伸進馬身兩旁各掛著的一個管狀筒子，拿出一根像棍子般長的武器。雷聲大作，照亮了結實的木棍一端、由一朵血紅的流蘇中吐出來的銳利鋼尖。羅湖來此只有一個原因，就是大開殺戒。他舉起梭鏢瞄準，內中苦毒沸騰，枉費了他數十年的禪修。

他瞄準好目標並奮力一擲，被丟出去的東西呼嘯過空中，直往蔡正武來。蔡正武舉起關刀抵擋，鏘！他的刀吃此飛鏢一擊，震得飛出他顫抖的雙手。兩個武器都飛出了馬車。

「小心！」凱先生喊著，往地上撲。另一根梭鏢疾飛進馬車，射穿另一個大洞並粉碎了喜鳳旁邊的牆。羅湖面不改色地由筒子中再抽一根梭鏢，瞄準又拋出。這次武器呈拋物線飛出，由雲端落於馬車上。

牡丹姐嚇得全身僵硬，眼睜睜地望著這個武器正往她的位置掉下來。蔡正武趕來救援，一腳將此婦推至安全地帶，但自己卻感覺到後腿被劃了一道好痛的口子。他倒在車板上呻吟，捏著皮開肉綻的下肢，望著自己的血由被切開的肉中滲出。他的背後就坐著仍然與止聾擠在一起的喜鳳；另一根梭鏢由天而降，扎入地板，將年輕女子的漢服釘固於地。牡丹姐想幫忙，便開始爬向他們，但受傷的蔡正武搖著一隻沾滿血的手，把她趕走。

「留在那兒！」

中年婦人發現自己被一隻髒兮兮的手緊緊扯住，而跌入凱先生懷中。凱先生正揮著她的鐵鑊，以鑊背為盾，同時護著周倫。梭鏢猶如暴雨般橫飛，

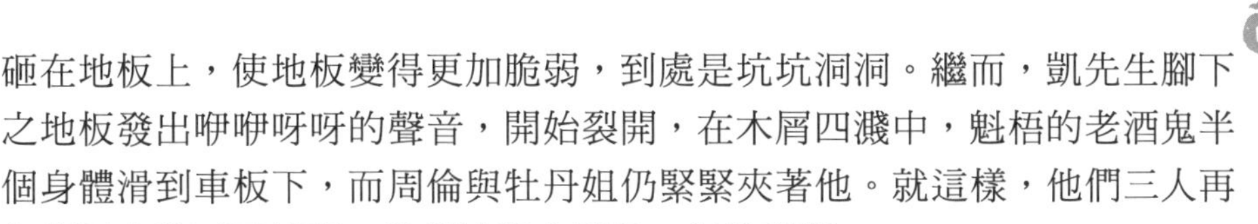

砸在地板上，使地板變得更加脆弱，到處是坑坑洞洞。繼而，凱先生腳下之地板發出咿咿呀呀的聲音，開始裂開，在木屑四濺中，魁梧的老酒鬼半個身體滑到車板下，而周倫與牡丹姐仍緊緊夾著他。就這樣，他們三人再怎麼扭也動不了絲毫；他們被陷在那兒，無法動彈。

「可惡！」凱先生罵起來，閉上眼睛，又一隻梭鏢就砸在附近。*喜鳳！*

年輕女子尚能活動，但範圍有限，因為她部分漢服還被釘在地上。因恐懼而顫抖的她慌亂四望，勉強避開她身邊如雨下的梭鏢。當她挪動身子，打算再退遠點時，不免扯裂了她的漢服。又來了一根梭鏢咻地擦過她的肩膀，穩穩地砸入木頭地板，咚地晃動著停下來。鮮血由她袖子滴下，混著止聾傷口的血。蔡正武與凱先生只能乾瞪眼，他們的腦袋一團亂，拿不準該怎麼做、往哪兒去。

「注意前面的路！再下去就沒路了！」牡丹姐割喉似地尖叫起來。他們全都往前看，可不是，前面不到五十米的路上，右邊的竹林與左邊的懸崖相切。眾人心頭瞬時緊縮起來。

「狗屎！」周倫嗚咽著。馬匹亦似有所覺，開始掙扎，倒退間撞向殘破不堪的馬車，但仍未能及時減速。馬蹄在濕泥中滑行，蔡正武緊握身旁的飛鏢，以此固定自己；牡丹姐高聲尖叫，而周倫與凱先生則開始唸佛。

在這片混亂之中，喜鳳緊緊握住止聾的手，用她顫抖的雙手緊裹他的手掌，堅定地決心不離他左右，直至生命的盡頭。

馬車突然一陣劇烈顛簸，緩緩地重新啟動，在一次次的間歇性下滑中偶爾前衝。木板斷了，馬車向旁傾斜並拖著一側已觸及懸崖的車軸。路越來越窄，左側的車輪已無法通行，馬車的後半部最終滑進了懸崖。它這一歪，除了還被夾在破爛地板中的凱先生、牡丹姐及周倫影響較小外，對蔡正武及喜鳳卻竭然不同。南宋來的武術家滾下來，滾落至附近的梭鏢桿中，但空間狹窄，他幾乎無法撐起自己；當他聽到呼救聲時，他無能為力地目睹喜鳳從他身旁滑過去，除了她自己外，身上還加了一個止聾的重量。他們兩人橫衝直撞地彈過半打梭鏢，撞斷了這些武器，連地板上的栓子都被橇了出來。

女子又開始跌落，卻仍抓著止聾不鬆手。她落在兩根梭鏢中間，一直搖晃。此時眾人聽到一聲令人毛髮直豎的咿呀響。

「喜鳳！」眾人異口同聲喊起來。馬車向下滑了點，又停了下來。

「趙姑娘，」附近的蔡正武也忙著平衡自己，倒吸一口氣說，「看在老天爺份上，別動。」她正停在兩根梭鏢之間，隨著梭鏢桿子微微彈動，驚險萬狀地隨時會掉下去。雨水從她的髮梢滴落，順著她的下巴流淌，最後滴入下方深不見底的谷底。然而她似乎對此毫不介意，因為她清楚，更危險的是誰。

在灰濛濛的視野中，又飛出來了一根梭鏢，離喜鳳頭頂僅寸許之處驟然掠過，將支離破碎的馬車又削掉了一部份。隨著碎木屑紛紛落下，牡丹姐與周倫再度發出一陣悲鳴；這個交通工具在地上磨蹭，又滑下了些，逼得馬匹賣力刨動蹄子，以免被拖下去。

又一根梭鏢劃過喜鳳的手肘，幾乎刺穿她與止聾。喜鳳痛得抽了一下，但仍繼續把止聾抱在胸前。她東張西望尋求援助。蔡正武受了傷，周倫又一次嚇得失魂，牡丹姐與凱先生動彈不得，而且這些人唯恐破壞馬車的平衡，一動都不敢動。

蔡正武怒斥這個面如惡魔的騎士，「滾！別來惹我們，你聽到了嗎？」

但羅湖已經什麼都聽不到了。他的舌尖品嚐的是嫉妒，他的心渴望復仇，他的腦子泛濫著暴力。他怒視著喜鳳，眼睛瞇成一條縫。

沒得原諒，她該死，跟那個孬種一起死。

羅湖又拿起一根梭鏢，瞄準。他注意到喜鳳是如何把止聾摟在臂彎裡的，讓他僵住了。喜鳳察覺到他的遲疑，故而抬頭面對她以前的恩人，仰望著他的眼神充滿了恐懼與歉意。淚珠由她眼中溢出，混著雨水，吹入風中。老大師父繼續握著梭鏢，任由雨水由它金屬的矛尖往下流。羅湖停在這個姿勢許久，一個料想不到的東西突破了羅湖的表層，是自他是一個孩童後從沒發生過的。從他一隻眼角，一滴淚珠滾下了他的側臉，滴下他的面頰。他目光中的兇殘消退了片刻，然後又屈服於復仇心下。

憤恨在翻騰，他執著梭鏢瞄準這一對戀人，發誓要看他們死。

喜鳳低下頭，認了命。

羅湖暴喊一聲，武器一擲而出。

與此同時，一陣強烈震動搖晃了他們所處的山脈，伴隨著震耳欲聾的隆隆聲響，多遠都聽得到。它聽起來像地震，卻不是，因為湖泊與山谷沒搖動，雖然附近幾名農夫覺得有異。與此同時，一道閃電劈中山頂，天空中一條旋轉的灰色筒子自雲層中伸展出來，驟然擊打馬車與羅湖之間的地面。大

師父手中的梭鏢如同一枝輕飄飄的樹枝，被無情地吸入扭曲的龍捲風中。此時，馬車下方的地面亦突然坍塌，將喜鳳及車上其他人一同拖入深淵。

支離破碎的馬車、少許的山石，都跟著這群人掉下去。喜鳳驚恐地目睹驚慌失措且重於人的馬兒從旁重摔下去；周倫在附近時浮時沉，發出慘叫；凱先生身不由己地盤旋；牡丹姐仍抓著一塊木頭，而蔡正武卻被往斜裡拋出去，與其他人迅速拉開距離，翻翻滾滾，直至最終被濃霧吞噬。

不一會兒功夫，他們其餘的人無一倖免地都被不透明的白霧淹沒，接著是片刻後的一陣轟隆隆聲。

坍塌的山體重重砸落在下方的山谷中，揚起如雲朵般的塵灰，在谷底形成一個大土墩。

在上面高處的羅湖，死勁拉著韁，邊控制他的馬邊極目往深淵底下瞧。牡丹姐的馬車原來所在的地面已經沒有痕跡。那個地方現在是一個缺口，向下延伸入濃霧中及其更遠處。這個缺口看起來更像被一個巨大的槌子敲掉了一塊，而非典型的山崩。他好奇地下了馬，走到崖邊，以便看得更仔細。

另外兩名銅人也徒步趕來，他們的傷勢不重，除了一人的額頭有一大片瘀青外。他們與他們的頭頭一起走到懸崖邊，查看被他們追捕的人是否真正斃命。關刀銅人躬下身。

「這是上天的懲罰。偉大的賓陀羅啊！」他的聲音沙啞。

羅湖沒答理，仍然往深淵下望。

「沒錯，這可不是普通的巧合。」弓箭銅人接腔。虎臉大師父沒回答，兀自思量那是個什麼情況。他不確定那一瞬間到底發生了什麼事。它發生得太快，讓人看不清，又巧得讓人匪夷所思。他隱隱約約覺得有誰或什麼*東西*從中作梗。其中一個銅人講出心裡話。

「賓陀羅，我們可以確信他們已經死了。畢竟如此一摔，任何人絕無生還之理。」

又過了一會兒，羅湖終於轉身離去，知道再過來的幾週也難以給他更多消息以平息他心中的疑惑：馬車上每個人最後怎麼了？

喜鳳扒在止聾身上往懸在半山腰雲朵般的霧團掉下去時，覺得潮濕的冷空氣抽著她的後頸。她望向天空，視線裡看不到一片灰雲，反倒是整個天空

像是突然捲入了一個渦旋中，而且以非常危險的高速沿著山邊向下轉。她愈跌愈快，一下子便追上了這個鋪在半途的霧毯。她的世界瞬間變得毛絨絨的，接著是空中一陣刺耳的嗡嗡聲；一個強有力的感覺夾緊了她的身子，把她與止聾團團裹在潮濕的層層絲絨中。她覺得有點兒麻，像是微微觸了電，並聽到周圍空氣中一種金屬般的鐘聲。當一個灰色的東西把他們由濃霧中往旁拉時，纏繞在她身體上絲絨般的環圈便偏向一邊，彎彎曲曲地朝著山谷旁的河流去。

它沿著河岸旁的林線飛馳，速度之快使得樹葉如雨般呼嘯落下。隨後它出了林子，在水面上曲折前進，朝著龍門石窟方向去。住在河岸的居民及旅人目睹此來意不善的灰色物在河上螺旋飛行，以為大禍臨頭。從隙縫間，喜鳳看得到人們紛紛棄傘走避。她張口向他們大聲喊，但沒人聽得到。這個扭動的東西繼續往下游去。喜鳳往下看，看到她自己與止聾映在河面的倒影，微微發著光，但當這個旋轉的身子愈靠近河，他們的倒影像是被猛烈的擊碎。當他們接近那個石窟獨特的石刻時，她聽到她的腦中有一個聲音。

別怕，小鳳凰。

她轉身尋找說話的人，但不知它從哪兒來——最重要的是，它似乎是在她腦袋中發出來的。

*入口在河床上。吸一口氣，因為他需要呼吸。*話說得字正腔圓但十分單調，轟隆隆卻不深沉也不粗聲粗氣；每一個字後拖著一陣金屬的鈴聲，讓人覺得奇怪的平靜，像是佛教的法器「磬」發出來的聲音。她從來沒聽過有任何聲音像那樣。

但是，它的吩咐卻讓她不敢掉以輕心。

捲著她的那團灰開始拱成一道弧形往水裡去。喜鳳沒時間思考，只能大吸一口氣，把止聾抱緊，一起沉入河中，迅速地消失在波浪下。她捏著他的鼻子，將自己的嘴唇緊貼在他的嘴上。她邊嚐著他口中的血邊把空氣送入他仍在呼吸的胸腔；和尚仍無醒轉跡象，除了他緊閉的眼皮後微微的使力。河水讓人感到舒適，不消片刻，止聾似乎鬆懈下來了；在波浪底下，纏繞他們的灰色物也消失在一簾子泡沫中。在下沉時，喜鳳望著河面，看到被雨水打成斑駁的水面隨著他們沉下底的旅程漸漸不見。當這個螺旋物觸底時，掀起了一片如沙般的大塊污泥，他們就在水中短暫地盤旋，等泥沙由他們身邊沖過去。不一會兒，喜鳳覺得繞在她身上的暗色圈圈邊用力擠邊往下潛，她便驚慌起來，以為他們就要往河床撞上去。相反的，螺旋物卻滑行著直接穿過河床，鑽過層層膜狀地層，終於由另一邊冒出來。

他們一路往下，愈下愈深。出人意料的是，現在這兒可沒半點兒水，而且他們發現自己正往下旋轉到一個地底洞穴——是地底下錯綜複雜的許多洞穴之一。涼爽又帶著泥味的空氣撲上她的臉，她便吸了一口氣，頓時放下心來。當她確認止聾仍在呼吸後，她向匆匆奔騰的黑暗中瞧去。

「你是誰？你要帶我們去哪？」她開口問，覺得自己有點兒蠢，因為她不知道自己在向誰或什麼東西說話。

耐心點兒，小鳳凰。

又來了！又是那個有點兒誇張、像風鈴般的聲音。為何她聽起來竟如此悅耳，那麼清晰卻從沒聽過。她覺得速度慢了下來，因他們正擠過一道窄縫，進入另一個相連的地洞。那個地洞中一排排微微發光的石英石，像是正對這個螺旋形物體的能量做出回應，它立刻減速到幾近爬行。

前此黑暗又擁擠的空間不復返，代之而起的是蘊藏著豐富的礦物質、像洞穴般的空間，不僅如此，根據它的氣味，清涼的泉水就在附近。螺旋狀的風消散了，喜鳳才看到那個護住她與止聾的厚圓圈，連著一個巨大的像蛇般的身體，粗壯得如同一顆大樹。他們緩緩盤旋而下，下降一短距離後，便接觸到地面。

套在他們身上的圓圈鬆開了，把喜鳳與止聾倒在平滑又堅硬的地上。

「有人嗎？」一個男人的聲音喊。喜鳳在黑暗中倏地坐起。

「周大夫嗎？你也在這兒？」

「妳該死的在哪？我們是掉到什麼洞穴嗎？」周倫說，瞎子摸象似地在他周圍的地上摸，「我什麼都看不到。我大概瞎了。」

「我也看不見。」又一個聲音說，那聲音屬於同樣被嚇壞了的凱先生，「那個聲音，喜鳳！大夫！你們也都聽到了嗎？」

「那聲音絕不是我們任何一人的。」牡丹姐說，向前伸出手，往最後說話的人的方向爬去。他們均如此做，在黑暗中摸索，經過許多磕磕碰碰及語言的確定，直到他們總算又聚在一起了。

「我想蔡正武不在這兒。」凱先生說，「如果他不在這兒，那表示……」

「你幹嘛在乎那個瘋子？如果我們在這兒，那他也在。他只是晚了點兒，沒什麼大不了的。」周倫哼了一聲，語氣非常不爽。

「我看到他翻滾開去。」喜鳳說，「我沒看到他被龍捲風吸進來。」

「哼，他不在的好！」周倫發著牢騷，「我差點被他丟下去山谷兩次，而你們沒人為我流一滴淚，所以你們全都去死吧。」希望有兩句安慰話但沒人理，周倫嚷得更兇，幾乎是口沫橫飛地把話噴向他們。

「我們被困在一個地洞中，沒有光，又不知該怎麼出去。你瞧，事情搞砸了便是如此模樣。我一開始幫你們這群笨蛋，就惹得一身腥，屢試不爽，呵！」

「你能閉一下你的臭嘴嗎？不是只有你一個人有麻煩！」牡丹姐也尖叫起來，惹得惱怒的老大夫更火。

凱先生兩手掩住耳朵，皺著眉頭。

「我要說什麼就說什麼！」周倫厲聲喊，「而妳是一個老太婆，老、老、老、老、老太婆！妳又能怎樣？死八婆！」

「我會殺了你，你這隻猴子！」牡丹姐喊，在黑暗中用指甲扒他。

你們的朋友在另外的地方安然無恙。

當這個聲音又一次在他們腦中隆隆響時，所有的人不約而同地停下來，面面相覷。

「你是何方神聖？」凱先生問，擺出在此情況下，他最能令人信服的姿態。一聲震耳欲聾的大笑在石穴牆壁間震盪，如千鐘齊鳴，震人耳膜。凱先生嚇得差點兒尿失禁。那個聲音繼續說話，聲音不陽剛也不陰柔，如驚濤駭浪般強勁，但末尾總帶有同樣的金屬共振聲。

*千年以來，爾等人類於天際與海洋之中，屢見吾輩蹤影。然而隨時光流轉，爾等愈發不願信我等存在。此種否認，究竟由何而來？*聽起來它似乎覺得有點兒啼笑皆非。

遠處傳來疾風的嘯嘯，聲音愈來愈大。

啊，這個聲音說，*牠們來了*。

隨著一聲空谷傳音，由上面的山洞射進來五顏六色的閃光。一個洞微微發亮後迸出一團燦爛的雲朵，伴隨著一條灰色的煙圈自中心冒出，緩緩向下轉，最終停留於下方一個拱高的圓形平台之上。牠浮在那兒，灰色的霧氣漸漸蒸發成水蒸氣後，才顯現出這個壯麗光體的頭部，原來屬於一隻全長比二十個人身高還長的蛇形物。另外又有三團灰形物由地洞射出來，直接飛過喜鳳頭頂，飛到此洞那頭，降到牠們各自的台座，看起來像似一柱柱發光的灰煙。頭頂上傳來更多唏嗦聲，接著是更多灰形物由上面的洞穴冒出來，直至喜鳳及她朋友被十柱灰煙包圍，形成兩個大圓圈繞著他們。第一圈圓的六柱灰煙等距隔開，但還有一個空位，表示或許尚有一位未到；第二圈圓更大，圍在這一圈外面，按照四方位配置，由四個煙柱子組成。每個台座的地面，如同被賦予生命般，亮起了同心圓形狀一圈圈的光。這道光再往旁邊延伸出去，直到它們全部相連，像項鍊上的圓珠。

人類的腳底下也隱約透出微弱的光，逼得他們往旁邊讓。周倫碎步快閃，希望能比腳下的光跑得更快。

「老猴，你天殺的要跑去哪？」牡丹姐嚷著，一邊自己也往旁一步讓位給地上一條發光的線，它現在迅速往洞穴中央匯合。每一個被盤踞的台座下面的光線，都開始往同樣的方向伸展，不一會兒，位於中央的台座也開始微弱地閃。

洞穴因著閃光而開始有生氣。牆壁都慢慢地搏動起來，白藍光像靜脈般往上延伸，愈向高處愈顯細微。目瞪口呆的人類至此時才把他們的周圍看清楚。他們睜大眼睛，發現從四周不同方向有十對眼睛正凝視著他們。這些生物位於數米高的地方，靈活的脖頸支撐著一條碩大且彎曲繞折的身軀，其光芒明亮如月光，身形輕盈若一縷煙。

牠們是東方的天龍，壯麗至極，令人讚歎不已——牠們王者般的身形，長達一棟小宅那般，身上的鱗片閃爍著耀眼的光芒。一對如叉子般的角從牠們的頭頂聳立，如爬行類動物般之臉部垂下稀疏的鬍鬚。牠們盤踞在十二台座中的十台座之上，全部面對著喜鳳及她的同伴。

第 56 章

東方九龍與四聖獸

在這群人類仍驚愕未定之時，一隻身軀最長的龍，帶著陰森之氣，緩緩靠近周倫，其如鰻魚般的脖頸蛇樣地伸縮，眼睛緊緊盯著已被嚇傻了的大夫的眼睛。

大夫，你有良善的氣質，可惜你不再理會它。

儘管這隻蛇形龍的聲音仍帶著金屬共振，但其音質明顯有所不同，語氣更加深沉，口吻帶著冷靜的分析性。

周倫大喊一聲，躲到凱先生背後。

*我同意，長龍，但唯有把他痛失至親的哀痛也列入考慮才算公允。*另一條綴以紅綠色鱗片的龍輕盈地浮游過地面，一邊說話一邊向這群人去。*多奇特的一群人。一位心腸已剛硬的大夫不再行善。一位尋求救贖的婦人。一個沉溺於酒精中的男人。還有一位以他的靈魂比鬥、卻不在現場的俠客。*巨龍將其注意力從其他人身上移開，將那如桌子般巨大的頭部降至與喜鳳及止聾齊高的位置。

當然啦，以及兩顆不願墨守成規的心。

紅綠色的龍毫不費力地浮在空中，面對著牠的另一名同類，一條鱗片呈青綠色的龍。*我質疑你的判斷，青龍（又名蒼龍）。雖然他們的處境堪憐，但和尚及這個女子未免過於自私。他們背叛了那些有恩於他們的人。*蒼龍默然不語，但牠們的另一成員上前辯護。

你說得太籠統了。天龍吶！我們的兄弟青龍也沒做什麼錯，牠僅是聽命行事。是我們年高德劭的長老，神龍，下令給這群人類安全的退路。我們既是牠的近親，就必須相信牠的決定，附近一條黑鱗片的龍說，牠的親族稱他為黑龍。

一隻肌肉發達，腿腳粗壯，比其餘龍隻看起來格外結實的龍，緩緩伸出一爪，輕輕觸地，以此示意其禮貌之不同意。

這樣做的話，青龍與我們可敬的神龍壞了我們的規矩，黑龍。自黃帝時代以來，未有人類得參與吾輩之事，這條重量級的龍說，指著牠們那個圓環上的那個空位子。*這就是為什麼我、伏藏龍還有疑慮的原因*。牠又對蒼龍說：

你該跟我們商量的，青龍。

但蒼龍堅持自己的立場。

你的擔憂並非沒道理，牠說。*兄弟，希望你能相信我，因我僅執行我們最崇敬的兄弟黃龍的請求，牠也預知到此事。*

喜鳳與她的同伴們意識到這個聲音就是稍早對他們說話的聲音。他們終於知道是誰在山上出手相救。其他的龍族在聽到黃龍的名字時，均訝然沈默。

蒼龍於是抬頭望著穴頂，聽到外頭轟隆隆空氣的拍打聲。

洞穴迴盪著低沉的隆隆聲。上面的洞口落下一陣灰塵，令喜鳳及她的伙伴不免心驚，但龍族們毫不在意。兩團龐大灰色的卷曲物突然闖進來，一團去停在內圈圓圓周上那個空的位置，另一個去停在兩層圓圈正中的圓心，揭曉出這個圖形最後的圖片。

後到的第一隻龍，是一條被稱作神龍的巨龍，身披鬃毛又莊嚴地已有年紀，體量至少為在場任何一條龍的兩倍。牠威嚴地浮在圓環上一個比其他都高的台座上。

圓心之處，煙霧繚繞中，最後一條龍──黃龍，緩緩現身。牠是一條幽靈般的巨蟒，在褪色的金黃色彩中搏動。蒼龍弓身行禮，其他龍隻亦如是。神龍最先說話，面對著喜鳳，流露出無比的穩重與睿智，令在場的眾人覺得耳根一新。

小鳳凰，妳之得以存活，全靠我們龍族。

「好了，是集體討論的時候了。」周倫喃喃地說，眼睛左右閃，「哇賽！牠們的聲音是怎麼來的？」

神龍身軀微垂，俯瞰昏睡中之止聾，窺見其內臂上之烙印。隨即回轉，再蜷居高台之上，側首對其他龍族說道：

烙印昭然，左臂一龍，右臂一虎。此人確實精通武藝。讓我們也聽取四聖獸的意見吧。此言一出，在一陣轆軋聲中，外圈四座平台緩緩升起，至於高處，使其盤踞者居高臨下內圈的龍族與人類。喜鳳現在才看到，原來龍族並非是在場唯一神奇的物種。四聖獸中除了青龍外，還包括一隻超大尺寸的紅雉，展示著一身堅硬得如同玻璃片般的羽毛。一隻威風凜凜的白老虎，其體之巨，足令人屏息。另外一隻黑色像烏龜的怪物，看起來像似在一個巨大的龜殼上配著蜥蜴的腿，而頭與尾巴與蛇無異。喜鳳立刻便認出這隻白虎，正是昔日她與止聾在太室山雪林中遇到的那一隻虎。

大貓向神龍躬身致意。

我，白虎，確實看到此人在森林中與狼群決戰的勇氣。他為保護他所愛的人而戰，但行動卻充滿著悲天憫人。

而我，朱雀，亦可為其無私與決心作證，鳥兒說。*他讓我看到他的側隱之心廣及於他愛的人、敵人與陌生人。也是他包紮了我的傷。*

神龍點點頭。下一個該黑蛇龜發言。

神龍閣下，烏龜靈獸微笑道，*我的任務，乃取回黃帝玉璽之設計圖耳。因此，我，玄武* [41] *，並未涉足其他事物*。牠張開嘴，滑出一根爬蟲類細長的舌頭及被整整齊齊捲成一個小卷、那個破爛的傳國璽設計圖。紙卷是乾的，一點也不爛糊糊。上面的圖畫保存完善，正如同那天被由嵩岳寺藏經閣中帶出來時一樣。略略停留後，玄武將其嘴巴的附件收回爬蟲類的食管，將那無價之寶的文件亦吞入腹中。於是這個靈獸眨眨眼，對神龍說道：*我雖沒親睹此年輕和尚之事蹟，但我可為我同伴作保。牠們相信他是天選之人，那我也是，因我對牠們的信心，從沒讓我失望過。*

四象中有三位已經發言，剩下的那一位：是他們那夥兒最後的，即蒼龍，亦稱青龍者。牠高高地浮游在牠那些長著鱗片的親族們的頭上，望著止聾。

---

[41] 玄武：按照傳說，玄武是龜蛇合體的靈獸。值得注意的是，中文的象形文字”龜”字本身並沒明確表示龜與鱉的區別。

歷經寒暑，我望著少林寺日出日落。神龍閣下，我看著此人努力在兩個世界中尋找和平。他想找個伴兒，但他的家卻啟動戰爭以對。他努力忠於他的情感，亦不捨棄悲天憫人之心與他宗教的教誨。此其間，他未嘗因驕傲而迷失，時刻自警，以免對他人之苦難疏漠。彼之心志，令我謙卑。

蒼龍指著喜鳳。

我說的不只是一顆心，這兒有兩顆心。

神龍了然於心，但卻哀戚地望過來。*青龍，我從沒聽過你這般讚賞如此渺小的人類。唉，他現在的情況已悲慘到令人心驚。*和尚一抽搐，口中又噴出了帶血絲的黏液；他的喉嚨一陣咯咯作響後，才緩緩地吸一口氣。

只是，他的胸膛不再起伏。

喜鳳慌亂地檢查他的呼吸跡象。

「老天爺吶！」她驚呼，「他的呼吸沒了！周大夫！」

「讓開，女孩！」大夫喊。他拉開止聾的袍子，試著按摩和尚沒受傷的那一邊肺臟，但沒效果。

「他的胸愈來愈弱。」醫生找他的脈搏，「他兩邊的肺快沒作用了，如果他不趕快呼吸的話，他將……」

喜鳳把止聾的臉抱來貼近自己，側著臉對龍族們說：

「請幫助我們。止聾不能死！我們能做的都做了，不該是這樣。」

巨蟒們交換無能為力的表情。

*小鳳凰，我們心有餘而力不足，*神龍說。

*我們無法再做什麼，*伏藏龍沉重地說道。*死味已濃，他的生命力即將離去。*

牡丹姐走上前來，難以置信地搖頭。

「你是說我們都只能傻站在這兒，等他死嗎？」

把他帶來我這兒。

是在同心圓中心黃顏色的龍、黃龍的聲音。牠金黃色的眼睛對著眾人一閃一閃，又喊一次：

帶他來！

第 57 章

獻祭與浩劫

黃龍說話時，喜鳳與她的同伴非常安靜。牠震懾人的外表下，帶著一絲悽愴。在場的其他龍族亦是如此。地龍爬到黃龍與喜鳳之間，即使牠有一副矮胖像鼴鼠般的身材，但牠動作倒異常的快。

夠了，黃龍。過去一千年來，你把什麼都給了這些人類。我地龍可不讓你第二次被自以為是沖昏了頭，牠說。

沒錯。珠龍——珍珠龍的簡稱，也出聲了。牠飄過來。*人類是一個膚淺、自私的族類，一直把我們的犧牲認為理所當然。*

天上的龍——天龍亦不落龍後。牠優雅地飛到空中繞著石壁兜圈，對著黃龍。

我敬仰的黃龍啊，我雖也同意幫助人類，但犧牲你自己到如此地步未免不值。他們是一個年輕且短暫的族類，無法專心致志達到更深的覺悟。我們在西方的同類一定會認為我們此舉是一種背叛的行為。

黃龍點點頭：

*我不否認人類中存在著邪惡，天龍。但在這兒的這些人——以及好些我們還沒碰到過的——展現了對愛極大的潛能。我們對他們的怨恨，不管是舊的還是新的，都該放下了，因為現在是我們再託付他們一次的時候。*天龍的眼睛瞇了起來。

我不敢苟同，但如果那是你最後的願望，就如你所願吧。

不是只有你一個不同意，天龍，神龍說道，也一臉悲戚。*黃龍啊，我親愛的兄弟，我們會信守你最後的請求。*

神龍轉頭面對著其他龍族。

正如預言所指，在我們親愛的兄弟離世前夕，被選中的人類找上了我們。我們認為此乃天命所示我們當再次介入塵世之兆。

牠對喜鳳說：

*小鳳凰，把妳的和尚帶到黃龍面前。*喜鳳點點頭，目光投向她面前那透明而顏色由金黃褪至黃色的巨龍，心中不覺生出悲憫。跟其他的龍比起來，黃龍看起來老邁又非常虛弱；一半的鱗片已暗淡並開始剝落，而且牠的形體在實體與透明間閃爍不定。喜鳳跪下來，把她心愛的止聾放在地上，讓黃龍好生端詳和尚的臉。

*年輕的和尚，在你醒來以前，我應已與大地之母合而為一。願我最後的犧牲，為我們兩族締結一個新同盟，以和平與團結之名再出發。讓此世界重新散佈愛的種子，不再有戰火。*言畢，黃龍退到穴頂，張大上下顎，由它的肚腹深處發出一陣響亮的喀唧喀唧聲。一個腫塊通過牠蛇般的脖子，由牠的下巴下面，滾出來一個球狀物，被輕輕地夾在這條巨蟒的牙間，恰似一隻動物把一個彈珠銜在嘴裡。喜鳳與其他人類遮著他們的眼，因為此球體如此之亮，猶如瞻望日輪；它的亮度突然就沒了，他們才都得以看出，原來那是一粒金黃色的珍珠，上面圍著一圈黃白色的光華。黃龍身上的鱗片變為暗灰色，牠拼著所有的力氣，才能把牠巨大的頭往下彎，同時仍然把那顆圓球夾在牠顫抖的雙顎間。

把它拿去，小鳳凰。把它倒在他受的傷上，黃龍囑咐。牠的聲音陡然變弱。喜鳳雙手抱著這個大珍珠，感覺到它的柔滑在她手掌間逐漸化作金黃色液體，從她指縫間緩緩流淌。愈在外擱得久，珍珠愈發快速地縮小，且液體逐漸變成了蒸氣。所以她把這個發光的殘留物兜在雙手裡，急忙回到止聾身邊。她把它一點不剩地倒在止聾身上，特別著重他破碎的胸。

液體一接觸到和尚的皮膚就發出嘶嘶聲響，其破損之膚肉立刻開始自行癒合，還冒出蒸氣，讓他在昏睡中仍不免齜牙咧嘴。喜鳳揪著胸，感覺到由她內心深處冒出的一線希望。金黃色的液體往止聾身體深處滲入，當它滲透至四肢百骸時，隱隱發出油爆聲，但卻把他損壞的組織復原得天衣無縫。他的刀傷如同它們被砍時一般輕易地合攏，他的挫傷亦消失得無影無蹤；

砰一聲響，下一刻，止聾被打扁的半邊胸膛驟然彈起，回復到它以前的樣子。

「我以包青天額頭上的月亮起誓。這東西還真有效。」凱先生說。

「說得沒錯。做大夫的都沒生意了。」周倫也嘖嘖稱奇。

和尚的胸膛又開始起伏，把冷空氣吸進去被療癒的肺中。

「止聾？」

他咳了一聲，用力擠著眼，感覺空氣流入他的氣管。喜鳳搖著他。

「止聾！」

和尚坐起來，大聲乾咳，費力地吐出一大團血塊。喜鳳抱著他，喜極而泣。

「嘔，止聾！我快擔心死了！」

「哪……？小鳳！」

「你這個極其好運的混蛋。」凱先生說，「老天爺真的特別眷顧你。」

「凱先生……」

「歡迎你回來，小子。」

止聾笑了，沒法隱藏他的歡喜，「牡丹姐。」

和尚注意到抱著雙臂站在一旁的周倫，滿臉壞脾氣卻鬆了一口氣的樣子。止聾躬身作揖。

「蔡正武在哪兒？而且我們又在哪兒？我最後的記憶是我還在最後一間密室。」他問道，記起來他跟羅湖那場艱苦的格鬥。

你提到的那位南方鬥士已經平安脫險。不像爾等，他永遠不會知道墜崖後發生了什麼事。正如同我們龍族也永遠無法再見我們逝去的親愛的兄弟。

眼前的景象讓止聾觸目驚心。神龍懸浮於黃龍的台座上，去世的巨蟒側身躺著，已僵硬如石。牠遺體下一圈圈的圖形圖已失去顏色，只賸地上刻下的冷硬線條。

神龍把牠巨大的頭轉到止聾面前。

*黃龍不僅是我的兄弟，更是龍王之尊、四象之中心。然而牠卻把牠的龍珠給了你，讓你可以活下去，*此龍繼續說道，*龍珠蘊含黃龍所餘僅存之生命精華，如今全部轉到了你身上。*

「我感激不盡，但我實在不明白，神龍大人。」止聾說，感激地磕頭，「為何你及你們族類要幫助我？我，一個微不足道的武僧？世上還有許多人更強壯、更聰明、更堅毅。我哪值得你們這樣做？我為了一個完全自私的理由，背叛了我自己的家人。」

*先別急著謝我們，和尚。我們對你是有目的的，但你有權接受或拒絕。不管怎樣，既然你現在已清醒，就讓我們先正式介紹我們自己。*神龍說，指著內圈之龍族。

首先，自龍王諸君開始。黑龍、長龍、珠龍，主宰此地四海千江。三隻龍半向止聾頷首。神龍接著介紹：

*天龍，自天而降之鑒定者；地龍，地上之巨螭。*兩條龍躬身行禮。牠們看起來全然不同；天龍身形修長，閃耀紅綠光芒，輕盈如風；地龍色澤暗沉，身軀粗壯，四肢健碩，匍匐於地。

伏藏龍，祕密寶藏的守望者，神龍說，指著一位兇神惡煞模樣、長著長牙與利爪的同伴。

並且阻止人們的靈魂腐敗，伏藏龍加了一句，一邊瞟著一對沒眼皮的眼睛獰笑，一邊亮出閃閃發光成排的利牙。此龍點一下牠巨大的爪子，每根爪子都亮得像匕首。神龍把牠的頭豎向洞頂，發出一個金屬般的鎡鎡聲，將地面外層圓之線條搏動起來，直到所有的圓圈與線條都串聯在一起。外圈四台座亦隨脈光亮起，光芒愈燦。

你當已見過四象之神獸，神龍說道。*朱雀，朱紅之鳥；玄武，黑色之龜；白虎，皎潔之虎；以及青龍，又名蒼龍。牠們守望四方與四季。*神獸們點頭致意。

止聾也躬身回禮，並注意到一隻眼熟的紅雉，停在其中一個高高的台座上。

「是你，是你教我學龍掌功的。」他說。鳥兒眨眨眼嗖地飛撲下來，把一股往下吹的風刮在地上，緊接著，牠把這個大吃一驚的和尚一把抓到牠的腳中。鳥兒以一種戲耍卻強有力的方式，將和尚往洞穴的石壁猛拋過去，喜鳳及其他人尚來不及反應，一抹耀眼的紅已低空飛過。一聲悶響，和尚撞進了一堆柔軟的羽毛中。

*一報還一報，年輕的和尚！但打一場好架的祕密，與其說在龍的軌跡，不如說在雀兒跳水。*鳥兒大笑著，於一道紅光中疾轉。和尚微笑起來，所以這隻鳥果真會說話。當牠急轉時，離心力把止聾穩穩地壓在這隻動物的背

上。他們一飛過龍族的頭頂，鳥兒便撥動牠的翅膀，隨隨便便地把和尚倒在白老虎的背上。

夠了，朱雀，他這一天已受夠了，白虎說。止聾掉下來，在老虎的茸茸毛上彈了一下，一個翻身，站在他自己腳上。

*你感覺怎樣？*大貓問，並用牠西瓜般大的腳掌穩住和尚。

「還不壞，只是有點兒頭暈。」止聾抱著他的頭說，「還有，我也得謝謝你在那個降雪的清晨救了我們。在你把那些狼隻痛打一頓後，牠們再也不敢在我們的山上出沒。」一根腮鬚抖起來，白虎被稱讚得非常不好意思。

年輕人，牠們似乎都喜歡你。黑烏龜微笑著說，覺得自己似乎有點兒像局外人。*請原諒我的伙伴，如果牠們表現得太過興奮，因為我們是不准對人類說話的，直到現在*。喜鳳捏了一下止聾的手臂，指著蒼龍。

「就是這條龍救我們逃離羅湖之手。止聾，我們欠牠救命之恩。」她說。止聾跪倒在地，向此巨蟒磕頭。

「你就是我在少林寺第一次看到的龍。我的感激非言語可表達。」

彼此彼此，年輕的和尚，蒼龍微笑，於是向神龍的方向點點頭。

年輕人，黃龍把牠的命給了你，就是希望在我們危急存亡之秋，你能助我們一臂之力。神龍的話令止聾費思量，為何如此有大能力的龍族們，會需要一個普通人類的幫忙。

自然的力量是我們龍族在控制，神龍接著說，*千秋萬世以來，我們降雨滋潤你們的田畝、調控四海百川、維繫自然之平衡，使人與自然得以和諧相處。但最近以來，九州的靈力日衰，我們龍族的生命力也跟著它一蹶不振；這是我們逃避不了的。我們心愛的黃龍首當其衝，而且終究，我們也將步其後塵。*

止聾靜靜地聽，心情沉重地點頭。

我們的神力已大不如前，而且我們也只有幾年好活，此大蟒說道。

「如果九州的靈力對你們全部都有影響，那為何黃龍是第一個倒下去的，而非你們任何一個？」牡丹姐問。

前此一個事件，令黃龍損耗了牠大半生命力。在我們親族中，惟黃龍自願縮短其難得之修壽。牠這樣做了兩次，第二次就在今天，那個身材粗短的

地龍回答。*愈來愈脆弱的九州再加上讓出牠的龍珠，只會令牠已衰弱的情況雪上加霜。*

凱先生清一下他的喉嚨。

「好，了解。情況確實可悲，但我能直白些嗎？」酒鬼說，「是不是這樣？你救了止聾和我們，是為了要讓你們，嗯，你們這些龍不翹辮子嗎？我們該怎麼開始？為你及你們飛蛇一族建一個保護園區？」

*這隻醉猩猩一點兒禮數都不懂！*天龍聲如洪鐘，怒目而視。神龍抬起一隻五爪腳，息事寧人。

*這件事與你們人類亦有關。三千年來，我等主宰著百川大海與氣候，大地習慣於仰賴我們的調節。如果我們不再存在，調節天氣的任務將回歸給自然自己，然此回歸的過程無法風平浪靜。在自然勉力再學習如何駕馭其舊有的力量時，天災將大肆氾濫於整個大陸，千百萬人生靈塗炭，直到達到一種平衡。*神龍退回去牠的台座，面對著止聾。

*為了防止它的發生，也為了確保我等龍族的存續，我們必須找一個解決方案。我等體積甚大、又已衰弱，長途漫遊天涯也太引人矚目。我們必需找一個人類代替我等行事，那個人必須有一顆純淨的心及一雙和睦的拳頭。選擇權在你，如果你同意，我們將保證你及你的小鳳凰有一個安全的地方容身，不讓你以前的大師父找到你們，且保證你們一直順風順水。*神龍說。其他的龍隻及神獸們也瞧著和尚，期待他的回應。

止聾躬身行禮，心中已了然。

「如果我拒絕呢？」他說。神龍頓了一下。

*如果那就是你的回答，你們還是可以自由離去。*神龍的回答對許多龍隻們是個意外，尤其是長龍，牠忙不迭地出聲反對。

可敬的神龍啊，那太不明智了，如果我們讓這個人類離去，黃龍不就白死了？而且他已經知道我們那麼多事。

*我了解，長龍，*神龍說道。*你記得嗎？是黃龍牠自己要我們在此事上讓這個人類自行選擇，不論結果為何，不為難他。如果我們不尊重牠的遺願，那我們親愛的兄弟才真死得不值。*

止聾走向神龍，直到離牠數米遠。

「我能再問一個問題嗎？」他鄭重地問，「我雖名義上不再是一個佛教徒，但我的內心及思想仍秉持許多它的原則。如果我幫助你們，我必須開殺戒嗎？」神龍抬起頭，由牠的台座上驕傲地昂首。

我們龍族跟你有同樣的價值觀，年輕的和尚，這也是我們選擇你的部分原因，巨蟒說。止聾點點頭，一抹溫和的微笑撫上他的嘴唇。他將一隻經過少林寺鍛鍊的手舉到胸前，緩緩拳起來，並感覺到喜鳳柔軟的手掌覆蓋上他的手。他們兩人肩並肩，一起面對著龍族們。

「如果是那樣，我當誠惶誠恐地接受。」他說。神龍怡然頷首；其他的神獸們熱情地大聲叫好，蒼龍由牠在外層圓圈的台座飛起來，半繞著這個年輕和尚打轉。

「喂！」

後面有人說話，在龍族們的歡呼聲中幾乎聽不到。此聲音又了喊一次，這次更堅持。

「打擾了！」

是周倫。

「抱歉打斷了你們的慶賀。」他說，「但，嗯，那我們怎麼辦。」醫生走上前來，凱先生與牡丹姐也跟進。他們靦腆地望著龍族們。

尾聲

「你確信他們從未找到止聾師兄？喜鳳姊姊？」彬杰問道。

竹哥點點頭。

「寺裡花了好幾週搜索各個山丘，但一具屍體也找不到。彬杰，連元兵都來幫忙了，他們也沒找到什麼。只找到拉他們馬車的馬匹，生龍活虎的，而且還在上游的地方。太離奇了，嗯？」

「吔。」風耳也插嘴，「馬車的一些殘骸也被找到了。他們在山底下挖了好幾週，連洞穴水窪都不放過。」三名小伙子繼續圍桌喝茶，而彬杰坐在那兒一副精神恍惚的樣子。一隻戴著翠玉手鐲女子的手，穿過男孩子們中間，在他們面前推進了一個裝了四碗湯麵的食盤。

風耳與竹哥狐疑地望著彬杰。

「加了雞煮的大蔥湯，味道更好。」彬杰說。兩個年輕和尚不待別人再請，拿起筷子便唏哩呼嚕吃起來。

「太棒了，我得向廚師致敬。」風耳說，舌頭舔著最後一滴湯。竹哥也高興地哼出聲，嘴巴塞滿了麵條。那個修長又美麗的女子略略行個禮，在她的圍裙上抹了抹手後，解開她的頭巾，像緞子般的長髮便落到她的腰際。

「留點兒給我小弟。」玉婷微微笑，搓著彬杰的頭髮，「要不是彬杰的手藝招徠偌多客人，我們大概開不了這個小餐館。」小廚師不好意思似地露齒一笑，別過身去。

「彬杰，你還在生止聾的氣嗎？」玉婷問。

彬杰沒答腔。此時門上傳來敲門聲，接著是一個老男人的聲音。一名少林寺中年和尚到那兒只為了確認兩個小和尚沒闖禍。

「風耳！竹哥！我已採買完這就回去吧！」他說。他一走到桌子便狂嗅著空氣中的味道。他躬身打招呼，並對兩個小和尚直皺眉。

「好香，該不是骨頭湯吧！」

「絕不是。」彬杰沒說實話，「是我們餐館獨門的仿制湯，很有營養。你要來點兒嗎？」少年人把剩下兩碗麵中的一碗，硬推到老男人鼻下。令人心悅的肉香，讓老和尚饞涎欲滴。他的肚子咕嚕咕嚕響。

「謝了，不必，我不餓。竹哥？風耳？」

「來了！」竹哥喝光最後的湯。風耳向彬杰及玉婷各行了一個佛教禮後，把手伸進腰帶。

「噢，我差點忘了。彬杰，止聾留了這個給你。在他去格鬥的前夕，他給我們都寫了一封信。別擔心，出于對你的尊重，我沒看。我們下個月再來找你。」

「你沒看？騙誰！」竹哥揶揄著。風耳揮出一拳，竹哥躲過了。當他們往門口走出去時，彬杰在後面大聲問：

「你認為止聾與喜鳳還活著嗎？」

兩名少林寺小和尚在差門口半步的地方停住。

「我們是如此希望啦。」風耳說。

「你是什麼意思，你如此希望？」竹哥反駁，「止聾師兄沒死，他與喜鳳姊姊一定活下來了。我是說，沒有屍體，表示他們還活著，不是嗎？他們一定在某個地方，對吧！」

「夠了，你們兩個。」老和尚說，領著竹哥與風耳出門。他回頭對小廚師說：

「阿彌陀佛，年輕人，你提到的人已經死了。他們掉下了懸崖，屍骨大概深埋在山腳下。真遺憾吶！」他嘆一口氣，躬身告辭。竹哥與風耳走在鄉間小路上，向彬杰揮手道別。小廚師把信丟在旁邊，一臉倔強地走去廚房。

「你不看看信上寫什麼嗎？彬杰！」

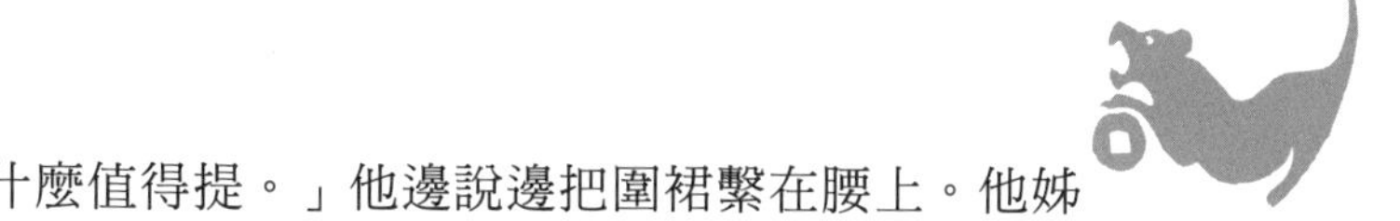

「看什麼？姊，那裡面有什麼值得提。」他邊說邊把圍裙繫在腰上。他姊姊把信拆開，由廚房門外偷窺一眼她的弟弟。

「是那樣嗎，彬杰先生？那你該不介意我把它大聲唸出來囉。」

「隨便，我不在乎。」他拿起一把菜刀和一籃子青菜答道。

「親愛的彬杰……」她朗讀起來。

……首先最重要的是，你好嗎？你有好好地吃東西嗎？你找到地方安頓下來了嗎？自從你離開後我便沒見過你的面。我猜我不在時你一定經歷了不少事。你的幸福一直是我所關心的。我希望你及你的親人永遠平安快樂。

彬杰，我完全了解你為何不願理我，而我懇求你終有一天會原諒我。我根本不知道那晚說服波丹大廚留在少林寺會有那樣的結果。我只想幫助你。如果你不是我親愛的兄弟，我必不會那麼賣力，以至引發後續諸多不快。

對那件事，我非常抱歉。

我能明白對你來說為何覺得如此不公平。因為結識你我才與喜鳳相戀。那是我永遠感激不盡的事。我真想向你表示我是多麼地感謝，但現在看起來如此遙不可及，尤其現在我已向寺裡表明還俗之意願。明天，我將闖少林寺格鬥之關卡。彬杰，說句實話，我害怕被殺，害怕不能再見喜鳳的面。

你一定想，我沒別的好想了。

但我也怕我可能沒法活著目睹我們的友情回到過去的樣子。我希望我們再見時又是兄弟。甚至在我準備格鬥試煉的最後這幾個時辰，我仍問每個我能碰到的和尚有關你的行蹤，但沒人知道。如果你現在正在看這封信，當然它已不是個問題。我只是想，你當知道我找了你很久，用我所能有的時間與資源。

我永遠感激能與你相識，即使後面的發展始料非及。

繼續以你非凡的烹飪造福每一個人吧！這兒有一塊米糕，是現在所有我能給的。這很蠢，我知道。但它曾是你在少林寺最喜愛的甜點之一，即使這樣，我打賭，如果是你做的，一定更好吃。

你的師兄，止聾敬上。

附記：當你看到此信時，它可能已經走味，但我實在找不到其他東西送你。如果壞了的話，儘管拿去餵魚吧！

彬杰假裝沒興趣，希望他把白菜切絲、有規律的剁菜聲，能覆蓋他姊姊的話語。玉婷進入廚房，小心地把信及附帶的小包裹放在彬杰切菜板的一角。

「弟弟，起碼打開看看，算對他的尊重。」

「不必。」彬杰說，拿起那個小紙包，把它丟進垃圾桶，「妳已經唸給我聽了。這塊發霉的米糕，該當垃圾處理，就像他與他的女朋友一樣。」

女子的手往下捶了一下。

「彬杰，別那麼頑固！你忘了？他救過我的命。別只看單方面，沒有他，你永遠沒機會向任何人展露你的廚藝。」他不理她，又從菜籃子裡拿出另一把菜。她還想再說什麼，但一位顧客正走進門。她不悅地由她弟弟身邊擦過身去，去招呼客人。剩下的這一天，他們彼此幾乎沒說什麼話，甚至在他們的餐館關門謝客後。

一個黑影悄悄地走入廚房，在月光下的身材顯得高高瘦瘦。它顛著腳向廚房那頭的垃圾桶走去。這個人影抓著桶子邊，開始亂翻裡面的東西，捧起一堆又一堆的菜梗、骨頭及各種廚餘。過了一會兒，這個人靠牆坐著，拿毛巾擦手，非常失望找不到他要的東西。

「在煮粥的鍋裡。」

彬杰看了一眼。

「姊！」

「我知道你會回來找它。」她穿著睡衣，舉著一盞油燈。少年人臉紅了，他故作冷淡的假面被拆穿了讓他非常不好意思。他把粥鍋上的鍋蓋打開，攪起了少林寺園遊會那天他被叫去煮粥的記憶。就著油燈的亮，他把止聾的信再看一次。

這一次，止聾信上的話對年輕的彬杰有不同的感動。當他在暗淡的亮光下默唸止聾的信時，他心中的苦毒開始消退，他的眉頭也稍微地柔和起來。彬杰好奇地打開那個包紮的小包。它被綁得死緊，且包著層層紙張。直到他把繩子解開又撕開幾層紙後，這個年輕人才發現有點兒奇怪。他小心地剝開包裝紙的一角，看到了半截字；他把整張包裝紙拿下來，看到止聾手寫的半張信。

師弟，你去了哪兒？我永遠愛你如愛一位兄弟。你原諒我了嗎？目前我待在初祖庵，不久就要進入少林寺的密室……

這封信又寫了幾行，就突然中止。文字上參差不齊的褶痕，表示它曾經在某個時候被揉成一團，然後又撿起來再利用。數張紙面上還滴著燭淚；另外有的帶著那種微黃，你知道就是當紙張暴露在燈燭下太久所致，而且它們幾乎聞起來都有股淡淡的煙味。止聾定是在一整天的功夫練習後，入夜還在寫這些。少年人彎腰撿起掉在地上的另一張包裝紙，又是另一封信。然後又是一封。它們的樣子不盡相同，有些紙張看起來更爛，表示它們是在不同的時間寫的，但它們主要傳達的信息都一樣。*止聾師兄一定熬了幾個時辰的夜寫這些信*。

「佛陀啊！他幹嘛那麼該死的笨？」彬杰喃喃地說，「當他明明可以睡覺補充精力時，為什麼熬夜來寫信？」他搖搖頭，嘆一口氣。

止聾師兄。

他剝開了最後幾張紙，把它們放成一小疊，以便日後再看時，一塊米糕掉了下來，不偏不倚地掉在他手上。他審視這塊糕，心裡早已有譜，它可能長了霉而且氣味聞起來也不會怎麼好。但他揚起眉毛。

「姊，這塊糕還沒壞。」

「什麼？」

「沒錯，聞起來沒壞，雖然外面有點兒陳，但……」他停了一下，拿一把小刀劃開它像皮革般硬的外層。把燈移近，他們兩人看得到米糕內層仍然濕潤，中間幾乎像糖蜜，把它抹開，就變成像固態的蠟一般。不待他姊姊出聲禁止，彬杰把刀尖戳入這個閃著誘人的光、像蜂蜜般的東西，並挖了指頭般大小一塊，放入口中。

「彬杰！吐出來，那東西大概已經放了好幾週了，你還吃它！」她說。但年輕男孩充耳不聞，太專注於分析眼前的味道。他坐在廚房的一張凳子上，在月光下微笑起來。

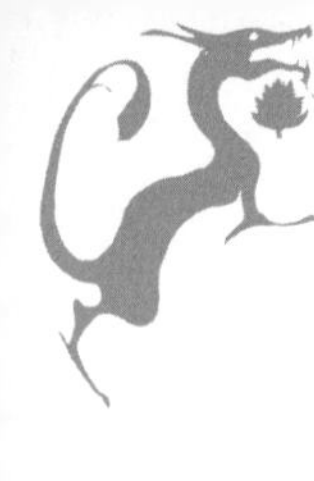

「我簡直不敢相信。嚐一點，姊。」他勸著。她迷糊了，也用手指沾一點，放入嘴裡。它竟然是一種非常好吃的糖漿，像蜂蜜般的醇厚卻帶著淡淡的米香與松香；它是那般潤喉，還帶著她前此從沒嚐過的自然的甘甜。彬杰驚訝於這個米糕發酵得恰到好處，止聾粗糙的包紮及無心插柳，居然達到如此效果。

他搖著他那顆仍是少年人的頭，露出啼笑皆非的微笑。

止聾師兄，那你的粥怎麼煮得那麼爛？

他跑出廚房，手裡緊捏著那塊糕，好像它是金塊。

「嘿！你去哪兒？現在還太早了。」他姊姊喊著。

「去批發市場。」彬杰回一聲，跑著趕過路上的行人，「我有一個靈感。」他的姊姊慌忙披件外衣，鎖上門，也跟在後面跑去。

彬杰與他姊姊後來開了一連串食品作坊，生產這款別無分號的點心及其他甜食。他們的創業成功的度過了十二個寒暑，最後他們賣掉了生意，得到一筆可觀的利潤，便在大都最繁華的地區，純只為興趣，開了一家素食客棧，遠近馳名。

一由少林寺畢業，風耳正式成為一位辦差和尚，而竹哥選擇當一名行腳僧，他雲遊四方多年，最後消失在新疆一帶。

● — — — — — — ●

被一輛密不通風的馬車拖著跑在北蒙古的草原，周倫坐在馬車前座上，裹著毛皮，啜著一小杯米酒保暖。他瀏覽著眼前美麗卻荒蕪的景觀，看著一群老鷹在天上翱翔。像鋼毛般的草由薄雪中穿出。極目所見，大地與藍天的交會處只是一條白線。四名元軍中的一人由後面趕上來，與馬車頭並駕齊驅。

「周大夫，我們離貝加爾湖大約還有十天的路程。就在這兒，我們馬上要紮營過夜了。」士兵說著，遞給大夫一條厚毛毯，「包緊點兒，馬上就會冷得要命。」

「多冷？」大夫搓著手問。

「夠把你的腳凍黑。」士兵答，「而且剛剛廚子傳話給我，他只能煮一鍋湯，所以我們必須省著點吃，直到我們抵達貝加爾湖。」前面傳來一聲喊叫，馬車整個停了下來。士兵向另外的警衛打聲呼哨，疾馳而去，留下大夫一人。他好奇地向前看，奇怪是什麼讓他們駐足。還好，不是盜匪，不是狼群或任何那種危險；不過是一隻羊的屍骸罷了，它已被老鷹分食，又被冰雪凍得結冰。元兵們立刻開始審視它，看是否還適合給人食用。但殘骸已結了凍，大部份的軟肉也已被食腐動物啃了個乾淨。一名士兵用他的軍靴踢著它。

「兄弟們，今晚沒肉吃。它起碼已經死了一天。該是一隻落單的羊。」他說，檢查著雪地上淡淡的足跡，「狼群與老鷹吃掉了最好的肉。剩下的不過是些皮及骨頭。可惡！」他們狀甚失望。周倫由車上跳下來，緩步走向這個骨架，只是想瞧一眼。他頂著寒冷，把外衣拉緊。

「那些鳥還在附近繞圈子，難道這兒沒其他的死屍嗎？」他摸著鬍子說。一隻老鷹突然俯衝下來，近身掠過周倫，用牠致命的鷹爪攻擊這個殘骸，並用牠憤怒的像勾子般的喙猛地啄它。士兵們神經質地大笑，被猛禽的大膽略為嚇到，然後才用他們的長矛把這隻惹人厭的東西趕走。周倫可沒加入他們的哄笑，因為是那麼的意外，他發現自己四腳朝天地摔在潮濕、積雪的草上。他叨叨地罵。

「我討厭動物。」士兵們心有默契地點頭，對他的牢騷已習以為常。

大夫不假思索地跑去那個骨架，奮力踢了一腳。它一動也不動，倒是大夫的腳，痛得他連眼淚都流出來了。

「疼——！」他哀號起來，邊單腳跳邊罵著一串粗話。士兵們趕過去，把雪堆在周倫腳上。

「大夫，你沒必要踢它。它已經結凍了。」

「我知道。就你聰明？觀音菩薩在上，它該被踢得滾開的，怎麼，有人把它釘在地上嗎？」

「因為天氣太凍啊，周大夫。」另一名士兵解釋，急著幫大夫冰他腫起來的腳，「它比一根營帳的釘子還扎得緊。」大夫陰沈著臉，瞪著這具殘骸。它倒在一些灌木旁，乳房部分有一個參差不齊的洞。那個洞經過紫紅色的肋骨，直通到殘缺不全的羊頭骨。當他把頭靠近這具屍骸時，碰到旁邊的灌木叢，引起它一陣搖晃，灑了點雪下來。什麼毛茸茸的東西由葉隙探出來，正好舔上壞脾氣大夫的鼻子。

周倫跳起來。

一隻小動物砰地跳出灌木叢，靠著四隻像踩高蹺的腿，輕快地碎步跑上來，輕點著老大夫的胸，溫柔地咩咩叫。

「真令人吃驚。」一位士兵說，瞟一眼那個已僵硬的殘骸，「這個灌木叢保全了牠。牠一定一直躲在那兒，要不然牠早餵了鳥。」周倫皺眉抿嘴，因為小羊在他臉上蹭，又非常親愛地舔著他飽經風霜的面頰。

「別只站在那兒，把牠拿走。噢，噁心。」周倫抱怨著。軍士們立刻撲上去抓住這隻小動物，把他們兩個分開。老大夫把袖子捏成團，往嘴裡擦。

「呃！討厭的東西。」他說，邊皺著眉邊聞著他袖子上的味道，「讓我們把牠留給牠那一群羊，我們就可以走了。我才懶得管呢。」

「我們已經好多天沒看到羊群了。周大夫，那個可能就是牠的媽媽。」另一名士兵說，大姆指比著那個骨架，「牠原來一直在附近，真令人驚訝。我猜，那些老鷹把母羊吃光後才打算對付牠。」

軍兵們笑嘻嘻地，望著大夫與小羊兩個互相認識。

「牠愛你愛死了，周大夫。牠大概認為你也是一隻落單的羊。」

「胡說，天哪，那怎麼可能。」

「因為你身上羊皮外套的味道。」士兵說，指著他的衣服，「它聞起來雖然與牠母親的味道不盡相同，但好歹它也是由另一隻羊來的。那件外套是新做的。」

「恭喜！」又一名士兵暗自竊笑。周倫不甩他們。士兵們各個饞涎欲滴。

「那我們就不客氣了。這個起碼能讓我們吃到貝加爾湖。你們能把這個小傢伙壓住嗎？我會儘快了結牠，不讓牠痛。」另一名士兵說，抽出他的劍。小動物渾身發抖，像是意識到即將發生什麼事，便開始掙扎。一聲聲驚慌失措揪心掏肺的咩咩叫，聲震四野，讓老大夫恐怖得睜大眼睛。

「住手！」

士兵們停了下來。

「什麼事？」

「我們該把牠還回去。我的意思是，牠可能是這兒哪個蒙古牧羊人的羊。你看，牠耳朵上掛了一個牌子。」周倫說。

「那不關我們的事。他們掉了牠，而牠現在是我們的了。」

「吔。而且如果我們不吃牠，老鷹也會。」另一個兵指著天上說。

「不行！你們不能殺牠。」周倫眉頭一皺。

「為何不行？」又一名士兵不明白了，「大夫，這也許是此去數週我們唯一的肉食。每一種動物應該都可以吃。」

「那我在場就別做！」周倫火了，「我的意思還不明白嗎？我是一名最頂級的大夫，由汴京名醫莊泰義推薦，並被大汗本人欽點。現在放下你的劍。你們還能有一碗湯喝就該慶幸了！」

士兵們猶豫起來，不想惹得大夫更惱。慢慢地，那個抓住哀哀叫的小動物的士兵放開了手，把小羊放在雪地上。牠一著地立刻驚慌地奔向周倫，躲在老大夫的兩腿間，簌簌發抖。前此已把劍抽出來的士兵搖搖頭，勉為其難地插劍入鞘。

「太可笑了。沒用的啦，大夫，牠沒有牠的母親是活不了的。」

「我知道，可我不管。」周倫答，覺得自己像個大笨蛋，「你想吃肉，那又怎樣？牠躲那些鳥兒，可能也沒啃過一片草。嗯……不管怎樣，我說這隻小羊要活下去，沒得說的。」老大夫當然比士兵身份尊貴，他也很樂意提醒那些兵一下。

「那我們現在怎麼辦？」一人問，心不甘情不願。周倫一把抱起這隻小動物。

「我暫時照料牠。我不能信任你們任何一人，你及你們的胃腸。」他說，不再理那些士兵，態度倔強地走回他的私人車廂。他一把小羊放到地上，牠就立即打量周遭，對乾燥的地毯有些微好奇。

「哎呀，我得了失心瘋嗎？我著魔了嗎？」大夫喃喃自語，發著愁不知該怎麼處理他的新室友。他跪在地上，舉起一隻手指對這隻動物說：

「聽好，不可在車廂內大小便，你明白嗎？哦，你大概聽不懂。」小羊不理不睬，寧可在周倫溫暖舒適的住所閒晃，好似在參觀待售的房屋。老大夫搖搖頭，點燃一根線香，然後在堆得如小山般的絨布靠墊中選了個地方坐下，耳中是馬車搖搖晃晃的聲音。周倫拿出一條氈子躺下，望著這隻小動物聞著裝了藥品盤子的木架。車廂更遠那邊，是一個堆著藥方與書本的小置物架及一個軟木箱子。箱子中裝著以苔蘚包裹起來的熱炭，提供了他

一個可移動又方便的供暖設備。老大夫探手進去箱子，拿出一個烤熱的杯子放在他面前的小圓桌上。享受著杯子在他手中的溫暖，他把茶倒進去，啜了一口，把他的身體舒舒服服地靠在毯子與墊子上，側身躺著。

當他們行經鄉下時，當地的農夫常會賣給他隨行的元軍們雞或一、兩隻豬吃。但當青黃不接的日子，他們也捕兔攔鹿吃點肉。他們最後一次吃肉已是一週多前的事，也不過是些烤鳥蛋及烤沙鼠的野味。

自始至終，每一隻動物都是就地處決。

周倫聳聳肩，閉上眼睛。以前他都不怎樣，為何這次特別？雖然他自己搞不懂，但這隻小羊映照出了梅花，死的太年幼、又太早的梅花。

●— — — — — —●

「大夫？」

他醒了。一名士兵站在馬車腳下。

「嗯？」

「先生，你一定得來看看。」

周倫揉著惺忪的睡眼，「你不能就告訴我嗎？」

「長話沒辦法短說。周大夫，是很要緊的事。」

周倫咂咂嘴，點點頭，在昏暗的光線下抓癢。他長著老人斑的手碰到偎依在他臂彎中小羊柔軟的毛皮，牠正在沉睡，毛茸茸的小胸膛一起一伏。士兵指著這個小動物。

「小羊得交出去查看，我們這就出去吧！」他指著外面說。

「什麼？」

咘咘咘咘咘咘……

士兵一聽到這個聲音，便抓著周倫把他扛出去。一位身穿盔甲的信使在數米外，舉著一個蒙古號角，正使勁地吹。他策馬至馬車前，對現在跪在地上的元軍點點頭，傳旨：

「大汗的臣民同胞們，暫停你們的任務，在交出小羊並呈給皇族檢視後，方可繼續前進。大汗口諭！」

大汗？周倫不解。

數百騎兵的馬蹄聲包圍了此輛車。他們馳騁來去，圍成圓圈。弓箭手在中間，同數目的長矛手在左右兩側，另外還有配著複合弓及彎刀的漢人、高麗人及蒙古侍衛當後衛。他們是大汗的皇家禁衛軍——卡錫（kheshig）。他們在周倫面前集合，又繼續調整隊形，由中間分開，為了讓另一隊由亞蘭族（Alans）人組成的亞速德（Asud）精英侍衛上前來。

他們之所以引起周倫的注意，乃因為亞蘭人不屬於亞洲血統。不同於其他在場的騎兵，他們眼睛的顏色及形狀不一樣，他們頭髮的顏色也由紅色到淺褐色。他們策馬形成一保護隊形，把騎在另外兩匹馬上穿著層層蒙、漢皇族衣飾的一男一女圍在中間。那兩人底下穿的錦緞由最細的蠶絲織就，是漢朝皇族的象徵，而他們雪白濃密的毛皮大氅，則顯示出他們高傲的蒙古人世襲身份。一名侍衛開口：

「向大元王朝皇帝忽必烈汗與皇后察必（Chabi）致敬！」周倫簡直不敢相信自己的眼睛。一位體格健壯的男子，下巴的短鬚上兜著一張肉乎乎的臉——都雷的兒子、成吉思汗的孫子忽必烈，由他的皇家坐騎下馬，向周倫走來，烏黑溫和的眼睛一點兒也不在意的樣子。當時南、北中國有關蒙古騎兵傳奇式的殘暴故事罄竹難書，使得蒙古人在漢地被視為未開化之野蠻之徒。因此之故，當周倫瞧見忽必烈本人，不免感到有點兒乏味，他看起來更像一位職業外交官而非戰士。

蒙古皇帝向大夫打招呼：「黃昏好，大夫。本王知道你是奉本王之命去喀喇昆侖（Karakorum）幫忙。希望本王的信使沒嚇到你。我們只是在會見親族後的回程，路過此地。」

「嗨，嘢。」周倫嘟嚕兩聲，對這個蒙古人出乎意料的漢語程度大感驚訝。忽必烈對周倫的見面禮貌似乎有點兒失望。他指著那個小動物。

「你的士兵告訴本王，說你有一個新同伴。」蒙古皇帝說，「你介意讓本王看一下嗎？」周倫點點頭，由高高的馬車前座滑下來，把小羊放在地上。當這隻小動物被抱上忽必烈強壯的臂彎時，牠輕輕發著抖，可憐兮兮地望著周倫。於是蒙古人輕撫著這隻顫抖的動物，檢視牠耳上掛著的金牌。眉開眼笑地，蒙古領導人回頭對他妻子說：

「我們找到牠了。」大汗說，然後便跟周倫打起商量來。

「察必非常欣慰你居然知道要讓牠活著。」

皇后策馬向前，由她的馬上對周倫微笑。

「你真的幫了我們一個大忙。」她說。

大夫目瞪口呆地望著他們兩人，還是不敢相信。

「不，不是，請你們明白，我要這個笨蛋動物活下去只有一個理由——就是要牠活著。我不願看到你或任何人殺了牠當晚餐。閣下不是皇帝嗎？你要更多肥美多汁的羊不有的是？」他慌得激動起來。一名亞述德近衛以矛尖比著大夫的喉嚨，但察必知道周倫決非是個威脅，遂作勢要近衛住手。她忍下一聲笑。

一名近衛對忽必烈悄聲說：

「大汗吶，這個漢人大夫完全沒禮數。要不要給他一頓鞭子？」

「你們誰都不准碰他。」大汗警告他們，「是本王親自下令請他為本族族人提供醫療服務的。打他一頓對我們有什麼好？」

「人就在這兒吶！我都聽到了。你們要打一個手無寸鐵的老人？我的妻子及小孩都死了，你們還要怎樣？」周倫說，他的膽怯為憤怒取代，「那麼，來吧！下手吧！我本來就不想活。」

大汗嘆一口氣，望著察必。

「他只是有些稜角而已。」她對忽必烈微笑，「看起來不是只有你的兄弟們敢在你面前這樣說話。」忽必烈點點頭，提到他的兄弟讓他有點兒厭煩。然後他轉身對周倫說：

「周大夫，你以為我要吃這隻羊嗎？」

「還不是因為現在糧食短缺，而你們蒙古人又酷愛羊肉嗎？」

忽必烈笑起來。

「妳說的沒錯，察比，他很有個性。」他說，微微地笑，「哎呀，不是的，大夫。這隻小羊及牠的母親是要給我在大都兒子的禮物。牠們是要當寵物的，不是食物，只是昨晚牠們走失了。」周倫像是平靜了些。察必騎馬接近，像是有什麼事讓她好奇。

「大夫，告訴我，是什麼原因讓你自己也不吃這隻小羊？你是個佛教徒嗎？」

周倫像是受了什麼奇恥大辱。

「偉大的黃帝在上，我開始討厭那個詞兒了。不，我不是佛教徒。」他說，「而且從何時起，你們蒙古人把小羊當寵物了？」

他們凝視了大夫一會兒。

「此羔羊的母親屬於北邊森林區的一個羊群。」忽必烈說，輕撫著小羊，「當牠正在生產時，一隻獅子撕裂了牠。還好，牠的牧人就在附近，把那隻大貓趕走。這可憐的小羊從那時起就歷經磨難。牧人們試著由同樣的羊群中，幫牠找了一個義母。但母羊們不接受牠，把牠趕來趕去。到最後，牠總算能跟一隻眼瞎的老母羊和平共處，因那隻老母羊虛弱得連趕牠走的力氣都沒。這種親子關係只算聊剩於無吧，但這個小東西拒絕放棄。當我聽到牠的故事後，我知道牠的命運不該終於屠宰場。這麼脆弱的小動物卻有如此的信念，著實激勵人心。」

「當我們有了牠後，在昨天的暴風雪中，牠及牠的新母親一塊兒走失了。」察比說。忽必烈也點著頭，並摸著小羊的耳朵，「大夫，謝謝你，讓我們把牠找回來，沒少一塊肉。」

周倫說不出話來。他突然對這隻在忽必烈懷抱中輕聲咩咩叫的小羊、這隻亮眼睛的小羊，產生了一種親情似的感覺。自從梅花過世後，老大夫就把他自己的一部分封死，不再關心他周遭的任何人，更別說他自己，但自從遇見止聾後，一切都開始改變了。忽必烈向大夫點頭致謝。

「以後的事就交給我吧，周大夫⋯⋯呵！」小羊突然由蒙古人的掌握跳下來，去躲在周倫腿後。牠愛慕地嗅著老大夫的腳踝，像一個小孩子被抱近他母親時，會有的反應。周倫用小腿輕輕把小羊推開，但牠只是又回來。

「沒問題的，忽必烈先生，我可以處理。」周倫喃喃地說，脫下他的羊皮外套給蒙古人，「拿著，牠馬上就會黏著你。」小動物聞著空氣，好像測知到空氣中微弱的變化，但還是挨著周倫的腳。

「看起來牠已習慣了別的味道。」忽必烈說。老大夫比了一個讓我效勞的手勢，並解開他棉袍的腰帶，把袍子脫下來。他把袍子捲成一個包，在冷空氣中揮。大汗興趣盎然地望著。

小羊立刻被它吸引去。

「這兒，拿著，給⋯⋯你了。」周倫說，把這個包遞過去，只穿著自己的裡衣突兀地站在那兒。忽必烈有點兒尷尬，點頭表示感激，把小羊又抱在臂彎裡。

「來，這個給你。」蒙古大汗說。他把他特大號的氅衣脫下，丟給周倫。這件皇家皮草是如此之大，罩上瘦長的大夫，衣的肩寬就等同他的身高。而且儘管氅衣又厚又大，感覺起來卻比一握羽毛還輕。如此昂貴的皮草怕

不止一年的薪俸。當周倫還在享受它的溫暖時，大汗指揮他的幾名卡錫，卸下一些新鮮補給，放在大夫腳旁。

「本王，忽必烈汗，感謝你的先見之明。希望這些補給能維持你的旅程，後會有期！」忽必烈說著，上了他的坐騎，一聲令下，所有馬匹揚塵而去，不一會兒功夫，就成了地平線遠處的一個斑點。陪伴周倫的士兵們忙於撿視忽必烈賞的箱籠，竟完全沒注意到。不久，他們也把剛到手的毛皮衣帽穿上身，自是向大夫躬身致謝。

「大汗賞給我們帽子、手套、白菜、野米、青蒜、蕃薯、醃蘿蔔、乾鹿肉與火腿。」其中一人說，「我們多幸運啊，你阻止了我們屠宰那隻小羊。」周倫有點兒面紅耳赤。

「我自己也蠻吃驚的。」

他們繼續朝喀喇昆侖前進。

七個月後，周倫由喀喇昆侖回來，又重新回去梅花義診中心當義工。他在那兒待了往後好幾年。隨著日月如梭，他又慢慢回復成從前那個無私的大夫。

他死後會被人追思許多年。

「蔡指揮使，我們該把這些罪犯處決嗎？」

「他們必須先受審。」穿著宋朝海軍將領服的蔡正武答。他由船頭走向船尾，經過一列被鐵鍊綁著、最近逮捕到的海盜。這些是他的戰船在海港間上下例行巡邏時，與非法捕魚的漁民、走私販子及許多海盜不期而遇抓來的人。對那些人，他與他的海軍拘捕起來無需太費力氣；所有的人，更確切地說，除了最近遭遇的一個例外。

「他們裡面的哪一個是你們說的『惡魔』？」蔡正武問。他指的是海盜群中一個特別強悍、把數名水兵打得不省人事的罪魁禍首。

「他被綁在主桅上…指揮使，他是一個怪咖。我們必須把他銬上手銬以防萬一。」這名海軍邊答邊把蔡正武領到所談論的那個囚犯去。該囚犯的兩個腳踝都綁了鐵鍊，還上了鎖；他的手腕也夾在一片大木枷中。囚犯的眼睛由他那頭像叢林般蓬亂的頭髮間望出來，帶著稍許興趣打量著兩名海軍。

「你，叫什麼名字？哪裡人？」蔡正武邊問邊往前走。那名海軍比較謹慎。

「我們已經試著跟他說話了，指揮使，但他拒不開口。還有，我勸你後退幾步。因為他，我們有二十三名兄弟還在醫務室，此外其他囚犯也對他敬而遠之。沒人想靠近他。」

「他打我們是往死裡打嗎？」

「沒。每個傷都非致命。」水兵說，舉起他的矛以防此囚起意攻擊。

「我希望他是說漢語的。」蔡正武說，不知道此囚犯是哪個族群。

「我們認為他是。」水兵答道，「但他像是不能說，或起碼他不願合作。然而在把我們大部份人打昏後，他卻自願投降。」

「奇怪，那他其他的海盜同夥是什麼人？」

「大都是一些下三爛的漢人，混著一些像是馬義（MaYi）島（菲律賓）的土著。沒人想跟他打交道。」

「我再問你一次，你的姓名及國籍？」蔡正武逼問，朝那個囚犯靠過去。

「指揮使，你太靠近……」

囚犯向前撲，在這爆發式的突擊中，掛著手銬的手直取對手的嘴巴。蔡正武雖早有準備，仍發現這個襲擊還真不易躲過，部份是由於攻擊者以連綿不絕、往前彈跳的矯捷步法進攻。蔡正武急步橫移，險之又險地躲過一擊；它猛擦過蔡正武背心式的盔甲。

護胸頓時由它的帶子扯開，飛了出去。

「全體水兵上甲板！」水兵大喊，「保護我們的指揮使！」但蔡正武已身陷激戰，他正全神貫注地拆解這名擅長格鬥的囚犯之招式。所以當其他水兵聚攏來時，他們才發現自己根本插不上手，反而變成了觀眾。眼瞧著囚犯使出一連串拳打、掌劈、擒拿，攻勢猛烈。蔡正武則儘量見招拆招，同時亦積極還擊，但長髮囚犯反擊過來，接著一記鑽拳打在蔡正武胸膛，算是懲罰。

蔡正武摔在甲板上，多達四打十字弓拉弓引箭，都對準此囚犯。

「不准射！」蔡正武大喊，正是間不容髮之際。囚犯噗通一聲，隨意地坐在蔡正武背上，把他當軟墊。

「蔡正武，我真是太失望了。我讓你跑到北邊去證明我們的武藝比別人的好，那麼，老天吶，這是什麼？」他氣呼呼地，扯著蔡正武的官服。

蔡正武一下子就認出這個聲音是誰。

「師父！」

「一件一件事來。我想，你該沒打敗那些少林寺的和尚。」囚犯嘆一口氣，把他亂成一團的頭髮撥開，露出他的臉。

「請聽我說！我被其他事耽擱了，而且我還得幫一些朋友的忙。」蔡正武解釋，一邊呻吟，「我無意冒犯，但你能從我背上下來嗎？」這位前南宋的武術家絕對有說不完的事要報告，也有等量的事令人迷惑——像在河南山上把他捲進去的那陣奇怪的龍捲風，及隨後他怎麼在福建近郊的森林醒來。

「被耽擱了？」他的師父說，「我也是啊。你難道認為我高興與一堆臭氣沖天的海盜坐船。」

「那你為何不表明身分？甚至在我的兵幫你上了鐐銬後？你喜歡被當成一名罪犯？還是你對船上的主桅有什麼性怪癖？」蔡正武問。師父一下子就火了，玩笑似地輕輕給了蔡正武一耳光。

「小伙子，你的尊師重道到哪兒去了？格鬥是唯一檢討本門武術的方法，還有什麼比裝裝樣子湊熱鬧更好的點子嗎？如果我行禮哈腰，你的士兵會來跟我打嗎？」

六名水兵拿劍對著蔡正武的師父。

「少廢話，老頭！我們才不管你是誰，如果你再不從蔡指揮使的背上下來，我們會把你砍成兩半！」

接下來是短暫的扭打，不一會兒，六名水兵都被丟下了船。

「救生艇！快！」蔡正武說，指著落水的兵。他邊揉著自己疼痛的肩膀邊幫他師父領路，並對其他水兵表示，「別射！他是我師父。把你們的十字弓放下！收起劍！」

六名倒霉的水兵被救起來後，所有的船員更小心翼翼地與老師父保持距離，即使他還沒被鬆綁。經過短暫的交涉，師父與弟子達成了協議：只要不再動手，腳鐐手銬便可除去。老師父一被鬆綁，便態度略微輕率地向水兵們點點頭。

「現在，」老師父對蔡正武說，「在我們吃一頓熱飯時，你該把你去河南到今天的每一樁事告訴我。最好都是好消息，我可不讓你敗壞了我們這一派武學的名聲。」他揪著他徒弟的耳朵。

「師父，別在我的部屬前這樣！」

「我，你的師父，既然能命令你，通過這種關係，命令你的下屬也順理成章。嘿！那邊那個人，我該往哪兒去有飯吃？」數名水兵指著船上食堂的方向。老師父遂往那兒擠，後面拖著一個面紅耳赤的蔡正武。此時這艘船正頂著浪，輕輕地搖。

蔡正武（被迫）辭去了他的工作，又回到他儘量找武術門派比鬥的老路。當他跟著他的師父遨遊中國大江南北時，他從沒忘記他在河南的奇遇，及他在那兒遇見的人。

少林寺山門洞開，守衛一個也不見。門內的步道上到處是帶著各種傷勢的少林護法，地上的鮮血一直撒到千佛殿。一群群小和尚擠在一起，驚慌失措卻又幫不上忙，只能呆呆地望著資深武僧衝上去照顧受傷的護法。

更多的資深武僧在師父們的帶領下，躡手躡腳地走上步道。他們都拿著弓和棍子。

他們在那兒可不是為了對付一支入侵的軍隊，或甚至是一大群盜匪。

他們準備只跟一個人打。

一隊軍團，看起來，還比較容易對付。

千佛殿的牆壁搖晃著，促使和尚們把此建築圍得水泄不通，以防打鬥爆發到步道上。隨著一個木頭斷裂聲，大殿的兩扇大門被撞飛了。一名鬥士從殿內翻滾出來，重重墜於石路上，他身披之古銅色袍子已撕裂綻開。

那張被雕刻成奇形怪狀的面具，被打爛進此人的臉。鮮血由面具的每處裂紋滲透出來。他咳著喘氣，拼命想站起來，最終僅能跪在地上。

大殿內又走出一人，擰著第二名銅人的衣領，把他拖曳到外面。第二名銅人已昏厥不醒，又渾身是血。把這個身體丟在地上，此人又繼續大步走向在主步道上痛得打滾的第一個銅人，由他的頸子把他舉起來。

「把我的師弟還來！告訴我，劊子手，羅湖到哪兒去了？你們的主子呢？」此人厲聲問道。那銅人吐一口唾沫，隨即被狠狠拋向一旁大樹，重重撞擊後，滑落至地面，眼白上翻，亦陷入昏迷中。

打贏的人停下來，拳頭上滿是血，想著羅湖究竟在哪兒？站在附近的一名資深武僧猶豫了許久，終於鼓起勇氣說話。

「君寶，羅大師父搬到別個省份去了。這兒已經沒有你要的東西。看在佛祖份上，求你走吧，別再騷擾我們。」

君寶惡狠狠地盯著把他圍成一圈的和尚們，雖然他們都配著弓與短棍，但他們看著他的眼睛卻流露出恐懼。

「羅湖是銅人們的主子。是他命令一群野狼般的人找上德敬與止聾，而你們只會袖手旁觀。」君寶指著眾僧大罵，氣憤他們如此冷漠。

「我的兄弟止聾不是一個完美的和尚，但他是一個好人。一想到你們全部離棄他讓他去死，就讓我作嘔。」君寶扯下他脖子上的佛珠，「我不再是少林人。君寶這個名字對我已經死了。」

他走下主步道，眾人不禁肅然起敬地讓出一條路。

在快走出山門前，他轉身最後一次面對少林寺眾僧。

「告訴羅湖，」他說，「我知道他一定會派更多他的銅人來殺我，我恭候大駕。但如果他還有一點廉恥，他該一個人來。」

他轉身走出了少林寺，覺得自己一勞永逸地離開竟不必去密室打一場還真諷刺，儘管他比止聾更適合格鬥。

君寶回復了他俗家的姓名，並往大陸南方走。他在華山待了幾年，後來深入到中國北方的武當山。

於其餘生年月，君寶致力於自創流派之弘揚與發展，其規模與影響力竟與少林寺並駕齊驅。是為武林中首個立基於道家學說，而成立的武術門派。

牡丹姐坐在一張凳子上，耳中是她的牙人手撥算盤珠子喀嗒喀嗒不絕於耳的聲音。她在汴京風月小巷的樓房已被清理一空，鋪首招牌不久前方卸下，所有的家具也都拍賣掉了，所換不過寥寥數文。過了一會兒，牙人把他那稍嫌厚的眼鏡框往上推，草草寫下一個數字給妓館的新老板看，他點點頭，像是事不關已。牙人把手伸進一個袋子，拿出一疊鈔票，仔細算了算，整齊地排成一疊，把它放在桌上。從賣房子的錢中扣下他的手續費後，他把剩下的錢交給牡丹姐。他由他的眼鏡上頭望著她。

「這兒，胡蓮小姐。價錢雖不如妳預期，但也可以了。請在此劃個押，買賣就算成交。」他指著桌上的契約說。

新老板是一個被寵壞的年輕人。他財力雄厚的父母一直金援他，讓他把生意開著鬧著玩。他就站在旁邊，滿臉無聊，對交易的過程毫無興趣。

牙人邊呻吟邊站起來，鞠一個躬，立刻便走了。

牡丹姐把一個裝滿私人物品的小包背在肩上，向那個不只是她過去的營生、也是她的家的地方，投去最後一瞥。

「嚴格說來，妳現在是站在我的物業上了。所以，可以請妳移步嗎？」新業主口齒不清地說，已經氣惱於整個下午都得親自參與這個法律過程。他把中年女子送出了門，那兒，一小群娼妓坐在打包的行李上等，個個顯得絕望無助。

「牡丹姐，我們敲了城裡每家的門。」其中一人說。

「他們都不理我們。我們該怎麼辦？」又一人說。牡丹姐把那疊鈔票拿出來，平均分給大家，她自己也一份。

「但是，牡丹姐，這是妳房子的錢，我們不能拿。」她們說。

「用這筆錢去重新開始吧！它可以撐妳們一陣子。記住，把自己的生命活得圓圓滿滿，千萬別貶低或低估自己，去尋找……」牡丹姐停了一下，確定她最後的忠告強調得適當。

「妳們必須去尋找讓妳們快樂且有尊嚴的事，不管它是什麼，找到了就全力以赴，而且要為自己負責。其他的，我希望自會水到渠成。」她說。她與她們每一位擁抱道別後，就向一名孤零零的佛教比丘尼走去。此新疆土著耐心地等在風月小巷巷口。在尼姑庵，她的名字是阿尼秋莊。

她們兩人雙手合什行禮。

「你確定這真是妳的選擇？」阿尼問。

「是的。」牡丹姐喃喃地說，「生平第一次，我做選擇時不必天人交戰。」她理著頭髮，有點兒不好意思，「我只希望我現在才開始不算太老。」

「姊妹，人心是不會老的。心腸不隨年歲增長而衰老，唯獨可能變得更為剛硬，固執。」阿尼說，緊握著牡丹姐的手，「來，把妳的重擔放下，因為妳不必再懲罰妳自己了。」她們一起走在汴京的大馬路上，面對著的一抹夕陽餘暉，是牡丹姐前此從沒感覺過的美麗。

牡丹姐把她的餘生致力於跟隨阿尼秋莊修行，做她的門徒。

止聾坐在一張石桌子前，對著他面前的課本。他清一下喉嚨，張開嘴，唸出一連串音節。

聽不清楚，再唸一遍。

「我的舌頭已經開始打結了。」止聾說，「學這種語言比我手腳綁著學風龍掌還難。」

蒼龍點點頭。

止聾，我們馬上就需要你說另外的語言。

此前和尚轉身，對著一道通往外面森林的地道，努力想像中國以外其他國家的存在。

「在這片土地之外？」他說，覺得驚奇，「真個太快了，不過才幾週前，我幾乎沒走出河南省界外。」

喜鳳的聲音由森林那兒傳來。

「止聾，蘊龍與凱先生來了！」

止聾把書本合起來，伸個懶腰，抓起一條毛巾。

「多謝你的幫助，青龍。」止聾躬身致謝，「我一個時辰後會回來。」

蒼龍望著止聾往上跑向通往洞穴入口的地道，準備好好給蘊龍上一節少林拳法課。

從洞穴洞頂的一個洞中，傳來嗖嗖的聲音。表示又有一條巨蟒的同類到來。風平聲歇後，天上的龍──天龍現身了。

蒼龍躬身致意。

天龍啊，我的兄弟，何事令你煩憂？

天上的龍點點頭。

雖然最壞的應已過去，但我仍無法寬心。我擔心這個人類不知道做為一個守護者真正的重擔。

*我們得相信他會克服這些挑戰。*蒼龍答道。

天龍瞪著眼。

他必須做到。要不然那不只是我們的末日，連他也完了。

詞彙

- 不動明王：Acala 為佛教智慧王之一。
- 煩惱：Affliction（Kleshas）一種具有殺傷力的心理狀況，會導至痛苦。大乘佛教（Mahayana Buddhism）將貪、嗔、痴三種煩惱稱為 " 三毒 "。
- 亞蘭：Alans 非蒙古系的人種，是中亞游牧民族的戰士，也稱為 "Jasins".
- 羅漢／阿羅漢：Arhat ／ Ahluohan ／ Luohan 指得到般若（智慧）的人。
- 亞逑：Asud 蒙古大汗的特種侍衛，由亞蘭人組成。
- 阿修羅／修羅：Asura 有時與邪惡的夜叉混為一談。在佛教中，阿修羅有時候也可是一個正面的象徵，儘管它們被七情六慾折磨，以至於容易墮落，它們屬於半神半人一族，與希臘神話中的巨人類似，比人類力量大，卻在諸神之下。
- 汴京：Bianjing 北宋時代城市名，就是現在的開封。從金朝到忽必烈統治的早期，名為南京路。直到西元 1288 年，才稱為汴梁。作者註：為免與現今的南京混淆，作者決定採用汴京這個名字，即使這個故事的時代框架從（1271–）起。就歷史來說，正確的名字似乎是「南京路」。
- 菩提達摩：Bodhi dharma 是少林武術的先驅。他是一位印度來的佛教徒，是他將羅漢十八手（Eighteen hands of the Arhat）及易筋經（Yijiniing）與洗髓經（Xisuijing）兩種呼吸法介紹給少林寺。而且他也是第一位佛教禪修（Zen）的教長。
- 布袋：Budai 笑佛，身材肥胖，笑口常開，是歡樂及富裕的象徵。
- 半月踢：Crescent kick 把腿往內或往外畫圈的踢法。
- 柏谷莊：Cypress Valley Estate 是少林寺附近的一所大莊園。隋文帝楊堅將它賜給少林寺和尚。此莊園亦為唐朝第二任皇帝李世民與他的對手王世充決定性一役的場所。
- 大越：Dai Viet 是西元 1271 年，越南當時陳朝（Tran Dynasty）的名稱。
- 大刀：Daduo 一種需雙手抓握，形似彎刀的寬刃刀。
- 大都：Dadu 元朝首都，蒙古人亦稱之為汗巴里（Khanbaliq），是現在的北京。
- 登封：Dengfeng 在少林寺的東南方，是離少林寺最近的城市。
- 達摩：Dharma 法，或世間萬法。在東方佛教中，指的是佛陀的教導。值得注意的有「四聖諦」（The Four Noble Truths）與「八正道」（The Noble Eightfold Path）。
- 達摩保護者：Dharmapala 是暴怒的佛教神，守護著達摩（法）。

- 少林寺十八銅人：Eighteen Bronze Men，The 又名少林的十八個木頭人，是捍衛少林寺的精英。
- 風龍掌：Feng Long Zhang 是 "Wind dragon Palms" 的中文名。
- 五毒：Five poisons，The 佛教的「三毒」外，再加上另外的兩毒，即驕傲與嫉妒。
- 禪師福居：Fuju 是宋朝時少林寺的禪學大師，以曾邀請十八位功夫高手到少林寺切磋而有名。少林寺遂因此鑽研出若干新招，如炮拳（Pao Chuan）。
- 腹里：Fuli 大都（Beijing）附近區域，元朝時由忽必烈之中書省管轄。其範圍包括山西、河北、天津等地。
- 方丈福裕／雪庭福裕：Fuyu，Abbot 屬於曹洞（Caodong）宗派的少林寺方丈。在南宋晚期／元初，為忽必烈汗委任。
- 附子：Fuzi 一種有毒的花木。英文名又稱 Aconte，Monkshood 或 Wolfsbane。
- 關刀：一種長柄的寬單刃刀，也稱之為偃月刀（yanyuedao）。
- 觀音菩薩：Guanyin 中國人對佛教人物 Avalokitesvera 的稱呼。她是大乘佛教四位主要菩薩之一，象徵佛陀的大慈大悲。
- 漢服：Hanfu 中國漢人穿的衣物，上衣有袖，像夾克樣有兩片前身，下為寬褲。
- 黃蓋峰：Huang Gai Peak 中岳廟附近的一個山峰。
- 慧可：Huike 是追隨菩提達摩的一位漢人和尚，被公認為是禪定的第二教長。
- 丹田加熱：Innerfire ／ innerheat ／ candali ／ tummo 是西藏佛教徒的一種練習，他們籍著深切的打坐得到一股溫暖的能量，並將它集中於肚臍下方的丹田。
- 馬伊島：Island of Ma Yi 菲律賓群島。
- 江北：Jiangbei 宋元時代，江北包括安徽及江蘇省。西元 1291 年，江北與河南合併成河南江北行省。
- 江湖：Jinghu 這個名辭通常是描寫一批四處漂泊的功夫人的階級／社會。他們按照他們自己的江湖規矩立身處世。
- 金剛腿：Vajra legs 少林寺的練身運動，包括了各式各樣的踢腿功。
- 峻極峰：Junji Peak 太室山的最高峰，高於海平面 1491 公尺。
- 看家拳：Kanjia Chuan 少林寺所傳授的一種功夫，是專為護法們設計的。
- 金剛橛：Kila ／ Kilaya ／ Phurba 在祭典中常見的三面刃短刀。
- 卡錫：Kheshig 蒙古大汗的皇家近衛。

- 龍迷宮：Long Mi Gong 龍的迷宮。是一連串斜角攻擊與虛擊的功夫，旨在模仿無法預測——卻又——流暢的中國龍隻的特性，是風龍掌的一部份。
- 龍行步：Long Xing Bu 龍的腳步，是風龍掌最關鍵的腳上功夫。
- 羅漢十八手：Luohan Shibashou ／ Eighteen Hands of the Arhat 羅漢的十八隻手，是少林武僧固定的練習，據信由菩提達摩所創。
- 大乘佛教：Mahayana Buddhism 佛教的一支，在東亞廣為流傳，其目的在追隨菩薩的腳縱。
- 棉手：Mian Shou 風龍掌的一部分，目的要訓練練功者用手及手臂經由細膩的接觸，去偵測敵人的攻擊，而非仰賴視力。
- 少室山：Mt. Shaoshi 由登封西北的三十六座山峰組成，以少林寺的所在地而著稱。少室山與太室山一起，統稱為嵩山。
- 嵩山：Mt. Song ／ Song Mountains ／ Song Shan 位於河南東邊。它的東方是鄭州市，西邊為古城洛陽，南方有潁水（Lingshui），北邊是黃河。嵩山由兩組山脈組成，即少室山與太室山，共有七十二座高峰。
- 那羅延：Narayana ／ Naluo ／ Naluoyan 是 Vajrapani（金剛手菩薩）別名。
- 涅盤：Nirvana 是一種無私與空無的境界，以此中止再生的循環。在大乘佛教中，達到涅盤是羅漢們追求的目標之一，它雖然崇高，但仍差佛陀一步。
- 八正道：Noble Eight Path, The 即正見、正思維、正語、正業、正命、正精進、正念、正定。
- 塔林：Pagoda Forest 位於少林寺西南，具歷史意義。每一座高塔均為歷代高僧們的遺骨存放處。年代遠溯至唐朝。
- 炮拳：Pao Chuan 像加農炮的拳法，是少林寺最有名的功夫之一。它那堅硬的、爆發式的拳擊，最為人稱道。
- 千佛殿：Qianfo Hall 千座佛像的殿堂，是少林寺最後面的一幢建築。作者按：事實上，當時這幢建築並不存在，直到更晚後的明朝才有。如同作者有意把開封稱為編年史上稍不正確的「汴京」一般。作者不得不要求眼尖的人不要計較這個（及其他）的犯規；作者只是不能想像沒有千佛殿的少林寺。
- 全真：Quanzhen 道教的一支，金朝時，起源於北中國，以內丹術著稱。
- 羅剎：Raksha（Luotsa）照字面解釋便是「餓鬼」，是佛教的惡魔。
- 如食如來：Rushi Rulai 廚師波丹在汴京的素食餐館。
- 如來佛：Rulai（The Tathagata）在巴利三藏經中，如來出世若不出世 "He who has thus come" 。佛祖常用來比喻自己。

- 少林寺七十二藝：Seventy–two Arts of Shaolin, The 七十二種少林武功，每一種都針對著練習者身體上某些方面特別加強。看是什麼功，經過合格的師父評估後，練習者或一起練功，或分組練習。
- 釋迦牟尼：Shakyamuni ／ Siddartha（Shijiamuoni）一位徹悟的苦行者，也是佛教教導的開山祖。他也被稱為釋迦牟尼佛或悉達多喬達摩（梵語）。他主張摒棄折磨（dukkha）並經由正確應用他的教導得到重生。據信他生於古早尼泊爾的一個統治家族。
- 少林河：Shaolin River 少林寺山門前的一條河。位於少室山與太室山之間，最後往南流入凝河（Ning River）。
- 少林寺：Shaolin Temple 中國河南赫赫有名的佛寺，以禪修及武功著稱。
- 少林藥局：Shaolin Pharmacy Bureau Hut 少林寺內專門配藥的小屋，建於十三世紀初。
- 神光：Shenguang 是少林寺第一位教長、菩提達摩的漢人弟子。他後來被賜佛教名慧可。
- 側踢：Side kick 當側身面對對手時，像戳一下似的猛踢。
- 悉達多佛：Siddartha Gautama 釋迦牟尼佛的別名。
- 手刀：Shoudao 宋朝開始有的單刃劍，其刀尖往上，特別引人注目。
- 前踢：Snap–kick 正面面對敵人，像折刀般彈出的踢腿。踢前踢的人，先抬膝，再把腿彈直。
- 踏踢：Step–kick 腳往旁踏一步後的側踢。
- 太祖長拳：Taizu Chang Chuan「皇帝的長拳頭」（Emperor's Long Fist），是少林寺長拳的不同版本，靈感得自於唐朝的第一任皇帝。
- 唐人：Tangren 唐／漢朝的中國人。
- 導引：Taoyin ／ Daoyin 道家的一種養氣功，是*氣功*的先驅。
- 套路：Taolu 在中國的武術中，熟記一連串動作並天天練習，類似日本空手道的「演武」（kata）。
- 天地藥房：Tiandi Yaofang 潘光霖不需藥單的藥房。藥房取名天地，表示「天與地的藥房」的意思。
- 天王／四天王／四大天王：Tianwang（Chaturmaharaja）佛教四位監看四個方向的天上之王。
- 鐵衫甲：Tieshanjia 軍用的鐵盔甲。
- 銅：Bronze 的中國字。

- 龜山漢墓：Turtle Hill Tombs of Southren Huaibei 是西漢第六代皇帝劉注的墓，位於江蘇省徐州市。
- 金剛：Vajra（Jingang）梵文的意思是雷霆或鑽石。一直以來，一個頂端頂著凸形花紋圓球，像棒子般的武器，也叫做金剛。
- 金剛手菩薩：Vajrapani 少林寺的守護神，也是大乘佛教中保護佛陀的菩薩。也被稱為那羅延金剛（Narayana），後又被稱為緊那羅王（King Kimnara），雖然後者也許並非指印度神話中的樂神 Kimnara。金剛手菩薩是佛陀廣大神力的象徵，通常把他描述為手執金剛杵。少林寺的和尚在十四世紀時，將這個武器換為標榜少林寺的棍棒。
- 烏龜蛋：Turtle's egg，罵人的話。
- 五乳峰：Wuru Peaks 就字面解釋，是「五個乳房的山峰」（不是笑話），位於少林寺後面西北方。
- 西施：Xishi 中國古代傳說中的四大美女之一，也是對那些極為美麗女子的一種恭維。
- 閻王／閻羅王：Yan Wang（Yama，King）靈域的統治者，他審判靈魂並送它們去不同的地獄或另一個世界，端看它們在世的功德。
- 陽光手：Yang Guang Shou 陽光／光束的手，少林寺七十二藝之一。這種訓練要練功的人隔著一段距離，只用出拳的風，把一排蠟燭撲滅。
- 蘊龍：Yunlong 凱先生的養子，「蘊藏的龍」。
- 雲龍山：Yun Long Shan "Cloud Dragon Mountain"，位於徐州市南郊（古稱彭城），以其形似龍形的山峰著名。
- 止聾：少林寺的資深武僧，此書的主人翁。
- 諸葛亮十字弓：Zhugeliang Shizhigong 一種連發的十字弓，取三國時代名戰略家諸葛亮的名字。

G.C. Chen

國家圖書館出版品預行編目 (CIP) 資料

龍的守護者. 東土篇/陳尚志作. -- 第一版. --
新北市 : 商鼎數位出版有限公司, 2024.08
面；　公分
ISBN 978-986-144-283-9(平裝)

863.57　　113012411

龍的守護者
東土篇

文／圖　陳尚志 Shang-Chih Chen
譯　者　陳霓

發行人　王秋鴻
出版者　商鼎數位出版有限公司
地址：235 新北市中和區中山路三段136巷10弄17號
電話：(02)2228-9070　傳真：(02)2228-9076
客服信箱：scbkservice@gmail.com

編輯經理　甯開遠
執行編輯　廖信凱
獨立出版總監　黃麗珍
美術設計　黃鈺珊
編排設計　蕭韻秀

商鼎官網　來出書吧！

2024年9月15日出版　第一版／第一刷